家国春秋

(上)

JIAGUO
CHUNQIU

水运宪 著

湖南文艺出版社·长沙

图书在版编目（CIP）数据

家国春秋 / 水运宪著. -- 长沙：湖南文艺出版社，2025.9. -- ISBN 978-7-5726-2435-3

Ⅰ. I235.2

中国国家版本馆CIP数据核字第2025ZS7113号

家国春秋
JIAGUO CHUNQIU

作　　者：水运宪
出 版 人：陈新文
责任编辑：张潇格
装帧设计：吴　凯
内文排版：刘晓霞
出版发行：湖南文艺出版社
　　　　　（长沙市雨花区东二环一段508号　邮编：410014）
印　　刷：湖南省众鑫印务有限公司
开　　本：880 mm×1230 mm　1/32
印　　张：34.25
字　　数：859千字
版　　次：2025年9月第1版
印　　次：2025年9月第1次印刷
书　　号：ISBN 978-7-5726-2435-3
定　　价：128.00元

（如有印装质量问题，请直接与本社出版科联系调换）

目 录

第 01 集	1		第 21 集	547
第 02 集	29		第 22 集	573
第 03 集	56		第 23 集	599
第 04 集	84		第 24 集	627
第 05 集	112		第 25 集	654
第 06 集	139		第 26 集	681
第 07 集	167		第 27 集	708
第 08 集	194		第 28 集	734
第 09 集	221		第 29 集	761
第 10 集	248		第 30 集	788
第 11 集	275		第 31 集	814
第 12 集	302		第 32 集	840
第 13 集	329		第 33 集	867
第 14 集	357		第 34 集	894
第 15 集	384		第 35 集	921
第 16 集	411		第 36 集	948
第 17 集	438		第 37 集	975
第 18 集	466		第 38 集	1002
第 19 集	492		第 39 集	1029
第 20 集	519		第 40 集	1056
			尾　声	1079

第 01 集

1. 序幕

背景：一组日本军机在武汉上空狂轰滥炸的历史影像。

字幕：1938年初夏，为摧毁中国军民的抗战意志，日军总部悍然下令，限期攻陷抗战中心武汉。是年10月，日军突破国民党军的外围防线，向武汉三镇节节逼近。

背景：南京总统府影像。

字幕：10月14日，国民政府军事委员会正式决定放弃武汉，实行战略转移。在"不给侵略者留下一颗螺丝钉"的指令下，武汉各军工、机械、纺织、建材企业闻风而动，火速向湖南、贵州、四川等后方山区整体搬迁……

2. 武汉市 上空（日 外景）

密集的乌云沉甸甸地压在城市上空。防空警报不时地拉响。
伴随着隆隆的炸弹爆炸声，远处时而有火光腾起。

3. 汉口济民纱厂 大门外（日 外景）

弧形拱门上方，装嵌着六个大字——汉口济民纱厂。

厂子大门外停放着几辆大货车。搬运工人们来回奔跑着，正在将一些木箱和巨大的棉纱包往车上装。

纱厂管家郑锦仁和几名职员正在照单清点货物，突然听见了炸弹落下来的啸叫声，惊呼了句："有炸弹！快卧倒！"

职员和搬运工人赶快就地卧倒。

随着几声巨响，炸弹落在了工厂附近，火光冲天，砖石横飞。

一辆黑色小轿车飞快穿过爆炸的烟尘，在厂门口停下了。

一名男职员抬头一看，报告说："郑管家，许董事长来了。"

郑锦仁赶快回头看去。

小轿车的车门随即打开，许家国很快从车内走了出来。

郑锦仁赶快迎了上去："家国，你别过来。这儿太危险了。"

许家国镇定地朝厂内看了一眼："郑伯，工人都出发了？"

郑锦仁："是。许加林带队，总共两千多人，天亮之前发的车。这会儿应该快过咸宁了。"

许家国点了点头："设备和材料呢？"

郑锦仁："全都运到了火车站。这是最后一批。"

许家国："郑伯，还得再抓紧。只剩两个小时了。"

郑锦仁："放心，我这儿能赶上。"他欲言又止："只是……"

许家国盯着他："还有什么问题？"

郑锦仁有点担心："家国啊，你赶快回家看看吧。许老太太突然又发病了，很严重。她老人家能不能走，恐怕就难说了。"

许家国一愣："噢？"他取出怀表看了看，不敢迟疑，抬脚跑到小车前，迅速钻了进去。

小车加大油门，立即朝前开走了。

不一会儿，小车又很快地倒了回来，在郑锦仁身边停下了。

许家国摇下玻璃急切交代说："郑伯，万一我没赶上这趟火车，你就别等我，带着设备赶紧南下。"

郑锦仁心里没底："可你没来，到了那边我们怎么办？"

许家国："只是说万一。放心吧，我会尽快赶过来的。"他朝纱厂那边看了一眼："郑伯，许民安呢？"

郑锦仁："您不是让他带人去银行提款了吗？"

许家国："怎么还没取回来？"

郑锦仁摇了摇头："有点玄。人心惶惶的，银行里这会儿有没有那么多黄金白银还难说呢。"

许家国："肯定有。三天之前我就跟他们预约好了。"

话没落音，小轿车一溜烟地开走了。

郑锦仁不敢怠慢，回身跑向那些货车："快，去火车站！"

4.一座四合院的院子内（日　外景）

院子内一片狼藉，零乱地堆放着一些行李包裹。

外面传进来小轿车的刹车声。很快，许家国匆匆闯了进来。

十二岁的女儿许秋萍和十岁的儿子许少臣，吃力地抬着一口皮箱从屋内出来，看见许家国，同时叫了声："爸。"

许家国顾不上说什么："秋萍，少臣，你妈呢？"

许秋萍："在里屋呢。奶奶又发烧了。"

许家国不再说什么，大步走进了屋子内。

5.里屋内（日　内景）

八十多岁的许老太太额头上敷一条毛巾，躺在床铺上。

许家国的夫人薛兰芝正在床边准备给许老太太喂药。

许家国走了进来，直奔床头："妈，您没事吧？"

许老太太睁开眼睛烦躁地说："唉，总是发烧，总是发烧。害得兰芝受苦受累，害得全家不能搬迁。唉，我怎么不早点死啊！"

薛兰芝赶紧安慰说:"妈,可别这么说。您赶紧吃药,很快就会好起来的,啊。"

许家国也俯上前去:"妈,您老人家体质好,没关系的。"

许老太太看了他一眼:"厂子……全迁走了吗?"

许家国:"是的。工人先走一步,已经过了咸宁。设备正在装车,火车马上就要开了。"

许老太太:"那你还回来干吗?又是设备,又是工人,这么大的举动,怎么能群龙无首?"

许家国笑了笑:"妈,没事,我都安排妥了。趁着还有点时间,特意回来接您老人家一起走。"

许老太太轻轻地摇了摇头:"唉,妈迟早都是个累赘,你就别管我了。唉,日本鬼子太、太可恶了……"

薛兰芝赶紧替她抚摸胸口:"妈,您别说话,啊。别想那么多,您会好起来的,啊。"

母亲便闭上眼睛,不再说什么了。

6. 汉口一家银行门外(日　外景)

门外街道上秩序混乱,一些士兵提着枪匆匆跑了过去。

不久,一辆黑色押钞车开到门前停下了。

两名保镖各提着一只金属箱下了车,大步走进了银行。

7. 这家银行内(日　内景)

银行经理看见保镖走进来,松了一口大气:"许老板,来了!"

许民安回头一看,赶紧迎上去:"全都提过来了?"

银行经理:"是的,我早就让金库准备好了。"

他帮着保镖们将两只铁箱放在柜面上,取出钥匙打开一只箱子，里面是满满一箱银圆。

许民安赶紧走过去查看。

经理又用钥匙打开另一只小铁箱，里面是黄灿灿的金条。

许民安伸出手，轻轻地抚摸了一下金条，回头呼叫他带来的那名伙计："照单清点，赶紧装箱。快！"

那名魁梧的伙计很快便拿过两口皮箱，趋上前去。

许民安退后一步，望着那些金条和银圆，长长地吁了一口气。

8. 许家国的客厅内（日　内景）

薛兰芝取出几只药瓶，正在取药丸。

许家国走到她身边，小声问："兰芝，妈到底怎么样了？"

薛兰芝："越来越厉害。"她压低声音："家国，不能抱幻想了，只能赶快送医院。妈这样子，三两天肯定走不了。"

许家国心情很压抑。他回头看了一眼屋内，一时难以决断。

薛兰芝望着许家国："家国，你得赶紧走。别犹豫了。"

许家国："是，我心里都点得着火了。可家里这个样子……"

薛兰芝笑了笑："家里的事儿，有你不多，没你不少。可厂子搬到了那边，你不去全都得歇菜。"她体贴地望着许家国："安心走吧，这边有我呢。"

许家国："唉，又是老又是小的，你怎么拖得动啊？"

薛兰芝："别担心。我大哥还在武昌呢，他会过来帮我。"

许家国点了点头："是啊，幸亏还有如蒙哥帮忙。"他望着薛兰芝："兰芝，妈稍有好转就赶紧走。越早离开越好。知道吗？武汉已经很危险了。"

薛兰芝也很担心："我知道。其他倒没什么，就不知道妈的病情怎么样。她老人家要是出不了院，想走也走不了啊。"

许家国:"别怕,许民安还有事没办完,正好陪你们一起南下。我这个弟弟做事挺稳靠,能放心。"他从衣兜里取出一只信封:"这是全家人的火车票,一个月之内有效,随时都可以乘车。记住,从粤汉铁路往南,到长沙下车,那里有人接你们。我都会安排好的。"

薛兰芝接过信封:"好,我记住了。"

许家国似乎并不放心,便朝屋子四面看了看。

正面墙壁上,一只镜框内装嵌着一幅合影照片。许家国全家老小聚集在汉口济民纱厂大门外,一个个面带微笑,显得十分幸福。

许家国走了过去,望着墙壁上那幅照片,久久端详着。

薛兰芝轻轻走到他身边:"带着吧。三天两头看一眼也好。"

许家国回过头来,望着薛兰芝,忽然十分不舍,一把将她抱在了怀里:"兰芝,我一天都不想离开你啊。"

薛兰芝也非常难过。少顷,她抬起头来,两眼满是泪水:"家国,没关系。最多十天半月,我们又在一起了。"

禁不住离别之痛,许家国再一次紧紧地拥抱着薛兰芝。

9. 常德 沅江的江面上(夜 外景)

沅江东流而去,波浪拍岸,哗哗有声。

字幕:湖南 常德

江面上,一艘木驳船从朦胧中显现,朝岸边码头方向驶去。

10. 木驳船的甲板上(夜 外景)

郑锦仁手提一盏防风马灯,指示船工将驳船驶向岸边码头。

许家国伸手推开船舱门,大步跨上了甲板。

郑锦仁:"家国,你看,那就是大河街。"他指着岸边:"江边全是码头,运输特方便。咱们的中转站,就准备设在这儿。"

许家国上前一步走到船舷边,引颈朝大河街望去。

11. 大河街远景(夜 外景)

街道上的房屋沿江岸延伸千米,宛如蜷伏于江边的一条卧龙。

沉寂的夜空中传来更夫敲梆打更的声音:"啵——啵、啵。"然后两声锣响:"咣——咣——"

遥远处是更夫用湘西口音拖腔拖调的吆喝声:"各家各户,用心听好——水缸水满,门牢窗牢——小心火烛,防匪防盗——"

又是三声梆响,两声锣鸣,然后渐渐远去。

12. 驳船甲板上(夜 外景)

许家国十分满意:"郑伯,不错。安宁古朴,民风有序,交通还如此便利。这么好的地方,你是怎么找到的?"

郑锦仁:"哪是我啊?是你那内弟薛梦泽找的。他们兵工厂早两个月就过来了。考察了好几个地方,最后选中了这儿。"

许家国:"那就对了。他们搞兵工企业的人,有军事眼光。天时地利人和,每一个细节都不会忽略。"

郑锦仁朝码头望了一眼:"您看,薛梦泽已经在那儿等着了。"

13. 码头那边(夜 外景)

有人在黑暗中用手电筒晃了三个圈。

14.驳船甲板上（夜　外景）

郑锦仁看见了信号，将马灯举起来，也晃了三个圈。

15.街边一幢木楼的窗户外（夜　外景）

"吱——"的一声响，木窗户被人轻轻拉开。

一张干瘦男人的脸移了出来，朝窗户外面偷窥。

16.码头上（夜　外景）

木驳船已经缓缓地靠上了码头。

码头上，有三名男子打着手电筒迎了上去。

17.街边那幢木楼的窗户外（夜　外景）

干瘦男子看清楚之后，迅速将脸缩回去，那扇窗户随即关上了。

18.码头上（夜　外景）

郑锦仁举着马灯，护着许家国从跳板上走了下来。

三名男子军人打扮，身挎驳壳枪走了过来。前面那位戴一副圆框眼镜的男子迎上前去，握住许家国的手："姐夫，一路辛苦。"

许家国："还好。顺风顺水，朝发夕至，正好一整天。"

薛梦泽又问："浦溪那边，纱厂都安顿好了？"

许家国："全妥了。明天试车，后天开始出纱。"

薛梦泽："那就好。前线吃紧，绷带纱布都快供不上了。"

许家国望着他："梦泽，转运站准备选在哪儿？"

薛梦泽："很近。我这就带您去看看。"

19. 一间卧室内（夜　内景）

一名体态肥胖的男子推开身边的女人，从床上翻身而起。然后从床头柜里取出一支手枪别在后腰，走到门边拉开了房门。

那名干瘦面孔的男子等在门外，匆匆报告说："马爷，他们来了。坐一条木驳子船，从浦溪下来的。"

马爷盯住他："你看清楚了？"

干瘦男子："看得清清楚楚。可我不敢过去，浦溪兵工厂有人在码头上接。"他用手比了个手枪的样子："都带了短把子。"

马爷想了想："半斤，明天早上，你喊翟所长过来一下。就说我请他吃牛肉米粉。"

半斤是干瘦男子的外号。他应了声："好，我黑早就去喊他。"

马爷关上房门，取出手枪放回床头柜，准备继续睡觉。

床上那女人迷迷糊糊地问了句："什么事儿啊？"

马爷熄灭床头灯，躺了下去："大好事。财神爷来了。"

20. 一座大院外（夜　外景）

这是一个封闭式的四合大院，高大方正，像座城堡。

薛梦泽带着许家国走了过来。

院子门外，一名身着长衫的男子赶快迎了上来。薛梦泽向许家国介绍说："姐夫，这就是我跟您介绍的那位当地朋友，张文松。"

张文松礼貌地向许家国鞠躬："董事长好。"

许家国："好，好。"他打量了张文松一眼："张先生是土生土长的本地人？"

张文松："是的，董事长。祖祖辈辈都住在大河街。"

许家国："那我请教你一件事。"

张文松："千万别说请教。董事长有事儿尽管问。"

许家国便抬头看了看那座院子："这样的大院方方正正，我还是第一次见到。有什么讲究吗？"

张文松："啊，这叫窨子屋。高墙环绕，坚固结实。湘西北一带土匪如毛，有钱人家盖窨子屋，防火防盗之外，主要是防土匪。"

许家国："嗬，这么一说，我还有点不敢住了。"他笑了笑："走，进去开开眼界。"

张文松赶快上前，推开两扇大门，带着他们走了进去。

21. 离窨子屋不远的街道上（夜 外景）

一名六十来岁身板硬朗的男子，腰扎一只木梆，手提一面铜锣朝这边走来。他就是大河街巡夜的更夫，外号"喊山公"。

远远地看见许家国一行人走进窨子屋，他略微迟疑一下，又继续巡夜打更。背影看上去，他走路有点瘸，左腿似有残疾。

22. 窨子屋天井内（夜 外景）

许家国一边看一边问："张先生，不是说还有个地窖吗？"

张文松："是的。最里头第三个天井底下，有两个地下室。"

许家国："面积够大吗？"

张文松："不小呢。加起来恐怕比半个篮球场还大。"他补充说："用洋灰砌的，还加了钢筋，牢牢实实。炸弹都炸不穿。"

许家国："潮不潮湿？大河街离沅江这么近？"

薛梦泽："不怕。用沥青做了防水。里外三层，滴水不漏。"

许家国又问了一句："梦泽，租金怎么样？贵吧？"

薛梦泽："还好。这是昌盛粮庄文老板的院子，本地人。"

许家国又问张文松："这个文老板为人怎么样？我要是想买

下来，他肯卖吗？这么好的院子？"

张文松："应该肯。文老板非常厚道，也不会乱开价。"

郑锦仁赶紧插话："买就没必要了吧？抗战一胜利，我们就得回汉口，到时候还得想办法卖出去。"

许家国当即站住了："郑伯，这话说得早了点。武汉一旦沦陷，至少三年五载，回去的事儿想都别想。"

众人都停住脚，心情十分沉重。

许家国便振作精神："还是面对现实吧。郑伯，这座院子，咱们咬咬牙先买下来。"他淡淡一笑："说不定我哪儿都不去了。就在这儿传宗接代，颐养天年，不也挺好吗？"

一句话说得大家又笑了。

张文松微笑着问："董事长，冒昧问一句，这话当真？"

许家国："当然。"他欣赏地望着张文松："张先生，你怎么样？愿不愿意来济民纱行，跟我们同甘共苦？"

张文松："没问题。这是文松的荣幸。"

23. 沅江畔（晨　外景）

晨曦初露，薄雾缭绕。不少船只拔锚扬帆，往来于江面。

24. 大河街一处路口（晨　外景）

一些勤于生计的市民已经将小担、小摊支在街道两旁。

各种特色早点、花式小吃都摆放出来，琳琅满目，葱香四溢。

25. 一家税务所大门外（晨　外景）

半斤早早就守候在税务所门外。

一名身穿中山装的中年男子走了过来："半斤，这么早？"

半斤迎上去，小声说："翟所长，马爷请您过去一趟。"

翟所长："马爷？什么事啊？"

半斤："说是请您一起吃粉。"他强调了句："牛肉米粉。"

翟所长："噢？有牛肉米粉了？"

半斤："是。我亲眼看见了，夜里二更的时候到的。"

翟所长不动声色："告诉马爷，我把所里安排一下就过来。"

半斤："好。我这就去。"

26. 那幢窨子屋大门外（日　外景）

大门口锣鼓喧天，唢呐正在起劲地吹奏《得胜令》。

院子的门楣上方，一面红绸将横匾临时遮挡着。左邻右舍和街上的行人都围了过来。

许家国、薛梦泽走到大门前，一人握住一根绳子，在众人的掌声中将红绸扯了下来。几串鞭炮同时炸响。

横匾上四个魏体大字赫然醒目——济民纱行。

许家国和薛梦泽向围观的人频频拱手，然后走回了院子。

郑锦仁端着盘子走向围观的人群。盘子里是一沓一沓的小红包，郑锦仁一边说着"多多关照"，一边将红包分发给围观的每个人。

一名留着山羊胡须的男子和一名身穿一件对襟衫的壮汉冷冷地站在人群中。郑锦仁将红包送到他们面前时，两人没有伸手接，只是用目光对视了一眼，返身走出了人群。

郑锦仁一时有些尴尬。

张文松侧过头来，望着他们两人的背影，若有所思。

27. 济民纱行　后院内（日　外景）

薛梦泽陪许家国走进院子，心情有点急迫："姐夫，时间太紧，办事处又已经挂牌开业了，我得赶紧回浦溪兵工厂了。"

许家国："好，抓紧走吧。"他想了想："你们厂那批军用物资，什么时候运下来？"

薛梦泽："明后两天，分六条船运到大河街码头。请您安排人手转到地下室存放两个晚上。三天之后，就会有军方的大船从洞庭湖开过来接这批军火。"他望着许家国："姐夫，没问题吧？"

许家国："没问题。我们浦溪纱厂的药棉、绷带也是后天运到，正好交给军方同时运走。我会亲自督办，放心吧。"

薛梦泽似乎有点不放心："姐夫，还是不能大意啊。这地方咱们人生地不熟，水深水浅，一时半会儿还摸不清楚呢。"

许家国也有点担心："是啊，我会加倍留心的。"

薛梦泽："为了稳妥起见，还得派两名武装过来才好。"他想起了一件事："对了，姐夫，我姐他们怎么还没到啊？"

许家国："是啊，说好最多半个月就赶过来，这都快二十天了。我让郑伯发了两封电报，到现在也没个回音。"

薛梦泽也着急了："这可不行。围攻武汉的日本军队已经增加到二十多万，那地方说沦陷就沦陷，再不走就来不及了。"

许家国不禁焦躁起来："你姐这人也真是的，无论怎样来个电报也好啊。关键时刻怎么也联系不上，这不急死人吗？"

薛梦泽想了想："您先别着急，我看能不能联系到我大哥，让他过汉口去看看怎么回事儿。不管三七二十一，走人要紧。"

28. 济民纱行　院门内（日　内景）

老管家郑锦仁恭恭敬敬将一位男子引进了院子内。

那男子三十多岁，头皮剃得干干净净，一身中山装，腋下夹一只黑色公文包，大大咧咧走进来，一副旁若无人的样子。

郑锦仁故意高声喊了句："董事长，有客人来了！"

29. 济民纱行　后院内（日　外景）

薛梦泽听得一愣："不对啊，郑伯平时不这么叫您的。"

许家国也觉得有点奇怪，略一思索："梦泽，别误了大事，你赶紧走吧。这儿我来应付。"

薛梦泽："那我走了。"他想了想，从自己身上取出一支小手枪："姐夫，您带上这个。"

许家国："这倒没必要，我用不着。"

薛梦泽："不怕一万，就怕万一。您还是防着点好。"

许家国犹豫了一下，接过了那支小手枪。

30. 济民纱行　前客厅（日　内景）

郑锦仁领着那名男子走了进来，招呼他坐在了椅子上。

那男子："哟，挺像模像样的，啊？"他左顾右盼："到底是大地方来的大业主，一看就财大气粗，啊？哈哈哈哈。"

郑锦仁赶紧沏茶："长官你太过奖了。来来，长官请喝茶。"

那男子："哎，别一口一声长官好不好？笑话我啊？也就是一个跑腿收税的公务人员，说白了，干苦力的活。哈哈哈哈。"

31. 济民纱行　走廊上（日　内景）

许家国匆匆走过来，迎面遇上了张文松。

许家国："文松，来了个什么人？"

张文松："税务所的，名叫侯进，外号猴子精。那人是个烟鬼，挺难缠的。"

许家国："烟鬼？"

32. 济民纱行　前客厅（日　内景）

侯进不耐烦了："老板怎么还不来？看不起我这个跑腿的？"

许家国正好走了进来："哟，贵客来了？真对不起，有点急事，来晚了一步。来，请抽烟。"他将一条精致的香烟送到那男子面前："大英烟草公司出品，哈德门。不成敬意，请笑纳。"

侯进眼睛一亮："乖乖！这香烟太高贵了。"他没有拿香烟，反而推了回去："我可不敢拿。谢谢了。"

郑锦仁赶快拿起来放到他手上："长官，长官，这又算什么呢？烟酒不分家嘛。拿着，您拿着。"

侯进忽然脸一板："干什么？干什么？啊？我要拿了你们的烟，难听的话我还说不说？啊？少来这一套，咱们公事公办。"

许家国便在他对面坐下了："说得对，这句话我喜欢听。请问您有何公干？"

侯进便取过公文包，从里面抽出一个账本："请问董事长先生，贵纱行买下这个院子，总共花费了多少钱？"

许家国想了一下："哦，对不起，一时我还真说不上来。"

侯进："就知道你不肯说实话。那好，这句实话，我替你说吧。"他翻开账本，摊到许家国面前，指着上面一行数字："总共花了五十八万大洋。你看看，这数目对不对？"

许家国微微一笑："不用看。肯定不对。"

侯进："怎么说？"

许家国："钱都是从我手上一笔一笔花出去的。到现在还有一些开支没有支付。最后花费多少，连我都不清楚，何况你们？"

侯进站了起来："嘿，知道我们是干什么的？啊？要是连人家的账目都搞不清楚，那还收什么税？"

许家国一愣："收税？你是来收税的？"

侯进："这话问得奇怪。不收税，我上你这儿来干什么？以为我来趋炎附势？哈，你这叫狗眼看人低。"

郑锦仁赶快顶了一句："哎，这是什么话？怎么能骂人呢？"

许家国倏地站了起来："郑伯，送客！"

他取回那条香烟，头也不回地走出了客厅。

侯进气急败坏要去追他，却被郑锦仁拉住了。

他便朝着许家国的背影吼叫："好啊，胆敢仗势抗法？也不看看谁的码头，以为还是汉口？好，好。那咱们就走着瞧！"

33. 昌盛粮庄大门口（日　外景）

大门上方悬挂着一块黑底金字的匾额——昌盛粮庄。

34. 粮庄的堂屋内（日　内景）

粮庄老板文昌盛从里屋取出一纸契约，匆匆走出来："许董事长，这是房屋买卖契约，您请过目。"

许家国和郑锦仁赶快接过契约，仔细地翻看着。

文昌盛指着契约说："这座窨子屋的买卖契税，全部缴纳完毕。政府已经在这上面盖过公章。没盖章的叫'白契'，不受法律保护。盖过章的叫'红契'，这可是国家法度，谁也奈何不得。"

郑锦仁已经看清楚了："可不是吗？这么大的公章。"

许家国也松了口气："文老板，这份契约，还有没有副本？"

文昌盛："不用副本，这一份原件本来就是要交贵纱行存档的。"他解释说："只是昨天才完税，契约刚刚拿回来。"

许家国立即觉察到了什么："不对啊，文老板，购房的契税按理说应该由买房的一方来缴纳，我才是纳税人啊。"

文昌盛："也未必，谁缴纳都可以。双方协商好了就行。"

许家国："可我们还没协商，您怎么就先交了？"

文昌盛憨厚地笑了笑:"不瞒您说,我的价开得有点高,还以为会讨价还价,没想到您一口就应承了。文某心里实在愧疚,契税就由我来交吧。"他诚挚地看着许家国:"你们饱受战乱逼迫,背井离乡也不容易,就算是本地同仁的一点心意吧。"

许家国非常感动,上前握住他的手:"文兄,眼下我手头上确实有点窘迫,先领了这份情,日后一定如数奉还。到时候您要再推诿,那就是瞧不起我许家国了。"

文昌盛:"好说,好说,家国兄见多识广举止不凡,文昌盛有幸结识您,也是我人生的一笔财富啊。"

许家国连连点头:"真没想到,初来贵地就结交了你这个朋友。侠肝义胆,火热心肠,哈,咱们俩太对路子了。"

文昌盛迟疑了一下:"家国兄,有一句说一句,本地也绝非一方净土。尤其像阁下这样的外来大户,在地头蛇眼里就是一块唐僧肉。那帮家伙无所不用其极,家国兄千万不可掉以轻心啊。"

许家国连连点头:"多谢昌盛兄提醒。多谢了。"

35.回济民纱行的街道上(日 外景)

许家国和郑锦仁步履轻松地往回走着。

郑锦仁:"家国,我这心里还是不踏实。那个税务员来者不善,不会出什么事吧?"

许家国很自信:"郑伯,别害怕。文昌盛说得对,这份契约代表的是国家法度。管他是谁的码头,咱们有理走遍天下。"他掏出怀表看了看:"哦,快到中午了。郑伯,昨天我让你招聘的厨师,还没有人来应聘吗?"

郑锦仁:"有啊。一大早就有三个人应聘。我初步考察了一下,其中有一个还挺合适,就等着你当面定夺呢。"

许家国:"赶紧回去看看。肚子都有点饿了。"

36. 济民纱行　后天井内（日　外景）

半斤不知什么时候溜了进来，正在贼头贼脑地四处探视。

一名十八九岁的小伙子从厕所里走出来，随手把门关上了。

关门声一响，半斤受了惊吓，嗖地溜走了。

小伙子发现不对劲，喝了声："什么人？"然后箭一般追了过去。

张文松听见吆喝，赶快从侧屋走出来，朝后天井跑了过去。

37. 天井的过道上（日　外景）

许家国和郑锦仁回到院子里，听见有动静，便站住了。

很快，张文松和那名小伙子从后院走了回来。

郑锦仁便问："文松，后院那边怎么啦？"

张文松："没留神进了贼，被这小伙子发现了。我们刚追过去，那个人就翻墙逃跑了。"

许家国一怔："嗬，还真不是一方净土啊。"

郑锦仁却生了疑心，警觉地问那小伙子："你是谁？在这儿溜达什么？"

那小伙子赶快解释："我叫向飞舟，是陪我妈过来应聘的。当时我想找个厕所……"

郑锦仁明白了："啊，你是刘妈的儿子？"

那小伙子："是。刘妈就是我妈。"

许家国却没明白，问郑锦仁："刘妈是谁啊？"

郑锦仁一拍巴掌："就是来应聘的厨师啊。正要带你去看呢。"

许家国来了兴趣："走，赶紧去看看。"他招呼那小伙子："哎，是叫什么飞舟吧？"

小伙子:"向。向飞舟。"

许家国:"嗯,既然有个舟字,那你是在船上长大的吧?"

向飞舟:"回老板的话,我爹没有驾过船。他从小学徒,后来开汽车。前年湘西往重庆的公路塌方,我父亲他连人带车……"

他说不下去了。

许家国点了点头,伸手拍了拍他的肩膀:"我明白了。"

张文松有所发现:"飞舟,你是不是也会开汽车?"

向飞舟:"是。好小就会。"他很自豪:"我爹说,我开车平稳,反应快。他还没我开得好呢。他真这么说的。"

那股认真劲使大家都笑了起来。

38. 小河街　巷子尽头（日　外景）

小河街比大河街简陋得多,也没有什么行人。

一位不到二十岁的女青年背着竹背篓,步伐轻盈,沿着巷子一直走到尽头处的一幢两层楼的木屋前,推开门,走了进去。

39. 喊山公家　堂屋内（日　内景）

这是更夫喊山公的家中。喊山公已经整理好木梆、铜锣,正在校对着一只很旧的怀表。

那女青年走了进来,叫了声:"爹。"

喊山公没有朝她看,问了句:"翠翠,今天怎么回晚了?"

滕玉翠:"不晚啊。太阳还没落下去呢。"她看了父亲一眼:"是您自己想早点出去吧?"又笑了笑:"又要去会什么人了?"

喊山公站起身:"就你话多。"然后拿好他的用具:"饭给你留在桌子上了,趁热赶紧吃。"

滕玉翠:"我姐呢?"

喊山公："她还在楼上织彩袋，说是等你回来一起吃。"

滕玉翠便朝里屋那边走去。没走两步，又回过头来，叮嘱了一句："爹，您多穿点。晚上冷。"

喊山公："啰唆。又不是一年两年了，这还不晓得？"

他拉开房门，正要往外走，又想起了什么，也回过头叮嘱了句："翠翠，晚上记得把门关牢，别大意。"

滕玉翠笑了："啰唆。又不是一年两年了，这还不晓得？"

喊山公喜爱地笑了笑，走了出去。

40. 喊山公家　滕玉莲的房间内（日　内景）

滕玉莲二十五六岁，生得端庄清秀。

房间里摆放一架木制织机，滕玉莲坐在织机上，用彩色锦带灵巧地编织布背袋。

滕玉翠推门走了进来："姐，该吃饭了。"

滕玉莲："哦。怎么才回来？又到哪儿看热闹去了？"

滕玉翠："大河街那边，今天还真的好热闹。有家纱行开张了。都是些湖北佬，跑战乱过来的。"

滕玉莲从织机上走下来："唉，战乱，战乱。唯愿日本人不打到这边来才好啊。"

滕玉翠："说不定。听人家说，打下武汉，常德也难保了。"

滕玉莲想了想："要是常德不行了，正好可以回湘西去。"

滕玉翠望着她："姐，是不是又想珍子了？"

滕玉莲叹了口气："自己身上落下来的肉，哪天不想呢？"她忽然看着妹妹："翠翠，要不，过两天你陪我去一趟湘西？"

滕玉翠："姐，那边石胡子一直在找您呢。土匪的耳目遍湘西，爹是不会让你去的。"她劝了句："再说都过了这么多年，珍子到底在什么地方，咱们谁也不知道。上哪儿找啊？"

滕玉莲便不再说话,出了房门,朝楼梯口那边走了过去。

41. 大河街　一家民舍的房间内(黄昏　内景)

房间的门背后,放着喊山公的木梆、铜锣。

一位年近五十的妇女坐在小桌子旁吃晚饭。她就是刘妈。

喊山公坐在她对面,用一只小酒杯自斟自酌。

刘妈用筷子给他碗里夹了一块腊肉:"你上次拿来的。很香。"

喊山公放下酒杯:"这么说,明天你就到纱行去当厨子了?"

刘妈:"主要是帮忙做些杂事。我讲了,做饭也可以,只怕不合你们湖北人的口味。中午试了一餐,嘿,他们都说要得。"

喊山公笑了笑:"看来这些人还实在。跟我一样,不挑剔。"

刘妈:"尤其那老板,不摆一点架子。"她想起了什么:"对了,他好喜欢飞舟伢子,二话不说就把他留下了。说是有事可以开开车,没事就身前身后打个帮手。你觉得呢?飞舟合适不?"

喊山公:"怎么不合适?飞舟聪明,轻易跟了个好老板,运气。"他站起身来:"这伢子,以后够他学了。"

刘妈放下饭碗:"怎么?就走吗?还早啊。"

喊山公:"走。今天晚上要从小河街那头巡起。"

他拿起木梆,铜锣,走到门边,正要开门,刘妈取出一件羊皮坎肩赶了过来。

刘妈:"带上坎肩,后半夜寒气太重。"

喊山公望着她,有点不解:"就带上?后半夜再来拿嘛。"

刘妈一时难以开口:"啊,有点不方便了。"

喊山公:"怎么?"

刘妈:"今天夜里,飞舟就在我这儿住。"

喊山公一愣:"那,是不是……他每天都要住你这儿了?"

刘妈："讲不好。我这儿离纱行近，就在斜对面。"她有点迟疑："再说，我也算是济民纱行的人了，还是避点嫌好。你说呢？"

喊山公有点急了："那，那我以后还搞个鬼啊？"

刘妈："你看你，烦什么呀？我是说，以后要更加小心。"

喊山公不再说什么，接过坎肩悻悻而去。

42. 沅江大堤　笔架城头（夜　外景）

城墙临江处，有一座用青砖砌成的五柱城垛，形状酷似毛笔架，当地人称之为"笔架城"，高大古朴，极具文化气息。

已经入夜了。俯视水面，江灯渔火竞相闪烁，十分宁静。

43. 笔架城不远处　城墙上（夜　外景）

张文松推着一辆老式自行车，陪伴着一位衣着讲究、仪表庄重的中年妇女，一边散步，一边小声地说话。

中年妇女："情况都弄清楚了。许家国在纺织工业界名气很大，连意大利、日本一些国家都知道他。"

张文松："宋姐，这个人非常爱国。济民纱厂规模那么大，为了不落到日本人手里，他毫不犹豫就迁过来了。刚刚到浦溪，马不停蹄就加工绷带纱布支援前线。这可是一位难得的开明绅士呢。"

宋姐："是啊，你要全力协助他，让他发挥影响，这样我们就可以更多地争取其他搬迁过来的工商界人士。"

张文松点了点头："我明白。"

宋姐又叮嘱了一句："还有，注意别暴露自己的身份。"

张文松："知道了。宋姐放心。"

44. 济民纱行　中天井内（夜　外景）

郑锦仁打着一支手电筒，从后天井内巡查出来。

他朝中天井这边照了一遍，回过身，用一把大铁锁将门锁上了。

忽然身后"咔嚓"一声响，他吓了一跳，赶紧回头看去。

45. 中天井内　那棵老槐树旁（夜　外景）

张文松推着自行车走了进来。

郑锦仁松了一口气，压低声音叫了声："文松，过来一下。"

张文松这才发现了他："郑伯？"他赶紧走了过去："怎么了？"

郑锦仁："前面堂屋里好像有动静，我正想过去看看。"

张文松："是吗？走，我陪您一起去。"

46. 前院堂屋内（夜　内景）

郑锦仁和张文松匆匆赶了过来。

郑锦仁用手电朝壁上一处供台照了照："呀，贼又进屋了！"

张文松："是吗？偷了什么东西走？"

郑锦仁："一个香炉。紫铜香炉，从汉口带过来的，是件古董，值好多钱呢。"他十分舍不得："祖上传下来的。唉，上百年都没丢，怎么到了这儿，就、就……唉。"

张文松朝四周看了看："有点奇怪。这样的高墙大院，贼人怎么进得来呢？"

郑锦仁一跺脚："可他就是进来了。要不怎么还叫贼啊？"

张文松想了想："郑伯，你再仔细清点一下，看看还有什么东西丢了。"

郑锦仁："我这就查看。"他很担心："文松啊，这样下去不行。依我看，咱们还得请一个人，每天晚上都要在纱行值班守夜。找得到这样的人吗？要可靠的。"

张文松："好。我明天去找找看。"

47. 济民纱行　许家国书房内（夜　内景）

许家国坐在书桌后面，放下毛笔，端过一杯茶，边喝边看刚刚修改过的一份文件。

窗外，远远地传来喊山公打更的梆锣声和吆喝声。

许家国便放下文件，起身走到窗前，打开了面前那扇窗户。

窗户外很远的地方，隐约传来军营熄灯的号声。

军号触动了许家国的心。他回身走到书桌前，打开抽屉，取出了那张在汉口济民纱厂与家人的合影照片。

他凝视着那张照片，久久没有抬起头来。

过了一阵，书房外面响起了敲门声。

许家国从回忆中回复过来，赶紧擦了擦眼角，头也不回问了声："谁呀？"

门外的声音："董事长，是我，张文松。"

许家国赶紧把那张照片塞到文件底下："啊，进来吧。"

张文松推开房门，走了进来："董事长，兵工厂的船很快就要到大河街码头了。"

许家国没有迟疑，忽地站了起来："走。"

张文松紧紧地跟着他，一起朝门外走去。

48. 大河街码头前（夜　外景）

顺着船码头一线，几盏路灯已经开亮。

郑锦仁提着马灯，不住地向江面上眺望着。

他身后已经集结了二三十名身强体壮的搬运工人，带着绳索、竹杠准备卸载货物。

49. 济民纱行 大门外（夜 外景）

张文松紧跟着许家国，从济民纱行走了出来。

一条黑影飞快朝他们跑了过来。

张文松一步上前，护住许家国，厉声问了句："什么人？"

那人跑到面前："是我，飞舟呢。"

许家国："飞舟？你来干什么？"

向飞舟："啊，我就住街对面，时不时从窗户里看看这边。忽然看见您出来，我怕有事，就赶紧跑过来了。"

许家国："来了也好，多个人手。那就走吧。"

话刚落音，他已经大步流星地朝码头方向走了过去。

张文松赶紧在向飞舟耳边说："飞舟，时刻跟着董事长，一步都不能离开。知道吗？"

向飞舟："明白了。张大哥放心。"

他飞一般追了过去。

50. 大河街 一座小茶馆内（夜 内景）

茶馆里面客人不多，却烟雾弥漫，热气腾腾。

里面一个清静些的角落里，马爷正在陪一个人喝茶。

那人侧了一下脸，可以认出他就是税务所的翟所长。

半斤走进茶馆，穿过走廊来到他们身边。

马爷便停止说笑，问他："是不是靠岸了？"

半斤："是。两条大船。"

马爷："才两条船？没看错吧？"

半斤："错不了。只有两条。"

马爷想了想："去警察局，请徐警长过来一趟。"

半斤应了声，很快又走了出去。

翟所长望着马爷，轻描淡写地问："马爷想干什么？"

马爷："扣了他们的货物再说。"

翟所长一笑："马爷，今天晚饭您吃了什么？豹子胆？"

马爷不解地望着他："怎么说？"

翟所长："人家那是抗战物资，你也敢扣？有几个脑袋啊你？"

马爷："那、那他们抗税，也不追究？"

翟所长："追究的办法多的是。马爷觉得呢？"

马爷望着他，心里似乎受了启发。

翟所长站了起来："你再跟警察局合计一下。我回去了。"

51. 大河街码头前（夜 外景）

两条庞大的木驳船，已经缓缓靠近了船码头。

许家国站在码头上，等船下好锚，赶快迎了上去。

一名带队的武装男子跳下船舷，走到许家国跟前："董事长。"

许家国握住他的手："辛苦。后面的船什么时候到？"

那男子："快了。天亮之前，六条船都会到齐。"

许家国："好。"他回头吩咐了声："郑伯，抓紧卸货。"

郑锦仁应了声，挥手招呼搬运工人朝驳船走了过去。

许家国袖子一卷，也向驳船走去。

向飞舟紧跟他身后，寸步不离。

52. 济民纱行 院子外（晨 外景）

天亮了，一抹晨曦衬托出济民纱行的剪影。

街边上停放着几辆搬运工人的推车，上面的货物已经卸空。

那群搬运工人送完货，满头大汗地从纱行大门内走了出来。

郑锦仁一边说着感谢的话，一边将他们送出了大门。

搬运工纷纷离开之后，郑锦仁长吁了一口气，回身走进大门内。

随后大门便被他从里面关上了。

53. 济民纱行　大门内（晨　内景）

郑锦仁把大门插闩上锁，刚刚转身往院内走，门外就有人很重地敲门，还有人高喊："开门！快开门！"

郑锦仁觉得奇怪，走到门后问了声："谁呀？"

门外的声音："警察局的。把门打开！快点！"

郑锦仁心里一紧，又不敢过多犹豫，只好拉开了门闩。

大门"哗啦"一声，被人用脚踹开。

一群荷枪实弹的警察旋风一般涌了进来。

走在警察队伍最后面的，竟然是昨天上午来过的那位税务员侯进。

郑锦仁看见这种阵仗，不禁目瞪口呆。

一名壮实汉子走到郑锦仁身边："大管家，不记得我了？"

郑锦仁看着他："长、长官，我年纪大了，一下子记不起。"

侯进便尖声介绍说："不认识？警察分局的徐警长呢。"

徐警长阴笑着问郑锦仁："开张的时候，你给我派发红包，我没伸手接。忘记了？"

郑锦仁仍然很困惑——

（闪回镜头）一名留山羊胡的男子和一名穿对襟衫的壮汉对视了一眼，没有接红包，扭头离去。**（闪回镜头完）**

郑锦仁认出了他就是那名壮汉："啊，想起来了，想起来了。"

徐警长脸色一变："想起来就好。"他手一挥："这个人是管账的。给我抓起来！"

两名警察上前，一把将郑锦仁按在了地下。

突然有人高喊了声："住手！"

徐警长抬头看去。

许家国在向飞舟的陪同下，从后院走了过来。

许家国望着徐警长，厉声问："你们要干什么？啊？"

侯进走到许家国面前："董事长，对不起啊。你抗税在前，兄弟我只好依法办事了。"

他一把揪住了许家国的衣领。

向飞舟旋即上前，双手往下一劈，将侯进搡得倒退两三步，然后一屁股坐在了地下。

又有两名警察冲上前来，死死地扭住了向飞舟的双臂。

许家国义愤填膺，正要上前制止，徐警长突然拔出手枪，比住了许家国的胸口。

然后大喝一声："来人，这是个为头的。绑了！"

几名警察抢过来，七手八脚地捆绑许家国。

向飞舟额头上青筋暴突："董事长——"

…………

第 02 集

1. 浦溪兵工厂　总工办（日　内景）

简陋的办公桌上，一架老式电话机忽然铃声大作。

薛梦泽拿起了听筒："我是薛梦泽。你哪里？……"他忽地站了起来："什么？抓走了？"

2. 常德大河街　长途电话局内（日　内景）

一间贴有"长途"字样的玻璃隔板内，张文松正在打电话。

张文松："是的，薛总工。这件事情很麻烦，税务所有人跟警察报案，说我们暴力抗法。……是的。他们肯定有预谋，还特意把我们买房子的红契搜走了。"

3. 浦溪兵工厂　总工办（日　内景）

薛梦泽更加焦急："什么？还抄了家？那，地下室那边呢？"

画外：张文松的声音："还好，后院那边上了锁，过不去。他们好像也知道点什么，没敢太乱来。"

薛梦泽："不行啊。文松，明天就有军队方面的船队过来接货。无论如何也要把人弄出来。可我又远水救不了近火……"

4. 常德大河街　长途电话局内（日　内景）

张文松："薛总，您别着急，我只是告诉您一声。办法我们一直在想。"他顿了一下，隔着玻璃朝外观察了一眼，把声音压得更低："实在不行，就捅到专员公署去。"

画外：薛梦泽的声音："全拜托你了。文松，不管用什么办法，把人弄出来就行。花多少钱都可以。"

张文松："我会尽力而为的。有消息我再及时告诉你，放心……好的，你也多保重。"

5. 离税务所不远的街道旁（日　外景）

街边有一溜卖菜的小摊。刘妈提着一只竹篮，正在挑选蔬菜。

6. 大河街税务所　大门外（日　外景）

一名卖河水的男子挑一大担水，扁担一闪一闪地沿街边往前走。一边走还一边叫卖："河水啊……河水……"

翟所长和侯进正好从税务所大门内走了出来。一边走一边还在轻松地说着什么事情，说得哈哈大笑，前俯后仰。

卖河水的男子避让不及，前面的水桶擦到了翟所长腿上，水溅了出来，把翟所长的裤脚弄湿了一大块。

侯进赶快上前一步，抓住了那男子："嗨！嗨！眼睛瞎了？"

那男子很刚烈："怪谁啊？我一路喊过来的，你耳朵聋了？"

翟所长火了："嘿！你还狡嘴？行啊你！"

侯进便逼到他面前："把担子放下。"他指着税务所："走！跟我进去一趟！"

7. 离税务所不远的街道旁（日　外景）

一位老汉望着税务所那边，打抱不平地说："这就不讲道理了。欺负一个卖河水的，造孽呢。"

刘妈便回过头，朝那边望去。

8. 大河街税务所　大门外（日　外景）

卖水男子毫不畏惧："好笑。我一个卖河水的，不欠租不欠税，进那个破衙门干什么？"他抬脚就要走："没工夫。让开！"

侯进不依不饶，一把拉住了他的扁担："站住！你刚才说什么？破衙门？啊？你想造反啊？走，进去说！"

街面上便有人围过来，七嘴八舌乱作一团。

很多人都鼓励那男子："九哥，不怕。进去就进去。""是啊，我们都跟你进去，看他怎么办。""这些家伙喝穷人的血，畜生不如！""九哥，拖扁担，打死那个猴子精，为老百姓除害！"

正拉扯得不可开交，税务所里面跑出来另一个税务员。

这税务员好不容易把翟所长拉到一边："翟所长，有电话。"

翟所长已经气急败坏，手一甩："不接。没空。你给我去喊人，给警察局报案！"

那税务员急了，附在翟所长耳边："所长，专员公署的电话。"

翟所长一愣，顿时清醒。

他不敢耽误，赶紧回过身朝税务所大门跑了过去。

围观的人便齐声起哄，朝翟所长的背影吐唾沫。

更多人揪住侯进，拖来拖去。还有人趁机对他拳打脚踢。

侯进双手掩护着脑袋，根本没有办法还手。

9. 大河街税务所　所长办公室（日　内景）

办公桌上，电话听筒被摘下，搁在桌子上。

翟所长大步赶了进来，回身关上房门，一步抢到办公桌前，抓起了电话听筒。

翟所长："喂，是，是。我就是，啊，卑职姓翟……"

电话那头大概在严厉训斥他，翟所长便不由自主地站直了身子："是，是。……知道了。卑职照办，一定照办。"

他放下电话，十分恼火，将公文包狠狠地扔在了桌子上。

房门被推开了，侯进狼狈不堪地走了进来，哭丧着脸走到翟所长面前。"姨父，你看看，"他指着自己的鼻子，"血都打出来了，这帮刁民！"

翟所长正没地方出气，一拍桌子，骂道："打得好！怎么没打死你这个畜生？"

侯进被他骂得摸不着头脑："怎么啦？所长？"

翟所长："我问你，谁让你动不动就去抓人？啊？猴急马急的，一盘好棋，让你搅得稀烂！"

侯进眨着眼睛仍然没明白："那、那怪我？马爷的主意啊。"

翟所长："哼，你们这帮蠢货，眼皮一个比一个浅。"

他拿过桌子上那只公文包，朝门外走了出去。

侯进站在原地，垂头丧气地用手背揩了一下嘴角的血。

10. 济民纱行　大门外（日　外景）

一辆画着标志的警用吉普车开了过来，停在了大门外。

向飞舟和郑锦仁从两边下车，回身将许家国从车内扶了出来。

徐警长坐在前面副驾驶座上，没有下车，只是把头扭过来，没事一样地说："对不起啊，许先生。兄弟完全是奉旨办差，有不周到的地方，多多包涵哦。"

许家国微微一笑，对郑锦仁说："郑伯，警长办差的确不容易，咱们就表示表示，啊？总不能让人家白辛苦一趟吧？"

郑锦仁心里实在不情愿，便走到徐警长面前，掏出来一块光洋："警长先生，一点车马费，不嫌弃吧？"

徐警长接过那块光洋，朝边沿吹口气，送到耳边听了听："哈，这一点意思嘛，怎么讲呢？我要是嫌弃，那不是搞得没一点意思了？"他一挥手："走啦。"

警用吉普车一溜烟开走了。

11. 济民纱行　前院内（日　外景）

许家国在向飞舟的陪同下，走了进来。

张文松从后院那边迎了出来："董事长，您没事儿吧？"

许家国："放心，没什么事儿。"他看着张文松："文松，那帮家伙后来又干了些什么？兵工厂那批物资，他们没动吧？"

张文松："没有。我赶过来的时候，那些人还没去后院。钥匙只我和郑伯有，谁也进不去。"

许家国："那就好。这批物资太重要了，前方正急着用呢。"他想了想，还是有点不放心："我还是过去看看。"

张文松便赶紧回身，带他朝后院走了过去。

12. 济民纱行　大门外（日　外景）

郑锦仁送走警察分局那辆吉普车，转身朝纱行走去。

街道那头一名三十岁出头的男子赶了过来："郑伯。"

郑锦仁回头一看："许加林？你来了？"

许加林："是，郑伯，我跟船来的。"他憨笑了一下："这是咱们来湖南生产的第一批货，水路也不熟，我有点不放心。"

郑锦仁："噢，咱们纱厂的船也到了？"

许加林："到了。来了两条船，一条运纱棉，另一条全是绷带。都是从车间直装到船上的。"

郑锦仁："好。我这就去喊搬运。"

许加林："郑伯，我叔呢？"

郑锦仁："在里面呢。你先进去喝口水，我去码头安排一下。"

许加林便走进了纱行。

13. 济民纱行　后院的大门处（日　外景）

张文松领着许家国查看完里面的物资，从后院内走了出来。

许家国一边往前院走，一边回头说："文松，这一次有惊无险，还得多亏你啊。谢谢了。"

张文松跟在他身后："董事长千万别这么说。我也是人托人啊。"他告诉许家国："不瞒董事长说，公署那边，有个副专员，是我一个朋友的连襟。"

许家国点了点头，却不以为然："文松啊，老话说，阎王好过，小鬼难磨。就算上头打得通关节，总不能鸡毛蒜皮的事儿，都去丢人现眼吧？今后各种嘴脸的龌龊小人，还不知道会遇上多少呢。"

张文松："那倒也是。"

正说着话，许加林走了过来："叔。"

许家国抬头一看："加林？你来了？"他似有不满："你怎么轻易离开？那么大个厂子，丢在浦溪不管，你也放心？"

许加林正想说什么，看见他身后的张文松，话又吞了回去："叔，这位是？"

许家国便介绍说："张文松，咱们济民纱行的张总管。你就叫他文松哥吧。"

许加林便叫了声:"文松哥好。"

许家国又向张文松介绍:"许加林,我亲侄子,纺纱学徒出身,挺有出息的,都当经理了。浦溪那边,纱厂是他在管。"

张文松便叫了声:"啊,许经理好。"他识相地说:"那,董事长,你们先说话。我去码头那边打打帮手。"

许家国:"哦,对了,你跟郑伯说,地下室空间不够了。纱厂这两船货,就在码头租块场地堆放一夜。我看了天气,这几天都没雨。实在不放心就找几块油布盖一下。"

张文松:"是,我也是这么想的。只是得雇几个可靠的人守夜。我这就去安排。"

许家国又叮嘱了声:"还有,弄完了你就赶紧回来。一会儿你还得陪我出去一趟。"

张文松答应了声,很快地离开了。

许家国这才转过头来,望着许加林:"说吧。过来还有什么事儿?缺资金了?"

许加林:"啊,资金暂时没问题,您放心。"他清楚地说:"只是原材料有点紧缺。主要缺医用酒精,最少得采购七八吨。浦溪没货,我只好过这边来想办法。"

许家国:"那东西浦溪买不到,常德也买不到。就算有也没那么大的存量。"他胸有成竹:"不用担心,我早买好了,明天军方的船队就会带过来,整整二十吨。够不?"

许加林一拍巴掌:"太好了。叔,您真是老谋深算啊。"

许家国也不免得意:"这小子,学着点,啊。做一备二考虑三,知道了吧?还当经理呢。"

许加林:"是,这不正在跟您学吗?哈,谢谢叔。"

14. 大河街　船码头一块空坪处（日　外景）

这块货场很宽阔，全部用水泥铺过，非常平整。

空坪后面，有一间看管货场的小木屋。

一名身材微微发福、穿一袭长袍马褂的男人坐在那木屋前，捧着一只水烟袋，正在慢条斯理地抽着丝烟。

郑锦仁和张文松走了过来："啊，老板悠闲啊。"

货场老板："哪谈得上悠闲啊？混口饭吃。二位有事吗？"

张文松指了指那空坪："老板，帮个忙，你这块货场，我们想租用一个晚上。可以不？"

货场老板抬头朝远处停泊的两条船望了望："什么货啊？"

郑锦仁："平常货，都是一些棉纱。"

货场老板："棉纱怎么放？我这是桐油码头。没看见吗？满地好厚一层油垢，哪放得棉纱？"

张文松："不怕，我们用木方垫在下头。"

郑锦仁："是啊，就一晚上，明天中午就运走了。"

货场老板："嗨，别说一晚上，半晚上也不行。今天半夜，就有三船桐油靠岸。这块货场昨天就订出去了。"

郑锦仁愣了一下："啊，老板，您就帮忙想想办法吧。"

货场老板："这位大哥也真是，有办法想，我还跟你们费这么多口水？做货场的，有钱不想赚，我跟钱有仇啊？"

郑锦仁一时不知道该怎么说，心里越加焦急，禁不住回头往码头那边望了过去。

15. 码头那边（日　外景）

岸上有十多名搬运工人站在船边上，悠闲地等待卸货。

16. 油码头那块空坪处（日　外景）

货场老板看见郑锦仁着急，有点不过意："不就是一个晚上吗？还卸下来干什么？找货场不容易，场租还贵得很呢。何不去跟船老板打商量，就在他船上停一夜？"

郑锦仁："早就说过了，不行。船老板不肯打商量。"

货场老板神秘地一笑："我补你一个聪明。花点小钱，请船老板去大河街烟花楼，找几个妹子喝花酒，快活快活。保证行。"

张文松也笑了笑："这船是浦溪的。还要赶去桃源老码头装货，当晚就往回走。"他考虑了一下："老板，请问一句，您说晚上到岸的那三船桐油，是哪家油行的货啊？"

货场老板："赣南油铺，知道吗？老板叫吴子敬，从江西过来的，专门做桐油，富得流油。听说过吗？"

郑锦仁想起了什么："赣南油铺？不就在我们旁边吗？说来说去跟我们还是隔壁邻居呢。"

货场老板："那还等什么？赶紧去找吴老板打商量啊。"

郑锦仁："可他半夜就有货过来，商量还有用吗？"

货场老板："那就得看吴老板了。要是他肯推迟一天卸货，也没好大个事儿。那几条油船又不急赶回去。"

郑锦仁高兴了："啊，那就好，那就好。我这就去找吴老板。"

货场老板赶紧交代一句："哎，莫说是我的主意啊。我这货场，长期还要靠桐油吃饭呢。"

郑锦仁："那当然，那当然。谢谢，谢谢了。"

他拉着张文松，匆匆忙忙朝大河街那边走去。

17. 济民纱行　许家国的书房内（日　内景）

许家国听完郑锦仁和张文松报告，似乎并不觉得为难："好办。赣南油铺嘛，左邻右舍的，应该好打商量。"

郑锦仁："是吗？您跟他熟？"

许家国："谁啊？"

郑锦仁："吴子敬。他们老板。您见过他？"

许家国："我哪见过？初来乍到，门槛都没踩热呢。"

郑锦仁侧头望了张文松一眼，心中并无把握。

许家国便安慰他说："我想问题不大。无论江西来的、安徽来的，还是我们湖北来的，大家心里都有一盆苦水，相互之间也容易沟通。不像当地那几个地痞流氓。"

郑锦仁："那倒也是。要是你能亲自去跟他说，那就更……"

许家国："有那个必要吗？"他站了起来："没事，郑伯，你这就到隔壁去找吴老板。抓紧时间，咱们那批货，早卸早安心。"他看了张文松一眼："文松，咱们该走了。"

他不再说这件事情，抬脚朝门外走去。

张文松不敢迟疑，也匆匆跟了出去。

郑锦仁不好再说什么，望着他们的背影，心中毫无把握。

18.大河街税务所　翟所长办公室内（日　内景）

翟所长坐在办公桌后面正在写着公文，外面有人小心地敲门。

翟所长没有抬头："进来。"

一名女税务员推开门走了进来："所长，有客户找您。"

翟所长："没看见我正忙吗？让他在外面等着。"

那女税务员："啊，所长，他们已经进来了。"

翟所长有点生气地将毛笔往桌子上一扔，抬起头来。

许家国和张文松已经进来了。他们站在女税务员身后，一言不发地望着翟所长。

翟所长赶快站了起来："哎呀，是许董事长？得罪，得罪。"

许家国显得不卑不亢："啊，是我们打扰了。要不，你先忙完，我到门外等？"

翟所长赶紧走了过来："什么话？天大的事情，许董事长来了，都得放下。来来，请坐。"他又朝那女税务员吩咐："去，赶快泡茶。泡我那袋龙井。快去。"

女税务员应了声，走了出去。

许家国和张文松便在他对面的沙发上坐了下来。

19. 大河街　赣南油铺大门外（日　外景）

郑锦仁走了过来，抬头一看，大门紧闭，门外无人。

他犹豫了一下，伸手拍打门上的金属门环。

一名五十来岁的男子从里面拉开了半边大门。

郑锦仁赶快打个拱手，笑容可掬地说："对不起，打扰了。"

那男子一眼认出了他："哟，这不是济民纱行的大管家吗？"

郑锦仁："是，是，在下姓郑。"

那男子很客气："好说，好说。我也是这油铺的管家，小姓付。今后有添麻烦的地方，还请郑管家多多通融哦。"

郑锦仁高兴了："不敢，不敢。相互关照，相互关照。"他朝院子里面看了一眼："请问付管家，吴老板没有出去吧？"

付管家："出去倒没出去。"他望着郑锦仁："郑管家找吴老板，是不是有急事？"

郑锦仁赶快摆手："不急，不急。"然后又改口："啊，说不急，也还有点急。"

付管家："郑管家，不好意思。要是不那么急，您最好过一会儿再来。"他放低声音："昨晚上吴老板陪缉私局的人打麻将，天亮了才睡觉，这会儿还没起床。唉，好辛苦呢。"

郑锦仁赶快表示理解:"是,是。太不容易了。"他也放低声音:"那好,我过一下再来?"

付管家连连点头,轻轻地把大门关上了。

20. 大河街税务所　翟所长办公室内(日　内景)

翟所长正在跟许家国诉苦:"董事长啊,那些人不学无术,不懂税法,害您受委屈不说,还害我背这口黑锅,被上峰骂了个狗血淋头。唉,我这一肚子的苦水,真不知道该跟谁说才好啊。"

许家国:"是不像话。这件事情怎么能怪你呢?"

翟所长:"董事长大人大量,我翟某人真是感激不尽啊。"

许家国笑了:"翟所长过于谦卑了。正如你刚才说的,连你手下都不懂税法,可见我们更是一群门外汉了。这一次登门拜访,就是想当面请教,看看我们济民纱行到底还有哪些欠缺,再把它彻底结清。既扫除后顾之忧,也免得再让翟所长代人受过。"

翟所长一拍巴掌:"就是,就是。正好也给董事长详细讲解一下,知道我也是有法可依,绝不是乱来的。"

他站起身,到身后的文件柜上取文件。

许家国与张文松对视一眼,没有说话。

21. 济民纱行　厨房内(日　内景)

刘妈正在那里择菜,郑锦仁挑着一担水,吃力地进了厨房。

刘妈赶紧站了起来:"郑伯,哪能让您挑水啊?飞舟呢?"

郑锦仁:"我让他给董事长接车去了。"他放下担子:"唉,以前对付这担水还可以,到底老了,费大劲啊。"

刘妈接过水桶说:"郑伯,咱们纱行每天少不了用八九担水。能不能包一个卖河水的,一天送十担,这样就省心多了。"

郑锦仁:"是,我也想过。最好找个身强力壮的,长期雇过来。白天挑水打杂，晚上看家护院。可这种人也不好找啊。"

刘妈动了心："要不，我试着找找看？"

外面有人叫了声："郑伯，有人找您。"

郑锦仁应了声，赶紧走了出去。

22．济民纱行　前院（日　外景）

赣南油铺的付管家站在院子里，正等着郑锦仁。

郑锦仁大步走过来："哟，付管家来了？稀客啊。"

付管家："啊，郑管家，我们吴老板起来了。让我来请您。"

郑锦仁一阵惊喜："岂敢、岂敢，那就赶紧走。"

23．赣南油铺　院子内（日　外景）

一位身穿绸缎长袍、身材略微发胖的中年男子，正在院子里随意整理一棵紫薇树上的叶子。他就是赣南油铺的老板吴子敬。

付管家领着郑锦仁急急忙忙走了过来："老板，来了。"

吴子敬没有回头，背着身问了句："你就是济民纱行大管家？"

郑锦仁赶快应道："是、是。吴老板，在下姓郑。"

吴子敬一声冷笑："嘿，看看，济民纱行的管家姓'正'，我赣南油铺的管家，还只能姓'副'。唉，人比人，气死人啊。"

付管家悄悄看了郑锦仁一眼，郑锦仁一脸尴尬。

吴子敬这才回身看了他一眼："郑管家，你们老板是做大生意的，架子大得很啊。即便沦落到大河街，还虎死不倒威。哈，不像我们小地方来的，做点小生意，根本不在他眼里。是吧？"

郑锦仁赶紧赔笑："吴老板，听您这话，济民纱行肯定是不小心得罪您了。您别生气，在下一定……"

吴子敬立即打断了他的话："没有啊，我哪敢生气？想巴结都找不到门路呢。你们济民纱行开张，不说是我这个老板，连我们管家都没请一声。而我呢？想见见你这个'正'管家，还专门派我的'副'管家登门迎接。我是不是太贱了？啊？"

郑锦仁被他呛得作不得声，好半天才说了一句："吴老板，的确太失敬了。我一定让许董事长设宴摆酒，赔礼道歉。"

吴子敬不再说下去了。他掏出怀表看了一眼："行啦。我这个人心里有话是憋不住的，迟早都要讲出来。郑管家看看有什么事，先跟我的管家说。江西会馆中午要议事，我不能再耽搁了。"

说完话，吴子敬抬脚就朝门外走。

郑锦仁赶快追了上去："那，吴老板，我跟付管家说，他是不是可以做主呢？"

吴子敬："当然不可以。"他很干脆："告诉你吧。院子里头的事，他可以做主。院子以外的大小事情，只能是我做主。"

他手一挥，头也不回地走出了院子。

付管家小心地看着郑锦仁，一副爱莫能助的样子。

郑锦仁木木地站在原地，一句话都说不出来。

24. 大河街税务所　翟所长办公室内（日　内景）

翟所长斜着身子，坐在办公桌后面，食指漫不经心地在桌面上轻轻敲打着，耐心地看着对面的许家国。

许家国面前堆放着一摞各种各样的文件本。他戴着老花镜，一本一本地翻完那些文件，终于抬起头来，摘下了老花镜。

翟所长这才问了句："总算看明白了吧？许董事长？"

许家国笑着说："不瞒您说，看了这么老半天，我可是越看越不明白。太复杂了。"

翟所长欠了欠身子："要说复杂，的确很复杂。要说简单，其实也非常简单。一句话，房屋购买税，说到底也就只两大类。"

他从许家国面前取回一个账本，翻出其中一页："你们那张红契嘛，确实把政府规定的契税交完了，可那只是第一类，叫作正税。还有第二类，济民纱行可是一项也没有缴纳啊。"

张文松望了许家国一眼，插话问："第二类叫什么呢？"

翟所长："附加税。我这么说吧，附加税没缴清，你拿着红契也没有用。"他朝许家国阴笑一声："董事长啊，我就有一句讲一句吧，把你抓起来，也是事出有因。你们欠的是附加税呢。"

许家国很平静："你说吧，附加税包含哪些项目？"

翟所长："不多，但是也不少。"他掰着手指头："比如印花税、测量费、工本费、教育附加费、城镇维护建设税。最近又加了几种，从上个月开始，还要缴纳参事会经费、解厅自治费、防洪基金税等等。我们还算好的。上海那边，还有一项地保印戳税。那厉害了，上了一万大洋，统统收百分之二的税。光这一项您算算，那还得补交多少银圆啊？"

许家国看了张文松一眼，一句话也不想说了。

翟所长摇着头补充了一句："幸亏您是大老板，出得起钱。卑职一个月的薪水，加起来还不到二十大洋。受得了吗？"

张文松注意了他这句话："翟所长，据我所知，您说的附加税，其中很多项目都可以核减。凡有利于抗战的工商企业，还可以免征。这一点，所长清楚吗？"

"怎么不清楚？那只是一句话。明说吧，即便是核减，还有你说的免征，怎么核减，哪些免征，"翟所长故意停顿了一下，"总得有人发句话。哈，没人发话哪成啊。"

张文松没有征求许家国的意见便站了起来："明白了。这样吧，我跟许董事长先回去，商量商量再说。"

翟所长也赶快起身："对对，什么事情都是可以商量的。山不转水转，石不转磨转嘛。"

许家国也只好站起身来。

翟所长语气委婉："董事长啊，下一次让管家过来就行。您要是在当面，有些该说不该说的话，也不大好说啊。哈哈哈哈。"

许家国似乎明白了什么，眉头皱了皱，转身向门外走去。

25.大河街　一家绣品店铺内（日　内景）

店铺内的柜面上摆放着一些织锦工艺品，花色鲜艳，图案新颖，十分引人注目。

店铺掌柜正在爱不释手地验收那些工艺品。

滕玉莲衣着简朴，站在柜台前面，静静地看着掌柜。

掌柜将工艺品全部收进了柜台："不错，全要了。"然后拿出一袋钱币交给滕玉莲："这是货款，你数一数。"

滕玉莲接过钱币看了看："掌柜的，您不用给这么多。"

掌柜："没给多呢。你的货值钱，拿着。"他喜爱地看着滕玉莲："滕妹子，以后你只供我这一家，啊。我绝不亏待你。"

滕玉莲默默地笑了笑，收好钱袋，弯腰拿起自己的竹背篓和一顶尖斗笠，低头走出了这家店铺。

26.绣品店铺门外（日　外景）

滕玉莲刚刚走出店铺门就听见一阵马蹄声，赶快抬头望去。

27.街道上（日　外景）

一辆马车踏着碎步朝这边走了过来。

那是一辆拉客的马车，车上扎了些红绿绸带，随风摇摆着。

马车上面坐着一个留山羊胡须的男子。那男子在济民纱行开业时曾经在那里和徐警长一起围观。

28.绣品店铺门外（日 外景）

滕玉莲看清楚了车上的人，顿时脸色大变。

她急忙一闪身子，藏在了店铺门前的广告牌后面。

那辆马车叮叮当当地从街面上驶了过去。

滕玉莲这才从广告牌后面探出身来，望着马车走去的方向，脑子里显现出一段回忆……

29.（回忆镜头）湘西某山沟 一间茅屋内（夜 内景）

屋内杂乱地堆放着一些柴草。

滕玉莲双手被反绑，嘴里塞着毛巾，被人狠狠地扔在地下。

她翻过身子，惊恐地看着迎面逼过来的一个男人。

那男子留着山羊胡须，一边逼近滕玉莲，一边脱去自己的上衣。

滕玉莲赶紧翻滚着身体，极力躲避。

那男子忽然扑到她身上，一把撕开了滕玉莲的衣服。

滕玉莲毫无还手的办法，只能拼尽全力在地下翻滚。

那男子火了，挥起一拳，将滕玉莲击昏过去。

然后扑在滕玉莲身体上，野兽一般地蹂躏着滕玉莲。

滕玉莲毫无知觉，双目紧闭，如同死人一般……

（回忆镜头完）

30.大河街 绣品店铺门外（日 外景）

滕玉莲从回忆中恢复过来，顿时剑眉竖立、怒火中烧。

她朝四周看了看，将斗笠戴在头上，拉低斗笠前沿，背上背篓，迅速地尾随那辆马车而去。

31. 济民纱行　前院堂屋内（日　内景）

许家国、张文松已经回到济民纱行，听完了郑锦仁有关赣南油铺情况叙述，不禁有些焦虑。

张文松："他这明摆着是不肯通融嘛。"

郑锦仁："唉，不通融也就罢了，那些话说得要多难听有多难听。我已经到了耳顺之年，可我都实在听不下去了。"

许家国："话说得难听点倒在其次，我们这两船棉纱要不及时卸下来，麻烦就很大了。"他感到非常意外："怎么会弄得这么僵呢？看来我还是掉以轻心了。"

郑锦仁很灰心："唉，怪来怪去，都怪我不会办事。这是怎么啦？最近老是出错？"

许家国："郑伯，这话不对，我不是安慰你，今天这事儿，根子并不在事情本身。回想起来，还是我来大河街之后，行事过于高调，无意中伤害了左邻右舍、各界朋友。所谓咎由自取啊。"

张文松和郑锦仁听了这话，连连点头。

32. 济民纱行　大门外（日　外景）

一声喇叭响，许家国那辆黑色"吉姆"轿车停在了大门口。向飞舟从驾驶位置走了出来，一路小跑进到了院子内。

33. 前院堂屋内（日　内景）

向飞舟跑了进来："董事长，您的车接回来了。"

许家国想了想："车呢？"

向飞舟："还在门口停着呢。"

许家国："赶紧给我开到后面院子里去，别在门口显摆了。"

向飞舟："知道了，董事长。"他刚要朝外走，又站住了："哦，刚才从码头过来的时候，那些搬运工都在起哄，说再不安排卸货他们就要散伙了。"

郑锦仁急了:"我马上去看看。"

许家国拦住他:"郑伯,让文松去吧。"

张文松立即应了声,和向飞舟一起走了出去。

郑锦仁不放心:"家国,不是不放心张总管,他去码头也难办。货场都没着落,还得吴老板松口才行。"

许家国:"这话说得对。"他不再犹豫:"解铃还须系铃人。走,你这就陪我去江西会馆。我要当面拜会吴老板。"

郑锦仁:"好。"他想起了什么:"要不,让飞舟开车去?"

许家国:"干吗?还嫌张扬得不够?"他下了决心:"从今天起,这车封存在后院,谁也别开出去。要时刻记住,这种时候这种地方,你要不夹紧尾巴做人,绝对是寸步难行。"

说完,他撩起长衫走了出去。

34.大河街船码头　那两条运纱船上(日　外景)

两名扎着布包头的男子蹲在船头,正在用竹烟袋抽旱烟。其中年纪大一点的是船老板,年轻些的是船工。

张文松顺着跳板走了上来:"两位老板,吃过中饭了?"

年轻船工憨厚地应了声:"还没吃呢,张总管。"

船老板也回过头来,明显地不耐烦了:"哎,总管,这货到底卸还是不卸啊?天黑之前我还要赶到桃源码头呢。"

张文松便掏出两包精装香烟递了过去:"别性急,啊。老话说,行船走马三分忧,赶太急了也不安全嘛。"

船老板:"不是我急,那边货都备好了,耽搁了装船要赔钱呢。我这小本生意,哪里赔得起啊?"

张文松注意了这句话,赶紧说:"不会,不会。来,我请你们下馆子,一起吃中饭。"他上前拉那船老板:"来吧来吧,先搞杯小酒，填饱肚子再说。走吧。"

船老板和他那年轻的伙计便站了起来。

35. 大河街　江西会馆大门外（日　外景）

气派的大门上方，"江西会馆"四个大字遒劲有力。

吴子敬和另外一名穿长衫的商人，陪着许家国和郑锦仁从会馆内走了出来。

看上去吴子敬并不高兴，表面上也还平和："许先生，不是兄弟不给面子，只是你还不懂我们这一行的规矩。"

许家国："是啊，隔行如隔山嘛。"

吴子敬："的确不是儿戏。靠上码头，桐油立刻就要卸到岸上，绝对不能在船上过夜。那东西烈得很，沾一点火星子就会起火。万一失火，一条大河街转眼就烧光，信不信？"

许家国："是，当然相信。那就别再耽误时间，告辞了。"

吴子敬也拱了拱手："会馆还要议事，不送了。"

许家国："啊，别忘了，晚上六点，临江春酒楼，满汉全席恭候吴老板，还有江西会馆的会长和诸位。敬请赏脸光临。"

吴子敬："不是说过了？晚上我和会长都有应酬，恐怕没时间，许董事长就不必客气了。"

许家国："那怎么行？来之前我就预订好地方了。"

吴子敬警惕地望着他："许先生这是逼我让步啊。应了你的豪门盛宴，我那货场，不让也得让了。是不是？"

许家国立刻否认："没那事儿。吴老板放心，货场的事情我已经另作安排，与宴请绝无关系。"

吴子敬迟疑了一下："那我就更不好意思吃你这顿饭了。"他轻松了些："这样吧，晚上赴宴的事，我跟会长说说。要是他能去，兄弟我一定奉陪。"

许家国:"那就一言为定。"

36. 大河街　街道上（日　外景）

许家国和郑锦仁从江西会馆那边走来,两人心里都很压抑。

郑锦仁终于忍不住问:"家国,你什么时候又找到货场了?"

许家国:"没有啊。我上哪儿找去嘛。"

郑锦仁:"那你刚才跟吴老板说……?"

许家国一肚子火气:"人家已经把我顶到半空中了。我要不自己找个台阶,怎么下得来啊?"

郑锦仁只好苦笑了一下:"那,临江春酒楼那一桌满汉全席,还订不订?"

许家国:"当然。你这就去订座。"他冷静下来:"郑伯,别小看江西会馆,整个江南一带到处都有。还有其他省过来的这个馆、那个所,全都是商界的各路精英,绝不可以等闲视之。"

郑锦仁心里并不踏实:"那,万一他们今天晚上来不了呢?"

许家国又心烦了:"那就自己吃。叫上济民纱行所有的人。"

郑锦仁:"那也不够啊,济民纱行又没几个人。"

许家国来了火气:"不够好办,就到街上去随便拉夫。挑水的、打更的、卖菜的、拉黄包车的,见人就拉。这总够了吧?"

他不再说什么,加快脚步匆匆朝前走去。

郑锦仁望着他的背影,叹了一口气,急忙跟了上去。

37. 济民纱行　前院内（日　外景）

张文松匆匆走了进来,看见郑锦仁在供台上点香,便走了过去:"郑伯,江西会馆那边怎么样?吴老板松口了吗?"

郑锦仁:"不行。一点缝隙都没有。咱们老板又脸皮薄,不肯在人家面前低三下四。唉!"

张文松笑了:"难怪你赶紧烧香敬菩萨,哈。"

郑锦仁敏锐地回过头望着他:"笑什么?你有办法了?"

张文松:"没有。老板都没办法,我哪有啊?"

郑锦仁:"文松,我们这些人可得机灵点哦。一旦老板都没办法的时候,就要挺身而出,替老板担当。"

张文松:"哟,那我也赶紧烧炷香,求求菩萨?"

郑锦仁:"正经话呢。告诉我,你是怎么想的?"

张文松正要说话,向飞舟带着隔壁的付管家走了进来:"郑伯,有客人找您。"

付管家:"啊,郑管家,我只是来说一声,吴老板捎口信回来,说晚上去不成了。改天他再设宴请你们许老板。"

郑锦仁:"哎呀,我都订好桌子了,就在大河街,临江春满汉全席。你看看,这怎么好啊?"

付管家:"所以吴老板让我过来登门谢谢,说他心领了。谢谢啊,我不耽搁您,就先走了。"

郑锦仁怔怔地望着他走出去,禁不住直跺脚:"唉,我就知道,越担心什么,他就越来什么。这可怎么办?"

张文松显然已经有了主意,便一把拉住他:"埋怨也没用。咱们赶紧走。"

38. 船码头处(日　外景)

半斤挑着一对空水桶,走到船码头那艘运棉纱的木船旁边,赤脚蹚进水里,用水桶在河里打水。

船上有人正在说话。

半斤便贴近船帮,趋过身子,认真地偷听着。

39. 木船甲板上（日　外景）

张文松、郑锦仁坐在甲板上，正在跟那船老板商量事情。

船老板吧了一口旱烟："赔点钱还是小事，就怕失了信用。跑了几十年水路，我还从来没搞过不守信用的事呢。"

张文松："我帮你托桃源那边的朋友，另租一条船去老街装货，信用就不受影响了。你说呢？"

船老板："那花费就更大了。"

郑锦仁赶紧插话："不怕。这花费，我们替你出。"

船老板想了想，没回答他，继续抽着旱烟。

张文松："说定了，啊。晚上在临江春喝酒，楼上就是好玩的地方。明天早上你想睡到几点就几点，快快活活。行不？"

郑锦仁也望着船老板："难得放松一次啊，老板。"

船老板忽然问："那你们老板呢？他来不来？"他似乎松动了："说老实话，你们这些人小气。老板来了，用钱大方得多。"

郑锦仁赶快摇头："不、不。我们老板从不去那种地方的。"

船老板立即拉长了脸："那种地方怎么啦？我们长年在外头行船走马，谁没去过？啊，嫌不干净？不干净又劝我去？算了。一个钟头再不卸货，我拔锚走人。"

张文松、郑锦仁赶紧劝他，继续做说服工作。

40. 船码头处（日　外景）

半斤听了个清清楚楚，便将打好的水担在了肩上。

他回头望了望，挑着担子朝大河街那边走去。

41. 济民纱行　许家国书房内（日　内景）

许家国听完郑锦仁的报告，不禁失笑："嗬，没想到这种办法，还真的管用呢。"他想了想："不管怎么说，棉纱可以在船上放一晚，问题就迎刃而解了。还省了货场租金，行啊。"

郑锦仁："可在桃源给他另外租一条船，费用也不少呢。"

许家国："郑伯，凡是可以用钱摆平的，都是小事一桩。"

郑锦仁："家国，他还说要你晚上也去陪一下。唉，那种地方……怎么说呢？这事我可不敢轻易答应。"

许家国："为什么不答应？去。正好这段时间心情很郁闷，过去排遣一下，为什么不可以？"

郑锦仁朝张文松望了一眼，不知道该说什么好了。

42. 大河街一个僻静的小院外（日 外景）

那辆扎着红绿绸带的马车，停放在小院大门外。

一名车夫模样的男子，端过来一盆干草，蹲下去喂马。

一条人影悄无声息地闪过来，紧靠在墙根处。她就是滕玉莲。

趁马夫不注意，滕玉莲一闪身体，飞快地溜进了那个院子。

43. 院子的一间茶室内（日 内景）

那名留着山羊胡须的男子坐在茶桌前，一边品茶，一边听半斤向马爷叙述打听到的消息。

半斤报告完毕，说了句："马爷，这可是个好机会啊。"

马爷并不怎么感兴趣："什么好机会？上次那件事，翟所长都搞周全了，不知道谁往上头一捅，泡汤了。这个姓许的来头不小啊。"他看了留山羊胡的男子一眼："石胡子，你说呢？"

44. 茶室的窗户外（日 外景）

滕玉莲悄悄潜过来，贴近窗户，听里面的谈话。

45. 那间茶室内（日　内景）

石胡子："依我看，半斤说得对，的确是好机会。"他放下茶杯，阴阴地一笑："翟所长搞不成事。他就没明白，姓许的是有脸面的人。想从他身上诈出些油水，只要抓他一个嫖娼的现场，破了他的脸面，三五万大洋轻松到手。"

马爷眼睛一亮："嗬，一直还以为石胡子是个草莽英雄，这些年还真是大有长进啊。"

三个人同时大笑起来。

46. 茶室的窗户外（日　外景）

滕玉莲听了个仔细。她想了想，无声无息地朝院子外面溜走了。

47. 大河街　街道上（夜　外景）

夜幕降临，大河街的街道两旁灯火明亮，景象辉煌。

48. 临江春门楼外（夜　外景）

琴弦丝竹在楼台高处合奏，浓郁的丝弦音乐在夜空缭绕。

三只大灯笼组成这座门楼的招牌——临江春。

做生意的，闲逛的，看热闹的人群汇集门楼处，流连忘返。

许家国、张文松、郑锦仁、向飞舟带着那位船老板和那名船工，从街道那头一路说笑走了过来。

伙计迎上来，热情地将他们带进了门楼。

49. 小河街　喊山公家　滕玉莲的房间内（夜　内景）

滕玉莲换了一身衣裳，对着镜子，用一条长头巾缠在头上，装扮成一副苗族妇女模样。

梳妆完毕，她站起身，将梳妆镜拉开，背后竟有一个暗柜。
她打开暗柜，从里面取出了一支手枪。

然后转身拿过竹背篓，将手枪藏在背篓底下，用一些插满布老虎和布娃娃的盖子盖住，看上去像是卖布玩具的。

她将那背篓背在身后，关上暗柜，最后照了一下镜子。

一切弄妥之后，起身走出了房间。

50. 临江春酒楼　一个包厢内（夜　内景）

包厢的一头有张圆餐桌，许家国主宾众人围坐在那里。

另一头有三位淡妆女子，用竹笛、二胡、扬琴演奏器乐。

许家国早已放下筷子，饶有兴趣地听着地方乐曲。

那船老板和青年船工正在尽情喝酒，大口吃肉。

51. 临江春门楼外（夜　外景）

石胡子带着一群壮汉，扮作市民模样，左顾右盼地在那里晃荡。

一名壮汉漫不经心地朝石胡子靠了过来，小声问了句："石哥，什么时候下手？"

石胡子："耐心点。等他进房间。"

那壮汉点了点头，继续在那里闲逛。

52. 大河街　街道上（夜　外景）

滕玉莲背着那只背篓，已经走得离临江春很近了。

她放慢脚步，一边机警地朝那边观察，一边混在行人中继续往前走。

53.临江春　三楼走廊上（夜　外景）

走廊上红灯暗淡，一名妖艳女子搀扶着那名船老板，走进了左手边的一间小屋内。

那名年轻些的船工也跟着另外一名女子，进了右手那间屋子。

54.临江春门楼外（夜　外景）

石胡子刚刚点燃一支香烟，半斤从他身后赶了过来。

他用胳膊撞一下石胡子，小声说："逮！"

石胡子便把那支烟往地下一扔，手一挥，率领那群壮汉呼啦一声冲进了门楼。

55.大河街　街道上（夜　外景）

滕玉莲看得清清楚楚。

她一扔背篓，取出手枪，箭一般向前冲去。

…………

第 03 集

1. 大河街　街道上（夜　外景）

徐警长正带着两名警察巡逻,一名巡警匆匆跑过来。

那巡警:"报告警长,临江春那边出事了。"

徐警长:"啊?有人报案吗?"

那巡警:"没有。只听见那头有人喊叫。"

徐警长:"喊叫你也管?民不告,官不理。继续巡逻。"

2. 临江春　二楼走廊上（夜　外景）

石胡子带着同伙上到了二楼。

走廊上有一名中年女子端着茶盘走过来,看见他们,大吃一惊。

石胡子胳膊一伸将她挽了过来,捂住她的嘴,威胁道:"你敢叫一声,我就打死你!"

那女子浑身发抖,吓得连连点头。

两名男子顺着楼梯从三楼下来,凑近石胡子:"他没在楼上。"

石胡子狠狠地问那女子:"济民纱行一个穿长袍的,看见没有?"

那女子想了想，赶快点头。
石胡子："在哪里？"
那女子用手指了指二楼的走廊那头。
石胡子赶紧朝那头望去。

3.二楼走廊尽头　一间屋子外（夜　内景）
那间屋子房门紧闭，里面隐约有男人的笑声传出。

4.二楼走廊上（夜　内景）
石胡子将那名女子推给同伙，从身后拔出手枪，带着三名同伙，踮着脚朝尽头那房间走去。

5.那个房间内（夜　内景）
这是一间装修得古香古色的茶室。
许家国坐在一张椅子上，兴致勃勃地照着曲谱拉着二胡。
一名中年男艺人击打着节拍，轻声吟唱着常德丝弦《无题》——"相见时难别亦难，东风无力百花残……"
向飞舟坐在旁边，一边喝茶，一边傻乎乎地望着他们笑。
忽然，他警觉地发现了什么，放下茶杯，一个箭步冲到房门背后。

6.那个房间门外（夜　内景）
石胡子带着同伙已经到了门外，正在探听里面的动静。
房门突然被拉开，向飞舟一步跨了出来："什么人？"
石胡子一惊，没有回答，朝房间里面望去。

7. 那个房间内（夜 内景）

那名中年男艺人停止了演唱，回过头来。

许家国也不再拉琴，从容地起身，朝这边望着。

8. 那个房间门外（夜 内景）

石胡子顿时便泄了气，将手枪插回后腰，嘟哝了一句："没事。侦缉队办案。"然后回头就走。

向飞舟望着他们的背影，心中充满了疑惑。

9. 临江春外面 一个角落处（夜 外景）

滕玉莲追了过来，忽然发现了什么，急忙将身子闪在角落处。

她侧过半边脸，朝临江春那边望去。

10. 临江春门楼外（夜 外景）

石胡子从酒楼里面走了出来。

门外几个同伙迎上来，上前询问了几句。

石胡子不甘心地朝酒楼看了一眼，一挥手，带着同伙离开了。

11. 那个角落处（夜 外景）

滕玉莲一咬牙，闪出身子，拔出手枪朝石胡子那边瞄准。

她身后忽然有人喊叫，一阵杂乱的脚步声朝这边逼近……

滕玉莲赶紧侧头看去……

12. 街道上（夜 外景）

徐警长举着枪，带着那批巡警匆匆地跑了过来。

13.那个角落处（夜　外景）

滕玉莲只得收回手枪，身体往后一缩，旋即消失在黑暗之中。

14.临江春外面的街道上（夜　外景）

石胡子带着同伙撤了过来，迎面遇见了那些巡警。

巡警赶紧端起步枪："站住。什么人？"

石胡子站住了。他看见了徐警长，便使了个眼色："兄弟，大路朝天，各走一边。客气点哦。"

徐警长便跟那端枪的巡警说了声："这些人我见过。山里的一些土包子，寻点快活也不犯法。行了，让他们走。"

巡警便收回步枪，往旁边让了让。

石胡子朝徐警长打一拱手："多谢。"

15.小河街　一个街口处（夜　外景）

这边不如大河街热闹，街口处没有几个行人。

喊山公背着铜锣，从巷子里面走了出来。

迎面走过来一个背着竹背篓的女人。看见喊山公，她没有说话，低着头与他擦肩而过。

喊山公认出了她，回过身来叫了声："玉莲。"

滕玉莲只好站住了，回头喊了声："爹。"

喊山公："你去哪里了？也没回来吃饭。"

"我有点事。"滕玉莲没多说，"这就回去。"

喊山公："你等一下。"他朝滕玉莲走近一步，看清了她那打扮："怎么穿这一身啊？……丫头，你没做什么蠢事吧？"

滕玉莲："爹，别问了。"她冷冷地说："有一笔旧账，我想去把它做个了结。"

她不想再说话,拔脚朝巷子深处走了进去。

喊山公怔怔地望着她的背影,不禁倍感担忧。

16. 济民纱行　大门外（日　外景）

阳光明媚,济民纱行门外一片忙碌的景象。

门外停着几辆长板车,搬运工人正在将一只只大木箱装上车。

那些暗绿色木箱上,都印着"浦军工"三个黑字和编号。

还有一些搬运工用竹杠把木箱从院子内一口一口往外抬。

17. 济民纱行　后院大门处（日　内景）

许家国拿一柄竹扫帚,将地下的杂物打扫干净。

刘妈赶了过来:"董事长啊,这事儿让我来做。"

许家国直起身笑了笑:"抬完了再扫也行,我是闲着没事干。"

正说着话,一名工人独自背一口木箱穿过堂屋走了出去。

许家国不禁赞叹:"嚯,一个人?厉害啊。"

刘妈赶紧介绍说:"老板,这人体力好,热心热肠。在河街上挑了十几年河水,老少街坊都叫他九哥。"

许家国:"九哥?嗯,顺口。我以后也这么叫他。"

向飞舟一身大汗,从前院跑了过来:"董事长,货装得差不多了。军队上派人过来道谢,还来了个上校。"

许家国:"啊,快去迎一下。"

18. 济民纱行　大门外（日　外景）

从码头那边走过来三名国军的军官。

张文松、许加林跟在他们身后,来到了纱行门外。

许家国和向飞舟正好迎了出来。

前面的那名上校见到许家国,赶紧上前握手:"董事长好!"

许家国紧紧地握住他的手:"好,好。弟兄们辛苦了。"

上校:"不辛苦。兄弟我是特意来向董事长表示感谢的。有后方爱国人士的支持,弟兄们一定奋勇杀敌,收复大好河山。请董事长和父老乡亲放心。敬礼!"他精神抖擞地行了个军礼。

许家国连连点头,十分感动。"军队官兵抗击日寇,舍生忘死,可歌可泣,老百姓真的不知道该怎么感谢你们呢。"他望着张文松:"文松,午饭备好了吗?"

张文松看了那几名军官一眼:"董事长,他们急着赶路,说跟您道个别就得出发。"

许家国:"那怎么行?饭总是要吃的嘛。"

那上校:"董事长,兄弟军令在身,任务急迫,必须限时往返,午餐就谢谢了。就此告辞。"

许家国只好表示理解:"好,好。既然这样,我也不敢过多耽误。你们就顺风顺水,一路保重。"

上校再次跟许家国和其他人行礼握手,朝码头方向匆匆而去。

许家国望着他们的背影,感动地扬手告别。

许加林这才上前一步:"叔,我要说一句军令在身,好像又有点不合适吧?嘿嘿。"

许家国笑了:"哈,你也是使命在身嘛。医用酒精装船了?"

许加林:"装好了。还是那两条运棉纱下来的船。"他忍住坏笑:"船老板还一个劲儿夸您为人厚道,说下次还给咱们运货。"

许家国:"他那叫吃了人家的嘴软,拿了人家的手软。嘿,我也不安好心,没有让他们白吃白喝。"

张文松和许加林都笑了。

许家国:"哈,开开玩笑。说实话,多亏他答应留下来住一晚,要不然咱们那批货麻烦还挺大的。"

许加林:"还真是。"他看了看表:"叔叔,我也该走了。午饭在船上吃,船老板已经准备了。"

许家国:"好。你赶紧走吧。"他郑重地交代侄儿说:"加林啊,回到浦溪,还要加大军品的产量。民用订单继续压着,啊。机器转速还可以再调快一档,知道吗?"

许加林:"知道了,叔叔放心。"

19.大河街 街道上(日 外景)

一名穿制服的电报投递员,脚蹬一辆自行车从街道那头穿过来,骑到济民纱行大门口才刹住车,用一只脚撑地,朝大门里面喊了声:"济民纱行,电报!"

"来了。"郑锦仁一边应着,一边跑了出来。

那投递员打开一个夹子,递上一支笔:"签个字。"

郑锦仁赶快签字,然后从那投递员手上接过一份电报。

投递员随即蹬上自行车,朝前方驶去。

郑锦仁打开电报,看了一眼,立即喜形于色。

他没有迟疑,抬脚跑进了纱行大门。

20.许家国的书房内(日 内景)

许家国从郑锦仁手上一把抓过电报,急不可耐地看了起来。

薛兰芝的画外音:"家国,母亲的病情总算好转,可以勉强站起来走路了。我已经跟如蒙大哥说定,三天之内,只要有南下的列车,立即送我们全家启程。谢天谢地,朝思暮想的日子总算快熬到头了。家国啊,数着钟表等我来吧。多多保重,为了我。

你的兰芝。"

许家国的手激动得发抖："太好了。太好了。"他像只陀螺在书房里转个不停："郑伯，赶紧吩咐飞舟，把我那车弄好，随时准备去趟长沙。我要亲自去接他们过来。"

郑锦仁也很激动："没问题，我都会安排得严丝合缝。"他迟疑了一下："家国，电报里说到了如蒙大哥，怎么没提许民安啊？他应该也一起过来吧？"

许家国："那还用说？他肯定会过来，留下他就是为了这一天。头等大事，他能不过来吗？"

郑锦仁："那就好。"他松了一口气："家国，这段时间我的压力越来越大。你知道的，纱厂所有的备用金，这会儿都在许民安手上，咱们只带了一点流动资金。纱厂的材料款一付完，账面上剩下的钱，就支撑不了多少天了。我心里着急啊。"

许家国点了点头："我知道。再等几天，人到了钱也到了。哈，郑伯，这一关咱们总算熬过来了。"

郑锦仁略感欣慰，便点了点头。

21. 汉口　江汉关（日　外景）
江汉关那口大钟正在准点报时，钟声悠然回荡在空中。
一幢法式建筑前，有法国士官和两名印度警察站在大门边。
字幕：汉口　法国领事馆

22. 这幢建筑的一间保管室内（日　内景）
领事馆副领事勒布伦正陪着许民安查看着那两只皮箱。
皮箱已经打开，里面的金条和银圆毫发无损。
许民安满意地点了点头，掏出一张支票递给副领事，用法语说："勒布伦先生，这是付给你们的保管费，请收下。"

勒布伦:"谢谢。"他接过支票:"今天就取走吗?"

许民安摇了摇头:"我来查看一下,可能还得存几天。"

勒布伦:"没问题。付清保管费,可以免费存放七天。"

许民安:"用不了那么长时间。也就两到三天吧。"

勒布伦:"随时为阁下效力。"他将箱子上好锁,回头看着许民安:"这笔财产,许先生打算往什么地方转运?"

许民安警惕地看着他:"对不起,这跟阁下没有关系。"

勒布伦赶快解释说:"许先生误会了。本人无意侵犯您的隐私,只是想告诉许先生,如果您想运往上海或者天津,法国领事馆可以派武装人员全程护送。"

许民安想了想:"运到其他地方呢?比如南方山区?"

勒布伦琢磨了一下:"许先生,为什么要运往南方?天津上海有很多商机。山区非常贫困,也能产生经济效益?"

许民安笑了笑:"眼前更需要的不是效益,而是意志。"

勒布伦困惑地望着他:"许先生,这句话我没听懂。"

许民安:"救国救亡。这句中国话,应该能听懂吧?"

他不想再说什么,转身朝门外走了出去。

23.水码头 担水的跳板处(日 外景)

水码头上架一条跳板,卖河水的人们正在跳板上排队打水。

半斤挑一对水桶,排在队伍的最后。

九哥也挑着一对水桶走了过来,排在他身后,叫了声:"表哥,今天生意好不?卖几担水了?"

半斤回头看了他一眼:"哦,老九啊。一个卖河水的,生意再好,也搞不得几个小钱啊。你呢?"

九哥有点得意:"嘿,运气还好。我去济民纱行做事了。"

半斤小眼睛一眨:"济民纱行?那是好事啊。"他想了想:

"哪天也带我进去开开眼界?"

九哥:"当然可以。有忙不过来的时候,你替我送几担水进去。扁担脚力,我都付钱给你。"

半斤嘴里应着"好说,好说",心里却盘算开了。

24. 大河街税务所　大门口（日　外景）

郑锦仁提着一个公文包,等候在大门外。

一名税务员走了出来,问:"哪位是济民纱行的管家?"

郑锦仁赶快回答:"啊,我就是。姓郑。"

税务员:"翟所长在办公室等你,请跟我来。"

郑锦仁便跟着他走进了税务所。

25. 翟所长办公室内（日　内景）

翟所长朝走进来的郑锦仁招了招手:"请坐,管家先生。"

郑锦仁:"啊,就不耽误所长的公务了。所长请直接吩咐。"

翟所长:"也好。"他从桌子上取过一张账单:"遵照你们董事长请求,附加税已经全部列出来了。总共要补税三万九千七百六十一块大洋。啊,请带回去请许董事长过目。"

郑锦仁听得心里有点发毛:"这、这笔数目……"他看着翟所长:"所长,不是说,有些税可以核减吗?还有免征的呢?"

翟所长便把账单往上一扔:"行了。你们老板实在是个明白人,怎么就请了你这么个点不亮的管家?"

郑锦仁似乎被提醒了:"哦哟,差点忘记了。"他取出两条香烟:"这是我们董事长一点心意,请所长先生不要嫌弃。"

翟所长眼睛一瞪:"干什么?我从来就不抽烟的。拿回去!"

郑锦仁怔了一下,将两条香烟往办公桌上一放,拿起那份账单,逃跑似的走出了这间办公室。

翟所长忽然来了火,一挥手,将那两条香烟扫到了地下。

那两条"香烟"摔到地面,包装立即破裂。从包装盒中,散落出很多银晃晃的光洋,滚了一地。

翟所长惊异地看着地面,顿时眼睛都亮了。

26. 小河街　一个简陋的院子外(日　外景)

院门外悬挂一块木质招牌,上面写着"麻阳拳馆"四个大字。

滕玉翠从街道那头走来,推开院门走了进去。

27. 麻阳拳馆小院内(日　外景)

一名四十岁左右的健壮汉子,穿一身练功服,正在训练徒弟。

院子内,几十名青少年男女,在那汉子的指导下,扬拳踢腿整齐地练习武功。

滕玉翠走了过来,叫了那汉子一声:"朝武叔。"

张朝武:"翠翠来了?你这丫头,还记得有个朝武叔啊?"

滕玉翠:"对不起啊朝武叔,人家不正在准备考预科生吗?"

张朝武:"是啊,好好考。不读书,哪有出头之日嘛?"他看着滕玉翠:"翠翠,有事吗?"

滕玉翠:"是。我爹说,晚上请您去家里喝酒。"

张朝武:"对呀,今天是你爹六十大寿,昨晚我还想到了呢。告诉他,这里一散场,我马上赶过去。"

滕玉翠点了点头,又望着他:"朝武叔,瞧您这威武身段,怎么还不找个婶娘啊?都四十出头的人了。"

张朝武:"哈,你爹六十岁了。他都不着急,我还急什么呀?"

滕玉翠:"这么说,朝武叔是不好意思啰?那咱们就齐心协力,先给我爹撮合一个呗。"

张朝武有点意外:"嘀,朝武叔还真没想到啊。别看这丫头黄眉嫩牙的,嘿,她已经没什么搞不懂了。"

滕玉翠脸一红,回头跑了出去。

张朝武望着她的背影,忍不住放声大笑。

28. 马爷的客厅内(日 内景)

马爷坐在太师椅上,从茶几上拿过一支香烟。

半斤赶紧趋上前去,划燃火柴给他点烟。

马爷吸了一口烟,漫不经心地教训说:"死了心吧你。济民纱行就算没有雇你表弟,找错了人也不会雇你啊。也不照镜子看看自己,一副贼眉鼠眼的样子。"

半斤不敢还嘴,自嘲地笑了笑:"听马爷这么一说,我半斤还真找不到一个吃饭的地方了。"他想了想:"马爷,济民纱行油水那么厚,您就真的死了那条心?"

马爷也不着恼:"啃不动啊。石胡子的套子甩空了,翟所长一锅盖罩过去,差点崴了自己的脚。人家厉害呢。难怪江湖上的人都说,天上九头鸟,地下湖北佬啊。"

半斤奸笑了一下,壮着胆子,故意刺激了他一句:"那确实。我这一辈子,还没有看见哪个角色把马爷踩成了缩头乌龟。嘿,那些人确实厉害。"

马爷将烟头一掐:"用不着你小子来激我。下马威是一定要给的,要不然,整条大河街还有你马爷的天下?"

半斤:"那是,那是。"

马爷伸出一根食指,勾了勾:"你过来。"

半斤赶紧附上前去。

29. 小河街　喊山公的小楼外（日　外景）

张朝武换了一身青衣青裤，显得更加飘逸俊朗。他提一对酒瓶，走到门外敲了敲门："汉山哥，在家吗？"

喊山公在里面应了声："来了。"

他打开房门走了出来，看见张朝武手上提的礼物："看看，你还提酒来干什么？又不是外人。"

张朝武："今天什么日子嘛。我是来给您拜寿的，汉山哥。"

喊山公点了点头，心中十分感慨。

喊山公："唉，也就眼皮一眨，人就上了六十。嘿，不中用了。"

张朝武："得了吧老哥。"他微笑地看着喊山公："别人不知道，我心里是清楚的。咱们喊山公还健壮得很呢。"

喊山公摆了摆手："不说这个。"他回头朝屋内看了一眼，带上屋子大门，把张朝武拉得离屋子远了些。

张朝武不解地望着他："汉山哥，什么事啊？"

喊山公："等下吃饭的时候，你跟玉莲讲几句。"

张朝武："讲什么？"

喊山公："你知道的，我对大丫头最亏欠，她有一肚子苦水啊。原以为她心里还清静，前天晚上，突然一个人跑出去了。"他朝四周看了看，压低了声音："还带了家伙，说是要了结旧账。"

张朝武蓦地一惊："噢，有这样的事儿？"

30. 许家国的书房内（日　内景）

许家国坐在书桌后面，用一柄算盘计算着那张附加税账单。

郑锦仁坐在他对面，心有不甘地说："还不知道他领不领情呢。两条烟盒子，足足装了六十大洋。但愿不要打了水漂才好。"

许家国："别再心疼了。"他指着那账单："郑伯你看，跟这三四万数目相比，六十大洋简直就不算钱了。"

郑锦仁连连摇头："唉，世道怎么就变得这个样子了？"

许家国更是愤慨："哼，古人早有训诫：'万千清廉，只是小善，分毫贪腐，便成大恶。'这家伙先把你陷入危难，再横加勒索，这叫恶上加恶。唉，实在可恨至极啊。"

郑锦仁只好反过来劝他："算了，别想了。退财免灾，只求今后平安无事，我就烧高香了。"

许家国将那账单收进抽屉："这账单我先收好了。坦白地讲，给他送钱虽然出于无奈，于我来说，做这种事情也实在闹心。我要把它保存在身边，时不时找出来看一眼。总得吃一堑长一智才好啊。"

郑锦仁连连摇头，唏嘘不已。

31. 济民纱行　大门外（日　外景）

向飞舟骑着一辆自行车，在纱行门口停了下来。

自行车后面的货架上挂着一只扁形汽油桶。向飞舟将汽油桶搬下自行车，正要扛进去，后面有人叫了声："小兄弟，请等一下。"

向飞舟回头一望，赣南油铺的付管家匆匆走了过来。

向飞舟赶紧打个招呼："付管家啊，您有事吗？"

付管家将手上的一只大红帖子交给他："麻烦小兄弟把这个帖子呈交你们许董事长。谢谢了。"

向飞舟接过那帖子："没问题。是什么帖子啊？"

付管家："一份请柬。我们吴老板今天晚上请许董事长到庚园大酒楼赴宴，请尽快呈交哦。"

向飞舟:"好的,我这就去。"

32. 许家国的书房内（日　内景）
请柬的特写:
大红请柬的封面上,有恭恭敬敬的三行楷书:

　　敬呈　济民纱行
　　许董事长家国先生大启
　　江西会馆　敬上

许家国看完请柬,不禁很受感动,对郑锦仁说:"郑伯,这两天忙昏头了,竟然让人家抢先了一步,真是有点失礼啊。"

郑锦仁赶快点头:"是啊是啊,都怪我考虑不周。人家可是诚心诚意,过两天咱们一定隆重回请。你觉得呢?"

许家国:"当然。越快越好。"他看了看表:"时间不早了。郑伯,赶紧安排几份伴手礼,咱们早点过去吧。"

郑锦仁应了声,起身走了出去。

33. 喊山公家　堂屋内（黄昏　内景）
堂屋里摆放着一张餐桌。桌面上菜肴比往日丰盛。
喊山公和张朝武相对而坐。
滕玉翠坐在旁边,正在用壶往他们的酒杯里斟酒。
滕玉莲端着一碗刚刚炒好的蔬菜,走过来放在了桌子上。
张朝武:"玉莲,别忙了。赶紧坐下来吃吧。"
滕玉莲:"已经忙完了。这是最后一道小菜。"
然后她在妹妹对面坐了下来。
张朝武便端起了酒杯:"来来来,每人敬老寿星一杯。我先来。汉山哥，祝您身板子越来越硬朗，一拳打得死老虎。"

姐妹俩一下就乐了。

喊山公也端起了酒杯："嗯，这话好听。谢谢老弟，干！"

大家便喝下了第一杯酒。

张朝武放下酒杯，看着滕玉莲："玉莲，第二杯该你敬了。"

滕玉莲便端起了杯子，没说话先笑了一下："爹，我听说，您要是不找个老伴，我朝武叔也不敢先找。"

张朝武赶快否认："没有这事儿。你是听谁说的？翠翠？"

滕玉翠忍住笑："别打岔，我姐还没说完呢。姐，您接着说。"

滕玉莲："爹，那就为了你们几十年拜把兄弟的情义，女儿祝您心想事成，早点讨个后妈回来。"

喊山公哈哈大笑："这话我更喜欢听。借女儿的吉言，我干了！"他将第二杯酒一饮而尽。

然后他望着滕玉翠："翠翠，该你了。你这坏丫头，想跟爹说句什么话？不管那话怎么没名堂，尽管说。爹等着呢。"

滕玉翠："哟，我想说的话，让我姐先说了。"她想了想："那我说句有名堂的话吧。爹，您老人家要保重身体，少喝点酒。跟我后妈一起加油攒劲，再给我们生个弟弟，好不好？"

喊山公屈起手指，在她头上轻轻敲了一下："这个鬼丫头，我敲你个栗拐子！"

一桌人捧着肚皮，早已笑得翻倒。

34. 庚园大酒楼　大门外（黄昏　外景）

天近黄昏，酒楼的大红灯笼早已点亮，四周火红一片。

吴子敬和几名绅士已经等候在酒楼大门外。有人长袍马褂，有人西装革履，还有人执一根文明棍，一个个派头十足。

很快就有两辆黄包车拉了过来。许家国在前,郑锦仁拎一袋礼品在后,两人同时走下黄包车,大步朝庚园大酒楼走了过来。

主宾双方老远就拱手作揖,相互问候。

许家国:"哎呀呀,岂敢烦劳各位门前迎候?许家国荣幸之余,还真是惶恐不安啊。"

吴子敬:"哪里哪里。许董事长赏脸光临,既是江西会馆的荣幸,更让我吴某人脸上有光。来,我给许董事长介绍一下。"他指着身边一位长袍马褂的绅士:"这位就是本馆会长陈老先生。"

许家国赶紧拱手:"幸会,幸会。还请陈会长多多关照。"

吴子敬又指着另外一位穿西装的男子:"这位是从南洋回来的孙博士,他的船队遍布东南亚,号称江西船王。"

许家国还没来得及打招呼,孙博士就主动上前握住了许家国的手:"许董事长真是蜚声海外啊。敝人起初也留学西洋,专攻纺织,后来改行去了南洋,有幸在吉隆坡工商界闻听过阁下的鼎鼎大名。"

许家国:"不敢,不敢。在下以前曾经在那边见习参访,结交过一些业界朋友。如此而已。"

陈会长便插话说:"要不请许董事长先入席,再一一介绍吧?"

吴子敬:"对对对。许董事长。您先请。"

主宾相互谦让,先后走进了庚园大酒楼。

35.喊山公的堂屋内(夜 内景)

喊山公和两个女儿在张朝武陪同下,继续兴高采烈地喝酒。

张朝武放下酒杯,望着喊山公:"老哥,一家人不讲见外话哦。小弟刚才听两个侄女左一句右一句跟你逗乐,是不是真的有什么人要做我嫂子了?"

喊山公手一摆:"哪有那事儿?都是七老八十的人了,平时相互有点关照。也就那么点意思,再往前也走不动了。"

滕玉翠赶紧说:"爹,您这样不上心,那可不行哦。听说人家让济民纱行雇走了,那边尽是大地方来的人。要是一来二往看花了眼,煮熟了的鸡婆也会飞呢。"

喊山公:"别乱讲话。济民纱行的人我还不晓得?他们还真是些正人君子。这年头,好人太难得了。"

张朝武不了解情况,想了想,为稳妥起见便建议说:"老哥啊,江湖险恶,风云多变,还是先逮到手再说。到底是不是好人,咱们一时也难得分清。"

滕玉莲:"朝武叔,别人我不敢讲,济民纱行那边的确是好人。"她说得很肯定:"我已经分清楚了。"

喊山公敏感地注意到了她说的话:"噢?玉莲,你又不常出门,怎么就分清楚了?"

滕玉莲很认真:"这还不简单?凡是坏人挖空心思要坑害的人,必定就是好人。"

张朝武一听这话,立即朝喊山公看了一眼。

滕玉翠也感到意外,满腹狐疑地看着滕玉莲。

喊山公追问了句:"这话我听不明白。谁想坑害他们啊?"

滕玉莲顿了一下,不再往下说了。

喊山公放下筷子盯着滕玉莲:"玉莲,有句话爹一直梗在心里,那天晚上,你到底干什么去了?好丫头,你跟爹说,啊。"

滕玉莲眼睛里头涌现出一种仇恨:"我看见石胡子了。"

张朝武和喊山公同时吃了一惊。

滕玉莲:"我想报仇。我要杀了他。"

张朝武赶紧说了声:"玉莲,别说气话。杀了他你怎么办?

这里是繁华闹市，又不比我们老山里头，到处都有地方躲。"

滕玉莲："可我躲了这么多年，也没躲过他啊。"她咬着牙发狠说："我不想再躲了。杀了他，我也当场去死。"

喊山公一拍桌子："蠢话！你们都死了，还有个女儿呢。珍子怎么办？她也不活了？"

滕玉莲忽然感情激动："我这不跟没有女儿一样吗？活不见人死不见尸，我的女儿到底在哪儿啊？"她的眼泪喷涌而出："未必我这一辈子就注定见不成女儿？就注定嫁不成男人？未必我往后的日子，注定只是一个会出气的死人吗？"

她再也说不下去了，忽地立起身，扭头就要往楼上跑。

滕玉翠赶快站了起来，一把拉住了她："姐，别这样……"

滕玉莲用力将她推开，很快跑上了楼梯。

滕玉翠一边呼叫，一边追了上去。

张朝武一时不知道如何是好，赶紧望了喊山公一眼。

喊山公呆呆地坐在那里，既没起身，也没说话。两行热泪湿巴巴地挂在了他干枯的面颊上。

36. 庚园大酒楼　一间包厢内（夜　内景）

酒至半巡，许家国端着酒杯站了起来："陈老会长，子敬先生，各位朋友，许家国被日寇逼迫，仓促流亡到大河街，没料想因此结识了各位业界精英，这才叫因祸得福啊。来来来，我许某人借花献佛，敬江西会馆全体同仁一杯。家国先干为敬。"

他一仰脖子，喝下了那杯酒。

陈会长端着酒杯，有点为难地说："啊，许董事长，本人一不善喝酒，二不会讲话。阁下盛情相敬，又不好推辞，怎么办呢？"他看了吴子敬一眼："这样吧，酒我抿一小口，话嘛，就委托我们吴子敬副会长说几句吧。"

许家国："好。会长请随意。"

陈会长勉强饮了一小口酒，呛得干咳两声，赶快坐了下去。

吴子敬便站了起来："陈会长德高望重，既然作了委托，兄弟我也只好勉为其难了。来，先敬许董事长一杯。"

他动作很快，话刚落音，那杯酒已经一饮而尽，当时就博得了满桌宾主的一片喝彩。

喝完酒他却并没有坐下去。借着酒劲，他望着许家国："本人出生赣南，地道的客家人。许董事长刚才说是流亡此地，我客家人祖祖辈辈都在流亡。只是从来不敢像许董事长那么趾高气扬。"

这句话说得一桌子的人都放下筷子酒杯，一时鸦雀无声。

郑锦仁不禁暗暗朝许家国看了一眼。

许家国面色有些尴尬，不得不点了点头。

陈会长觉得有点不妥，暗中拉了一下吴子敬的衣角。

吴子敬却不肯作罢："当然啰，人跟人不一样，各有各的底气，各有各的做派。只是吴子敬与济民纱行隔邻隔壁、屋角相连，我做的是桐油生意，院子里经常存放过夜油桶。许先生知不知道，济民纱行开张那天大放烟花爆竹，把我吴某人吓得屁滚尿流，赶紧跑去喊消防义勇队。鞋都跑掉了一只呢。"

许家国赶忙站起来，拱手道歉："啊，得罪，得罪。完全是我考虑欠周。正好各位同仁在场，家国当面道歉。"

吴子敬余怒未消："我的老天，要崩几个火星子过来，我吴子敬岂不倾家荡产、家破人亡？对不起啊，许董事长，这件事情，我要不当面讲明，一辈子都会耿耿于怀。"

许家国连连称是，朝郑锦仁一招手："郑管家，请站起来。我们两个人自罚三杯，向子敬兄负荆请罪。来，倒酒。"

一时间，全体宾主都站了起来。

37. 济民纱行　院门外（夜　外景）

半斤挑着一担河水，走到院子大门外，朝里面张望。

向飞舟拿着一些工具和一捆汽车电瓶线从街道那头走来。

他看见半斤在门口张望，便告诉他说："卖水的，我们这里不买河水，自己有人挑呢。你到别的地方卖去吧。"

半斤："啊，小兄弟，你们挑水的那个人，是不是叫九哥啊？"

向飞舟："是啊。你认识他？"

半斤："那是我表弟呢。麻烦你进去喊他一声，好不？"

向飞舟没有在意："那你进去吧，他在厨房吃晚饭。"他想了想："要不，我带你去吧。"

半斤："啊，那就辛苦小兄弟了。"

他跟在向飞舟身后，挑着那担水进了济民纱行大门。

进门的时候，他还扭过头朝后面看了一眼。

38. 济民纱行　对面街边上（夜　外景）

街边屋檐下，有两名站在那里闲聊的男子一直监视着这边。

看见半斤走了进去，两人用目光交流了一下，扭头离开了。

39. 济民纱行　厨房内（夜　内景）

刘妈和九哥坐在餐桌两边，正在吃晚饭。

半斤挑着那担水，跟随向飞舟走了进来。

刘妈赶紧站了起来："哎，你怎么进来了？"她看见了向飞舟："飞舟，我们不用买河水了，你不知道吗？"

向飞舟："妈，他是来找人的。"

九哥也回过头来："哟，半斤表哥，是你啊？"他看见了那担河水:"你把水挑到这里来干什么?"

半斤:"天黑了,这担水卖不掉了。正好从这里走过,心想你在这里做事,这担水就送给你们吧。就跟这个小兄弟进来了。"

向飞舟:"那你们说话吧,我还得赶紧去弄车。"

他不再耽搁,拿着那些工具、电线走了出去。

九哥望着刘妈:"刘妈,您看呢?"

刘妈心很善:"既然都挑进来了,就要了吧,水钱还是要给的。要不然老板会说我。"她望着半斤:"这位表哥,吃饭了吗?"

半斤似乎有点不好意思:"呃,还没有呢。"

刘妈:"赶紧把担子放下,就在这儿跟你表弟一起吃点吧。"

半斤:"哟,刘妈,那怎么好意思呢?"

九哥兴冲冲地接过了那担水:"嗨,刘妈都开口了,你还装什么客气嘛?过来,坐这儿。"他望着半斤:"喝点酒不?"

半斤支吾了一句:"嘿、嘿嘿……要是有的话……"

九哥便问刘妈:"刘妈,厨房里有酒吗?"

刘妈迟疑了一下,分明不想让他们喝酒,又说不出口,便回身从橱柜里取出了一罐子烧酒。

40.喊山公的堂屋内(夜 内景)

喊山公一个人坐在餐桌后面,万分苦恼地低着头,用双手紧紧地抱着脑袋,那样子看上去极其孤独。

面前的餐桌上,张朝武拿来的那两瓶酒,一瓶已经喝空,横倒在餐桌上,另一瓶也只剩下了一少半。

喊山公勉强抬起头来,抓过那小半瓶酒,继续向杯子里倒。

滕玉翠飞快从楼梯上跑了下来:"爹,您不能再喝了。"她走到父亲面前:"爹,您听我说,朝武叔已经把姐姐劝回头了。"

喊山公没有理睬,继续倒酒。

滕玉翠扑了过来，要去夺那酒瓶："爹啊，你不要命了？"

喊山公紧紧地攥住酒瓶："要命干什么？索性一起死！"他一把将滕玉翠推倒："走开！"

就听得楼上一声呼喊："爹，爹啊——"

喊山公抬头一看，滕玉莲从楼梯上踉踉跄跄奔了下来。

她一头扑到喊山公怀里，放声大哭："爹，女儿不孝，今天是您六十大寿，全让女儿搅得稀烂了。女儿只顾个人的仇恨，反过来伤了自己的亲人。爹啊，看在女儿可怜的分上，您就别怪女儿了。好吗？爹爹啊……"

喊山公紧紧地抱着滕玉莲："不怪你，好女儿。知道你心里有仇，你想报仇。女儿啊，没有用的。爹爹也有仇，爹爹也想杀仇人，可杀了仇人，亲人也活不回来啊。杀来杀去，杀得连个安身的地方都没有，一辈子提心吊胆，一辈子不得心安。女儿，听爹一句话，那畜生终究不得好死，可你还要好好活下去呢。记住了吗？我的女儿？"

滕玉莲："好，好。爹，女儿记住了。女儿再也不想那些事了，一辈子踏踏实实伺候您，啊。爹，您就别生气了，啊。"

张朝武见事情已经缓和，赶紧招呼大家说："好啊，没事了。来，接着吃饭。"他望着喊山公："老哥，您也吃口饭，压压酒？"

喊山公突然醒悟，掏出怀表看了一眼："哎呀，八点钟都过了。"他猛地站起来，脚步禁不住一个趔趄，差点没有站稳。

滕玉莲一惊："爹，您要干什么？"

喊山公："干什么？打更去啊。头更九点，尤其误不得的。"

滕玉翠："不行啊，瞧您站都站不稳了。一晚上不打更没关系，又死不了人。别去了。"

喊山公生气了："这丫头，你知道什么？我这一声梆子一声锣，可是平民百姓的定心神丹呢。要随随便便歇他一晚上，不知道有好多人心里会不安稳,觉都睡不着。你信不信?"

张朝武便站了起来:"老哥,小弟敬佩你。这样吧,今天晚上你睡个踏实觉。打更的事,您就交给我张朝武了。"

喊山公摇了摇头:"不是不相信你,老弟啊,你瞌睡大,又没这习惯。"他转而一笑:"要不这样吧,你陪着我一起去。梆子我来敲,锣就你来打。正好结个伴儿说说话,要得不?"

张朝武:"哈,好久没陪大哥说说话了,怎么要不得?"

滕玉莲、滕玉翠姐妹这才放下心来。

41. 庚园大酒楼　大门外（夜　外景）

江西会馆的宴席已经结束,客人纷纷出门,各自离去。

最后出门的是许家国和郑锦仁。

吴子敬跟在他们身后,一起走了出来。看得出大家喝多了点,都有些赤面红眉,头重脚轻。

出得门来,吴子敬好像意犹未尽,问许家国:"董事长,喝、喝得怎么样啊?"

许家国:"不瞒子敬兄说,我、我喝太多了。"

吴子敬:"什么话?江、江湖上的人,这点酒算、算得了什么?"他一把拉住许家国:"知道什么叫江湖吗?我江西,你湖北,一江一湖,你我两个就是江湖嘛。"

许家国:"嘿,有、有点味道。一江一湖,哈。"

吴子敬朝江边一望:"看见那条船吗?那、那是我的。"

许家国朝江边望去,果然有一条木船停泊在码头边。那条船很不一般,周身油光锃亮,船舱灯火辉煌。

许家国连连夸赞:"好船。好船啊。哪天我也置他一条。"

吴子敬:"这就对了。在大河街安身立命,怎么能没一条好船?"他朝许家国一拱手:"告辞了,家国兄。哈,这么称呼,吴子敬也太过高攀了吧?"

许家国:"什么话?今后就兄弟相称,互不见外。"他有点奇怪:"什么叫告辞啊?这么晚了,你还要到哪儿去吗?"

吴子敬:"不错,去长沙。会馆有急事,必须连夜走。"他拍了拍许家国的肩头:"哈,家国兄,要不是晚上请你吃饭,我下午就急着出发呢。怎么样?吴子敬足够诚心了吧?"

许家国很受感动:"是啊,是啊。比起子敬兄来,家国也是太过疏忽。那好吧,就不耽误子敬兄的行程了。咱们兄弟虽然相见恨晚,所幸来日方长。走,家国送你上船。"

两人打着哈哈,相互搀扶着,朝码头上的那条船走了过去。

42. 济民纱行　大门外（夜　外景）

很远的地方传来了打更的声音。那声音跟往常明显有点不一样,尤其那吆喝声,比喊山公的嗓子圆润很多,节奏也很快,没有了平素那种拖腔拖调。

画外音:"……水缸水满,门牢窗牢!小心火烛,防匪防盗!"

张文松骑着一辆自行车驶了过来,听见更夫那么急促的吆喝声,摇头笑了笑,来到了济民纱行门口。

他下了自行车,看见纱行大门是敞开的,不禁有点奇怪。

他回头朝两边看了看,推着自行车进到了院子内。

43. 济民纱行　厨房内（夜　内景）

九哥和半斤两人已经酩酊大醉,就在餐桌的长条板凳上一横一竖地睡得人事不省。

刘妈一肚子不高兴,洗完碗筷,放回碗柜,回头看了两条醉汉一眼,一时也不知道该怎么办才好。

外面打更的声音近了些，刘妈不禁有点着急了。

她走过去推了推九哥："哎，起不起来啊？"

九哥毫无反应，只有雷一般的鼾声。

刘妈很生气："这地方哪能睡觉啊？听见了吗？九哥，别装了，酒醉心里明，你说句话啊。"

九哥还真的没有知觉，躺在那里，像一摊烂泥。

刘妈完全无可奈何了："我管不得你们，要回家了。醒来你们就赶紧走，听见了吗？死酒鬼。"

44. 济民纱行　厨房外（夜　外景）

刘妈走出厨房，仍然有点不放心，踟蹰了片刻，终于离开了。

45. 济民纱行　厨房内（夜　内景）

少顷，半斤睁开眼睛，一个翻身坐了起来。

他朝外面望了一眼，起身走到那担水桶前，取出藏在水桶底部的一件东西，那是一个装了弹簧的小装置。

半斤掏出火柴盒，取出三根火柴棍，一根一根地插了进去。

他再次朝四周看了看，拿着那装置悄悄地溜出了厨房后门。

46. 济民纱行　前院内（夜　内景）

张文松放好自行车，闻到一股酒味，不禁有点奇怪。

刘妈正好从厨房那边走了过来："哦，张总管，您可回来了。"

张文松："刘妈，您还没回家吗？"他问了句："这么大股酒味，谁在喝酒啊？"

刘妈："嗨，九哥来了个表兄，我又不好意思不让喝。"

张文松："哦。没关系，您回去吧。这事儿交给我。"

47. 济民纱行 后院的一道矮墙外（夜 外景）

这道矮墙不到一人高，正好将后面的天井和厨房隔开。

矮墙下面堆放着一些劈开的木柴，还有一些捆扎起来的稻草。

一双手将那稻草扯散，将那只弹簧装置塞在了稻草底下。

48. 后院的矮墙内（夜 外景）

那辆"吉姆"小轿车停放在里面。车子的引擎盖掀开着，向飞舟正在埋头打理车内的电线。仿佛听见有动静，他便从引擎盖后面探出头来，朝矮墙那边望了过去。

49. 后院的矮墙外（夜 外景）

柴火后面，半斤那张脸迅速地消失了。

50. 后院的矮墙内（夜 外景）

向飞舟没发现什么，便拉开车门，钻进车内继续调试线路。

51. 通往厨房的过道上（夜 内景）

张文松从过道穿过来，急急忙忙走进了厨房。

52. 厨房内（夜 内景）

九哥和半斤仍然瘫在长条板凳上，醉得死猪一般。

张文松走了进来，俯下身去看了看九哥，却被他身上的酒气呛得赶快站了起来。

然后，他走到半斤面前，也俯下身子察看着。

他仿佛发现了什么,凑近半斤的脸,用鼻子嗅了嗅。
觉得半斤身上似乎没有多少酒味,他不禁顿生狐疑。

53. 后院的矮墙处(夜　外景)

干稻草忽地被点燃。火苗急剧扩大,迅速向四处蔓延……

54. 小轿车内(夜　外景)

向飞舟猛然抬起头,火焰蹿了过来,瞬间点燃了小轿车……

向飞舟跳了出来,就地一滚,蹦出了火焰圈,惊慌地大声呼喊:"哎呀!不好啦!快来人啊!起火啦……"

55. 厨房内(夜　内景)

张文松蓦地抬起头,火光在他脸上不停地闪烁……

外面河街上有很多人在惊叫呼喊……

张文松没有丝毫犹豫,紧咬牙关,一个箭步冲了出去。

…………

第 04 集

1. **前集回顾**

柴火下面的干稻草忽地被点燃。

火苗迅速扩大,很快地向上蹿起,终于熊熊燃烧。

向飞舟猛然抬起头来,火势正在顺着地面迅速延伸。眨眼之间,那辆"吉姆"小轿车被点燃,烈焰从车身腾空而起。

向飞舟就地一滚蹦出了火焰圈,惊慌地呼喊:"哎呀!不好啦!快来人啊!起火啦……"

2. **离济民纱行不远的街道上(夜 外景)**

喊山公和张朝武正在巡更,同时看见了那幢窨子屋的火光。

张朝武:"大哥,那边起火了!"

喊山公:"不好!是济民纱行。敲锣!快敲锣!"

他抬脚就往济民纱行那边跑去。

张朝武追在后面,一边高呼,一边急骤地鸣锣告警。

3. **济民纱行 门外街道上(夜 外景)**

街道对面闲聊那两个男子,手持火把,一个跑到赣南油铺院外，另一个跑到昌盛粮庄大院，同时将手中的火把扔进了院墙内。

那两座院子便同时被点燃了。

4. 离济民纱行不远的街道上（夜 外景）

张朝武已经看见了他们："大哥，有人放火！"

喊山公一把夺过铜锣："逮那两个狗日的！快去！"

张朝武甩开脚步，如离弦之箭，朝那边飞奔过去。

喊山公更加使劲地敲锣："救火啊……救火啊……"

居民们已经纷纷涌上了街道，脚步杂乱，人声鼎沸。"起火啦！不得了啦！救火啊！快救火啊……"

5. 济民纱行 后院内（夜 外景）

张文松提着两只消防木桶，上气不接下气地奔了过来。

那辆小轿车已经被火焰吞噬，旁边的杂物也正在熊熊燃烧。

突然，火焰中蹿出来一条人影，那人衣服已经着火。他想压灭身上的火焰，便在地下不断地翻滚着。

张文松大惊失色："飞舟！"

他抢上前去，一桶一桶地朝向飞舟身上泼水。

6. 济民纱行 院墙外（夜 外景）

张朝武飞快跑了过来，往左右两边望去。

那两个放火的男子，早已经不见人影。

7. 济民纱行 门前的街道上（夜 外景）

一位车夫气喘吁吁地拉着黄包车，从街道那头一路跑了过来。

许家国坐在车上，还没等车夫停稳，一步从车上跳了下来。

看见街道上混乱的情景，他当时就愣住了。

他不敢迟疑，分开人流，疾步跑到了纱行大门外。

大门内浓烟滚滚，呛得人无法进入。

旁边传来呼救声，许家国转头望去。

8. 赣南油铺　大门口（夜　外景）

油铺的付管家一头汗水，衣服上冒着烟，从里面跑了出来。

他朝着街上的人高声呼喊："怎么得了啊？快来人啊！一院子的桐油呢！我的桐油啊……"

9. 济民纱行　大门外（夜　外景）

许家国吃了一惊。他焦急地看了一眼自己的纱行，两难之下，竟不顾一切地朝赣南油铺那边冲了过去。

10. 济民纱行　对面街边上（夜　外景）

喊山公已经赶到了这里，望着对面济民纱行的大门里头冒出来的滚滚浓烟，顿时心急如火。

张朝武也跑了过来："大哥，那两个家伙不见了。"

喊山公："先不管他了。"他一把拉住张朝武："朝武，好兄弟，赶快替我进去救个人。快！"

张朝武："好。大哥，救什么人？"

情急之下，喊山公只好说了句："嗨！你嫂子。快啊！"

张朝武："知道了。"

喊山公回头一望，突然又叫住了他："朝武，等一下。"

朝武收住脚，回头望去。

身后不远的街边上，刘妈惊慌失措地走了过来。

11.赣南油铺　门外街道上（夜　外景）

许家国跑了过来，面对里面的浓烟，他迅速解开衣领上的纽扣，呼啦一下扯下了身上的长袍。

郑锦仁正好带领着一群消防义勇队员，跑步赶了过来："家国，消防队到了，我这就带他们过去救火。"

许家国一把拦住了他，坚定地说："郑伯，先救赣南油铺。"

郑锦仁："什么？那我们纱行呢？"

许家国："纱行再说。"

他一步跳到街道上，拦住了那些消防人员，大声喊道："过来，都过来，先救这一家。里面有桐油，赶快啊！"

那群义勇队员便一个个冲进了赣南油铺。

12.济民纱行　对面街边上（夜　外景）

喊山公和张朝武把这一切看了个清清楚楚，内心敬佩不已。

13.济民纱行　大门口（夜　外景）

刘妈头发散乱，跑到纱行门口，径直就往里面冲。

喊山公及时赶过来抱住了她："不行，进不去了，快退后。"

刘妈声嘶力竭："我的儿子！飞舟在里面啊，儿子啊！"

张朝武："别慌，我进去找。"

他憋住一口气，一头钻进了烟雾之中。

14.大河街入口处（夜　外景）

城里赶来了戴尖顶消防帽的队伍，簇拥着压力喷水车，挑着水桶，手持长竿挠钩，一窝蜂朝街道里面跑了进去。

后面紧跟着穿白大褂的医生、护士，拖着担架，提着抢救药箱，急急忙忙跑进了大河街。

15. 济民纱行　大门外（夜　外景）

救火的人越来越多。呼叫声一浪盖过一浪。

有人忽然高呼："救出来了！救出来了！"

刘妈和喊山公赶快朝大门里面望去。

张朝武、张文松左右架住向飞舟，从烟雾弥漫中冲了出来。

向飞舟手搭在他们肩上，衣服被烧得乌焦漆黑。从头发到裤脚，到处都在滴水，像是刚从河里捞上来。

张文松样子比他好不了多少，也是一脸乌焦，衣衫破烂。

刘妈不顾一切地抢上前去："飞舟！儿啊！你还好吗？"

向飞舟露出白牙笑了笑："我、我挺好的，没事儿，放、放心……"

话没说完，很快就昏厥过去。

刘妈："飞舟！飞舟啊……"

郑锦仁带着一名医生和两名护士赶了过来："让开，快送医院。快！"他朝刘妈一招手："刘妈，您也去。赶快！"

在众人帮助下，医生护士用一副担架把向飞舟抬走了。

郑锦仁又问张文松："文松，你怎么样？要不要去医院？"

张文松："不用了。"他有点上气不接下气："郑伯，后院防火门，我已经把它封死了。火不可能烧进去，您放心。"

郑锦仁痛心疾首："唉，怎么会出这场祸事啊！"

16. 大河街　尽头处一座楼阁上（夜　外景）

三层楼一间窗口处，可以看见马爷正在临窗眺望。

17.大河街　济民纱行那个方向（夜　外景）

远远望去，济民纱行那幢窨子屋还有余火在燃烧。

18.那座楼阁三楼的房间内（夜　内景）

马爷站在窗口后面，收回目光，悠闲地点燃了一支香烟。

半斤洗完澡，边用毛巾擦头发，边走到马爷身后："马爷，看见了吧？这一单活儿，真是干净利落啊。"

马爷没有转身："你觉得干净利落？"

半斤："那当然，一个纱行一个油铺，还有个昌盛粮庄，大河街三个最有钱的庄家，这一次恐怕要吐出来不少银子了。"

马爷不想听他吹牛，招了招手："你过来。"

他走到茶几前，从抽屉里头拿出一个小布包，"哗啦"一声扔到半斤面前："见过这么多大洋吗？"

半斤惊喜地掂了掂布袋："没有。真的，一辈子没见过。"

马爷："不光是赏钱。你带着它，给我回到山里去。起码三个月之内，不准在大河街露面。听清楚了？"

半斤眼睛眨了眨："哟，马爷，那这些钱恐怕就不够了。"

马爷笑了笑："少来这套，用完了再说。赶紧走吧，天一亮就不方便了，啊？"

半斤赶紧应承："好，好。马爷放心。"

19.济民纱行　门外的街道上（夜　外景）

火已经扑灭，消防义勇队和参加救火的市民已经散去。

街面上到处都是积水，青石板在路灯下格外光亮。

有三两个闲人，一边沿街巡看，一边收捡一点有用的东西。

20. 济民纱行　通往后院的大门前（夜　内景）

张文松打着手电筒，带着许家国、郑锦仁来到大门前。

推开后院大门，还有一些余烟飘了进来。

许家国赶紧朝后院里头望去。

21. 后院内（夜　外景）

那辆"吉姆"小轿车已经被烧毁，成了一堆废铁。

许家国和郑锦仁、张文松走了过来，在院子里查看着。

张文松指着那道矮墙，告诉许家国说："火是从那边烧起来的。那道矮墙后头，平时堆了一些柴草。"

许家国皱了一下眉头："柴草怎么会堆在那儿呢？"

郑锦仁解释了句："那边跟厨房后门相通。快要过冬了，就多买了些柴草。厨房一时放不下，临时堆过来了一些。"

许家国："地下室呢？没什么损失吧？"

张文松："没损失。兵工厂和我们的货刚刚运走。何况地下室有两道铁门，火根本烧不进去。"

郑锦仁稍感庆幸："这窨子屋防火还真的可以。"

张文松："是啊，我都清点过了。除了这台小车，其他就是一些木材杂物什么的。还好，整个来讲，损失不算太大。"

许家国摇了摇头："唉，咱们损失不大，别人可就惨了。"他朝外走了两步，又回过头来交代了一句："你们再仔细查看一下，到底是什么起因，以后要怎么杜绝。摔个跟头，总得买个聪明吧？"

郑锦仁和张文松连连应承。

22. 一家医院　大门外（夜　外景）

刘妈挽着向飞舟的胳膊，从医院里面走了出来。

向飞舟换了一身干净衣服，脸也洗得白白净净。只是额头上缠着纱布，白色纱布上面隐约还有几处浅浅的血印。

张朝武陪着喊山公一直等在门外，看见他们出门，便迎了上来。

喊山公看了一眼向飞舟的额头："还好吧？"

向飞舟："没事。只是还有点头晕。"

喊山公："晚上没在你妈那儿睡啊？"

刘妈："天天都在呢。偏偏今天晚上有事，给老板弄车。"

张朝武："那你怎么没早点跑出来？发现得晚了？"

向飞舟："哪里啊，我正在试电瓶线，火一下就蓬过来了。根本跑不赢。"他想起了什么："对了，我还看见那个放火的人了。只闪了一下，没看清楚。真的，就在那个放柴草的矮墙后头。"

刘妈一愣："哦？矮墙后头？"她忽然记起来了："哎呀，是不是那个人啊？"

喊山公："哪个人？"

刘妈："九哥的那个老表？"她想了想："真的，越想越是他。"

向飞舟："妈，那人长什么样？"

刘妈："个子不高，精瘦精瘦的。"

张朝武："哎呀，那个人是不是叫半斤？我知道他，是个流氓。"

喊山公便问张朝武："会是我们看见的那两个人吗？"

张朝武："不是，那两个家伙都牛高马大的。"他分析了一下："济民纱行的火是先烧起来的。放火的人，应该有三个。"

喊山公也认为有道理："嗯。先不想这些，赶紧送飞舟回家。"

23. 济民纱行　厨房内（夜　内景）

张文松和郑锦仁打着手电筒走进来，四下巡视着。

郑锦仁突然一声惊呼："哎呀，地下有个死人！"

张文松赶紧回身，用手电筒朝地下照去。

郑锦仁看清楚了："啊？九哥？他、他这是怎么了？"

九哥仰卧在餐桌前的长条板凳下，瘫在那儿一动不动。

张文松伸手去，在他鼻子下面稍稍探了一下："郑伯，他这是喝醉酒了。起火之前就这样，我还看见了。"

两人便挪开长凳，将九哥拖了起来。

九哥被他们左拖右拽，终于醒来了。他醉眼蒙眬地睁了睁眼皮，吐出来一口酒气："哦，几、几点了？"

郑锦仁来了火气："嗨！真行啊九哥。这么大一场火，烧了一个小时，你就跟个死人一样在地下睡觉？喝多少酒啊你？"

九哥坐在凳子上："还、还起火了？"他两眼望着屋顶，喃喃地说："是啊，我怎么醉成这样了？"

张文松盯着他："九哥，不是还有一个人吗？你表哥呢？"

九哥："啊，你是问半斤？"他想了想："应该早就走了吧？他又没有喝酒。"

张文松点了点头："这就对了。"他走到郑锦仁身边，肯定地说："郑伯，全清楚了。放火的就是那个人。"

郑锦仁一惊："你怎么知道的？"

张文松："我进来的时候，那个人也睡在一条凳子上，装作喝醉酒的样子。我还过去闻了一下，他身上根本没酒味儿。果然，九哥说他没有喝酒。"

郑锦仁赶紧走到九哥身边："九哥，你想得起来吗？到底是怎么回事，你说说看。"

九哥这时候已经基本上清醒过来:"我说的都是真话,张总管,他确实一滴酒都没有沾。当时……"

24.(回忆镜头)厨房内　餐桌旁(夜　内景)

九哥和半斤已经入桌。

半斤趁刘妈回身走过去洗碗的时候,用自己的酒杯从水缸里舀了一满杯河水。

九哥正要笑话他,半斤赶快朝他摇手,压低声音说:"莫作声。你又不是不晓得,我喝不得酒的。"

九哥:"那我刚才问你喝不喝酒,你也应了?"

半斤:"嘿,我要不应,你也不好意思喝啊。你说呢?"

九哥笑了笑,也就不再说什么,端起了自己那杯酒。

半斤也去端面前那杯水,却有意无意将面前那双筷子碰动,两支筷子都掉到地下了。

九哥放下酒杯,弯腰替他捡了起来:"没关系,我去换一双。"

半斤:"不用换,我去洗一下就可以了。"

九哥已经起身:"还是我去吧。你搞不清在哪里洗。"

半斤:"也是的。那就多谢了。"

等九哥离去之后,半斤飞快地往他酒杯里放进去一些粉末。

九哥走回来,把洗好的筷子递给他:"可以了。表哥,吃吧?"

半斤便端起面前那杯假酒:"兄弟,先祝贺一下,你找了个地方做事,有吃有喝,天堂一样呢。来,为这个干一杯。"

九哥:"是啊、是啊。来,干了。"

他把酒端起来的时候,还看了杯子一眼:"哦,这酒的颜色都变黄了,看来还有些年份,老酒啊。"

然后他将那杯酒一饮而尽。

（回忆镜头完）

25. 厨房内（夜　内景）

九哥说完，不禁拍了一下桌子："没错，是他下了药。我说呢，这么一点酒，根本就不算回事。平时三个这么多也醉不倒我。"

张文松追问了句："你说的这个半斤，到底是什么人？"

九哥："远房亲戚，一般没什么来往。只知道他跟我一样，长年挑河水卖，好像也做一点小生意。"他支撑着站了起来："不行，我现在就要去找他算账。"

郑锦仁冷冷地说："算了。还会有人吗？早跑了。"

九哥："跑？要跑也是去湘西。我知道地方，肯定找得到。"

张文松与郑锦仁对视了一眼，站了起来："这个人必须找到。你先回去休息一下，天亮以后再说吧。"

26. 大河街　堤岸上（夜　外景）

喊山公和张朝武一边打更聊天，一边巡了过来。

喊山公还在赞不绝口："水火无情呢。那么危难的时候，抛开自家的房子不管，一心只去救别人，谁做得到？老戏里头那些侠肝义胆的英雄，我看没有一个比得上他。真是了不起啊。要不是亲眼看见，我还以为天底下不会有这样的人。了不起，了不起啊！朝武。"

张朝武也连连点头："是，我也看见了。许董事长这种人，值得我张朝武鞍前马后为他效力。除非他看不上我。"

喊山公无意中朝沅江那边望了一眼，忽然发现了什么："朝武，你看那边是什么？"

张朝武赶快望了过去。

27. 江边（夜 外景）
一条小木船泊在江边，随波摇动着。

岸边有一个身材矮小的男子，从地下拔起那只小船抛下的铁锚，提到江边，放回了小木船上。

堤岸那边传来喊山公的叫喊声："哎，河边是什么人？"

那男子心一慌，回过头来。这男子就是半斤。

28. 堤岸上（夜 外景）
张朝武一眼认了出来："是他。九哥的亲戚，那个放火的。"

喊山公："逮他个狗日的。"

张朝武一弹而起，箭一般朝江边冲去。

29. 江边（夜 外景）
半斤身上斜扎着一个布包袱，已经爬上了那条木船。

他抄起一根竹竿，将船撑离了江岸。

张朝武正好追到了岸边："回来！你这个放火犯。给我回来！"

半斤没有理他，将船撑得更远了。

张朝武不顾一切地冲进江里，伸手抓住了船帮。

半斤赶紧顺过竹竿，对着张朝武劈头盖脸地一顿乱打。

张朝武一个猛子沉入水中。

半斤手持竹竿，前后左右地看着水面。

木船突然开始剧烈地摇晃，半斤顿时站立不稳。

紧接着，那条船整体往边上一翻，半斤惊叫着，身不由己地跌落在江水中。

张朝武这才从水中冒了出来，抓住半斤的头发，将他按进水中，然后又提起来，再次按进水里。

反复好多次之后，半斤终于不能动弹了。

喊山公这才慢慢悠悠地走到岸边："哼，你这条落水狗。"

他一伸手，将半斤从水里提上岸来。

30. 大河街　街道上（日　外景）

街道上各种人力车穿梭往来，行人也开始为生计奔走。

31. 赣南油铺　门外街道上（日　外景）

两辆装载木材的货车开到赣南油铺大门口停了下来。

几名搬运工人跳下货车，开始往车下卸那些木材。

紧接着又开过来一辆小货车，停在了赣南油铺门外。

七八名木工拿着钢锯、木刨、斧头等工具，先后走下货车。

副驾驶座位那边，车门推开，许家国敏捷地跳下了车。

他竟然换上了一身蓝色工装，一副精明强干的样子。

32. 赣南油铺　院子内（日　外景）

院子里一片狼藉。一些被烧得像木炭的屋梁、檩条，横七竖八地靠在院墙前。地下满是积水，破瓦残砖散落一地。

付管家和昌盛粮庄的文昌盛正在愁眉苦脸地说着话，许家国带着那些木工走进了院子内。

付管家赶紧回过头来，看见那群工人，顿时很感意外。

许家国朝院子四处看了一眼，对身边一位工头说："材料暂时别搬进来，得先把院子里面收拾干净。"

付管家和文昌盛听见他说话，这才认出了许家国。

文昌盛："哦？这不是许董事长吗？怎么这身打扮啊？"

许家国笑眯眯地说："哈，这可不是装样子啊。十七八岁的时候我就学过木匠，还跟着师傅盖过楼房呢。"

付管家十分不解："董事长啊，您这是干什么？还带这么多人，是要替我们修房子？"

许家国："是啊，你们吴老板昨天去长沙办事了，正好我今天有空闲，赶紧把这院子修复好。要不然，子敬兄回来看见了，心里会更不舒服。"

付管家赶紧问："那你告诉我，多少工钱？还有买材料的钱？"

许家国："钱就不要谈了，那是我的事儿。"

付管家急了："那怎么行？老板回来会骂死我。"

许家国："不怕，回来了我跟他说。"他又看着文昌盛："对了，昌盛兄，我们张总管也带一群泥工瓦匠，去你的昌盛粮庄了。你赶紧回去看看，该怎么修复，你去跟他要求要求。"

文昌盛急忙摆手："不行不行，董事长，你们纱行损失也很惨，我们同病相怜，就各治各的。真的，决不能让您为我们破费。"

许家国叹了口气："唉，昨天晚上那场火，是专门朝我济民纱行来的。因为我，使得左邻右舍无辜受害，要是不做些补偿，我肯定会愧疚一辈子。你们就成全我吧。"

文昌盛和付管家仍然不答应，还想继续谢绝。

许家国已经回转身，朝那些工人一挥手："各位师傅，开工了。抓紧点啊，要是天黑之前能完工，我还另有奖赏呢。"

那些工人应了声，纷纷进到院子里，开始清理场地。

付管家一下子乱了手脚，站在边上劝也不是，不劝也不是。

33. 小河街　麻阳拳馆外（日　外景）

张朝武带着七八名青年徒弟，押着另外俩纵火的男子，朝拳馆这边走了过来。

34. 麻阳拳馆　一间屋子门口（日　内景）

这间屋子房门上了锁，半斤就被关押在里头。

有一名健壮的年轻徒弟，手持一条戒棍，看守在房门外。

屋内窗口后面，半斤听见有动静，伸出头朝院子大门望去。

35. 麻阳拳馆　院子大门内（日　外景）

喊山公走到院门后面，抽开门闩，打开了院门。

张朝武和徒弟们将那两名纵火男子押了进来。

喊山公随后又关上了院子大门。

张朝武对徒弟交代说："一个人关一间屋子，莫让他们串口供。大家分成三班，日夜看守。都给我看牢了，听见没有？"

徒弟们齐声答应，显得特别威武。

然后他们分成两拨，将那两名男子分别押了过去。

喊山公便在后面拉了张朝武一把，两人朝旁边避开了些。

喊山公："朝武，看来抓得还顺利？"

张朝武炫耀地说："当然。一抓一个准，手到擒来。"

喊山公："不错。我只是在想，关在这里总不是个事。私设刑堂也是犯了王法，搞不得的事情呢。依我看，还是赶紧把这几个家伙送警察局吧？"

张朝武："不急，这几个人只是马前卒，他们身后那只大乌龟，手眼通天呢。得先把口供做实，然后送官法办，那就铁了。"

喊山公："说得也是。"他心里还不踏实："要不然先问问济民纱行许董事长，看看他可不可以借官方威力，枪打出头鸟？有句行话：挡得一拳开，省得百拳来嘛。"

张朝武想了想："有道理。就这么办。"

36. 济民纱行　大门口（黄昏　外景）

天色渐渐暗淡，路上的行人也不多了。

郑锦仁陪着九哥，从纱行里面走了出来。

九哥手上还提着一个铺盖卷，一副抬不起头来的样子。

许家国满头大汗，身上只穿着一件衬衣，将那件蓝色工作服搭在手臂上，神态轻松地走了过来。

看见许家国回来了，郑锦仁和九哥同时站住了。

许家国看见他们，问了句："郑伯，您这是要出去吗？"

郑锦仁："我不出去。董事长有事吩咐？"

许家国："是啊。赣南油铺那边快完工了，请你赶紧带点钱过去，给师傅们发点赏钱。每个人一块光洋吧。"

郑锦仁有点不情愿："还发赏钱啊？工钱不是付过了吗？"

许家国："工钱是工钱。我答应过他们了，提前完工还有奖赏。"他掏出怀表看了看："这不？四点不到就干完了。漂漂亮亮。"

郑锦仁只好应了声："那好吧。我送完九哥马上过去。"

许家国："噢？"他这才朝九哥看了一眼："九哥去哪儿啊？"

九哥轻声说："董事长，对不住您老人家。我要回去了。"

许家国："回去？"他看见了九哥手上的行李："还把铺盖带走，就不打算来了？"

郑锦仁赶快插话："董事长……"

许家国一伸手打断了他的话："你不要说话。"他走到九哥跟前："九哥，问你一句话，你得老老实实回答我。是你自己真想走，还是郑管家要赶你走？"

九哥这才抬起头来，眼睛里闪现出泪光："董事长，我、我做了件天大的错事，这心里就跟刀子绞一样。就算管家不赶我走，我自己也没有脸待下去了。"

　　说完这几句话，他朝许家国深深鞠躬，然后，转身就要走。

　　许家国大声喊了句："九哥，给我站住。"

　　九哥便站住了。

　　许家国走到他身后："未必你就没看出来？人家那是铁了心要害我呢。你看看，连我都没防住，你又怎么防得住？听我的，别走了。从今以后，你和我，还有纱行的全体同仁，大家都齐心协力，我就不相信防他不住。你说呢？"

　　九哥回过身来，坚定地看着许家国，双膝往下一跪："董事长，从今天起，我把身子剁成肉酱，填到济民纱行的砖缝里头，跟董事长同生共死。真的，讲假话我是畜生。"

　　郑锦仁没作声，脸上禁不住流露出对许家国敬佩的神色。

　　许家国上前拉起九哥："不说了。我还没吃饭，做了一天的木工，身上也有点酸痛。来吧，一会儿陪我喝两盅，啊。"

　　九哥感动地站了起来："不，不，董事长，我可不敢再喝酒了。"

　　许家国笑了笑："放心，我的酒里头没有蒙汗药。"

　　郑锦仁哈哈大笑，九哥也不好意思地笑了。

37. 大河街　一家茶馆外（黄昏　外景）

　　张文松从街道那头走了过来。

　　他走到这家茶馆前，注意了一下周围的动静，然后走了进去。

38. 茶馆内（黄昏　内景）

茶馆最里头靠窗户的一张茶桌前，坐着一位中年女子。

张文松进了茶馆，一直走到那女子面前："宋姐。"

宋姐："文松，坐吧。"

张文松再次朝四周打量了一眼，坐在了她的对面。

宋姐关心地问："文松，你没受伤吧？那么大场火。"

张文松："放心，我还好。"他放低声音："宋姐，放火的几个家伙已经被抓住了。"

宋姐："噢？谁抓到的？"

张文松："民间几个公正人士，他们是自发抓捕的。"

宋姐："这样更好。"她笑了笑："比警察局的效率高多了。"

张文松："他们还想追查背后的主谋。"

宋姐想了想："我估计，应该就是那个马爷。"

张文松："是啊，我觉得也只有他。"他有点担心："宋姐，听说姓马的神通广大。这个案子，会不会不了了之啊？"

宋姐："如果真是这个马爷，我还得想办法，通过专员公署那边使把劲儿。这家伙是当地的洪帮头子，跟省城绥靖公署都有讲不清的关系，的确有点啃不动。"

张文松心中没底："专员公署会上心吗？要是随便派个人，例行公事转一趟，事也没办成，反倒助长了马爷的威风。"

宋姐："哪怕是例行公事，也比不例行公事好。至少能给警察局那边一点压力吧？"她也观察了一下四周："文松，你想办法跟那些民间人士沟通一下，尽快把那几个纵火犯移交给警察局。私设刑堂是犯法的。要是给人家留下借口，能办的事也办不成了。"

张文松："是，我知道。"

宋姐："许董事长还好吧？情绪上受没受影响？"

张文松："不会。这人真不简单,他可是愈挫愈奋。这不,今天他和我分头给邻居整修房屋,一家伙花掉几万大洋,许董事长连眉头也不皱一下。其实他手头上已经越来越紧了。"

宋姐点了点头："难得啊。文松,看来今后你得采取一点措施,当务之急就是要保护好许家国。"

张文松："是。我已经给他妻弟打电话了,兵工厂那边会尽快地派点武装过来。"

宋姐："那就好。济民纱行也是他们的中转站,名正言顺。"

39. 济民纱行　许家国的书房内（夜　内景）

两名年轻力壮的男子,身上斜挎着驳壳枪,站在书桌前。

许家国坐在书桌后面,就着台灯正在看他们带来的一封信。

看完信,许家国抬起头来："你们薛总还说了什么?"

一男子："报告董事长,薛总说,今后无论您走到哪里,我们都要寸步不离。绝对不能再出任何意外。"

许家国："那我要去洗澡呢?我上厕所呢?也寸步不离?"

另一男子犹豫了一下："董事长,这是薛总的原话。您知道的,我们是军事化管理,只能服从命令。"

许家国："唉,我要是硬把你们送回浦溪吧,你们的军需物资在这儿中转,还得有人保护。"他站了起来："行啊,我们就约法三章,第一,你们只负责监护后院,主要看好地下室。第二,我不是军人,也不管命令不命令,任何时候我都不需要人跟着。记住了?"

一男子笑了笑："董事长,还有一条呢?不是约法三章吗?"

许家国："先别笑,最后一条最重要。"

另一男子："董事长请讲。"

许家国："除非迫不得已,你们俩任何时候在大河街进进出出，屁股后头绝对不能挂条枪。知道吗？我在别人眼里，已经是出了名的喜欢显摆，这下更好了，还耀武扬威配了保镖。你们薛总是不是嫌我在大河街还不够孤立？啊？"

那两名男子对视了一眼，憋住笑，不再说什么了。

40. 马爷的厅堂内（夜　内景）

马爷在厅堂内走来走去，有点坐立不安了。

他的太太拎着一只镶嵌着珍珠的小手包，从外面走了进来。

马爷走到她身后关上了厅堂大门，然后焦急地望着她，问道："打听到了吗？"

他太太："当然。打听得清清楚楚。"

马爷："怎么样？半斤是不是到了湘西？"

他太太："没听说。"她白了马爷一眼："我只听说他昨天晚上就被人抓走了。今天一早，他邀的那两个伙计，也被人从被窝里头直接拎出来，一绳索捆得像两只端午节的粽子。带到哪里去了都不知道。嘿，这就叫一锅端吧？"

马爷有点无所谓："那两个家伙我都不认识，抓就抓吧。"

他太太："半斤你可是认识哦。你也不想想，要不是半斤招了，怎么抓得到那两个伙计？你再想想，半斤可以把他们招出来，未必就不会把你招出来？"

马爷想了想，冷冷一笑："嘀，瞧你这副幸灾乐祸的样子。把我招出来又怎么样？你也不想想，大河街半空中有一顶天篷罩，哪怕有孙猴子那本事，谁想翻进来就试试看。做梦呢。"

他太太："不是我幸灾乐祸。刚才跟徐警长一起吃饭，我探了一下口风。徐警长说，昨晚那场火，麻烦搞大了。说是有几家报纸都登了照片，肯定把专员公署都惊动了。"

马爷显然有点紧张。他背着手，在屋子里踱了几步，又站住了:"嘀,癞蛤蟆蹦到脚背上,不咬人还有点吓人呢。"

他太太望着他:"你打算怎么办?到山里去避一段时间?"

马爷:"这事再一闹大,山里头是避不脱的。要避只能去省城,往二舅家一住,天王老子都进不去。那是什么地方?绥靖公署呢。"他轻轻一挥手:"这是没有办法的办法,眼下还根本用不着。等两天再看吧。我估计半斤他们终归还是要交给警察局的。嘿,只要进了警察局,什么事情都好办了。"

41. 大河街 街道上(夜 外景)

路灯已经开了,光线不是很明亮。

喊山公、张朝武一边说着话,一边朝前走着。

张朝武:"老哥,你见过许董事长吗?"

喊山公摇了摇头:"跟你一样,只远远见过。"

张朝武:"他也不认识你?"

喊山公:"怎么会认识我呢?小小一个打更的,又只晚上出来。"

张朝武:"那怎么办?万一人家不想见我们,恐怕连大门都进不去啊。"

喊山公:"所以我才带你去找刘妈。"

张朝武:"嘀,老哥真行啊,连嫂子都派上用场了。"

喊山公:"试试看吧。"他交代了句:"一会儿可不能叫嫂子啊,她儿子在家呢。"

张朝武禁不住哈哈大笑。

42. 刘妈家(夜 内景)

向飞舟头上还缠着纱布绷带,斜靠在床铺上,正在看小说。

刘妈端着一盆汤,走到了小餐桌前:"飞舟,起来吃饭了。"

我给你炖了一锅鸡汤，得补一补身体。"

向飞舟应了声，利索地下了床。

门外有人敲了敲门，飞舟警惕地问："谁？"

外面没有回应，只是又在敲门。

刘妈听了一下，说："飞舟，去开门。这是喊山公。"

飞舟不禁看了她一眼："嚄，还有暗号？行啊。"

他走过去，打开房门，喊山公和张朝武站在门外。

喊山公朝屋内看了一眼："还没吃啊？"

张朝武也朝刘妈招呼了声："刘妈好。"他望着向飞舟："飞舟，嘿，又活过来了？"

向飞舟笑了笑："请进吧。"

刘妈望着他们："你们呢？吃过了？"

张朝武："吃过了，吃过了。你们吃，没关系的。"

刘妈："要不，再过来喝杯酒？"

喊山公朝张朝武看了一眼："那就喝一杯吧。"

43．一家小酒馆内（夜 内景）

徐警长干了一杯酒，将酒杯放在桌子上。

马爷坐在他对面，端过酒壶给他续酒。

徐警长用手背抹了一下嘴："马爷放心，您老人家芝麻大的事，我徐某人都看得比西瓜还大。您说是不？"

马爷："是啊。我一想起来就得意，为了你这个警长头衔，我那几千大洋真没有白花。小老弟够义气，来，接着干。"

徐警长又喝了一杯，然后认真地望着马爷："至于这件事情嘛，不瞒马爷说，市警察局都过问了。"

他仿佛有话不好说，便伸手取过酒壶，自己给自己倒酒。

马爷平静地望着他，没有催他往下说。

徐警长没有继续喝那杯酒,朝周边看了一眼,趋上前来小声说:"马爷,上头我是清楚的,问一句而已。我这里呢,人犯都没见到,这案子根本就无从办起。当然,要说不担心,也是句假话。"

马爷盯着他:"你说。"

徐警长:"他要真把人犯移交过来,麻烦就很大了。再拖再压,最终上下都得有个交代啊。要是再闹大点,我想不追查你,别人也会追查的。"他离得马爷更近了些:"马爷,假如您那个叫半斤的家伙,从此以后活不见人,死不见尸……"

马爷直起身来,不动声色地取过了一支香烟。

44. 济民纱行　前院堂屋内（夜　内景）

郑锦仁搭一条板凳,用一把钳子重新安装那座神龛。

张文松从外面走了进来:"郑伯,还在忙啊?"

郑锦仁:"啊,弄好了。"

他收好工具,准备从板凳上下来,张文松赶紧上去扶住他:"当心点儿,慢慢来,别摔了。"

郑锦仁拍了拍身上的灰尘:"文松,刚回来啊?"

张文松:"是啊。对了,郑伯,我想问您件事儿。"

郑锦仁:"问吧。什么事儿?"

张文松:"您告诉我说,那几个放火的家伙都被抓住了。这话您是听谁说的啊?"

郑锦仁:"怎么?没抓住吗?"他想了想:"刘妈告诉我的啊。"

张文松:"刘妈?"他觉得奇怪:"那,刘妈又是听谁说的呢?"

郑锦仁:"嗨,你还不知道啊?刘妈跟那个打更的老汉相好呢，都好几年了。"

张文松："您是说，那个喊山公？"

郑锦仁："是啊。一定是听喊山公告诉她的。那老汉热心热肠，在大河街也算是见多识广。他要说了，应该就是真的。"

张文松点头赞成："嗯，有道理。"

正在说话，天井那边一阵脚步声，刘妈、向飞舟带着张朝武走了进来。

张文松赶快迎了上去："刘妈，我正想去找您呢。"

刘妈便赶紧指着张朝武介绍说："啊，总管，这位朋友也姓张，麻阳拳馆的张馆主。"

张文松立即意识到了什么，上前握住他的手："哈，一看就知道，那几个纵火犯，是你们抓住的。"

张朝武有点犹豫："请问这位先生是……"

向飞舟："他是我们张总管。嗨，是你们两个人把我从火海里头救出来的啊。怎么不认识了？"

张朝武再次辨认了一眼："对，对。哈，脸一洗就认不出了。"

刘妈便对郑锦仁说："郑伯，张馆主有急事想找董事长。"

郑锦仁没有犹豫："董事长正在书房呢。请跟我来。"

一群人赶紧朝书房那边走去。

45. 大河街　一间屋子内（夜　内景）

这间屋子大约很少住人，屋里的灯光也十分昏暗。

两名扎着毛巾包头的男子正在收拾东西。在他们面前的桌子上，摆着两支手枪，几个弹匣，还有匕首、铁锤等凶器。

马爷从里面屋子走了出来，将一袋光洋扔到桌子上："下手一定要狠。哪怕确实断了气，也要把脑袋砸扁。听明白了？"

其中一男子瓮声瓮气回答说:"晓得呢。又不是头一回。"

另一男子问了句:"老板,地方搞清楚没?"

马爷冷笑了声:"麻阳拳馆。"

46. 济民纱行　许家国的书房内（夜　内景）

张朝武向大家讲述完毕之后,望着许家国:"董事长,整个过程就是这样。事情过去了一整天,该做的,我都做完了。"

张文松插话问了句:"人呢？还关在麻阳拳馆？"

张朝武:"是啊。我那拳馆倒是没问题,绝对万无一失。"他看着许家国:"可下一步该怎么办,我们就搞不清了。"

张文松没有再说话,默默地看着许家国。

许家国从书桌后面站起来,背着手走到窗户前,一直在思考着,没有说一句话。

郑锦仁看看这个,又看看那个,见大家都不说话,便叹息了声:"倒也是啊。不送官吧,又不合法。送官吧,又怕枉法。这事儿还真的有点棘手啊。"

许家国便回过身来,望着张文松:"文松,你觉得呢？"

张文松显然有自己的主意:"董事长,我觉得麻阳拳馆能够抓捕那帮家伙,是件大好事。可人犯必须归案,拳馆毕竟不是警局。"

许家国点了点头,没有打断他的话。

张文松接着说:"放火固然犯了法,可私设刑堂也是犯法。他们要找个借口,扰乱视线,就会只抓我们的违法在后,而不去追究他们的犯法在先。"

张朝武有点听不下去了:"哎,这可不一样啊。一个黑,一个白,完全是两回事嘛。"

张文松:"张馆主,颠倒黑白的事情,他们做得还少吗？"

47. 麻阳拳馆　外面的巷子内（夜　外景）

巷子内非常清静。两名扎着包头的男子一前一后走了过来。

前面的男子抬头看见了拳馆的招牌，赶紧朝后面的男子招手。

后面的男子走了过来，朝院墙上方看了看，随即从腰间取下来一捆绳索。

巷子进口处，传来喊山公打更报时的铜锣声。

那两名男子十分机敏，立即闪到了黑暗处。

喊山公一边吆喝着那段更夫号子，一边朝这头走了过来。

48. 济民纱行　许家国的书房内（夜　内景）

许家国望着张文松："文松，你的意思，那就赶紧送警察局？"

张文松："是啊。然后争取上层支持，给他们施加压力。当然，这样做会有点难度。"

许家国："不是有点难度，而是太难太难。上次为那点附加税，我已经深有体会了。"

郑锦仁点了点头，仍然心有余悸。

许家国望着大家，忽然一笑："哎，我说个办法怎么样？哈，这叫作不是办法的办法，说不定还真的是个办法呢。"

一句话让大家立刻提起了兴趣，都在期待地望着他。

许家国："必须送警察局，这点我同意。送进去了会怎样？这点任何人都说不好。极有可能不了了之。找上层施压，不仅难上加难，到头来还会'阎王没能过，小鬼更难磨'。"

大家连连点头，听得非常认真。

许家国说得有点兴奋了："什么叫不是办法的办法呢？非常

简单,大河街、小河街,成千上万的老百姓,这不就是一种强大的压力吗?如果让大量的民众都看见纵火犯被送进了警局,想不了了之都没那么容易了。大家觉得呢?"

郑锦仁一拍大腿:"对啊,那不犯了众怒吗?"

许家国:"我看这样吧。明天一早,就把那几个家伙往警局送。怎么个送法?十六个字:鸣锣开道,大张旗鼓,招摇过市,公开宣扬。然后把人往警局一交,我们就不再管了。大家说怎么样?"

张文松立即站了起来:"太好了。就这么办。"

许家国:"还有个看不见的好处。这个什么半斤也好,八两也好,都是些小喽啰。咱们把响声弄得越大,背后那个家伙越是惶恐不安。这就叫敲山震虎。兵家有一句话:打退不如吓退。我就不相信,人心所向,民众奋起,那些家伙还敢站在光天化日之下?"

张文松、郑锦仁、张朝武、向飞舟,还有刘妈,一个个听得满脸放光,激动不已。

49. 麻阳拳馆　外面的巷子内(夜　外景)

那两名男子从暗处走了出来,再次朝周围观察了一下。

到处都没有动静,唯有秋虫在夜空吱吱地鸣叫。

一名男子将绳索抛上墙头,悄无声息地攀了上去。

50. 麻阳拳馆　院子内(夜　外景)

院子内手持梭镖、大刀的拳馆学员在警惕地巡逻。

51. 墙头上(夜　外景)

另一名男子也爬上了墙头,仔细观察着下面的情况。

一名男子发现了什么，打着手势让同伴朝那排房子望去。

52. 那排房子窗口处（夜　外景）

透过窗口，可以看见半斤被关押在那里，已经睡下了。

一名值夜的拳馆学员朝窗口内查看了一阵，转身离开那间屋子，朝远处的卫生间走去。

53. 墙头上（夜　外景）

看准机会，那两名男子同时跃进了院内。

54. 那排房子窗口处（夜　外景）

两名男子飞一般扑到了窗口前。

一名男子飞起一脚，将窗户踹得粉碎。

另一名男子左右手各握一条手枪，伸进窗户内，朝着躺在床上的半斤接连不断地开枪射击。

…………

第 05 集

1. 麻阳拳馆　墙头处（夜　外景）

那名值班的徒弟回头一看，大惊失色。

两名男子已经飞一般扑到了窗口前。

一名男子飞起一脚，将窗户踹得粉碎。

另一名男子左右两支手枪，朝半斤接连不断地开枪射击。

覆盖在半斤身上的被子，被打得棉絮四溅……

2. 麻阳拳馆　院子内（夜　外景）

值班的那名徒弟奔到一棵大树前，抄起一条钟绳，急骤地敲响了树上的一口大钟。

徒弟们立即从四面八方冲了出来，利用树木、建筑物作为掩护，用弓箭、梭镖向那两个男子投射过去。

3. 那扇窗户前（夜　外景）

踹窗户的男子刚刚拔出枪，肩头和手臂上连续被射中三箭。

另一名男子差点被投掷过来的几条梭镖击中。他赶紧低头，回身朝后面胡乱开了几枪，冲着同伙喊了声："行了。赶快撤！"

那同伙便顾不得身上还带着箭，踉跄着朝院子外面逃去。

4. 拳馆院子内（夜　外景）

看见歹徒逃出了院子，徒弟们一跃而起，一边高喊着"抓凶手"，一边朝院子外面追了出去。

5. 拳馆大门口（夜　外景）

一名男子赶快回头，正要朝后面开枪，却发现子弹打光了。

6. 外面的巷子内（夜　外景）

一群警察正在巡逻，钟声、枪声和喊叫声传了过来。
巡逻警察赶快端着步枪，朝这边一拥而上。

7. 拳馆大门口（夜　外景）

那名男子正在给手枪上子弹，一回头，看见了那群警察。
他顿时惊慌失措，一抬脚，兔子似的往巷子那头逃了过去。

8. 外面的巷子内（夜　外景）

那群警察立即发现了他，一边高喊"站住"，一边朝他逃走的方向追了过去。

9. 拳馆大门口（夜　外景）

几名徒弟追了出来，看见警察追过去了，便停下了脚步。
一名徒弟手臂上往下淌出了鲜血。
另一名徒弟看见了鲜血："哎呀，你受伤了。"
受伤的徒弟："没事儿。让警察去追，我们不能离开院子。"
徒弟们便回到了院子里面。

10. 小河街 堤岸处（夜 外景）

警察们追到这里，望着前方宽阔的水面，却不见任何人影。

一名警察小队长收回步枪："怎么回事儿？明明跑过来了。"

一名警察有点怀疑："是不是追错了方向？"

小队长想了想："走，赶紧到别的地方看看。"

警察们便回头朝另外一个方向追了过去。

11. 小河街 街口处（夜 外景）

喊山公提着铜锣，带领张文松、向飞舟匆匆走了过来。

12. 麻阳拳馆 大门外（夜 外景）

拳馆门外站着两名手持砍刀、梭镖的徒弟。看见喊山公一行走了过来，赶紧打开了拳馆大门。

喊山公、张文松、向飞舟大步走了进去。

13. 拳馆的堂屋内（夜 内景）

张朝武蹲在地下，正在给那名胳膊受伤的徒弟包扎伤口。

一群徒弟围在堂屋内，有的端水，有的递碘酒、药棉。

门外进来一名徒弟，报告说："师父，喊山大爷来了。"

张朝武应了声："知道了。"他拍了拍那受伤的徒弟："没事了。擦破点皮，不怕。"

那徒弟站起来，另外的徒弟便七手八脚给他穿上衣服。

喊山公、张文松和向飞舟走了进来。

张朝武迎了上来："就知道你们会赶过来。"

张文松非常担心，开口就问："朝武，半斤那几个家伙，没出什么意外吧？"

张朝武看了他一眼，对身边的徒弟吩咐说："你们都出去，给我四处看着点，不准任何生人靠近。"

徒弟们应了声，很快走了出去。

这时候，张朝武才朝张文松他们一招手："跟我来。"

14．堂屋二楼　走廊上（夜　内景）

二楼走廊出入都只有一个楼梯口。

四名身强力壮的男徒弟，提着明晃晃的大刀，警惕地守卫在楼梯的口子处。

张朝武带着张文松、向飞舟、喊山公顺着楼梯走了上来。

15．二楼一间屋子门外（夜　外景）

张朝武和张文松他们沿着走廊，来到这间屋子门外。

一名徒弟上前用钥匙打开了门锁，推开了房门。

张文松他们赶快朝里面望去。

16．那间屋子内（夜　内景）

屋子角上，半斤披一件棉袄，背靠墙角，蔫头耷脑地蹲在那儿。

看见有人开门，半斤回过头来看了一眼，把脑袋埋得更低了。

17．那间屋子门外（夜　外景）

张文松顿时松了一口气，没有进那间屋子。

张朝武拉上房门，徒弟立即又将房门锁上了。

喊山公小声问："还有两个家伙呢？"

张朝武指了指走廊尽头："跟他一样，都没事。关在最里头两个屋子里呢。"

张文松赞赏地拍了拍张朝武的肩头："行啊，兄弟。"

张朝武笑了笑，小声告诉他说："我早就做了防备。一个时辰就换个地方，谁都摸不清底细。"他有点得意地望着张文松："说了万无一失，我不是吹牛吧？"

张文松："是啊，老弟这叫智勇双全。佩服。"

张朝武："跟土匪打了半辈子交道呢。吃亏吃得太多，人也就变聪明了。"他指着喊山公："我这还不算什么，师父在这儿呢。"

喊山公憨厚地笑了笑："讲鬼话，我早就洗手了。不像你。"

张文松也笑了，对张朝武说："张馆长，把半斤带出来吧。"

张朝武："现在就带走？"

张文松："不，现在带走不安全。我想趁这次机会给他个教训，让那家伙一辈子不敢忘记。"

张朝武立即明白了："好主意。要让他以后想起来就怕。"

18. 麻阳拳馆　院子那排平房前（夜　外景）

这是原来关押半斤的那排屋子。

两名徒弟一左一右架着半斤的胳膊，跟在张朝武、张文松的身后走了过来。

快到原来那间房子时，张文松站住了。

他望着半斤："知道刚才发生了什么事吗？"

半斤摇了摇头："不知道。只听见底下打了好多枪。还听见有人又喊又叫。"他望着张朝武："是不是拳馆来强盗了？"

张朝武冷笑一声："你说呢？"

半斤："我、我怎么知道呢？"

张朝武："算你说对了，你就是强盗嘛。要不是关了你这个强盗,别的强盗也不会跑过来杀你。"

半斤疑惑地望着他:"杀我?不会吧?"

张朝武便把他拽到那个被碰碎玻璃的窗户前:"记得不?是不是原先关你的屋子?"

半斤看了看那窗户:"好像是吧?"

张朝武:"好像是?"他一把将半斤推进了屋子:"进去。"

19.那间屋子内(夜　内景)

半斤被推进来,朝墙角那张床铺看了一眼,吃了一惊。

床铺上,那床被子和被子上面铺着的一件衣服,已经被子弹打得全是枪眼,棉絮都露了出来。

张朝武走到床铺前,拿起那件衣服:"再仔细看看,这件衣服,是不是你的?啊?"

半斤连连点头:"是。是我的。"他顿时吓得脸都变色了:"我的娘哎,还真是来要我命的?"

张文松看着他:"相信了吗?这可不是吓唬你吧?"

半斤一跺脚,急了:"他、他怎么能这样啊?一点不错,这就是杀人灭口啊。天哪,他也太歹毒了。"

张文松盯着他:"谁?你说谁歹毒?"

半斤迟疑了一下,没有回答。

张文松:"都这个时候了,你还不说?不说就以为我不知道了?不就是那个马爷吗?"

半斤:"是、是。可我、我不是想包庇。放火是他指使的,我早就招了。可这杀人灭口,唉,我又没有亲眼看见……"

张文松禁不住一笑:"嘿,等到你亲眼看见,那就只能去阎王爷那儿报案了。"他收住笑容,严正地看着半斤:"半斤,到这个地步,可要想明白点。就算这次没弄死你,迟早马爷还是会把你做掉。因为你知道得太多了。"

半斤："就是、就是。前前后后跟了他那多年，我什么都知道。"他急得团团转："天，这么说，我就没活路了？"

张文松："有啊。能不能活下去，就看你自己了。"

半斤望着他："啊？那、那我该怎么办？"

张文松："好办。明天把你送到警局，不就没事了吗？"

半斤一听就急了："那更不行。我心里清白得很，他们跟马爷早就是一伙的。我一进去，那还不得脱层皮啊？"

张文松："你给我记住了。进去以后，不管什么时候，也不管是任何人，只要讯问你，你都一五一十把马爷的罪恶供出来。"他凑到半斤面前，替他分析说："你仔细想想，供都供了，肚子里的东西都倒完了，再来灭口还有什么用？何况那会儿他都自身难保了。真的，你想活下去，就只这个办法了。"

半斤想来想去，一拍大腿："要得。大不了就是个死。这么歹毒的家伙，我让他也不得好死。"

张文松和张朝武、喊山公互相对视一眼，不再说什么了。

20. 大河街　街道上（日　外景）

天已大亮，街道上各行各业又开始忙碌起来。

21. 大河街警察分局　大门外（日　外景）

大门口白底黑字挂着一块牌子——大河街警察分局。

分局大门口，左右各有一名警察在持枪站岗。

那辆有警察标志的吉普车开到门外停下了。那名徐警长已是分局局长，他走下车，朝分局走了过去。

那名在麻阳拳馆门外巷子带队追凶手的小队长走上前，向徐局长敬了个礼："徐局长。"

徐局长:"来多久了?"

小队长:"遵照徐局长指令,卑职已恭候好一阵了。"

徐局长:"昨天晚上小河街那边响枪,是怎么回事?"

小队长:"报告徐局长,那是有人在麻阳拳馆持枪抢劫。"

徐局长:"持枪抢劫?怎么会出这种事?啊?"他盯着小队长:"死了几个人?"

小队长怔了一下:"好像……没听说死了人啊。"

徐局长:"没听说?"他很不高兴:"只凭听说怎么可以呢?你们也没进去查看一下?"

小队长:"报告局长,卑职本来是想进去的,可麻阳拳馆又说没出什么大事。只打破了几块玻璃。"

徐局长:"说来说去,还是没进去看嘛。"他拉长了脸:"嫌犯呢?也没抓到?"

小队长:"是。报告局长,嫌犯很贼,逃跑了。"

徐局长稍稍放心了些,闷声不响地走进了警察分局。

22. 麻阳拳馆　院子内（日　外景）

拳馆里面已经集结了很多人,显得十分热闹。

青年徒弟们全部换上了清一色练功服,每人手里拿着一条戒棍,看上去精神抖擞。

围墙边上斜靠着很多已经写好的横幅、标语。

张朝武在院子各处一边查看,一边跟大家吩咐着什么。

大门口,喊山公也换了件衣服,提着那面铜锣走了进来。

张朝武迎了上去:"老哥,我这儿准备得差不多了。"

喊山公朝院子里看了一眼:"好。等济民纱行的人一到,就可以出发了。"

23. 济民纱行　院子内（日　外景）

张文松、九哥已经准备停当,正在商量着什么。

向飞舟从门外走了进来:"张总管,咱们现在就走吗?"

张文松:"是啊,该走了。就等着你呢。"

向飞舟:"哟,那就赶紧走吧。"

三人正要出发,郑锦仁从过道那头走了过来。

郑锦仁:"哎,你们干吗去啊?"

张文松:"啊,郑伯,我们去一趟麻阳拳馆,帮忙把几个纵火犯送到警察局。"

郑锦仁:"老张啊,拳馆那边也不缺人手。人家一个个武艺高强,还用得着别人帮忙?"他的口气有点软中带硬:"依我看,咱们这边就不去人了吧?"

向飞舟听得一怔,赶紧看了张文松一眼。

张文松犹豫了一下,一时没有作声。

九哥:"郑伯,别人去不去我不管,可我是一定要去的。当时我就在场,得去做个见证。半斤可把我坑惨了,那叫六亲不认呢。他有初一,我就有十五。我九哥这一次要大义灭亲。"

向飞舟也赶紧说:"对啊郑伯,当时我也在场。我可是亲眼看见火是怎么烧起来的。"

郑锦仁有点急了:"你们两个人怎么啦?我这儿正在跟张总管打商量呢,人家都没来得及说话,你们起什么哄啊?"

九哥和向飞舟对视了一眼,不说话了。

张文松便耐心地对郑锦仁说:"郑伯,我只是觉得,这件事,昨天晚上都三头六面商量过了。要不这样吧,去还是不去,咱们这就去问董事长的意见。您觉得呢?"

郑锦仁一下就失去了冷静:"你别想拿董事长来压我。跟他跟了几十年,我还不了解他?我告诉你张总管,比起别人来,董事长强就强在特别热情。可他吃亏也吃亏在太热情。他那人是一点就燃，一燃就管不住自己。可咱们这些打帮手的，还真有责任多替他着想。他说要小心谨慎做人，咱们就宁可把尾巴夹紧点。要是他自己忘了，那就赶紧替他遮挡着，千万不可以火上浇油，明白吗？"

张文松愣愣地站在那里，被他说得无言以对。

向飞舟眼睛尖，指着过道那边，叫了声："哎，董事长来了。"

大家赶紧朝过道那头望去。

24. 济民纱行　天井过道上（日　外景）

许家国已经穿戴整齐，沿着过道走了过来。

看见他们几个还在院里，便掏出怀表看了一眼："哎，你们几个怎么还没走啊？说好九点从那边出发，八点半都过了呢。"

说着话，他已经走到了院子内。

25. 院子内（日　外景）

九哥和向飞舟便看着张文松。张文松也看了郑锦仁一眼，一时间谁也没有说话。

许家国走过来，看见那情景，不解地问："怎么啦？你们这是？"

郑锦仁只好先开口说："哦，张总管他们几个正准备出发，让我拦住了。我觉得有点不合适，正商量着呢。"

许家国想都没想："这有什么不合适的？啊？"

郑锦仁："我的意思，让麻阳拳馆送过去就行了。我们济民纱行的人，太张扬了不合适，就别去抛头露面了。"

许家国："郑伯，您说得不错，别的事情真的不必太张扬。

可这件事，济民纱行不出面，反而就不合适了。你去想嘛，那些歹徒放火烧的是济民纱行，又没烧麻阳拳馆，偏偏人家奋勇擒贼，还顶风冒险保护证人证物，他们是为什么？见义勇为，伸张正义嘛。"

郑锦仁点了点头："那倒也是。"

许家国："我们是直接受害者，这张状纸，理所当然由济民纱行向官府投递。关键时刻，我们反而不出头不露面，这怎么说得过去？既不仁，又不义，只会让人不屑一顾。郑伯，这可不是咱们济民纱行的为人处世之道啊。"

郑锦仁不再坚持："好，好。去吧，去吧，我什么话也不说了。"他感到很委屈："这又是何苦来呢？又不是为了我自己。"

许家国笑了："知道，全知道，您是为了保护咱们纱行，更是为了我好。哈，我这个人啊，特容易激动，天不亮就醒了，早早地就把衣服穿好，看着钟点等天亮。可天一亮，忽然又觉得，我亲自过去还真的有点不合适。"

张文松和向飞舟注意地看着他。

郑锦仁也望着他，脸上渐渐流露出欣慰的神色。

许家国便征求张文松的意见，说："文松，我想跟你商量一下。咱们得给自己留点回旋余地。这次我先不出面，看看事情怎么进展，再相机而作。你觉得呢？"

张文松非常同意："是的，我也不希望把您顶在最前面。毕竟您的分量很重，影响太大了。"

郑锦仁一听，赶快上前一步，自告奋勇地说："要是这样的话，那我跟他们去吧。"

许家国："郑伯，你也不去了。兵工厂的船队这两天就会赶到。咱们那个码头的靠轮坏了，大船靠不上来，得全部更换。您这就去联系码头工人，赶紧维修一下。"

郑锦仁:"好的。这事儿我知道,都联系好了。我这就去。"

许家国:"好。"他转过身,看着张文松:"文松,你处事沉着,路上要多留点心。对了,兵工厂不是还派了两名警卫过来吗?把他们也叫上。这种事情,咱们不怕人多势众。"

张文松点了点头:"好,我会灵活应对的,请董事长放心。"

许家国点了点头,一拍他的肩膀:"赶紧走吧。"

张文松应了声,带着九哥和向飞舟迅速朝院子外面走去。

许家国这才回过身来,问郑锦仁:"郑伯,我这样安排,您老人家没有什么意见吧?"

郑锦仁:"先前是有一点。这会儿没有了。"

许家国:"真的没有了?有就说出来,别闷在心里生气哦。"

郑锦仁心里很舒服:"哎,你怎么有的时候比我还啰唆啊?"

两个人便开心地笑了起来。

26. 连接大河街的街口处(日 外景)

嘹亮的锣声铿锵响起,引得行人回头望去。

一支数十人的队伍从小河街走出来,在街口处往左边拐了个弯,走上了大河街。

喊山公提着铜锣,走在队伍最前面。

张朝武紧挨在他身边,两人率领着游行队伍并排前行。

显然早就商量好了,他们两人的步伐不小,却把节奏压得很慢,每一步踏下去,都显得又稳又重,坚实有力。

在他们身后,就是准备送到警察局的半斤和那两个同伙。

那三个人没有被捆绑,只是用绳索在他们每个人的手臂上捆扎了一圈,打个死结。一条绳索牵连,像是一串冰糖葫芦。

九哥牵着绳索的最前端,向飞舟在最后面拉着绳索尾端,控制着那三个人犯的行走速度。

队伍的两侧，麻阳拳馆的徒弟们通过戒棍前后相牵，连成了两条警戒线，护卫着这支游行队伍。

"警戒线"外面，其他徒弟们打着横幅，举着标语牌，一边朝前行进，一边维持街道两边的秩序。

张文松走在队伍的后面。他显得很平静，却很沉稳地观察着周围的动静，一刻都不敢松懈。

最后是浦溪兵工厂派来的那两名警卫。两人都穿着便装，看上去也没有带任何武器。

其中一名警卫冷不防在同伴腰上摸了一下，带着笑小声说："喂，董事长不是早就跟咱们约法三章了吗？"

那名同伴笑了笑，也小声说："你没听清啊？他是不让咱们把枪挂在屁股后头呢。"

那名警卫会心一笑，也用手拍了拍自己腰间。

两人相互会意，走在队伍后头，警惕地巡视着街道两侧。

27. 大河街　街道上（日　外景）

街道上的行人远远看见了那支队伍，纷纷回头望去。

游行的队伍正朝着大河街繁华地带缓缓走来。

28. 游行的队伍中（日　外景）

进入繁华地带，喊山公便开始鸣锣吆喝。他那带着浓厚湘西口音的吆喝声，加上吆喝声中恰到好处夹带着的锣声，音韵和腔调竟然是那样协调，又那样铿锵有力。

"咣、咣、咣……

"各家各户，听我报告……咣、咣……

"坏人放火，已经抓到……咣、咣……

"送官法办，追查主谋……咣、咣……

"游街示众，恶有恶报……咣、咣……"

随着锣声和喊山公的吆喝声，街两旁涌上前来的人越来越多。

队伍更加放慢了脚步。

29.大河街警察分局　一间办公室内（日　内景）

徐局长听完一名巡警的报告，心急火燎地站了起来。

徐局长："给我把所有的巡警都派出去。赶快！"

那名报告情况的巡警："是。"他刚要转身走，又回过头问了一句："局长，要抓人吗？"

徐局长一拍桌子："放屁！那种阵仗谁敢抓？官逼民反呢！"

那名巡警双脚一并："是！"

30.大河街　繁华地带（日　外景）

游行的队伍已经走到了大河街繁华地带。

一路走过来，队伍竟然越来越壮大，很多市民自动地加入其中，以示声援。

随着围观的市民越来越多，队伍行进也越来越困难了。

两旁房屋的楼上窗户几乎都打开了，很多群众拥挤在窗口观看。还有一些义愤填膺的群众，一边怒骂，一边从窗口朝半斤和两名同伙身上扔鸡蛋、果皮。

几名巡警赶了过去，主动上前挡住街道两边的群众。还有两名巡警走到游行队伍前面，为队伍开道。

一些新闻记者闻讯赶到了这里，围绕着游行队伍，用照相机不停地拍照。

围观的人越来越多，加上新闻记者的出现，喊山公吆喝得更加起劲，并且出现了意想不到的场面。喊山公俨然成了一位口号领喊者，每吆喝两句，游行队伍和围观的民众就高声重复那两句。口号声一浪高过一浪，席卷屋宇，震撼人心。

人群中，那位宋姐也出现了。她站在稍高一点的地方，朝游行队伍中不停地探望。

游行队伍中，张文松目光敏锐地看见了宋姐，便用目光与她招呼了一下。

宋姐也看见了张文松，示意地点了点头，又指了指警察局方向，然后消失在人群之中。

张文松明白了什么，便招呼队伍继续向前行进。

31. 大河街警察分局　大门外（日　外景）

警察分局门外有一个不大不小的广场。

不少闻讯而来的民众，已经在广场上聚集。

分局方面十分紧张，在大门外设下了一道警戒线。有荷枪实弹的警察站在警戒线后面，严密地守卫着。

徐局长和分局副局长站在大门前，正在紧张地商量着什么。

一辆黑色小轿车开了过来，停在了警察分局门前。

分局副局长和徐局长愣了一下，赶快迎了上去。

32. 那辆黑色小轿车前（日　外景）

小轿车前车门开了，市警察总局的局长走了出来。

徐局长赶过来，笔挺地敬了个礼："局座，卑职正在严阵以待。请指示。"

总局长脸一板："乱弹琴！谁让你严阵以待？啊？"他手朝那道警戒线一指："马上把警戒线撤掉。快！"

徐局长不敢迟疑："是！"他赶快朝那边挥手："撤掉！撤掉！"

这时候小轿车后车门开了，总局长赶快走过去，从车里面迎出来一名戴着金丝眼镜的官员。

徐局长和几名警官一惊，赶快上前敬礼："曾副专员好！"

曾副专员还没开口说话，街道那头忽然人声鼎沸。

他扭头朝那边望了过去。

33. 街道那头（日　外景）

游行队伍和助威的民众黑压压地朝这边走了过来。

34. 小轿车前（日　外景）

徐局长有点担心曾副专员的安全，赶紧说："曾副专员，请您到分局里头暂时回避。"

曾副专员摆了摆手："不。我应该到大门口恭候。"

他带头往分局大门走去。

35. 街边一家豆腐店铺前（日　外景）

马爷的那位阔太太出现了。

她提一只竹制菜篮子，装作买豆腐的样子，一直在这儿观察警察分局门外的动静。

36. 警察分局那边（日　外景）

游行的队伍已经到了警察分局大门前。

无数市民里三层、外三层将那里围得水泄不通。

远远望去，可以看见张朝武、九哥、向飞舟正在将半斤和那两名同伙交给徐局长和副局长。

徐局长朝后面挥了挥手，几名警察上前给三名纵火犯戴上手铐，押进了警察分局。

那名曾副专员和警察局长热情地走过去，与张朝武等人紧紧握手，表示感谢。

民众慷慨激昂，口号声一阵盖过一阵，震耳欲聋。

"为民做主！"

"王法如天！"

"严惩纵火罪犯！"

"坚决追查幕后元凶！"

…………

37. 那家豆腐店铺前（日　外景）

马爷的太太被口号声吓得心惊肉跳。

慌乱之下，她赶紧顺着街边的墙壁溜走了。

38. 马爷的客厅内（日　内景）

马爷换上了长袍马褂，一副出门的打扮，背着手在客厅内不停地踱步，像一只热锅上的蚂蚁。

客厅大门后面，大大小小放着好几口准备完毕的皮箱。

他太太推开房门，仓皇闯了进来："不行了，赶紧走吧。一会儿警察就要过来抓人了。"

马爷故作镇定："慌什么？哪有那么快？"他盯着太太："你想好了吗？跟不跟我走？"

他太太："不走怎么办？一年半载你还想回来？"

马爷其实很着急，一拍茶几："那就赶紧换衣服啊！"

他太太便如惊弓之鸟，飞快地跑进了卧室内。

39. 小河街　喊山公家（日　内景）

滕玉莲正在伺候父亲和张朝武喝庆功酒。

喊山公和张朝武十分开心，将酒杯一碰，干下一杯酒。

张朝武痛快地说："漂亮啊。来大河街十多年了，还从来没有像今天这么扬眉吐气。哈，老哥，你知道吗，那个狗屁马爷，已经夹起尾巴逃跑了。"

喊山公："知道，有人看见他们坐汽车走的。听说是去长沙了。"他又举起了酒杯："朝武，算你小子走运，都跟曾副专员握过手了。那可是个大官呢，好福气啊。"

张朝武也举起杯子："芝麻大个事情。你老哥不也让他握了吗？未必你以后就不洗手？哈，不说这个了。干！"

滕玉莲也很高兴："能够把马爷赶走，大河街的人都得烧高香。那家伙是地头一霸，做生意的人，没有一个不怕他。"她有点担忧："只不过，万一哪天他又回来了呢？"

喊山公放下酒杯："不会的。许董事长说得好，打退不如吓退。这话真的有道理，打退的，他不甘心，总想再打回来。吓退的，那就不一样了。胆子都吓破了，就算是想回来他也不敢啊。"

张朝武："是啊。许董事长那人的确了不起，今天这件事，多亏他及时点醒，周密安排。简直是功德圆满，滴水不漏啊。厉害，真是厉害。"

滕玉莲听在耳里，想在心里，便不再说什么了。

40. 大河街　船码头（日　外景）

码头的边缘挂着的几个靠船用的汽车轮胎已经破旧，许家国正带领着几名码头工人，在那里重新安装新轮胎。

张文松帮着许家国将一只大轮胎抬到码头边放好。两人直起腰，擦了擦头上的汗水，望着江面。

张文松："姓马的这么一跑，警察局那些人也就好交代了。"

许家国："文松，我觉得这结果也不错。穷寇勿追嘛。要不然,仇越结越深,对我们终究不是好事。"

张文松:"对了,董事长,那位曾副专员还真不错,当场就答应组建大河街民众护卫队。以他的权限,我觉得也很不容易了。"

许家国顿时很感兴趣:"哦,这挺好啊。怎么个组建法?"

张文松:"先到大河街警察分局备案,民办官助。经费嘛,嘿,说是说官方有点资助,估计他们一文钱也不会出。"

许家国:"不出就不出,又要不了多少钱。人员呢?"

张文松:"本地居民自愿报名也可以,公开推举也行。"

许家国便望着张文松:"哎,咱们推举九哥,你觉得怎么样?"

张文松笑了:"董事长,九哥当然合适。在分局门外,那个局长也看上了他,还许诺他当队长。可九哥无论如何也不肯干。"

许家国有点奇怪:"是吗?他为什么不肯?"

张文松:"不知道。当着那么多人的面,我也不好问他。"

许家国想了想:"文松啊,我来这边也有段时间了。怎么说呢?其实就跟我老家一样,为官不清,为民不良,黑白莫辨,警匪难分。老百姓要想过安宁日子,自己不组织起来,什么人都靠不住。"

张文松连连点头:"董事长,您这句话,说到根子上了。"

码头边缘处,修理工人喊了句:"轮胎啊。快抬过来。"

许家国和张文松应了声,赶紧抬起了轮胎。

站起身来的时候,许家国还念念不忘护卫队的事:"不行,九哥的事,我还得亲自跟他说。"

两人抬着轮胎,吃力地朝码头边缘走去。

41. 小河街　喊山公家（夜　内景）

滕玉莲在自己的房间里一边编织工艺彩袋，一边想着心事。

滕玉翠推开房门走了进来："姐，今天没去大河街交货啊？"

滕玉莲："没有。爹说过了，让我今天别过去凑热闹。"她看了妹妹一眼："你是不是跑去看了？"

滕玉翠放下身上的背篓："嗨，我特别想去，刚好今天考试，没去成。不过没关系，报纸上都有呢。"她从背篓里取出一份报纸："姐，你看，《常德民报》全登出来了。还登了好几张照片。咱爹，还有朝武叔，都在上头呢。"

滕玉莲赶快接过报纸，迫不及待地看去。

报纸的头版头条处，加粗加黑的大标题格外醒目："作恶者作茧自缚，大河街大义凛然。"

正稿的文字之间，刊登了三幅照片，一幅拍的是游行队伍，喊山公和张朝武走在最前面；第二幅拍的满街都是支持游行的民众；第三张照片拍了一个大全景，那是在警察分局门外，无数人在围观警察接收三名纵火嫌疑人的场景。

滕玉莲将那几张照片反复看了几遍，忍不住问滕玉翠："翠翠，这照片里头，有没有那个人啊？"

滕玉翠没有明白："姐，你是问谁？哪个人啊？"

滕玉莲一时有点难为情："就是……济民纱行的董事长嘛。"

滕玉翠："哟，这可不知道。我又不认识他。"她看了姐姐一眼："姐，怎么突然说到他了？"

滕玉莲莫名其妙地脸一红："没什么。随便问一声。"

滕玉翠："你以前见过他？"

滕玉莲："说什么呀？我成天不出门，上哪儿见去嘛。"

滕玉翠很鬼，望着她，打趣地说："姐，你这是怎么啦？瞧你，脸都红了。"

滕玉莲推了她一把:"去,尽瞎说。"她把那张报纸还给滕玉翠:"中午爹和朝武叔在家喝酒,边喝边夸,把那董事长吹到天上去了。要不然我也不会问你。"

滕玉翠:"姐,你还别说,就连我们学校,都有好多人在夸他。"她想了想:"要不,哪天不上课,我陪你去一趟济民纱行,亲眼见识一下。怎么样?"

滕玉莲:"得了吧。又没什么事情,疯疯癫癫跑进去,人家不把你赶出来才怪呢。"她继续编织彩袋:"要去你去。丢人现眼的,我才不去呢。"

滕玉翠望着她,扑哧一声笑了。

42. 济民纱行　厨房内(夜　内景)

九哥用两条长凳架着一只水桶,正在用工具敲打水桶的铁箍。

刘妈一边收拾厨房碗柜,一边劝他说:"九哥,要说心里有愧,我也有呢。比如我做的饭菜吧,自己都不觉得好吃,可人家一点怪话都不说。越是不说,咱们就越加贴着心做事。你说呢?"

九哥:"刘妈说得对。我已经乌龟吃秤砣,铁了心了。"

正说着话,许家国走了进来:"哟,还在忙啊?"

九哥赶紧直起身,招呼了句:"董事长。"

许家国看了一眼那只水桶:"九哥这是在干吗?"

九哥:"董事长,水桶的铁箍松了,怕漏水,就把它箍紧点。"

许家国:"这可是技术活啊。"

刘妈便向他告辞说:"董事长,你们聊吧。我先回家了。"

许家国:"好。刘妈,您辛苦了。赶紧回去休息吧。"

刘妈应了声:"不辛苦呢董事长,我做惯了。那我走了。"

她抬脚便离开了厨房。

九哥一时有点不自在:"啊,董事长,您坐会儿?"

许家国自己拉过一条长凳:"好啊。九哥,我想跟你说件事儿。"他在那条长凳上坐了下来:"你也坐下吧。"

九哥:"哎,我坐这儿。"他在许家国对面坐下了。一双眼睛真诚地看着许家国,却不敢先开口问。

许家国便直截了当地问他:"听说你不肯干护卫队?"

九哥愣了一下:"董事长,这件事情您也知道了?"

许家国笑了笑:"为什么不干啊?挺好的事儿。"

九哥:"董事长,这次济民纱行起火,全都怪我。要不是我好酒贪杯,半斤也没有空子可钻。您大人大量,还让我留下来,这是给我一次机会。可我还没来得及将功折罪,怎么能走呢?"

许家国:"谁说了让你走啊?"他说得很肯定:"你知道吗?民众护卫队是义务性质,没有薪水的。你去了那儿,还是济民纱行的人,年年月月,薪水照发。"

九哥非常感动:"唉,越是这样,我越是有愧。刚才还在同刘妈说这事儿呢。"

许家国点了点头:"这话我相信。换了我,也会心有不安。那也没关系,把护卫队的事情做好点,心里就没亏欠了。还是去吧,听说他们想让你当队长,那不更好吗?赶紧答应,可不能推辞哦。"

九哥赶快摆手:"那更不行。董事长,让我去跑腿卖力还可以,队长哪里敢当?不是说当不下地,我真的担心难得服众。您知道的,半斤是我的表哥,他一坐牢,我就成了囚犯的亲戚。人一有了污点,谁还看得起你啊?"

许家国笑了笑:"九哥啊,你再动脑筋想一想,半斤是你亲戚,你以为徐局长他们不知道?"

九哥一想:"那倒也是。"他似乎猜到了什么:"哎呀,董事长,您替我分析一下,是不是因为我表哥在他们手里攥着,这些家伙就以为我可以听他们摆布啊?"

许家国:"虽然还不能肯定,起码有这种考虑。至少大家都觉得民众护卫队很重要,找什么人带队,自己要放得心。"

九哥完全明白了:"董事长,您这么主张我去,那您对我是完全放得心的。我没说错吧,董事长?"

许家国望着他,信任地点了点头。

九哥:"什么话都不说了。我去。"他感激地看着许家国:"只是咱们纱行怎么办?您还得请个人看护才好啊。"

许家国:"不用。只要大河街安宁了,济民纱行必定也会安宁。"他站起身,拍了拍他的肩头:"九哥,放心大胆干吧。护卫队有什么需要,随时跟我说。"

九哥连连点头,深受感动。

43. 济民纱行 大门外(夜 外景)

两部运送军用物资的大货车开到济民纱行门外停下了。

薛梦泽从车上跳了下来,匆匆忙忙走进了济民纱行。

44. 许家国的书房内(夜 内景)

许家国正在书柜前整理书籍和文件。

薛梦泽走了进来:"姐夫。"

许家国回头一看,不禁有点意外:"噢,梦泽?怎么回事,船队提前到了?"

薛梦泽:"不是。船队还是按计划明天到。我另外有紧急任务,必须连夜送一批物资去长沙,通过火车转运到广东。"

许家国一阵惊喜:"这么说,汉粤铁路又通了?"

薛梦泽："是的。咸宁那段被飞机炸断的铁路，经过日夜抢修，现在又可以通车了。"

许家国："也就是说，你姐姐他们马上就可以过来了？"

薛梦泽连连点头，也很高兴："姐夫，如蒙大哥打电话过来说，我姐他们今天可以启程。"他补充了句："我姐也跟许民安联系上了。他们约好在火车站会合，晚上九点从汉口出发，一起过来。"

许家国："今天晚上九点？"

薛梦泽看了看手表："是。这会儿应该往汉口车站动身了。"

许家国长长吁了一口气："好，太好了。总算是动身了。"他忽然想起了一件事："糟糕，我那辆小车，刚刚被一场大火烧没了。这可怎么办？"

薛梦泽："姐夫，别担心。我这不要运物资过去吗？正好要送同一趟车，连车站都不用出，就接上他们了。然后再坐我们的车回来。两台大车，连人带行李，足够了。"

许家国："对啊。加上还有你一路照顾，真是再好不过了。"

薛梦泽："是啊，姐夫您就放心吧。我不敢耽搁，现在就得走。"他笑盈盈地看着许家国："我是专门拐进来告诉您一声的。知道您在朝思暮想，赶紧给您送一颗定心丸过来啊。"

许家国哈哈大笑："哈，你这家伙，也敢取笑你姐夫了？"

薛梦泽也笑了："姐夫您多准备点好吃的，最晚后天早上，您就可以跟我姐团圆了。"

许家国："一定，一定。赶紧走，我送你上车。"

他拉着薛梦泽，匆匆走出了书房。

45. 汉口　江汉关码头（夜　外景）

江汉关矗立在长江北岸，那面大钟的指针指向晚上七点。

夜空中，时而有军用探照灯强烈的灯柱交叉扫射。

远处传来一阵阵沉闷的炮弹爆炸声。

字幕：汉口

46. 汉口　济民纱厂大门口（夜　外景）

厂子大门口格外冷清。一盏昏黄的路灯孤零零挂在墙柱上，灯光下面不见一个人影。

一辆小轿车和一辆小货车从街道那头开来，一直朝济民纱厂里面开了进去。

47. 许家国居住的那幢小院外（夜　外景）

门外堆放着几口大箱子，还有一些大小包裹。

薛兰芝、许秋萍、许少臣手里拎着一些什物，走出院子，将什物堆在那些行李旁边。

遥远的天空中，又有防空警报拉响。

薛兰芝抬头看了一眼，焦急地说："哟，又拉警报了？千万别在这个时候啊。"

许少臣显得非常有经验："妈，这是预备警报。敌机有可能来，也有可能不会来。只是让市民提前做好准备。"

薛兰芝："是啊，但愿不来就好啊。"

48. 法租界　领事馆大门外（夜　外景）

领事馆外面停放着一辆黑色小轿车。

许民安和那名伙计提着两口皮箱从领事馆匆匆走了出来。

副领事勒布伦和一名法国士兵紧紧地跟在后面。

士兵上前拉开车门，伙计拎着皮箱钻进了小轿车。

许民安看了一眼怀表，对勒布伦说："谢谢，我得赶紧走了。"

勒布伦："许先生请上车,我护送您去汉口火车站。"

许民安也没太客气,一头钻进了小轿车内。

勒布伦便替他关好车门,和那名士兵很快地坐了进去。

小轿车一加油门,迅速地开走了。

49.许家国居住的那幢小院外(夜 外景)

许秋萍再次朝院子外面看了一眼："大舅怎么回事?九点的车,都快七点半了。这会儿也应该来了。"

许少臣眼睛尖,指着厂门方向叫了声："看,那是他们吗?"

薛兰芝和许秋萍赶紧朝那边望去。

50.厂区道路上(夜 外景)

那两辆汽车开着灯光,一拐弯,朝这边开了过来。

51.许家国居住的那幢小院外(夜 外景)

许少臣认清楚了："没错,是他们。那是大舅的车。"

薛兰芝心里踏实了："看看,你们大舅只会提前,从不耽误时间。秋萍,快,咱们把奶奶扶出来。少臣啊,你赶紧去叫两个弟弟。行李一装好,咱们马上去火车站。"

三个人立即回头跑进了院子内。

很快,那辆小轿车和那辆货车开到院子外面停下了。

小轿车的车门推开了。一名五十来岁,身穿长袍马褂的男子走了下来。这人就是薛兰芝的大哥薛如蒙。一副深度近视镜,完全是一位老知识分子的形象。

货车上下来了两名年轻力壮的男子,朝地下那些行李看了一眼,问道："是这些吗?薛先生?"

薛如蒙："不错,这些都是。全部搬到货车上去。"

忽然,院子内传来许秋萍的惊呼声:"奶奶!奶奶!"

薛兰芝也惊慌失措地呼叫:"妈!您这是怎么啦?"

薛如蒙不禁一愣,撩起长袍,急忙朝院子里面走了进去。

52. 许家国家　一间卧室内(夜　内景)

薛兰芝、许秋萍、许少臣都围在奶奶那张床铺前,焦急万分地呼唤着老人家。

老奶奶平躺在床铺上,双眼紧闭,已经失去了知觉。

许少俊和许少衡两个最小的男孩站在旁边傻傻地看着。

薛如蒙大步走了进来:"兰芝,出什么事了?"

许秋萍抢先说了句:"大舅,奶奶突然昏过去了。"

许少臣也说:"先前还好好的呢。"

薛如蒙分开他们,直到床铺前:"别急,我看看。"

他托起老奶奶一条手臂,平放在床沿,然后伸出手,熟练地为她把探着脉搏。

薛兰芝心乱如麻地看着他。

许秋萍、许少臣也关切地看着薛如蒙脸上的反应。

薛如蒙探了一阵,脸色骤变:"不好,没脉搏了!得赶紧送医院。快!"

薛兰芝和儿女们顿时大惊:"什么?"

…………

第 06 集

1. **汉口　许家国家　母亲卧室内（夜　内景）**
薛如蒙探完脉搏，脸色骤变："不好，得赶紧送医院。快！"
字幕：汉口
薛兰芝没有迟疑："你们走你们的，去火车站。"
她不再多说，飞快地跑出了门外。
许秋萍与许少臣对视了一眼，也跟着跑了出去。

2. **院子大门外（夜　外景）**
薛如蒙已经将老奶奶平放在小轿车后座上。
薛兰芝跑了出来："哥，我送妈去医院。您赶紧把秋萍他们送到火车站，跟许民安会合。要不然就来不及了。"
薛如蒙怔怔地望着她："那你呢？还有奶奶，不走了？"
薛兰芝已经坐进了车里："奶奶都这样了，怎么能走？"她迅速将车门拉上了。
薛如蒙急忙走上前，对她说："兰芝，这样吧，你带孩子们走。奶奶的事儿，全交给我了。"
薛兰芝非常坚决："不行。家国把妈托付给我，生生死死我都得替他陪着。要不然，我怎么好跟家国交代？"她心急火燎地朝司机喊了声："赶紧走，去福音医院！开车！"

司机不敢犹豫，一踩油门，将小轿车开走了。

薛如蒙望着小轿车的背影，一时不知道该如何是好。

许秋萍、许少臣带着两个弟弟赶出门来，站在那里，朝着小轿车开走的方向，呆呆地望着。

3. 汉口火车站　站台前（夜　外景）

法国领事馆那辆小车在站台前停下了。勒布伦和士兵赶紧下车，迅速拉开了车门。

许民安和那名伙计提着皮箱很快地从车内走了出来。

他感激地握住勒布伦和那士兵的手："谢谢。太感谢了。"

勒布伦："不客气。许先生赶快进站吧。该上车了。"

然后他和那名法国士兵回到车上，很快地离开了。

许民安掏出怀表看了看，回头对伙计说："时间很紧，赶紧找到我妈和我嫂子他们。快！"

伙计应了声，两人加大步伐朝站台上的人群寻了过去。

4. 福音医院内　急救室门外（夜　内景）

医院走廊尽头处挂着一块门牌，写着"急救室"三个红字。

几名医生、护士拿着医疗器械、药瓶、氧气包，在急救室进进出出地忙碌着。

薛兰芝坐在急救室门外的一条长凳上，看见有医生走出急救室，赶快上前询问："大夫，我妈情况怎么样？"

那医生摇了摇头："太太，她是大面积心肌梗死，随时都有可能猝然死亡。您得有心理准备啊。"说完，他匆匆朝走廊那头离开了。

薛兰芝怔怔地回过头来,看了一眼急救室,满面愁容。

窗外传来江汉关报时的钟声。

薛兰芝猛然一惊,抬头看了一眼墙壁上的挂钟。

时钟的指针指向了夜里九点。

5. 汉口火车站　站台上(夜　外景)

一列蒸汽机车长鸣汽笛,喷出浓浓的白色蒸汽,缓缓启动了。

6. 福音医院　急救室门外(夜　内景)

一阵心酸涌上心头,薛兰芝失神地坐下去,闭上眼睛,两颗泪珠涌出了眼眶。

没过多久,耳边忽然有小男孩的呼唤声:"妈妈,妈妈。"

薛兰芝赶快睁开眼睛,顿时一愣。

7. 医院走廊上那头(夜　内景)

两个小儿子许少俊、许少衡正在沿着走廊朝她跑来。

薛兰芝站起身来,迎了过去,一把抱住了他们。

女儿许秋萍、长子许少臣也匆匆忙忙走了过来。

最后面走过来的,是她的大哥薛如蒙。

薛兰芝不知道是惊还是喜,望着他们,喃喃地问:"你们、你们没走啊?"她看着薛如蒙:"哥,不是跟您说好了吗?"

薛如蒙:"兰芝,你这几个宝贝儿女,无论如何也喊不动他们。眼睁睁地,这时间就错过了。唉。"

许秋萍便替他解释说:"妈,不能怪大舅。我跟少臣商量好了,您肯定丢不下奶奶,我们也决不能把妈丢下不管。"

许少臣显得很有主见:"妈,我打听过了。后天晚上,还有一趟南下的火车。咱们晚两天再走也没事儿。"

薛兰芝："唉，不行啊。奶奶的病很重，后天也不一定能走。"

许秋萍没有丝毫犹豫："那就继续等。哪天行了哪天走，反正不能把您给落下。"

许少臣也坚定地说："对。妈，现在是战乱时期，我们一家人，不管怎样都要捆在一起，再也不能失散了。"

薛兰芝心头一热，将儿女们紧紧地抱在了一起。

薛如蒙望着他们，也禁不住热泪，赶紧摘下眼镜擦拭着。

8. 火车站　站台上（夜　外景）

站台上空无一人。许民安和那名伙计守在皮箱旁，一筹莫展。

伙计看了许民安一眼："厂长，老太太他们不会提前走了吧？"

许民安很烦躁："胡说。一个礼拜才这一趟车，他们怎么走？"

伙计还想说句什么话，忽然警觉地回头望去。

9. 身后不远处（夜　外景）

三名穿灰色长风衣的男子已经逼近他们身后。

10. 站台上（夜　外景）

许民安的伙计一弹而起，从腰间拔出了一条驳壳枪。

没容他端起枪，一名风衣男子闪电般扑过来，将他按倒在地。

许民安赶紧回过身子，另一名风衣男子已经用手枪顶住了他。

第三名男子看样子是个头目。他走过来，用日语喝了声："把枪放下。这位先生是大日本帝国的客人，不得无礼。"

两名风衣男子便退后了一步，手中的枪依然没有放下。

那头目上前朝许民安恭恭敬敬鞠了一躬，改用汉语说："先生，卑职是日本国通商产业省调查课次官宫本太郎。奉通产大臣的命令，特意过来接先生赴东洋避难。"

许民安很困惑："没听明白。什么通产大臣啊？我又不认识。"

宫本："通产大臣叫渡边横二。你们不是在意大利一起学习纺织专业吗？贵国眼下战火连天，渡边大臣想邀请您去日本发展。"

许民安："啊，你弄错了。我根本就没去过意大利。"

宫本愣了一下："噢？您不是许家国先生吗？"

那伙计一听，顿时放心了："嗨，错了。许家国是我们董事长，这位先生叫许民安，是董事长的亲弟弟。"

宫本想了一下："是吗？"他脑子转了转："许民安先生，能不能告诉我，您哥哥去了哪里？"

许民安："告诉你也没用。你们不可能找到他。"

宫本自负地笑了笑："是吗？中国都要灭亡了，还怕找不到他？哈。"他不再纠缠，一挥手，带着两名同伴离开了站台。

许民安朝周围看了一眼，心中十分茫然。

11. 长沙火车站　站台上（日　外景）

一辆货运列车刚刚离开站台，往朝南的方向开走了。

薛梦泽站在站台上，失望地看着列车离去的方向，心情十分惆怅。

字幕：长沙

一名手提信号灯的站台工作人员走了过来，问薛梦泽："薛总，客人没接到？"

薛梦泽收回目光："是啊。奇怪了。"他问那名工作人员："请问，你们车站的长途电话在哪儿？"

工作人员："去站长办公室吧。只他那儿能打长途电话。"

薛梦泽："好。谢谢了。"

他转过身，匆匆忙忙离开了。

12. 薛如蒙家　书房内（日　内景）

许少臣斜靠在书房的沙发上，正在看书。

薛如蒙端着做好的早点走了进来："少臣，早餐做好了。叫弟弟过来一起吃吧。"

字幕：汉口

许少臣应了声，赶快站了起来。

书桌上那架手摇电话的铃声响了。

薛如蒙赶快拿起电话："请问哪里？……哦？梦泽，是你啊。"

13. 长沙火车站　站长办公室内（日　内景）

薛梦泽正在打电话。

他从听筒内听完对方叙述，也非常着急："……原来是这样啊。哥，那怎么办？老太太的病很严重吗？"

14. 薛如蒙家　书房内（日　内景）

薛如蒙对着话筒回答说："是啊，这一次更厉害，医院方面都下病危通知了。……对了，梦泽啊，老太太的事儿，先别跟你姐夫说。说了他也没办法，只能增添烦恼。……那你就随便找个借口嘛。……放心，这边有我呢。我反正只一个人，今天就住汉口，全力帮助你姐姐渡过难关……没关系，你放心吧。"

15. 长沙火车站　站长办公室内（日　内景）

薛梦泽："放不放心也只好这样了。哥，情况越来越紧急，您得多留个心啊，全仗着您了。……好，先这样吧。多保重，哥。"

他放下话筒，站在原地思索了一会儿，然后才走出了办公室。

16. 大河街　菜市场（日　外景）

菜场里面品种丰富。各种鱼肉蛋禽、蔬菜种类齐全。

字幕：常德　大河街

许家国来到菜场，一边走，一边寻找合适的蔬菜。

刘妈挽着一只菜篮子，紧紧地跟随在他身后。

许家国的心情非常好："刘妈，我可从来没买过菜啊。您要觉得什么好吃，随意买就是了。没关系的。"

刘妈笑了笑："是啊，也不知道怎么回事儿，您亲自出马买菜，我还真的不知道该买什么好了。"她又问了句："太太平时喜欢吃些什么菜，您应该知道啊。"

许家国想起来了："啊，有一样，我想起来了。筒子骨炖湖藕，全家都喜欢吃。"

刘妈："那就好。常德的湖藕也很有名呢。"

17. 大河街入口处（日　外景）

浦溪兵工厂那两部货车开了过来，车头一拐，慢慢地朝大河街里面开了进去。

18. 大河街菜市场　出口处（日　外景）

许家国提着装满蔬菜的竹篮子，兴冲冲地和刘妈走出菜场。

没走几步，许家国远远地发现了什么，赶紧抬头望去。

19. 大河街　街道那头（日　外景）

那两部货车开了过来，在济民纱行那幢窨子屋前停下了。

20. 大河街菜市场　出口处（日　外景）

许家国赶快把菜篮子交给刘妈，朝济民纱行狂奔过去。

21. 济民纱行　大门外（日　外景）

两名司机已经下了车，正在检查着轮胎气压。

许家国跑到了汽车旁，朝车上看了看，问那司机："哎，人呢？"

司机赶紧回答："董事长，您是问薛总吗？他已经进去了。"

许家国："就他一个人？"

司机："是啊。董事长，就薛总一个人。"

许家国顿时一愣，不再问司机。一抬脚，跑进了院子内。

22. 济民纱行　天井内（日　外景）

薛梦泽正和郑锦仁站在天井里说话，一回头看见许家国走了进来，赶快叫了声："姐夫，我回来了。"

许家国没好气地说："知道你回来了。你姐呢？怎么回事？是你没接到，还是他们在汉口没有上车？"

薛梦泽："姐夫，您别太着急，在长沙我就给如蒙哥打过电话了。是这么回事儿，这趟列车接到警报，提前半个小时就发车了。我姐他们没有赶上趟。"

许家国反而更急了："搞什么名堂啊？只提前了半个小时，居然就没赶上？干吗不早点动身？起码要提前一个小时到车站嘛。你姐总是这样，干什么都磨磨蹭蹭。唉，这可怎么办哪？"

郑锦仁便插话安慰他说："家国，别着急。梦泽问过了。两天以后还有一趟南下的火车。"

许家国："那又怎么样？有一趟误一趟，这样下去怎么行啊？"

薛梦泽："不会了，姐夫。如蒙哥说，今天他就搬到汉口去住，无论如何，也要把我姐他们送上车。"

郑锦仁："那就放心了。如蒙那个人，做事是最牢靠的。"

许家国冷静了些："唉，也真为难他了。"他又想起了什么："那，民安不是也跟他们一起走吗？他也没赶上车？"

薛梦泽一愣："哟，这我可没问。"

郑锦仁："家国，既然兰芝他们都没赶上，许民安赶上了也不会自己先走啊。您说呢？"

许家国更加着急："乱上加乱。备用金全都在他手上呢。"

薛梦泽犹豫了一下，朝郑锦仁看了一眼："郑伯，您不介意我跟姐夫单独说几句吧？"

郑锦仁非常理解："瞧你说的，当然不介意啊。你们去书房吧，我在这儿盯着点。"

许家国便和薛梦泽走进了书房。

23.许家国的书房内（日 内景）

许家国回身关上书房门，望着薛梦泽："梦泽，什么事？"

薛梦泽朝他走近一步，小声说："姐夫，兵工厂接到重庆军情处密电，日军特务最近活动频繁，已经潜入浦溪县城了。"

许家国想了想："他们只是针对兵工厂吧？"

薛梦泽："也不全是。除了兵工厂，济民纱厂也是他们的目标。"他望着许家国："姐夫，密电还指示说，日本特务有绑架您的计划,让我们协助保护您。"

　　许家国:"绑架我?"他想起了什么:"我明白了,当年在意大利深造,有个叫渡边横二的日本同窗早就鼓动过我,让我去东京给他们做事。这人在他们通产省,据说还当了挺大的一个官。"

　　薛梦泽有点担心:"姐夫,在浦溪还好办,我担心他们有一天会找到常德这边来。"

　　许家国:"哼,他们爱来不来。这样的事情,强迫是没有用的。"他心里关心的是另外一件事情:"梦泽,那些特务知不知道,你们的物资是从这儿转运出去的?"

　　薛梦泽:"暂时还不知道。依我看,那也只是迟早的事儿。不过总部已经作了计划,浦溪兵工厂正在考虑迁往重庆。那以后,大河街这个转运站,就不再启用了。"

　　许家国:"好,我都知道了。"他考虑了一下,忽然说:"梦泽,既然你姐他们还没到,我也赶紧去一趟浦溪。加林来电报说,纱厂的材料和资金出了些问题,得过去处理一下。"

　　薛梦泽:"是啊,上次我见到许加林,他也直跟我叫苦。对了,姐夫,您何必不坐我的车走呢?就看您来不来得及。"

　　许家国:"有什么来不及的?只带两件换洗衣服,最多两天我就得赶回来。你稍等几分钟。"

　　他回身朝门外走了出去。

24. 大河街　街道上(夜　外景)

　　入夜已经有段时间了,远处传来了喊山公打第一更的梆声锣声和吆喝声。

　　一支六人组成的民众护卫队,左臂佩戴着黄色袖章,右手持一条齐眉棍棒,认真负责地从街道上巡逻走过。

25. 济民纱行　大门外（夜　外景）

大门外十分清静，路灯下，已经没有一个行人。

郑锦仁走出大门，朝四周察看了几眼，退回大门内准备关门，就听见有人在外面喊了一声："等一下，先别关门。"

郑锦仁又把大门拉开，定睛一看，门外走来了三名男子。

他辨认了一阵，一时没有想起来他们是谁，便问了声："请问，三位有什么事吗？"

那三名男子语气并不友善。其中有一位很不高兴地说："嗬，郑大管家竟然不认识我们了？"

另一位补充了句："故意的吧？是不是想躲我们啊？"

郑锦仁再次朝他们打量了一阵，还是没想起来，便笑了笑："哈，各位，这话可不好听。平白无故的，我躲你们干吗啊？"

26. 离济民纱行不远处（夜　外景）

九哥也一身护卫队员打扮，带着一名队员巡了过来。

他发现济民纱行门外有人大声说话，便朝那边走了过去。

27. 济民纱行　大门外（夜　外景）

第三位男子听郑锦仁那样说，便走上前来："郑管家，怎么是平白无故呢？你老人家仔细想想，济民纱行那三百五十吨棉花，是从谁手上进的货啊？"

郑锦仁猛然记起来了："哎呀，真是啊。您瞧瞧我这眼神，瞧瞧我这烂记性。可不是从三位老板手上进的吗？得罪，得罪。来来来，赶紧进屋吧。晚饭吃过了吗？要不搞杯酒，吃吃夜宵？"

先前那位男子很生硬："酒不想喝，夜宵不吃。我们也不进来，只是想问一声，我们的货款，准备好了吗？"

第二位男子也说："契约都过期好多天了。发了几个电报过来，也没个准确回复。"

郑锦仁："是，是。都是我处理的，请放心，我正在想办法。"

第三位男子话说得轻松一些："也好，你慢慢想办法去。我们三个人刚刚到，觉得这大河街挺好玩的，就住下来了。临江春，知道吧？反正所有费用该你们结，我们也不急，住多久都可以。什么时候货款齐了，我们就什么时候走。"

另一男子："对。特意过来告诉一声，今天就不打扰了。"

三个人左一句右一句把话说完，正要离开济民纱行，九哥和那名护卫队员走了过来。

九哥："哎，都给我站住。"

那三名男子便站住了，看见九哥那副身板，不禁有点紧张："你、你是什么人？"

九哥亮了一下袖标："没看见？大河街民众护卫队。你们是哪里来的？我怎么没见过你们？啊？"

郑锦仁赶快说了句："啊，队长，没事。他们是客户。跟我们有业务往来，没事的。"

九哥这才放下心来："这样啊。那就没事了，你们走吧。"

有一名男子似乎不甘心，又朝着郑锦仁补充了一句："郑管家，以后我们会每天过来催一次。反正这么大个院子，跑得了和尚也跑不了庙。先告辞了。"

三名男子便离开了。

九哥听得味道不对，望着他们的背影，又回头看了郑锦仁一眼："郑伯，真的没事？"

郑锦仁望着他们的背影，无奈地摇了摇头："怎么没事儿？事情还很麻烦呢。"

九哥没理解郑锦仁的话："那，有麻烦一定要早点叫我啊。"

郑锦仁："行了，九哥，这不是你解决得了的。忙去吧。"
他回身进到院内，关上了那扇大门。

28.浦溪　济民纱厂大门口（夜　外景）
昏黄的路灯下，一块简陋的木牌挂在工厂大门处，上面用黑油漆简单地写着"浦溪济民纱厂"六个大字。

字幕：浦溪

许加林陪着许家国从厂内走了出来。向飞舟紧跟在他们身后。

许加林："叔，您都看见了。纺纱车间原来是三班连轴转，现在一个班都吃不饱。织布车间没棉纱，机子停了三分之二。唉，叔叔，棉花说断流就断流，我这儿实在难为无米之炊啊。"

许家国想了想："加林，我刚才看了一下，军品存货比较充足，那就集中原材料上民品吧。还是得想办法回笼资金，这么大个摊子，只出不进，迟早会维持不下去的。"

许加林犹豫了一下，欲言又止。

许家国望着他："嗯？怎么啦？有话就说啊。"

许加林："叔，我不是不想说，估计说了也没用。您家大业大，各方面开销更大，侄儿我实在开不了口。可问题太现实，上个月员工薪水都没发呢。"

许家国站住了："加林，那可不行。这几千员工，都是我带过来的家乡子弟，无论如何也不能让他们饿肚子。"

许加林："叔，咱们员工还真是没的说，尽管没拿到薪水，喊声加班加点，一句牢骚话都没有。越是这样，我越看不下去啊。"

许家国非常感动："这事儿我来想办法。资金再紧张，宁可压缩别的开支。活命的钱，那可是一分一文也少不得的。"他下了决心:"加林,我明天一早往回赶。三天之内,会派人送点流动资金过来。轻重缓急,由你安排。"

许加林点了点头:"叔,真是难为您了。"

29. 大河街　街道上（晨　外景）

天色已经大亮。街道上,卖河水的、卖早点的渐渐多了起来。

字幕：常德　大河街

张文松在路旁一家早点铺买了几只油炸点心,拿在手上,转身往济民纱行那头走去。

30. 济民纱行　大门外（晨　外景）

门外的街道上,几乎没几个行人。

因为时间还早,济民纱行的大门也没有打开。

两名外地人模样的男子,身上斜挎着背包,坐在纱行门外的石头台阶上,也在那里吃着油炸点心。

张文松走了过来,看见他们那样子,不禁问了声:"对不起啊,请问一声,二位坐在这儿干什么?"

两名男子抬头看了看他。其中一名男子应了句:"办点业务呗。来早了点,济民纱行还没有开门。"

张文松再次朝他们打量了一眼:"是从外地来的?"

另一男子:"是。我是衡阳印染厂的。"他指着同伴:"这位来得更远,广西桂林。坐了好几天船,到这儿的时候天还没亮,又没地方可去,只好坐在这里等着纱行开门。"

张文松赶紧说:"哟,既然是远方来的贵客,那就进去坐吧。"

那两名男子不放心地看着他:"哦,请问您是……"

张文松:"我就是济民纱行的总管,姓张。"

一名男子仍然有点疑虑:"总管也、也只能吃油粑粑了?"他看了同伴一眼,嘟哝了句:"伙计,看来这趟没什么希望。"

31. 济民纱行 大门内（晨 内景）

郑锦仁打了个哈欠,走到大门后面,正要拉开门闩。

听见外面有人在说话,他又缩回手,贴近门缝朝外看去。

32. 济民纱行 大门外（晨 外景）

张文松笑了笑:"吃油粑粑怎么啦?我挺喜欢啊。对了,二位找济民纱行,是有什么事儿吗?"

衡阳那男子:"唉,跟你讲没用。还是等老板来了再说吧。"

张文松:"哟,真是不巧,我们老板昨天去浦溪了,没在家呢。"

桂林那位男子顿时急眼了:"那、那可怎么办?这么远来一趟,难道又是白跑了?"

衡阳那男子也很着急,脱口说了句:"什么巧不巧的?你们董事长不是故意躲我们吧?"

张文松:"那绝对不可能。二位,事情要是很着急,何不先跟我说说?只要能够使上劲,我一定帮忙。"

桂林那男子:"兄弟,不是我小看你。济民纱行欠了我们几十万大洋,你能使得上劲?"

张文松一愣:"是吗?这个情况我还真的不了解。"

衡阳那男子:"情况很简单。我们跟济民纱厂早就下好了订单,都预付过三成订金。这不,你们都已经违约很久了。按照契约,除了退还订金,还要按订金的一半赔偿呢。"

桂林那男子:"赔偿都算了,订金是一定要退还的。日本鬼子说来就来，到时候，哪怕是逃难，也要靠钱活命啊。"

衡阳那男子："说是说你们为了抗战，才压了我们的单，这当然没话说。可我们那些个买家都不答应，预交的货款全都抽走了。这不要了命吗？"

张文松很同情他们，便劝他们说："你们也别着急，欠账还钱，天经地义。我们董事长最讲诚信，他最晚明天赶回来，一定会给你们想办法。这样吧，我去旅馆给你们订房间，二位先住下来再说。你们觉得呢？"

衡阳男子便望了一眼桂林男子。

桂林男子无奈地说："那也只好这样了。反正我这次也不能空手回去，要不然那些工人会把我活活掐死。"

衡阳男子倒也通情理："既然这样，房间就不用你们开了。这年头办实业都不容易，我们自己去开吧。只是拜托张先生留点心，老板一回来，赶紧告诉我们一声，好不？"

张文松回答得很肯定："那是一定的。董事长回来，我第一时间告诉二位。放心吧。"

那两名男子便起身朝街道对面走了过去。

张文松望着他们的背影，感到心情有些沉重。他暗暗叹息了声，回身走到济民纱行大门处。

伸出手来想去敲门，那门忽然拉开了一条缝隙。郑锦仁伸出半个脑袋，朝他身后望去。

张文松觉得奇怪，刚想说话，郑锦仁把门拉开了些，一伸手把他拉进了大门内。

33. 济民纱行　大门内（日　内景）

郑锦仁风急火急把张文松拉进来，再次朝门外看了一眼，很快又将那两扇大门关上，还插上了门闩。

张文松有点奇怪："郑伯，这么说，刚才您都看见了？"

郑锦仁："怎么会没看见？我只是不敢开门，要不然人家就赖在这儿不走了。没看见他们都带着行李呢。"

张文松："是吗？那应该不会吧？"

郑锦仁："什么叫不会？这些天已经来过好几拨了，昨天夜里你不在，都打头更了还有三条大汉找上门呢。多亏九哥带护卫队过来，要不然我还真担心招架不住。"

张文松："是吗？"他颇有感慨："唉，郑伯，还真没想到，咱们济民纱行的家底突然之间就薄成这样了。我还以为……"

郑锦仁迟疑了一下，告诉他说："文松，你已经是纱行的人了，实话告诉你吧。董事长的积蓄有多厚实你知道吗？他要是想买下整条大河街，小指头敲一下就可以了。根本不用吹灰之力。只是眼下万贯家财还在民安手上。只等民安一过来，整盘棋都活了。"

张文松想了想："郑伯，您说的民安，他是谁啊？"

郑锦仁："许民安，董事长的亲弟弟呢。这会儿和董事长的家眷一道，还隔在武汉。估计再有几天，人和资产就全过来了。"

张文松点了点头，不再说什么了。

大门外又响起了敲门声。

郑锦仁顿时又紧张了："哟，又有人找上门了？"

张文松便问了声："请问是谁啊？"

34. 济民纱行　大门外（日　外景）

大门外面不知道什么时候出现了一大群人。

赣南油铺的吴子敬，昌盛粮庄那位文老板，都穿戴得整整齐齐，领着七八名伙计，等候在济民纱行大门外。

赣南油铺那位付管家，在门口答应道："郑管家，请开门，我是赣南油铺的付管家啊。"

35. 济民纱行　大门内（日　内景）

郑锦仁和张文松这才放下心来，赶快走过去，拉开了大门。

付管家提前一步走了进来："哦，郑管家、张总管都在啊。"

郑锦仁迎了上去："付管家，来来来，快请坐。"他再往后一看："哟，吴老板也亲自过来了？"

吴子敬大大咧咧走过来："郑管家，还有昌盛粮庄的文老板呢。我们约好了，特意过来拜会许董事长。"

文老板和那群职员便一窝蜂走了进来。

张文松看见了他们抬进来的两块匾额："噢，这是什么？"

吴子敬一挥手："揭开看看。我和文老板，每人给许董事长敬献一幅匾额。你们有文化，看看合不合适。"

职员们便拉开匾额上罩着的红绸。那是用高贵木材制作的两幅匾额，工艺精良。中间各自刻下四个大字，一幅刻的是"良师益友"，另一幅刻的是"仁义足式"。

郑锦仁惊异地欣赏了一阵："哎呀，吴老板真是太客气了。这么精致的匾额，我还从来没看见过呢。大开眼界啊。"

张文松也赞叹说："字的内容也都很合适。二位老板诚心诚意，真不知道该怎么感谢才好啊。"

吴子敬："什么话？谁该感谢谁啊？"他朝周围看了一眼："哎，许董事长呢？出去了？"

郑锦仁赶快解释说："吴老板，真是太失礼了。不知道您会来，许董事长昨天就去了浦溪。您看这事儿弄的。"

吴子敬却并不在意，反而笑着说："没关系啊，他不在更好啊。要不然肯定跟我推推搡搡的，说不定还会让我把匾额抬回去。那多没面子嘛。"他朝堂屋里看了几眼，回头对职员招呼了一声:"伙计们,搬梯子!"

马上就有两名职员从门外抬着一架梯子走了进来。

郑锦仁十分意外:"吴老板,您这是……"

吴子敬:"郑管家,张总管,趁着许兄不在家,我替他先把匾额挂起来。你们二位看挂哪儿合适,尽管指挥一下,啊。"

郑锦仁:"哎呀,吴老板,这多不合适啊?"

吴子敬哈哈一笑:"合不合适我不管。只要把它挂上去,我心里就踏实了。许董事长满不满意,那是他的事儿。"

文昌盛也劝郑锦仁说:"是啊,我跟吴老板商量来商量去,好不容易才想出这么一个报答的方式,您就由我们一次吧。"

吴子敬更干脆:"行了,就这么办吧。"他一声令下:"还傻愣愣地站着干什么?开工了。"

职员们应了声,七手八脚忙碌开了。

张文松望着那场面,心中若有所思。

36. 喊山公家　厨房内(黄昏　内景)

滕玉莲正在厨房准备晚饭,滕玉翠双手藏在背后,走了进来。

滕玉莲看了她一眼:"翠翠,今天回来得早啊。"

滕玉翠:"是啊,特意早点回来,让你看一样东西。"

滕玉莲随口问了句:"什么东西?"

滕玉翠一步跳到她身后,将一张照片递到她脸上:"你不是想看那个人吗?那就好好看看吧。"

滕玉莲赶紧回过身,一把抓过照片,仔细看去。

那是许家国的一张半身照片。大概是以前在国外拍的,照片上的许家国西装革履,英气逼人。

滕玉莲有点困惑:"翠翠,这是谁啊?"

滕玉翠:"就是济民纱行的董事长,许家国啊。"她望着滕玉莲:"姐,怎么样?有派头吧?"

滕玉莲禁不住再次打量那张照片:"啊,不错,好洋气。"

滕玉翠:"姐,先说好,今天晚上照片留在你这儿,你慢慢看。明天我可就要还给人家了。"

滕玉莲有点奇怪:"还给人家?"她看了妹妹一眼:"翠翠,这张照片,是你借来的?"

滕玉翠:"哪里啊?我是捡来的。"

滕玉莲:"捡来的?在哪儿捡的?"

滕玉翠:"教室里。"她回忆了一下:"还真的有那么巧……"

37.(回忆镜头)职业学校的一间教室内(日 内景)

一名四十多岁的秃发男教师讲完课,合上讲义夹,宣布了一句:"今天就讲到这里吧。下课。"

学生们便整齐地站了起来。

那教师将讲义夹塞在腋下,匆匆忙忙走了出去。

一张照片从他的讲义夹中飘了出来,落在了地面上。

滕玉翠正好看见了。

趁着没人注意,滕玉翠走到讲台前,捡起了那张照片,看了一眼,心中顿时一怔。

她再看看教室的同学,大家都在忙着整理自己的书包。

滕玉翠便走回自己的座位前,将那照片塞进了书包。

(回忆镜头完)

38.喊山公家 厨房内(黄昏 内景)

滕玉翠说完经过,告诉滕玉莲说:"姐,当时我捡到这张照片,心里还有点奇怪。那位老师,他怎么会有许董事长的照片呢?"

滕玉莲:"还不是这个人太出名了,谁不知道济民纱行啊?"

滕玉翠:"不对。姐,董事长是个正人君子。正经人才会喜欢正人君子,那个老师,他才不正经呢。"

滕玉莲:"别瞎说。你又不了解人家。"

滕玉翠:"怎么不了解,有一次……哎呀,我不跟你说了。这个老师平时流里流气,海天海地,谁都知道。我还听人背地里说,表面上他是个老师,骨子里不是青帮就是洪帮。"

滕玉莲吃了一惊:"是吗?"

滕玉翠:"肯定是。好多同学都看他不惯,还特别怕他。所以我明天还得把照片还过去。"

滕玉莲:"不行。翠翠,你别犯傻。千万别让他知道照片是你捡到了。明白吗?"

滕玉翠:"为什么?"

滕玉莲:"我也没有想得太明白。假如他真的是个坏人,手里又抓着好人的照片,那这个好人就是被坏人盯上了。"

滕玉翠琢磨了一下,顿时有点紧张了:"哟,还真有这可能呢。"她看着滕玉莲:"姐,那怎么办?"

滕玉莲没有犹豫,当即解下做饭的围裙:"走,咱们这就去麻阳拳馆。朝武叔见多识广,先问问他再说。"

滕玉翠也赶紧站了起来。

39. 喊山公家 大门外(黄昏 外景)

喊山公刚刚走到屋门口,滕玉莲姐妹从屋子里跑了出来,匆匆叫了他一声,抬脚朝麻阳拳馆方向跑了过去。

喊山公朝她们的背影喊了声:"到哪儿去?不吃饭了?"

远处传来滕玉翠的声音:"爹,我们就回来。"

喊山公不解地收回目光,走进了屋子内。

40. 麻阳拳馆　办公室内（黄昏　内景）

张朝武看完照片，想了想，问滕玉翠："翠翠，你说的那个老师，是不是姓汪啊？"

滕玉翠："没错。就是汪老师。"

张朝武将照片放到桌子上，站了起来："那人是个汉奸。"

滕玉翠蓦地一惊："什么？"

滕玉莲也很惊讶："朝武叔，您知道他？"

张朝武："当然。"他朝两边看了一眼，小声告诉她们："我有个拜把兄弟，给调查局当卧底。这座城市潜伏着什么人，他至少掌握了七到八成。"

滕玉莲便担心地问："朝武叔，既然被汉奸盯上了，那个董事长是不是就有危险了？"

张朝武："我也是这么认为。"他分析道："济民纱行支援抗战，这一点是公开的。他们那儿也是兵工厂的转运站，虽然没公开，知道的人也不少。我们这儿是国统区，日伪特务不敢公开活动。我觉得，他们很有可能在暗中策划一个什么阴谋。"

滕玉翠顿时非常紧张："哎呀，那怎么办？"

张朝武显得很稳重："这只是我的分析。"他想了想："你们对谁都不要泄露，我让那位兄弟从里面摸一摸情况再说。"

滕玉莲眉头紧锁，心里在思考着什么。

滕玉翠想着想着，忽然心里一亮，似乎有了主意。

41. 那所职业学校　大门外（日　外景）

学校大门右侧挂着一块招牌——白鹤山职业专科学校。

这是一所中专学校，学生们大多是十七八岁的男女青年。

校园内响起钟声，学生们加快脚步走了进去。

42. 学校的一所教室内（日　内景）

学生们已经规规矩矩地坐在了座位上。

值日生叫了声"起立"，大家立即站了起来。

那名汪老师从外面走了进来，慢条斯理走到讲台后面，把讲义夹放在讲台上，头也不抬地朝下面压了压手："坐下吧。"

同学们便整齐地坐下了。

汪老师这才抬起头来，往下面一望，忽然觉得有点意外。

教室里，唯有滕玉翠还没有坐下。她站在最后一排座位的后面，目不转睛地看着那名老师。

汪老师很奇怪，问了声："滕玉翠同学，有什么事吗？"

滕玉翠："报告汪老师，昨天我在教室里捡到了一张照片。"她把那张照片举了起来。

汪老师远远看着那张照片，下意识地摸了一下讲台上的讲义夹："噢？照片？"他收回手，故作镇定地望着教室里的学生："照片是谁丢的？啊？谁丢的？"

教室里的学生都没作声。

滕玉翠："不是同学们丢的。刚才我让大家都传看了一遍。"

汪老师："是吗？大家都看过了？"

滕玉翠便盯着那位老师："汪老师，您别故意问了。这张照片，是从你的讲义夹里头掉出来的。"

汪老师有点慌乱，赶紧否认："我？不可能。我怎么会有他的照片呢？不可能嘛。"

滕玉翠十分敏锐："汪老师，照片上这个人，您看清楚了？"

汪老师："当然。"他蓦地一惊，赶快又改口："啊，当然没有。隔这么远，怎么看得清楚？"

教室里的学生顿时骚动起来，有的摇头，有的窃窃私语。

滕玉翠也笑了笑："汪老师，您确实看不清楚，但是你肯定知道照片上的人是谁。要不然您不会说走嘴的。"

汪老师更加紧张："我？我说走嘴了吗？"

滕玉翠："我也不知道您为什么不承认。这张照片百分之百是从您的讲义夹掉出来的，我亲眼看见了。"

汪老师朝教室里的学生看了一眼，心里有点发虚，只好一伸手："那就拿过来吧。不管谁丢的，先上交。别耽搁了上课，啊。"

滕玉翠："汪老师，就不麻烦您了。既然不是您丢的，下课以后我交给校长办公室，请他们查查到底是谁丢的。行吗？"

汪老师愣了一下，恼火地拍了一下讲台："滕玉翠，你给我坐下。这不是成心捣乱吗？"

43. 喊山公家（日　内景）

张朝武听滕玉翠说完经过，不禁哈哈大笑。

张朝武："好你个翠翠，一声不吭就做了件聪明事儿。哈哈，好，做得好。至少吓了他一跳，好事儿。"

滕玉莲也很意外："翠翠，你这个鬼，比我还冒失呢。"她有点担心地看着张朝武："朝武叔，把这事捅出来，翠翠不会有危险吧？"

张朝武："不会，她是公开捅出来的，还惊动了校长。那些家伙心里是虚的，反而不敢轻举妄动。"他也有远虑："不过，听我那兄弟说，最近外面确实有不明身份的人过来了，非常神秘。目标好像就是济民纱行。这事儿不做点防备，还真是不行呢。"

滕玉莲收回目光，心里在思考着什么。

44. 浦溪　兵工厂薛梦泽的办公室内（日　内景）

薛梦泽正在办公室文件柜前整理着图纸和一些文件。

字幕：浦溪

一名通信员走了进来："薛总工，机要处送来一份敌情密报。"

薛梦泽赶快回过身，接过那封密报看了一遍。

他没有迟疑，对那通信员说："走。去济民纱厂。"

45. 济民纱厂　大门口（日　外景）

许加林迎着薛梦泽，问了声："薛叔，什么事儿？"

薛梦泽劈头问了句："你叔叔走了吗？"

许加林："走了。我刚刚把他送走的。"

薛梦泽皱了一下眉头："不是说好了我们派车送吗？"

许加林一愣："哟，他没跟我说啊。是不是怕麻烦你们？"

薛梦泽有点不高兴："这不更麻烦了吗？"他想了想："是不是去了长途汽车站？"

许加林："没错。"他看了一眼手表："还有五分钟，车就开了。"

薛梦泽回头对通信员说了声："走。"

46. 浦溪　长途汽车站（日　外景）

停车坪里，有一辆很旧的长途公共汽车停在发车线后面。

一些乘客排着队，正在依次检票上车。

许家国身穿夹棉长袍，头戴一顶呢子礼帽，回头看了一眼，跨上了长途汽车。

向飞舟身穿一件西式夹克，跟在他后面也上了客车。

47. 离发车线不远的围墙下（日　外景）

一辆军用敞篷吉普车停在围墙下。

两名穿着军装，挎着手枪的国军中尉坐在车上，一边抽着香烟，一边注意地观察着那辆长途公共汽车。

48. 客车发车线后面（日　外景）

乘客已经全部上车。一名工作人员吹着哨子，打着手势，指挥着长途客车开出了发车线。

49. 离发车线不远的围墙下（日　外景）

吉普车上的两名国军中尉看见客车启动，赶紧扔掉香烟，开着吉普车，抢在长途客车前面，顺着公路，一溜烟开走了。

50. 山区公路　一道急弯处（日　外景）

那辆军用吉普车从县城方向开过来，伴随着一阵急促的减速声，吉普车拐了个急弯，朝着深山方向疾驰而去。

51. 山区公路　一道急弯后面（日　外景）

公路从山后面一个弯道过来，是一块稍微平缓的空地。

一名围着白色羊毛围巾、戴一副金丝眼镜的男子，率领着二十多名身穿便衣，佩带长短武器的男人，等候在空坪里。

很快，那辆军用吉普车从急弯后面拐了出来，一直开到这块空坪处，才刹车停下了。

那两名"国军"中尉跳下车，朝那名戴白围巾的男子报告："宫本太君，他来了。"

宫本太郎便朝那二十多名男子一招手，让他们围过来，然后掏出一张照片，举在手上，让每个人都看清楚。

那就是许家国的那张半身西服照。

宫本举着照片转了一圈,确定每个人都看清之后,便收回照片,一挥手,简单地下达了行动命令。

那二十多个男子拔出武器,纷纷行动起来。

有人抬来几根粗大的树干,横在了公路上。

52. 山区公路　那个陡峭的下坡处(日　外景)

那辆长途客车走得很慢,刚刚开到这个下坡处。

道路很不平坦,客车便减低速度,慢慢地朝前颠着。

53. 山区公路　那道急弯后面(日　外景)

急弯后面的空坪上,宫本太郎和那两名"国军"中尉,正在那里等候客车的到来。

而其他那些武装男子,已经分别在公路旁边隐蔽起来。

54. 山区公路　这道急弯前面(日　外景)

长途客车终于开到了离急弯不远的地方,而且越走越慢了。

55. 长途汽车驾驶室内(日　内景)

车上五十来岁的老司机换了低速挡,小心翼翼地看着前方。

56. 长途客车行进前方的路面上(日　外景)

车子拐过急弯,透过汽车挡风玻璃,路面上忽然出现了几根横跨公路的杉木树干。

57. 长途客车内　驾驶室处(日　内景)

老司机看见了那几根挡住道路的树干,吓得脸色大变,猛地一脚踩下了刹车。

车上的乘客一阵惊呼,慌乱不已。

58. 那个空坪处(日　外景)

两名"国军"中尉一扬手,四面八方埋伏着的人立即冲了上去,团团围住了那辆客车。

…………

第 07 集

1. 前集回顾

老司机猛地一脚踩下了刹车……

车上的乘客一阵惊呼,慌乱不已。

四面八方埋伏的人立即冲了上去,团团围住了那辆客车。

2. 长途客车内(日 内景)

乘客们有的站着朝外看,有的缩到座位上吓得发抖。

3. 长途客车外(日 外景)

二十来条汉子端着枪,齐齐对着这辆客车。

有人朝客车大声命令:"开门!把车门打开!快!"

客车的车门便被打开了。

宫本太郎朝那两名"国军"中尉使了个眼色。

两名"国军"中尉提着手枪冲上了客车。

4. 长途客车内(日 内景)

两名"国军"中尉冲上车来。

一名中尉吼叫了声："坐着别动，枪子是不长眼睛的！"

另一名中尉举着枪，直接朝靠后的座位走去。

一名头戴礼帽、身穿夹棉长袍的男子坐在座位上，正跟身边一名穿着美式黄呢夹克的年轻人小声说话。

那中尉用枪比着他们两人："你们两个，站起来！"

那两人抬起头来，竟是薛梦泽和他的那名通信员。

薛梦泽坐着没动，冷静地问："你要干吗？"

那中尉朝他看了一会儿，觉得有点不对，便没把握地招呼同伴："你过来一下。"

另一名中尉走过来打量了薛梦泽一眼，从衣兜里掏出一张照片，又仔细核对了一阵。

然后他回过头朝同伙看了一眼，轻轻地摇了摇头。

那名中尉便收回手枪，对薛梦泽说："行了，没事儿。兄弟奉命缉拿日伪汉奸，冒犯了。多多担待。"

两名中尉再次朝车内查看了一眼，走下了客车。

薛梦泽稳稳地坐在那里，眼神中流露出一丝微笑。

5. 大河街　客运码头（日　外景）

一艘不太大的客轮已经靠上了客运码头。

字幕：常德　大河街

乘客正在依次上岸。

许家国和向飞舟夹杂在乘客中，走了上来。

他朝周围看了一眼，举步朝大河街那边走了过去。

6. 济民纱行　门外的街道上（日　外景）

那两名从衡阳、桂林过来讨账的男子，将双手抄在袖筒内，正在济民纱行门口闲来无事地说着话。

衡阳男子忽然看见了什么："哎，那不是许董事长吗？啊，张总管没有敷衍我们，他今天真的回来了。"

桂林男子有点不放心："你不会看错人吧？"

衡阳男子："应该不会看错。"

两个人便堆出满脸笑容迎了过来。

许家国并没有注意他们两个人。正要朝里面走，那两名男子赶快叫了声："请问是许董事长吗？"

向飞舟立即警惕地将许家国挡在身后："你们是谁？"

许家国侧头看了他们一眼，轻轻分开向飞舟，朝他们走近两步："啊，我就是许家国。请问二位是……？"

衡阳男子敬佩地说："哎呀，总算见到许董事长了。您可是大名鼎鼎啊，我们搞纺织工业的，谁都景仰您呢。能够见到您，我不是说奉承话，真的是三生有幸呢。"

许家国："快别这么说了。听这话，咱们都是同行？"

衡阳男子："在您面前哪敢称同行？学徒都不够格。许董事长，我是从衡阳印染厂过来的。"

许家国立即明白了："啊，我知道了。在汉口的时候，衡阳一直从我济民纱厂进货。老客户了。"

衡阳男子："可不是吗？济民纱厂织的布绝对一流，抢手得很啊。想不到董事长还记得住我们，真是太高兴了。"

许家国："我当然记得。你们印染的洋布，占了江南三分天下，至今都供不应求呢。"他又朝那名桂林男子看了一眼："这位朋友呢？也是你们衡阳过来的？"

那男子赶紧回答说："回董事长的话，我是桂林来的。"

许家国："桂林印染厂也做得相当不错，尤其在泰国那边，销路很旺啊。"他关心地问："眼下怎么样？好像受了点影响吧？"

桂林男子："唉，董事长心里真是一本账。您说得不错，眼下就很艰难了。东南亚到处人心惶惶,谁还顾得上做布匹生意啊。"

许家国:"也不必过于悲观。大乱必有大治,太平日子终归是要回来的。二位,请到纱行喝茶。"

桂林男子:"哦,我们就不进去了。就在这儿说几句吧。"

许家国:"没有这个道理。大老远来,怎么可以站在门外说话?我记得你们两家都还有货款在济民纱行,正好让管家结算一下。国难时期,绝不能让你们空手而归。"

衡阳男子被感动了:"董事长,有您这句话,拿不拿得到钱这心里都舒服。您刚从浦溪回来,我们真的不进去打扰了。"他看了桂林男子一眼:"你说呢?"

桂林男子连连点头:"是。您让管家慢慢结算,完了再通知一声。我们也难得来一次,正好去大河街逛逛,您就别管了。"

两人执意不肯打扰,告了个别,转身朝街道那头走去。

许家国望着他们的背影,想了想,抬脚走进了济民纱行。

7. 济民纱行 堂屋内(日 内景)

堂屋里面已经变了模样。进堂屋的大门上方,悬挂着那块"仁义足式"紫色匾额。堂屋正面墙壁上,那块"良师益友"的大匾更是熠熠生辉,夺人眼目。

许家国背着手,在堂屋内外反复看了看,转身对向飞舟说了句:"飞舟,你去找找郑管家,请他到我书房来一下。"

飞舟应了声,朝里面天井那边走去。

8. 许家国书房内(日 内景)

郑锦仁很快地走了进来:"家国,回来了?"

许家国将身上的长袍脱下,挂在了衣架上:"郑伯,您知道吗？我还没进屋，就被人家堵在大门外头了。"

郑锦仁有点意外："是吗？"他顿时明白了："是不是那些上门讨债的主啊？唉，真拿这些人没办法。"

许家国："不是没办法，是没有想办法。"他坐了下来："郑伯，我没有责怪您的意思啊。要怪，那也只能怪我，这段时间光顾着立足安身，业务上的事情，的确关心得太少了。"

郑锦仁："家国，你要这么说，更让郑某惭愧。唉，都怪我能力欠缺啊。"他望着许家国："你觉得真有办法？"

许家国："当然有。从浦溪回来的路上，我一直在想这些事情。"他显得十分精明："比如衡阳印染厂吧，时局混乱，他们反而不愁销路，只是担心我们不再供货，才想把订金拿回去。要是知道很快就有几船原布发给他，还讨什么订金？你想退他们都不会要呢。人家拿到我们的布，全部货款立马就会打过来。我熟悉他们唐董事长，那伙计又精明又果断，特别看重济民纱厂。您想想，光是这一单，就可以把好几家的欠款填平。这不就盘活了吗？"

郑锦仁眼睛一亮："对呀。"他转而又有些疑虑："可、可咱们不是把民品全压下来了吗？仓库里也没有原布啊。"

许家国："我已经跟加林说好了，从现在起，全部上民品。用不了多久，几千上万匹原布，笃定能生产出来。"

郑锦仁仿佛卸下了千斤重担："好。太好了。家国，还是你站得高看得远，想得出办法。你不知道，这几天可把我急死了。"

许家国："哈，想好办法的事，我跟你说了。没想好办法的事儿，我还没跟您说呢。"

郑锦仁："是吗？"

许家国："怎么不是？纱厂那边，工人已经没有薪水了。原材料又紧缺，棉花库存所剩无几。开不了机器，一切都是空谈啊。"

郑锦仁立即想到了另一件事:"哟,你不说我差点忘了。临江春那边,还住着好几个棉花商呢,都是找上门来追货款的。成天在那儿花天酒地,每次结账,我这心里就跟刀子割得疼。"

许家国却很注意:"哦?他们也来了?我还正想找那几个主呢。"他想了一下:"郑伯,要不你这就带我去见见他们?"

郑锦仁有点犹豫:"啊,家国,见见当然可以,可这些人就不比咱们衡阳那些同行啊。他们只认一手交钱一手交货,可咱们账面上又挤钱不出。这个法子,你可得先想好哦。"

许家国:"那倒也是。"他站起身,在书房内踱了几步:"郑伯,我再考虑一下。您先去忙别的事吧。"

郑锦仁踟蹰片刻:"家国,有句话郑伯不知道当讲不当讲。"

许家国很明白:"郑伯,我知道。您是说许民安。"他也不隐瞒:"我也有点怀疑。这家伙是有点反常,怎么会没一点音信呢?"

郑锦仁:"的确不大对头。昨晚上我跟如蒙大哥电话联系上了,他说这两天一直找不见许民安。兰芝都觉得好奇怪。"

许家国很烦躁:"还说呢。不是兰芝磨蹭,连人带钱早就到了。"他顿了顿:"唉,再等等吧。民安这小子,到底怎么回事啊?"

9. 汉口一条小街上(日 外景)

小街上混乱一团。军警匆匆跑过,行人神色慌张。

字幕:汉口

法国领事馆副领事勒布伦坐在小车内,从街道上疾驶而过。

10. 法国领事馆 一间屋子内(日 内景)

两名穿风衣的彪悍男子站在门口严密地把守着。

许民安和那名伙计守着那两只皮箱,惴惴不安地等待着。

门开了,勒布伦和一名领事馆武官走了进来。

勒布伦:"许先生,都安排好了。赶快跟我走吧。"

许民安很犹豫:"能不能再等两天?我还没最后决定呢。"

勒布伦便回头对武官和许民安的伙计说:"请回避一下。"

武官和许民安那名伙计便走了出去。

勒布伦关上房门,面色严峻地告诉许民安说:"许先生,一天都不能等了。据可靠情报,日本军队今晚要对武汉发动总攻。"

许民安吃了一惊:"是吗?"

勒布伦:"武汉所有的陆地交通全部断绝。为保障许先生的财产安全,我已经安排了海轮,北上天津。这是唯一的出路。"

许民安:"可、可这笔财产,是我们纱厂的命根子啊。"

勒布伦:"战争是残酷的。保不住财产,一切都谈不上。"他掏出一张名片:"许先生,这是天津法国银行的行长保罗先生。他已经为阁下做好了准备。在那里,你们的财产将受到国际法保护。"

许民安沉吟半响,仍然下不了决心:"不行啊。我的母亲,还有我嫂子一家人都在这边,我得赶过去照顾他们。"

勒布伦:"您已经照顾不上他们了。"他顿了顿:"这样吧,您给我地址。等把您送走,我马上赶过去,把您的家人接到法国租界躲避战火。武汉即将变成一片废墟,这是唯一的选择了。"

许民安一时拿不定主意,下意识地接过了那张名片。

11. 临江春门楼外(日 外景)

一名讨棉花款的男子,在门楼外面的食品店铺买了一些包子点心,提在手上,朝门楼里面走了进去。

字幕: *常德 大河街*

12. 临江春　楼上一间屋子内（日　内景）

两名收棉花款的男子正在和两名青年女子玩着麻将牌。

一名女子摸了一张牌，顿时高兴不已："哈，我和了！清一色，自摸！拿来，拿来，每人四块大洋！"

那两名男子一脸沮丧。"我这手气怎么这么臭？都输得见底了。""我也是啊，还想赶点本回来，越赶越亏，牌都听不了。"

另外那名女子："青青姐，你手下要留点情哦。再这么和下去，两位哥哥恐怕要光着屁股出门了。"

一名男子不在乎地说："不怕，一会儿就会有人过来结账。来，再打四圈。我就不信这个邪。"

在外面买包子点心的男子推开房门走了进来："还在打啊？昨天晚上一直打到今天中午，这玩意还当得饭吃？"

一名男子见他提了包子点心，便取笑说："葛老大，你这家伙，生来就是一个受穷的命。还买这些个点心干什么？酒席已经订好了，一会儿就送上来。"

另一男子也笑着说："伙计，你这是替谁省钱啊？还以为是在自己家里？哈。"

葛老大并不在意他们的取笑："我还真没有那个命，餐餐酒席，连个肚子都搞不饱，还糟蹋钱财。不管是不是自己的钱，都不该一顿乱烧。你们玩吧，我回房间了。"

他提着包子点心就朝门外走。

刚刚走到门口，忽然非常吃惊，赶快回头说："哎，赶紧把牌收起来。别打了。"

屋子里的人被他弄得有点紧张了："怎么啦？"

葛老大："看，他、他来了。"

其他人赶快朝外面望去。

13. 门外的走廊上（日　内景）

一名年轻的堂倌在前头带路。

许家国和向飞舟正沿着走廊，朝这头走了过来。

14. 那间屋子内（日　内景）

三名男子看见许家国走过来，不禁有些慌乱。

一名女子却不知事："哟，那人好气派，是个大老板吧？"

另一女子："可不？应该是外来的。我都没见过呢。"

葛老大忽然心烦了："出去。赶快，你们两个都出去。"

那两名男子也将她们往门外推："赶紧走，别让他看见了。"

15. 这间屋子门口（日　内景）

许家国已经走了过来。刚刚走到门口，恰好碰到那两名女子被轰出房门，便站住了。

那三名男子只好走了出来，跟许家国打招呼。"哦，许董事长。""许董事长好。""您亲自过来了？许董事长？"

许家国朝他们看了看，又看了一眼那两名女子的背影，微笑着说："哈，看样子，玩得挺开心嘛。"

三名男子感到很不好意思，都只在那里尴尬地笑着。

许家国忽然发现走廊那头又有人过来，便抬头望去。

16. 走廊另一头（日　内景）

两名堂倌提着装满食物的竹制笼屉，朝这边走来。

17. 这间屋子门口（日　内景）

两名堂倌已经走到了这间屋子前，问了声："先生，这桌酒

175

席，是你们预订的吗？"

葛老大赶快岔开说："没有，没有。送错地方了吧？"

一名堂倌看了看单子："没错啊。八菜一汤一壶烧酒，房号没错，明明就是你们订的嘛。"

葛老大："那就不要了。退掉，退掉。"

许家国心里很明白，便上前说："退什么退？订了就吃。出门在外的，吃好点喝好点，那是应该的。哈，只别吃坏肚子就行。"他朝堂倌一招手："既然房号没错，那就送进去吧。"

两名堂倌应了声，将笼屉提了进去。

其中一名男子很过意不去，望着许家国："要不，许董事长赏个脸，跟我们一起喝几杯？"

另一男子也说："是啊，说起来真不好意思，这些钱，还不都是花的您许董事长的？"

许家国非常不在意："嗨，这算什么呀？一点小钱。也好，难得你们大老远过来，又正想跟你们商量点事情，我就陪各位喝一盅吧。说好了，就一盅，啊。"

那三名男子高兴了，拥着许家国走进了屋子内。

18. 济民纱行　天井内（日　外景）

旁边厨房内，刘妈叫了声："张总管，吃午饭了。"

张文松走出来应了声："知道了，刘妈。"

他抬腿正要朝厨房走，忽然看见有人进了院子。

那名衡阳男子和桂林男子，身上背着各自的行囊，高高兴兴走了进来，叫了声："张总管。"

张文松赶快迎了上去："哎呀，是你们二位啊？"他朝他们看了一眼："怎么？这是要走的样子啊。"

衡阳男子："可不是吗？一是来告别，二是道个谢。"

张文松："嗨，别客气，道什么谢啊？二位的事情办好了？"

衡阳男子："办好了。圆圆满满，你们董事长答应发两万匹原布给我们，这可是天上掉馅饼啊。行了，我这就坐船往回走，厂子里有活干了，我得赶紧把这好消息带回去啊。"

张文松："是吗？那太好了。"他望着那名桂林男子："那，你们桂林的货款呢？"

衡阳男子抢着说："好办，由我们衡阳支付，从打给你们的货款里头扣除。刚刚跟董事长三头对六面，全敲定了。"

桂林那男子："是啊，是啊。唉，真没想到，差事办得这么顺利，真不知道怎么感谢许董事长才好。"

张文松也放心了："别说感谢，应该的。那，二位就在我们纱行吃点饭再走？董事长一会儿就回来了，一起小酌两杯？"

那两名男子连连摆手："谢了。这班船马上就开，不敢耽搁了。"走了两步，还一再回头交代说："张总管，董事长那儿，千万记得替我们说声谢谢哦。"

张文松："那是一定的。二位放心吧。"

19. 临江春　那间麻将房内（日　内景）

许家国和那三名棉花商围着桌面坐定，向飞舟端着小酒壶，给他们每人斟上了一杯酒。

许家国望了大家一眼："今年还是算得上风调雨顺，各位的收成一定也不错吧？"

一棉花商便叹息了声："按道理应该不错，怎么说呢？没有天灾有人祸啊。日本鬼子一打过来，什么都黄了。"

另一棉花商："反正北方是收不到棉花了。就算收到了，路上也没有办法运啊。交通线都让日本鬼子占了。"

葛老大想了想，告诉许家国说："我手上有两条大船，倒是收也收得到，运也运得动，可就是没有厂家要。到处都在打仗，纱厂关的关了，跑的跑了。像你们济民纱厂，我总算是找到了。唉，找到了又怎么样？你们又没钱了。"

许家国并不在意，微笑着问："这么说你手上还有存货？"

葛老大："有。不少呢。全在那儿堆着。唉，两三百吨呢。"

许家国却不以为然："两三百吨也叫不少？"他看了看另外两名男子："你们二位呢？多少也存了一些吧？"

其中一位想了想："我还没盘底。二百多吨，应该还有吧。"

另一位摇了摇头："我没他们多。资金全让纱厂压死了，最多还有个百来吨的样子。"他的口气有点哀求了："董事长，这次来催讨，主要是我的货款。要是还追不回钱，我可就惨了。"

许家国便不再问什么了。他望着三位棉花商，毫不犹豫地表态："放心。欠你们的棉花款，总共也就三十万大洋，好办。"

三位男子相互望了望，脸上浮现出了希望。

许家国："可这次我只能付给你们一半。你们赶紧给我凑齐六百吨棉花，三天之内，运到大河街码头，有问题吗？"

三名男子当时就踊跃起来。"那有什么问题？""就照刚刚凑的，也够这个数了。""是啊，自己又有船，两天就到了。"

许家国也很高兴："那咱们就一言为定。只等六百吨棉花到岸，新账老账，我一次给你们结清。"

三名男子纷纷端起酒杯。"那太好了。""真没想到，这次来还多卖了几百吨呢。""来来来，敬董事长。""哎呀呀，还是你们济民纱行有气派。来，干杯！"

许家国也站了起来，端起酒杯："各位，我可是要限期收货哦。咱们口说无凭，明天一早就去济民纱行签一份契约，然后结账走人。赶紧回去给我备货。怎么样？"

三人争相应承，纷纷喝干了手中的酒。

葛老大放下酒杯想了想,望着许家国:"董事长,六百吨之后,济民纱行还继续收吗?"

许家国:"当然,肯定还要收。"

葛老大认真地追问:"您要多少?"

许家国:"你有多少?"

葛老大一拍胸脯:"你要多少,我就有多少。早一点给信,保证按期送货。绝不讲大话。"

许家国也高兴了:"好啊,我济民纱行,以后就只找你了。"他朝向飞舟一挥手:"飞舟,再给各位敬上一杯。"

向飞舟便再次拿起了酒壶。

20. 济民纱行　堂屋内（日　内景）

郑锦仁站在堂屋里,望着那两块金色匾额正在琢磨什么。

堂屋门被推开了,许家国兴致很高,大踏步跨了进来:"郑伯,在琢磨什么呢?"

郑锦仁笑了笑:"家国,这两块匾额内容好,做也做得好。只是挂在自己屋里,多少不够谦虚,我想把它摘下来。你说呢?"

许家国:"先别那么着急。我正好要在这儿宴请吴子敬和文昌盛二位。"他诡秘地笑了笑:"请柬都让飞舟送过去了。"

郑锦仁顿时猜到了什么:"哟,好主意。哈,难怪你一脸轻松呢。"他压低声音:"家国,是不是想跟他们开口……"

许家国打断了他的话,抬头望着匾额:"没有啊。我只是觉得,人家这么热情,我得好好地答谢。"他转过身来:"郑伯,您这就去趟临江春酒楼,订一桌宴席,请他们用笼屉送到济民纱行。今天晚上,就在咱们堂屋里,我和两位好友,面对这两块匾额,来他个人生得意须尽欢。怎么样?"

郑锦仁:"那当然好,只是有一条,不能喝醉哦。"

许家国哈哈大笑："说不好。"他眼睛里闪现出一丝狡黠："哈，万一我是醉翁之意不在酒呢？"

郑锦仁心领神会："明白了。那我这就去安排。"

21. 济民纱行 大门外（日 外景）

郑锦仁走出大门，迎面看见向飞舟一头大汗跑了回来。

向飞舟一见郑锦仁，赶快问了句："郑伯，您要去哪儿？"

郑锦仁："董事长不是要请客吗？我赶紧订酒席去啊。"

向飞舟一拍大腿："嗨，快别去了。"

郑锦仁感到奇怪："怎么啦？"

向飞舟："咱们这桌宴席，黄了。搞不成了。"

说完话，他心急火燎地冲进了院子内。

郑锦仁一愣："哎哎，怎么回事，你说清楚啊。"

他不敢犹豫，只好慌手慌脚地跟了进去。

22. 许家国的书房内（日 内景）

向飞舟已经把情况告诉了许家国。

许家国还没说话，郑锦仁赶了进来："家国，出什么事儿了。"

许家国转过身来："郑伯，没什么事儿。吴子敬不过来了。"

郑锦仁一惊："是吗？那，文老板也不来了？"

许家国："当然。要来一起来，不来都不来。肯定是这样嘛。"

郑锦仁一拍大腿："唉，怎么会这样？多好的机会啊。"

许家国笑了笑："郑伯，您别着急，飞舟话都没说完呢。"他望着向飞舟："接着说，到底怎么啦？"

向飞舟："啊，是这么回事。我先把请柬送到赣南油铺，吴老板不在，付管家收下了。然后又去了昌盛粮庄，文老板一口就答应了。高高兴兴。"

郑锦仁："这不挺好吗？"

向飞舟："可我刚刚从文老板那儿出门，付管家就赶过来找我，说是吴老板坚决不肯来……"

郑锦仁顿时头都大了："噢？还坚决不肯来？"

向飞舟也有点急："哎呀，你听我说完嘛。吴老板不是不肯赴宴，只是不肯上我们这儿来赴宴。"

许家国："那他要上哪儿？是不是又想抢着做东啊？"

向飞舟："可不是吗？他想让您去赣南油铺。他说他那是家宴，还让请了两名江西厨师，全部都是客家口味。"

郑锦仁松了口气："天哪，原来是这样啊。"他自我解嘲地笑了笑："你看看，我这手心里汗都吓出来了。"

许家国反倒有点犹豫："这么一变，好像有点不怎么合适，人家刚刚送匾额过来，这一次又变成了他请我。总得礼尚往来嘛。我怎么老是有来无往呢？"

郑锦仁却使劲劝他："话是这么说，可吴老板那人谁说得动？"他望着许家国："只好不管那么多，去总比不去好啊。"

许家国便不作声了。

23. 赣南油铺　大门口（夜　外景）

赣南油铺灯光明亮，有乐声从院子里悠然飘扬出来。

24. 赣南油铺　堂屋内（夜　内景）

堂屋里摆开一张八仙桌，各种菜肴琳琅满目。

八仙桌周围总共主宾三人。吴子敬坐在主座，许家国坐在他右手边，昌盛粮庄的文昌盛坐在吴子敬左边。

堂屋后方，三名淡妆素颜的女艺人用乐器演奏丝弦。

付管家亲自端一盆汤走了过来，放在了餐桌中央："各位老板，菜都上齐了。"

吴子敬看了一眼："好，莲子核桃老鸭汤。不是正宗的赣菜厨师，做不来这道客家菜。家国兄，你尝尝。"

许家国："好，好。"他望了一眼桌面："哦，这桌菜不寻常啊，很多都是我从来没见过的。"

文昌盛便介绍说："许兄，他们赣南客家菜，讲究个鲜辣酸香，融合了中原烹饪文化和百越后裔的山区饮食文化，算得是源远流长，历史悠久呢。"

许家国便欣赏地望着文昌盛："我还真的没有想到，昌盛兄朴实沉稳，学养竟然这么深厚。不怕您笑话，阁下馈赠的那方匾额，家国一直在心里推敲斟酌。尤其'足式'那两个字，至今我还一知半解，不知出处。"

文昌盛："家国兄太谦虚了，我也是从明代野史中偶尔读到的。初次见到这两个字，也有点费解。琢磨来琢磨去，觉得式字应该理解为示范的示。回想起家国兄的大仁大义，足以成为我们的典范，就胡乱引用了。文理不通，让您见笑哦。"

吴子敬："嗨，还有什么不通的？家国兄有情有义，舍己为人，那就是大家的楷模嘛。而且在那之前我还心胸狭窄，几次得罪老兄。光凭你不计前嫌这一点，就让我吴子敬惭愧得抬不起头来。不说了，来，端杯子。我先自罚三杯。"

许家国赶紧站了起来："且慢，子敬兄。酒一会儿再喝。"

吴子敬不解地望着他："怎么？"

许家国很认真："有两句话，我必须说在前头。否则，家国内心有愧，心神不安，一滴酒也喝不下去。"

吴子敬更加奇怪，便看了文昌盛一眼。

文昌盛望着许家国:"家国兄请讲。我和子敬洗耳恭听。"

许家国:"第一句,我今天安排好了酒席,二位想必知道了。"

吴子敬笑了:"当然知道。哈,又让我抢了头彩。"他有点得意:"那,第二句呢?"

许家国十分坦诚:"第二句话难以启齿。家国之所以宴请二位,完全是有事相求。所谓平时不烧香,临时抱佛脚,也过于功利了些。实在急如燃眉,迫不得已才出此下策。还请二位兄弟原谅。"

吴子敬非常精明:"家国兄,请照直说,你是不是资金周转遇到困难了?"

许家国有点难为情:"的确。我把所有的难题归纳整理,结成了一个总扣。必须筹措一部分资金,先把原材料弄进来。假如这个扣子解不开,那就会环环脱节,一发而不可收。"

吴子敬哈哈一笑:"这么一说我就放心了,就怕不是为钱的事。哈,除了钱,别的事情我还真不知道怎么帮老兄的忙。"

文昌盛也帮衬说:"家国兄,您尽可以放宽心。做生意办实业,谁都有山高水低的时候。不怕。有子敬和我在身边,济民纱行的事,就是我们的事。没的说。"

许家国连连点头:"多谢二位老兄。多谢了。"

吴子敬便端起酒杯,豪放地说:"家国兄,应该是我说多谢呢。多谢你周转不灵,才让我捡到一个报恩的机会。来,放开喝,一杯酒十万!你觉得几杯够了,咱们再坐下来,一边品尝客家美食,一边欣赏当地丝弦。怎么样家国兄?"

许家国十分感动:"哈,子敬啊,幸好你的筹码大,家国只需喝三杯就足矣了。只是有话在先,这三十万大洋,必须立下借据。咱们一定要亲兄弟、明算账。"

吴子敬："绝不可以。这样就不公平了。如果当作欠款，我知道你很快可以偿还。可我欠下你的良心债，一辈子都还不清。好不容易有个让我稍感心安的机会，难道你都不肯给我？"

许家国赶快解释："子敬兄，话不能这么说。有道是鼓做鼓打，锣当锣敲。咱们友情是友情，借贷是借贷，可不能混为一谈。"

文昌盛便站了起来："哈，我说句公道话吧。在我看来。家国兄解释的言辞不力，相比之下，子敬的话分量更重一些。那就什么话都不用说了，听子敬的。来吧，也算上我一个，干了！"

吴子敬一仰脖子，与文昌盛畅快地喝了那杯酒。

许家国感激万分地看着他们，也将杯中酒一饮而尽。

25. 大河街上空（晨 外景）

清晨，天空中云朵层叠，如广袤草原上的簇簇羊群。

太阳还没露出地平线，晨光已将云朵染得通红。

26. 济民纱行 院子内（晨 外景）

郑锦仁将一张报纸卷在手中，走到许家国卧室的窗户外，轻轻地敲了敲窗玻璃。

敲了两次，然后轻轻问了声："家国，起来了吗？"

里面没有动静。郑锦仁便转身朝书房走去。

27. 许家国的书房内（晨 内景）

郑锦仁在门外问："家国，家国，在里面吗？"

房门被推开，郑锦仁轻轻地走了进来。

他朝书房内看了一眼，里面没有一个人。

郑锦仁只好退了出去。

28. 济民纱行　院子大门内（晨　内景）

两扇大门虚掩着，显然有人进出过。

郑锦仁走了过来，朝虚掩的大门察看着。

背后传来刘妈的声音："郑伯，您是找董事长？"

郑锦仁回过身来："是啊。刘妈，您看见他出去了？"

刘妈便告诉他："我买菜回来的路上，远远看见董事长了。"

郑锦仁："哦？他在哪儿？"

刘妈："客运码头的趸船上。好像在那儿看风景呢。"

郑锦仁："啊，知道了。谢谢刘妈。"

他不再问什么，拉开大门走了出去。

29. 大河街　客运码头的趸船上（晨　外景）

客运码头还没开始营业，趸船上空无一人。

许家国一个人站在趸船的船头上，手里拿着一块画板，远远望着大河街方向，正在那里画着钢笔写生画。

画板上的白纸上，已经画下了大河街的全景。江岸边几条船只的后面，大河街的房屋和其他建筑，依透视关系入画，看上去颇有几分美术基础。

从许家国脸上的表情可以看出，他的心情非常舒坦。

30. 趸船的跳板处（晨　外景）

郑锦仁已经沿着跳板走上了趸船。他放慢脚步，看着站在船头的许家国，略微迟疑了一下，轻轻地朝他走去。

31. 趸船的船头处（晨　外景）

许家国一边画一边说了声："郑伯，快过来，站在我这儿看看。来这么长时间了我都没留意。还真是没想到,清晨的大河街,漂亮得就像是一幅西洋画呢。"

郑锦仁走到他身边,朝大河街那边打量了一眼,又看了看他画板上那幅画:"家国,你画得比真的还漂亮。"

许家国:"是吗?我这支笔,画设计图还是可以的。画风景嘛,就有点勉为其难了。"

郑锦仁情不自禁地叹息了声:"那也得看各人的心情。心情好,看什么都是一朵花。"

许家国:"这话一点都没错。"他笑了笑:"郑伯,昨天回来得晚,没有打扰你。哈,你猜怎么着?还没怎么喝酒,吴子敬和文老板就已经答应帮我们了。"

郑锦仁:"知道。你们饭还没吃完,付管家就过来约时间,说是今天一早就去转账。吴老板已经吩咐他了。"

许家国:"这么快?他们真是太够朋友了。"他非常感慨:"修身先修心,做事先做人。郑伯,这句话可是千真万确啊。"

郑锦仁默默站在那儿,没有再说什么。

许家国感觉到了他心里有事,一边继续画画,一边随口问了声:"郑伯,事件办得这么圆满,你好像并不那么高兴嘛。一副忧心忡忡的样子,怎么啦?"

郑锦仁便不再犹豫:"家国啊,昨天晚上你回来我都知道。看见你喝了不少的酒,我也实在是不忍心告诉你。可我又不能不告诉你。整整一夜我都没闭眼,熬完三更熬四更,熬完四更熬五更,就那么苦苦地熬到天亮啊。"

许家国立即意识到了什么:"什么?"他忽地回过头来:"郑伯,赶快告诉我,是不是武汉那边出事了?"

郑锦仁:"不得了啊。日本鬼子,已经挡不住了。"

他说不下去了,便将手上那份"特大号外"递给了许家国。

许家国赶快把手上的画板往甲板上一扔，接过来那张号外，迫不及待地展开。

那上面全是大幅照片，配上了一段段文字……

32.（号外的特写镜头）历史照片之一

一幅战争场面的照片：日本侵略军开炮射击。

画外：似有隆隆炮声响起……

字幕：武汉会战自1938年6月开始，已历经四个多月。

33. 趸船的船头处（晨　外景）

许家国眉头紧锁，盯着号外往下看。

34.（号外的特写镜头）历史照片之二

又一幅战争场面的照片：日军的飞机密集投弹。

画外：似乎响起了凄厉的防空警报声……

字幕：今天上午，长江北岸的日军攻占黄冈、阳逻等地。当晚，日军进占黄陂，直逼汉口。

35. 趸船的船头处（晨　外景）

许家国心里一紧，继续看时，那一面已经没有了。他迅速将号外翻了个面，接着往下看。

36.（号外的特写镜头）历史照片之三

另一幅历史照片：日军地面部队向前推进。

画外：震耳欲聋的炮声和密集的机枪射击声——

字幕：同时，长江南岸的日军攻占了阳新、大冶等地，推进到了葛店附近，离武昌仅剩30公里。

至此，武汉外围防线已经全面崩溃，情势岌岌可危……

37. 趸船的船头处（晨　外景）

许家国面色凝重地看完那份号外，目光落在了刊首的日期上。

日期特写：1938 年 10 月 24 日。

许家国蓦地抬起头来，拿着那份号外，拔腿跨上跳板，朝大河街方向飞快地跑了过去。

郑锦仁回身捡起甲板上那块画板，撩起长袍，匆匆忙忙跟在后面追了过去。

38. 济民纱行　大门外（晨　外景）

郑锦仁拿着画板，气喘吁吁地赶回到纱行门口。

有收音机里面的广播声从院子里头传了出来……

39. 济民纱行　天井内（晨　外景）

广播里，一名男播音员的声音在空中回荡着。

男播音员的画外音："……为保存实力，持久抗战，委员长已于凌晨下达命令。国民政府军事委员会在武汉举行了中外记者招待会，郑重宣布'我军自动退出武汉'。"

郑锦仁轻轻地走进了天井。

张文松已经站在天井内，正在听着广播。

40. 济民纱行　厨房门外（晨　外景）

刘妈、向飞舟也闻声从厨房内走了出来。

兵工厂的两名警卫也从后院走到了天井内，听着电台广播。

广播声是从书房内传出来的。声音也越来越清楚。

画外：男播音员正在播报："在中外记者招待会上，汉口市市长吴国桢先生发表了演讲。下面请听吴市长的演讲实录。"

从广播里传出一段讲话录音。一位带湖北建始口音的男子用低沉的嗓音宣称："保卫大武汉之战，我们是尽了消耗战与持久战之能事，我们的最高战略是以空间换取时间……我们于人口的疏散，产业的转移，已经走得相当彻底，而且我们还掩护了后方建设……"

天井内，郑锦仁、张文松以及其他人都在聚精会神地听着广播，神情越来越庄重。

41.许家国的书房内（晨　内景）

许家国站在窗户前，双眼望着窗外遥远的天空。

他身后的书桌上，一台老式收音机正在播音。

收音机里，换成了一名女中音播音员，继续播着新闻。

女播音员画外音："当晚，蒋委员长偕夫人宋美龄女士，乘飞机离开武昌飞往湖南衡阳。行前，蒋委员长下达命令：'将凡有可能被敌军利用之虞的设施均予以破坏。'"

许家国听得一惊，立即回过头来，望着那台收音机。

女播音员继续播报："另据中共新华社消息：武汉《新华日报》昨天头版头条发表了周恩来先生口述社论《告别武汉父老》。周先生称：我们只是暂时离开武汉，我们是一定要回来的。武汉终究要回到中国人民的手中。"

播音完毕，收音机传出激昂的抗战歌曲《牺牲已到最后关头》。

许家国伸手关掉收音机，焦灼万分地朝门外大声呼唤："郑伯！郑伯回来了吗？"

郑锦仁应声走了进来："家国，我在呢。"

许家国心急如焚地问:"昨天晚上,你跟汉口联系了吗?跟纱厂那边,还有我家里?"

郑锦仁:"一直在不停地联系。"他望着许家国:"晚上七点钟收到号外,我就去了电话局。长途电话都快摇烂了,一点声音都没有。最后才搞清楚,汉口的电话线路,已经完全炸断了。"

许家国:"没往武昌打吗?如蒙哥家里也不通了?"

郑锦仁:"武昌倒打得通,可就是没人接电话。估计薛如蒙先生肯定是去了汉口。"

许家国更加着急:"那,电报呢?有没有电报过来?"

郑锦仁:"我转身就去了电报局,都查过了。这几天没任何电报过来。然后我在那儿一口气发了三封加急电报过去。"他叹了口气:"唉,这样兵荒马乱,谁知道汉口还有没有人送电报啊。"

许家国一跺脚:"天哪,难道就没有别的办法联系了?"

郑锦仁也急得六神无主:"是啊。真是把人急死了。"

许家国情急之下,竟突发奇想:"郑伯,能不能派个人,坐火车走粤汉铁路过去一趟?只要有可能,我就拜托文松带着飞舟赶紧过去。可以吗?"

郑锦仁:"家国,没有可能了。长江南边的交通早就被日本鬼子占领,铁道上全是他们的装甲车。"

许家国在原地转了一个圈,似乎想到了什么,抬脚就往外走。

郑锦仁:"哎,你要去哪儿?"

许家国:"我现在就去电话局,给浦溪兵工厂打电话。薛梦泽属军方管理,他们一定知道情况,得马上找到他。"

郑锦仁不敢怠慢,慌忙跟了出去。

42. 湖北武汉　天空中（日　外景）

无数架日本侵略军的轰炸机遮天蔽日地朝这边飞来。

字幕：汉口

43. 汉口市区（日　外景）

四面八方的防空警报同时拉响。

城市上空到处都是震耳欲聋的警报声，气氛异常恐怖。

44. 汉口福音医院　院门口（日　外景）

院子大门旁挂着一面招牌——汉口福音医院。

医院外面的街道上，无数市民惊呼奔走。

大批病人和亲属从病房逃出来，争先恐后地朝街道上逃命。

很多医生和护士也从门诊大楼里面逃了出来。

45. 福音医院　大门外（日　外景）

逃命的人流从里面夺门而出，宽阔的大门被挤得水泄不通。

街道上，薛如蒙那辆小汽车迎着人流，艰难地开到了医院大门外。

薛如蒙推开车门，分开人流，使劲地朝医院里面挤去。

46. 医院一间病房内（日　内景）

薛兰芝和许少臣、许秋萍，还有两个小儿子，守护在病床前。

地下放着大小一些细软包裹，一副随时准备离开的样子。

许家国的母亲斜靠在病床上，已经穿戴完毕。

警报声和人们呼天抢地的喊叫声，令他们惊慌失措。

许老太太吃力而又坚决地说："兰芝啊，赶紧跑吧，别管我了。我是半截子入土的人,你们要再出事……"

薛兰芝果断地打断了她:"妈,什么都别说。我哥已经到了。"

47. 汉口上空(日 外景)

随着惊天动地的轰鸣声,日本军机已经铺天盖地飞到汉口上空,开始密集地投掷炸弹。

48. 医院外面 不远的街道上(日 外景)

有炸弹接二连三地落了下来,响起了地动山摇的爆炸声。

49. 那间病房内(日 内景)

爆炸的震动中,输液架、药瓶砰然跌落。

薛兰芝和许秋萍站立不稳,倒在了地上。

孩子们吓得惊叫起来。

许老太太挣扎着叫道:"不得了啊!兰芝,你们快跑啊……"

薛如蒙一脚踹开房门,冲了进来。

他闯到病床前,一蹲身子背起许老太太,朝屋内大喊:"兰芝!少臣!背上两个小的,快!"

薛兰芝和许少臣慌忙背起了许少俊、许少衡。

许秋萍手脚麻利地拿起了屋子里面那些细软包裹。

薛如蒙大喝一声:"跟着我,赶紧走!"

一家人便赶紧朝门外走去。

50. 医院大门外(日 外景)

从医院内逃出来的人,还有街道上逃命的人,汇成一股慌不择路的人流,在医院外面奔跑着。

很快，薛如蒙背着老太太，带着薛兰芝一家老小，拼命地从医院大楼挤了出来。

大门内外的人更多更乱，拥挤不堪。

突然，随着一阵阵啸叫声，空中落下来一颗颗燃烧弹。

燃烧弹在医院门前接连爆炸。

逃命的人群纷纷倒地。

薛如蒙已经背着老太太赶到了他那辆小汽车旁。

就在这个时候，一颗炸弹正好落在那辆小汽车前，将那辆车炸得朝街道那头接连翻了四五个滚。

然后，小汽车砰地爆炸。

浓浓的烈焰顿时将车吞没。

…………

第 08 集

1. **济民纱行　大门外（日　外景）**

一名电报投递员骑着自行车，在济民纱行门外停了下来。

电报投递员朝院子内高呼了一声："济民纱行，加急电报！"

2. **济民纱行　天井内（日　外景）**

郑锦仁听见门外投递员的喊声，赶快从堂屋走了出来，应了声："来了。"

他还没来得及走到天井里，忽然看见许家国从书房内冲了出来，说了声："我去。"便飞一般奔出了院子大门。

郑锦仁也急忙跟着朝院子大门外走去。

3. **济民纱行　大门外（日　外景）**

许家国已经拿到了电报，站在门外迫不及待地看着。

郑锦仁匆匆走了出来，望着许家国。

许家国看完电报，没有说话，将电报塞给了郑锦仁。

郑锦仁便问了声："汉口发来的？"

许家国："重庆。"他有几分失望："薛梦泽发过来的。昨天我打长途电话到兵工厂，他不在浦溪，去重庆了。"

郑锦仁已经看完电报："哦，梦泽说，他马上往常德赶。最晚明天早上能到。"他安慰许家国说："家国，你别太着急。重庆是陪都，梦泽一定会有消息来的。也只好等他了。"

许家国却在想另外的事。他神经过敏地问了句："郑伯，这封电报很值得怀疑啊。"

郑锦仁："噢？"他又看了看电报："难道不是梦泽发的？"

许家国："那没错，肯定是他。"他非常担心："除了说明天到，其他情况，为什么一个字都没有呢？梦泽在重庆一定能够得到消息，怎么就一点都不透露？我怀疑这是不祥之兆。"

郑锦仁："家国，可不能乱猜。也可能他走得匆忙，一两句话又说不清楚呢？依我看，没有一个字，说不定就是没什么事儿。"

许家国想了想："那也有可能。唉，但愿如此啊。"

两人不再说什么，回身正要朝纱行走，又听见街道那头有自行车铃不停地按。

还有人大声喊："济民纱行，电报。"

许家国和郑锦仁又是一惊，回头望去。

4. **街道那头（日　外景）**

另一名电报投递员骑着自行车，飞快地朝这边驶来。

许家国已经一路小跑迎了上去。

投递员刹住自行车，一只脚撑在地下，交给他一封电报。

许家国急不可耐地就要拆开看。

投递员把一只登记簿递出给他："哎，得先签字。"

郑锦仁也跑到了这儿，接过登记簿："啊，字我来签。"

投递员等他签完字，骑车远去。

许家国已经看完电报，抬起头来，眉头紧锁。

郑锦仁看着他："汉口来的吗？"

许家国："浦溪纱厂。许加林发来的。"

郑锦仁有点奇怪："加林？怎么？纱厂那边出事了？"

许家国："是。跑了二十几个人。"

郑锦仁一惊："啊？跑人了？为什么？"

许家国："听说武汉沦陷，浦溪纱厂那边全炸锅了。"

郑锦仁："哟，这种时候，纱厂可不能炸锅啊。"

许家国："怎么能不炸锅？都是从汉口带过来的人啊。骨肉亲人都在那边，别说他们，我这儿首先就炸了。"

他把电报递给郑锦仁，返身朝济民纱行走去。

5.济民纱行　大门外（日　外景）

张文松骑着自行车，回到济民纱行大门口。

正要把自行车推进去，向飞舟提着一只菜篮子，匆匆忙忙从院子内走了出来。

向飞舟看见了张文松，赶快告诉他："张总管，董事长找您呢。他在书房。"

张文松："好的。我这就去。"他看了一眼向飞舟手上的菜篮子："飞舟，你这是干吗？去买菜吗？"

向飞舟："是。我妈说，中午有很多客人。浦溪纱厂来的。"

他不再耽搁，拔腿朝街道那头走去。

6.许家国的书房门外（日　内景）

张文松走到门外，敲了敲门："董事长，我是文松。"

门内许家国应了句："进来吧。"

张文松推开房门走了进去。

7.许家国的书房内(日　内景)

许家国背对着房门,站在书桌后面沉思。

张文松走了进来:"董事长,您找我?"

许家国回过身来,想了想:"文松,我想交代你一件事情。"

张文松:"董事长请讲。"

许家国:"也许我和郑伯会离开一段时间。济民纱行这边想拜托你全权照管。交给你我放心。"他望着张文松:"也只有你了。"

张文松不太理解:"谢谢董事长信任。"他望着许家国:"董事长能告诉我您要去哪儿吗?"

许家国故作轻松地说:"浦溪那边,有二三十名员工弄了条船,想回汉口看看。我正在考虑,说不定也跟他们回去一趟。"

张文松顿了一下:"也就是说,董事长还没最后决定?"

许家国面色凝重,没有回答他。

张文松:"董事长,文松冒昧说一句,无论决定了还是没决定,都请您赶紧打消这种想法。"

许家国迟疑了一下:"是吗?"

张文松:"您是有大智慧的人,肯定比我清楚。日本侵略者不惜一切代价要拿下武汉,就是想彻底摧毁中国军民的抗战信心。"

许家国默默地听着,没有说话。

张文松:"您想想,济民纱厂南迁湘西,是为了持久抗战而来。眼下武汉沦陷,时局危急,文松认为,无论济民纱厂还是济民纱行,您就是大家的信心所在。"

许家国深深地叹了一口气:"唉,文松啊,这些道理,我许家国哪能不懂啊?"

张文松望着许家国，憨厚地笑了笑，不再说什么了。

许家国内心感到十分压抑，吩咐说："文松，郑伯已经到码头去接浦溪那些员工了。他们要在大河街换船中转。请你调点人手，帮着刘妈准备几桌饭菜。尽量安排丰盛点，啊。"他禁不住叹息道："唉，真难为他们了。宁为太平犬，不作离乱人啊。"

张文松："好的，我自己下厨，您放心。"他注意地看着许家国："董事长，我还想多一句嘴，最好劝他们不要贸然去汉口。那里已经成了敌占区，没有必要去做无谓的牺牲。"

许家国连连摇头："文松，这话我说不出口。人心都是肉长的，人家还知道冒死回乡，为亲人收敛尸骨，我的亲人不也生死未卜吗？"他又激动了："我自己不去，已经是忤逆不孝了，还有什么脸面劝阻他们不回去？"

张文松点了点头："我理解，董事长。那我先去做准备了。"

许家国又交代说："还有，告诉郑伯，这批员工从来这儿一直到离开，都拜托你们二位全程接待。我就不出面了。"

张文松有点困惑："董事长，您不露面，也不太好吧？"

许家国："文松，我是怕自己受不住悲伤。再说又是我把他们带出来的。这种时刻，我真的无颜面对乡中父老啊。"他口气很坚决："就这样吧。拜托二位了。"

张文松便不再说什么了。

8. 大河街　船码头（日　外景）

郑锦仁站在船码头岸边，正在观望着江面。

9. 江面　一条不大的木船上（日　外景）

木船上坐着二十几名职工模样的男女，正在朝岸边探望。

一名女职工朝船头问了句："申剑明，是不是到常德了？"

站在船头前面那名叫申剑明男子，朝大河街望了一眼："到了。各位带好所有的行李，到这里换条大船，接着往武汉走。"

职工们便开始清理自己的包裹行囊。

有一名男职工指着岸边："万妹儿，看，那不是郑伯吗？"

那名叫万妹儿的女职工也看见了，赶紧招手向岸边呼叫着。

10. 岸边码头上（日 外景）

郑锦仁挥着手："这边。这边。往我这儿靠。慢一点。"

那条小木船便靠了过来。

郑锦仁接住水手扔过来的缆绳，紧紧地扎在了石柱上。

船上伸下来一块跳板，职工们拿着行李，依次走下了木船。

郑锦仁迎上去，一个个跟他们握手问候。

万妹儿提着个包袱，走到郑锦仁面前，问了句："郑伯，不跟我们回汉口吗？"

郑锦仁笑了笑："走不动啊。再说我一个孤老头子，武汉没什么亲人。又不像你，还有老公在那边。"

万妹儿快人快语："我老公让飞机炸死了。女儿也死了。"

郑锦仁一惊："你怎么知道的？"

万妹儿："肯定。前天夜里做了一晚上梦，我老公带着小女儿，站在山上喊我的名字。喊到天亮。我看得清清楚楚，身体是透明的，跟玻璃人一样。那就是他们的魂魄。"

郑锦仁吓了一跳："万妹儿，别乱想。不会有事的，啊。"

那一名男职工插话说："怎么不会？我跟万妹儿都住在福音医院附近，那是日本人的重点目标。所有的房子都炸平了。"

郑锦仁："你这是听谁说的啊？谣言太多了，信不得呢。"

正在说话，船上那位申剑明叫了声："郑伯，你上来一下。"

郑锦仁应了声，赶快朝船那边走去。

11. 那条木船上（日　外景）

申剑明望着走上跳板的郑锦仁，直截了当地问："大船呢？替我们租好了吗？"

郑锦仁没回答他："剑明啊，怎么不下去？"他望着站在旁边的船老板："啊，老板，从浦溪过来总共多少钱？我来结账。"

那船老板便告诉他说："不用。账结过了。"

郑锦仁："结过了？谁结的？"

船老板指了指申剑明："是这位申老板结的。"

郑锦仁便望着申剑明："剑明，要你结什么账啊？这钱，董事长有交代，得由厂子里出。"

申剑明不屑地看着郑锦仁："得了吧郑伯，你以为你是谁啊？也就许家一名老奴而已。最多跟我一样，因为我不姓许，做得再好也是他许加林手下的一个奴才。"

郑锦仁叹了口气："剑明，还在为那些事情生气啊？想开点，啊。许家把所有的人都没当外人，这你又不是不清楚。"

申剑明："我就是太清楚了。"他不再说那些："反正他走他的阳关道，我过我的独木桥，已经跟许加林一刀两断了。郑伯，我让他发电报过来换一条大船，他没说明白？还是故意不说？"

郑锦仁："说了。许加林在电报里说得清清楚楚。看你这话说得难听不？"他口气很平和："剑明啊，先下船，到纱行去吃饭，啊。换船的事情还不好办吗？"

申剑明仍然不大相信："郑伯，这件事很重要，可别糊弄我啊。你确定有船？"

郑锦仁："你自己看嘛，满江都是。没船还敢叫大河街？"

申剑明便自找台阶："那也好，先吃饭吧。哼，要不是带了一船兄弟姐妹，怕他们饿肚子，我才不稀罕你这顿饭呢。"

他一把提过自己的包裹,从跳板上走了下去。

郑锦仁望着他的背影,想了想,赶快跟了下去。

12. 济民纱行　厨房内（日　内景）

张文松卷着衣袖,胸前扎着围腰,正在灶前炒菜。

刘妈在旁边打着下手,帮助他递着油盐酱醋。

九哥挑着一大担河水走了进来,往水缸里倒了进去:"嘀,今天咱们纱行真热闹啊。还从没有来过这么多客人呢。"

刘妈:"还热闹呢,别人一个个急得心里冒火。亲人都在汉口,这会儿是死是活都不知道呢。唉,真是作孽啊。"

13. 济民纱行　天井内（日　外景）

纱厂那二十几名职工都在天井里休息。有的靠在走廊的栏杆上,有的就在天井的石头上愁眉苦脸地坐着。每个人都在想自己的心思,除了几个人在窃窃私语,天井里安静得有些沉闷。

郑锦仁带着向飞舟,端着一只茶盘走了出来。

郑锦仁:"来来来,各位一路辛苦,先喝杯茶吧。"

他依次将茶杯送到了每个人手中。

送到申剑明身边时,申剑明拉着他的手,小声问了句:"郑伯,怎么没看见许家国?"

郑锦仁也小声回答说:"董事长正好有事出去了。"

申剑明显然不相信,又问:"那,等下他会回来吗?"

郑锦仁:"不会。他可能要晚上才能回。"

申剑明:"算了吧,郑伯,你哄别人可以,还哄得了我申剑明?你跟我说句老实话,我保证不张扬。他到底去哪儿了?"

郑锦仁有点烦他了:"剑明,我什么时候哄过你啊。告诉你有事出去了,你偏不信。那你说他去哪里了?"

申剑明朝四周看了看，发现有一些职工正在注意地听他和郑锦仁说话，便没有再说什么。

郑锦仁便认真地劝他说："剑明啊，许董事长其实对你很器重。他说过，浦溪纱厂要是能够交给你管，还可以避免人家说他任人唯亲。可许加林在纱厂有股份，你又没有。董事长也没办法啊。"

申剑明："是啊，所以我很知趣嘛。此地不留爷，自有留爷处。不干了，我走。这还不行吗？"

郑锦仁终于问了句："剑明，该不是你鼓动这些人走的吧？"

申剑明赶快声明说："郑伯，你这话可没来由啊。屋里的老娘都八十几了，大哥又是个残疾人，我不回去怎么办？"

郑锦仁望着他，一时什么话都说不出来了。

14. 济民纱行　堂屋内（日　内景）

堂屋里架上了三张大圆桌。张文松带着刘妈、九哥已经将荤素各大菜碗摆上了餐桌。

张文松："刘妈，可以请客人入座了。"

刘妈应了声，朝天井那边走去。

15. 天井内（日　外景）

职工们仍然呆呆地坐在天井内，刘妈走了出来。

她笑容可掬地呼唤大家说："各位，菜上齐了。吃饭吧。"

郑锦仁便大声招呼说："吃饭了。各位老乡，进屋吧。吃饭了。"

大约只有一半的人站来，其他人却没有起身。

已经站起来的人看见那情景，又有些犹豫，没有朝堂屋里走。

郑锦仁："哟，怎么啦？济民纱行就是我们自己的家啊。该不会是讲客气吧？哈，来来来，进屋吧。"

万妹儿便说了句："郑伯，我就不进去了。"她眼睛里面红红的："我一点胃口都没有。"

少数几名职工也说："是啊。""我也吃不下。""你们吃吧。我就坐在这儿等。"

郑锦仁："不吃怎么行？"他望着剑明："剑明，你说句话吧。"

申剑明便站了起来："吃饭。都吃饭。吃了饭赶紧走，别耽误了自己的时间。"他也望着郑锦仁："郑伯，船你可要准备好哦。这可是打不得马虎眼的。"

郑锦仁："好说，要什么船都有，随喊随到。先吃饭，啊。"
天井里的职工便开始朝堂屋走了进去。

16. 许家国的书房内（日　内景）

许家国站在朝内的窗户后面，默默地看着天井里的情景。

一直到看见职工们已经走进了堂屋，他才回到书桌前，心情沉重地坐了下去。

17. 堂屋内（日　内景）

职工们陆续走到餐桌旁，先后坐了下去。

有人朝餐桌上看了一眼："啊，这么丰盛？""大鱼大肉，纱行的伙食开得不错嘛。""是啊，厂子里都一个月没见到肉了。"

刘妈一边给他们分筷子，一边笑着解释说："这都是特意给你们弄的，纱行也是快一个月没吃肉了。"

一名职工不相信："你怎么知道？"

刘妈："我是厨子啊。每天的菜都是我亲手买，亲手做。"

张文松拿着两瓶酒走了过来:"各位,谁能喝点酒?"

大家都没作声,一名男职工便朝万妹儿指了指。

张文松看了万妹儿的背影一眼,见她是个女人,似乎有点不信,笑了笑,走到她的正面,刚想问句什么,忽然一怔。

万妹儿痴呆地坐在餐桌前,早已泪水双流。

张文松一时不知所措,赶紧朝郑锦仁看了一眼。

郑锦仁急忙赶到万妹儿身边,关心地问:"万妹儿,怎么啦?"

堂屋里所有的人都回过头来,看着万妹儿。

万妹儿忽然一拍桌子站了起来:"我受不了啊!这屋子、这酒席,就跟当年给我外婆做道场一样。这是倒头饭啊!天哪,还没到汉口,亲人的尸体都没找到,就做起道场来了?我、我吃了去死啊?"

她激动得不能控制自己,双手托起桌子的面板,用力往上一掀,将面前那桌饭菜使劲掀翻在地。

哗啦一声响,在场的所有人都被她这举动镇住了。

18. 许家国的书房内(日 内景)

万妹儿掀翻桌子的声音非常响亮,惊得许家国一下便从书桌后面站了起来。

他赶快走到朝内的窗户后面,注意地朝堂屋那边看了过去。

19. 堂屋内(日 内景)

刘妈赶快走到万妹儿身边,紧紧地抱住了她:"妹子,作孽啊。刘妈心疼你。妹子啊!"

万妹儿靠在刘妈肩头上,号啕大哭。

刘妈也禁不住陪着她落泪。

一名男职工也忍不住悲愤，大声吼道："这饭我不吃了！好好的，跑到湖南来干什么，还不如死在汉口呢！"

一名女职工也跟着喊叫："就是嘛。天远地远的，连一个字都收不到，活活把人急死啊。"

很多人便嚷道："赶紧上船，不能再耽搁时间了。""回去！要死也要跟亲人死在一起！"

申剑明双手向上一伸："听我说！听我说！"

堂屋里便安静了些。

申剑明："最可恨的是什么？啊？日本鬼子本来就是畜生，杀人放火，无恶不作，这不消讲。最可恨的是许家国许老板。这种时候，他许家国只顾自己，根本就不把我们当人看！"

郑锦仁一听就忍不住了："申剑明，你胡说些什么呀？"

申剑明："我胡说？那我问你，许家国到底去哪里了？啊？当着这么多老乡的面，你说句实话，他是不是回汉口接家眷去了？"他继续煽动大家："他明明知道武汉要沦陷了，怕厂子停产，故意不告诉我们，自己溜回汉口去接家属。为了他的家人活命，他宁愿让我们的家属在汉口等死，这样的老板，还有良心吗？"

堂屋里那些员工顿时轰动了。有相信的，也有怀疑的，七嘴八舌乱作一团。

正在这个时候，堂屋门"哗"的一声，被人一脚踹开。

许家国一步跨进了堂屋。

堂屋内，所有员工一见是许家国，当即目瞪口呆，不由自主都站了起来。

申剑明回过头来，看见许家国，顿时便傻了眼。

许家国一脸铁青，慢慢地走到申剑明面前，突然一伸手，揪住他胸前的衣服，一把将他拉了过来。

申剑明慌了:"董、董事长……"

许家国咬牙切齿地问:"谁是董事长?啊?你睁开眼睛看看,啊?我是许家国吗?我是你的老板吗?你说啊!我到底是不是?"

张文松、郑锦仁、向飞舟、刘妈都在担心地望着他。

申剑明被他那气势吓住了:"是、是。董事长,对不起……"

许家国将他推回凳子上:"没什么对不起的。你的话也没说错,我是想过要回汉口去接家属。一直到现在,我都还想跟你们一起走。我的白发老娘,妻室儿女都留在汉口,是生是死,杳无音信。难道我不应该担心他们?我去把他们接过来,那就叫没良心吗?"

一名男员工很有正义感,便带头说:"董事长,别听他那些话。那是放狗屁!"

其他员工也纷纷赞同:"对。董事长,回汉口吧。""我们不跟申剑明,我们跟董事长走。""这种时候了,还犹豫什么?""我们帮您把家属接过来。""董事长,走吧。"

张文松有点担心许家国改变主意,便注意地望着他。

这时候,万妹儿慢慢地站了起来。

所有的人都不作声,默默地看着万妹儿。

万妹儿木木地走到许家国面前,突然跪倒在他面前,泪流如注:"董事长,万妹儿不懂事,跑到这里来瞎胡闹。都是我心里不好过,董事长要原谅我啊。"

许家国:"没关系,我理解的。"他伸手去扶她:"起来,万妹儿。吃点饭,啊。空着肚子容易晕船。"

万妹儿却不肯起来,泪眼涟涟地看着许家国:"不,不。董事长,您要答应我一件事情,万妹儿再起来。"

许家国:"好。你说。"

万妹儿:"千万不要去汉口,好吗?董事长。"

在场的人一听这话,不禁十分意外。

许家国:"噢?为什么?"

万妹儿:"晚了。没有用了。我也不去了。本来我就不大想去。"她凄凉地说:"前天晚上听广播,说汉口福音医院让日本鬼子的燃烧弹炸平了。我家就挨着医院,房子没了,一家人都死光了……"

郑锦仁听得一愣:"福音医院?"

万妹儿一边哭一边继续说:"要不是跟着纱厂跑到了湖南,我们这些人还不都成了冤魂死鬼?算了。死去的人,已经死了,活下来的人何必再去送死?尤其您董事长,更是万万不能回去。您要是走了,济民纱厂几千子弟,今后靠谁来做主啊?"

其他员工听得心里难受,纷纷附和:"是啊。董事长。""万妹儿讲得有道理。""都是背井离乡的,身家性命全托在董事长身上了。""是啊,那您就别走了。""董事长,您千万不能走啊。"

许家国望着他们,心里很受感动:"好。说得有道理,我不走。万妹儿没说错,这种时候,去了也不起作用。"他朝大家望了一眼:"那,我不走,大家也不要走。可以吗?"

似乎没有犹豫,在场的员工都表态同意了。"可以。我不走了。""都是申剑明鼓动,本来我就没想走的。""去了也是白白送死,还长日本鬼子的志气。""对啊,留得青山在,不怕没柴烧。""我就不相信会当亡国奴。""我们回浦溪去。"

许家国便回头看着申剑明:"你呢?去汉口还是回浦溪?"

申剑明有点抬不起头来:"要是董事长还肯留我的话……"

许家国:"幸亏我肯留你,才把你从汉口带过来。要不然,你根本就活不到今天。"他望着申剑明:"你自己作决定吧,我不责怪你。我跟许加林说过,只要申剑明肯跟你同心协力,济民纱厂刀山火海也过得去。我是真心看重你,可你也不能让我一

207

次次失望。"

申剑明:"多谢董事长。那,我就回浦溪吧。"

张文松朝郑锦仁看了一眼,心中轻松了不少。

郑锦仁心里却还在惴惴不安。

许家国便交代说:"剑明,回去告诉加林,把厂子后面那座仓库改造成一个灵堂。从现在起,济民纱厂不论哪个员工,凡有亲人遇难的确切消息,全厂的人都要过去烧香祭奠。记住了?"

申剑明:"好的,我一回去就办。请董事长放心。"

许家国:"还有,你给我在厂子大门口立一块标语牌。做大点,老远都看得见。再用大红油漆写五个字,落款写上我的名字。"

申剑明:"五个什么字?"

许家国有点激昂:"天塌不下来!"

在场所有的人都被他的话所感动,不禁连连点头。

20. 小河街 巷子内(日 外景)

滕玉莲和滕玉翠一边说话,一边朝巷子口这边走了过来。

滕玉莲看见周围没人注意,小声问妹妹:"翠翠,那天你把照片交给了学校,后来没出什么事儿吧?"

滕玉翠:"好像校长把那个汪老师叫去问过一次。"

滕玉莲:"问什么?"

滕玉翠:"这我就不知道了。"她笑了笑:"反正挺有作用。那个姓汪的后来对我很客气,一点都没找我的麻烦。"

滕玉莲:"还是小心点好。那些人,表面上什么样子都装得出,心里狠毒着呢。可别吃他的暗亏。"

正说着话,滕玉翠一眼便看见了什么:"姐,快看。"

滕玉莲:"看什么?"

滕玉翠指着前面一家小茶馆："你看茶馆门口那个人，他就是那个姓汪的老师。"

滕玉莲赶紧朝那边望了过去。

21. 街道旁　一座小茶馆处（日　外景）

那个汪老师头上戴了一顶帽子，脖子上的围巾围得高高的，有意把嘴和鼻子遮挡起来。

不一会儿，茶馆里有个人伸出头来，朝周围看了看，对那汪老师偏了一下脑袋。

汪老师便跟着溜进了茶馆内。

22. 小河街　巷子口（日　外景）

滕玉翠和滕玉莲从街边屋檐下闪了出来。

滕玉翠小声说："姐，看那样子，一定有鬼。"

滕玉莲想了想："翠翠，我得过去看看。"

滕玉翠："我也跟你一起去。"

滕玉莲："不行。汪老师认识你。"她交代说："你就在这儿等着，如果情况不对，就赶紧去找朝武叔。"

滕玉翠："好。"她有点担心："姐，您小心点啊。"

滕玉莲："放心，我有办法进去。这家茶馆是麻阳人开的，我跟他们的老板娘很熟。"

她大大方方走到巷子中间，朝着那座茶馆走了过去。

23. 那座茶馆内（日　内景）

一名男子将汪老师带到一间包厢门外，敲了敲门。

里面有人应了声："进来。"

那男子便推开房门，让汪老师进到了屋内。

24. 那间包厢内（日　内景）

檀木沙发上，那位宫本太郎端端正正坐在中间。另外两名男子，正是在浦溪假扮国军中尉的日伪特务。

看见汪老师走了进来，一名特务便站起身，走到宫本身边，向他耳语了几句。

宫本太郎点了点头，对汪老师说："请坐，汪老师。"

汪老师赶紧点头哈腰："不敢、不敢。请问太君……"

另外一名特务赶紧制止他的话，朝门外看了一眼。

宫本太郎十分镇定："汪老师，你可以叫我宫先生。"

汪老师又连连哈腰："啊，宫先生。久仰，久仰。"

门外又有人敲门。特务便坐正身子，说了声："进来。"

那名在门外负责警戒的男子将房门推开，滕玉莲一身服务员打扮，端着一只放着茶杯的盘子走了进来。

屋子里的人便没有继续说话。宫本太郎似乎对滕玉莲很有兴趣，很注意地盯着她看。

滕玉莲没有抬头。她手脚麻利地沏好茶，端着洗完茶杯的盆子，稳稳地退了出去。

房门很快又被外面负责警戒的男子关上了。

宫本端过茶杯，望着汪老师问了句："你的，准备好了没有？"

汪老师："啊，宫先生，我就是来跟您报告情况的。"

那两名特务便趋过身子，一起听他的汇报。

25. 那间包厢的后面（日　内景）

包厢后面有个刷洗茶杯的地方，很狭窄，平时没人过来。

滕玉莲端着那只盆子走了过来，蹲下去洗着茶杯。

包厢内传出说话的声音。声音不大，但还听得清楚。

滕玉莲回头看了一眼，侧过头，仔细地听着里面的说话声。

26. 那间包厢内（日　内景）

宫本听完汪老师的汇报："三十多个人？很好。武器大大的有。"他指了指左手边那名特务："你的，说说我们的计划。"

那特务点了点头，望着汪老师："今天晚上，浦溪兵工厂有一批美式装备运到济民纱行。你们要想办法摸清楚，总共多少货物，具体存放在什么地方，有没有武装人员看管。明白吗？"

汪老师："明白了。然后呢？"

那特务："然后不露声色，先潜伏起来。哪天动手，怎么个动法，一切听从宫本先生的命令。"

另一名特务强调说："这批装备非常重要，绝对不能让他们转运出去。"

宫本特别强调一句："再说一遍。还有那位许董事长，这次也要带走。"

汪老师："是。我这就去通知人。"

27. 那间包厢的后面（日　内景）

滕玉莲听完他们的谈话，赶紧站了起来。

刚刚要往外走，那名警戒的男子看见了她："站住。"

滕玉莲一惊，只好站住了。

那男子怀疑地看着她："你在这儿干什么？"

滕玉莲很镇静："没看见这儿是洗盆子的地方吗？真是的。我还没问你在这儿干什么呢。"

那男子朝里面看了看，也就不再问什么了。

滕玉莲端着盆子，泰然自若地走了出去。

28.大河街　街道上（夜　外景）

差不多到了夜里九点，街道上的路灯早已亮起。

店铺大多已经上了板子，路面的行人也渐渐稀少。

29.大河街　货运码头（夜　外景）

许家国带着向飞舟站在码头前，注视着江面。

在他的身后，张文松、郑锦仁带领着一群搬运工人，等候在码头岸边，准备卸运船上的货物。

30.离码头不远的江面上（夜　外景）

两条木驳船已经驶近货运码头，正在准备抛锚靠岸。

31.码头上方的堤岸上（夜　外景）

九哥带着一队护卫队员，来到码头的堤岸上。

他显得非常熟练，逐一吩咐队员们在堤岸的各个位置守卫停当，然后朝码头下面走了过去。

32.货运码头处（夜　外景）

那两条货船缓缓靠上了码头，船工已经将锚绳锁牢。

一名身佩驳壳枪的男子，率领七八名全副武装的工人，迅速跳上码头，随即在驳船前后布下了警戒线。

许家国走上前去，那名佩驳壳枪的男子立即朝他敬礼："董事长，我们到了。"

许家国握住他的手："好。辛苦了。"他朝船上看了一眼："你们薛总呢？他没来？"

那男子："来了。他坐的是快艇，跟着船队断后。马上到。"

许家国:"好,这边人手都到了,你指挥一下,准备卸货吧。"

33. 码头台阶前(夜 外景)

九哥大步走到郑锦仁和张文松身边:"郑伯,张总管,护卫队已经布置好了。"

张文松:"好的。"他认真看着九哥:"这批军用物资非常重要,不比以往。你告诉大家,从卸船一直到入库,整个搬运过程,不许任何人靠近。知道吗?"

九哥胸膛一挺:"放心,我全都交代过了。"

堤岸那头,传来了打更的锣声。

郑锦仁便告诉九哥说:"二更了,我们得抓紧时间。九哥,告诉护卫队员,完工之后,济民纱行准备了夜宵。"

九哥:"嗨,先不说那个。你们忙吧,我再去巡查一下。"

34. 不远处的堤岸上(夜 外景)

堤岸上黑黢黢不见人影。喊山公一路敲梆打更,巡了过来。

他忽然发现了什么,便朝旁边望去。

35. 堤岸下面的一个竹棚内(夜 内景)

堤岸下面有一个废弃的小竹棚。竹棚里藏着一个男人。他一边朝码头那边窥探,一边用小手电筒照着一张纸,记录着什么。

手电筒被有意遮挡着,却也时而漏出来一些光线。

36. 堤岸上(夜 外景)

喊山公看见了竹棚内的光线,便顺着堤坡,轻轻地往下走去。

37. 那个竹棚处（夜　外景）

手电光霎时熄灭。那人闪出竹棚，野猫一般逃得不知去向。

38. 堤岸上（夜　外景）

喊山公见那人疾速逃走，便站住了。

他回过头来，看了看远处灯火通明的货运码头，心中十分疑惑。

39. 码头堤岸上（夜　外景）

几名护卫队员背对着码头，警惕地观察着周边的动静。

忽然有一名队员大声吆喝："什么人？站住！"

张朝武从黑暗中匆匆走了过来："是我呢。"

那名队员不认识他："你是谁？想干什么？"

九哥已经闻声赶来："哦，是朝武大哥啊？有事吗？"

张朝武朝码头那边看了一眼："九哥，我有个急事，得马上见到张总管。他在哪儿？"

九哥："张总管在码头那边。我带你去。"

他领着张朝武，小跑步朝下面的码头奔了过去。

喊山公从堤岸另一头走了过来。

护卫队员认识他，便朝他打招呼："喊山公来了？"

喊山公应了声，望着他们说："你们还有人手吗？"

护卫队员回答说："都在这儿呢。喊山公，有事吗？"

喊山公："光是守在这儿还不行。刚刚我看见底下竹棚子里躲了一个人，那家伙一发现我就飞跑。可疑得很呢。"

一名护卫队员赶紧说："哦？我去看看。"

40.码头台阶前(夜 外景)

张文松听完张朝武的报告,不禁眉头一皱:"这个情报很重要,我得赶紧报告董事长。"

张朝武:"张总管,您看有什么需要,随时吩咐。我们拳馆有帮习武的兄弟,个个手段高强。"

张文松:"好,我会布置的。朝武,最重要的还是随时掌握他们的动向。每一步都要抢在他们前头。"

张朝武:"明白了。您放心,我会想办法盯死他们。"

41.货运码头处(夜 外景)

许家国站在离码头稍远的地方,目光冷峻地盯着江面。

一阵河风吹过来,他不由自主地打了个寒噤。

郑锦仁和那名佩驳壳枪的男子走了过来:"董事长,两船货卸得差不多了。"

许家国:"哦,好、好。"他又打了个寒噤:"薛梦泽怎么回事?他怎么还没到啊?"

那男子看了看表:"应该差不多了吧?薛总刚从重庆回来,接着就上了船往这边赶。"他补充了一句:"对了,后面还有条货船,可能有点耽搁了。"

郑锦仁发现许家国身体发抖,便关心地说:"家国,江边太冷了,你先回去休息吧。"

许家国:"不用。我还好。"他的牙齿不自禁地磕得响:"要不,让飞舟回去给我拿件皮坎肩,就、就可以了。"

郑锦仁看着他那样子,不放心地伸手摸了摸他的额头:"哎呀,这么烫?不行。你得赶紧回去。"

许家国自己也伸手摸了一下额头,便不作声了。

郑锦仁:"你放心,我就在这儿等着,薛梦泽一到,我让他马上去找你。"他不容分说,朝后面喊道:"飞舟呢?飞舟!"

向飞舟应声跑了过来:"我在这儿。"

郑锦仁吩咐道:"飞舟,赶紧送董事长回去休息。让你妈做一碗姜汤,熬浓一点,放红糖,让董事长趁热喝下去。知道吗?"

向飞舟:"知道了,郑伯放心。"

他扶着许家国,朝街道那边走去。

42. 码头台阶前(夜 外景)

张文松走过来,望着许家国的背影,问郑锦仁:"郑伯,董事长怎么啦?"

郑锦仁:"有点发寒发冷。"他叹息了声:"唉,也太不容易了。就算是铁打的汉子,也经不住乱箭穿心啊。"

张文松连连点头:"是的,要是换了别人,早就倒下了。"他望着郑锦仁:"郑伯,咱们必须做好准备。日本鬼子派过来的特务,已经潜伏到大河街了。"

郑锦仁一惊:"是吗?你听谁说的?"

张文松:"消息很可靠。他们这一次的目标,除了兵工厂这一批军用物资,还对准了许董事长。"

郑锦仁不禁十分紧张:"文松,得赶紧报告给当地的国军,还有警察局什么的。这种事情,他们不能不管啊。"

张文松:"我会拜托人报告给他们。当务之急,还得靠我们自己组织力量,严密防范。"

郑锦仁想了想:"这事儿暂时还不能告诉董事长。他要知道了,只会更加担心。"他望着张文松:"文松,这些日子,纱行的琐碎杂事都交给我,就请你尽心尽力搞好安全警戒。行不?"

张文松:"行啊。郑伯放心,文松绝对全力以赴。"

43. 济民纱行　许家国的书房内（夜　内景）

书房门推开了，向飞舟搀扶着许家国走了进来。

他随手打开房内的电灯，问许家国："董事长，您是去卧室躺一会儿，还是在这儿坐一下？我这就去让我妈给您熬姜汤。"

许家国："就这儿吧。躺就别躺了，一会儿薛总就到了。"

向飞舟："那也行。我给您垫上点东西。"

他麻利地拿过一只丝绵靠垫，放在了书桌后面那张椅子上。

许家国吃力地在椅子上坐了下来："好了，挺舒服的。"他再次摸了摸自己的额头："唉，看来得发发汗才行。飞舟，你去弄姜汤吧。请快一点。"

向飞舟应了声，飞快地走出了书房。

许家国坐在椅子上，仍然觉得身上发冷，不禁紧缩着身子，双臂相互抱得紧紧的。少顷，他觉得还是受不住，便站起身来，头重脚轻地朝卧室那边走了进去。

44. 许家国的卧室内（夜　内景）

卧室也还宽大，却只安放着一架单人床铺。

除了一只立式挂衣架和一只五屉衣柜，再也没有其他家什。

许家国恍恍惚惚地走了进来，到小床铺前抱起那床小棉被，回身又向书房那边摸了出去。

45. 厨房内（夜　内景）

那碗姜汤已经做好。

向飞舟将汤碗搁在托盘上，问了句："妈，可以端过去了吧？"

刘妈："放红糖了吗？"

向飞舟："放了。不少呢。"

刘妈走了过来："等一下。我再加点胡椒粉。"她一边往碗中撒胡椒粉，一边说："胡椒发汗也是很好的。唉，董事长他那是累病的。心累啊。行了，赶紧端过去吧。"

向飞舟便端起了那只木托盘。

46. 许家国的书房内（夜　内景）

向飞舟端着木托盘走了进来："董事长，趁热喝吧。"

里面没有回应。

向飞舟朝书桌那边看了一眼，不禁一怔。

许家国用一床棉被将身体裹得紧紧的，上身匍匐在书桌上，一动不动，好像已经睡着了。

向飞舟将那碗姜汤放在书桌上，轻轻地呼唤了声："董事长，董事长，您没事吧？"

许家国便抬起头来："哦，没事。头有点晕。"他端过那碗姜汤："飞舟啊，你去给我把床铺整理一下，我喝完姜汤，还是躺一会儿。实在有点支撑不住了。"

向飞舟关心地望着他："要不，我送您去医院吧？"

许家国摆了摆手："没有那么严重。你去铺床吧。"他又交代了句："哦，一会儿薛总来了，千万记得要叫醒我。"

向飞舟："知道了，董事长。"

他赶快朝卧室走去。

47. 大河街（深夜　外景）

后半夜即将过去，已经接近凌晨。

街道上空寂无人。露水降下来，青石板路面闪闪发光。

喊山公顺着街道，一路巡查过去。

这一次是三声梆子，三声锣响。时光已是三更。

48. 许家国的卧室内（夜　内景）

卧室内灯光已经熄灭，许家国正在小床上沉睡。

外面巡更的锣声传了进来。

许家国突然惊醒，仰天坐了起来。

他茫然四顾，仿佛发现了什么。

耳边传来小汽车的喇叭声，节奏很快。

许家国脸上立即浮现出兴奋的笑容。

他一掀被子，光着脚跑出了书房。

49. 济民纱行门外（梦境）

门外的世界突然变得金光闪闪，格外绚丽多彩。

薛如蒙那辆小轿车已经来到纱行门口。

许家国全家老小站在小轿车前面，无比甜蜜地看着许家国。

许家国心头一阵狂喜，赤足奔了过去，左手拥抱老母亲，右手将薛兰芝紧紧地抱住。

薛如蒙带着许秋萍、许少臣和两个小儿子，站在身边微笑地看着他们。

50. 大河街　江边（梦境）

天空中红霞万朵，将水面照耀得流光溢彩。

许家国和薛兰芝左右搀扶着老母亲，在江边徐徐漫步。

老母亲遥望江边的大河街："儿啊，你瞧瞧这地方，多漂亮啊。知道吗？生你那天，刚好遇上了发洪水。你爸说，我的儿子是被大水吓到这个世界来的，今后有大风大浪，他都不怕了。哈……"

许家国和薛兰芝也听得哈哈大笑。

忽然觉得身后有巨大的响声。

许家国回头一看,顿时大惊失色。

身后的江面上,浑黄色的洪峰排山倒海地涌了过来。

刹那间,洪峰劈头盖脸将他们淹没。

许家国全身是水地冒出头来,惊慌失措地四下寻找着。

他的母亲和薛兰芝两个人早已经无影无踪。

许家国慌乱地呼喊:"娘!兰芝!娘!兰芝啊!"

喊声巨大,天地间充满回响……

51. 许家国的卧室内(夜 内景)

许家国大声呼喊着,猛然惊醒,一个翻身坐起来,惊恐地朝房间里四处查看。

此时他已经满头大汗,上气不接下气。

…………

第 09 集

1. **前集回顾**

身后江面上,浑黄色的洪峰排山倒海地涌了过来……

许家国全身是水地冒出头来,惊慌失措地四下寻找着……

他的母亲和薛兰芝两个人早已经无影无踪……

许家国慌乱地呼喊:"娘!兰芝!娘!兰芝啊!"

2. **济民纱行　许家国的卧室内(夜　内景)**

许家国猛然惊醒,大声呼喊着,一个翻身坐起来,惊恐地朝房间四处查看。

此时他已经是满头大汗,上气不接下气。

卧室里的电灯突然开亮了。

许家国赶紧侧头一望,那是郑锦仁打开了电灯的开关。

许家国这才长呼一口气,又仰天倒在了床上。

郑锦仁走了过来:"醒过来了?"他轻轻地问了声:"好些了吧?你总是在出汗,我也就没有惊动你。"

许家国:"郑伯,您就一直坐在这儿?"

郑锦仁:"可不?你那样子,真让人担心啊。"他笑了笑,取过一条毛巾递给他："再擦一把。真是没想到，刘妈的土方子还挺管用。生姜红糖加胡椒，立竿见影。哈，我也学了一手啊。"

许家国接过毛巾，一边擦汗，一边问了句："几点了？"

郑锦仁："不知道。"他四下看了看："哦，家国，你的怀表呢？先前我就找了好一阵。那么贵一块金表，没落在码头上吧？"

许家国："不会。那是兰芝送给我的，比性命还珍贵。"他从枕头底下摸出那块怀表，打开看了一眼："四点多了？我睡了这么长时间？"他望着郑锦仁："郑伯，天都快亮了，薛梦泽还没到吗？"

郑锦仁："啊，梦泽他们已经到了。"

许家国："几点到的？"

郑锦仁支吾了一下："哟，当时我还真没注意时间。"他想了想："大概是夜里一点多钟吧。"

许家国："一点多就到了？"他忽地一下又坐了起来："为什么不叫醒我？不是早就交代过了吗？"

郑锦仁："嗨，那会儿你正在发烧，还满口说胡话呢。梦泽看见你那样子，非不让我叫醒你。"他望着许家国："再说当时他也很困，站都站不稳，我就安排他去休息了。"

许家国想了想，又问："郑伯，你问过薛梦泽了吗？武汉那边，他有什么消息？"

郑锦仁："你看看，光顾忙去了，我还没来得及问呢。"他想结束谈话："家国，抓紧时间睡个回头觉，天亮了再问，啊。"

许家国望着他："郑伯，你没有对我隐瞒什么吧？"他满心狐疑："我刚刚是被一场噩梦吓醒的。那肯定不是个好兆头。"

郑锦仁倒也坦然："家国，你别瞎想了。无论是噩梦也好，兆头也好，哪怕那都是真的，我都不会对你有半点隐瞒。"他微笑地望着许家国："知道是为什么吗？"

许家国:"为什么?"

郑锦仁:"就因为你那五个大字:天塌不下来。"

许家国当即一愣,想了想,然后点了点头:"郑伯,你这么说,我心里就明白了。"

郑锦仁:"明白了也不是件坏事。你说呢?"

许家国点了点头,不再说什么了:"郑伯,你也抓紧时间赶快去休息一下,整整熬了一夜啊。"

他倒头睡了下去,翻了个身,背对着郑锦仁,拉过床上的被子,蒙在了自己的头上。

郑锦仁怔怔地望着他,暗暗叹息了声,转身朝卧室门走去。

3. 许家国的卧室门口(夜 内景)

走到门边时,郑锦仁再次回头朝床铺那头望了一眼。

然后,他伸手关掉房间的电灯,心情沉重地带上了房门。

4. 许家国的床铺上(夜 内景)

随着郑锦仁的关门声,许家国立即从床上坐了起来。

他顺手从床头取过来一件毛线衣,套在身上,身体斜靠在床头,陷入了冥思苦想。

黑暗里,他那双深思的眼眸中闪烁出坚毅的目光。

5. 济民纱行 院子后面的小巷内(清晨 外景)

张文松陪着薛梦泽,从小巷那头一路巡视过来。

薛梦泽身穿一套国军的军官服,看上去十分精神,脸上却显得非常疲惫。

张文松指点着巷子对面,小声告诉他说:"四周巷子里头都安排了我们的人。这些人做生意的做生意,卖劳力的卖劳力,一般人根本就看不出来。只要发现生人,他们就会给信号。"

薛梦泽:"这样最好。我带来的武装人员不熟悉本地情况,就隐蔽在院子里面守卫。两相呼应,就不会有闪失了。"

张文松:"我已经托人报告当地驻军了。他们也很重视,一旦有需要,马上就会派兵过来增援。"

薛梦泽:"兵工署也给他们发了协防令,估计问题不大。最多三五天,这批军用物资就发走了。"

两人说着话,朝济民纱行大门走了过去。

6. 济民纱行　大门内（晨　内景）

大门紧闭。两名武装人员携带冲锋枪,守卫在大门后面。

门外有人敲了敲门,一名守卫透过门上的观察孔看了看,赶快拉开了大门。

薛梦泽和张文松走了进来。

张文松对薛梦泽说:"薛总,一夜没合眼,去休息一下吧。"

薛梦泽:"好的。有什么事,随时叫我。"

张文松:"你安心休息,白天一般不会有什么事儿。"

薛梦泽便朝院子里面走去。

7. 一间客房内（晨　内景）

薛梦泽推开房门,步履沉重地走进来,顺手关上了房门。

门背后有一架立式衣帽架。薛梦泽摘下头上的军帽,往衣帽架上一挂。然后脱下军装外套,也挂在了衣帽架上。

他里面穿着一件白衬衫,脖子上结着领带。他的左臂上,有一圈黑色丝绸做成的哀纱,看上去格外显眼。

薛梦泽回过身来,正要朝床铺那边走,忽然一愣。

床铺旁边有一张简易的书桌。许家国不知道什么时候已经来到了客房内，坐在书桌后面的一张椅子上，默默地看着薛梦泽。

薛梦泽："姐夫，您怎么起来了？"

许家国的声音很平静："没有办法。"他看着薛梦泽："我不能就这么倒下去，总得站起来啊。"

薛梦泽听懂了他的话："姐夫，这么说，您都知道了？"

许家国："不，我什么都不知道。一直到现在，看见你手臂上的黑纱，我才……"他强忍着悲痛："我才弄明白，那不是一个噩梦。"他将头转过去，禁不住哽咽："天哪！那是真的啊！"

薛梦泽再也忍不住了，一步抢到许家国面前，单腿跪下去，伏在他膝盖上，泣不成声："姐夫，姐夫啊……"

许家国抚摸着他的头，泪如泉涌。

8. 那间客房的窗户外（晨　外景）

郑锦仁站在窗户底下，注意地听着客房里面的谈话。

听见许家国和薛梦泽失声痛哭，他不禁也擦拭了一把眼泪。

9. 那间客房内（晨　内景）

许家国首先忍住了悲伤："梦泽，别哭了，站起来。你告诉我，到底出了什么事情，啊？"

薛梦泽便站了起来。他望着许家国，犹豫了半天，不知道如何开口："姐夫……"

许家国点了点头："说吧，梦泽，不要担心我受不了。"他也站了起来："从昨天到现在，我这颗心经受过反复锤打，已经碾得粉碎。再大的打击，也不过如此了。"

薛梦泽渐渐平静了些："姐夫，日军总攻来得太突然，飞机一直炸到天黑。我姐他们根本来不及转移，医院就炸没了。当时全家都在医院，所有的病人和医生，没有一个逃出来。"

许家国怔怔地问："是汉口福音医院？"

薛梦泽："是。就是那家医院。"

许家国痛心不已："你看看、你看看！昨天听万妹儿一说，我就开始担心。果然就是那家医院。果然啊！"

薛梦泽想起了什么，便走到书桌后面，拉开抽屉，从里面取出一只很大的牛皮纸信封。

他从信封中抽出来一沓照片："姐夫，我犹豫了好久，还是给您看看的好。这是军方情报人员在现场拍摄的。"

许家国站了起来。他的手有些发抖，接过照片，依次看去。

第一张照片的特写：那家医院门外，建筑物变成了一片废墟。

第二张照片的特写：倒下的水泥门柱上，"汉口福音医院"几个大字清晰可见。

第三张照片的特写：薛如蒙那辆被炸毁的小轿车。

许家国惊愕地回头看了一眼薛梦泽。

薛梦泽："这是如蒙大哥的车。"他悲痛地告诉许家国："我姐，还有全家老小，都在这个地方同时遇难。"

许家国望着他："你、你能确定？说不定……"

薛梦泽悲伤地摇了摇头，伸出手又从那大信封中抽出一张报纸，放在许家国面前。

许家国急忙看去，顿时眼睛都直了。

报纸的特写：《汉口民报》。

头版下方，有一则小标题："济民纱厂董事长家眷汉口罹难。"

一段不长的文字报道旁边，醒目地刊登着一张图片，那是许家国汉口家中客厅里悬挂全家福照片的地方。木质镜框已残缺，上面的玻璃也全部破碎……

许家国感觉到眼前一黑,头晕目眩,一屁股坐了下去。

那张报纸从手中跌落,飘到了脚下。

薛梦泽赶紧扶着他:"姐夫!姐夫!您没事吧?"

10. 那间客房门外(日 内景)

郑锦仁一直在门外观察着。

听见里面薛梦泽的呼叫,一转身,推开房门便冲了进去。

11. 那间客房内(日 内景)

许家国轻轻推开薛梦泽,顽强地站了起来。

郑锦仁进到房间,走到许家国身边:"家国,你怎么样?"

许家国目光呆滞:"没事。我、没事。"他坚持着走到客房门口:"都别管。头有点晕,我去躺一会儿,没事的。"

他扶着房门,走了出去。

薛梦泽和郑锦仁怔怔地站在原地,一时不知道该怎么办。

少顷,郑锦仁从地下捡起那张报纸,看了一眼,顿时觉得不对:"梦泽,赶紧去陪他,千万别让你姐夫一个人待着。快去啊。"

薛梦泽应了声,慌忙朝门外走去。

12. 许家国的书房内(日 内景)

许家国已经走到了书桌后面。

他拉开右边那个小抽屉,里面放着薛梦泽送他的那只小手枪。

许家国伸手取出小手枪,拉了一下枪栓,将子弹推进枪膛。

他没有犹豫,将枪口抵住了自己的太阳穴。

刚刚闭上眼睛,耳边忽然回响起**母亲的画外音**:"你爸说,我的儿子是被大水吓到这个世界来的,今后有大风大浪,他都不怕了。哈……"

许家国立即睁开眼睛,收回了举着手枪的那只手。

他把手枪往桌面上一放,失神地坐了下去。

砰的一声门响,薛梦泽一个箭步冲进了房间。

他看见了桌面上那支手枪,赶紧抢到书桌前,一把抓了过去。他退出弹匣,拉开枪栓,发现子弹已经上膛,不禁心慌了:"姐夫,您千万别干傻事啊。"

许家国往椅子背一靠,木讷地说:"不会的。这枪已经没用了,你把它拿走吧。"

薛梦泽将信将疑地望着他,仍然很不放心,便把手枪收进了自己的裤兜里。

许家国撑着桌子站了起来,身体晃了一下,抬脚便朝门外走。

薛梦泽:"姐夫,您要去哪儿?"

许家国没有停留:"太闷,受不了。去河边走走。"

13. 海面上(日 外景)

一艘外国客轮在海面上行驶着。

字幕:上海 黄浦江入海口

14:一间客舱内(日 内景)

许民安看完那张《汉口民报》,抬起头来,眼中泪流如注。

勒布伦望着他,同情地将一条毛巾给了他。

许民安接过毛巾捂住自己的脸,号啕大哭。

勒布伦:"许先生,请节哀顺变。贵国有句名言,留得青山在,不怕没柴烧。"他望着那两口皮箱:"好在保住了这笔财产,您一定会东山再起。请相信我。"

许民安停止了哭泣。他擦了擦眼泪,将目光投向船舱的那扇圆形窗口外,一句话都没有回应他。

15. 大河街　江面上（日　外景）

靠近大河街码头处,有一排一排的木驳船停泊在江中。
宽阔的江面上有不少船只往来航行。
字幕:常德　大河街

16. 大河街　那座笔架形状的城墙处（日　外景）

漫长的古城墙处,道路平整清洁,一览无余。
许家国背着双手,从城墙那头默默地走了过来。
郑锦仁和薛梦泽跟随在他身后一两米远,也走了过来。
走在最后面的,是早先派来济民纱行的那两名警卫人员。
许家国走到笔架形状的城墙处,便站住了。
稍微停留了一下,他又朝城墙的墙垛走了过去。

17. 城墙的墙垛处（日　外景）

不远的江面上,有水鸟三五成群地一掠而过。
大江中间的主航道上,一条江轮鸣着浑重低沉的汽笛,乘风破浪地朝下游驶去。
许家国眺望良久,深深地感叹说:"是啊。船还在走,鸟还在飞,世界还活着。那么艰辛,那么残忍,那样多灾多难,可它到底还活着。没有任何办法,为了希望,只能活下去啊。"
薛梦泽和郑锦仁琢磨着他这句话,也感慨不已。
江边上,有船工喊着号子的声音由小到大,传了过来。

许家国便将目光朝上游移了过去。

18. 上游河岸上（日　外景）

一条满载货物的大木船正在缓缓地逆水行走着。

水流湍急，大木船几乎在原地没有移动。

船头和船尾各有一名水手，用肩头顶着长长的竹竿，使劲地将船撑着往前行进。

江岸边，十几名瘦骨嶙峋的纤夫肩负纤绳，双手撑地，将身子贴着地面，齐心协力地喊着号子，艰难地拉着大船朝前走。

19. 城墙的墙垛处（日　外景）

许家国面色严峻，一言不发，默默地看着那条徐徐前移的大船，看着甲板上那奋力撑篙的船工，看着江岸边咬牙背纤的纤夫。

薛梦泽和郑锦仁站在他身后，面色严峻地看着江面。

船工和纤夫的号子声越来越响，越来越激昂……

20. 济民纱行　许家国的卧室内（日　内景）

卧室里面已经完全变了样子。那张小床已经移走，换上了一张双人大床。原来放五斗衣橱的地方，摆放了一架立式大衣柜。右边那面墙壁处，一对明式官帽木椅中间，摆着一只古香古色的木茶几。

郑锦仁正在大床前重新铺上床垫和棉被。

向飞舟也在屋里帮忙。他搬起床铺右边那只立式衣帽架，移放到门背后的角落处。

郑锦仁一回头，看见飞舟把衣帽架移走，赶快说："飞舟，别动那衣架。还放在床边吧。"

向飞舟很不理解:"郑伯,放门背后多方便啊?我看董事长每次进来,顺手把衣服这么一挂。那是他的习惯。"

郑锦仁:"可他太太习惯在床边挂衣服。你不知道,汉口的家里,一直都是这么摆放的。"

向飞舟:"哦?非得跟原来一模一样吗?"

郑锦仁:"当然,这是董事长亲口交代的。"他叹了口气:"唉,董事长坚持这样布置,那是为了永久的纪念。许太太为人实在太好了,咱们纱厂好几千人,谁都忘不了她啊。"

向飞舟点了点头,赶快把那衣帽架又搬回了原地。

21.许家国的书房内(日 内景)

许家国保存的那张全家福照片,装嵌在了一只木制镜框内。

桌子上,一双手正在用一条黑色丝绸扎一朵小花。小花两边各留出很长一截,作为镜框的飘带。

许家国拿过那朵小花,固定在镜框上方,并且将那两条飘带顺着镜框整理得十分对称。

然后,他从桌面上取过一条黑色袖圈,戴在了自己的左臂上。

他再次看了看打理妥当的镜框,拿过镜框站了起来。

22.许家国的卧室内(日 内景)

正对着床铺的墙面上,已经钉好了一个挂钩。

一双手将那只披戴着黑色小花和飘带的镜框挂在了挂钩上。

许家国退后几步,端详着墙上刚刚挂上去的全家福照片。

少顷,他回过身来,逐一打量着卧室里面的摆设。

他慢慢走到床铺前,朝旁边那只立式衣帽架凝视了一阵。

然后,他走过去,伸出双手,轻轻地抚摸着那只衣帽架。

不知不觉，他的眼睛里已经热泪盈眶……

23. 某山区　一个山洼处（日　外景）

这个地区坡多林密，有一条简易公路穿山而过。

一辆军用吉普车和一辆蒙盖着油布的军用大卡车，从远处朝这边开来。车身后面，扬起了阵阵黄尘。

字幕：湖北　鄂东某山区

前面那辆吉普车开到一个山坡处，靠边停了下来。

一名佩戴上校军衔的中年军官跳下车，朝后面招手。

后面那辆军用卡车也停下了。

卡车驾驶员身边坐着一位医生模样的男子，朝车外望去。

那名上校跑了过来，对那医生说："前面两公里，有我们的临时救护站。你到那边停下来，抓紧时间给伤员打针换药。"

那医生："好的。那你们呢？"

上校："我在这儿把遗体掩埋好，很快就赶过来。"

那医生："知道了。"他对驾驶员一挥手："走吧。"

军用卡车继续朝前面开走了。

上校赶快回身朝吉普车跑去。

24. 马路旁　一座国军的临时救护站（日　外景）

山脚下，有一幢被征用的当地农民的院落。院子外面有手持冲锋枪担任警戒的国军士兵在站岗。

院子前方立了一根竹竿，挂着一面红十字小旗。院子后面的那排房舍临时改成了收救伤员的病室。

病室前后，几名穿白大褂的医生护士正在里外忙碌着。

那辆军用大卡车缓缓地开到这座救护站前停下了。

几名医生和护士赶快迎了过去。

卡车的后车厢板被放了下来。篷布揭开，车里面放着两副担架。有三名士兵坐在条凳上，照看着担架上的伤员。

士兵和迎上来的医生护士一道，七手八脚将担架抬下车。

终于能够看清楚了。第一副担架上躺着许家国的老母亲。她仍然昏迷不醒。

第二副担架上，许少臣痛苦地闭着眼睛。他头上缠满纱布绷带，还有鲜血正在往外渗出。

最后被接下来的是许秋萍。她倒是伤得不重，只是在额头处缠了一块纱布，却满头满脸的硝烟和灰尘。

她的二弟弟许少俊没有受伤。被人抱下来之后，许秋萍吃力地将弟弟背在身上，跟着两副担架，朝救护站走了进去。

25. 那个山洼处　山坡上（日　外景）

两名士兵已经将遗体掩埋，用铁锹堆起了一个小土包。

那名上校将一块木牌子插在了坟前。

木牌子上，写着"爱子许少衡之墓"几个大字。

薛如蒙头上缠着纱布绷带，右腿从膝盖处往下打满了石膏。他用两条拐杖支撑着身子，默默地站在那座土坟前。

薛兰芝手拿几枝野花，靠在薛如蒙的胸前，泪流不止。

那名上校走了过来，对她说："太太，我们得赶紧走了。"

薛兰芝忍不住悲痛，一转身，朝着那坟堆扑了上去，泣不成声："少衡！我的儿子啊！……"

上校看着她那悲恸的样子，不好再说什么，抬起手腕看了看表，有点着急地望了薛如蒙一眼。

薛如蒙便呼唤薛兰芝说："兰芝，记住这个地方就行了。你现在是全家的顶梁柱，还有很多事情要做呢。"

薛兰芝便止住哭声，绕坟一周，将那几枝野花插进泥土中。

那上校转过头来，望着薛如蒙说："先生，我必须得赶回部队，一会儿到了救护站，就不能再送你们了。"

薛如蒙点了点头："好。你冒着生命危险，还把我们送这么远，我这心里，已经很过意不去了。"

上校："先生千万别这么说。一日为师，终身为父啊，学生也是碰巧了，才有这么一个机会来报答恩师。"

薛如蒙禁不住满含热泪，紧紧抓着他的手，连连点头，一句话都说不出来。

薛兰芝走过来，朝那位上校鞠躬："先生，谢谢您的救命之恩，我们全家一辈子都忘不了您啊。"

上校赶紧摆手："不说了。太太，从救护站往东，就是大别山区。那边山高水冷，交通闭塞，音讯完全隔绝，日本鬼子轻易不敢过去，你们可以往那边走。"他摇了摇头："只是那一带很贫困，难民又多。往后的日子，恐怕会越来越不好过了。"

薛如蒙："不怕，天无绝人之路。赶紧走吧。"

上校便搀扶着薛如蒙，朝吉普车那边走去。

26. 小河街　街尾一个小码头处（夜　外景）

小河街位于大河街的尽头处，远不如大河街那边繁华。虽然还没有天黑多久，江边上已经渔灯稀少，不见船只往来。

字幕：常德　小河街

隐约之中，江面上忽然出现了两条小火轮的身影。

这两条小火轮几乎没开灯光，发动机似乎已经熄火，只靠着惯性和人工撑着竹篙，缓缓地向码头靠近。

27. 小河街　江岸上（夜　外景）

徐局长带着几名巡警正在小河街的堤岸上巡逻。

一名巡警跑了过来："报告分局长,有两条来历不明的小火轮,正在朝码头靠近。"

徐局长想了想,警觉地说："来历不明？上峰有指令,这段时间要严防日伪特务。"他拔出手枪："走,看看去。"

他带着那几名巡警,匆匆朝码头走去。

28. 小河街　那个码头处（夜　外景）

那两条小火轮已经靠上码头。

几条黑影跳下船,前前后后用缆绳将船固定停当。

突然有三只手电筒打亮,光柱照在了那几个人的身上。

那几个人迅速地扑倒在地,从身上拔出手枪,对准了这边。

巡警们已经来到岸边,喊里咔嚓拉开了枪栓。

徐局长站在那里,大声喝道："你们是什么人？"

那边有人回了句："别过来！再过来就开枪了！"

徐局长赶快将身体一闪,就势卧倒在岸边的锚墩后面。

其他巡警也各自找地方卧了下去。

29. 江岸的堤坡上（夜　外景）

喊山公背着打更的行头朝这边走了过来。

忽然听见了码头那边的吆喝声,他赶快站住了。

他俯下身子,目光像鹰一样朝那边望去。

30. 那个码头处（夜　外景）

巡警伏在地下,还在和那几个不明身份的人对峙着。

一名巡警小声报告说："局长,船上有两挺重机枪。"

徐局长已经看见了,小声喝道："别乱动。没有我的命令,谁也不准开枪。"

小火轮船舷上忽然开亮了一盏灯。

灯光下,有一个身穿军官服、佩戴着上尉军衔的男子,从容不迫地从船上走了下来。

徐局长紧张地看着那名上尉。

上尉停下脚步,大模大样地说:"起来吧。有什么事,跟我说。"

徐局长这才站了起来:"你听好了,兄弟我是警察分局的徐局长。你们是什么人?"

那上尉从上衣口袋掏出一份证件,朝他招了招手。

徐局长走上前去,用手电照了照他的证件,赶快立正行了个礼:"对不起。不知道你们是……"

那上尉赶快伸出手做了个制止的手势,然后靠近徐局长小声说:"听着,本人这一次执行的任务,属于军统特级机密。特级你懂吗?谁要泄露出去一个字……"他用手比作枪的样子,顶着徐局长的前额:"杀无赦!"

徐局长吓得一矮:"明白。卑职绝对明白。"他想了想:"长官,需不需要卑职向上峰报告一声?"

上尉:"那不是你的事。需要的时候,我会直接通知他们。你就当什么都没看见。"他的口气相当严厉:"千万别自找麻烦。"

徐局长:"放心,我懂。我都懂。"他回身朝那些匍匐在地下的巡警一挥手:"没事了。国军的正常行动,谁也不许泄露。走吧,我们继续巡逻。"

那些巡警便站了起来。

徐局长再次朝那上尉敬了个礼:"对不起,打扰了。"

那上尉点了点头,很随意地扬了一下手。

徐局长便率领巡警离开了。

31. 江岸的堤坡上（夜　外景）

喊山公将这边的情况看了个一清二楚。

他心里有点怀疑。想了想，回身朝小河街那边走去。

32. 城墙的通道上（晨　外景）

城墙上，少数几个市民挑着担子走了过去。

喊山公、张朝武带着张文松、九哥步履匆匆地迎面走来。

33. 小河街码头的堤岸上（晨　外景）

张文松和喊山公一行人，从堤岸的墙垛后面露出头来。

喊山公指着码头方向，告诉张文松说："就在那边码头上。两条小火轮。看见没有？"

张文松看了看："没有啊。"

喊山公便站了起来："没有？怎么可能呢？"

大家都走到堤岸边，朝码头那边看去。

34. 小河街码头处（晨　外景）

码头上空荡荡的。既没有一条船，也不见一个人。

35. 小河街码头的堤岸上（晨　外景）

张朝武便问了句："老哥，船影子都没有。您不会看错吧？"

喊山公也非常奇怪："怎么会呢？昨天晚上我可是亲眼看见的，还听见他们讲话。怎么会错？"

张朝武想了想："确定是这个码头吗？"

喊山公："朝武，小河街这边就一个码头，这你是知道的。"

张文松分析说："喊山公每天巡夜，看错的可能性不大。我估计，说不定天亮以前他们又转移了。"

张朝武点了点头:"只有这个可能。张总管,要不这样吧,我现在就沿着整个江岸去找一趟。再怎么说也是两条火轮,个头不小呢,我就不相信它还藏得住。"

张文松:"好。这个情况很重要,必须赶紧查实。如果确有其事,问题就很严重了。"他又望着九哥:"九哥,喊山公说,徐局长还上前询问过。能不能想办法,去套套他的口风?"

九哥:"行啊。我这就去问。"

张文松又交代说:"九哥,问的时候,得动动脑筋,别让他产生怀疑。知道吗?"

九哥:"我明白。"

36. 河堤下方 一座仓库前(日 外景)

这是一座废弃的食盐仓库。可以进出汽车的大门上,隐约能辨认出已经斑驳的四个大字——"盐关库房"。

一辆马车驶到这座仓库前停下了。

仓库里面立即有两个彪悍男子跑出来迎接。

身穿便服的宫本太郎从马车上走了下来。

还有两名男子也跟在他后面下了车。

大门同时打开,那几名男子前呼后拥地将宫本迎了进去。

37. 仓库院子内(日 外景)

那名在小河街码头出现过的国军上尉迎上来,朝宫本太郎行了个军礼:"报告宫本少佐,特勤队四十八名队员,已经顺利到达,听候少佐调遣。"

宫本太郎:"嗯。那两条快艇,处理好了没有?"

上尉:"报告少佐,天亮之前,已经转移到桃源去了。"他小声补充说:"一旦开始行动,顺流而下,半个小时就可以赶过来。"

宫本太郎点了点头,朝库房那边走去。

38.一间库房内(日　内景)

库房地面上,摆放着两排乌黑发亮的武器。前面一排是冲锋枪,后面一排是三八大盖步枪。最后面,还架着两挺歪把子轻机枪。

宫本在那些男子的簇拥下走了进来。

他察看了一下那些武器,又问那上尉:"炸药在哪里?"

上尉指了指库房的角落:"在那边。总共三百公斤。"

宫本便看见了角落处那六只装着炸药的木箱。

他冷笑一声:"好。足够炸掉半条大河街了。"

上尉又问:"宫本少佐,要不要集合队伍,听您训话?"

宫本摆了摆手:"不用。"他显得胸有成竹:"让他们好好休息,白天不许外出。"

上尉:"是。"他小声打听了句:"是不是晚上行动?"

宫本狠狠地瞪了他一眼:"嗯?"

那上尉赶快立正,不敢再问了。

39.大河街　警察分局的走廊上(日　内景)

九哥戴着护卫队员的袖标,沿着办公室走廊走了过来。大概是找不到地方,他便跟一位警员打听了一下。

按照那位警员的指点,他来到一间办公室门外,抬头看了一眼,门上装有一块小牌子,写着"局长"二字。

九哥便伸手敲了敲门。

里面有人问了声:"谁呀?"

九哥赶紧说:"徐局长,我是民众护卫队的九哥。"

里面应了声:"进来吧。"

九哥推开门,走了进去。

40. 局长办公室内(日　内景)

徐局长坐在办公桌后面,朝九哥问了句:"什么事?"

九哥走到他对面,报告说:"徐局长,民众护卫队在大河街名声不错,最近又发展了十几名队员。人手增加了,我就想把护卫范围再扩大点,就为这事儿,特意来给局长报告一声。"

徐局长:"你想扩大到什么地方?"

九哥:"主要是顺着江边扩展,下游延长到盐关码头。上游嘛,我想把小河街码头也包进来。"

徐局长:"下游到盐关可以。小河街码头,我看就算了。那地方平时船没有一条,人也没有几个。懒得费那个神。"

九哥顺势说:"哟,就是那种地方才更要小心呢。听说昨天晚上就来了小火轮。"他望着徐局长:"有人亲口告诉我了,说徐局长您还带巡警去查过他们。局长,那是些什么人啊?"

徐局长手一挥:"谁乱嚼舌头?啊?没有的事儿。"

九哥顿了一下:"您是说没有小火轮,还是没有过去问?"

徐局长:"废话。江边上什么船都有,谁记得有没有小火轮?"他忽然起了疑心:"九哥,问那么仔细干什么?是不是有谁特意让你来问的?啊?"

九哥赶紧收嘴:"局长您干吗多心啊?我一个当队长的,平时得眼观六路,耳听八方。这不是您教导的吗?"

徐局长也就不再追问:"行了。我告诉你,有些事情,我们警察根本就管不了,就更不用说你们什么护卫队了。以后都要学聪明点,这年月,哪怕一点小麻烦,那都是大麻烦。懂了不?"

九哥琢磨了一下他的话,不好再说什么,便告辞退了出去。

41. 济民纱行　许家国的书房内（日　内景）

许家国正和薛梦泽坐在书桌前聊天。

他看了一眼薛梦泽那身军官服，问道："梦泽，你怎么突然穿上军服了？"

薛梦泽："我本来就是军队编制。"他告诉许家国："浦溪兵工厂大部分已经迁到了重庆。辎重这块继续留在浦溪，改为军政部兵工署第十一兵工厂。我本来都调重庆了，又把我重新派了回来。"

许家国："是不是让你当厂长？"

薛梦泽："还要同时兼总工程师。"他看了许家国一眼："姐夫，兵工署让我继续留浦溪，也是希望保存咱们这座转运站。"

许家国："那没问题。我们都习惯了，套路也很熟悉，早就当成自己的事情了。"

正说着话，郑锦仁走了进来："家国，赣南油铺的吴子敬想亲自过来拜访你。我不知道你现在方不方便。"

许家国爽快地说："那有什么不方便的？赶快有请啊。"

郑锦仁有点犹豫，又望着薛梦泽："梦泽，满院子都是你的人，一个个长枪短炮的，那还不把人家吓软啊？"

薛梦泽赶快站了起来："那倒也是。我这就去通知他们，全部集中到后院去。"

42. 济民纱行　后院内（日　外景）

几名在前院警戒的兵工厂武装保卫人员撤了进来。

薛梦泽最后走进院子，朝院子内看了看，走到一扇通向地下室的铁门前，伸手拉了一下那把大铁锁。

一名武装警卫告诉他说："薛总，您放心。这铁门很坚固，炸药都轰不开。"

薛梦泽:"一般情况下不怕炸,但是现在不行。地下室有一大批美制手雷,那些家伙脾气暴躁,可不能随便招惹啊。"

武装人员听得笑了。

43. 济民纱行　前院一座客厅内（日　内景）

这个客厅面积不大,却布置得十分雅致。

吴子敬和文昌盛已经进到客厅。

郑锦仁给他们沏好茶,分别放在了他们各自的茶几上。

许家国穿一袭银灰色长袍,左臂戴着黑纱,大步走了进来。

吴子敬、文昌盛赶快起身,迎了上去。

许家国对他们连连拱手:"二位好友,家国重孝在身,有失远迎,请多多包涵。"

吴子敬一把拉住了他的手:"家国兄,我也是刚刚听说。江西会馆也有武汉方面的报纸,陈老会长非常震惊,嘱咐一定要登门看望,诚挚表达我们会馆全体同仁的悼念之情。"

许家国:"谢谢。谢谢各位同仁,谢谢陈老会长。"

文昌盛也上前拉住许家国的手:"许兄,请节哀顺变。令堂大人和嫂夫人全家殉于国难,必将激发国人奋勇抗战的壮志豪情。老会长提议,联合大河街工商各界,草拟一份抗议书,在国内外报纸电台广为刊发。许兄以为如何?"

许家国连连点头:"当然。骨肉同胞的鲜血绝对不能白流。难得各位朋友同仇敌忾,许家国义无反顾,积极响应。"

吴子敬:"还有,江西会馆带头倡议,借这个机会,把各个地方来的会馆、商行召集起来,成立大河街商会。有钱出钱,有力出力,全力支持抗日战争。我提议家国兄当会长,大家都一致赞同。"

许家国:"这是一件大好事,济民纱行肯定积极入会。至于会长一职,还是请陈会长担当。他老人家德高望重,名副其实。"

吴子敬赶快告诉他:"家国兄,这可是陈会长的意见呢。老人家身体欠佳,只等大河街商会成立,他就要告老还乡了。"

许家国:"哦?是这样?"他想了想:"那就另作商议吧。"

文昌盛:"许兄,这两件事情都宜早不宜迟。陈老会长的意思,今天晚上请您到江西会馆用个便餐,主要是聚集在一起,赶紧把两件大事确定下来。不知道许兄方不方便。"

许家国想都没想:"当然方便。请转告陈老会长,许家国一定会准时赴会,共商大计。"

吴子敬钦佩地望着许家国:"家国兄,我就知道您是一条压不垮的硬汉。那就说好了,咱们晚上见。"

44. 济民纱行　薛梦泽的客房内(日　内景)

薛梦泽正在客房整理一些文件和报纸,外面有人敲门。

向飞舟在门外问了声:"可以进来吗?"

薛梦泽:"飞舟啊?进来吧。"

向飞舟推开门走了进来:"薛总,您找我?"

薛梦泽回过身来,望着向飞舟:"飞舟,会用手枪吗?"

向飞舟:"当然会。我的枪打得可好呢。"

薛梦泽便从口袋里取出送给许家国的那支手枪:"这是我送给董事长的那支枪。他一天到晚锁在抽屉里,啥作用也没有。我跟张总管商量,还是由你保管吧。"

向飞舟接过那支枪,看了一眼:"嘀,这枪真漂亮。"

薛梦泽:"飞舟,别光顾漂亮,得负责董事长的安全哦。"

向飞舟:"薛总,您放心。我紧跟着董事长,保证一步不落。"

薛梦泽:"好。遇事多动脑筋,宁可多费事,也不要冒险。"

向飞舟:"好的。我记住了。"

45. 大河街　江西会馆门外的街道上（夜　外景）

天色黑下来了，街道上的路灯已经点亮。

江西会馆门外，有两名民众护卫队的队员在那里游动着。

会馆大门外的街边上，露天摆放着一些吃夜宵的桌子和椅子。

几张桌子旁边，有七八个市民在那里悠闲地吃着夜宵。其中一名穿中山装的男子，不时地回头往江西会馆那边张望。

这个男人竟然是那个汪老师。

46. 济民纱行　旁边的小巷内（夜　外景）

张文松走了过来，到巷子边上朝四周望了望。

九哥赶快从暗处走了过来:"张总管，有事找我?"

张文松朝远处看了一眼:"九哥，时候不早了，董事长到现在还没有回来。我担心再晚就更不安全了。"

九哥:"我特意安排了两个兄弟在那边，应该没事儿。"

张文松:"小心没大错。"他望着九哥的眼睛:"九哥，能不能去迎一迎董事长他们?"

九哥:"当然可以。我亲自去。"

张文松:"好。那就赶紧去吧。"

九哥:"哎。"他抬脚朝街道那头快步走了过去。

47. 江西会馆　大门外（夜　外景）

会馆的大门开了，陈会长和吴子敬、文昌盛等几名商界人士簇拥着许家国走了出来。

向飞舟紧随在许家国身后，警惕地朝四周打量着。

陈老会长:"许董事长,从今往后,大河街商会的事情,就多多拜托了。"

许家国:"家国尽力而为吧。还要多多仰仗前辈支持啊。"他回身向众人拱手:"各位请留步,家国先告辞了。"

向飞舟感到周围有点异样,便侧过头去,目光盯住了那些吃夜宵的男子。

48.夜宵桌子旁(夜 外景)

那个汪老师也看见了向飞舟在注意这边。

他便移开目光,端起面前的小茶碗,一边同身边的男子说笑着,一边不紧不慢地继续吃着夜宵。

49.江西会馆大门外(夜 外景)

文昌盛已经拦下了一辆黄包车,停在了门外。

许家国提着长袍,跨上了那辆黄包车。

许家国再一次跟大家告别,黄包车便离开了。

向飞舟紧紧跟在黄包车旁边。

走了一段路程,向飞舟再次回头朝夜宵桌子那边望了一眼。

50.夜宵桌子处(夜 外景)

远远看去,那几张桌子旁边竟然一个人都不见了。

51.街道上(夜 外景)

向飞舟顿时觉得情况不对。

他再回头时,那个黄包车夫忽然加快脚步,朝前跑去。

向飞舟赶快喝道:"你想干吗?给我站住!"

那车夫根本不听,跑得更快了。

许家国在车上被颠簸得几乎坐不稳了:"停下!赶快停下!"

那车夫跑得脚下生风,车也颠簸得更厉害。

向飞舟一步跃到他的前头,迎面用手枪指住他胸口:"再不站住,我一枪崩了你!"

那车夫便放慢脚步,终于站住了。

突然有两条身影从旁边冲过来。一个人举起木棒,狠命抢下去,击中了向飞舟的后脑袋。

向飞舟眼前一黑,扑通一声倒了下去。

另一男子伸手将措手不及的许家国拖下黄包车,用一条毛巾紧紧地捂住了他的嘴巴和鼻子。

许家国很快便昏迷过去。

车夫和那两名男子架住许家国,迅速跑进了街边一座院子内。

52. 那座院子内(夜 外景)

汪老师和另外四名男子从院子后门那边跑了过来。

他看见那三个人将许家国架了进来,赶快朝大家吩咐说:"好。按原计划,赶快行动!"

53. 院子外面的街道上(夜 外景)

向飞舟苏醒过来,翻过身子,吃力地朝那座院子望去。

院子大门很快又拉开了。

那群男子提着手枪,中间两人架着许家国,其他人前后护卫着,拥出院子门外。

最后出门的是那个汪老师。他也提着一支手枪,朝身后看了看,然后紧跟着那群人追了上去。

向飞舟头上淌着鲜血。他挣扎着从地面摸过自己那支手枪,卧在原地，瞄准汪老师连开三枪。

汪老师身上接连中弹，支撑不住，终于倒了下去。

54. 济民纱行　大门外（夜　外景）

枪声划破夜空，张文松和薛梦泽冲了出来："哪儿响枪？"

纱行里面的武装警卫也涌出了院子。

九哥带着两名护卫队员气喘吁吁地跑了过来："张总管，不好了，董事长被他们绑架了。"

薛梦泽顿时头皮一炸："什么？"

一名护卫队员："往河边跑了。那儿有小火轮接应。"

薛梦泽怒目圆睁："你们看清楚了？"

另外一名护卫队员："没错，我亲眼看见的。"

薛梦泽朝武装警卫一挥手："跟我来！"

他率先朝河边疾奔。

武装警卫端着枪，跟在他身后朝河那边跑去。

九哥和几名护卫队员也跟在后面，飞跑过去。

55. 远处一个院子前（夜　外景）

宫本少佐用望远镜看见了济民纱行门前的情景。

他嘴角露出狡黠的微笑，没有回身，只是朝身后招了招手。

院门打开了，一群武装特务架着许家国涌了出来。

宫本太郎喊了声："他们上当了。快走！"

武装特务簇拥着许家国，飞快地朝街道后面一条小巷子撤得不知去向。

…………

第 10 集

1. 前集回顾

九哥跑来报告说:"张总管,他们把董事长绑架了。"

薛梦泽顿时头皮一炸:"什么?"他一挥手:"跟我来!"

他率武装警卫和护卫队员,飞快地朝河边跑了过去。

宫本少佐看见了这边的情形。一挥手,身后一群特务架着许家国,迅速地消失在一条小街巷之中……

2. 济民纱行 大门外(夜 外景)

张文松跟着薛梦泽的队伍跑了几步,突然站住了。

他敏锐地意识到了什么,赶快喊了句:"薛总!薛总!"

薛梦泽根本没听见了,已经带着队伍朝码头跑得很远了。

张文松不敢犹豫,一回身,朝济民纱行那头跑去。

3. 大河街 一个码头处(夜 外景)

薛梦泽率领武装警卫和护卫队员,飞快地冲到码头处。

码头上却没有看见那艘小火轮。

一名护卫队员忽然发现了什么,指着江面:"薛总,在那儿!"

薛梦泽赶紧朝江面望去。

4. 江面上（夜　外景）

离码头不太远的江面上，一条小火轮正慢慢地离开了岸边。船头无声无息地掉过来，逐步对准了下游方向。

就在船身转过来的时候，岸上的人可以清楚地看见，有几名男子架着穿银灰色长袍的许家国，朝船舱内拖了进去。

武装警卫掉过枪口，就要朝小火轮射击。

薛梦泽赶快喝了声："不能开枪！董事长在上面！"

那些警卫赶快收回了枪口。

人们眼睁睁地看着那条小火轮掉过头去，一时焦急万分。

小火轮加快速度，朝下游方向箭一般地开走了。

5. 码头处（夜　外景）

薛梦泽心急如火，问一名武装警卫："我们的快艇呢？"

那武装警卫指着码头右边："在那儿。已经靠过来了。"

兵工厂的一艘快艇已经赶到，正在靠向码头。

薛梦泽朝快艇大声喝道："上船！快点！快！"

快艇上扔下来一条缆绳。九哥死命拉住，喊了声："上！"

薛梦泽飞身一跃，第一个跳上了快艇。

其他人员紧跟着接二连三地跳了上去。

九哥最后一个跳上快艇。还没站得太稳，那快艇已经加足油门，朝着小火轮逃走的方向，风驰电掣地追了过去。

6. 济民纱行　后院的院门处（夜　内景）

张文松穿过前院，警惕地朝后院这边走了过来。

他打亮手电筒，刚刚贴近到后院大门口，忽然一愣。

后院那两扇大门不知道什么时候已经完全敞开了。

他用手电筒朝地下照了几下，发现大门上的那把铁锁被人砸坏，扔在了地下。

张文松心里一紧，赶快走进了后院。

7. 后院地下室的入口处（夜　外景）

地下室入口处那扇铁门前面，已经堆放了六箱炸药。

两名男子蹲在地下，顺着墙脚正在敷设炸药的引线。

8. 后院大门处（夜　外景）

张文松已经走进了后院，四下观察着。

他敏锐地发现地下室入口处有些动静，赶紧将身体隐在墙后面，大喝了一声："什么人？"

然后，他打亮手电筒，照射过去。

9. 地下室入口处（夜　外景）

那两个人的身影顿时被手电光照亮了。

强烈的光柱，照得那两个人睁不开眼睛。

其中一名男子便回过身来，举手朝这边开了一枪。

10. 后院大门处（夜　外景）

子弹打在张文松头顶上方的围墙上，发出"当"的一声响。

张文松头一低，赶快卧倒在了地面上。

11. 地下室入口处（夜　外景）

开枪的男子回过头，朝同伴喝了声："快！点火！"

那同伴慌忙掏出火柴，接连划了两三根，都没有划燃。

开枪的男子十分着急,一边催促同伴,一边回身朝张文松的方向又接连开了好几枪。

12. 后院大门处(夜 外景)
张文松伏在地下,被子弹压得抬不起头来。
情急之下,他从地下摸起一块砖头,朝地下室那边扔了过去。

13. 地下室入口处(夜 外景)
砖头砸中了那名开枪男子的肩头,手枪也掉在了地下。
那男子顾不上疼痛,拾起枪站起来,继续朝张文松这边开枪。
他的同伴已经划着了火柴,点燃了地下的引线:"行了。快撤。"
两名男子便起身朝院子围墙那边跑去。

14. 后院大门处(夜 外景)
张文松一抬头,清楚地看见了引线上冒出来的火花。
他从地下一跃而起,奋不顾身地朝引线那边奔了过去。

15. 后院围墙上(夜 外景)
围墙上有一根早已放下来的绳索。
那两名男子跑了过来,顺着绳索爬到了围墙上。
再回头时,看见张文松已经扑到了火花四溅的引线前,两名男子便掏出枪,朝张文松那边接连射击。

16. 地下室入口处(夜 外景)
张文松刚刚抓住那条已经被点着的炸药引线,一颗子弹飞过来，击中了他的右臂，他的身体便倒了下去。

17. 后院大门处（夜　外景）

向飞舟一脸鲜血，突然出现在后院的入口处。

他没有半点迟疑，举起手枪，朝后院围墙上接连开枪射击。

18. 后院围墙上（夜　外景）

一名男子被向飞舟开枪击中手腕，手中的枪跌落下去。

另一名男子顿时慌了，大声喊了句："行了！快跑！"

两名男子一转身，先后跳到围墙外面，眨眼间逃得不知去向。

19. 地下室入口处（夜　外景）

张文松一只手紧捂着右臂的伤口，挣扎着爬到引线跟前，再一次抓住了那条冒着火星的炸药引线。

他无法弄断引线，便将引线咬在嘴里，用没有受伤的左手将引线缠绕着，用尽全身力气，身体像拔河一般死命地往后蹬去。

向飞舟看见那情景，惊慌地喊了声："张总管，危险！"

他的话音刚落，张文松身体突然失控，猛地向后跌倒下去。

那条引线终于被他及时拉断，火星燃到拉断处，即刻便熄灭了。

张文松仰天躺在地下，张开嘴，喘息不已。

20. 沅江水面上（夜　外景）

日伪特务的那条小火轮全速朝前开去。

在它后面不远的水面上，兵工厂那条快艇紧追不舍。

21. 兵工厂的快艇上（夜　外景）

薛梦泽弓着身子站在船头，大声催促："快！快！"

掌舵的工人大声回答说："薛总，已经最快了。"

九哥全神贯注地望着前方，忽然看见了什么。他指着下游方向，大声喊道："薛总，快看，国军出动了！"

薛梦泽赶紧抬头朝前望去。

22. 小火轮前方的江面上（夜　外景）

江面上，两条挂着青天白日旗帜的大火轮迎头驶了过来。

火轮上，有人用喇叭警告说："前面的船，赶快停下！赶快停下！再不停船，我们就开火了！"

23. 那条小火轮上（夜　外景）

小火轮上的人并不听从警告，竟然朝军方的火轮开枪。

24. 军方的火轮上（夜　外景）

船头前端，两挺重机枪同时开火。伴随着"嗵嗵嗵"的射击声，枪口吐出了一串串暗红色的火苗。

25. 那条小火轮上（夜　外景）

子弹雨点似的扫过来，小火轮上好些人中弹，倒在了甲板上。

另外一些人不敢抵抗，纷纷跳入水中，夺路而逃。

26. 兵工厂的快艇上（夜　外景）

薛梦泽焦急万分，朝着军方的火轮那边大声呼喊："不能开枪！停止射击！船上有自己人！"

27. 江面上（夜 外景）

军方火轮上的人大概听见了他的呼喊，便停止了射击。

特务那条小火轮的发动机已经熄灭，停在江面上，随波逐流。

军方的火轮靠过去，用绳索将小火轮系住，绑在自己的甲板上。

兵工厂的快艇也驶了过来，很快地靠上了小火轮。

薛梦泽飞身一跃，率先跳上了小火轮。

28. 小火轮上（夜 外景）

小火轮甲板上留下了两具尸体和一名受伤的男子。

薛梦泽提着手枪走过来，抓住那名受伤男子的衣襟，急切地问："你们绑架的人，在哪儿？"

那受伤男子有气无力地指了一下内舱。

薛梦泽松开手，朝内舱钻了进去。

29. 小火轮内舱（夜 内景）

内舱里面也有两具特务的尸体。

还有一个身穿银灰色长袍的男子，俯卧在地一动不动。

薛梦泽扑了上去，觉得有点不对，一把将那男子翻转过来。

男子已中弹死亡。他嘴唇上留着小胡须，显然不是许家国。

九哥也赶了过来："哎呀，这个人，他不是董事长啊。"

薛梦泽顿时大惊失色："不好！中计了！"

30. 小河街 一条小巷内（夜 外景）

夜深了，小河街稀疏的路灯下，看不见一个人影。

喊山公提着铜锣巡了过来，忽然听见前方有脚步声。

他觉得不对，赶紧将身体隐在黑暗处，朝前方望去。

31. 小河街一家作坊外（夜　外景）

这家作坊的大门紧紧地关闭着。

巷子那头，宫本率领七八个日伪特务，小心谨慎地走了过来。

作坊的门顿时从里面拉开了。有两个人迎出来，朝两头监视着。

特务们便背着昏迷不醒的许家国，迅速地拥进了作坊内。

32. 小巷的街边处（夜　外景）

喊山公躲在街边上，将作坊那边的情况看了个清清楚楚。

他从暗处走出来，四周打量了一眼，迅速返身离去。

33. 作坊门外（夜　外景）

在门外警戒的两名特务似乎听见了喊山公的脚步声，便握着手枪往这边走过来几步，朝着喊山公离去的方向，仔细地望了过去。

看了好一阵，没有发现什么情况，那两名特务便退了回去。

作坊的大门随即又悄无声息地关上了。

34. 喊山公的屋子内（夜　内景）

喊山公一边利索地扎着绑腿，一边对滕玉翠说："翠翠，从后门出去，赶紧告诉你朝武叔，多带几个人过来。要快！"

滕玉翠应了声，迅速朝后门走去。

滕玉莲已经换上了一身青衣青裤，拿着两条驳壳枪跑下楼来。

喊山公已经装束完毕，接过一支驳壳枪，一把拉下了头上的黑色面纱，急切地说："莲莲，赶紧走。"

滕玉莲也将面纱拉下，握着枪，跟在他身后走出了屋外。

35. 济民纱行　后院地下室前（夜　外景）

薛梦泽从地下捡起那条燃尽的引线，又朝地下室大门外那六箱子炸药看了一眼，心中十分懊恼。

向飞舟的头部已经包扎完毕，他焦急地问："薛总，董事长一点消息都没有，会不会被他们……"

薛梦泽打断他的话："不会。"他说得很肯定："他们也不敢伤害董事长，一定是藏在什么地方了。"

张文松的右臂也包扎好了。他插话说："薛总，这帮特务基本上是从外地过来的，绝对不敢在这儿久留。我觉得应该沿着江边去找。他们只有两条船，找到另外一条，就跑不掉了。"

薛梦泽："对。"他将引线狠狠地扔在地下："马上行动！"

36. 那家作坊院子内（夜　外景）

特务们已经聚集在院子大门后面。

宫本少佐朝他们看了一眼："都到齐了？"

一特务回答说："是。到齐了。"

宫本少佐将头一偏，两名特务拉开大门，朝外面查看几眼，轻轻地溜了出去。

宫本少佐握着手枪，紧跟着走出了院子大门。

其他几名特务也飞快地溜了出去。

37. 作坊大门外（夜　外景）

特务们溜出院子，举着手枪贴在屋檐下，等待宫本的命令。

宫本查看了一下四周,又朝江边方向观察了一眼,一挥手,率领那几名特务一个接一个朝江边奔去。

38. 作坊院子内(夜 外景)
最后动身的一名特务,将昏迷不醒的许家国扛在背上,朝大门口方向走去。

他身后还有一名负责断后的特务,提着手枪紧紧地跟着他。

这两名特务刚刚走到大门后面,一条黑影突然闪了过来。

断后的那名特务还没反应过来,就被那黑影踹倒在地。紧接着,那黑影抡起铁拳,将那特务击昏过去。

背着许家国的那名特务回身一看,刚要呼叫,第二条黑影箭一般扑到他身边,飞起一脚,将他踢翻。

先前进来的那条黑影反过身,稳稳地托住了许家国的身体。

第二条黑影便往下一蹲,躬下身子迅速将许家国扛在自己背上,飞快地朝作坊后面跑得不见了。

背许家国的特务清醒过来,挣扎着从地下爬起身,跟跄了几步,拔出了身后的手枪。

第一条黑影没等他站稳,一掌猛劈过去,击中了他的手腕,手枪掉在了地下。然后,再朝那特务当面一记重拳,将他击昏。

他朝作坊后面跑了两步,突然站住了。

他想了想,又转身冲出了前面的院子大门。

39. 作坊外面的小巷内(夜 外景)
那群特务正在朝江边方向快速地奔跑着。

宫本少佐回头看了一眼,不见后面的特务跟上来,赶紧站住了:"回来!后面有情况!"

他转过身,率领特务又返了回去。

40. 作坊院子内（夜　外景）

宫本率特务冲了进来，朝地下一看，不禁一愣。

两名特务早已经倒在地下，一动不动。

宫本朝院子四周打量了一眼。他敏锐地发现了作坊后面有异样，抬脚朝作坊后面走去。

突然一声枪响，他身边的一名特务应声倒地。

有特务惊叫了声："不对，在前头！院子外面！"

宫本和特务们立即折回身，一窝蜂朝院子外面跑了出去。

41. 作坊院子外（夜　外景）

院子外面的小巷内，那条黑影正在朝远处奔跑。

他的一条腿显得不太灵活，另一条腿却相当有力，弹跳的节奏非常协调，奔跑起来像一只雄鹿。这人显然就是喊山公。

特务们从院子里面追了出来，看见了喊山公奔跑的身影。

宫本骂了声"八格牙路"，举枪便朝那边不停地射击。

42. 小河街码头处（夜　外景）

码头上果然停着另一条小火轮，但是已经被薛梦泽他们查获。

船上的特务被捆绑起来，押在码头旁边。

薛梦泽和张文松正在商量什么，身后作坊那边传来了枪声。

九哥一惊："薛总，在小河街那边。"

薛梦泽："一定是他们。"他望着张文松和向飞舟："你们在这儿等着。九哥，赶紧带我去接应。"

九哥："好。跟我来。"

薛梦泽便带着武装警卫，跟着九哥朝作坊那边跑去。

43. 麻阳拳馆　大门外（夜　外景）

大门拉开了，张朝武率领一帮弟子，手持武器拥了出来。

滕玉翠在前面带路，领着张朝武和他的弟子，心急火燎地朝作坊方向奔了过去。

44. 喊山公家　门外（夜　外景）

门外的街道上清寂空旷，没有一个行人。

那条黑影背着许家国敏捷地来到了喊山公的屋门外。

作坊那边还响着枪，离这儿显然已经比较远了。

那条黑影没有贸然进屋。先是警惕地朝两边看了看，然后才用脚轻轻地挪开房门，背着许家国走了进去。

房门随即又被那人从里面无声无息地关上了。

45. 滕玉莲的卧室内（夜　内景）

那人背着许家国沿着楼梯走了上来。

一直走到那架床铺前，那人才转过身子，将许家国的身体平放在了床铺上。

然后那人摘去面纱，她就是滕玉莲。

滕玉莲朝床铺上的许家国看了一眼，见他仍然没醒，便赶快转身去准备面盆和热水。

46. 作坊外面的小巷内（夜　外景）

不远处，喊山公还在同特务们对峙着。

特务们将身体隐在墙角，用火力压住对方。

一名特务趁机悄悄地绕着墙根，来到离喊山公很近的地方。

喊山公没有发觉，还在朝宫本他们开枪。

那名特务慢慢地露出半边身体，朝喊山公举枪瞄准。

张朝武正好赶到。他从身上拔出飞镖，"嗖"地扔了过去。

飞镖准确地刺中那名特务的咽喉，特务顿时倒地。

47. 作坊大门外（夜　外景）

宫本少佐发现了张朝武，转过枪口，向他连续射击。

张朝武非常灵活，就地打了几个滚，隐藏在了一棵大树后面。

宫本的身后忽然传来密集的枪声，他赶快回头看去。

48. 小巷进口处（夜　外景）

薛梦泽率领武装警卫赶到了这里。

他们端着冲锋枪，一边朝这头猛烈射击，一边冲了过来。

49. 作坊大门外（夜　外景）

宫本少佐看见两头受夹，担心被包围，只好下令撤退。

那几名日伪特务在宫本的带领下，仓皇朝着郊区方向逃走了。

50. 喊山公家　滕玉莲的房间内（夜　内景）

许家国平躺在滕玉莲的床铺上，虽然还没有苏醒，呼吸却明显地均匀了许多。

一双手正在用一条温热毛巾替他擦拭着脸上的灰尘和污垢。

滕玉莲已经换回平时的衣衫，替许家国擦拭完毕，将毛巾放回洗面盆，搓了几把，然后端开了洗面盆。

她走回床铺前，坐在床沿上，仔细端详着许家国的脸。

许家国的眉头微微颤动了一下，终于苏醒过来。

他吃力地睁开眼睛。

（幻觉）眼前模糊地出现了薛兰芝那张面孔。

许家国十分吃惊，赶紧睁大双眼，这才看清楚是滕玉莲的脸。

他顿时一阵紧张，吃力地要起身，又乏力地倒了下去。

滕玉莲赶紧对他说："您不要动，突然起身会发晕的。"

许家国呼出一口气，喃喃地问："这地方，是哪儿?"

滕玉莲便安慰他说："许董事长，您别紧张，已经没事了。这儿是喊山公的家。很安全呢。"

许家国："喊山公?"

滕玉莲笑了笑："就是那个打更的老头儿。您认识的。"

许家国疑惑地朝屋子里面看了一眼。

屋子墙角处，放着喊山公打更的木梆和铜锣。

许家国便放心了，问了句："啊，那……你是谁?"

滕玉莲甜甜一笑："我叫滕玉莲，是喊山公的大女儿。"

许家国明白了，轻轻地说："谢谢。多谢你们了。"

他仍然感到头晕，眼皮睁不起，便又闭上了眼睛。

滕玉莲站起来，从桌子上端过一只小碗："对了，我用田三七给您熬了一碗浓汤。这是我们山里人的偏方，又醒脑又提气。您就趁热把它喝下去吧。"

许家国轻轻地笑了笑，吃力地撑着身子，想坐起来。

滕玉莲赶紧劝他说："您不用坐起来。"她走回床铺前，再次坐在床沿上，耐心地说："您闭上眼睛休息，我慢慢地喂您喝。没关系。喝下去，您就会清醒多了。"

许家国没说话，也没有任何拒绝的表示。

滕玉莲舀了一小勺汤，慢慢地朝他喂了过去。

51. 大河街　码头的江面上（晨　外景）

太阳出得很早。阳光辉映在江面上，现出勃勃生机。

三条军方的木驳船，正在朝货运码头靠近。

52. 货运码头处（晨　外景）

薛梦泽和郑锦仁站在码头上，迎接船队靠岸。

郑锦仁："终于等来了。这批物资一运走，大家都心安了。"

薛梦泽："郑伯，战场的形势对我们不利，兵工署决定，大河街这个转运站暂停使用。"他有点担心地朝郑锦仁看了一眼："看样子，战争离常德已经越来越近了。"

郑锦仁："唉，也就是说，太平日子离我们越来越远了。"

薛梦泽也心情沉重地叹了口气，没再说话。

郑锦仁："梦泽，你姐夫一整夜没回来，应该没问题吧？"

薛梦泽："没事儿，是我不让他回来的。我担心特务还没离开，喊山公家里又很僻静，谁也想不到他会在那儿。"

郑锦仁："是啊。昨晚那一幕，真是太吓人了。"

薛梦泽朝码头那边望了望："郑伯，军方船队靠岸了，请您赶快安排人手装货吧。"

郑锦仁："没问题，早就准备好了。"

53. 小河街　喊山公家（日　内景）

喊山公坐在堂屋里，正在用一根麻绳捆扎那只木梆。

大门推开了，滕玉莲提着一篮子新鲜蔬菜走了进来。

喊山公朝篮子看了一眼："嗬，买了这么多菜？"他望着滕玉莲："哈，我们也沾沾许董事长的光，今天打牙祭啊。"

滕玉莲："爹，您去打一壶好酒吧。我把那只腊麂子腿煮上了，还做了一碗红烧肉鹌鹑蛋，补补脑子。"

喊山公："谁要补脑子啊？是我还是许董事长？"他哈哈一笑："别看这丫头，心还挺细的。哈。"

滕玉莲自觉失言，脸竟发红了："爹，可不许乱说。"她听见楼上有动静："好像是许董事长起来了。您快去陪陪吧。"

她提着菜篮子便朝厨房走去。

喊山公也站了起来。

54. 里屋客厅内（日　内景）

向飞舟搀扶着许家国，从楼梯上走了下来。

喊山公走了进来："哟，许董事长，怎么就起来了？"

许家国脸上的气色已经恢复正常："哦，喊山公，真不好意思，给你们一家添太多麻烦了。"

喊山公："看您说的。要不是出了这样的事儿，您可是接都接不过来的贵客呢。"

许家国连连摇头："的确没有料到。还弄得这么不像话，居然在您女儿的闺房躲藏了一夜。实在不成体统啊。"

喊山公关心地看着他："先莫讲那些，我只想问您一句，睡得还好不？头还疼不疼？"

许家国："一觉睡到上午九点，真是奇怪。头也不疼了。"

喊山公哈哈一笑："那就好。我们山里人粗浅，不兴那多讲究。所有事情都是老天安排的，碰上了就是缘分。您说呢？"

许家国也笑了："是啊，没来由的事情，只能说是缘分了。"

向飞舟这才插话说："你们聊吧，我到外面去看着点儿。"

喊山公便招呼了句："许董事长，请坐。喝一壶大叶粗茶，想必不会嫌弃吧？"

许家国来了兴趣："什么话？粗茶淡饭，正对我的口味。"

263

55.厨房内（日　内景）

滕玉莲已经将蔬菜打理完毕，放在了架子上。

然后，她将那些荤菜的半成品分别装在碗里，准备下锅。

那口铁锅内，炖上了切得方方正正的红烧肉。滕玉莲揭开锅盖，用锅铲翻动了几下，加上一点水，又盖上了锅盖。

然后，她在灶前坐了下来，用心地听着客厅里面的谈话。

56.里屋客厅内（日　内景）

喊山公将一碗酱红色的山茶端到许家国面前，忽然看见了他左臂衣袖上的黑纱："哦？董事长您这是……"

许家国的心情仍然有些沉重："武汉沦陷那天，家母不幸遇难。"他顿了一下："太太和我的几个孩子，也同时……"

喊山公捶了一下大腿："狗日的！日本鬼子比畜生还不如！"

57.厨房内（日　内景）

滕玉莲听见了许家国说的话，不禁皱紧了眉头。

锅子里传出水快烧干的"滋滋"声，她赶快起身揭开了锅盖。

58.里屋客厅内（日　内景）

许家国不想谈自己的事情，便侧头问了句："喊山公，听口音您不像本地人，好像是从山里过来的吧？"

喊山公："您说对了。我是湘西人，老家那一带叫乌龙山，是个土匪窝子。董事长听说过吗？"

许家国摇了摇头："厂子迁过来之前，有人说那地方民风彪悍，土匪多如牛毛。过来之后，我倒觉得湘西并不像人家说的那么可怕。那地方的人特别淳朴，也没见到过什么土匪。"

喊山公:"你们哪分得出来啊?"他望着许家国,突然说了句:"信不信?你眼面前就坐了一个土匪呢。"

许家国看了他一眼:"哈,喊山公真会开玩笑。"

喊山公:"我没有开玩笑。当年在乌龙山一带,提起我的名字,真的有人说我是土匪。只有老百姓才清楚,那些骂我土匪的人,他们才是真土匪。我滕汉山镇得住他们。我比土匪更加土匪。"

许家国:"是吗?"他将信将疑:"难怪您一身的功夫。"

喊山公:"不行,老了。我大丫头的功夫,比我还好。"

许家国感到十分意外:"什么?您是说,滕玉莲有功夫?"

喊山公:"她要没功夫,昨天晚上怎么救得了你?"

许家国更加吃惊:"噢?是她?我还以为是您呢。"

喊山公:"过去家里苦,这丫头从小跟着我,攀崖采药,追麂子套野猪,没一样做不来。后来我教她练武功防土匪,一条枪打得比我还好。这叫童子功呢。"说到这里,他叹了口气:"唉,要想在乌龙山活下来,没有一身真功夫,连门槛都别想迈出去。"

许家国听得来了兴趣:"喊山公,我还从来没听说过这些事情,太精彩了。后来呢?你们怎么又到了这儿?"

喊山公的眼睛里忽然闪过一道阴影:"后来的事情我不想多讲,也不敢多想。实在太惨烈,一直到今天,我的心还在流血。"

59.(回忆镜头)某山区 一座寨子外(日 外景)

寨门处有一些持枪土匪列成两队,在门外守备。

石胡子陪着中年时期的喊山公从寨子里面走了出来。

石胡子:"滕汉山,我诚心诚意请你来商量,没说上两句话你就要走。看样子,这是铁了心不给我面子啰?"

喊山公:"石胡子,多说也没有用。我滕汉山行得稳,走得正。像那种杀人越货、打家劫舍的事情，我是决不干的。"

　　石胡子站住了："都到了这个份上，那我就打开天窗说亮话吧。请你出山，当乡公所保安队长，这是龙爷的意思。乌龙山龙头大爷，你不会不知道吧？"

　　喊山公："那就请你替我谢谢龙爷，滕汉山不伺候他。"

　　石胡子眼睛一瞪："滕汉山，你不要敬酒不吃吃罚酒哦。"

　　喊山公："哼。"他冷冷一笑："这话真好笑。我连敬酒都不吃，还会把罚酒放在眼里？"

　　他一转身，头也不回地离开了寨子。

　　石胡子阴阴地看着他的背影，眼睛里闪出凶光。

60.（回忆镜头）山区　喊山公的岩屋内（日　内景）

　　年轻的玉莲、玉翠姐妹肩上已经背好了竹背篓。

　　喊山公的妻子不放心，还在给她们往背篓里装东西。

　　喊山公对女儿交代说："莲莲，到了麻阳，你们就住在四舅家。我不发话，你和翠翠谁也不准回乌龙山。知道吗？"

　　滕玉翠意识到了什么："爹，到底出了什么事啊？"

　　喊山公："没什么，龙头大爷想拉我入伙。我不干。"

　　滕玉莲有点紧张："哎呀，那他们绝对不会放过您。"

　　滕玉翠非常懂事："姐，你留下来陪爹爹，多一条枪总是强些。我一个人去麻阳，没关系的。"

　　喊山公的妻子也插话说："说得对，那样是好些。要不我陪翠翠去麻阳，让莲莲留在你身边？"

　　喊山公一跺脚："别再说了，两个女儿都是我的性命。听我的，马上走，再晚一点就走不脱了。"

　　（回忆镜头完）

61. 喊山公家　里屋客厅内（日　内景）

许家国听得很认真："然后呢？她们两姐妹就到了麻阳？"

喊山公："到是到了，可我没想清楚，那边也是龙头大爷的天下。翠翠进了官府的学堂，倒还平安。莲莲可就遭了大罪啊……"

62.（回忆镜头）一间民房内（日　内景）

滕玉莲坐在屋内，正在做着刺绣活，忽然听见有人敲门。

她赶快站起身来，迅速地从背篓里拔出手枪，身体隐在门背后，问了声："谁呀？"

门外有人应道："警察。快开门，查户口了。"

滕玉莲便贴着门缝朝外望去。

63.（回忆镜头）那间民房外（日　外景）

两名身穿黑色制服，没有带枪的警察，拿着厚厚的户籍资料簿，等候在门外。

64.（回忆镜头）那间民房内（日　内景）

滕玉莲顿时便放心了许多。

她将那条手枪塞回竹背篓，把背篓顺手藏到房门后面，走上前去拉开了大门。

突然之间，门外拥进来五六条彪形大汉，同时抢上前来。没容得滕玉莲做出任何反应，直接就将她按倒在地。

走在最后的那人就是石胡子。他一脚蹬翻那只背篓，从里面抽出那支手枪，这才走到滕玉莲面前，盯住了她的脸。

石胡子："嘀，没想到滕汉山还有这么漂亮一个女儿啊。"他伸手摸了一把滕玉莲的脸："宝贝，跟我享福去，愿意不？"

滕玉莲被人扭住，动弹不得，便狠狠地朝他的脸啐了一口。

石胡子恼了，朝她的脸甩了一巴掌："给我带走！"

65．（回忆镜头）喊山公岩屋的晒坪上（日　外景）

喊山公和妻子正在将采回的草药斩断，铺撒在晒坪上。

抬头一看，晒坪四周不知什么时候站着十几名持枪的土匪。

他冷静地看了看，突然跃起，朝屋里跑过去拿枪。

屋内竟然走出来三名端着枪的土匪，逼得他站住了。

石胡子从屋内走了出来："滕汉山，你硬是不肯出山，龙头大爷立马就废掉你。出山嘛，你我就是道上的兄弟。怎么样？"

喊山公的妻子吓得发抖，站在晒坪后面，怔怔地望着他们。

喊山公拍了拍身上的灰尘，没有理睬他，索性走到晒坪上，继续打理他的那些草药。

石胡子提着手枪，走到喊山公面前，浪笑着说："老哥，实在不瞒你说，昨天下午，兄弟我把你女儿接回山寨了。"

喊山公霎时一惊："什么？你去了麻阳？"

石胡子："可不？哈，总算没白跑，抢回了一个漂亮女人。"

喊山公："呸，你放屁！"

石胡子嬉皮笑脸地看着他："嗨，老哥，算你捡了个便宜，一夜之间，你滕汉山就变成我石胡子的岳父大人了。"

喊山公蓦地站了起来："姓石的，你好大的胆子！"

石胡子一脸淫荡："哎呀，也是没办法。谁让你的丫头长得那么迷人啊？实在忍不住，我就把她给花了。哈哈……"

喊山公的妻子像被人捅了一刀，大骂了声"你这个畜生"，冲过来就要跟他拼命。

石胡子甩手就是一枪。

鲜血从喊山公妻子的胸口流了出来，她一下就栽倒在地下，再也没有动弹。

喊山公飞起一脚,将石胡子踹出去好远。

周边的土匪立即扑上前来,七手八脚将他按倒在地。

石胡子接过一名土匪递上来的砍刀,喝道:"把他翻过来,我要砍断他一条脚筋,废了这个死对头!"

喊山公拼命挣扎,还是被土匪们翻了过去。

石胡子举起刀,狠命砍了下去……

66.(回忆镜头)喊山公的岩屋后面(夜 外景)

一座刚刚堆砌的新坟前面,摆放着几碗供品和香烛。

几名乡亲正在帮忙打理那座坟墓。

喊山公腰扎白麻,在两名乡亲的搀扶下,拄一条木棍站在坟前。他的左腿从小腿到脚跟,被包上了厚厚的白布。

他的脸上陡然增加了不少皱纹,眼睛里已经没有了泪水。

突然之间,一条人影从旁边冲了出来,直接扑倒在坟头上。

喊山公吃惊地看去,那人竟是滕玉莲。

滕玉莲衣襟破碎,头发散乱,扑在坟上,连声呼喊着母亲,悲痛得说不出话来。

喊山公挣扎着上前一步,拉起了滕玉莲。

滕玉莲返身扑在他身上,泣不成声。

喊山公禁不住又一次老泪纵横:"儿啊,你到底逃出来了?"

滕玉莲止住哭声,咬牙切齿地说:"爹,给我枪。我要亲手杀了那个畜生!"

喊山公闭上眼睛:"我的儿,不行啊。爹已经废了。唉,哪怕你本事天大,到头来还是斗不过命啊。"他痛苦地摇了摇头:"爹不能再失去你们了。儿啊,还是跟爹一起走吧,啊?"

滕玉莲顺着他的身体跪了下去,痛切地抚摸着爹爹那条腿,情不自禁地号啕大哭……

（回忆镜头完）

67. 喊山公家　厨房内（日　内景）

滕玉莲坐在灶塘前，一直在听着里屋客厅里喊山公的讲述。屈辱的经历在心中涌动，她的脸上，早已经泪流满面。

68. 里屋客厅内（日　内景）

许家国听完喊山公的回忆，感动得连连摇头："唉，我许家国活了大半辈子，自以为懂得人间疾苦，看来真是孤陋寡闻啊。"

喊山公还深陷在回忆之中，不住地摇头。

许家国诚挚地看着喊山公："喊山公，您老人家一辈子苦难如海，冤仇如山，实在也是太不公平了。如果不嫌弃，我想请喊山公到纱行来做点小事，安度晚年，也好让我许家国报答你们父女的救命之恩。请您千万不要推辞。"

喊山公连连摆手："董事长，您这一番好意，我可领受不起啊。"他坦然一笑："说句董事长您听不懂的话，我现在的日子过得很好，真的叫作金不换呢。"

许家国疑惑地望着他："是吗？"

喊山公很满足："可不是？巡夜打更，就跟陈年老酒一样醉人，再没有比这更让我享受的事情了。"

许家国望着他，心中充满了敬意："我明白，我明白。"

喊山公朝厨房那边看了一眼，朝许家国凑近了些："董事长，假如有心，老汉我还真的想拜托您一件事情。"

许家国："没问题。您请讲。"

喊山公："您已经知道了，我大女儿的命比黄连还苦。她又不肯出门见见世面，成天闷在自己那点冤仇里头走不出来。唉，这个世道本来也不太平，去到别的地方，我又放不下心。"

许家国望着他："那，您老人家的意思？"

喊山公非常诚恳："要是能够到许董事长身边做事，那才是熬出苦海见青天呢。"他已经想好了："对了，玉莲做得一手好饭菜，就让她伺候您的饮食，保证比刘妈的手艺强得多。董事长啊，这件事情，就算我喊山公求您了。"

许家国赶快应允："喊山公，这么说我就领受不起了。只要玉莲丫头自己愿意，许家国高兴都来不及呢。"他琢磨了一下："我倒觉得滕玉莲沉稳心细，举重若轻，济民纱行还真缺这样的人。哈，您说让她做饭烧菜，简直是大材小用，太委屈她了。"

喊山公一拍桌子："哈，许董事长见过大世面，待人接物自然有您自己的尺寸。大材也好，小材也好，全凭您去丈量了。"

许家国也畅快地笑了。

69. 厨房内（日　内景）

滕玉莲心中一阵惊喜，赶快站起身，揭开了锅盖。

热腾腾的水蒸气弥漫而起，将她的脸滋润得更加秀丽了。

70. 大河街　客运码头前（日　外景）

浦溪兵工厂那艘快艇停靠在码头上，发动机已经启动。

从兵工厂过来的那十来名武装警卫，正在列队上船。

71. 客运码头的台阶上（日　外景）

薛梦泽和许家国站在台阶上，正在交谈着。

许家国："梦泽，听说昨天浦溪也遭到空袭了？"

薛梦泽："是，鬼子飞机轰炸了浦溪县城，幸好兵工厂有防备，损失不太大。我回去以后，没有重要事情，就很难过来了。"

许家国："你先去忙。听说纱厂也有一点小损失，过两天我准备去一趟浦溪。到时候再见面吧。"

薛梦泽朝周围看了一眼，小声告诉他说："姐夫，这儿是重庆的后方补给线，日军总部想切断这条命脉，常德保卫战在所难免。您得做好准备，实在不行，就过浦溪来回避一段时间。"

许家国："既然是命脉，政府也不会轻易放弃。到时候必须军民一心，共保常德不失。所谓国家兴亡，匹夫有责嘛。更何况我许家国集国恨家仇于一身，怎么能回避呢？"

薛梦泽没有再劝，紧紧地握了握他的手："多保重，姐夫。"

许家国深情地望着他："梦泽，我有一句话，你一辈子都要记在心里。"

薛梦泽望着他："姐夫，您说。"

许家国："虽然你姐姐走了，薛梦泽永远是我的亲兄弟。"

薛梦泽极其感动，张开双臂紧紧抱住了他。

72. 济民纱行　堂屋内（日　外景）

张文松、郑锦仁坐在堂屋里陪着玉莲和玉翠两姐妹说话。

许家国走了进来，看见姐妹俩，十分高兴："嗬，难怪这堂屋比平常更加明亮，原来是你们两姐妹过来了。哈，欢迎啊。"

滕玉莲和滕玉翠赶快站了起来，两人都显得有点拘谨。

郑锦仁站起身，告诉许家国说："我刚才对她们说，楼上安排个大房间，姐妹俩索性都住这儿，比小河街方便多了。"

许家国："那当然。"他望着滕玉翠："翠翠自己的意见呢？不是考上预科生了吗？这儿离学校近，十分钟就到了。"

滕玉翠倒也大方："我当然求之不得。可我爹怎么办？总不好让他老人家一个人孤零零地住在小河街吧？"

许家国："你爹的事不难办，交给我来处理吧。"

滕玉翠:"是吗?董事长有办法?"

许家国:"办法正在想呢。总会有的。"他交代郑锦仁:"郑伯,先带她们去房间休息吧。"

郑锦仁应了声,带着两姐妹朝楼上走去。

张文松这才告诉许家国:"董事长,您知道郑伯的心思吗?"

许家国:"什么心思啊?"

张文松:"他第一眼看见滕玉翠就喜欢上了。听说那小丫头在学会计,他就在心里打主意,想让玉翠慢慢地接管纱行的财务管理。哈,还一个劲儿让我在您面前打帮腔呢。"

许家国很爽快:"那也不是不可以啊。只是得慢慢来,那丫头还涉世不深。管理财务,可不光是会算账就能胜任的。"

张文松点了点头:"依我看问题不大。刚才听她说话,好像比她姐姐还有主意,应该是块可塑之材。"

许家国:"那就好。既然可塑,那就多用点心。"他望着张文松:"尤其在社会经验方面,她们两姐妹你都得多多调教。"

张文松:"董事长放心,文松会尽力而为的。"

73. 济民纱行　大门口(日　外景)

刘妈买回来一篮子蔬菜,走到纱行大门外,正要进门,忽然听见街道那头有人在叫她,赶紧回头望去。

浦溪纱厂的那位万妹儿头发散乱,心急火燎地从码头那边飞快地跑了过来。

刘妈费了好大的劲才认出她来,不禁觉得奇怪:"哎哟,这不是万妹儿吗?你怎么来了?"

万妹儿跑到大门前,急切地问:"刘妈,董事长在吗?"

刘妈:"应该在啊。怎么啦?"

万妹儿顾不上跟她多说:"不得了,出大事儿了。"

她抬脚直接跑进了纱行大门内。

刘妈慌了,赶紧也跟了进去。

74. 济民纱行　堂屋内(日　内景)

许家国还在跟张文松说话,万妹儿一边呼喊一边跑了过来:"董事长,怎么办哪?不得了啊。"

许家国不禁一愣:"万妹儿?你怎么来了?什么事不得了啊?"

万妹儿:"青天白日的,遭土匪了!"

许家国心里一紧:"别慌,万妹儿,你说清楚,哪里遭了土匪?浦溪纱厂吗?"

万妹儿:"不是。船啊,船让土匪劫走了。"

许家国更加不明白:"船?你说什么船啊?"

张文松便冷静地插话说:"万妹儿,别着急,慢慢说。到底怎么回事儿?"

万妹儿喘了口气,告诉许家国说:"董事长,厂子里这些天加班加点,欢天喜地给衡阳纺织了两万匹原布。许加林经理说,这批货是救命用的,太重要了,特意让我和申剑明租一条船运出来。"

许家国:"是,这些我都知道。结果呢?"

万妹儿:"嗨,没想到半路上遇上了一帮武装土匪,连货带船,全给劫走了。"

许家国大惊:"什么?"

…………

第 11 集

1. 济民纱行　堂屋内（日　内景）

许家国："是，这些我都知道。结果呢？"

万妹儿："嗨，没想到半路上遇上了一帮武装土匪，连货带船，全给劫走了。"

许家国大惊："什么？被土匪劫走了？在什么地方？"

万妹儿告诉他说："快要到桃源县了。听船老板说过，那个地方叫青浪滩。"

许家国："青浪滩？"他眉头紧皱："万妹儿，你给我详细说说，你们是怎么遇上土匪的？"

万妹儿："船一到那儿，突然搁浅了，根本走不动，申剑明就让我下去喊纤夫。岸边正好有十几个拉纤的，没想到都是些土匪，当时就把船扣了。一看不对头，我回身就跑。他们还朝着我打了好几枪，多亏我命大，要不然死活也跑不脱啊。"

张文松便告诉许家国："那是故意让万妹儿跑掉的。想放她过来给信，勒索钱财。这是土匪一贯的套路。"

许家国想了想："那，申剑明呢？还在船上？"

万妹儿："就我下来了，他还在船上。"她有点焦急："董事长，那些人太凶了，申剑明会不会有危险啊？"

许家国："土匪是想搞钱。钱没有到手，他暂时还不会有危险。"他不敢耽搁：" 文松，赶紧请郑伯过来商量一下。"

张文松："好的，我这就去。"他匆匆朝院子里面走去。

许家国："万妹儿，你抓紧时间去吃点东西，一会儿还得带我们去青浪滩呢。"

万妹儿："怎么？董事长，您打算亲自去啊？"她有点不放心："那还是不行吧？太危险了。"

许家国："我跟他们商量一下再说吧。"他十分恼火："一波未平，一波又起，就没让人清静过一天啊。"

2. **济民纱行　厨房外（日　外景）**

滕玉莲换了身做事时候穿的衣服，从后院走了出来。

她朝厨房那边看了一眼，容光焕发地走了进去。

3. **济民纱行　厨房内（日　内景）**

万妹儿坐在餐桌前正吃着饭，滕玉莲走了进来："刘妈，有什么需要我做的，您尽管吩咐。"

刘妈赶快迎了上来："玉莲，今天你就不用动手了。初来乍到的，先歇两天，啊。"

滕玉莲："没事儿，平时做惯了，没那么娇嫩。"她看见了万妹儿："哟，来客人了？这位姐姐看上去好面熟啊。"

刘妈便介绍说："她可是纱厂的优秀员工呢，你叫她万姐姐吧。在汉口，你万姐姐可是有名的纺织能手呢。"

万妹儿望着滕玉莲，问了声："刘妈，这位是谁啊？"

刘妈琢磨了一下："哦，她姓滕，叫滕玉莲，也是我们济民纱行的姐妹呢。刚刚过来的。"

万妹儿："难怪上次没见过。"她朝滕玉莲打量了一眼："你刚才说什么？觉得我好面熟？"

滕玉莲笑了笑："是啊。一眼看去，您好像我湘西的一个姐妹。"她含笑看着万妹儿："真的，越看越像。"

万妹儿："你是湘西人？"她仔细看了看滕玉莲："湘西本地人也说我面熟，哈，看起来我还真变成个湘西人了。"

刘妈插话说："湘西什么都好，只可惜土匪多了点。"她告诉滕玉莲："万妹儿从浦溪送货过来的，今天早上遭土匪抢了。"

滕玉莲一惊："是吗？在什么地方？"

万妹儿："那地方你可能搞不清楚。青浪滩。"

滕玉莲："哟，那儿离桃源已经不远了。"

万妹儿有点奇怪："哦？你知道那儿？"

滕玉莲点了点头："奇怪。青浪滩有好几年都没闹土匪了。"

4.许家国的书房内（日　内景）

许家国正在和郑锦仁、张文松紧急商讨着对策。

郑锦仁："行啊，那就按照刚才商量的，我去把钱准备好，马上赶到青浪滩。"

许家国："好。郑伯，多准备点，免得到时候又要回来拿。"

郑锦仁摇了摇头："唉，鬼知道他们会开多大的口啊？人心是个无底洞，你就是送去一座金山，他也不嫌多呢。"

许家国有点无奈："那倒也是。去了再说吧，救人要紧。"

张文松插话说："董事长，还是我去吧。郑伯年纪大了，那地方又人生地不熟的。"

许家国："要不你们一起去？遇事也有个商量，你们说呢？"

郑锦仁："还是我自己去吧。两个人都走了，万一纱行这边有事，总不能留下你一个光杆司令吧？"

5. 许家国书房门外（日　内景）

滕玉莲走到书房门外，脚步稍微犹豫了一下。

听见里面正在商量青浪滩的事情，她便敲了敲房门。

6. 许家国的书房内（日　内景）

敲门声传了进来，许家国便望了郑锦仁一眼。

郑锦仁也觉得奇怪，便问了句："谁呀？"

滕玉莲在门外应道："董事长，我是玉莲。"

许家国有点意外："噢，玉莲？请进来吧。"

门被推开，滕玉莲走了进来。她认真地望着许家国："董事长，万姐姐都告诉我了。青浪滩那地方我去过好多次。如果您放得下心，这件事情就交给我去办吧。"

许家国："你去？"他忽然心里一亮："你有办法？"

滕玉莲："办法还说不好。"她顿了一下："朝武叔有个弟子在那边乡公所做事，我们跟他都很熟。他能不能帮上忙，我也不大好说。反正，到了那儿总有办法的。"

许家国便征询意见地朝郑锦仁和张文松看了一眼。

郑锦仁赶快说："我看可以。既然玉莲去过好多次了，总比我们要熟悉得多，就让她跟我一起去吧。"

张文松也很赞成："也好。那边乡公所她还有熟人。"

许家国便点了点头。他朝滕玉莲走近一步，望着她说："玉莲，你刚过来，就担当这么大的风险，实在让我过意不去。要说有什么不放心，那就是你的安全问题。那儿可不比大河街啊。"

滕玉莲有点不自然地应了句："啊，没关系。我会小心的。"

许家国点了点头，竟伸手拍了拍她的肩头："好，小心没大错，别让你爹担心，啊。"他稍有停顿，又补了句："还有我。"

郑锦仁和张文松禁不住对视了一眼。

7. 沅江边　一道河湾处（日　外景）

河湾被茂密的白杨和柳树遮蔽，显得很幽深。

浦溪纱厂那艘运布匹的木船已经被拖到这里，停泊岸边，两名武装土匪看守着。

岸上树丛下，一间十分简陋的茅草茶亭隐约可见。

8. 那间茅草茶亭处（日　内景）

茶亭四周坐着几个持枪的土匪，负责观察周边的情况。

石胡子斜挎驳壳枪，在茶亭内跟申剑明相对而坐。

他呷了一口茶水，望着申剑明："你老实告诉我，这一船白布，到底值多少大洋？"

申剑明双手被绳索反绑在柱子上，却并不太惧怕他："这么跟你说吧，这一船原布对你来说，一文钱都不值。既不能吃，又不能穿。不是纺织行当的人，你想卖都没地方要。"

石胡子也不着恼："那，对济民纱行来说呢？在你们行当里头，卖得回多少钱？"

申剑明想了想："大概二十几万的样子吧，最多三十万。"

石胡子："哈，那就让济民纱行多赚点。我也不开高价，拿三万过来，我立马放船。"他看着申剑明："要是想连你也一起放，还可以打个折扣，再加两万。五万大洋，人货平安。"

申剑明苦笑了声："哈，那我就死定了。"他愤愤地说："济民纱行绝不会花钱买我这条性命。"

石胡子："是吗？你们不都是从湖北过来的老乡吗？"

申剑明："老乡是老乡，可我不姓许。在济民纱厂，不姓许的人，不值一个钱。我早就看明白了。"

石胡子一笑:"嚪,还以为只有我们这些土匪不讲人情呢。原来你们这些文明人也一样狠毒啊?哈哈!"

9. 江边一条小街上(日 外景)

江边这条街道很短小,石板街道上,总共只二三十间房屋。

最头上一座简陋的院门口,写着"青浪滩乡公所"几个大字。

10. 青浪滩乡公所内(日 内景)

一名胸前佩戴乡公所圆形徽章的男子,正在向滕玉莲和郑锦仁、万妹儿他们介绍情况。

那男子:"这帮土匪仗着十几条枪,已经在青浪滩打劫了三次。你们这是第四次了。我早就报到了县里,也没有人过来清剿。"

滕玉莲:"四毛,你们乡公所没有武装吗?"

万妹儿:"对呀,乡公所有责任保一方平安嘛。"

四毛叹了口气:"责任是责任,能力是能力。我是心有余而力不足啊。"他叫苦连天:"就我一条短枪,还一打就卡壳。民团只六七个人,四条火铳。打鸟还勉强,哪奈何得土匪啊?"

滕玉莲想了想,又问:"四毛,知道他们是从哪儿过来的吗?"

四毛:"怎么不知道?乌龙山来的,凶得很啊,杀人就跟宰只鸡一样随便。尤其领头的那个家伙,山羊胡子,一脸的阴险相。"

滕玉莲一惊:"噢?石胡子来了?"

四毛:"对,是姓石。"他望着滕玉莲:"你认识他?"

滕玉莲:"何止认识?他还欠我的债呢。"

万妹儿惊异地望着她:"土匪欠你的债?什么债啊?"

滕玉莲顿了一下:"血债。"

万妹儿吓一跳:"哎呀,玉莲妹妹,这可是冤家路窄啊。"

郑锦仁赶快对滕玉莲说:"玉莲,这种时候,咱们可不能拿鸡蛋去碰石头啊。"

滕玉莲点了点头:"放心,郑伯,我不会为那些陈年老账,乱了济民纱行的大事。"她又问那男子:"四毛,石胡子他们前三次打劫,后来是怎么了结的?"

四毛:"次次都搞成了。听说勒索了不少钱。"他分析说:"大概也是穷途末路了,这帮家伙只要钱,倒没撕过票。"

郑锦仁很关心这一点:"那,他们要多少钱才肯放人呢?"

四毛:"没个准数,得看船上运的什么货。三千、五千吧,有的给得更多。上次有个桐油老板,前后总共交了一万二。"

郑锦仁仿佛放心了些:"那就好。我这次带过来一万大洋,应该是差不多了。你觉得呢?"

四毛:"这我就讲不好了。土匪没个规矩,想怎么来就怎么来。"他连连叹息:"唉,一万大洋,眨眼就要让土匪吞没。我这个乡长,当得也是太没脸面了。"

滕玉莲:"没那么容易。善有善报,恶有恶报,不是不报,时候没到。我看今天到时候了。"她望着郑锦仁:"郑伯,济民纱行的钱,一分一厘都是员工的血汗,绝不能轻易交给土匪。"

万妹儿插话说:"这话我也同意,不能便宜了这帮土匪。"她望着滕玉莲:"话是这么说,可咱们还有人扣在他手上啊。"

滕玉莲:"我知道。"她想了想,建议说:"郑伯,土匪一般不会轻易撕票,但也不能总不见面。我的想法,您和万姐姐先过去跟他们谈着。能拖就拖,能磨就磨,不管最后是多是少,先答应下来。"

郑锦仁:"唉,答应还不容易?然后呢?"

滕玉莲:"然后就告诉他,钱带得不够,得回去拿钱。先拖他个一天半天,我这儿就相当主动了。您觉得呢?"

郑锦仁:"只好这样了。夜长梦多,我先过去试试吧。"他仍然很不放心:"玉莲,总而言之咱们不能冒险。来之前,董事长跟我反复叮嘱过。万一出点什么事儿,郑伯可担待不起啊。"

滕玉莲:"郑伯,我记住了。您就放心吧。"

11. 那间茅草茶亭外(日 外景)

三名土匪用绳索牵着郑锦仁和万妹儿的手腕,用黑布蒙住他们的眼睛,高一脚低一脚地走了过来。

12. 那间茶亭内(日 内景)

石胡子坐在一张小桌子前,一边喝茶,一边冷峻地看着匪徒们将郑锦仁和万妹儿押进了茶亭。

然后他挥了挥手,让匪徒替他们解开绳索和蒙眼布。

郑锦仁揉了揉眼睛,朝茶亭打量了一眼,望着石胡子,问了声:"这位先生,请问怎么称呼?"

石胡子阴阴一笑:"哈,跟土匪说话还文绉绉的?啊?告诉你吧,江湖上的人都叫我石胡子,你也可以这么叫我。"

郑锦仁也笑了笑:"那我叫您石先生吧。这样礼貌一些。"

石胡子:"礼貌不礼貌算个屁啊?这会儿我只在乎钱。"他盯着郑锦仁:"怎么样?带了多少过来?"

郑锦仁迟疑了一下:"那,石先生您想要多少?"

石胡子眼睛一瞪:"你由得我要?怕我不敢开口?啊?那好啊,五百万大洋,你有吗?"

郑锦仁:"啊,我当然不是那个意思。"他赔着笑脸望着石胡子："石先生不是问我带了多少钱过来吗？所以我想问清楚，到底带多少过来才合适。"

石胡子便站起身来："这样吧。你们先前不是有一个姓申的已经留在这儿了吗？我把他带过来，你们自己商量个数目，然后我再听听合不合适。哈，我这人脸皮薄，不好直接开口呢。"

他一把抓起小桌子上的驳壳枪，起身走了出去。

郑锦仁望着他的背影，心里不免七上八下犯着嘀咕。

13. 离茶亭不远的柳林内（日　外景）

四毛握一支短枪匍匐在柳林的草地上，窥视着不远处的茶亭。

滕玉莲也隐藏在柳树底下，朝茶亭那边探视着。

四毛看清楚之后，小声告诉滕玉莲："河边木船上有五个土匪。茶亭这边七个，一共十二个人。"

滕玉莲补充说："加上石胡子那个畜生，十三个。"

四毛点了点头，再次朝那边看了看："玉莲，你看清楚了？那人确实是石胡子？"

滕玉莲："没错。烧成灰我也认得出他。"

四毛："是吗？听说那家伙心狠手毒，官府都让他三分呢。"

滕玉莲咬牙切齿地说："官府让着他，我滕玉莲可不让。"

四毛便劝说了一句："玉莲，咱们得量力而行啊。实在很难办，我就去县里搬点人马过来。你说呢？"

滕玉莲："来不及了。"她冷笑了一声："哼，只要他是石胡子，这事儿就不难办。假如不是他，我还真没有什么办法呢。"

四毛："那，你打算怎么办？"

滕玉莲："四毛，你赶紧召集民团队员。还有，你不是乡长吗？乡公所前后左右的居民，你都请过来。男女老少都行，人越多越好。武器有没有都不要紧,到时候听我的安排。"

四毛:"没问题,我听你的指挥。"他想了想:"玉莲,要动手,恐怕也要等到天黑以后吧?"

滕玉莲:"是的。现在我只担心郑伯那儿,一定要拖时间。只要能拖到天黑,事情就好办了。"

14. 那间茶亭内(日 内景)

申剑明已经被土匪带了过来,坐在茶亭里面,正在跟郑锦仁和万妹儿谈情况。

万妹儿听完他的叙述,惊讶地说:"五万?天哪,要这么多?"

申剑明淡淡一笑:"交货三万。要是想把我也弄出去,那就再加两万。"他望着郑锦仁:"郑伯,我不为难你了。济民纱行只看重那船白布,你就交三万吧。至于我嘛,哼,我心里非常明白,是死是活,许家是不会管的。"

郑锦仁脸一沉:"胡说。都什么时候了,还这么离心离德?实话告诉你吧,来之前董事长还交代了,要是钱不够,先把申剑明救出来再说。这话万妹儿也听见了,不信你问问她。"

万妹儿也非常生气:"申剑明,说这些话你也不害臊?济民纱厂几千号职员,就你一个人不齐心。许家还要怎么对你好啊?"

申剑明便不再说什么了。

郑锦仁:"行啊,我已经心中有数了。"他站了起来,朝茶亭外面警戒的土匪喊了句:"哎,麻烦请你们的头儿过来一下吧?"

那名土匪凶巴巴地说:"你这个老家伙,还跟我摆架子?石爷有交代,等你想清楚了,就去河边找他。"

郑锦仁犹豫了一下,站起身来,走出了茶亭。

15. 茶亭外的河边上（日　外景）

石胡子坐在河边的柳林下，悠闲地抽着香烟。

两名土匪端着枪，站在他身后不远的地方。

郑锦仁朝这边走了过来："石先生，您在看风景啊？"

石胡子："看什么风景？我在喝西北风呢。"他转过头来："哟，这么快就商量好了？看来你这老头儿还挺爽快嘛。"

郑锦仁："唉，爽快有什么用？替老板跑跑腿而已啊。"

石胡子："什么而已不而已的？听不懂。"他指了指身边的空坪："坐吧。说说看，有什么打算？"

郑锦仁走到他身边，找个地方坐了下来，然后朝石胡子笑了笑："石先生，天底下的事情真是料不到啊。您看看，我活了大半辈子，今天可是头一回跟您这样的人打交道呢。"

石胡子把身后的驳壳枪挪到身前："我这样的人，不就是一个土匪吗？觉得怎么样？啊？像不像人家说的，杀人不眨眼？哈。"

郑锦仁不太害怕了："那些都先不讲，有一点我算是看明白了。你们这些当土匪的人，日子也很不好过呢。"

石胡子："这句话我喜欢听，土匪的确不好当。成天把脑袋吊在裤带上，风里来雨里去，弄得不好命就赔出去了。"他望着郑锦仁："难得你说了句实话。那就摊牌吧，五万大洋，不多吧？"

郑锦仁似乎已经考虑好了："要说多吧，还真是不多。光是一条人命，花多少钱都买不回来。"

石胡子看着他，连连点头："嗯，是这个道理。"

郑锦仁话锋一转："要说不多吧，那也是一句假话。这年头兵荒马乱的，谁能够一口气甩出来几万大洋呢？石先生，说句不怕得罪您的话，要是让您改行当老板，又遇上今天这种事情，恐怕您也会觉得山穷水尽，走投无路啊。"

石胡子一下便失去了耐心："嘿！你这个老不死的家伙，听起来嘴巴像是抹了蜜糖，绕了半天，你是在蒙我啊？"

郑锦仁心里有点发慌："啊，不是的，您听我把话说完。"他不敢再绕圈子："石先生啊，这就跟做生意差不多，总得相互让一步吧？至少我们要拿得出那么多钱啊。您做做好事，还是让让价吧。"

石胡子站了起来："那好。看在你一把年纪的分上，我就让一步。总共六万大洋，明天清早送过来。听清楚了？"

郑锦仁一愣："怎么六万了？不是五、五万吗？"

石胡子脸一板："你再多说一句，我就加到八万！"他指着郑锦仁的鼻子："有种的，你给我再往下说啊！"

郑锦仁吓得不敢说话了。

石胡子吆喝一声："来人！"

几名土匪应声闯了进来。

石胡子："给我把那个姓申的捆起来。还有刚才那个女的，都绑到柳树林里，让他们吃一晚上露水。"

郑锦仁心慌了："石、石先生，别这样……"

石胡子一把将他推开，接着威逼说："天亮的时候，你要是还没送钱过来，老子就立马撕票走人。"他凶狠地看着郑锦仁："我石胡子说得到做得到！老东西，你听清楚没有？"

郑锦仁腿开始发抖："是、是，听清楚了。"

石胡子眼睛一瞪："还不赶快滚？"

两名土匪走上前，将郑锦仁拖起来，一把推了出去。

16.青浪滩乡公所（日　外景）

滕玉莲改了发型，换了身大红色衣衫，从乡公所走了出来。

四毛已经召集了几十名本地的男女乡亲，手拿着锣鼓唢呐，抬着一顶迎亲的花轿，跟在滕玉莲身后出了乡公所大门。

郑锦仁从码头那边迎面走了过来："玉莲，事情办砸了。"

滕玉莲："郑伯，您别着急，告诉我是怎么回事儿？"

郑锦仁："磨来磨去，五万磨成了六万，唉。申剑明没弄出来，反倒把万妹儿也弄进去了。这可怎么办？"

滕玉莲："时间呢？他让你什么时候交赎金？"

郑锦仁："明天一清早就得交。要不然就撕票走人，这是他亲口说的呢。"

滕玉莲："办得好。郑伯，时间让您争取到了。"她安慰郑锦仁："哼，五万也好，六万也好，他那都叫白日做梦。"

郑锦仁将信将疑地看了她一眼："是吗？玉莲，这事可不能塌场，咱们还有两个人扣在他手上呢。"

滕玉莲点了点头："我知道。郑伯，您先进去休息一下，我这儿也该有动作了。"她朝四毛一挥手："四毛，咱们走。"

四毛和本地的农民紧紧跟随她，朝码头那边走去。

郑锦仁回身看着滕玉莲他们的背影，不免忧心忡忡。

17. 河岸柳林下那座茶亭内（日　内景）

石胡子坐在茶亭的小桌子旁边，正在用一块布擦拭驳壳枪。

远处，突然响起了爆豆一般的鞭炮声。

石胡子觉得奇怪，收好驳壳枪，从身边的竹背篓中取出一架军用望远镜，起身走出了茶亭。

18. 茶亭前面的柳林下（日　外景）

两名土匪靠在柳树后面，正在朝江对面的青浪滩小街观望。

石胡子走了过来："那边是怎么回事儿？"

一土匪："石爷，看不太清，好像有什么人娶媳妇儿。"

另一土匪："那鞭炮好响，像是放机枪，吓我一大跳。"

石胡子上前一步，用望远镜朝对面望去。

19. 青浪滩码头前（日　外景）

长串的鞭炮在码头台阶上炸响，烟雾阵阵腾起。

码头左右挤满了看热闹的乡下农民。锣鼓喧天，唢呐齐鸣，一条乌篷船扎着红绸花带，缓缓靠上了码头。

滕玉莲一身红色的衣衫，缓缓地从船舱里面走了出来，笑盈盈地走向船头。

岸上的四毛和几名男子，接过船上的缆绳，将船拉向码头。

20. 那间茶亭前的柳林下（日　外景）

石胡子看见那边的情景，蓦地放下望远镜，心中十分意外。

他想了想，赶紧又举起望远镜，朝对面望去。

21.（望远镜中的镜头）河道对面的码头处（日　外景）

青浪滩码头上，滕玉莲已经走下跳板。

然后她回过身来，伸手将一名陪同送亲的小男孩接了下来。

望远镜的焦点集中在滕玉莲的脸上。

滕玉莲那张清秀红润的脸，显得格外光彩照人。

22. 那间茶亭前的柳林下（日　外景）

石胡子看得真真切切，忽地放下了望远镜。

他邪恶地笑了声："嘀！真是没想到，老天爷对我石胡子还真是有情有义啊。"

一名土匪便问了声："石爷，这么说，您认识那个新娘子？"

石胡子:"狗屁!什么新娘子?那婆娘是我的女人。"
另一名土匪:"哟,石爷真是好眼力,难怪长得那么漂亮。哈,水灵灵的呢。"
石胡子:"没见过吧?哈,这就叫作命里该有终归有啊。我都没打算再找她,她偏偏就嫁到了青浪滩?哈,石胡子命好啊。"
那名土匪:"那,石爷,都到嘴边了,还不抢过来?"
石胡子:"哈,这才叫天意呢。"他一声狞笑:"只等到天一黑,我就带兄弟们过去喝喜酒。听明白了?"
两名土匪:"哈,石爷,明白得很呢。""就是嘛。石爷的喜酒,不喝白不喝。哈!"

23. 青浪滩小街处(夜 外景)

天色已经完全黑下来了,小街上只有稀疏几盏煤气马灯。
各家各户的屋子里头,倒是透出了蜡烛和煤油灯的光线。
远远望去,那条小街显得十分宁静。

24. 那间茶亭的柳岸边(夜 外景)

一条小木船泊在岸边,上面坐着七八名土匪。
石胡子斜挎着驳壳枪走了过来,问了声:"人齐了吗?"
一名土匪回答说:"货船上留了两个人,还有两个人看守人质。其他都来了。"
石胡子不放心,又问:"两个人质都捆牢了吧?"
一土匪:"石爷放心,捆了一道又一道,牢得很呢。"
石胡子这才一步跨上了木船:"好。开船,喝喜酒去。"
土匪们欢呼了一声,有人便将木船推得离开了岸边。

25. 茶亭后面不远处（夜　外景）

申剑明被捆在一棵柳树上。万妹儿的双手也被捆绑着，坐在另一棵柳树前。

一名看守他们的土匪听见了木船那边的欢呼声，不服气地骂道："真他妈倒霉。都去快活了，偏偏就没我的份？"

另一名土匪倒想得开："伙计，说不定也是好事。万一他们打起来了，枪子不长眼，还不一定谁死谁活呢。"

话没落音，一条大汉飞扑过来，将他按倒在地。

另外一名土匪还没醒过神来，背后就有人飞起一脚，将他踢翻，紧接着就有两个人按住了他。

申剑明和万妹儿还没来得及弄清楚，便看见滕玉莲从柳树后面走出来，用刀子麻利地割断了他们身上的绳索。

那两名土匪已经被缴械，几个男子正在用绳索捆绑他们。

滕玉莲迅速将申剑明和万妹儿扶起来，压低声音说："别出声，赶紧往江边走。"

她率先往江边那条运白布的货船奔了过去。

申剑明和万妹儿急忙跟了过去。

26. 江边　那道河湾处（夜　外景）

运白布的那条大货船还停靠在江边。

两名守船的土匪已经被民团的人制服，倒在地下被紧紧捆住。

四毛迎着滕玉莲走了过来："玉莲，非常顺利，全解决了。"

郑锦仁早已经随着四毛和民团赶到了这里，也迎了上来。

他朝滕玉莲身后的申剑明和万妹儿看了一眼，高兴地说："啊，人都救出来了？太好了。"他告诉滕玉莲："玉莲啊，船老板说，我们这就可以走了。赶紧上船吧？"

滕玉莲:"郑伯,四毛派了个懂水路的,带你们顺流而下,很快就可以到常德大河街。你们上船吧,抓紧时间走。"

万妹儿非常意外:"怎么?莲妹妹,你还不走?"

滕玉莲:"我还有点事儿。"她看了四毛一眼:"乡长帮了我们,我也得帮帮他。"

万妹儿没理解:"啊?你帮他什么?"

滕玉莲:"这条河道不通畅了,我想帮他们清理清理。"

郑锦仁明白了:"玉莲,你可不能莽撞啊。"

滕玉莲不容分说:"郑伯,别担心。你们赶紧走,我这儿也不能再耽搁了。"她转身走了几步,又回头说了声:"请郑伯告诉董事长,我明天上午就回来。"

四毛和民团的人押着那些土匪,跟着滕玉莲迅速离开了。

郑锦仁望着他们的背影,愣在原地没有转身。

万妹儿便小声说:"郑伯,玉莲妹妹有本事,我敬佩她。"

郑锦仁:"是,真是个奇女子。"他连连点头:"好姑娘啊。"

申剑明站在后面的船头上喊了声:"郑伯,该走了。"

郑锦仁只好回身朝那条木船走去。

27.青浪滩小街不远的河汊处(夜 外景)

河汊的滩涂上,生长着一大片茂密的芦苇。

黑夜中,石胡子他们那条木船悄无声息地划了过来。

28.那条木船上(夜 外景)

石胡子握着驳壳枪,蹲在船头,朝小街那边窥视着。

突然,芦苇丛中"扑扑啦啦"一阵乱响。

土匪们吓得赶快伏在了船板上。

石胡子压低声音骂道:"别乱动。一群野鸭子,就吓成这样?"

一名土匪凑到石胡子跟前,小声问:"石爷,该动手了吧?"

石胡子:"急什么?还没搞清楚是哪家讨媳妇呢。"

那土匪:"管他呢?就那么几户人家,还跑得到哪儿去?"

石胡子:"胡说。那婆娘本事大得很,三五个人都搞她不住。"

他摸出望远镜,朝小街那边望了过去。

29. 青浪滩小街上(夜 外景)

远远望去,小街的一个拐角处有一幢两层高的小木楼。

木楼底下那一层像是一座餐馆。

餐馆里面悬挂着两盏煤气灯,光线比其他地方亮一些。

里面的人不多,酒席显然已经结束。

身穿红衣衫的滕玉莲和装扮成新郎的四毛并肩站在餐馆大门口,正在喜气洋洋地送最后几个客人出门。

30. 离小街不远的河汊处(夜 外景)

石胡子从望远镜中看清楚了那边的情景。

他迅速地放下望远镜,小声命令说:"靠过去。轻一点,可不能弄出响声。走吧。"

那条木船便无声无息地离开了芦苇丛。

31. 小街那座木楼外(夜 外景)

底层餐馆的客人已经基本上走完了,有人便关上了餐馆大门。

没多久,餐馆大堂里面的煤气灯也熄灭了。

32. 离那座木楼不远的街边上（夜 外景）

街边的光线十分暗淡，街道上也不见一个人影。

就看见七八条黑影从码头那边扑了上来，一个接一个隐藏在了街边的黑暗之中。

33. 街边的屋檐下（夜 外景）

土匪们端着枪，紧紧地贴在阴暗的屋檐底下。

石胡子从后面摸过来，躬下腰，小心翼翼地朝那座木楼望去。

34. 那座木楼外（夜 外景）

木楼下面的餐馆已经黑灯瞎火，关门闭窗。

楼上有一扇贴着双体喜字的窗户，里面的灯光是亮着的。

用皮纸裱糊的窗页后面，出现了滕玉莲的剪影。

她似乎正在对着镜子拆除头发上的簪子和头饰。

拆除完毕，滕玉莲用双手打理了一下头发。

头发散开之后的剪影，显得格外飘逸而撩人心扉。

随后，屋内的灯光便熄灭了。

35. 街边的屋檐下（夜 外景）

石胡子看了个清清楚楚。他再也按捺不住了，从暗处一弹而起，箭一般朝那座木楼奔了过去。

36. 那座木楼大门前（夜 外景）

木楼正面那两扇大门已经紧紧关闭。

石胡子紧握驳壳枪，冲到了大门前。

石胡子飞起一脚，将大门踹开，毫不迟疑地冲了进去。

37. 那座木楼内（夜　内景）

木楼里面没有灯光，几乎伸手不见五指。

石胡子冲了进来，四处看了一眼，发现一架活动楼梯搭在天花板一个四方缺口上，从那儿才可以上到第二层楼。

他一步抢到了楼梯前，将驳壳枪咬在嘴里，双手攀着楼梯，飞快地朝楼上爬去。

霎时间，屋子角落处闪出一条黑影，敏捷地冲到那架楼梯底下，飞起一脚横扫过去，将那楼梯踢翻。

石胡子的身体便连同那架楼梯，重重地跌倒在地。

楼梯顿时摔得散了架子，那条驳壳枪也从空中掉了下来。

那条黑影就是滕玉莲。她在踢翻楼梯的同时，手疾眼快地接住了那条驳壳枪。

石胡子想翻过身来，滕玉莲一脚踩在他的脸上。

四毛和另外两个埋伏在屋内的民团男子猛扑上去，死死地按住了被滕玉莲踩得不能动弹的石胡子。

38. 街边那个屋檐下（夜　外景）

隐身在屋檐下的土匪清楚地听见了木楼里面的打斗声。

一名土匪惊呼："不对，有情况！"

另一名土匪便喊了声："快！冲进去！"

七八名土匪赶紧端着枪，朝那座木楼冲了过去。

39. 那座木楼内（夜　内景）

土匪们冲了进来，在黑暗中四处查看着。

地下只留下那架摔毁的木楼梯，石胡子已经不知去向。

一名土匪抬头看见了天花板上那四四方方的出入口："在那

儿。上面有人!"

其他土匪赶快举枪朝上望去。

40.木楼的二层房间内（夜　内景）

两名假扮新郎新娘的男女青年，各自用一条湿毛巾当作口罩戴在脸上，正在将几只开始冒烟的小竹篓从那出入口往下扔。

41.木楼底层内（夜　内景）

天花板那四方口子上，小竹篓接二连三地扔下来。

阵阵烟雾从竹篓里散发出来，一时间浓烟弥漫。

土匪们闻到刺鼻的气味，慌乱地大叫："不好！是毒烟子！"

有土匪喊了声："赶快出去，要毒死人的！"

其他土匪吓得回身就往大门外面奔去。

42.那座木楼大门外（夜　外景）

好几名隐藏在外面的本地农民迅速扑到了门外。

几个人一声吆喝，齐心协力将大门关闭得严严实实。

43.那座木楼的大门内（夜　内景）

刹那间，木楼里面漆黑一团。烟雾弥漫，充斥到了屋子的每一个角落。

土匪们有的惊叫，有的怒骂，更多的人在不停地咳嗽。

没多久，土匪们相继昏迷过去，屋子里便没有声音了。

44.木楼外面的街道上（夜　外景）

几十名男子拿着火铳、大刀，举着灯笼、火把，从四面八方拥了过来。

显然事先做了布置，男子们每个人都用一条毛巾将鼻子和嘴捂住，防止毒烟伤害。

四毛率先走到木楼的大门外，在另一男子的帮助下，打开了大门。一阵浓烟便散了出来。

四毛命令说："没事了，土匪已经动不了啦。进去几个人，把门和窗户全部打开。"

两三名男子便应声走了进去。

滕玉莲也用毛巾捂住口鼻，提着一小罐药水，拿着一只瓷碗走了过来："四毛，先把土匪一个个捆牢，然后给那些家伙每个人灌一碗解药。放心吧，天亮之前，他们就会醒过来的。"

四毛："哈，玉莲啊，这办法好，真的让我长见识了。"

他接过那罐解药，交给了另外两个年纪大些的男子。

滕玉莲这才把四毛拉到一边，小声问了一句："那个石胡子呢？关在哪儿了？"

四毛压低声音，告诉她说："在后面牛栏里绑着呢。"

滕玉莲点了点头，摘下毛巾，吩咐说："四毛啊，乡民团不是缺武器吗？你正好把缴获的那些枪发给大家。哈，突然有了这么多枪，你这个乡长，够威风的了。"

四毛也很高兴："那可不？真正的鸟枪换炮呢。"

滕玉莲也很欢喜："这还不算什么。明天一早，你把这群土匪往县里送过去，县长大人不好好嘉奖你才怪呢。"

四毛："哈，嘉奖我就不对了。这全是玉莲姐的功劳呢。"

滕玉莲止住笑容，认真地说："四毛，玉莲姐拜托你一件事情。你一定要答应我。"

四毛："好的，您说。"

滕玉莲："这里发生的所有事情，今后不管在什么地方，说起来的时候，绝不许提到我。你明白我的意思吗？"

四毛："哪能不明白？玉莲姐抬举我呢。您还不是想把金粉都往我脸上抹？"

滕玉莲摇了摇头："不完全是那个意思。"

四毛望着她："是吗？"

滕玉莲将目光移开，心情很抑郁："虽然是件为民除害的事情，可我毕竟跟石胡子有一段私仇。"

四毛便劝她说："玉莲姐，您想多了。那也是他的罪恶啊。"

滕玉莲不想再说下去："别说了，就按我的意思吧。明天早上送县里之前，我还要找那个畜生问点事情。"她郑重地看着他："四毛，今天晚上你可得把他们看牢了，千万不能出一点意外啊。"

四毛："放心，我会亲自在这儿监督，保证不出问题。"

45. 沅江　江面上（夜　外景）

夜已深，江面上没有看见一条船只。

靠近江边的航道上，济民纱厂租用的那条货船正在行走着。

46. 货船的船头上（夜　外景）

申剑明正在帮助船老板摇着船桨。

郑锦仁和万妹儿站在船头处，遥望着远处的大河街。

万妹儿指着远处的灯光，问了句："郑伯，那是大河街吗？"

郑锦仁："是啊，没想到这么快就到了。"

万妹儿："快是快，可我还觉得慢。现在几点了？"

郑锦仁赶快制止她："别说话，我听听更声。"

画外：远远地传来了敲梆和打更的声音。

郑锦仁："听见没有？刚刚三更天，你还说不快？"

万妹儿想起了什么："郑伯，打更的老汉，是玉莲妹子的爹？"

郑锦仁："是啊，都叫他喊山公。玉莲还有个妹妹，叫滕玉翠，两姐妹从不张扬，很有教养。真是难得啊。"

万妹儿点了点头："要是知道玉莲没有回来，他们会担心的。"

郑锦仁："还有一个人，比他们更加担心。"

万妹儿："谁啊？"

郑锦仁没有往下说，朝码头那边看去。

47．大河街　货运码头上（夜　外景）

许家国穿着一件长袍，等候在码头上。

张文松提着一盏马灯，站在他身后。

那条货船已经徐徐地朝码头靠近了。

48．货船的船头上（夜　外景）

万妹儿看见了许家国，顿时明白了，小声对郑锦仁说："郑伯，您说那个更加担心的人，就是董事长吧？"

郑锦仁："谁说不是？这么晚了还在寒风里头等着，我真不知道该怎么向他交代呢。"

船老板走了过来，抓起缆绳，向码头上抛了过去。

49．货运码头上（夜　外景）

许家国看见郑锦仁从跳板上往下走，赶快迎上去抓住了他的手："郑伯，漂亮！干净利落，人货平安，没有比这再好的结果了。"

郑锦仁有点奇怪："家国，这么晚了，你专门来这儿等着，肯定事先就知道结果了。是谁告诉您的？"

许家国回头看了张文松一眼："文松说，麻阳拳馆的张先生得到了消息，说你们已经在回来的路上了。"

万妹儿也从跳板上走了下来："董事长，货都运到了。您看看，一根纱都没有少。"

许家国："好，好啊。辛苦了。"他朝最后下船的申剑明迎上去，双手扶住他的胳膊："剑明，这一趟可让你受累了。还落到了土匪手里，真把人急死了。"

申剑明也还通情达理："没事，董事长，摊上了这种事情，急也没有办法。谢天谢地，总算把货保住了。"

许家国松开手，朝跳板那边走了两步，却再没见到有人走下来。

他伸长脖子，船头船尾地看了一遍，除了船老板，船上也没有其他人的身影。

他心里正在纳闷，郑锦仁走到他身边，小声告诉他说："家国啊，玉莲说，她还有点事情要办一下，明天上午才回来。"

许家国显然有些失落："怎么啦？事情不是都办完了吗？为什么还要留一晚上啊？"

郑锦仁不想让他担心，便安慰他说："她跟当地那个乡长很熟，民团的人又把土匪抓住了。没事儿，您就放心吧。"

许家国也就不再问了，却自言自语地嘟哝了句："说是说放心，人没回来，这心放得下吗？唉，这算怎么回事嘛。"

万妹儿和郑锦仁对视了一眼，没再说话。

50.青浪滩码头处（晨　外景）

天亮了，码头前面的水面上，一层层雾气在向上升腾。

乡公所那边响起敲锣的声音。有人高喊："乡民团集合了！"

小街上，一些乡民团的武装队员开始往乡公所那边走去。

51. 木楼后面的牛栏外（晨　外景）

滕玉莲从那座木楼前走了过来。

牛栏外面站着两名守卫的民团队员。

滕玉莲跟他们打了个招呼，抬脚走进了牛栏。

52. 牛栏内（晨　内景）

两名佩带手枪的民团队员，在牛栏里面看守着石胡子。

石胡子被反绑在牛栏里面的一根木桩上。他跌得很惨，头上和脸上青一块紫一块。山羊胡须上面有很多血块，眼角也肿得厉害。

滕玉莲走进牛栏，朝石胡子看了一眼，心中十分厌恶。

石胡子勉强睁开眼睛看了她一眼，又无力地闭上了。

滕玉莲便朝那两名看守的男子使了个眼色，让他们离开了牛栏，自己找了个石墩，在石胡子对面坐了下来。

石胡子听见那两名民团队员走了出去，仍然没有睁开眼睛，只是喃喃地问了声："婆娘，这一次，你算是解恨了吧？"

滕玉莲没有回答，只在怔怔地看着他。

石胡子便睁眼看了看她："想怎么打发我？啊？是亲手杀了我，给你老娘报仇，还是把我送官？"

滕玉莲仍然不回答他，却冷冷问了句："说！她在哪里？"

石胡子愣了一下："谁啊？"

滕玉莲："珍子，我的女儿。"她禁不住冲动起来："说啊你这个畜生！她在哪儿？"

石胡子眼睛里闪现出一些迷惘："是、是我的女儿？"他回想了一下："我怎么一点都不知道？我、我和你生的？"

滕玉莲一咬牙，反手一巴掌抽在他脸上："你给我去死！"

石胡子挣扎着转过脸来，他的嘴角开始流血。

他伸出舌头,舔了一下嘴唇,阴阴一笑:"婆娘,下手好狠啊。老话说,一日夫妻百日恩,何况还跟我生了个女儿?当时你要告诉我,早就接你享福去了。"

他一边跟滕玉莲说话,背后那双捆绑着的手却在木桩的边缘暗暗地摩擦着,企图磨断绳索。

滕玉莲眼睛里冒出仇恨的火焰:"你杀了我的亲娘,我应该亲手宰了你!"她顿了一下,又暗自叹息:"唉,都怪我没有血性,要不是为了这个女儿,你早就没命了。"

她知道问不出什么,便站起身来,准备朝外走。

石胡子突然腾地而起。

他已经挣断了绳索。

还没等滕玉莲反应过来,石胡子扑上前去,用绳索死死地勒住了她的脖子。

…………

第 12 集

1. 青浪滩　那个牛栏内（晨　内景）

石胡子突然腾地而起。他已经挣断绳索,没等滕玉莲反应过来,扑上前用绳索死死地勒住了她的脖子。

滕玉莲毫无防备,被绳索勒得透不过气来。

石胡子双手将绳索越勒越紧,咬牙切齿地说:"管他谁的女儿,老子先杀了你这个臭婆娘!"

滕玉莲一只手拉着脖子上的绳套,腾出另一只手,屈起胳膊肘,死命往后一击,正好撞中了石胡子的肋骨。

石胡子当即疼得朝后倒了下去。与此同时,他死死拉住滕玉莲的身体,将她也带倒在地。

绳索还紧紧地勒在滕玉莲脖子上,她一时透不过气来。

石胡子一个翻身从地下弹起来,随手抄起来一条木棒,狠狠地朝滕玉莲头上砸了下去。

就听见一声枪响,石胡子后脑中弹,鲜血从左眼喷涌出来。

他身体僵直,似乎心有不服,终于倒在地下再也不动了。

滕玉莲赶快回头看去。

牛栏门口,四毛举着手枪在那里发愣。手枪的枪口上,还有缕缕青烟在往外升腾。

滕玉莲将目光转向仰天倒在地下的石胡子,喃喃地说:"你、你把他打死了?"

四毛:"啊,这一次,我的枪没卡壳。"他走到滕玉莲身边,伸手想把她扶起身来:"玉莲,没事儿了。"

滕玉莲手一甩:"走开!"她推开四毛,吃力地撑起身体,踉跄着走到石胡子的尸体旁边。

她朝石胡子的尸体呆呆地凝视了一阵,觉得身体有点支撑不住,便软绵绵地坐在了地下。

然后她抬起头来,将目光移向别处。

在她那失神的眼睛中,竟然闪现出一线泪花。

2. 济民纱行　餐厅内(日　内景)

张文松帮着刘妈,用盘子将几道菜肴和饭碗端了过来。

郑锦仁走进了餐厅:"嗬,今天的菜做得好,一看就想吃。"

刘妈笑了笑:"是,跟玉莲丫头学了两手,我自己都挺喜欢吃。"她望着郑锦仁:"郑伯,叫了董事长吗?"

郑锦仁:"飞舟去叫他了,马上就过来。"

他上前帮着往桌子上摆放碗筷。

3. 许家国的书房门外(日　内景)

向飞舟和许家国从书房里面走了出来。

许家国随口问了句:"飞舟,玉莲回来了吗?"

向飞舟:"不太清楚。"他回想了一下:"我也刚刚从外面回来,好像没看见她。"

许家国自言自语:"都到吃午饭的时候了,应该回了吧?青浪滩离这儿又不太远。"

他不再问飞舟，快步朝餐厅走去。

4. 餐厅内（日　内景）

刘妈他们刚刚摆好饭菜，许家国一步跨了进来。

他朝餐厅内环视了一眼，又朝门外望了望，开口就问："怎么回事？玉莲还没有回来？"

郑锦仁："还没呢。可能有点什么事，耽搁了吧。"

许家国望着他："不是说，她今天上午就回来吗？"

郑锦仁："是啊。她亲口跟我说的。"

许家国朝饭桌看了看，有点无奈："那就不等了，我们先吃。"大家便围着餐桌坐了下来。

张文松告诉许家国说："董事长，申剑明和万妹儿吃过早饭就赶回浦溪了。坐长途客车走的，我送他们上的车。"

许家国："好。他们这一趟真的不容易。"他端起饭碗，想了想，又放下了："文松，麻阳拳馆张朝武那儿，有没有别的消息？青浪滩那边，后来没有再出什么事吧？"

张文松："我从车站回来的路上，特意去了趟麻阳拳馆。张馆主说，早上那个石胡子突然反抗，被民团当场击毙。其他土匪全部押送县城，青浪滩已经畅通无阻了。"

郑锦仁："那就好。"他想起来还后怕："昨天那件事情，不说是惊天动地，至少也是惊心动魄。开始我的腿直发软，后来发现玉莲的计划天衣无缝，我就心中有数了。这丫头，真是了不起呢。"

许家国点了点头，并没有表现出特别高兴的样子。

刘妈便劝了句："董事长，赶紧吃饭吧。菜要凉了。"

许家国："早饭吃得晚了点，我一点胃口都没有。"他站了起来："你们吃吧。我想出去散散步，别管我了。"

他抬脚离开了餐厅。

餐厅里面的人相互看了看,觉得有点奇怪。

郑锦仁端起饭碗,招呼说:"来吧,我们吃我们的。"

大家便纷纷抄起了面前的筷子。

5. 麻阳拳馆(日 外景)

拳馆的大门敞开着,可以看见里面有男女学员正在操练。

滕玉莲神情恍惚地从街那边走了过来,径直走进了拳馆内。

6. 麻阳拳馆 食堂内(日 内景)

张朝武和滕玉翠坐在一张小餐桌前,正在吃午饭。

滕玉莲一步走了进来,叫了声:"朝武叔。"

张朝武回头看见了她,赶快站了起来:"哟,玉莲,回来了?"

滕玉莲:"是,刚刚到。"她望着滕玉翠:"翠翠,你怎么在这儿吃饭?"

滕玉翠:"学校开武术课,让我过来请朝武叔。"她望着滕玉莲,觉得有点不对劲,反问了声:"姐,你这是从哪儿回来的啊?一副皮泡眼肿的样子?"

张朝武看见滕玉莲情绪不高,赶紧替她解释说:"你姐姐给济民纱行办点事,去了趟青浪滩。"他看着滕玉莲:"还没吃饭吧?"

滕玉莲在小餐桌旁的一张板凳上坐了下去:"不想吃。"

张朝武:"不吃饭哪行?你们姐妹俩先说说话,我这就去安排,一路辛苦了,我去伙房再加两道菜。"

他放下筷子,起身走了出去。

滕玉翠发现滕玉莲有点精神不振,一时不知原委,便关心地问:"姐啊,没出什么事儿吧?"

滕玉莲:"怎么没出事儿?差一点我就不想活了。"

滕玉翠吓了一跳:"为什么这样说?您可别吓我啊。"

滕玉莲顿了一下,将头转向一边,不想往下说了。

滕玉翠朝她凑近了些,轻声细语地问:"姐,不管出了什么事,您都得说出来。闷在心里怎么行啊?跟我说说,啊。"

滕玉莲便喃喃地说:"唉,做女人好命苦啊。明明是些没有指望的事情,偏偏总在心里指望着。好不容易彻底断了指望,可没有指望的日子,反而不知道该怎么过了。我这是怎么啦?"

滕玉翠有点茫然:"姐,这话说得太绕了,我听不明白。要不,你去跟爹说说?"

滕玉莲一下就冲动了:"跟他说有什么用?女人的心思,他一点都不懂。还没说上两句,一拍桌子就吼起来了。"

滕玉翠:"噢?这么说,您刚才回去过了?"

滕玉莲心里非常郁闷,便不再搭理她。

7. 小河街　喊山公家（日　内景）

喊山公一个人闷闷不乐地坐在堂屋里,正在修理木梆。

外面有人敲门,他瓮声瓮气地问了句:"谁呀?"

门外那人犹豫了一下,然后再次轻轻地敲门。

喊山公忽地站起身,大步冲到门后,一把拉开了大门。

许家国站在门外,微笑地看着他:"喊山公,是我。"

喊山公顿时很感意外:"哦?许董事长?"

许家国:"不请自来,是不是打扰您了?"

喊山公:"千万别这么说,请都请您不来呢。"他赶快让开身子:"快进屋里坐吧。"

许家国便走了进来。

8. 麻阳拳馆　食堂内（日　内景）

滕玉翠听完滕玉莲的叙述，开导她说："哦？石胡子已经死了？姐，这可是件大好事啊，他那叫罪有应得。"

滕玉莲："是啊，他罪有应得，我又犯了哪一条？我的女儿从此以后没有了亲爹，这是谁造的孽？到底是他还是我啊？"

滕玉翠："姐，您瞎说些什么呀？"她开导滕玉莲说："您想想，石胡子糟践过的女人多得无数，留下来的孩子也不知道有多少。他哪里还记得您和珍子啊？您就别犯傻了。"

滕玉莲："你说错了。他记得我，记得很清楚。他还记得我娘是他亲手杀死的。"

滕玉翠："什么？"她惊异地看着滕玉莲："天哪，这样的仇人，您也作指望？"

滕玉莲脸色一沉："胡说！我指望过他吗？这么多年了，我天天都想替娘报仇，天天都想亲手杀了那个畜生。"

滕玉翠："咦？刚刚您还在说，没有指望的日子，反而不知道该怎么过了。"她感到十分困惑："姐，您到底是怎么啦？"

滕玉莲蓦地一怔，不知道该说什么了。她显然对自己十分恼怒，竟一拍桌子高声吼了句："那你说，我到底是怎么啦？你是不是说我精神不正常？是不是说我疯了？你说啊！"

滕玉翠被她那样子所震慑，一时间说不出话来。

9. 喊山公的堂屋内（日　内景）

喊山公沏好一杯茶，送到许家国面前："还喝大叶茶吧。"

许家国："好啊，我喜欢这个味道。"他接过茶杯，看着喊山公："喊山公啊，昨天为了济民纱行的事情，滕玉莲去了趟青浪滩，当时我也没来得及跟您说。"

喊山公："董事长这话可没道理。玉莲在您那儿做事，您指

307

东她打东，您指西她打西。天经地义的事儿，根本不用跟我说。"

许家国笑了笑："毕竟那件差事太危险啊。让一个女孩子去冲锋陷阵，实在是无人可用。况且时间也不允许了。"

喊山公："嘿，不是我喊山公说大话。出了这种事情，除了我家莲莲，你派谁去都不是石胡子的对手。"

许家国点了点头："这么说，您都知道了？"

喊山公："我也是刚刚知道不久。"

许家国："是听朝武先生说的？"

喊山公："不是。是莲莲自己跟我说的。"

许家国不禁一阵惊喜："哦？玉莲已经回来了？"

喊山公："是，回来有一阵了。"他支吾了一句："在家里打一个转身，这会儿可能去麻阳拳馆了。"

许家国："好，回来了就好。我是吃饭的时候没看见她，特意来问问的。"他如释重负地看着喊山公："她可得好好休息，一天一夜都没有闭眼，实在也是太累了。"

喊山公摇了摇头："那叫作心累。唉，没有人懂得她啊。"

许家国一时没有明白喊山公这句话："噢？"

10. 麻阳拳馆　食堂内（日　内景）

张朝武亲自用托盘端进来两碗刚刚做好的荤菜，兴冲冲地走进了食堂内："来了。地木耳炖肉丸，我的拿手菜呢。"

滕玉莲心里实在难受，竟然站起身，很快地朝外面走了出去。

张朝武不禁十分惊讶，问滕玉翠："翠翠，怎么回事儿？"

滕玉翠便赶快站了起来："不行，朝武叔，我姐脑子出毛病了，得赶快去叫她回来。"

她匆匆忙忙朝外面追了出去。

张朝武似乎明白了什么，放下托盘，也跟了出去。

11. 喊山公的堂屋内（日　内景）

喊山公望着许家国："董事长，您知道为首的土匪石胡子，今天早上是被谁毙掉的吗？"

许家国："谁？"他想了想："玉莲？"

喊山公："是玉莲就好了。偏偏又不是她。"他摇了摇头："最应该报仇雪恨的人当然是玉莲，可这丫头无论如何也下不了手。她心里有一潭苦水啊。"

许家国："是啊。"他顿了一下："听说他们有过一个孩子？"

喊山公："可不是吗？全都因为这个孩子。莲莲恨透了石胡子，可又觉得那人终究是她女儿的亲爹。"他望着许家国："董事长，您是个有学问的人，见多识广，我真的想请教您。"

许家国："喊山公别客气，有话您尽管说。"

喊山公："我这个当爹的早就看出来了，自从莲丫头发现怀上了石胡子的孩子，她就觉得自己已经有男人了。唉，山里人脑子呆滞，明知道那是一个不通人性的畜生，可跟他生孩子，注定就变成了他的女人。董事长，您说这事儿多荒唐啊？"

许家国深感触动："喊山公，这不叫荒唐。我琢磨明白了，玉莲这样做，也不仅是观念的原因。石胡子欠了她还不清的债，可毕竟还是她女儿的父亲。她不愿意女儿没有父亲，不愿意给女儿留下丝毫的亏欠，所以手才发软。唉，玉莲这丫头实在是太善良了。"

喊山公："哦，董事长，您真是这么认为的？"

许家国："当然。只有善良的人，心才那么柔软。"

喊山公便盯着许家国又问了句："那您说，石胡子已经死掉了，从此以后，玉莲丫头应该是个干干净净的女人了吧？"

许家国非常认真地说："这话不对，滕玉莲本来就是个干干净净的女人。那么多的艰苦磨难，平常人想都不敢想的日子，玉莲居然都熬过来了。出淤泥而不染，她的灵魂真是冰清玉洁啊。"他真诚地望着喊山公："说句不夸张的话，作为女人，玉莲已经尽善尽美了。"

喊山公点了点头，心中涌上来阵阵欣慰。

12. 麻阳拳馆 大门外（日 外景）

滕玉翠和张朝武没有追上滕玉莲，又走回了拳馆。

张朝武安慰滕玉翠说："翠翠，别着急，她一定是回家了。"

滕玉翠叹息着说："朝武叔，您说奇怪不？好容易报仇雪恨了，她反而说不知道该怎么过。我觉得她的神经真的出毛病了。"

张朝武："是吗？"他望着滕玉翠，忽然哈哈一笑："翠翠，哈，前段时间还以为你已经长成个大姑娘了。听你这么一说，我才想起你到底只是个小女孩儿。哈，啥事都没弄懂呢。"

滕玉翠不解地看着他："怎么啦？是我没弄懂？"

张朝武："当然嘛。你姐姐的心思不光是你，连你爹也弄不懂。这就叫当局者迷。"

滕玉翠："这么说，朝武叔已经心中有数了？"

张朝武："很简单嘛。一个女人，走到了这个地步，除了担心还会不会有男人看得上之外，其他还有什么可担心的呢？"

滕玉翠将信将疑："是这样吗？"

张朝武："你不这么认为吗？"

滕玉翠想了想："我还真没朝这方面想。"

张朝武："看看，弄不懂了吧？你还真以为她会指望石胡子啊？错了。她真正担心的，是以后的日子还有没有指望。"

滕玉翠心里一亮："朝武叔，您这么一说，我好像有点明白了。"她琢磨了一下："假如我姐心里已经有了个什么人，那她就更加担心那个人会怎么看她。您说对不对？"

张朝武："可不是吗？毕竟是一个跟土匪生过孩子的女人，她有这种担心，也是必然的。"

滕玉翠心里很赞同他的话，不禁连连点头。

张朝武非常乐观："其实丝毫不必担心。像滕玉莲这样的女人，满世界打锣都找不到，她还能没有指望？回去告诉你爹，大家都踏踏实实的，啊。玉莲的苦难已经熬出头了，甜甜蜜蜜的日子，就在前头等着她呢。"

滕玉翠不再说话，心里却若有所思。

13. **大河街　江面上（晨　外景）**

新的一天开始了，朝阳从水面上升起，洒下一江辉煌。

14. **济民纱行　门外的街道上（日　外景）**

滕玉翠骑着一辆自行车，来到济民纱行门外下了车。

15. **济民纱行　天井内（日　外景）**

向飞舟正在用工具修理着灌木丛前面的篱笆。

身后忽然有人叫了一声："飞舟，手艺挺不错嘛。"

向飞舟回头一看，滕玉翠已经来到了天井内。

向飞舟："哦，是翠翠啊？这么早就下课了？"

滕玉翠："今天没课。"她朝四周看了一眼："院子里这么安静，是不是都外出了？"

向飞舟："是啊。快到月底了，这些日子纱行正忙着进账出账，都在外头跑呢。"

滕玉翠迟疑了一下："那，董事长呢？他也得自己去跑？"

向飞舟："董事长比别人跑得更勤。这不，大河街商会下个

311

月就要正式挂牌了,他是会长,一早就去了江西会馆。"他关心地望着她:"翠翠,你有事找他?"

滕玉翠赶紧说:"不、不,我不找他。"她想了想,在灌木旁边一张石凳上坐了下来:"飞舟,问你件事行吗?"

向飞舟:"行啊。你说。"

滕玉翠:"我也不知道该不该问。"她略有犹豫:"听说,董事长他太太前不久遇难了?"

向飞舟:"是。武汉沦陷那天,董事长全家都没跑出来。"他摇了摇头:"日本鬼子那叫丧尽了天良。"

滕玉翠摇了摇头:"唉,真是太惨了。"她顿了一下:"我还听人家说,董事长和他太太从小就是青梅竹马,两个人的感情特别深厚。你听说过吗?"

向飞舟回想了一下:"是不是青梅竹马,我也弄不清楚。"他马上补充说:"我只知道他们俩的夫妻感情了不得。那真的叫情深似海,没人比得上呢。"

滕玉翠:"你是听郑伯说的?"

向飞舟:"郑伯倒是没怎么说。是我亲眼看见的。"

滕玉翠有点奇怪:"不对吧?他太太从没来过大河街,你怎么会亲眼看见呢?"

向飞舟便放下手上的工具,站起身来:"这样吧。正好都不在家,我带你去一趟董事长的卧室,你一看就清楚了。"

滕玉翠有点犹豫:"哟,飞舟,这不太好吧?"

向飞舟:"不要紧,我陪着你去,没关系的。"

滕玉翠禁不住好奇心,也就站了起来。

16. 许家国的卧室内(日 内景)

卧室里收拾得干干净净,有一种温馨的气氛。

墙壁正中，那幅扎着黑丝绸的全家福镜框端端正正地挂在那儿，特别显眼。

滕玉翠久久地盯着那只镜框，感慨地说："端庄，大气。两个人特有夫妻相。难怪董事长对她的感情那么深厚。"

向飞舟指着房间告诉她说："这屋子里所有家具和摆设，全都是按他们在汉口的卧室复制的。瞧那个挂衣架，我都在门后头摆好了，郑伯非让我移到床边才行。说那是许太太多年的习惯。"

滕玉翠："是啊。"她朝屋内环视了一圈："董事长特意这么安排，是为了永久怀念他的太太。"

向飞舟："还有呢。"他往窗户外面看了一眼，神秘地说："翠翠，你过来，我让你看一样东西。"

他抬脚朝床铺跟前走去。

滕玉翠迟疑了一下，也跟了过去。

17. 许家国的床铺前（日　内景）

向飞舟带着滕玉翠走到床头柜前，告诉滕玉翠："董事长平时睡在床左边，右边是给许太太留的位置。"

滕玉翠便朝床铺看了一眼。

向飞舟弯下腰去，拉开右边床头柜的抽屉，从里面取出一件东西递给滕玉翠："你看，这是什么？"

滕玉翠接过来一看，那是一双粉红色缎面的女式拖鞋。左右各绣有一只五彩凤凰，玲珑秀气，十分精致。

她不解地看了向飞舟一眼："这是给谁准备的？"

向飞舟："当然是许太太啊。"他非常感慨："家里人出事之后，董事长亲自到街上挑了这双绣花拖鞋，放在右边床头柜里。每天晚上睡觉之前，他都不忘记拿出来，规规矩矩地搁在床跟前，就跟许太太每天都在身边一样。翠翠，这么痴情的男人，你见过吗?"

滕玉翠脸一红:"问我干吗?我又不懂得男人。"她把那拖鞋递给向飞舟:"不过我相信,这样的男人不说是见过,听都没听说过呢。许太太要是在天有灵,她一定会很感动的。"

向飞舟:"可不是吗?所以郑伯总是担心,怕董事长把自己埋得太深,时间越长,越走不出来。"

滕玉翠不禁心里一亮:"那,郑伯劝过董事长吗?"

向飞舟:"哟,这我就不知道了。"他想了想:"应该也劝过吧?私下里郑伯就像董事长的亲哥哥,该说的话,他都会说的。"

"飞舟,你跟董事长在一起的时候多,"滕玉翠迟疑了一下,"你觉得他现在走出来一点了吗?哪怕稍微一点点?"

向飞舟:"我哪看得出来?董事长内心强大,扛得住风吹浪打,一般人很难看出他心里的波动。"

他不再说什么,准备将那双绣花拖鞋放回床头柜。

滕玉翠:"等一下。"她忽然说:"飞舟,我再看看那拖鞋。"

向飞舟便将拖鞋再一次递给她。

滕玉翠接过拖鞋,里里外外看了好几遍:"飞舟,这拖鞋,知道董事长是在哪一家店铺买的吗?"

向飞舟:"买鞋的那天我没去。怎么?"他望着滕玉翠:"你要是也喜欢,我替你问问董事长?"

滕玉翠赶快说:"千万别问。"她再次看了看那双拖鞋:"其实不用问我也知道。这样的手工绝对是独一无二的,除了她,再也没有谁做得出来。"

向飞舟:"谁呀?"

滕玉翠没有回答,把那双拖鞋还给了向飞舟。

18. 济民纱行　大门外（日　外景）

郑锦仁提着一只公文包，从街道那边走了过来。

滕玉翠正好从院子里头走了出来。看见郑锦仁，便打了声招呼："郑伯，您回来了？"

郑锦仁："哟，翠翠啊？你这是要去哪儿？"

滕玉翠："不早了，我得回家了。"

郑锦仁："回家？我不是给你们姐妹俩都安排房间了吗？"

滕玉翠："知道。谢谢郑伯。"她灵机一动："郑伯，我倒是愿意住这儿，可我姐就难说了。今后她还来不来济民纱行，恐怕一句话也说不清楚呢。"

郑锦仁不禁一愣："是吗？怎么啦？"

滕玉翠："她跟石胡子的事儿，您和董事长都知道了。我姐那人脸皮特别薄，本来就不肯出门。从青浪滩回来，她都不愿意下楼了。知道是为什么吗？"

郑锦仁："为什么？"

滕玉翠："她那是怕人家瞧不起啊。"

郑锦仁态度非常鲜明："那是绝对不可能的。恰恰相反，青浪滩这件事，倒是让我们更加敬重她了。还不光是济民纱行，连浦溪纱厂的万妹儿都跟我说，你姐姐有本事，值得大家敬佩。"

滕玉翠望着他，直截了当地问："那，董事长呢？"

郑锦仁一下没反应过来："董事长怎么啦？"

滕玉翠："他对我姐的态度也没有改变？"

郑锦仁听明白了，却故意逗她："当然有改变。哈，我不是夸张，那可是天翻地覆的改变呢。"

滕玉翠有点紧张："哦？还天翻地覆？"

郑锦仁压低声音："知道吗？昨天一上午没见到你姐姐，董事长简直是坐立不安，连午饭都吃不下去了。"

滕玉翠暗自惊喜:"是不是啊?"

郑锦仁:"怎么不是?放下碗筷就出去了。"他忽然意识到有点不合适,赶紧叮嘱了句:"哦,翠翠,这件事你知道就行了。可别出去乱讲啊。"

滕玉翠:"当然,这我还不懂啊?"她笑着问了句:"那,我可以把这件事儿跟我姐说吗?"

郑锦仁被问住了:"哟,这我得想想。"他忽然醒悟过来,惊异地望着滕玉翠:"嘀!翠翠,郑伯一下子没看出来,你这丫头,还真是人小鬼大啊。"

滕玉翠也不作任何辩解,继续固执地问他:"您还没回答我呢,到底可不可以嘛?"

郑锦仁一拍大腿:"当然。为什么不可以?"他心里深有感慨:"翠翠,其实郑伯也有这个想法,只是不好开口跟董事长说。要是这事儿真的能成,那就再好不过了。"

滕玉翠:"是啊。您不是一直担心董事长走不出来吗?"

郑锦仁更加惊讶:"咦?你这又是听谁说的啊?"

滕玉翠调皮地一笑:"本来嘛。我也担心我姐走不出去呢。"

郑锦仁满心欢喜:"哈。你这丫头,太有灵气了。"

19.小河街　喊山公家门外(日　外景)

滕玉莲背着竹背篓,从街上回到家门口,推开房门走了进去。

20.喊山公家的厨房内(日　内景)

滕玉莲走进厨房,取下竹背篓,从里面拿出一些买回来的蔬菜,放到了灶台上。

她听见楼上有动静,觉得有点奇怪,便走出了厨房。

21. 滕玉莲姐妹的闺房内（日　内景）

房间里头被翻得十分凌乱，桌子上和地下到处都是没完成的刺绣半成品，有挎包、手袋，还有袜底、鞋帮之类的物件。

滕玉莲走上楼来，看见那情景，十分吃惊。再往上一看，滕玉翠用一条板凳搭着脚，正在柜子顶上找着什么。

滕玉莲便问了声："翠翠，你在找什么？一屋子翻得稀乱？"

滕玉翠："啊，姐，我想找双绣花拖鞋，看一看式样，可怎么也找不着。"

滕玉莲："绣花拖鞋没有了。全部批给了店铺了。"

滕玉翠："一双都没有留？"

滕玉莲："本来想留一双自己穿的。后来想了想，觉得那双鞋太亮眼，以后也不可能有机会穿，一狠心就批掉了。"

滕玉翠从板凳上跳了下来："是不是绣了凤凰的那双？底子是粉红色缎子面的？"

滕玉莲："对，就是那一双。"她觉得有点奇怪："翠翠，你怎么突然想起那双拖鞋了？是不是有谁也想要？"

滕玉翠："不是。"她走到滕玉莲跟前，放低声音说："姐，您说巧不巧？我看见那双拖鞋了。"

滕玉莲："是吗？"她想了想："我批给店铺有一段时间了，怎么？他们还没卖出去？"

滕玉翠："不是在店铺看见的。那双拖鞋早就卖出去了。"她盯着滕玉莲："您猜猜，谁把它买了？"

滕玉莲："这我可没法猜。谁啊？"

滕玉翠神秘地告诉她："姐，今天向飞舟带我去看了许董事长的卧室，您那双鞋，早就被他珍藏在床头柜里了。"

滕玉莲十分诧异："噢？这么巧？"她顿时又感到有点不自在："翠翠，你这话是怎么说的？什么叫我那双鞋啊？东西都卖出去了，谁买了才是谁的。"

滕玉翠："没错啊，可也太神奇了。为什么偏偏就是他买了呢？姐，难道您没觉得这是观音菩萨有意安排的吗？"

滕玉莲明白了滕玉翠的意思，一时间没有说话。

滕玉翠望着她："姐，怎么不吭声了？我说得不对吗？"

滕玉莲叹息了声，望着滕玉翠，真诚地说："翠翠，你真是我的好妹妹。姐姐有对不起的地方，你就别往心里去，啊。"她十分平静："下午我去了趟方圆寺，老尼开导我说，苦海无边，回头就是彼岸，说得真好。这会儿，姐姐心里已经很平稳了。"

说完，她回身走出了门外。

滕玉翠回味了一下她的话，赶快追了出去："哎呀，姐，您不会是想要出家当尼姑吧？"

22. 大河街　江岸边（夜　外景）

夜色降临了。从码头往外透视过去，渔火盏盏，江波徐徐。大河街的街灯纷纷点亮，显现出喧哗之后的宁静。

23. 大河街　货运码头前（夜　外景）

一艘满载棉花的大木驳子货船正在缓缓朝码头靠了过来。

岸边已经召集了十几名码头工人，等待着卸载货物。

24. 货船的船头上（夜　外景）

那名曾经来大河街讨棉花款的葛老大喜气洋洋地站在船头，朝着岸上招了招手。

25. 货运码头前（夜　外景）

许家国和郑锦仁站在码头上，也向葛老大招着手。

郑锦仁望着船头，小声告诉许家国："葛老大这艘船刚刚修好。看见没有？那船头的木板都是崭新的。"

许家国："听说他上次回去的时候，遇上了日本鬼子的飞机？"

郑锦仁："可不？他老婆就是那次落到江里，被飞机上的机枪打死的。身上中了十几枪，惨不忍睹啊。"

许家国叹息着摇了摇头。他再次朝船头望了一眼，不禁问了声："郑伯，葛老大身后那个人是谁？他女儿吗？"

郑锦仁也抬头朝船头望去。

26. 货船的船头上（夜　外景）

葛老大的身边出现了一个二三十岁的女子。

那女子眉清目秀，身体也很矫健。就在船身靠近码头的刹那间，她抄起一卷缆绳，非常准确地抛到岸上的锚桩上。

下面的码头工人不禁齐声叫好。

27. 货运码头前（夜　外景）

郑锦仁："你问的是她？"他有点怀疑："看起来不大像。他女儿不会有那么大吧？"

许家国："只是随便问问。走吧，过去跟葛老大打个招呼。"

郑锦仁便跟着他，朝货船的跳板走了过去。

船上的跳板已经架好，葛老大兴冲冲地走了下来，老远就朝许家国喊了声："许董事长，五百吨棉花按时送到。怎么样？您的大事，我可是一次都没敢耽搁啊。"

许家国上前握住他的手："葛老大辛苦。卸船的事儿就别管了，我陪你去临江春吃夜宵。"

葛老大："嗨，就别提什么临江春了。我今天是有备而来，请您和郑管家喝杯喜酒。"他不容分说："可不许推辞哦。"

许家国有点奇怪:"你说什么?喝喜酒?"

葛老大:"是啊。"他回头朝货船那边招呼道:"孟妹子,还磨蹭什么?赶快下来见见许董事长吧。"

那名抛掷缆绳的女子应了声,风风火火地从跳板上走了下来。

许家国不由得与郑锦仁悄悄对视了一眼。

孟妹子来到葛老大身边,十分大方地对许家国说:"许董事长好精神啊,慈眉善目。我家老大一直记着您的好处呢。"

葛老大:"哪能忘记啊?董事长就是我们的衣食父母。孟妹子,我们两口子赶快给董事长鞠个躬。来吧。"

孟妹子和葛老大并做一排,朝许家国深深地鞠躬。

许家国慌忙上前拉住了他们:"别、别。这怎么敢当啊?"

28. 大河街　一家临江的小酒楼内（夜　内景）

这家酒楼堂面很独特,靠窗户一长排摆了四张小餐桌。

虽然比较晚了,前面两桌还有三五人正在喝着小酒聊天。

堂倌端着盘子,穿梭忙碌着。

29. 尽头处一张餐桌前（夜　内景）

许家国、郑锦仁陪着葛老大和孟妹子坐在桌子旁。

四道菜上来之后,葛老大端起了酒杯:"许董事长,郑大管家,半个月前,我跟孟妹子一商量就结婚了。当时两口子就有约定,战乱时期不办喜酒,只是济民纱行的许老板,那是一定要请的。"

许家国赶快站了起来,端起了酒杯:"承蒙葛老大看得起,我先敬你们夫妇一杯。患难之交,实属难得。来,干了。"

大家都站了起来,碰杯之后,各自喝了第一杯酒。

葛老大便看着孟妹子,笑嘻嘻地说:"孟妹子,你可是第一次见许董事长。怎么样？就先说几句吧？"

孟妹子心直口快："那我就说句心里话吧。我跟老大结婚，自己都不知道是怎么回事。只觉得他老婆太可怜，不应该死的。葛老大又是个想做事情的人，没有老婆，怎么做事啊？不如嫁给他算了。"

许家国和郑锦仁听得哈哈大笑。葛老大也笑了起来。

孟妹子莫名其妙地看着他们："笑什么？我说错话了？"

葛老大："没有啊。这话讲得好啊。日本鬼子伤害中国人，就是想让你什么都做不成，只能做亡国奴。"他望着许家国："许董事长，我没文化，也不晓得这话说得对不对。"

许家国："当然。这话说得很有道理。"

郑锦仁也说："所以我们董事长在纱厂门口立了块大标语，五个大字：天塌不下来。"

葛老大一拍桌子："对呀，天怎么会塌呢？日本鬼子想炸尽管炸。他要是炸断我的左手，我还有右手，炸断我一条腿，我会做根拐杖。炸烂我的船，我修好了照样跑。炸死了我老婆，还有孟妹子接着跟我过日子。哼，只要心里有念想，中国人还怕谁啊？"

郑锦仁听得连连点头，侧过脸去看了许家国一眼。

许家国忽地站了起来，拿过酒杯，激动地对葛老大说："老大，你就是一个有念想的中国人，比我许某坚强多了。既然天塌不下来，生活就得继续。来，我再敬你们俩一杯。"

葛老大和孟妹子赶快站了起来。

郑锦仁望着许家国，心中颇感欣慰。

30. 江面上（夜　外景）

天边挂着一轮圆月，皓洁如洗。

一艘江轮长鸣着汽笛，乘风破浪朝下游开了过去。

31. 喊山公家　滕玉莲的闺房内（夜　内景）

滕玉莲坐在小方桌前，就着灯光用针线绣着鞋帮。

远远地传来喊山公敲梆打更的声音，时间已是二更天。

滕玉莲放下针线，想了想，站起身走到自己的床铺前。

她掀开床头的棉垫，从下面取出一双绣花拖鞋，捧在手里仔细地端详着。

那是一双男式拖鞋。黑色丝绸缎面上，用金银两色丝线绣着一条脚踏祥云的龙形图案。

她看了一阵，将那双拖鞋贴在了胸前。

楼下好像有人敲门。

滕玉莲赶快将拖鞋放下，走到窗户前，朝下面望去。

32. 下面的大门外（夜　外景）

敲门的人是许家国。他身穿长衫，没有人陪伴。

没听见回应，他便抬起头来，朝上面的窗口望了一眼。

33. 滕玉莲的闺房内（夜　内景）

滕玉莲站在窗户后面，见许家国朝上望，慌忙将身子缩了回来。

楼下的许家国又在轻轻地敲门。

滕玉莲不再犹豫，抬脚朝楼梯那边走了过去。

34. 喊山公家的大门外（夜　外景）

大门被拉开了，滕玉莲出现在大门内。

许家国微笑地望着她："玉莲，我可以进来吗？"

滕玉莲便闪开了身子。

等到许家国走进来之后,她又将那大门关上了。

35.喊山公家的大门内(夜 内景)

滕玉莲关好门,转过身背靠着大门,怔怔地望着许家国。

许家国回过头看了她一眼,没有征求她的意见,竟返身朝楼上走了过去。

滕玉莲忽然有点心慌,想了想,也跟了过去。

36.滕玉莲的闺房内(夜 内景)

许家国已经进了房间。

他朝房间内环视了一眼,很快便看见了床头上那双男式拖鞋。

他走过去,拿起那双拖鞋仔细地打量着。

滕玉莲轻轻地跟了进来,站在门口没有继续往前走。

许家国便回过头望着她:"这是你的手艺?"

滕玉莲没有回答,只是点了点头。

许家国将那拖鞋放回到床铺上,故意问:"这不是男式拖鞋吗?给谁准备的?"

滕玉莲又仍然没有回答。

许家国:"那,我可以试试吗?"他轻松地笑了笑:"要是大小正合适,我就把它买下来。可以不?"

滕玉莲便走过来,从床上拿起那双拖鞋,塞到许家国手上。

许家国接过拖鞋,目光灼热地望着她:"玉莲,今天是怎么啦?一句话都不说,是不是被我吓住了?"

滕玉莲这才叹了口气:"这么晚了,没想到您还会过来。"

许家国:"没办法啊。郑伯告诉我说,我要是不过来请,也许你再也不会去济民纱行了。"

滕玉莲顿了一下，忽然说："既然您诚心，我索性一辈子都不离开济民纱行了。"她勇敢地看着许家国："可以吗？"

许家国迎着她的目光，走到她面前，展开双臂，热烈地将她拥进自己怀中。

滕玉莲将头靠在他胸前，泪水情不自禁地流了出来。

37. 鄂东山区（日　外景）

这里是丘陵地带与大别山区相衔接的区域。山丘起伏，树木茂密。不远处，便是绵延不绝的崇山峻岭。

字幕：鄂东山区

38. 一条山路上（日　外景）

一辆马车沿着山路，徐徐走了过来。

许家国老母亲的画外音："常德是我外婆家呢。知道那地方有多好吗？江水流到那儿都放慢脚步，原地打个回头弯，才肯流去。那叫龙回头。当地有一首民谣，说：龙回头，龙回头，天降银子地冒油，祖祖辈辈穿丝绸，子子孙孙住洋楼啊。哈哈……"

39. 那辆马车上（日　外景）

薛兰芝扶着许老太太坐在马车上。

她身边坐着二儿子许少俊。

薛如蒙的大腿上仍然用绷带缠绕着，也坐在马车上。

许秋萍身上背着一只包袱，扶着马车，慢慢地朝前走着。

许少臣的前额还贴着一块纱布，也在傍着马车朝前走。

马车的前方，一名四十来岁的当地男子挑两袋大米，牵着马缰，在前面带路。

许老太太继续回忆往事:"等打走了日本鬼子,带你们回我老家看看。这些日子总梦见我外公外婆,那叫魂牵梦绕啊。"

她说得有点累了,便在马车上挪动了一下身体。

薛兰芝赶紧询问了声:"妈,您哪里不舒服?"

许老太太:"不是。我老是这么靠着,怕你不舒服。"

薛兰芝:"我没事。您尽管靠着,路上很颠,别乱动就行。"

薛如蒙便问那男子:"丁甲长,还有多远啊?"

丁甲长回答说:"不远了。翻过前面那道山坳,就是丁家铺了。"他回头朝马车上望了一眼:"老人家要不要休息一下?"

许老太太轻轻摇了摇手:"走吧,到了再休息。"她又想起了什么:"啊,秋萍跟少臣,你们两个走得累不累?"

许秋萍赶快说:"没事儿,奶奶。一路上都在听您说老家的事儿,走再远的路都不觉得累了。"

许少臣也回答说:"奶奶,您说话可得算数。把身体养得好好的,到时候一定带我们回老外婆的家乡去看看啊。"

许老太太:"行啊。还别说,逃难这段日子,我这身体还真是比以前硬朗多了。哈,你奶奶天生就是个颠簸命呢。"

一句话说得大家都笑了。

40. 天空中(日 外景)

随着由远而近的轰鸣声,一群日军飞机朝这边飞了过来。

41. 那辆马车上(日 外景)

薛如蒙第一个听见了飞机的轰鸣,赶快叫了声:"小心!鬼子的飞机!"

大家便赶快抬头朝天空望去。

42. 天空中（日　外景）

日军的飞机三架一组，呈品字形飞了过来。

一时间遮天蔽日，天色都暗了下来。

43. 那辆马车处（日　外景）

丁甲长慌了，高声呼叫："快，都到玉米地里去，趴着别动。"

薛兰芝首先将许老太太扶下了马车。

许秋萍上前搀扶着薛如蒙，许少臣一把将许少俊背在身上，一家人匆匆忙忙跑进了旁边的玉米地。

44. 玉米地里（日　外景）

丁甲长最后一个跑进来，一不小心摔倒在地下。

许少臣上前扶起他："丁甲长别慌，这不是空袭。飞机飞得很高，是到别的地方去的。"

丁甲长抬头看了看天空："往南边去了，不是岳阳就是常德。唉，又不知道有多少人要遭殃了。"

许老太太听见这话，心中更慌成了一团麻："天哪，还要打常德？难怪刚才梦见许家国。"她急得直跺脚："这怎么得了？这怎么得了啊？"

45. 天空中（日　外景）

日本鬼子的机群保持高度，朝远处飞走了。

46. 玉米地里（日　外景）

丁甲长看见飞机远去，便站了起来："没事了，上车走吧。"

薛兰芝赶紧扶着许老太太："妈，咱们走吧。"

许老太太还在担心:"唉,还有许民安。这么久都没他的音信,也不知道逃没逃出来。是死是活,谁能告诉我一声啊?"

薛兰芝一时不知道说什么好,便挽着她朝玉米地外面走去。

47. 一家银行大门外(日 外景)

银行大门旁一面醒目的招牌——法兰西实业银行。

字幕:天津

一辆旧轿车开到了门外。

许民安和伙计下车朝四周看了看,走进了那家银行。

48. 银行的大厅内(日 内景)

一名穿银行制服的亚洲籍银行女职员款款地迎了上来:"请问,二位谁是许民安先生?"

许民安看了她一眼:"我就是。"

那女职员便莞尔一笑:"许先生好,很高兴为您效劳。我的名字叫樱子。"

许民安望着她:"哦,你就是樱子小姐?"他朝樱子打量一眼:"樱子小姐也在法国银行做事?你应该是日本人吧?"

樱子笑了笑:"我是法国人。日本后裔。"

许民安很欣赏她:"难怪。现在的日本人不像你这么有教养,也没这么漂亮。"他从口袋里掏出一封信:"这封信是您寄给我的?"

樱子:"是的。这是我们银行的告知书。"

许民安:"我看过了。"他有点奇怪:"怎么回事?我这笔款子为什么汇不过去?"

樱子:"我们经理说,许先生这笔钱,收款地址有问题。"

许民安:"有什么问题?湖南常德,济民纱厂,很清楚啊。"

樱子很有歉意:"许先生,那边交通和通信全断绝了。"

许民安更加奇怪:"可经理亲口对我说过,你们的业务受国际法保护,汇过去没任何问题啊。要不我干吗把钱存你们这儿?"

樱子:"许先生别着急,您要是有疑问,可以直接跟经理谈。"

许民安:"那就不多说了,请带我去见你们经理吧。"他回头交代那伙计:"就在这儿等着,我去去就来。"

樱子便领着许民安朝大厅那头的走廊走去。

49. 走廊尽头(日　内景)

走廊尽头有一间办公室,门口挂着"经理室"小标牌。

樱子带着许民安走到办公室门外,伸手轻轻敲了敲门。

里面一男子用法语应了声:"请进。"

樱子便推开房门,回头对许民安说:"许先生,请。"

许民安一步跨了进去。

50. 办公室房门内(日　内景)

许民安走进办公室,抬头看时,不禁一愣。

51. 办公桌前(日　内景)

办公桌两边各站着几名日本士兵。

在他们中间站立着一名身穿军装的日本军官。

许民安觉得不对,本能地想退出办公室。

樱子已经跟了进来,很快地将房门关上了。

许民安顿时惊慌失措:"你、你们是什么人?"

…………

第 13 集

1. 前集回顾
许民安:"怎么回事?我这笔款子为什么汇不过去?"
樱子:"您要是有什么疑问,可以直接跟经理谈。"
许民安走进办公室,抬头看时,不禁一愣。
樱子已经跟了进来,很快地将房门关上了。
许民安顿时惊慌失措:"你、你们是什么人?"

2. 银行大厅内(日 内景)
许民安那名伙计还在大厅徘徊,一名银行的男职员带着两名黑衣警察走了过来:"就是他。这个人身上有武器。"
那伙计还没来得及退后,两名警察立即将他扑倒在地。
一名警察眼疾手快地收缴了他身上的驳壳枪。
另一名警察迅速掏出手铐,将他的双手锁在了背后。

3. 这家银行的后门外(日 外景)
后门通向一条胡同。胡同的街沿上,一辆囚车正在那里等候。

很快,后门开了。樱子走出来朝四周看了看,赶紧向后挥手。

几名大汉架着许民安跑了出来,将他塞进了那辆囚车。

日本军官最后上车,随手关上了车门。

囚车加大油门,朝前方飞快地开走了。

4. 鄂东山区　山冲小路上(日　外景)

薛兰芝一家乘坐的那辆马车徐徐走来。

字幕:鄂东山区

马车正前方山脚下,有一幢篱笆围着的农舍。那农舍依山而建,四周树木茂密,十分隐秘。

5. 那幢农舍后面(日　外景)

农舍后面的一块菜地中间有一座新坟。

一名五十多岁的男子手持一把铁锄,正在给新坟培土。

院子前面有人高声喊叫:"丁兆伯,在家吗?"

这男子便回答说:"在呢。来了。"

他放下铁锄,朝前院走了过去。

6. 农舍院门外(日　外景)

薛兰芝一家人乘坐的马车已经停在了院子门外。

丁甲长正在帮他们从车上往下卸行李包裹。

丁兆伯从后院走了过来:"哦,丁甲长,就是这户人家?"

丁甲长:"是。从汉口过来的。"他转身向薛兰芝介绍说:"这位是你们的房东,我们都叫他丁兆伯。"

薛兰芝赶快朝他打招呼:"啊,丁先生好。打这以后,我们一家老小就要给您添麻烦了。"

许老太太和许少臣、许秋萍也礼貌地跟他打着招呼。

丁兆伯:"好说,好说。国难当前,天下一家。往后的日子别管是好是歹,大家都捆在一起,慢慢熬吧。"

薛如蒙有些不理解地望着他:"丁先生,我斗胆问一句,您的年纪并不大吧?"

丁兆伯:"不小呢。过年以后就该进五十了。"

薛如蒙笑了:"看看,整整小了我十岁。哈,一路上总是听甲长说丁兆伯、丁兆伯,还以为您都七老八十了呢。"

丁甲长:"他的名字就叫丁兆伯。又是我们乡里有名的热心人,大伙儿对他可敬重呢。"

丁兆伯很不习惯:"那都是人家说得好。"他上前提起两口箱子:"赶快进屋吧,房间都腾出来了。只是不大会收拾。我家没有女人,只好麻烦你们自己动手了。"

他提着两口大箱子走进了农舍。

薛兰芝望着丁甲长小声问了句:"怎么?他太太不在了?"

丁甲长:"唉,日本鬼子作的恶呢。"他不想多说:"今天先不说这些,以后有的是时间,你们再慢慢聊吧。"

他也提着两只包裹,朝屋子里面走了进去。

7. 天津　一家铺面前（日　外景）

鞭炮声中,一支铜管乐队正在起劲地吹奏欢快的乐曲。

崭新门牌上的黄纱被揭开——天津济民布业株式会社。

字幕：天津　劝业场

许民安和几名商人西装革履,揭下黄纱,回身向来宾鼓掌。

日本军官高仓和几名外国男子也一身西装,在旁边鼓掌庆贺。

8. 一栋豪华小别墅前（夜　外景）

夜深了。一辆小轿车开到别墅前停了下来。

车门开了，许民安那名伙计将许民安从车上搀扶下来。

许民安喝多了酒，一把推开那伙计："行了。你去休息吧。"

那伙计似乎不放心："厂长，您没事吧？"

许民安回过身："我现在是株式会社的社长了，还一口一声厂长？你小子怎么回事儿？要是不愿意跟我干，现在走还不晚。"

那伙计赶紧说："厂长，啊，社长，我没说过要走啊。"他迟疑了一下："只是有点担心。这事儿万一让您哥哥他们知道了……"

许民安："那又怎么样？感谢我还来不及呢。这年头，他那厂子在山沟里怎么撑得下去嘛？我要不赶紧在这码头上占个地盘，到时候他连个安身立命的地方都没有。"

那伙计愣愣地看着他，一句话都说不出来。

许民安："不信咱就走着瞧，迟早的事儿。"他又自我解释了句："什么叫留得青山在，不怕没柴烧？哼。"

他挥挥手回过身子，有点踉跄地朝别墅里面走了进去。

9. 别墅的小客厅内（夜　内景）

小客厅粉刷一新，正面墙壁上，贴上了一个大红双体喜字。

那位樱子小姐穿一身日本和服，正在茶几上摆放酒杯菜肴。

听见身后有脚步声，樱子回过身来，赶紧双膝跪地。

许民安进了屋，脱下西装上衣，走了过来。

樱子便站了起来，朝他深深鞠躬："您回来了？"

许民安："起来起来。干吗那么客气？"他抬头看见茶几上摆放着酒菜："收起来吧。我已经喝多了，看见酒就想吐。"

樱子没有起身："啊，高仓大佐说了，今天晚上，他还要过来喝我们的喜酒。"

许民安便不坚持,朝客厅环视了一眼:"我说啊,得赶紧弄一套中式的桌子椅子回来。我可不愿意坐在地板上吃饭。"

樱子站起身来:"高仓大佐说,您得养成我们日本的习惯。"

许民安借着酒劲提高了嗓门:"高仓、高仓,开口闭口都离不开高仓!他是我什么人啊?"

樱子笑了笑:"高仓先生是我们的恩人、媒人,还是……"

许民安:"还是什么?说。"

樱子顿了一下,直视着他:"还是你不敢不服从的敌人。"

许民安心里一震,顿时清醒,再也不吱声了。

10. 丁兆伯的院子门外(晨 外景)

天边云层中漏出来一缕缕橙红色晨曦。

字幕:鄂东山区

丁兆伯和丁甲长每人扛着一袋粮食,走回到院子门外。

丁甲长交代说:"兆伯,乡公所说了,最近难民来得太多,只能配这点大米了。这是最后一次,再往后,就得靠你自己哦。"

丁兆伯:"不怕。只要我有一口饭吃,保证饿不着他们。"

两人边说边走进了院子。

丁兆伯忽然发现了什么,朝篱笆那边望了过去。

11. 篱笆下面的草丛中(晨 外景)

许少臣手捧着一本厚厚的书,正在入神地阅读。

丁兆伯在那边大声喊道:"少臣,别待在草里头。快离开那儿。"

许少臣一惊,赶快站了起来:"兆伯叔,草里头怎么啦?"

12. 院子内（晨　外景）

丁兆伯："山里毒蛇多。特别是五步蛇，总喜欢藏在草里头。"

许少臣："噢?"他走了过来："兆伯叔，什么叫五步蛇啊?"

丁兆伯："那蛇不大，毒性可了不得。人要是让它咬了大血管，走不出五步就没命了。"

说完话，他和丁甲长扛着米袋朝屋子里头走去。

许少臣便不敢再走近草丛。无意间，他朝对面山头望了一眼。

13. 对面山头上（日　外景）

对面最高的山峰顶上，有一棵松树独自挺立，十分显眼。

忽然之间，那棵松树迅速地倒下了。

14. 丁兆伯农舍前（日　外景）

许少臣清楚地看见山峰上那棵松树倒下，感到很奇怪，便叫了声："哎呀！快看，对面山上倒了一棵松树。"

丁甲长和丁兆伯听见喊叫，赶快走了出来，朝那山峰看了一眼，大声喊了句："不好，鬼子进山了。"

话音刚落，远处果然传来了焦脆的枪声。

15. 农舍内（日　内景）

屋子里的人听见枪声，顿时慌作一团。

丁兆伯返回屋内，大喝一声："东西都别管了，赶快从后门走。快！"他将许老太太背在身上："都跟着我，躲到竹林子里去。"

薛如蒙、薛兰芝慌忙把许秋萍和许少俊拉了过来。

许老太太着急地问:"哎呀,还有少臣呢?"

丁兆伯:"老太太,不怕,他跟着甲长呢。"

16. 后山坡上（日　外景）

山坡上有一条长满茅草的小路,通向后山那片漫山遍野的竹林。

丁兆伯带着许家老小冲出后院,朝竹林那边匆匆攀去。

17. 半山处竹林前（日　外景）

许少臣跟着丁甲长,已经跑到了竹林前。

很快,丁兆伯也领着薛兰芝一家人跑了过来。

不远处,步枪和机枪的声音越来越密集。

有流弹飞了过来,将竹叶打得四处飘落。

丁甲长和丁兆伯已经带着许家老小跑进了竹林。

18. 山沟那边（日　外景）

机枪和步枪声渐渐停息。

接着便听见日军的汽车、摩托车发动的声音。

引擎的声音逐渐远去,日军显然撤走了。

19. 那条山路上（日　外景）

远远地看见有穿便衣的抗日游击队从玉米地里撤了出来。

似乎有一名队员负伤,其他人架着那名伤员走在队伍中间。

队员们手提武器,沿着山路往这边一路小跑。

20. 丁兆伯的农舍后面（日　外景）

丁兆伯和丁甲长带着薛兰芝一家人回到农舍后院,刚刚要进屋,忽然发现院子外面跑过来七八个人。

丁甲长:"哟,游击队过来了。"

丁兆伯和丁甲长、许少臣赶紧朝前院那边迎了过去。

21. 丁兆伯的前院内(日 外景)

游击队员已经撤进了丁兆伯的院子里。

丁甲长一眼认出了那伤员:"哎呀,这不是丁队长吗?"他回头朝丁兆伯喊了声:"兆伯,你侄子受伤了。"

丁兆伯已经取来棉纱和绷带:"让一让,我来给他止血。"

甲长上前解开丁队长的衣服,两人熟练地为他清理伤口。

丁兆伯一边为他包扎一边问:"来了多少鬼子啊?"

丁队长:"一辆汽车,十多部摩托车,总共好几十个。"

丁甲长有点吃惊:"那么多鬼子,你们也跟他干仗?"

丁队长:"不怕。打得过就打,打不过就走,游击战呗。"

丁甲长犹豫了一下:"丁队长,我说句不该说的话吧。眼下日本鬼子势不可挡,咱躲都躲不起,可不敢轻易招惹啊。"

丁队长笑了笑:"甲长,我明白,你是怕老百姓受连累。"

丁甲长:"谁说不是啊?我不敢小看你们,可你也得想想,国军几百万人马都兵败如山倒呢。"

丁兆伯听到这里,倒是有点不高兴了:"这是什么话?日本鬼子再强大,咱们中国人也不能装孙子,能反抗一定要反抗。干掉一个算一个,干掉两个算一双。"

丁甲长连连摇头叹息:"唉,这、这管什么用啊?"

许少臣忽然插话说:"管用。国军的抗战方针就是游击战和正规战相结合,积小胜为大胜,以时间换空间。"

丁队长很惊讶:"嘀,小小年纪,还知道得不少啊。"他站起身,望着丁兆伯:"叔,这段时间鬼子在为南下做准备,偶尔也会来山里抓挑夫，您还得多留点心才好。"

然后他朝队伍招呼了声，带领游击队员离开了。

丁甲长也拿过马鞭，对丁兆伯说："那，这户难民就拜托给你，我也该走了。"

丁兆伯："放心。你走吧。"

丁甲长便匆匆离开了。

丁兆伯伸手抚摸着许少臣的头："好小子，有出息。"

许少臣憨笑了一下，还没来得及说话，就听见屋子里头许秋萍的惊呼声："哎呀，这是怎么啦？快来人啊！"

许少臣一听，立即一个箭步朝屋内冲了过去。

丁兆伯也没有迟疑，拔脚奔了过去。

22. 农舍的一间住房内（日　内景）

许少俊平躺在一架竹床上，牙关紧咬，额头上一层冷汗。

许秋萍一边替他擦汗，一边焦急地呼喊他的名字："少俊，你说话啊！少俊，你怎么啦？"

薛兰芝火急火燎地赶了进来："秋萍，怎么回事？"

许秋萍："不知道啊。从山上回来的时候，他走路就不大对劲。好容易回到家，他一下子就倒在地下了。"

薛兰芝赶紧扑到竹床前，大声呼叫着少俊。

丁兆伯和许少臣也闯了进来，看见许少俊那样子，丁兆伯喊了声："都别动他，让我看看。"

他单腿跪在竹床边，迅速地用右手食指压住了许少俊嘴唇上方的人中部位。

薛兰芝、许少臣和许秋萍焦急地观察着许少俊的脸。

没多久，许少俊终于哼了一声，眼睛勉强睁开了。

薛兰芝赶快上前问了句："少俊，哪儿不舒服？快告诉妈。"

许少俊困难地张了张嘴:"蛇……是、是一条蛇。"

薛兰芝大惊失色:"什么?你被蛇咬了?"

许少臣和许秋萍也慌了。

丁兆伯明白了。他飞快地拉起许少俊的裤脚,果然看见在他右脚的脚背上,有两颗粟米粒大小的暗红色小斑点。

他大喊一声:"快去泡碗盐水。快!"

然后他没有丝毫犹豫,俯下身去,用嘴紧贴许少俊的脚背,使劲地吮吸着伤口里的毒液。

薛兰芝慌忙起身:"我去弄盐水。"

许秋萍已经站了起来:"妈,我去。"

她飞快地朝厨房奔了过去。

丁兆伯吸了一阵,朝旁边吐出一大口乌红的血水。

薛兰芝又着急又关心地问他:"兆伯,您、您没事吧?"

丁兆伯喘了口气:"顾不上那么多了。"

许少臣抢上前,说了声:"我来。"然后就要去吸弟弟的脚背。

丁兆伯一把拉开了他:"不行,这毒可厉害呢。"

他又俯身下去,继续吮吸着许少俊的伤口。

薛兰芝望着他,内心不禁十分感动。

23. 一条山路上(黄昏 外景)

天快黑下来了,四周开始刮风,山路旁边的树木沙沙作响。

一副担架正在山路上艰难而又快速地攀爬。

丁兆伯在前面独自用双肩抬着担架。后面的许少臣、许秋萍一左一右将担架抬在肩上。

丁兆伯很着急:"要下大雨了,还得再快一点。"

薛兰芝气喘吁吁地跟在边上,急切地问:"兆伯,还有多远啊?"

丁兆伯:"快了,翻过这道山,就到田郎中家了。"

薛兰芝朝担架上的许少俊看了一眼,心中一阵阵慌乱:"哎呀,少俊的脸色有点不对了。"

丁兆伯喝了声:"别说泄气的话,你又不懂!"

薛兰芝只好不说了。

走了几步,她仍然很担心,又问了句:"那位姓田的郎中,不会不在家吧?"

这次是许少臣忍不住了:"妈,您不要说了。在不在家,也只能去到那里再说啊。要不然怎么办?"

许秋萍便呜咽起来:"都怪我不好。弟弟一直躲在我身边,我俩紧挨在一起的,毒蛇怎么偏偏就咬了他啊?"

薛兰芝又反过来安慰她:"秋萍,这种事情怎么能怪你?没事,啊。少俊会好的,我相信你兆伯叔一定有办法。"

丁兆伯似乎不留余地:"这话可不敢说。许太太,您千万不要宽自己的心,让五步蛇咬过的人,十有八九都没有抢回来。何况小少爷已经错过了时辰,您一定要做最坏的打算哦。"

薛兰芝腿都吓软了:"天哪!这、这可怎么好?"

丁兆伯:"别慌张。话是这么讲,命不能不救。心要尽量坦然,大不了是个死。只要拼着命去救了,救不救得过来都值得。我就是这么认为的。"

24.天空中(黄昏 外景)

天空突然闪现一道裂缝形状的电光,一声惊雷在头顶上炸响。

25.那条山路上(夜 外景)

天色霎时便一团漆黑,黄豆大的雨点密集地落了下来。

丁兆伯大声喊："上坡后头重，担架掉个头，你们俩小的走前，我在后面撑。掉头！齐心协力，跑起来！快啊！"

担架很快掉了个位置。许少臣和许秋萍在前面抬，丁兆伯一个人顶在后面，三人拼命地往上攀去。

雨越下越大，薛兰芝赶快脱下外衣，盖在了许少俊的身上。

地下已经满是泥泞。丁兆伯在后面用力顶住，双脚有点吃不住力，脚步总在不由自主地打滑。

薛兰芝那会儿什么都不顾了，伸出双手使劲顶住丁兆伯的臀部，推着他一步一步往前走。

闪电和雷声一阵高过一阵。

大雨像泼水一样往地面上倾注。丁兆伯、薛兰芝、许少臣、许秋萍四个人浑身淋得透湿，却谁也不放弃，都在咬紧牙关，相互照应，抬着那副担架艰难地朝山坡上攀爬……

26. 山沟上空（晨　外景）

天亮了，天空仍然十分阴沉。

一阵短促的鞭炮声，在山沟上空响起。

27. 丁兆伯农舍的后院（晨　外景）

原先那座新坟旁边，又并排堆起了一座新坟。

丁兆伯正在用铁锨给新坟培土。

许少臣和许秋萍铲来一些带着泥土的草皮，铺盖在坟堆上。

离坟堆稍远处摆着一张靠椅，许老太太默默地坐在椅子上。

薛兰芝站在许老太太身后，目光呆滞地看着那座新坟。

28. 农舍后门外（晨　外景）

薛如蒙手执一支毛笔和一张白纸，从农舍后门走了出来。

29.后院内(晨 外景)

薛如蒙慢慢地走到了薛兰芝身边,心情沉重地望着那座新坟。

许老太太便轻轻地问了声:"如蒙,墓碑写好了?"

薛如蒙:"还没有。少俊的好办,我想给兆伯的太太也写一块,可又不知道她的名字。"

许老太太点了点头:"那就问清楚了一起写吧。"她朝那边看了一眼:"正好他过来了。"

丁兆伯提着铁锹走了过来:"薛先生,不知道你们那边的风俗,您看还有什么不周到的地方,就尽管说。"

薛如蒙:"啊,这样就很妥帖了。"他望着丁兆伯:"兆伯,我想请问一下尊夫人的名讳,可以吗?"

丁兆伯迟疑了一下:"您问这个干什么?"

薛如蒙:"坟墓前面不能没墓碑啊。您觉得呢?"

丁兆伯连连摇头:"薛先生,您是教书的。我想请教一下,墓碑是起什么作用的?"

薛如蒙:"当然是为了记住自己的亲人。"

丁兆伯:"那要是没有墓碑,我们就会把亲人忘掉吗?"

薛如蒙被噎了一下:"……啊,也不是那个意思。"

丁兆伯:"知道我是怎么想的吗?"他的情绪有点激动:"我觉得墓碑是把人世和阴间隔开的一道闸门。往那儿一戳,出不来进不去,亲情就永远隔断了。我就是这么认为的。"

薛兰芝听得心里一震,不由得跟薛如蒙对视了一眼。

许老太太竟然十分赞赏:"兆伯这句话讲得好。讲得好哇。没走的人,活在我们身边,走了的人,活在我们心里。永生永世,亲情是隔不断的。"她望着薛兰芝:"兰芝,逃难的人居无定所,这块墓碑,不如就让它立在我们心里吧。"

薛兰芝含着泪水,点了点头。

30.那座新坟前(晨　外景)

许秋萍和许少臣整理好那些草皮,再将一些黄色的野花撒在坟堆周围,站起身,朝许老太太那边走了过去。

31.后院内(晨　外景)

薛如蒙朝天空看了一眼:"天色越来越暗,一会儿又该下雨了。兰芝,让奶奶回屋去吧。"

许秋萍和许少臣正好走了过来。

薛兰芝便对他们说:"秋萍、少臣,这儿没事了,你们俩扶奶奶进屋休息。"

许秋萍望着她:"妈,您也进屋吧。"

薛兰芝:"我心里有点不踏实。"她忍着悲痛,朝新坟那边走去:"还想跟少俊待一会儿。"

薛如蒙理解她的心情,便招呼他们两姐弟,将许老太太扶起来,朝农舍那边慢慢地走了回去。

32.那座新坟前(晨　外景)

薛兰芝走到坟前,呆呆地望着那堆黄土。

一支野菊花在土堆上方被风吹得直不起腰来。

薛兰芝触景生情,双腿一软便坐在了地下。

她的眼泪再一次无声地流了出来。

忽然,一只簸箕被扔在了她的身边。

薛兰芝一怔,赶紧侧头看去。

丁兆伯也来到了这两座新坟前。

他蹲下了身子，将簸箕里的柴草灰撒在坟堆上，自言自语地说："也好。他们挨在一起，算是有个伴儿，相互也不会冷清了。"

薛兰芝便擦干泪水，忍住了自身的悲伤。

顿了一下，她轻轻地问："兆伯，您太太也刚走不久吧？"

丁兆伯迟疑片刻，闷闷地说："这位不是我太太。"

薛兰芝有点意外："哦，对不起，我还以为……"

丁兆伯："没关系。跟我过了七八年了，也是我的女人。只是还没有名分。"他解释说："我老婆十年前就病死了。这是她的小妹，从老山沟出来奔丧，不想再回去，就替她姐姐填了房。"

薛兰芝听明白了。又问："她年纪多大？"

丁兆伯："小我十六岁，今年还没满三十一。"

薛兰芝很惊讶："是吗？这么年轻，怎么就走了呢？"

丁兆伯脸色变得铁青，半天没有回答。

薛兰芝便觉得有点冒失："啊，我只是随便问问。"她赶快解释："丁甲长露了一句，说那是日本鬼子作的恶？"

丁兆伯将目光移开，望着远处："那天她提了一篮子鸡蛋去集市卖钱，正好遇上了日本鬼子，就被掳到军营去了。三天以后，有人在野外发现了她的尸体。全身浮肿，衣服全扒光了。"

薛兰芝心里猛然一震："天哪！"

丁兆伯咬着牙，愤怒地说："那帮畜生，把我的女人关进去糟蹋了好多天。弄死了，就往野外一丢。在他们眼里，我们只是亡国奴，连一条狗都不如。"

薛兰芝连连叹息："唉，这是作的什么孽啊？"

丁兆伯："我要只是个男人，早就跟他们拼命了。"他站了起来："可我还是一个中国人。中国人的志没那么短，命没那么贱。我还要好好地活下去，亲眼看着日本鬼子灭亡。"

薛兰芝点了点头:"兆伯,您说得对。"

丁兆伯:"许太太,听说您丢失了两个儿子,这是没有办法的事。我也丢失了两个女人。"他顿了一下:"别人都以为我什么都没有了,不对,还有我在。我埋她们就跟埋种子一样,将来会发芽生根,长得高高大大,就跟心里的希望一样。只要我活下去,希望就不会死掉。我就是这么认为的。"

薛兰芝望着丁兆伯,感激地说:"兆伯,您的话字字带血,句句滚烫,我会牢牢记住的。"

丁兆伯点了点头,再也没说话了。

33. 济民纱行　大门外（日　外景）

纱行的大门重新用桐油刷得光亮清新。

两扇门上各挂着一个用红纸剪出来的双喜贴片。

字幕：一年后　常德

鞭炮声骤然响起。郑锦仁、向飞舟、九哥、刘妈等一群职员簇拥着许家国,从纱行大门内走了出来。

许家国换上了一袭黑缎长衫,身上斜披着一条大红色新郎绶带,显得比往日更加精神。

街道那头,喜庆的唢呐声中抬过来一顶花轿。

滕玉翠、张朝武和济民纱行迎亲的张文松跟在花轿前后,很快地来到了纱行大门外。

许家国迎上前去,亲手掀开轿帘,将顶着红色盖头的滕玉莲搀扶着走出了花轿。

站在旁边的亲友和同事一齐鼓掌喝彩。

热烈的鞭炮和鼓乐声中,许家国将滕玉莲领进了济民纱行。

郑锦仁前后看了看,觉得似有欠缺。

滕玉翠走在最后。刚要进门,郑锦仁拉住了她。

郑锦仁避开别人的目光，小声问了句："翠翠，你爹呢？喊山公怎么没来？"

滕玉翠稍有犹豫，也朝周围看了看："郑伯，这儿说话不方便。一会儿我再告诉您。"

郑锦仁很执拗："怎么回事？他可不能不来啊。酒席都订好了，你爹得坐首席。他是唯一的上亲呢。"

滕玉翠这才压低声音告诉他说："郑伯，为这事儿，我大清早就跟他吵了一架。老爷子太倔了，无论如何也不肯来。"

郑锦仁："这我就不懂了。他为什么不肯来啊？"

滕玉翠欲言又止："要不，就辛苦郑伯自己过去一趟？您毕竟是董事长的亲朋好友，也能代表济民纱行说话，行不？"

郑锦仁没有多想："当然可以。我这就去。"

他抬脚便朝小河街那头走了过去。

滕玉翠赶紧交代了句："郑伯，可不能说是我请你去的啊。"

郑锦仁挥了挥手，头也没回："知道。放心。"

滕玉翠便回身走进了济民纱行。

34. 济民纱行　街道斜对面（日　外景）

这里有一家早点铺子，两张小餐桌。

靠外面那张餐桌后面，一名男子背对着门外正在吃早点。

济民纱行那边的人走进去之后，这男子回过头来。

他的左眼已经残废，戴着一只黑色的单边眼罩。

下巴处那一捋山羊胡须却不难辨认。他就是石胡子。

石胡子望着济民纱行，想了想，起身朝门外走了去。

35. 街边的一处剃头担子前（日　外景）

一名年纪较大的剃头师傅正在用一条帆布擦拭剃刀。

石胡子走到他的椅子前坐了下去。

剃头师傅赶紧走了过来:"老板好。您要剪头发?"

石胡子伸手朝胡须比画了一下,然后望着他:"嗯?"

剃头师傅:"哦?这么好看的胡子,您舍得刮掉?"

石胡子瞪了他一眼:"啰唆!"

剃头师傅不敢再说,赶紧替他在下巴处垫上了一条毛巾。

36. 济民纱行　楼上一间卧室内（日　内景）

宽大的卧室,全新的红漆家具,双人床墙头上,贴着一个金色双体喜字,一派喜庆气氛。

滕玉莲轻轻地走了进来。她默默地环视房间,感到有些陌生。

随后,许家国也走了进来。

许家国微笑地看着她:"怎么样?还满意吗?"

滕玉莲没有回答,只是继续朝房间四周察看。

许家国注意到了她的神情:"玉莲,你好像不怎么高兴,有什么不对劲的地方吗?"

滕玉莲便问了句:"那个镜框,你把它拿走了?"

许家国:"镜框?"他有点困惑:"你说的是哪个镜框啊?"

滕玉莲:"装了你们全家照片的那个镜框。"她望着床头:"好像这儿还放了一个衣帽架,也搬开了?"

许家国不禁十分奇怪:"玉莲,你来过这间屋子吗?"

滕玉莲:"没有。"她坦诚地看着许家国:"翠翠来过。她担心我一下子不习惯,昨天晚上全都学给我听了。"

许家国明白了:"哦,那是我原来的卧室,不是这间屋。"他也很坦诚:"郑伯忙活了几天,特意给我们另外收拾出一间新房。是我的主意,我怕你心里不舒服。"

滕玉莲走到他面前,体贴地抓住他的手:"不会的,都过去了。现在我心里只有你。你的心里，也只有我了。"她用清澈的目光望着许家国："是这样吗？"

许家国肯定地点了点头，将她拥进了怀里。

滕玉莲在他胸前靠了一会儿，又问："那间屋子还那样吗？"

许家国："当然。那是我过去的记忆，我希望永久保存。"他看着滕玉莲的眼睛："玉莲，要是你很在意……"

滕玉莲赶快伸手抵住他的嘴唇："不会。从今天起，我每天都会去打扫那间屋子。我要让里面干干净净，没有一颗灰尘。"

许家国感动了："玉莲，你能这样，我心里就踏实了。"

滕玉莲："我也是。只有这样，我心里也才能踏实。"她由衷地说："看到您的为人处世，就觉得她一定是世界上最优秀的女人。我大概一辈子都做不得她那样好，所以我要一辈子敬重她。"

许家国非常激动，又一次将滕玉莲抱在了怀里。

37. 小河街　喊山公家（日　内景）

喊山公望着郑锦仁说："我叫你一声郑老弟，不会见怪吧？"

郑锦仁："怎么会？有这样耿直的老大哥，多荣幸啊？"

喊山公："那我就直说吧。许董事长肯把玉莲娶回去，我滕汉山做梦都笑醒来好多回。可转头一想，人家是什么身份？我又算是什么角色？一条梆子一面锣，枯皮老脸瘸着脚，往那上头一坐，我那是在丢谁的人啊？"他把一双手摇个不停："不行，绝对不行。许董事长的脸面，我不能不顾。真的。这一次，你就是把天上讲出来一朵花，我都不会听的。对不起啊，郑老弟。"

郑锦仁显然有所准备，便应承说："那好办。老哥，从今天起，您也别再巡夜打更，济民纱行请您专门看管成品仓库。既不用熬夜，也免得风吹雨打，多好啊！董事长早就做好这个打算了。"

喊山公一听就急了:"那更不行。我早就说过,往后不管还剩下多少日子,只要还活着,这更就得打下去。活一年打一年,活一天就打一天。我这面铜锣,那是真正的金不换。"

郑锦仁笑着说:"干吗啊老哥?你心里又看不起打更的,何必还这么死要面子活遭罪?"

喊山公不高兴了:"什么话?你可以在大、小河街告诉任何人,说我喊山公瞧不起打更的。"他非常有底气:"你去试试,看看有没有一个人相信这句话。"

郑锦仁:"那你怎么还会觉得丢人呢?老哥啊,根本就不用问,我知道大家都敬重你。你每天都让老百姓心里踏踏实实,这会儿怎么自己心里反倒不踏实了?"他望着喊山公:"您再想想,今天您女儿完婚,岳父大人竟然连面都不露,这哪是给许董事长顾面子?明明是让他下不来台嘛。你说呢?"

喊山公顿时说不出话来了。

郑锦仁知道他被说服了,连忙给他一个台阶:"老哥,就这样了。我先回去告诉董事长,说您马上就到。"

喊山公还在犹豫:"郑老弟的意思,我还是去一下的好?"

郑锦仁:"什么叫去一下的好?"他的语气不容拒绝:"您那是非去不可。"

喊山公口气松动了:"嚄,活生生的还真让你讲出花来了?"

郑锦仁笑了:"是啊。赶紧换件干净衣服,过去看花。"他诡秘地看着喊山公:"刘妈今天穿得可漂亮呢。哈。"

喊山公:"是不是啊?"他摇了摇头:"唉,老弟啊,不瞒你说,其实她早几天就给我准备了一套新衣服呢。"

郑锦仁哈哈大笑:"那你还扭扭捏捏?快换上啊。"他站了起来:"我不敢再耽搁了,一会儿飞舟就过来接你,抓紧点啊。"

喊山公:"好嘞,我这就换衣。"他高兴地朝里屋走了进去。

38. 济民纱行　堂屋内（日　内景）

吴子敬和南洋回来的孙宪甫博士，还有另外几名衣着光鲜的商界人士，正坐在堂屋的椅子上闲聊着。

许家国和滕玉莲双双走了进来。

吴子敬赶快站了起来："家国兄，恭喜恭喜啊！"

许家国上前拉住他们的手："有机会跟这么多老朋友相聚，的确是件喜事。多谢各位捧场啊。"他看见了孙博士："哟，宪甫兄也来了？不会是专门从南洋赶过来的吧？"

孙宪甫握住了他的手："当然是。要不是为了给家国兄贺大喜，我才不会匆忙回国呢。"他靠近许家国耳边，压低了声音："重庆方面有意聘我为政府做事，我已经三次推辞了。"

许家国："这么一说，我更加担当不起啊。"他靠近孙宪甫身边，也小声说："宪甫兄，干吗要推辞啊？我听说一大帮能人志士都进到政府为国效力，说是要建立一个好人政府。多好的事啊！"

孙博士摇摇头："唉，山河破碎，国难当头，恐怕壮志难酬啊。"他望着许家国："一旦时机成熟，家国兄可愿意与我同舟共济？"

许家国随口应承："当然，当然。"

正说着话，张文松领着昌盛粮庄的文昌盛走了进来。

文昌盛径直走到许家国身边，连连道歉说："家国兄，昌盛有事来晚了，真是不好意思。"接着又炫耀说："不过也非常值得。您猜猜，我给你们夫妇带来了什么礼物？"

许家国："哎呀，讲好了不收礼物，文兄怎么……"

文昌盛打断他的话："不是我送礼物，是江西会馆陈老会长特意托人带过来的。"

吴子敬一听，脸色有点不对了："哦？陈老会长他不是……"

文昌盛赶快拦住了他："请听我说。"他望着许家国："家国兄，老会长这礼物，你千万不能拒绝啊。"

许家国疑惑地看着他："噢？什么礼物？"

文昌盛便从自己的衣襟里取出硕大一个红色信封，双手朝许家国递了过去。

许家国接过来，在手上掂了掂："好像是一幅墨宝？"

文昌盛："不错。请家国夫妇左右展开，让大家一起欣赏。"

许家国便打开红包，从里面取出一幅四尺整张中堂。

他将一端交给滕玉莲，夫妇俩一左一右把那幅字展开。

古色洒金宣纸上，四个厚重端庄的颜体大字——重整河山。

题头处书写着一行小字——许家国、滕玉莲喜结连理。

左边尾款：江西九十叟陈平儒抱恙致贺。

文昌盛尽职尽责，字正腔圆地将那上面的文字依序朗读了一遍，引得满堂喝彩。

许家国异常惊喜："陈老会长力透纸背，心意饱满，真不知道该如何感谢才好啊。"

他仿佛又发现了什么，便让文昌盛替自己拿着那幅字，然后走到正面，再次端详了一眼："哦？陈老会长贵体有恙？"

吴子敬再也忍不住了："唉，陈老会长心力衰竭，昨天凌晨不幸仙逝。家国兄，这幅中堂，已然成了他的绝笔。"

许家国深感痛惜，用手抚着那幅中堂，感慨地说："是啊，这也是我许家国的一笔终身财富。"

文昌盛："何止如此？老会长重整河山四个字，不仅对家国兄，对于整个中华民族也正当其时。"他接过那幅字："借着今天这个良辰吉日，我们要把这场婚礼办得热热闹闹，红红火火。同时也为我们的老会长鼓盆而歌！"

众人很受鼓舞，禁不住齐声鼓掌。

39. 小河街　喊山公家（日　内景）

喊山公已经换上了一套整洁的衣衫，走到了堂屋里。

他解开手上的一个布包，取出一双崭新的手工布鞋，欣喜地看了几眼，然后穿在了脚上。

门外有人敲门，他赶快应了声："来了。"他起身走到门后，一边开门一边说："飞舟吧？来得正是时候。"

门还只开了半边，外面猛地闯进来一个人，顺手就将那房门关得严严实实。

那人回过头来，望着喊山公，压低声音问："你刚才说的什么？我来得正是时候？"

喊山公没有防备，赶紧退后一步，打量着那个人。

来人是已经剃光了胡须的石胡子。他左眼蒙着黑色眼罩，比以前显得瘦削了很多。

喊山公完全没有认出他来，便厉声问："你是什么人？"

石胡子狞笑了声："滕汉山，你好势利啊。当了富贵人家的丈人老子，居然把山里的穷弟兄都忘记了？"

喊山公霎时大惊："……石胡子？"

石胡子眨眼之间抽出一把匕首，抵住了喊山公的咽喉："总算想起来了？啊？没想到我还活着吧？哈，石胡子属猫，不多不少有九条性命。谁想弄死我都没那么容易。"

喊山公无法反抗，一时不知道该怎么办才好。

40. 喊山公的屋门外（日　外景）

向飞舟从街道那头走了过来，看也没看就伸手敲门。

41. 喊山公的堂屋内（日　内景）

敲门声传了进来，石胡子吃了一惊。

喊山公想趁机挣扎，石胡子用匕首往他咽喉一按："想让他活就别声张。我门外还有好几个弟兄呢。"

喊山公只好放弃了反抗。

42. 喊山公的屋门外（日　外景）

向飞舟敲了一阵门，见里面没有人回应，便叫了句："喊山公，您在家吗？喊山公！"

里面仍然没有动静。

一名男子从邻居的屋檐下走了出来，问了声："你找谁？"

向飞舟："哦，我找喊山公。"

那男子："屋里没人。他早就走了。"

向飞舟："走了？"他有点怀疑："怎么门也不锁？"

那男子："从后门走的。不信你去后门看看。我会哄你？"

向飞舟感到有点奇怪，又不好多问，便似有不甘地回过身，朝街道那边离开了。

43. 济民纱行　天井内（日　外景）

透过天井，可以看见堂屋那边高朋满座，谈笑风生。

郑锦仁正在天井内和滕玉翠小声说话，滕玉莲找个机会从堂屋里面溜了出来。

滕玉翠看见她，赶快迎了上去："姐，你怎么溜出来了？"

滕玉莲关心地问："翠翠，爹怎么还没过来啊？他不会还在跟你生气吧？"

滕玉翠："放心。郑伯特意去请了他，没事了。"

郑锦仁："哈，其实你爹早就盼着这一天呢。"他笑着说：

"刘妈还给老爷子准备了一套新衣服,你们俩都不知道吧?"

滕玉翠很惊讶:"是吗?有这种事?"

滕玉莲也笑了:"想做新衣服的事我知道,还是爹让我替他选的布料呢。"她想了想:"到底是谁做的,我就不知道了。"

滕玉翠:"说不定是爹在吹牛。咱们又不好去问刘妈。"

郑锦仁得意地说:"我问过了。刘妈说,她接连缝了一个礼拜。说是做得挺合身的。"

滕玉翠:"嘀!这老爷子,行啊。"

滕玉莲有点等不及了:"他怎么还没到啊?都这时候了。"

郑锦仁:"是啊,我特意让飞舟过去接他,也该来了。"

滕玉翠眼尖,指着大门那边说:"那不是飞舟吗?"

郑锦仁也看见了向飞舟,赶快迎上去:"飞舟,怎么就你一个人?喊山公呢?"

向飞舟一脸的疑惑:"咦?他没来?"

郑锦仁:"没有啊。不是让你去接他来吗?"

向飞舟:"我敲了半天门都没人应。邻居说,他早就出门了。"

滕玉翠看了郑锦仁一眼:"郑伯,我爹没去刘妈那儿吧?"

郑锦仁:"不可能啊。刘妈一直在纱行忙着呢。"

滕玉莲也想不明白:"朝武叔也在这儿,他还能去哪儿呢?"

44.堂屋内(日　内景)

吴子敬看了看怀表,提醒说:"家国兄,该去酒楼了吧?"

许家国:"是。请稍等一下,我去看看还有谁没来。"

他抬脚便朝堂屋门外走了去。

45. 天井内（日　外景）

滕玉莲姐妹和郑锦仁、向飞舟正在商量，许家国走了过来。

许家国看见了他们，劈头就问："玉莲，你父亲到了吗？"

滕玉莲："还没有。也不知道是怎么回事。"

郑锦仁告诉他说："我都跟他说得好好的。飞舟刚刚过去接他，邻居说他已经出门了。"

滕玉翠："唉，我爹那个人太古板，见不得大世面。"

许家国笑了："不能这么说。老人家有自己的习惯，实在不想来，也别太为难他。都是一家人了，宽松自由一点，大家都好。"

郑锦仁："那就一切照常进行。你们先过去，我在这儿等他。"

许家国："行。那我就陪客人先走。"

46. 大河街　一座临江的酒楼外（夜　外景）

已经入夜了。酒楼内外到处都挂上了红灯笼，把周围照得通红，显示出一派洋洋喜气。

47. 酒楼的长廊处（夜　内景）

酒宴还在热烈地进行。每个包厢都欢声笑语，十分热闹。

有传菜的堂倌托着盘子，飞快地穿行。

不一会儿，滕玉翠从一个包厢内走了出来。

她沿着长廊，走到另一间包厢门口，朝里面望了望。

很快，张朝武从那间包厢里走了出来，小声问滕玉翠："翠翠，有事找我？"

滕玉翠朝周围看了看："朝武叔，我觉得有点不对。"

张朝武意识到了什么："噢？你说什么不对？"

滕玉翠正要说话，郑锦仁匆匆忙忙走了过来。他脸色十分严峻，劈头就说："翠翠，不对头。你爹那边有问题了。"

张朝武："郑伯，您是说喊山公？"

郑锦仁："是啊。都九点半了，怎么还没听见打更的声音？"

张朝武："我也发现了。还以为今天这个日子……"

郑锦仁："管他是什么日子，除非天塌下来，喊山公是绝对不会误了打更的。"

张朝武不再犹豫："走！"

他抬脚便朝外面走了出去。

滕玉翠、郑锦仁也急急忙忙跟了出去。

48. 小河街　喊山公的大门外（夜　外景）

张朝武、滕玉翠和郑锦仁气喘吁吁地赶了过来。

张朝武："翠翠，把锁打开。"

滕玉翠急忙掏出钥匙去开门锁。

49. 喊山公的堂屋内（夜　内景）

屋里的电灯是亮着的。

张朝武一步跨进屋内，立即看见大门后面有一小摊鲜血。

滕玉翠："不好。进强盗了。"

张朝武很快发现鲜血旁边有一张沾了血的纸条。

他赶紧看纸条。

那张纸条上画了一个简单的路线图。

在一处标着"白鹤山"地名的道路旁边，特意勾了一个小圆圈，还注明了地址——"蜈蚣桥"。

郑锦仁凑上来看了看："这是谁留下的？"

张朝武摇了摇头，将纸条翻过来，后面留了两行字——

让新娘子自己来接她爹。

要是带人来,她爹必死!

滕玉翠顿时大惊失色:"天哪!"
…………

第 14 集

1. **前集回顾**

滕玉翠进屋一看:"不好。进强盗了。"

张朝武很快发现鲜血旁边有一张沾了血的纸条。

纸条后面写了两行字——

　　让新娘子自己来接她爹。

　　要是带人来,她爹必死!

滕玉翠顿时大惊失色:"天哪!"

2. **济民纱行　大门外(夜　外景)**

一辆黄包车停在了济民纱行门口。

滕玉莲和刘妈两人走下了黄包车,刚要进济民纱行,街道另一头有三个人匆匆忙忙赶了过来。

滕玉莲觉得奇怪,便站住了。

赶过来的是郑锦仁、滕玉翠和张朝武。

滕玉翠见到滕玉莲,脱口便说:"姐,爹出事了。"

滕玉莲吃了一惊:"什么?"

刘妈也吓了一跳:"天哪,还真的有事?没听见打更,我这心里就一直犯嘀咕。这可怎么办啊?"

滕玉莲一把拉过滕玉翠:"翠翠,你快说,爹怎么啦?"

张朝武:"啊,我来说吧。"他朝滕玉莲身后看了一眼:"莲莲,我先问一句,你怎么提前离开了?董事长呢?"

滕玉莲:"他还要聊聊商会的事儿,让我先回来休息。"

张朝武:"那正好。你过来,咱们借一步说话。"

滕玉莲便跟着他朝路灯那边走去。

滕玉翠也跟了过去。

刘妈望着他们,心里非常担心:"郑伯,到底出什么事了?"

郑锦仁:"我也不是很清楚。"他劝刘妈说:"他们会有办法的。咱们还是进去吧。"

他拉着刘妈走进了济民纱行。

3. 那盏路灯下(夜 外景)

滕玉莲已经看完了那张纸条,不由得锁紧了眉头。

滕玉翠心急如焚地望着她:"姐,爹是不是被绑架了?"

滕玉莲:"还用问?明摆着嘛。"

滕玉翠:"那,他会不会有危险啊?"

滕玉莲:"暂时不会。绑匪是冲我来的。"

张朝武盯着她:"莲莲,你觉得这绑匪是什么人?"

滕玉莲:"除了石胡子,没人会干这种事情。"

滕玉翠:"啊?石胡子不是被打死了吗?"

滕玉莲:"是啊。"她狠狠地说:"没想到他还活着。"

张朝武点了点头:"那就对了。记得四毛那天跟我说过,青浪滩那边少了一具土匪的尸体。"

滕玉莲有点责怪他:"朝武叔,这话你可没告诉我啊。"

张朝武:"四毛也不能肯定尸体到底是谁。他一早就去了县里,回到青浪滩,尸体早就埋完了。"他望着滕玉莲:"也没必要跟你说。你得走自己的路,石胡子是死是活,跟你没关系。"

滕玉莲心烦意乱:"这不就有关系了吗?"她把纸条塞给滕玉翠:"翠翠,你把这个交给许董事长,替我说一声对不起他。"

滕玉翠:"姐,你想干什么?"

滕玉莲:"我必须赶紧去一趟蜈蚣桥。"她利索地脱下那件大红色新娘外衣:"翠翠,把你的外衣换给我穿。"

滕玉翠担心地望着她:"行吗?太危险了吧?"

滕玉莲:"说那么多废话干吗?难道我还有别的选择吗?"她眼睛一瞪:"快啊!"

张朝武:"不怕,翠翠,我陪你姐去。"他安慰滕玉翠说:"总有办法的。"

滕玉翠不敢迟疑,赶快去解自己外套的衣扣。

4. **庚园大酒楼　大包厢内(夜　内景)**

酒席早已结束,许家国坐在圆桌后面,正在看一份文件。

他用一支笔在文件上签好字,递给吴子敬:"子敬兄,看来已经万事俱备,请您挑个吉祥日子,商会就正式挂牌吧。"

吴子敬收好文件。"好嘞。"他朝文昌盛等朋友看了一眼,慢吞吞地说,"还有一件事您老兄也得表个态哟。"

许家国:"请讲。"

吴子敬:"商户的生命线就是物资运输。大家合计,最好由商会出资,成立大河街镖局,这样一来各家的货物都安全了。"

许家国非常赞成:"好哇,我举双手赞成。"

吴子敬:"哈,光举双手恐怕还不行,得有实际行动呢。"他望着许家国:"你还得出一个人,到镖局当总管。怎么样?"

许家国:"行啊。你们看上谁了?张文松还是九哥?"

文昌盛哈哈大笑:"家国兄故意跟我们打马虎眼吧?哈,这件事除了嫂夫人滕玉莲,换别人都不行呢。"

许家国这才明白过来:"看样子,你们早就密谋过了?哈,她还真的挺合适。也行,只要她自己愿意,我绝不阻拦。"

吴子敬一拍巴掌:"那就一言为定。"

孙宪甫禁不住打了个哈欠:"时间有点晚了,我看先去休息吧。今天可是家国兄花好月圆的日子呢。"

大家连忙附和,赶紧站了起来。

5. 郊外(夜 外景)

已经是远郊地带,四处一片荒凉。

一辆人力车在通往白鹤山的官道上一路小跑。

滕玉莲坐在黄包车上,不停地朝前方眺望着。

张朝武一身车夫打扮,拉着车疾走如飞。

滕玉莲焦急地问:"朝武叔,这个方向没有错吧?"

张朝武:"放心,蜈蚣桥那地方我很熟,不会错的。"

滕玉莲:"是吗?还有多远?"

张朝武:"快了,一两里路吧。"他将步子迈得更快了:"玉莲,坐稳点,我要开跑了。"

他拉着黄包车,朝前方飞一般地奔了过去。

6. 济民纱行 天井内(夜 外景)

郑锦仁正在和张文松、滕玉翠和刘妈商量着什么。

张文松提议说:"郑伯,稳妥起见,还是得去警察局报个案。"

郑锦仁:"是。报案总比不报好。"他望着张文松:"文松,那就劳驾你赶快去吧。"

张文松立即起身:"我这就去。"他想了想,又问郑锦仁:"郑伯,这件事情,是不是先得瞒着董事长?"

郑锦仁:"当然。你先去,我会安排好的。"

张文松便匆匆离开了。

郑锦仁回过头问滕玉翠:"翠翠,那张纸条呢?"

滕玉翠:"在我这儿。"

郑锦仁伸出手来:"给我吧。"

滕玉翠有点犹豫:"我姐让我给董事长呢。"

郑锦仁:"翠翠,董事长这会儿也没有别的办法。当然,我肯定会告诉他。什么时候告诉,怎么告诉,由我来把握。你姐姐和朝武叔做事周到,说不定又解决了呢?"

刘妈仍然很担心:"郑伯,您觉得不会出什么大事吧?"

郑锦仁:"说不好。我只是相信玉莲丫头。"

滕玉翠不好再说什么,便把纸条交给了郑锦仁。

郑锦仁认真交代说:"董事长回来要问起,就说喊山公身体有点不舒服,玉莲他们陪老人家去看医生了。记住了?"

滕玉翠和刘妈点了点头,不再说什么了。

7. 蜈蚣桥官道旁(夜 外景)

张朝武拉着那辆黄包车来到了这个地方。

周围一片漆黑,看不见任何建筑物和树木。

张朝武停了下来,故意大声说:"太太,蜈蚣桥到了。"

滕玉莲大声说:"好的,知道了。"她从车上走下来,朝周围打量一眼,小声问:"是这儿吗?怎么没看见有桥啊?"

张朝武压低声音:"那只是地名。这儿是个乱葬岗。几道土坡，满山的坟墓。"然后又提高声音："太太，这个地方很偏僻呢。要我在这儿等您吗？"

滕玉莲也大声回答说："不用了，等会儿有人送我回去。给您，这是车马费，拿着吧，不用找了。"她朝张朝武伸出手去。

张朝武："太太，给这么多啊？那就谢谢您了。"

他警觉地看看四周，然后伸过手去，将一支小手枪塞到她手上，拉着黄包车便从原路离开了。

滕玉莲接过那支手枪，暗暗拉开枪栓，将子弹轻推上膛，转身朝山坡那边走去。

8. 济民纱行　堂屋内（夜　内景）

刘妈心神不安地收拾着一些杂物，向飞舟陪着许家国从外面走了进来。

向飞舟问了声："妈，您还没回家啊？"

刘妈不敢直视许家国，搪塞了句："啊，正要回去呢。"

许家国略微喝多了点，满面通红地看着刘妈："啊，刘妈，早就想跟你商量一件事情，一直没机会。"

刘妈："董事长，您别客气，有事吩咐一声就行。"

许家国："哟，这事恐怕我吩咐还不行呢。"他微笑地看着刘妈："我想让飞舟搬到纱行来住，再请人把您那屋子装修一下，把家具都置齐，早点把喊山公接到您身边来。您看行不？"

刘妈顿时有点慌乱："董事长，这都哪跟哪啊？"她满面绯红："您、您今天没有喝多吧？"

许家国："哈，刘妈，您别不好意思，我早就知道了。"

刘妈："是吗？这话都传到您耳朵里了？"她赶快否认："没有的事儿。您是听谁说的啊？"

向飞舟便插话说："妈，董事长已经问过我了。您也别太封建,该怎么办就怎么办嘛。只要您觉得好,我绝对赞成。"

许家国:"看看,儿子都表态了。哈,人嘛,老了就得相互有个照应。"他忽然想到了什么:"对了,我今天还没见到喊山公呢,好像也没听见打更。刘妈,您知道怎么回事吗?"

刘妈脱口说了句:"嗨,甭问。没打更那就是出事儿了。"她一时禁不住焦虑:"唉,我这心里正在着急呢。"

向飞舟:"妈,他怎么啦?"

刘妈猛然想到郑锦仁的交代,赶快支吾了句:"啊,我也不知道,听说好像是生病了。"

许家国:"生病了?怎么没听说?什么病啊?"

刘妈一时不知道该怎么说:"唉,我真的说不清楚啊。"

向飞舟:"那您是听谁说的?"

刘妈生怕说露馅:"啊,要不你们问郑伯吧。我该回去了。"她不敢再停留,便转身朝大门那边走去。

向飞舟望着许家国:"董事长,我再过小河街去看看?"

许家国想了想:"别着急,我先去问问玉莲。"

9. 许家国的新房内(夜 内景)

房门被推开了。许家国走了进来,拉亮了屋里的电灯。

屋子的摆设一动未动,却不见滕玉莲的踪影。

许家国走到窗户前,抬头朝滕玉翠卧室的窗口望去。

10. 滕玉翠的卧室(夜 内景)

窗口里面亮着灯,有一个女子的身影在屋里游动。

11. 许家国的新房内(夜 内景)

许家国想了一下,抬脚朝门外走了出去。

12. 滕玉翠的卧室（夜　内景）

卧室门半敞开，可以看见里面那女子穿着大红色新娘衫。

许家国轻轻地走过来，在门外看了看，欣喜地走了进去。

那女子没有注意有人进来，走到书桌前，坐了下去。

许家国便走到她身后，伸出双手，轻轻地从后面抱住了她。

那女子突然受了惊吓，赶快站了起来："你、你是谁？"

许家国也吓了一跳，退后两步定睛一看，顿时慌得说不出话来："啊？你、你是翠翠？"

滕玉翠一见是许家国，也羞得不敢抬头："天哪，吓死我了。"

许家国赶快解释："翠翠，对不起。我还以为是你姐呢。"他望着滕玉翠身上的衣衫："你怎么穿你姐的衣服啊？"

滕玉翠朝自己身上那件红衣服看了一眼，心里这才安定了许多："是。一时来不及，我姐就把我的衣服换走了。"

许家国没听明白："怎么回事儿？什么叫来不及啊？"

滕玉翠迟疑了一下："我不知道该怎么说。"她有点怯："要不，您还是去问问郑伯吧。"

许家国便发现不对："奇怪，刚才刘妈让我去问郑伯，你也让我去问郑伯。这么说你们都知道了，就瞒着我一个人？"

正在这时候，郑锦仁在房门口出现了："哦，董事长，我刚刚还在楼下找您呢。"

许家国："你快说，到底出什么事了？"

郑锦仁便拿着那张纸条走了进来。

13. 蜈蚣桥　乱葬岗上（夜　外景）

乱葬岗上到处都是坟堆，滕玉莲在黑暗中攀了上来。

她一边警惕地观察四周，一边朝山坡两边观察着。

她忽然发现了什么，赶快举起手枪，朝山坡的一处洼地看去。

14. 乱葬岗那块洼地处（夜　外景）

洼地坟堆中间，有一小堆篝火正在燃烧着。

一名男子坐在篝火前，伸出手在篝火上取暖。

滕玉莲突然出现在他身后，用手枪指着他的后脑袋："别乱动！两只手都举起来！"

那男子就跟没听见一样，继续往火堆上加柴草。

滕玉莲提高了声音："听见没有？手举起来！快！"

那男子仍然没有反应，只冷冷地笑了声："你紧张什么？我现在连条短枪都没有。"他取出一把匕首，往旁边一扔："这就是我的全部家当，稀罕你就拿去吧。"

滕玉莲迅速走过去，将那把匕首一脚踢开，继续用手枪指着他："我爹呢？他在哪儿？"

石胡子回过身来："你相信不？我根本就没把他带过来。"

滕玉莲不禁一愣："胡说！他到底在哪儿？"

石胡子："是真话。他还在自己家里，有一个兄弟在那儿看着。"他从身边地下拿起一支冲天爆竹："放心。只要我把这冲天炮往天上一放，那边的兄弟就会放了他。"

滕玉莲半信半疑："我凭什么相信你这句话？"

石胡子："这套子是我给你下的，你不相信我，还能相信谁？"

滕玉莲不敢大意，回味着他的话，手上的枪也没有放下来。

石胡子这才回过头来，目光直勾勾地看着滕玉莲："送你过来的那小子，是麻阳拳馆的张朝武吧？早就识破他了。要不是你的面子,我石胡子会手下留情?"

滕玉莲仍然很警惕:"那你快说,见我有什么事?"

石胡子:"去年在青浪滩,你假装新娘子,让我撞上了。今天你真的成了新娘子,又让我给撞上了。"他竟露出一股酸楚味:"嘿,我石胡子怎么就是这样的命?"

滕玉莲冷笑了声:"知足吧。你还有命就不错了。"

石胡子也不在意,竟酸酸地说:"狗日的,这口气我服不下啊。讲句不要脸的话,我的魂早就被你这婆娘勾走了,看不得你跟别人洞房花烛,先把今天晚上的这场好事坏了再说。"

滕玉莲的语气又没有那么强硬了:"你这个杀人不眨眼的东西,讲这些没油盐的话,自己不觉得恶心?"

石胡子叹了口气:"唉,还说什么恶心啊?我石胡子早就是个没心没肝的人了。"他拿起那支冲天炮:"你爹早年就是我大哥,还是先放了他吧。"

他将冲天炮立在地下,用燃烧的木棍点燃引线。

滕玉莲赶紧退后一步,又朝石胡子举起了手枪。

冲天炮"嗖"地一冲而起,蹿到半空中,随着"砰"的一声响,暗红色的火焰在天空四处散开了。

15.小河街 喊山公楼上的房间内(夜 内景)

一名男子双手握着匕首,正在朝窗外眺望。

看见远处那冲天炮在空中炸开,他便离开了窗户。

喊山公被捆绑在一根木柱子上,嘴被毛巾塞得死死的。

那男子走了过来:"汉山爷,小弟奉石哥指令,把差事办完了。得罪您的地方,多多包涵啊。"

他用匕首割断绳索,拔出喊山公嘴里的毛巾。

喊山公已经疲惫不堪,身子软软地瘫倒在地。

16. 喊山公的大门外（夜　外景）

那男子从大门口溜到街上，朝两头看了看。

见街道上空无一人，他也从身上取出一支冲天炮。

他将那支冲天炮放在地下，迅速地用火柴点燃引线，然后飞快地离开了。

冲天炮带着哨音冲上天空，砰地炸响，烟花四溅。

17. 乱葬岗那块洼地处（夜　外景）

滕玉莲清楚地看见了远处城内半空中那炸开的冲天炮。

石胡子："看见没有？那是我那兄弟放的。你爹没事了。"

滕玉莲："少来这一套。我不相信你这些鬼名堂。"

石胡子："说鬼名堂也没错。我只是想个办法见你一面。"

滕玉莲想了想："姓石的，要是我爹身上少了一根毫毛，我绝对不放过你。假如他老人家平平安安，这一次我就不计较了。"她收回手枪："你不是想见我一面吗？今天晚上也见到了。从今以后，你要离我远远的，听清楚了？你的臭名，还有你的任何消息，我一个字都不想听到。"

石胡子冷不丁说了句："珍子的消息，你也不想听到？"

滕玉莲一怔："什么？你去找了珍子？"

石胡子："放心，我只远远地看了几眼。"他叹了口气："你那话真没讲错。那丫头，看起来长得蛮像我的。"

滕玉莲赶快追问："快说，你在哪儿看见了她？"

石胡子："麻阳深山里头。你爹的一个远房亲戚家。"他感到有点奇怪："怎么，你爹没有告诉过你？"

滕玉莲顿了一下："这不关你的事。"她严厉地望着他："珍子更不关你什么事。从今以后，再也不许你靠近她。"

石胡子:"不靠近她可以,可你说她不关我的事,这话讲不通。"他的语气很平静:"婆娘,我杀了你妈,这事悔也悔不过来了。可你在青浪滩也杀死过我一回,多多少少算是扯平了些。事情都过去了,就不必总是你死我活的,好不?"

滕玉莲冷冷地看着他,没有回答。

18. 济民纱行 天井内(夜 外景)

墙上挂钟的指针指向半夜十二点。许家国和郑锦仁、滕玉翠正在着急地商量喊山公的事情,张文松匆忙走了进来。

许家国赶快迎了上来:"文松,警察局那边还没有消息?"

张文松:"我一直守在那儿,到现在也没个头绪。"

许家国越发着急:"不行。赶快叫上护卫队,咱们分头去找。"

他正要抬脚,滕玉翠忽然惊喜地叫了声:"听!那是我爹!"

大家立即屏声静气地聆听。

画外:远处传来敲梆和打锣的声音。然后,喊山公有点干涩的嗓音也一如往常地吆喝起来。

许家国脸上露出了笑容:"走,赶紧去看看老人家。"

他撩起长袍,头也不回地朝大门外走去。

郑锦仁、张文松、滕玉翠也紧跟着走了过去。

19. 乱葬岗那块洼地处(夜 外景)

遥远的城市上空,喊山公打更的声音隐约传了过来。

滕玉莲听得十分清晰,不禁大大地松了一口气。

石胡子:"婆娘,听见了?是不是你爹的声音?"他望着滕玉莲:"这一下你到底相信我了吧?"

滕玉莲于是呼出一口气,在原地坐了下来:"姓石的,老实说，你动这么大的手脚，到底是为了什么？"

石胡子："先就告诉你了，我看不得你跟别人结婚。"

滕玉莲怒眼一瞪："你敢再说一句？"

石胡子："是啰。我没有资格讲这句话。"他一副很诚恳的样子："唉，心里不舒服又有什么办法呢？你是个绝好的婆娘，我只是一个万恶的土匪，你就放一百个心，石胡子如今是吃了今天没明天。我都混到这种地步了，唯愿你过得好。我真是这么想的，有半句假话，一枪崩了我。"

滕玉莲的口气也缓和了些："不管你是不是真心，好歹也算一句人话。你应该明白，我从来没怕过你，我恨死了你。过去的事情不提可以，有句话我再说一遍，以后绝不要让我看见你。"

石胡子："我尽量吧。"

滕玉莲："还有，任何时候都不许靠近珍子一步。听清楚了？"

石胡子："还要我说几遍啊？放心吧，我会尽量朝好的方面搞。"他望着滕玉莲："假如这个时候能够帮我一把，说不定石胡子就可以从鬼变成人。信不？"

滕玉莲明白了："姓石的，你真有心计啊。绕了这么大个圈子，讲到底还是想敲诈勒索？"

石胡子赶快赌咒发誓："这是天大的冤枉。我要还有那个意思，绝对遭雷打！我只是想跟你先借几万块钱，买他几十条枪回来。半年之内，我加倍还给你。"他索性把话讲明："我知道那个纱行老板出手大方，绝不会为难你，才起了这份心。"

滕玉莲一口回绝："那你趁早死了这份心。想都别想。人家的钱干干净净，绝对不会借给土匪去为非作歹。"

石胡子："唉，婆娘啊，你怎么还这样看我？好歹我也是珍子的亲爹呢。你知道不？这种年头越来越凶险，好多大户人家都想依靠镖局保平安。我也想邀几个兄弟，拉个镖局吃口干净饭，可我没枪了。没枪就是没饭碗啊。"

滕玉莲不想听他多说，把手枪收了起来。

石胡子流露出一股鱼死网破的眼神："你信不信？等我重新立了竿子，只要哪个军队肯出钱，让我当敢死队打日本兵，我石胡子二话不说。刀山火海，我甩开膀子就往上冲，眼睛都不眨一下。"

滕玉莲站了起来，起身就要走。

石胡子也站起来："婆娘，你不答话也不要紧，听进去了就行。回去以后你再好好想想，就当遇上了一个叫花子，多少打发一点点，那就是大恩大德了。好不？"

滕玉莲的脚步迟疑了一下，但是没再停留，很快又加大步伐离开了这座乱葬岗。

石胡子呆呆地望着她的背影，也没再说一句话。

20. 大河街　码头处（晨　外景）

天色已经大亮，江面上薄雾缭绕。

赶早出行的货船已经在江水中南来北往。

21. 济民纱行　门外的街道上（晨　外景）

刘妈从菜市场买好了一篮子蔬菜，回到了济民纱行。

纱行的大门还没有打开。刘妈取出钥匙，开门走了进去。

22. 济民纱行　厨房内（晨　内景）

平底煎锅烧得很热，一双手将一只鸡蛋打了进去。

许家国身穿一件薄棉睡袍，正在灶台上熟练地煎着鸡蛋。

刘妈提着菜篮子走了进来，不禁感到十分意外："哟，董事长，怎么是您啊？"

许家国又开始煎第二个鸡蛋，有几分得意地问："刘妈，您看我这手艺怎么样？"

刘妈看了看："哦，不老不嫩，两面金黄，手艺真不一般啊。"

许家国："哈，好多年没下厨，还像那么回事儿吧？"

刘妈："当然像。哈，还真是没想到呢。"她关心地问："怎么？玉莲的身体不舒服？"

许家国："没有啊，挺好的。昨天夜里回得太晚，又过于劳累，我想让她多睡一会儿。"

刘妈便有感而发："唉，他们父女都不容易啊。"

许家国想起了什么："对了，刘妈，您昨天晚上跟喊山公商量好了吗？他同意搬过来住吧？"

刘妈有点迟疑："董事长，这事就别操心了。他说什么也舍不得离开小河街，我又不可能搬到那边去。"她摇了摇头："可见我们还是没那个缘分啊。"

许家国："刘妈，跟缘分没关系。老爷子心里想什么我全知道，这事儿就交给我来办吧。"

他将一碟煎好的鸡蛋和两杯牛奶放在托盘上，端在手上兴冲冲地离开了厨房。

刘妈望着他的背影，心中若有所思。

23. 许家国的卧室内（晨　内景）

滕玉莲已经洗漱完毕，正在梳妆镜前打理头发。

许家国端着早点走了进来："玉莲，怎么就起来了？"

滕玉莲："我也想多睡一会儿，可没那福气。"她看见那些早点，心里很不过意："哎呀，您可不能这样娇惯我啊。"

许家国:"没办法。自己都不知道怎么就来了雅兴。哈,大概这就叫情不自禁吧。"

滕玉莲赶快走过去,将两把椅子摆在茶几旁边,两个人面对面坐下来开始用早点。

许家国将一杯牛奶递到她手上,自己也端过一杯:"对了,正想跟你商量一件事情。昨天晚上商会的吴子敬他们找我要一个人。你猜他想要谁?"

滕玉莲:"谁啊?"

许家国:"指名道姓,人家认准了你。"

滕玉莲望着他:"我?"她笑了笑:"我能干什么呢?"

许家国:"商会打算出钱建个镖局,为大河街各家工商户效力。哈,他们早就预谋好了,想请你主管镖局事务。"

滕玉莲一愣:"哦?"她放下杯子:"怎么这么巧?"

许家国没听明白:"怎么啦?什么叫巧啊?"

滕玉莲便坦然地告诉他:"家国,昨天晚上在蜈蚣桥见石胡子的时候,他当面跟我说想拉一个镖局。一大早,您这儿又提起了建镖局的事。您说这事儿巧不巧?"

许家国:"石胡子不是一名惯匪吗?他也要搞镖局?"

滕玉莲:"他那叫白日做梦。不义之财败完了,实在混不下去,就开始胡思乱想。真是好笑,土匪搞镖局,有谁敢请他们啊?那不是送肉上砧板吗?"

许家国当即便产生了一个想法,也把那杯牛奶放下了。

"玉莲,你这一说倒提醒了我。"他边想边说,"这件事情还真的值得琢磨一下。"

滕玉莲惊异地看着他:"什么?你不会真这么想吧?"

许家国:"怎么不会?我觉得这条路应该行得通。"他看着滕玉莲:"你想想,大河街商户都是跟湘西做生意,咱们的纱厂就在山里头。赣南油铺也是，他们的桐油全部从山里运出来。石胡子那家伙原本就是湘西的一名悍匪，他要是铁了心干镖局，情况熟悉自不待讲，光他那赫赫威名，一般强盗哪敢拢边啊？"

滕玉莲着急了："你这就是太不了解他了。那畜生翻脸不认人，是一条养不熟的豺狼，指望他跟你贴心，除非太阳从西边出来。绝对没有那种可能。"

许家国："不是说混不下去了吗？那就是穷途末路了。穷则变，变则通，通则达。玉莲，不能用老眼光看问题，人世间任何东西都是会变化的。"

滕玉莲："是啊，他也说了，想从鬼变成人，你相信吗？家国，他变不变化跟我一点关系都没有，我只是一心为你着想。一旦那家伙羽毛长齐了，你哪能驾驭得了啊？"

许家国微笑地看着她："不怕，我不是有你吗？昨天晚上的事情很清楚，他已经从骨子里头畏惧你了。我当然不能让他把羽毛长齐，还得给他套上金箍。镖局的事情，必须服从你的指派，只有你才能把他罩得死死的。玉莲，你觉得怎么样？"

滕玉莲没有回答，呆呆看着许家国，好半天才问了句："家国，你想听我说句心里话吗？"

许家国："当然。"

滕玉莲："那我觉得你并不把我当一回事。你一点都不在乎我的感觉，真的。"

许家国吃了一惊："玉莲，为什么这样说？"

滕玉莲眼里头竟渗出了泪花："我已经是你的女人了，你为什么还左一句右一句，非让我再去跟那个强奸过我的男人一起共事？你这是看重我吗？你心里到底有没有我啊？"

许家国顿时像被人击了一拳，身体不由得一震。"对呀！"他赶紧站了起来，"天哪，这是怎么啦？我怎么这么糊涂啊？"

滕玉莲泪眼汪汪地朝他走近两步，忍不住一头扑进了他的怀里，万般委屈地哭了起来。

许家国紧紧地抱住她，轻轻地抚摸着她的肩头："对不起，完全没想到这一层关系，我简直错得太远了。玉莲啊，看来我的确老了，你一定要原谅我啊。"

滕玉莲赶紧伸出手掌，轻轻地捂住了他的嘴。

24.一家会所的大门外（日　外景）

大门外的街道上，三五成群地聚集着一些男女青年。

会所的大门打开了，有一名义工模样的男子将一面招牌搬出来，摆放在了大门左侧。

招牌上写着几个大字：新青年义务研习班。

等候在门外的年轻人开始依次进入会所内。

张文松骑着自行车，后面车架上驮着滕玉翠，从街道那头匆匆赶了过来，在会所门外停下了。

滕玉翠跳下自行车："好了。谢谢张总管哦。"

张文松："不客气。"他微笑地看着滕玉翠："怎么样？喜欢这个研习班吗？"

滕玉翠："太喜欢了。真的，每堂课都讲得实实在在，特别让人开窍。可惜一个礼拜只讲一次。"

张文松："那就好。我还担心给你增添额外负担呢。"

滕玉翠："哈，有兴趣的事，再多也不叫负担。以后还有这样的地方，您一定要告诉我啊。"

张文松："一定。赶紧进去吧，到时间了。"

滕玉翠便兴冲冲地走了进去。

张文松望着她的背影，脸上露出了满意的笑容。

25. 喊山公的堂屋内（日　内景）

许家国和喊山公面对面坐在靠椅上，正在促膝谈心。

喊山公叹了口气："难得您一次次来劝我，那就搬过去吧。话讲在前头，巡夜打更这件事情，谁也不能阻拦我。一直到死，我都不会放下这面铜锣。"

许家国笑了："您看看，这件事，我至少同意您三次了。"

喊山公："可我心里总不踏实，老觉得丢了您的面子。"

许家国："哈，这句话，您恐怕说六次都不止了。"

喊山公也笑了笑，不再说这件事情了。

许家国："不管怎么说，您搬过去我才放心。我和玉莲都经历了太多的磨难，最后走到一起，真叫作浴火重生。别的方面不敢多说，保障玉莲和你们一家人的生活，我是一定要尽职尽责的。"

喊山公犹豫了一下："话说到这儿，我也就不遮遮掩掩了。您知道我最担心的是什么吗？"

许家国："我猜想，应该还是那个石胡子吧？"

喊山公："是，您没说错。其实我并不怕这个人，玉莲更不怕他。何况这家伙已经瘦得不成人样了，还瞎了一只眼睛。"他顿了一下："可这畜生只要还活着，心就不会死。迟早总是玉莲丫头的大麻烦。何况你们又结婚了，我真的担心会连累你不得安宁。"

许家国想了想："可我怎么觉得石胡子有些变化了？听玉莲说，他还想自己开个镖局，这不就是弃恶扬善的表现吗？"

喊山公一拍大腿："唉，我也是这么想的啊。"他望着许家国："不怕您笑话，我年轻气盛的时候，心狠手辣要强过石胡子好几倍。也是开窍得早，还不就转变好了？人嘛，终究挡不住岁月打磨，迟早都会有开窍的一天。"

许家国连连点头:"对,是这个道理。听玉莲一说,我就想把他招募过来。大河街商会正在筹备搞一个镖局。"他笑了笑:"可我完全没有顾到玉莲的感受,这种考虑显然是过于荒诞了。"

喊山公便认真地望着他:"那就给一些资助,帮他到山里去搞个镖局。麻阳、浦溪都可以,远离常德就好。你觉得呢?"

许家国:"这倒是个办法。"他看着喊山公:"只是您得想清楚,我们这样做了,石胡子脱胎换骨的可能性,到底有多大?"

喊山公摇了摇头:"这话谁也不敢讲啊。我昨天想了一通晚,他当道的时候,我跟他斗了二十年,没斗得赢。后来我躲了他十多年,也没躲得脱。斗也斗过了,躲也躲过了,只剩下没有帮过了。说不定这才是唯一的办法呢?谁知道啊?"

许家国当机立断地站了起来:"那就这么办吧。请您想办法跟他沟通一次,只要您觉得他从此不再过来打扰玉莲,从此不再为非作歹,镖局的事,由我济民纱行无偿资助。"

喊山公也站了起来:"就是这个意思,只是不好跟您开口。"

许家国:"这么说就见外了。"他拉住喊山公的手:"钱财本身并无意义,就看花在什么地方。万一石胡子能够改邪归正,那就是花钱买到了平安。有意义的事情,咱们何乐而不为呢?"

喊山公不断地点头,一句话都说不出来了。

26. 鄂东山区　丁兆伯家的厨房内(日　内景)

许秋萍在案板上将几个红薯切成小块,倒进了一只饭锅内。

然后她提过米袋子,往饭锅里加了一些米。

想了想,她又从饭锅里将米拿出来一些,放回米袋中。

字幕:湖北　鄂东山区

薛兰芝在旁边择菜,看见了她的举动:"秋萍,米是不是放得太少了点?再怎么艰难,还得让大家吃饱啊。"

许秋萍:"那我就再切几个红薯吧,总共也就剩了这小半袋米,不省着点,几天就吃没了。"

薛兰芝还想说什么,外面传来许老太太的喊声:"兰芝啊,你出来一下,我有话跟你说。"

薛兰芝赶紧应了声:"妈,我就来。"

她放下手上的菜,匆匆走了出去。

27.许老太太的房间内(日　内景)

许老太太从衣箱里找出一只金手镯,回过身来。

薛兰芝走了进来:"妈,什么事儿啊?"

许老太太:"我还剩下一只金手镯,你看看丁兆伯有没有办法找个当铺,换几个钱回来,贴补着过日子吧。"

薛兰芝有点不忍心。

"妈,这镯子是您祖上传下来的,还是留着它吧。"她劝了句,"日子虽然有点紧,好歹还算是过得去,您就别操心了。"

许老太太:"兰芝啊,你又在宽我的心。这两天连安徽、江西都过来了难民,可见这时局越来越没指望了。"她心灰意冷:"还说日本军队正在往常德开,家国他们还不知道又要往哪儿搬迁。唉,我这辈子恐怕是再也见不到他了。"

薛兰芝:"妈,您别那么想,他们那边跟这儿差不多,到处都是大山,日本鬼子的飞机都没办法炸。您就放心吧。"

许老太太:"是啊,也只好听天由命了。我是替你担心,这日子越熬越难,转眼又要过小年了。"她将那只金镯子塞到薛兰芝手上:"你就听我的,早点换些钱回来。咱们再穷再苦,也得让全家人暖暖和和地过一个年吧?"

薛兰芝只好收下了那只手镯。

28. 丁兆伯家 堂屋内（日 内景）

薛如蒙和许少臣每人斜挎一个布包袱，从房间里走了出来。

薛兰芝出了老太太的房间，一眼看见了他们。见他们一副要出门的样子，不禁有点奇怪："你们这是干吗去啊？"

许少臣有点得意地回答说："妈，我们给人家写春联去。"他看了薛如蒙一眼："大舅说，得出去两三天。"

薛兰芝非常意外："什么？还要去那么久？"

薛如蒙便告诉她说："兰芝，丁兆伯跟我说，这边前后几个乡，每逢过年，都有请人写春联的习俗。我觉得这是个机会。少臣的书法在家里练得很不错了，正好出去锻炼一下。"

许少臣："兆伯叔还说，这边的规矩，一副春联可以换一碗米，多好啊。顺利的话，我跟大舅就可以挑两担大米回家了。"

薛兰芝很不过意地看着薛如蒙："哥，您一介书生，肩不能挑，手不能提的，哪能让您去干这种事啊？"

薛如蒙笑了笑："兰芝，你哥的确百无一用。可全家的生活负担如此沉重，我也不能眼睁睁看着你这个弱女子独自承担啊。多多少少能分担一点也是好的，要不然我心里总是不踏实。"

薛兰芝感激地望着薛如蒙："哥，日子过苦一点不怕，我只盼望每个人都平平安安。"她看了许少臣一眼："您知道的，咱们再也经受不起任何打击了。"

薛如蒙："是，我明白你的意思。放心吧，也就两三天，我会照顾好少臣的。"

薛兰芝不好再说什么，心里却平添了几分担忧。

29. 蜿蜒的山路上（日 外景）

山势很高，山腰处的小路弯弯曲曲，蜿蜒而上。

薛如蒙手持一根树枝，跟着许少臣在山路上攀行着。

30. 一个小村落前（日　外景）

山村前有一块不大的晒场坪。几张餐桌并排摆放成一长条书案，上面铺着一些报纸。条案旁边，还特意准备了一只空箩筐。

一沓红纸已经在书案上铺开，右上角摆上了砚台和毛笔。

一些村民已经先后赶了过来，围在书案两旁观看。

薛如蒙将许少臣领到那书案跟前，看了看铺好的红纸："少臣，怎么样？开笔吧？"

许少臣也不怯场，提起毛笔便泼墨挥毫。

一副行楷体春联便跃然纸上：

　　天增岁月人增寿
　　春满乾坤福满门

有人立即喝彩："好！"

村民们顿时兴奋起来，齐声鼓掌。

一位男子当场将一碗米倒进那只空箩筐，取走了那副春联。

紧接着就有好几个人争先恐后往箩筐里倒米，拿过红纸，排着队等候着索取春联。

许少臣红光满面地回头看了薛如蒙一眼。

薛如蒙微笑地朝他点了点头，然后自己也取过毛笔，帮着给周围的老乡写春联。

31. 另外一座小山村外（黄昏　外景）

山村的小路上走过来两个人。

许少臣用一条小扁担挑着一担米，兴冲冲地往前走着。

薛如蒙拄着一根拐杖，走得有点吃力。他看了许少臣一眼，关心地问:"少臣,还挑得动吗?"

许少臣:"没事啊,这担子又不算重。"

薛如蒙:"好家伙,还说不重?差不多有一百几十斤呢。又走了这么远的路。"他很有感慨:"多难兴邦,磨砺成才,我们少臣到底锻炼出来了。"

许少臣笑了笑,望着前方:"大舅,这是最后一个村了吧?"

薛如蒙:"是。丁甲长就住这儿。他说,这个村子大,恐怕得写到深更半夜,晚上就住他家里,明天一大早就可以往回走了。"

许少臣调皮地问了句:"大舅,今天晚上肯定还要收几十斤大米,您腿脚又不方便,到时候怎么弄回家啊?"

薛如蒙:"哈,你大舅就怕弄不到粮食,还真不怕弄不回去呢。快走吧,到时候总有办法的。"

两人便加大步伐,朝那座山村走去。

32. 乡村小学　操场上(夜　外景)

操场上烧着两大堆篝火,支起了一盏煤气灯。

有人拉起了一条条绳索,上面挂满了已经写好的春联。

百来名村民跟过节一样,兴高采烈地围在操场上,观看薛如蒙和许少臣书写春联。

书写台旁边还架起了一张竹凉床,专门用来堆放一小包一小包的米袋子。

丁甲长也排着队。终于轮到他的时候,他拿过一袋比别人大很多的米袋,交给了许少臣。

许少臣望着那袋米,有点不知所措,赶快叫了声:"大舅,这可怎么办?"

薛如蒙走了过来:"哎呀,甲长,哪值得这么多啊?"

丁甲长:"薛先生,您这话不对。大米谁都会种,不值钱。可舞文弄墨就不成,那叫文化。文化不是挖土就能种出来的,无价呢。"他喜爱地望着许少臣:"少臣才多大啊,字就写得这么好,神童啊。别说了,拿着吧。"

许少臣:"真的不要这么多,都拿不动了。"

丁甲长:"不怕。我弄个独轮车,明天一早帮你们送回去。"

他不由分说地将那袋米放到了方桌上,回身对乡亲们说:"抓紧时间,没写的赶紧写。老先生和小先生还没吃晚饭呢。"

一些乡亲立即围了上来。

33. 丁甲长家　堂屋内(夜　内景)

堂屋里面也烧着一堆篝火。丁甲长和当地两名老者坐在餐桌前,陪着薛如蒙和许少臣喝酒吃饭。

一名白髯老汉放下酒碗,望着薛如蒙请教说:"薛先生,您是个有学问的人,我听人说过一个上联,很绝啊。说是从古到今没有人能对出下联。薛先生有兴趣试一试吗?"

薛如蒙也喝了一点酒,脸色红扑扑的:"哈,趁着酒兴,试一试也无妨。您请出上联。"

那老汉:"我想一想,好像是——鸡饥盗稻童同打。说的是晒谷场上,一些小孩儿赶鸡的故事。绝不绝?"

薛如蒙一听便哈哈大笑:"的确是绝。那我也给各位讲一个野史掌故怎么样?好像更有意思呢。"

丁甲长便击掌赞同:"好哇,让我们也开开眼界。"

薛如蒙兴致很浓:"那就请听好了。说的是某个地方有一名知府大人特别喜欢这个上联,为了求到下联,他昭示天下秀才,不管是谁,只要能对上来,就把自己的女儿嫁给他。"他笑眯眯地看着大家:"好家伙,一下就来了一百个秀才。三天之后,九十九个人没有对出来,只剩下一个穷秀才,感冒伤了风,还没来得及交卷。"

丁甲长脱口而出:"看来最终还是他对上来了。"

薛如蒙:"不错。猜他是怎么对上来的吗?"

丁甲长赶快摆手:"我哪知道啊,随口蒙了一句。您快说,怎么对上来的?"

薛如蒙:"那天晚上,穷秀才在旅馆里着急,一抬头,看见一只硕大的老鼠在屋梁上歇凉。穷秀才忍不住咳嗽一声,把老鼠吓跑了。秀才心中一喜,有啦。——鼠暑梁凉客咳惊。怎么样?"

那白髯老汉便品味道:"鸡饥盗稻童同打,鼠暑梁凉客咳惊。嘀,简直是绝配啊。薛先生,今天我可长见识了。"他很高兴,又端起了酒碗:"来来,再敬先生一碗。"

薛如蒙赶快摆手:"不行了,绝对不行了。这会儿我头晕得厉害,各位千万要饶了我。况且这下联又不是我对上来的。这段野史,都是过去的文人骚客做出来的文字游戏,其实无聊得很呢。"

许少臣便站起来,走到他身边:"大舅,您真的喝多了。我扶您休息去。明天还要起早呢。"

丁甲长也赶紧起身:"是啊,床都准备好了。来,我扶你去。"

大家便纷纷起身离席。

34. 山村外　荒野的山坡处（凌晨　外景）

天色还没有转亮,秋虫有一声无一声地鸣叫着。

没过多久,突然有颗信号弹升上了天空。

村子里,警觉的家犬接二连三地狂吠起来。

紧接着,清脆而密集的枪声骤然响起……

35. 丁甲长的屋子内（凌晨　内景）

丁甲长猛然惊醒，一个翻身从床上跳了下来。

屋外有人惊慌失措地喊叫："甲长，不得了啦！鬼子来啦！鬼子把全村都包围了！"

丁甲长顿时便大惊失色："什么？"

…………

第 15 集

1. 前集回顾

天色还没有转亮,突然有颗信号弹升上了天空。

警觉的家犬接二连三地狂吠起来。

清脆而密集的枪声骤然响起……

有人惊呼:"不得了啦!鬼子来啦!鬼子把全村都包围了!"

2. 丁甲长的屋子内(凌晨 内景)

丁甲长大惊失色:"什么?"他飞快地跑到另一张床前:"薛先生,快醒醒!鬼子进村了!"

许少臣从床铺上弹了起来,拼命地推薛如蒙:"大舅!大舅!"

薛如蒙这才睡眼迷蒙地从床上坐了起来。

丁甲长急急忙忙从门背后取出一面白色小旗帜,上面写着"丁家乡维持会"字样。

他也顾不上薛如蒙他们,一推门跑了出去。

3. 丁甲长的房屋外（凌晨　外景）

一名中年男子等在门外，劈头便告诉他说："二哥，鬼子来得太突然了，一点消息都没有。一定是来抓挑夫的。"

丁甲长："别慌。老七啊，拜托你一件事。"他从屋檐下拖出一架装满粮食的独轮车交给那男子："你帮我把薛先生他们送到丁家铺。从屋后那条山路走。快！"

薛如蒙和许少臣已经穿好衣服，从屋里赶了出来。

丁甲长："薛先生，这位是我表弟。你们赶快跟他走，只要翻过后面那座山，就没事了。"

枪声越响越近，已经听得见日本鬼子的吼叫声了。

薛如蒙心急如火地望着丁甲长："那，你怎么办？"

丁甲长："我是维持会长，得过去照看一下乡亲们。"他朝那男子喊了句："老七，还等什么？赶紧走啊！"

老七便推着那辆独轮车，朝薛如蒙他们叫了声："薛先生，您跟紧点，咱们走了。"

薛如蒙和许少臣跟跟跄跄地跟着他朝后山跑去。

丁甲长把那面维持会的旗帜展开，朝村子里头跑了过去。

4. 村子内（晨　外景）

天刚麻麻亮，村子里乱作一团。不少日军进到了村内。有的举着火把，有的打亮手电筒，疯狂地吼叫着，正在到处砸窗踢门。

丁甲长气喘吁吁地赶了过来。

几名日本兵赶快掉过枪口对准他，厉声呼叫着。

丁甲长慌忙喊了句："太君，别、别开枪。"他展开维持会白旗："我的，维持会的干活。"

一名日军大佐带着一名伪军翻译官走了过来。他朝丁甲长和那面白旗看了一眼，回头对翻译官说了一通日语。

翻译官便对丁甲长说："太君说了，今天要五十名挑夫。是由你一个个推举，还是由太君自己动手抓，你看着办。"

丁甲长眨了眨眼睛："啊，这个，太君说怎么办，就怎么办。"

翻译官便回头小声跟少佐翻译着。

5. 丁甲长屋后的山坡上（晨　外景）

这道山坡很陡，老七拉着独轮车走得十分费劲。

许少臣在后面推车，那车却卡住不能动了。他用肩膀顶着车帮，一咬牙，终于将车推动，缓慢地朝前行走着。

走在最后头的薛如蒙显得更加吃力，已经落下了很长一段距离。他的腿受过伤，每走一步都疼得直咧嘴，却又不敢停顿，只好高一脚低一脚，越发走得跟跟跄跄。

忽然，薛如蒙一脚踏空，身体往侧面一歪，摔倒在陡坡上。

他一声惊叫，身子完全失去控制，接连打了七八个滚，一直向山坡底下滑了下去。

许少臣回头一看，赶快喊了声："大舅！"

6. 山坡底下的路边上（晨　外景）

山路边有十来名荷枪实弹的日本士兵听见动静，赶快回过身子，朝这边奔了过来。

7. 山坡脚下（晨　外景）

薛如蒙的身体越滚越快，终于重重地摔到了山下那条平路上。

日本士兵已经跑了过来，用上着刺刀的步枪抵住了他。

8. 山坡上（晨　外景）

许少臣看见山坡下的情景，急得大声呼叫："大舅……"

老七已经扑到了他身边，飞快地用手捂住了他的嘴，压低声音朝他耳朵说："小祖宗，千万不能出声啊！"

9. 山坡脚下的平路上（晨　外景）

两名日本士兵已经将薛如蒙架了起来。

一名士兵长号叫了声，士兵们拖着薛如蒙就往村子那边走。

薛如蒙疼痛难忍，无法挣扎，任由士兵们像拖麻袋一样拖走了。

10. 山坡上（晨　外景）

许少臣急得使劲挣扎，想往山坡下冲。

老七死死抱住他："快趴下，你想去送死啊？"

许少臣："放开！那是我大舅啊！"

老七："听我说，鬼子是来抓挑夫的。别急，丁甲长在那儿呢。他是维持会的会长，自然会想办法的，啊。"

许少臣这才不再挣扎，望着日本士兵将薛如蒙拖走，忍不住哭了起来："这可怎么办？大舅啊……"

11. 村子内　禾场上（晨　外景）

村里的男女老少全被赶了出来，挤在禾场上，吓得瑟瑟发抖。

数十名日本士兵背着钢盔，荷枪实弹地在周边警戒。

丁甲长端来一把靠背椅子，伺候那名日军大佐坐了下去。

旁边忽然有一阵骚动，大佐和那名伪翻译官便回头望去。

丁甲长也侧头一看，不禁暗暗一惊。

12. 禾场入口处（晨　外景）

几名凶神恶煞的日本士兵将薛如蒙拖了过来。

薛如蒙的前额和脸上正在流血，身上尽是泥土。

13. 禾场上（晨　外景）

禾场里的男女乡亲认出了薛如蒙，纷纷交头接耳，引起了禾场上一阵骚动。

日军大佐便掏出手枪，朝天上开了一枪。

禾场上立即鸦雀无声，再也没有人敢动弹一下。

大佐将手枪放进枪套，冲着入口处勾了一下手指头。

两名日军士兵便将薛如蒙拖到了他面前。

大佐朝他打量了几眼，问丁甲长："他的，什么的干活？"

丁甲长赶紧点头哈腰："报告太君，这位先生只是个穷教书匠。又老又瘦，腿脚还有病，连根扁担都拿不动，不中用的。"

伪翻译官便凑到日军大佐面前，小声地翻译了一通。

大佐怀疑地看了看薛如蒙，又用日语朝伪翻译官说了几句。

伪翻译官连连点头，再问丁甲长："太君问，这个老家伙一大早跑到山上去干什么？是不是去给游击队报信？"

丁甲长赶快摆手："绝不会。这一点我可以用性命担保。老先生是丁家铺那边的，昨天过来写春联，弄太晚了，今天一早才往回赶。"他补充了句："长官，您不知道，老先生的字写得可好了。"

那伪翻译官便把丁甲长的话翻译给大佐听。

大佐听完，似乎很有兴趣。他起身走到薛如蒙面前，朝他打量了一眼，脸上露出了笑容。然后，回过头来又说了一通。

伪翻译官连连应了几声"哈咿",告诉丁甲长说:"赶快搬张桌子过来。再去找点笔墨,还有纸。快去。"

丁甲长不明白他的意思:"长官,太君这是……"

伪翻译官赶紧朝他使眼色:"好机会呢。这位大佐也喜欢写字,说要跟老先生切磋一下。"然后一瞪眼:"还不快去?"

丁甲长心中一喜,赶快回身带着几个老乡去做准备。

那名大佐又说了句什么,让他翻译给薛如蒙听。

翻译便对薛如蒙说:"老先生,太君说了,想让你给他写一幅字。太君要是觉得满意,他说要赏你一篮子鸡蛋。"

薛如蒙想了一下:"让我写幅字倒是可以。"他摸了一下自己的右肩膀,心里却没有把握:"只不过刚才摔了一下,能不能写得让太君满意,我还真的不敢说。"

伪翻译官赶快叮嘱:"你可得上点心,一定要让太君满意才行。我告诉你,大佐先生是懂得中国书法的,可不能糊弄他。"

很快,丁甲长和两名老乡已经把一张桌子和一些笔墨纸砚都搬到了禾场里。

薛如蒙望着那张桌子,心里还在犹豫,却被几名日本士兵使劲推了一把,将他搡到了桌子跟前。

那名大佐兴致很高,将双手背在身后,也走到了桌子对面,一双眼睛直勾勾地看着薛如蒙。

薛如蒙站在桌子跟前,稍稍活动一下右臂,拿起毛笔。

他想了想,问那伪翻译官:"长官,太君想让我写什么呢?"

伪翻译官便回头望着大佐,还没开口问,大佐一举手制止了他,然后竟用生硬的中国话说:"照我的写。日本皇军、大大的。中国人亡国奴,小小的。"他用手指头敲了敲桌子上的纸:"写!"

禾场上的乡亲们听得清清楚楚,不禁又小声议论起来。

伪翻译官望着薛如蒙:"听清楚了吗?"

薛如蒙："听是听清楚了。"他为难地望着伪翻译官："可这、这怎么写啊？"

那名大佐一招手，一名日本士兵马上提着一篮子鸡蛋走了过来，放在了桌子边上。

大佐指着薛如蒙："你的，好好写。嗯？"

丁甲长赶紧凑到薛如蒙身边，小声说："薛先生，您赶紧写吧。写了就没事儿了。"

全禾场的乡亲们都不作声，默默地望着这边。

那名日军大佐也目不转睛地看着薛如蒙。

伪翻译官轻声劝导他说："不就是写几个字吗？管他写什么呢？又不掉块皮，又不掉块肉的，赶紧写吧。"

薛如蒙便回头看着伪翻译官："长官，这几个字，我、我实在写不下手。虽说不掉皮不掉肉，可掉了格啊。人有人格，国有国格，无论如何那是掉不得的。"

说完这句话，薛如蒙居然把毛笔放回了桌子上。

日军大佐一拍桌子，厉声号叫："八格！"

站在薛如蒙身后的一名日军士兵立即将刺刀捅进了他的后腰。

在这同时，三四名日军士兵也用刺刀捅进了薛如蒙的身体。

鲜血飞溅起来，喷洒在桌面那张洁白的宣纸上……

禾场上的老乡顿时惊呼起来。

日军赶快朝天开枪。

大批日军士兵冲了上去，用枪托击打着禾场上的老乡。

场面顿时乱作一团……

14. 丁家铺　山冲上空（日　外景）

天色阴沉。鞭炮声断断续续在山冲里炸响。

凄婉的铙钹哀乐声萦绕在青松翠竹之间。

15. 丁兆伯的院子内（日　外景）

当地的乡亲们已经将院子布置成一个肃穆的悼念灵场。

一块巨大的黑布纱幕挂在农舍的正面墙壁上，纱幕正中是薛如蒙的一幅黑白照片。

照片两旁，白底黑字悬挂着一副硕大的挽联——

　　捐躯献身浩气长留寰宇
　　舍生取义英灵含笑苍穹

绿色植物和金黄色鲜花围绕在灵柩和香案周围。

院子侧面黑布围成的角落内，四名道士坐在里面超度亡灵。

许老太太坐在一张椅子上，默默地看着那具灵柩。

薛兰芝紧挨在许老太太身边，眼泪无声地流淌着。

许秋萍双膝跪在灵柩前，沉默不语地焚烧纸钱。

丁兆伯也佩戴着黑纱，里外张罗着。

当地游击队的丁队长也带过来好几名队员，肃立在院子里，向薛如蒙的灵柩默哀。

院子里更多的是丁甲长带过来的上百名乡亲。他们每个人都佩戴一朵小白花，沉痛地悼念他们敬重的薛如蒙先生。

16. 丁兆伯农舍的后院处（日　外景）

后院里，原先那两座坟墓旁边，又添了一座新坟。

这座新坟比那两座坟墓略大一些，周围堆满了松枝和鲜花。

薛兰芝头发蓬松，目光呆滞地跪在那座坟前，一动不动。

丁兆伯扛着两棵一丈多高的松树走了过来。

他看了薛兰芝一眼,放下松树,慢慢走到薛兰芝身边,劝了声:"兰芝啊,起来吧。我要在这儿给薛大哥种两棵长青松,你还是回屋去吧。外面寒气太重,千万别受凉了。"

薛兰芝便站了起来。"我跟您一起种吧。"她望着坟墓喃喃地说,"我父母很早就过世了。如蒙大哥为了几个弟弟妹妹,自己一辈子都没有成家。这会儿,也只有我来为他尽孝了。"

丁兆伯便不再劝她,拿过锄头开始挖坑。

17. 丁兆伯农舍的后门处(日　内景)

许老太太拄着一条拐杖,颤颤巍巍地走了过来。

她在后门内站住了,怔怔地朝后院看去。

18. 丁兆伯农舍的后院处(日　外景)

丁兆伯已经挖好土坑,搬起一棵小松树,放进了土坑内。

薛兰芝帮助他扶住了那棵松树。

丁兆伯拿过铁锹,将旁边的松土一锹一锹地填进土坑。

19. 丁兆伯农舍的后门处(日　内景)

许老太太看着那边的情景,心中若有所思。

许秋萍从前院走了过来:"奶奶,您站在这儿干什么?"

许老太太便收回目光:"心里堵得慌,随便走走。"

许秋萍顺着许老太太的目光,也看见了后院的情景,感叹地说:"兆伯叔就跟咱们自己家里的人一样。幸亏有他尽心尽力,要不然,咱们的日子会更加难过。"

许老太太:"谁说不是啊。"她心疼地说:"唉,你妈那副肩膀,实在承受不起这么重的担子了。"

许秋萍:"奶奶,这儿穿堂风挺大的,赶紧回屋去吧。"

许老太太想起了什么:"对了,秋萍,看见少臣了吗?"

许秋萍有点闪烁其词:"没有啊。我也正想问您呢。"

许老太太有点慌了:"哎呀,有点不对头。先前我就没看见他,心里还直纳闷呢。"

许秋萍便安慰她说:"奶奶,少臣也有十六七岁了,干什么都有自己的主见,您就别担心他了。"

许老太太:"我担心就担心在他太有主见。你大舅抬回来之后,少臣始终不怎么说话。我观察过,他眼睛里头有一股子怒火,那样子很吓人,说不定什么时候就会去找日本鬼子拼命。天哪,咱们许家就他那一根独苗了,无论如何可不能再出事啊。"

许秋萍听到这里,似乎有点心虚,便想抽身离开。

许老太太敏锐地发现了什么:"秋萍,你干吗走啊?"

许秋萍又站住了:"奶奶,您还有事儿吗?"

许老太太盯着她:"你知道少臣去了哪儿,对不对?"

许秋萍只好回过身来,望着许老太太:"奶奶,这事儿迟早也瞒不住,不如现在就告诉您吧,少臣已经跟游击队走了。"

许老太太大惊:"什么?你为什么不早说?"

许秋萍:"他让我答应不说,然后才告诉我的。"

许老太太急得用拐杖连连顿着地面:"你这丫头好蠢啊!"她待不住了,跌跌撞撞朝后院那边抢了出去:"兰芝,兰芝啊!不好了,又出大事了!"

许秋萍生怕她摔倒,赶快上前扶住了她。

20.丁家铺　山冲上空(夜　外景)

入夜了,山冲四周空寂无人,寒风刮得呼呼作响。

偶尔有农户家的狗发出几声吠叫。

21.丁兆伯家　许老太太的房间内（夜　内景）

木桌上点着一盏小桐油灯，房间里面光线暗淡。

许老太太已经和衣躺在了棉被内。她双手插在袖筒中，呆滞地望着天花板，一声不吭。

薛兰芝抱着双臂，坐在老太太的床前，也没有说话。

门被推开，许秋萍端着一木盆热水走了进来。

她将热水放在地下，望着薛兰芝："妈，天太冷了，赶紧用热水泡泡脚，身上就暖和了。"

薛兰芝从沉思中惊醒，叹了口气："唉，看来丁兆伯还没有找到少臣。今天晚上也不会有什么消息了。"

许老太太忽然从床上坐起身："听，狗在叫，是不是回来了？"

许秋萍："奶奶，一直都有狗在叫呢。您也别太担心，游击队的丁队长是兆伯叔的远房侄子，他一定能找到少臣的。"

许老太太却很固执："不对。这一次，狗叫得有点不一样，你们再仔细听听。"

薛兰芝也觉得异样："可不是吗？我出去看看。"

她匆忙转身走了出去。

22.丁兆伯的院子外（夜　外景）

顺着院子对面那条弯弯曲曲的小路，丁兆伯举一只松油火把走了过来。

薛兰芝迎出来的时候，丁兆伯已经走进了院子。

薛兰芝迫不及待地问了声："怎么？没找到他？"

丁兆伯没有回答，只是回头看了一眼。

薛兰芝赶快朝他身后望去。

丁队长和一名游击队员一左一右，陪着许少臣走了过来。

薛兰芝又惊又喜地迎上去，一把抱住了许少臣："少臣，你这个傻孩子，也不怕把妈吓死啊。"

许少臣却一言不发，狠狠地瞪了丁兆伯一眼，挣脱薛兰芝的手，头也不回地冲进了屋内。

薛兰芝望着丁兆伯："少臣他这是怎么啦？"

丁兆伯："一直生我的气呢。"他望着薛兰芝："先别管，丁队长他们还没吃饭，赶紧去弄点东西填肚子吧。"

薛兰芝："哦，赶快进屋吧。我这就去做。"

丁兆伯便招呼丁队长他们朝屋内走去。

23. 许老太太的房间外（夜　内景）

许秋萍从奶奶的房间提着一桶用过的水走了出来。

丁兆伯正好走进堂屋，问她："秋萍，少臣在奶奶屋里吗？"

许秋萍："没有。他直接去了大舅的坟上。"她望了望后院那边："我想跟他说句话，他理都不理。"

丁兆伯："没事，我去跟他说说。"他走了两步，又交代许秋萍："外面太冷了，你去给少臣拿件棉衣过来。"

许秋萍应了声，放下水桶转身朝屋内走去。

24. 后院　薛如蒙的坟墓前（夜　外景）

后院的风很大，坟墓前的灌木和小草都被吹得直不起身来。

许少臣默默地坐在薛如蒙的坟墓前，眼睛里面饱含着泪水。

丁兆伯已经来到他的身后："怎么？还在生我的气？"

许少臣擦了一把泪水，哀怨地问："丁队长已经答应我了，你为什么让他改变主意，非要把我送回来？"

丁兆伯："我当然要为丁队长着想，带着一个没长大的愣头青，那不是多了一个累赘吗？"

许少臣非常气愤，呼啦一下站了起来："你怎么就不为我着想？我要为亲人报仇啊！"

丁兆伯回答得很快："就是为了让你给亲人报仇，才接你回来。你想过没有啊？要是你再出意外，这个仇由谁来报？你姐？你妈？还是你奶奶？"

许少臣张了一下嘴，一时不知道该怎么说了。

丁兆伯却不依不饶："你以为溜出去找游击队很勇敢吗？不对，那叫逃避责任。知道吗？打鬼子不缺你这么一棵嫩草，可你们家再也不能失去唯一的男子汉了。一个男人，连家庭的责任都不愿意担当，还谈什么抗日救国？你大舅常说，一屋不扫，何以横扫天下？你懂这个道理吗？"

许少臣显然被他的话所打动，沉重地吁了一口气。

25．丁兆伯的堂屋内（夜　内景）

丁队长和另外一名游击队员坐在餐桌旁。

薛兰芝端着一大盆汤面走了过来："丁队长，随便做一点面条，赶紧趁热吃吧。"

丁队长朝四周看了看："兆伯叔呢？他也没吃晚饭的。"

薛兰芝站起身："你们先吃，我这就过去叫他。"

她转身朝通往后院的小门走去。

26．后院　薛如蒙的坟墓前（夜　外景）

许秋萍拿着一件棉衣走了过来。她走到许少臣的身边，刚要给他披上棉衣，许少臣倔强地将棉衣推开了。

丁兆伯："少臣，别赌气。"他接过棉衣塞给许少臣："拿枪可以打日本鬼子，不拿枪，也能打日本鬼子。你相信不？"

许少臣不情愿地接过棉衣，披在了身上。

丁兆伯望着薛如蒙的坟墓,接着说:"你大舅是个了不起的人。他拿枪打过日本鬼子吗?没有。可他今天成了中国人的抗日英雄。看看今天来的那么多乡亲,他们心里都积满了对鬼子的仇恨,这都是你大舅的力量。他用性命保护自己的人格,保护咱们的国格,这就叫气节。气节才是百万雄兵。我就是这么认为的。"

27.丁兆伯家　通往后院的房门内(夜　内景)

薛兰芝不知什么时候已经走了过来,站在房门后面,默默地听着丁兆伯和许少臣的谈话。

28.薛如蒙的坟墓前(夜　外景)

许少臣终于不再坚持。他回头望着丁兆伯,悲愤地说:"是的,您说得对。逃难这些年,大舅对我们家承担得太多了。特别是对我,不仅教会了我读书做人,还始终让我感觉到我的父亲没有离开我们,他时刻都在我身边。"

丁兆伯点了点头:"这就叫作担当。你大舅是我们男人的楷模,生活需要他担当什么,他就担当什么,毫不畏缩。"

听到这里,许秋萍忽然转过头来,一双眼睛亮亮地看着丁兆伯:"那,我大舅走了,您也会像他那样担当吗?"

丁兆伯没有多想:"这还用问?眼下也只有我了。"

许秋萍进一步追问:"就是说,您也会像父亲那样对待我们?"

丁兆伯没料到她会这么说,不禁一愣。

29.通往后院的房门内(夜　内景)

薛兰芝把他们的话听得清清楚楚。她转瞬间意识到了什么,生怕被人发觉,赶快缩回身子,继续听外面说话。

30. 薛如蒙的坟墓前（夜　外景）

许秋萍望着丁兆伯："兆伯叔，我这么问，您不喜欢听？"

丁兆伯笑了笑："丫头，你父亲是个非常优秀的男人。一般平头百姓，哪能跟他相比啊？"

许秋萍心存怨气："他优秀吗？也许吧。反正我已经记不清楚他的模样了。从汉口逃难到现在，都过了五六年时间，一点消息都没有。我怀疑他心里把我们全忘掉了。"

丁兆伯："不能这么说。兵荒马乱的，大家都走散了嘛。"

许少臣："不过也是有点奇怪。大舅写过几十封信，托人往湖南发过去，每次都石沉大海，一个字都没回过来。"

丁兆伯："少臣，你知道我们这儿有多偏远吗？还别说是湖南，往汉口寄的信都发不出去。我有个叔伯侄儿在武汉纱厂做工，到今天也没一点儿音信。眼下就是这种世道，也怪不得你父亲啊。"

许秋萍点了点头，故意说："我都听明白了。兆伯叔说来说去，还是怕我们一家人最终会拖累您。"

丁兆伯："不对。我丁兆伯只怕麻烦别人，从来不怕别人拖累。估计你们在这里的日子还长得很，我们就像一家人接着往下过吧。"他琢磨了一下："尽管放心，我会像父亲一样照料你们。还有你妈，她是个了不起的女人，我会格外敬重她。"

许秋萍盯着他："兆伯叔，这句话好像还没说完吧？"

丁兆伯迟疑了一下："其他的嘛，我也不好说。"他倒也挺爽快："只要她自己觉得合适，让我担当什么都是可以的。"

许秋萍似乎不依不饶："谁啊？谁觉得合适啊？"

丁兆伯："这丫头，老盯着我干吗啊？"他笑了笑："我的话已经说完了。剩下的，你去问你妈。"

31. 通往后院的房门内（夜　内景）

薛兰芝听到这里，不禁心中一热。

忽然觉得身后有动静，她赶快回头看去。

许老太太不知什么时候已经来到她身后。她拄着拐杖，站得离她很近，一双昏花的老眼关切地望着她。

薛兰芝感到有点难堪，一时又不好说什么，头一低，匆匆忙忙从老太太身旁离开了。

许老太太回过身来，用呆滞的目光望着薛兰芝的背影，内心禁不住五味杂陈。

32. 济民纱行　许家国的卧室内（夜　内景）

已是深夜，卧室内没有灯光。许家国和滕玉莲正在床上酣睡。

字幕：常德

突然间，许家国从梦中惊醒，一个翻身从床上坐了起来。

滕玉莲警觉地睁开眼睛，问了声："家国，怎么啦？"

许家国看了看四周："奇怪，怎么觉得我妈过来了？"

滕玉莲愣了一下："哦？您是在做梦吧？"

许家国："是啊，一直在做梦。惊醒了，再睡，睡着了又做梦，一做梦还是她老人家。"他回想了一下："清清楚楚，就好像在我跟前一样，怎么回事儿？"

滕玉莲将身子挪到他身边，轻轻地说："我知道是怎么回事。"

许家国很奇怪："是吗？你知道？"

滕玉莲："她老人家是来看我的。信不信？"

许家国点了点头："当然。多好的媳妇啊！"他一把便将滕玉莲搂在怀里:"她老人家要是还在,肯定会喜欢你的。"

滕玉莲:"什么呀?她要是还在,哪轮得上喜欢我啊?"

许家国不禁笑了:"那倒也是。唉,人都抗不过命啊。"

滕玉莲紧紧地依偎着他:"家国,我是说真的。知道吗?听我们山里头的老人说,媳妇怀上了孩子,婆婆一定要来看看的。在世的,白天来,不在世的,后半夜来。总是要来的。"

许家国被她的话吓了一跳,呆呆地望着她。

滕玉莲也娇媚地望着许家国:"怎么?还没听明白?"

许家国顿时醒悟:"玉莲,这么说……你怀上了?"

滕玉莲用一双水灵灵的眼睛望着他,甜蜜地点了点头。

许家国心里一阵惊喜:"天!这么大的事,怎么不早告诉我?"

滕玉莲:"早就想告诉你了,可也得等最后确定啊。"她轻声告诉许家国:"这次落妥了。接连看了三个老郎中。"

许家国:"玉莲,我太高兴了。真不知道该怎么感谢你才好啊。"他兴奋地抱着滕玉莲:"苍天有眼,许家又有后代了。哈,你说得对,我妈是来看你的。老人家的在天之灵,终于有个安慰了。"

滕玉莲将自己的脸贴在他胸前:"是啊,我也得感谢她老人家的暗中保佑。这一次,我心里总算踏实了。"

窗外隐约传来了打五更的梆子声,还有喊山公遥远的吆喝声。

许家国:"你父亲知道了,还不知道该怎么高兴呢。"

滕玉莲轻轻地点了点头,脸上充满了幸福的喜悦。

过了一会儿,远处有防空预备警报拉响。

滕玉莲脸上掠过一丝阴影:"唉,偏偏又赶上要打仗了。"

许家国:"不怕。"他认真地看着滕玉莲:"玉莲,我考虑好了。真要开战，我就安排一条船，送你去浦溪纱厂。"

滕玉莲："然后呢？"

许家国："等仗打完了，我再接你回来。"

滕玉莲："你不去浦溪？"

许家国："说不好。商会这边有事，到时候再看吧，啊。"

滕玉莲怔怔地想着什么，没有回答他。

33. 常德古城（晨 全景鸟瞰）

天刚亮，天空布满了阴云，沉甸甸地压在整座古城的头顶上。

字幕：1943 年 秋

一阵阵低缓的预演防空警报，时不时地盘旋在古城上空。

34. 古城郊外（历史镜头）

郊外的高粱地里，几十门野战炮正在将炮口升起。

一簇簇头戴钢盔，全副武装的国军士兵，挥舞着十字镐和铁锹，在庄稼地里挖着战壕和掩体。

不少身强力壮的民众，将一箱箱炮弹和手榴弹运往阵地。

几名国军高级将领站在阵地前沿，用望远镜观察着远方。

字幕：1943 年 11 月初，日本侵略军调集三四万精锐部队，重重包围了这座古城。

一场壮烈而又残酷的常德保卫战，已无可避免。

35. 大河街 江西会馆大门外（日 外景）

会馆的大门右侧多了一块长方形招牌——大河街商会。

门外的街道上充满浓烈的备战气氛。

军用卡车满载着作战物资从街道上驶过。

一队一队荷枪实弹的国军士兵小跑步奔向指定的阵地。
军队的通信兵在街道两旁架设临时的电话线。
街道两旁的商户正在关门闭户,准备往城外搬迁。

36. 会馆议事厅内（日　内景）

许家国、吴子敬、文昌盛和商会骨干正在紧急磋商。

一名商会骨干灰心地说:"仗一打起来,生意肯定是没得做了。鬼子兵来了三四万,守城的国军只有八千,况且还无险可守。唉,这座孤城保不保得住,恐怕还很难说呢。"

另一名商会骨干也附和着说:"是啊。又是飞机又是大炮,狂轰滥炸之下,即便守住了,多半也成了废墟。要想恢复元气,没有三年五载,绝对是做不到的。"

吴子敬望着他们,生硬地问了句:"二位的意思,是不是说咱们已经没指望了,不如卷起铺盖趁早开溜?"

一名骨干不高兴了:"子敬兄这话有点不中听。什么叫开溜啊?国军不是发了公告,命令平民百姓全部撤出城外吗?"

文昌盛插话说:"暂时撤离算不了什么,只是不要丧失了信心。别看鬼子来势凶猛,其实他们也嚣张不了多久。"

另一名骨干便讽刺说:"你当然有信心。熬过了这场战火,到处都要重建,你们一个做大米,一个卖桐油,那还不发大财?"

吴子敬火了:"什么意思?啊?你是说我想发国难财?"

许家国便伸手制止了他们:"各位都不要冲动,我也说两句吧。"他神态庄重:"日本鬼子兵临城下,我的心情跟各位一样焦躁不安。但是大敌当前,必须与守城将士同仇敌忾,决不可以犹豫迟疑,耽误了国军的守城大计。"

吴子敬:"会长的意思,也是让我们全部撤离?"

许家国肯定地回答说:"而且要赶紧,越快越好。"他望着吴子敬和文昌盛："二位最好回老家暂时住一段时间。等战事一结束，我会及时通知你们返回。"

文昌盛听出了什么："会长，这么说，你不打算撤离常德？"

一名骨干："至少您可以去浦溪。厂子都在那边啊。"

许家国："我已经作了安排，济民纱行由郑管家带队，全体迁往浦溪纱厂，暂避一段时间。"

吴子敬："那你自己呢？"

许家国忽地站了起来："许家国与日本侵略者有不共戴天之仇，正好遇上了这个时机，怎么可以错过？我要竭尽全力协助守城将士，向侵略者讨还血债。"

吴子敬、文昌盛和其他骨干吃惊地望着他，说不出话来。

37. 济民纱行　大门外（日　外景）

张文松和滕玉翠从纱行里面走了出来。

滕玉翠换了一身打扮。她上身穿一件黄军装，小腿上扎着绑腿，腰间束一条宽皮带，斜挎一只军用包，上面有一个白底红十字标志，显得英姿飒爽。

一辆黄包车拉了过来。

许家国走下黄包车，迎面遇见了他们。他朝滕玉翠打量了一眼："嘀，翠翠，这么精神啊？参军了？"

滕玉翠："姐夫，我想参军，可这会儿没人顾得上要我。"她有点兴奋："军队医院从学校选拔女生，参加战地救护，三十二个名额。我真的好幸运，被他们选上了。"

许家国也替她高兴："好啊，为国效力，机会难得啊。"他叮嘱了一句："做事要多留个心眼，尽量注意安全。知道吗？"

滕玉翠："姐夫放心，我是学校的短跑冠军，机灵着呢。"她朝远处看了一眼："哟，我得走了。还得参加集训呢。"

许家国:"走吧。姐夫保佑你平平安安。"

滕玉翠有点依恋地看着他:"姐夫,您也是。您平安了,全家才会平安。一定要多多保重哦。"

许家国点了点头:"知道了,赶紧走吧。"

滕玉翠不再耽搁,转身朝街道那头走了过去。

张文松这才走到许家国面前,直截了当地说:"董事长,我恐怕也得向您告假。"

许家国有点意外:"怎么?文松,你不去浦溪了?"

张文松:"我已经跟郑伯商量过了,请九哥同船去浦溪,一路上保护玉莲和大家的安全。另外,我让飞舟留在您身边。"他望着许家国:"董事长,我能做到的,也只有这些了。"

许家国想了想:"那你打算去哪儿?"

张文松:"实不相瞒,现在是民族危亡的紧急关头,文松还有更紧迫的事情,必须全力担当。"

许家国望着他,连连点头:"懂了。文松,有句话始终没问你,其实我一直在心里猜测。事到如今,我忍不住想问个明白。"他朝四周看了看,放低了声音:"你应该是地下党吧?"

张文松也不避讳,微笑着点了点头:"是的。董事长,您是怎么看出来的?"

许家国:"说不清楚。我对政治并不关心,可心里总是有点好奇。有时候也在心里琢磨,像你文松这样深明大义、正直忠厚的人,假如真是个地下党,这个党可就相当了不起了。"

张文松一把握住许家国的手:"谢谢董事长。您能够这么认为,不仅对我张文松是个极大的肯定,更是对我们党的一种认可。"

许家国将另一只手也伸过来,双手紧握着张文松的手:"情势急迫,你赶快去忙吧。"他目光真诚地望着张文松:"文松,战事结束之后，再请你经常来我书房指教。"

张文松："董事长过谦了。打跑了鬼子，文松还回纱行来做事。"他不放心地叮嘱了句："眼下时局太乱，您一定要多保重啊。"

许家国点了点头，不再说什么了。

38. 大河街码头（日　外景）

靠近趸船的位置，停放着一艘很宽的大木船。

刘妈抱着一大床被褥，沿着跳板走上了那艘木船。

39. 木船的船舱内（日　内景）

木船的船舱很大，分为前舱和后舱。

后舱内摆放着两张小木床。

郑锦仁和九哥正在用绳索固定那两张小木床的木腿。

刘妈抱着被褥走了进来："郑伯，被子搬来了。"

郑锦仁："好。"他指着那两张小木床："刘妈，你就和玉莲睡在这儿。床脚都固定好了，不会移动的。"

刘妈："行啊。"她把被褥放在小床上："郑伯，您知道吗？玉莲有几个月了？"

郑锦仁："我哪知道啊？从外表上看，大概也就两个月吧？"

刘妈："可能不止。她最近老吐酸水，我看起码有四个来月了，只是不大显怀。"她一边铺着床一边说："坐船去浦溪，又是走逆水，一天一夜，我真的担心玉莲受不了颠簸呢。"

九哥插话说："幸亏是坐船。要是坐车去，会更加麻烦。尽量少走动，实在不行就躺床上，一直睡到浦溪。"

刘妈："唉，也只好这样了。"

九哥刚要起身出去，忽然发现了什么："哎，董事长过来了。"

郑锦仁和刘妈赶快抬头望去。

40. 船头上（日　外景）
一条很宽的跳板从岸上架到了船头。

许家国一只手提着暖壶、水杯，另一只手拎着一大包生活用品，已经沿着跳板走了上来。

郑锦仁急忙迎了出来："家国，这些东西让刘妈过去拿就是了，你何必自己送过来啊？"

许家国："没事，我有点不放心，想上来看看。"

他将那些东西交给郑锦仁，一低头，走进了船舱。

41. 船舱内（日　内景）
刘妈迎了上来："董事长，您看看玉莲这床可以不？"

许家国走到那张小床前，扶着床架摇晃了几下，又伸出手试了试被褥的厚薄和软度，很满意地说："挺好。床铺架得很稳，被子厚薄也正好合适。"

刘妈："您觉得好，我们就放心了。"

郑锦仁提着那些东西走了进来。

许家国一把接过，交给刘妈，交代说："刘妈，玉莲这次反应很大，动不动就呕吐。我给她准备了很多零食，请您及时给她补充一下。她喜欢吃藕粉，我还特意拿来一只暖壶，冲藕粉的时候加一小勺红糖。拜托您了。"

刘妈很感动："董事长，您这么细心，刘妈一定会让您放心。您就放心吧。"

许家国笑了："嘀，这话挺绕口嘛。好，刘妈让我放心，我肯定放心。只要刘妈能放心，我还有什么理由不放心？哈。"

郑锦仁、刘妈和九哥都忍不住笑了起来。

许家国这才问郑锦仁:"郑伯,知道玉莲去了哪儿?我有好一阵没看见她了。"

郑锦仁:"哦,她回小河街了。说是去跟喊山公告个别,这会儿应该快回来了吧?"

许家国想了想:"我过去接接她,顺便也去看看喊山公。"

他抬脚朝船舱外面走去。

42. 小河街巷子口(日 外景)

巷子口两边,军队用沙包垒起了两座防御工事。

国军士兵在工事里面有条不紊地架设着重机枪。

许家国从街道那头走了过来,朝工事看了几眼,拔脚朝巷子深处匆匆走了进去。

43. 喊山公家门外(日 外景)

门外的巷子内,备战的气氛更加紧张。

喊山公家的大门敞开,有民工挑着碎砖烂瓦从里面走了出来。

许家国走到门外,不解地看了看,大步迈进了屋门。

44. 喊山公家的后院(日 外景)

喊山公正在指挥张朝武和几名民工,用大锤和十字镐,将围墙凿开了一个巨大的口子。

许家国走进了后院,看见那情景,不禁吃了一惊。

喊山公和张朝武赶快迎上来:"董事长,玉莲还在楼上收拾一点东西,马上就可以走了。"

许家国:"哦,不太着急,还有时间。"他指着围墙:"喊山公,这是怎么回事啊?"

喊山公："按照军队的要求，每家每户都要打通。"

许家国仍然没明白："为什么？"

张朝武便解释说："户户相通，是为了打巷战做准备。一旦鬼子打进城了，咱们部队就利用房屋作掩护，机动灵活地跟鬼子战斗。"他叹了口气："唉，真要打起了巷战，离全城失守也不远了。"

喊山公并不同意："那也未必。狗皮膏药，各有各的熬法。胜算一半对一半，信不信？"

张朝武没有和他争论，却望着许家国："董事长，听说您不打算去浦溪？"

许家国："是啊。济民纱行也准备改造成战地救护医院，我得在那儿负责协调所有的工作。这是商会的决议。"

喊山公点了点头："也好。这种时候，男人不能没有血性。"

张朝武朝前面看了一眼："哎，玉莲已经下来了。"

许家国赶快回头一看，滕玉莲已经来到了身后。她换了一身农家女子的打扮，背着一只装满东西的竹背篓，很是精神。

许家国朝那只背篓看了一眼："怎么能背这么重的东西？"他伸出手去："我来帮你吧。"

滕玉莲笑了笑："算了，你拿不动。"

许家国："是吗？什么宝贝啊？"

滕玉莲："别问，都是你不感兴趣的东西。"她望着喊山公他们："爹、朝武叔，我走了。"

喊山公："走吧。自己当心点，别太累了，啊。"

滕玉莲："没事。"她望着许家国："怎么样？走吧？"

许家国："好。船在等着呢。"

45. 大河街　船码头（日　外景）

那艘宽体木船停泊在码头上，船工正在做启航的准备。

许家国陪着滕玉莲走了过来。正要往跳板上走，滕玉莲站住了："就到这儿吧，你就别上去了。"

许家国想了想："也好。"他不舍地看着滕玉莲："玉莲啊，一定要听话，养好自己的身体。为了我，为了咱们的孩子，啊。"

滕玉莲："知道。你也不要太苦自己，啊。"她甜蜜地笑了笑："枪炮无情，你又喜欢逞英雄。"

许家国："瞎说。我什么时候逞英雄了？"

滕玉莲："反正我一直在你身边，到时候都能看见的。"

许家国有点奇怪："噢？什么叫在我身边啊？"

滕玉莲诡秘一笑："不知道吧？我把心留在你身上了，不就是在你身边吗？"

许家国心里一阵激动，忍不住紧紧地抱住了她。

46. 离码头不远的河岸上（日　外景）

河岸的柳树后面，一字排开，站着十多名彪形大汉。

最前面的那名汉子，腰带上一左一右插着两条驳壳枪。

这人是石胡子，罩着黑色眼罩，脸上一股冷冷的杀气。

他默默地望着那边的许家国和滕玉莲，不知心里在想着什么。

47. 沅江对面（夜　全景）

天色终于断黑……

江对岸忽然炮火齐发，大地开始发抖……

炮火连绵不断，火光闪耀，将水面映得一片血红……

48. 浦溪城外　江面上（晨　外景）

江面不宽，船只很少，偶尔有木排在随波逐流。

字幕：浦溪

那条宽体木船缓慢地朝浦溪逆流驶来。

49. 木船的船舱内（晨　内景）

刘妈已经起床，冲好了一碗藕粉，走到滕玉莲床前："玉莲啊，天亮了，起来吃点藕粉吧。"

滕玉莲还在床上蒙头大睡，似乎没有听见刘妈叫她。

刘妈便把小碗放到小桌子上，又叫了声："玉莲，船到浦溪了，赶快起来吧，啊。"

郑锦仁也走了进来，朝滕玉莲的床铺看了一眼："不对吧？玉莲怎么会睡得这么沉啊？"

刘妈也有点奇怪："是啊。平时应该不这样的。"

郑锦仁再次看了看床铺，忍不住一把将被子掀开。

床铺上根本没有睡人，只是胡乱塞了一些衣服和枕头。

郑锦仁和刘妈同时大吃一惊："啊！"

…………

第 16 集

1. 前集回顾

已经断黑了。沅江对岸忽然枪炮齐发,大地开始发抖。

船舱内,刘妈端着一只小碗走到床前:"玉莲啊,天亮了,起来吃点藕粉吧。"

滕玉莲还在床上蒙头大睡,似乎没有听见刘妈叫她。

郑锦仁也走了进来:"咦?她怎么会睡得这么沉啊?"

他忍不住一把将被子掀开。

2. 木船的船舱内(晨 内景)

床铺上根本没有睡人,只是胡乱塞了一些衣服和枕头。

郑锦仁和刘妈同时大吃一惊:"啊!……"

刘妈:"这、这是怎么回事?昨晚上睡觉之前,我还给她冲一碗藕粉吃了,怎么一早就不见人了呢?"

郑锦仁紧张地想了想:"刘妈,她半夜起来过吗?"

刘妈回忆着说:"前半夜有点累,我很快就睡了。可后半夜我又睡不着了,眼睛一直是睁着的,没看见她起来啊。"她越想越后怕:"天哪,会不会是前半夜起来呕吐,不小心出什么事了?"

郑锦仁当即便摇了摇头,指着床铺说:"不会。要是起来呕吐,哪里还来得及做这种假象?"

刘妈:"那倒也是。"她赶快到床头找了一遍:"郑伯,怪事啊,背篓也不见了。"

郑锦仁放心了些:"这就对了,哪有带着背篓去呕吐的?"

刘妈:"您的意思,玉莲是自己下船了?"

郑锦仁仔细回想了一下:"出常德不远就是青浪滩,那地方水急滩多,船走得慢。没错,她一定是在那儿下的船。"

刘妈将信将疑:"不会吧?她要离开,总得有点动静,怎么谁都没发觉呢?"

郑锦仁:"刘妈,玉莲的身手可了不得。她要是想离开,一定是神不知鬼不觉。"他很感慨:"唉,我好糊涂。玉莲特别痴迷董事长,怎么会离开他呢?这会儿肯定又回他身边了。"

刘妈仍然不放心:"郑伯,您这话说得有道理,可也不敢大意。怎么的还得问董事长一声才好啊。"

郑锦仁:"是。上了岸立马跟董事长打电话。"他不禁非常懊悔:"唉,早知道这样,我们还来浦溪干吗啊。"

3. 浦溪　码头上（晨　外景）

许加林和申剑明、万妹儿带着几名纱厂职员等候在码头上。

那条宽体木船已经缓缓地靠上了码头。

许加林他们赶快迎了上去,接过船上抛下来的缆绳。

4. 木船的船头处（晨　外景）

船工和济民纱行两名男职员将一条木跳板放了下去。

郑锦仁、九哥、刘妈他们踏上跳板,走下了木船。

5. 码头上（晨　外景）

许加林迎上前来："郑伯，一路上辛苦了。"

郑锦仁："还好。"他朝他们几个人看了一眼："剑明，万妹儿，你们都来了？"

万妹儿一直在朝船上望："哎，郑伯，还有人没下来吧？"

郑锦仁回头看了一眼："没有了。都在这儿。"

许加林也觉得奇怪："不对吧？郑伯，我那个新婶娘呢？"

郑锦仁迟疑了一下："哦，她这次没过来。"

万妹儿："没过来？"她望着刘妈："刘妈，不是说好了滕玉莲也过来吗？我都替她把屋子安排好了。"

刘妈摇了摇头："唉，怎么说才好呢？明明上船了，我还伺候她吃了点东西才睡觉。可一觉醒来，人就不见了。"

许加林："哦？那她去了哪儿？"

郑锦仁："嗨，别问了。加林，赶紧带我去长途电话局，得马上给你叔打个电话回去。"

申剑明插话说："郑伯，这么早，电话局还没开门呢。"

许加林有点性急："没关系，电话局那边我有个熟人。"他朝大家吩咐了声："剑明，万妹儿，你们俩带大家去纱厂，赶紧安顿下来。郑伯，咱们这就去电话局。"

郑锦仁："好。赶快走。"

6. 浦溪县城　一条小巷内（晨　外景）

天色刚亮不久，小巷里面的路灯还没来得及熄灭。

旁边的几家店铺都没有开门，街面上也不见行人。

许加林带着郑锦仁匆匆忙忙从街道那头走了过来。

郑锦仁朝街道两边看了一眼，不解地问："加林，你们县里的电话局，怎么会在这么小的巷子里头啊？"

许加林:"不是。县电话局在大街上,这会儿肯定没开门。我得先过来找个熟人。"

郑锦仁便不说话了。

走到巷子深处,许加林站住了:"郑伯,麻烦您在这儿等一下,我过去叫她出来。"

郑锦仁:"加林,这么早呢,人家会答应帮忙吗?"

许加林:"放心,我说了,她一定会答应的。"

他抬脚朝巷子尽头的一间民宅走了过去。

郑锦仁便站在原地,远远地看着他。

7. 那间民宅门外(晨 外景)

许加林很快走到这间民宅前。他朝两头望了望,伸出手,轻轻地敲了敲房门。

屋子里面没有任何反应。

许加林没有再敲门,竟从自己的衣兜里掏出一片钥匙,再次看了看巷子两头,打开屋门,将身子闪了进去。

8. 离这间民宅不远处(晨 外景)

郑锦仁将那情景看得清清楚楚,不禁大感疑惑。

天色亮了许多,小巷内已经有人走动。

一个卖豆腐脑的商贩挑着担子慢慢地走了过来,望着郑锦仁问了声:"老板,来碗豆腐脑不?"

郑锦仁连连摆手:"不、不,多谢了。"

那商贩便挑着担子走远了。

郑锦仁有点担心地朝那间民宅望了过去。

9. 那间民宅的大门外（晨　外景）

没多久，那民宅的房门打开了，许加林走了出来。

一名二十多岁的女子一边扣衣服，一边紧跟在他身后。

许加林便回身锁好了房门。

那女子等他锁好门，回过身去一把挽住了他的胳膊，将头依恋地靠上他的肩头。

许加林赶紧轻轻地推开了她的身体，然后抓住她的手，匆匆忙忙朝郑锦仁那边走了过去。

10. 离这间民宅不远处（晨　外景）

郑锦仁一直看着这边。见他们走过来，便迎了上去。

许加林拉过那名女子，介绍说："郑伯，她叫幺妹子，电话局的接线员。"然后对幺妹子说："幺妹子，快叫郑伯，啊。"

那个幺妹子倒也大方："郑伯好。"

郑锦仁赶紧回应："好，好。幺妹子啊，这么早叫醒你，真的是给你添麻烦了。"

幺妹子心直口快："不算早。加林比我还要早，他起来的时候，我一点都不知道呢。"

郑锦仁不由得看了许加林一眼。

许加林赶快捅了她一下："不说了，赶紧去电话局吧。"

幺妹子："好。跟我来。"

她一转身，带着许加林和郑锦仁风风火火地朝巷子口走去。

11. 浦溪大街上　县电话局门外（晨　外景）

幺妹子快步走到电话局前，掏出钥匙打开大门。

她推开大门，一边朝里面走，一边回头说："我先去开机，最后进来的替我把门锁上。"

郑锦仁和许加林便紧跟着她往门里头走。

快进门的时候,许加林拉了郑锦仁一把,说:"郑伯,您先进去打电话,我去买些早点,马上就回来。"

郑锦仁:"不用了。我一点都不饿。"

许加林:"就算您不饿,也得犒劳一下幺妹子吧?哈。"

他不由分说地朝街对面走去。

郑锦仁只好走进电话局,回身把大门关上了。

12. 长途电话分接器前(晨　内景)

幺妹子已经戴好耳机,坐在操作台前,熟练地打开机器,接连推上了好几道开关。

郑锦仁走了过来,在她身后站住了。

幺妹子望着操作面板上交替闪烁的红绿灯,一边等候,一边随口问了句:"郑伯,问您一句话,在意不?"

郑锦仁:"啊,不在意。你尽管问。"

幺妹子:"加林说,他从没结过婚,又是赌咒又是发誓的。这话我不能不信,又不敢真信。请您跟我说句实话,他在汉口的时候真的没找过老婆啊?"

郑锦仁:"是真的。这孩子从小到大一门心思学技术,根本就没考虑过成家立业的事儿。"

幺妹子似乎松了很大一口气:"那就好。听您这么一说,我就完完全全放心了。"她有点后怕:"兵工厂那边有个男的,也找了个浦溪的女人结婚。您猜怎么着?一年时间不到,他的结发老婆突然之间就从湖北找过来了。好家伙,要死要活,闹得天昏地暗。您想想看,那种日子怎么熬得到头啊?要是我幺妹子也摊上这种事,那就只一条路:跳河,要不就上吊。"

郑锦仁:"加林不会的。他从来没想过结婚,我还以为他一辈子都不会沾女人的边呢。"

幺妹子："那倒是。他见了女人话都不敢说，我就喜欢这一点。您猜我们是怎么好上的？他经常来给客户打电话，我就看中他了。"她莞尔一笑："是我把他拖下水的。"

郑锦仁心里有点着急，便应付地笑了笑，催促了声："幺妹子，机器好了吗？"

幺妹子："还得等一会儿。"她朝操作面板看了一眼："您别急，这机子太老了，预热就得十来分钟呢。"

郑锦仁："哦，这么慢？"

他掏出怀表看了一眼，无奈地叹了口气。

13. 电话局大门外（日 外景）

许加林提着一袋早点，从街道对面走了过来。

刚要进门，身后一名男子吼了句："站住！你想干什么？"

许加林回头一看，一名五十来岁的男子，穿一身墨绿色中山装，手上拎着一大串钥匙，气势汹汹地走了过来。

许加林心里估计那是电话局的头儿，便赶快解释说："哦，我是幺妹子的熟人，给她送早点过来的。"

那头儿朝他打量了一眼："找幺妹子？她不在。这么大清早的，电话局还没上班呢。"

许加林："幺妹子已经在里面了。"他满面笑容地告诉那头儿说："真的，我和她一起来的。"

那头儿觉得很奇怪："嗯？有这种事？"

他不再说什么，一抬腿走进了电话局。

许加林跟在他身后，刚要进去，那头儿把他拦住了："你就在门外等着。这地方哪能随便进去？"

他将许加林推开，独自走了进去。

许加林赶紧跟上去,大门却被那头儿"砰"的一声关上了。

14. 电话局　操作台前（日　内景）

幺妹子眼睛紧盯着操作面板,接连拉上了几道开关。

郑锦仁站在她身后,焦急地看着她操作。

幺妹子切换了好几次线路,面板的指示灯却没有任何变化。她不禁感到十分奇怪:"嗯?怪事啊。"

郑锦仁:"怎么啦?还接不通?"

幺妹子:"几条线路都试过了,一点反应都没有。"

正好房门推开了,那头儿一脸阴沉地走了进来。

那头儿一脸的不高兴:"幺妹子,一大早,怎么闯到机房来了?擅自开机是要受处罚的。"他朝郑锦仁看了一眼:"还带了外人进来?看来这个饭碗你是不想端了?啊?"

幺妹子很会对付他:"邵局长,没办法。人命关天,咱们总不能见死不救吧?这句话我可是经常听您说呢。"

邵局长:"那倒也是啰。紧急情况紧急处理嘛。"他倒也还爽快:"那就下不为例。听见没有?"

幺妹子:"当然,当然。"她趁机问了句:"正好要请教邵局长,这个长途,怎么死活交换不过去呢?"

邵局长走到操作台前,往控制面板看了几眼。"设备很正常嘛。"他闷闷地问了一句,"你是往哪儿交换啊?"

幺妹子:"常德呢。平时一接就通的。"

邵局长:"我猜你就是往常德打。"他大手一挥:"不行了,线路全断了。"

幺妹子:"全断了?我说呢,几条线都没声音。"

郑锦仁更加着急:"邵局长,还能不能想想别的办法?"

邵局长说得相当干脆:"天王老子都没办法了。"他望着郑锦仁："你这老先生消息也太不灵通了。常德这会儿是什么情况还不知道？昨天晚上总攻就开始了。老天爷，都快让日本鬼子给炸平了。"

郑锦仁大惊失色："什么？有、有这么严重？"

邵局长："听说国军正在拼死抵抗。"他摇了摇头："但愿守得住。要不然，我们这儿也恐怕要遭殃呢。"

幺妹子朝郑锦仁看了一眼，一时间束手无策。

15. 电话局大门外（日　外景）

许加林听见开门的声音，赶快回过身来。

幺妹子带着郑锦仁从电话局里面走了出来。

许加林迎上去："怎么样？打通电话了？"

幺妹子："线路全炸断了，根本没办法接过去。"

郑锦仁一脸焦虑："听局长说，整个常德都让日本鬼子炸平了。天哪，这可怎么办？"

许加林安慰说："郑伯，别信那么多。我半夜里还听了收音机，国军的王牌部队守在那儿呢，轻易就能让人家给炸平了？"

郑锦仁："无论如何，还得通个电话才好啊。这会儿就跟个聋子似的，真把人急死了。"

幺妹子脑子很灵："哎，加林，你不是有个亲戚吗？要不去找他试试看？说不定他们会有办法的。"

许加林一时没想起来："谁？"

幺妹子："兵工厂那个总工程师啊。"

郑锦仁顿时心里一亮："对啊，怎么不去找薛梦泽？"

许加林还有点怀疑："薛叔啊？他有办法吗？"

幺妹子："应该有。他们厂子里有军用电台呢。"

许加林一拍大腿："可不是吗？走，赶紧。"

三个人立即转身,大步流星朝城外方向走去。

16. 常德　天空中(历史镜头)

十多架日军轰炸机编队从空中飞过,扔下一串串炸弹。城墙脚下,炸弹接连爆炸,一幢一幢被气浪掀翻的房屋……

字幕:常德

17. 济民纱行　大门外(日　外景)

济民纱行门口挂着一面印着红十字标志的旗帜,这儿已经改成了战地救护医院。

炸弹接二连三地在纱行外面的街道上爆炸。

有两组士兵将机枪举起,朝天空中的飞机扫射着。

一些士兵和强壮的市民顶着爆炸的烟雾,用担架抬着七八个负伤的士兵,小跑步奔进了济民纱行大门内。

18. 济民纱行　天井内(日　外景)

天井里临时搭建起简易房屋,作为安置伤员的病房。

病房内非常密集地架设起几十张病床,上面躺满了负伤的士兵。

滕玉翠跟着几名医生、护士正在手忙脚乱地为伤员包扎伤口。

许家国、向飞舟把那队担架迎进临时病房,前后张罗着,将新来的伤兵逐个安顿下来。

忽然,耳旁响起了尖利的炮弹啸叫声。

病房里的人恐惧地呼叫:"不好!炸弹!"

19. 济民纱行 屋顶上（日 外景）

随着炸弹的啸叫声，接连几颗巨型炸弹落在了屋顶上。

炸弹一颗颗爆炸，临时搭建的病房顿时纷纷倒塌。

20. 临时病房内（日 内景）

刹那间，在人们的惊叫声中，临时屋顶接二连三塌了下来，所有病床连同伤员全部都被掩埋掉了。

硝烟和灰尘到处弥漫，四周变得死一般寂静。

21. 济民纱行 大门外（日 外景）

一辆军用吉普车飞快地开了过来，停在了济民纱行门外。

吉普车上跳下来一名浑身尘土的国军上校。

紧接着，一名身背无线电台的通信兵也跳了下来。

济民纱行大门已经倒塌，滚滚浓烟从里面涌了出来。

上校看着那情景，赶紧从通信兵手上接过话筒，呼叫道："浦溪、浦溪，听得见吗？"

电台内没有声音。

上校又呼叫："浦溪！薛总请回答！薛总请回答……"

22. 浦溪兵工厂 通信室内（日 内景）

薛梦泽一把抓过话筒："我是薛梦泽，请讲。"

郑锦仁、许加林站在薛梦泽身后，紧张地看着他。

字幕：浦溪

画外：电台内传来了那名上校的声音："报告薛总，我到了济民纱行，现在就在大门口。"

薛梦泽："李团长，找到许董事长了吗？"

画外：李团长的声音："找不到了。薛总，情况很糟糕。炸弹全部落在院子里头,房屋已经被炸垮了。"

薛梦泽、郑锦仁、许加林顿时大吃一惊:"什么?"

画外:李团长的声音:"薛总,情况就是这样。您还有什么指示?"

薛梦泽:"谢谢李团长。"他顺便问了声:"李兄,现在的常德是什么状况?"

画外:李团长的声音:"万分危急。北城门已经失守,日军正在向城内推进。薛总,前线告急,我不能再耽误了。再见。"

话还没有落音,电台里面传来刺耳的爆炸声。一阵长长的尖啸声之后,电台面板上一只红灯急骤地闪烁着,里面却再也没有任何声音传过来了。

薛梦泽脸色大变,赶紧对着话筒大声呼叫:"喂喂!李团长!喂,喂,李兄!喂!喂……"

电话员转过脸来,失望地朝他摇了摇头。

薛梦泽只好慢慢地放下了话筒。

郑锦仁失神地坐了下去:"完了!完了!……"

23. **济民纱行　天井内(日　外景)**

天井中临时搭建的急救房屋全部倒塌,只剩下一堆堆废墟。

除了一缕缕余烟有气无力地向上升腾,院子里坟堆一般死寂。

废墟的某个地方忽然向上拱动了一下,有人正在往外挣扎。

不久,一脸灰黑的向飞舟,顽强地从断木残瓦中爬了出来。

他慌乱地朝四下看了看,身体往旁边挪了几步,抓住一根冒出来的木梁,使出浑身力气,用肩膀抬起了那根木梁。

许家国正好被埋在那条木梁底下。

木梁架出了一小块空间,许家国受伤并不严重,神志也还清醒。

他向上伸出双手,在向飞舟的帮助下,终于爬了出来。

向飞舟望着他:"董事长,您没事吧?"

许家国:"我没什么事。"他朝身边的废墟看了看:"飞舟,快,翠翠就倒在我身边,赶快把她救出来。"

向飞舟应了声,继续去掀旁边的木梁。

许家国也挪过去,帮着他使劲地扒开下面的砖瓦。

很快,在横七竖八的梁柱和木板下面,发现了昏迷的滕玉翠。

两人协同配合,总算把滕玉翠从废墟中拖了出来。

向飞舟朝她看了一眼:"董事长,她好像晕过去了。"

许家国顾不上多看:"这地方非常危险,得背她去地下室。"

向飞舟:"我来吧,董事长。"

许家国:"不用。飞舟,赶紧去找点急救药品过来。"

向飞舟:"好,我这就去。"

许家国:"要快!来,帮一把。"

他一弯腰,在向飞舟的帮助下,把滕玉翠背在身上,高一脚低一脚地朝后院地下室那边跑去。

24. 城北 进城的街道口(日 外景)

街道口到处都是防御工事,却已经被炮弹摧毁。

工事里的机枪倒在一边,大批国军士兵已经壮烈战死。街道旁边接二连三地躺着牺牲士兵的尸体。

枪炮声不绝于耳,周围的战斗仍然十分激烈。

不久,一条身影从街道入口处闪了出来。

这人就是滕玉莲。她身背竹背篓,双手各持一条驳壳枪,将身体紧贴着墙根,警惕地朝这边摸索过来。

看着屋檐下面那些国军士兵的尸体,她惊恐得说不出话来。

忽然,她听见身后传来一阵隆隆的引擎声,便赶快将身体隐藏在墙角,回过头朝街道入口的方向望去。

25. 街道入口处(日 外景)
一辆车身画着太阳旗标志的装甲运兵车,突然出现在街道口。

装甲车的后面,紧跟着几十名日军士兵。

在装甲车的掩护下,日军士兵一个个弯着腰,手端着长短枪支,朝街道里面摸了进来。

26. 墙角处(日 外景)
滕玉莲心里一紧,收回目光,朝周围看了看。

她发现身后一扇房门没有关严,便悄悄退后一步,推开那扇门,将身体闪了进去。

27. 街道上(日 外景)
装甲车在前面开道,那几十名日军士兵已经走进了街道。

突然,街道对面传来一阵猛烈的机枪声。

日军队伍中顿时倒下了好几名士兵。

其他士兵像炸了窝一般,赶紧四下分散,伏倒在地。

两名日军少佐匍匐在地下,握着手枪四处观察,一时间没弄清楚子弹来自什么地方。

28. 街这边的一个屋顶上(日 外景)
滕玉莲已经攀上屋顶,匍匐在上面,观察着街道上的情景。

她也听见对面的机枪声,便循声望了过去。

29.对面屋顶的一道土墙后面（日　外景）

土墙后面非常隐蔽地藏着一挺捷克轻机枪。枪口吐着火舌，正在朝下面街道上的鬼子兵扫射着。

机枪手打得兴起，露出了半边身体。

这名机枪手戴着一只黑眼罩，他竟然就是石胡子。

石胡子的身边还有两名同伴，也在用冲锋枪朝下面扫射。

30.街这边的那个屋顶上（日　外景）

滕玉莲看清楚了石胡子，不禁十分惊讶。

蓦地，她又看见了什么，不由得探起身来。

31.对面屋顶的土墙下方（日　外景）

日军士兵终于发现了上面的机枪位置。

三名日本鬼子正沿着墙角，悄悄地往土墙上方攀了上去。

石胡子和他的同伴只注意朝下面街道上扫射，完全没有发现三名鬼子正在逼近。

三名日军士兵已经爬到了土墙下方，各自掏出了手雷。

32.街这边的屋顶上（日　外景）

滕玉莲不再犹豫，双手举起驳壳枪，冷静地朝对面射击。

33.对面屋顶的土墙下方（日　外景）

那三名鬼子相互打了个手势，正要往土墙里面扔手雷。

对面三声枪响，三名鬼子先后被击中，一个接着一个倒了下去。

鬼子的身体顺着屋顶的斜坡，重重地跌到了街道的地面上。

手雷在地面上爆炸，炸翻了好几个鬼子兵。

34. 土墙里面（日 外景）

石胡子听见爆炸声，这才发现情况不对头。

他暂停射击，朝对面屋顶望去。

石胡子很快看清楚了对面屋顶上的人，十分惊喜，高声喊了一句："玉莲，是你啊？"

35. 街这边的屋顶上（日 外景）

滕玉莲没有回答他，只是迅速地换上了一支弹匣。

她又听见了装甲车的声音，赶快朝下面望去。

36. 街道上（日 外景）

那辆装甲车朝后面倒退了一段距离，然后停下了。

车上的炮塔转了半个圈，将炮口瞄准了石胡子所在的那道土墙。

37. 街这边那个屋顶上（日 外景）

滕玉莲发现了正在朝这边瞄准的装甲车。

她焦急地朝对面喊了声："快下去！危险！快撤啊！"

38. 对面屋顶的土墙后面（日 外景）

石胡子哈哈大笑："不用撤了！玉莲，没想到今天还能见到你，我石胡子死也值得了！"他索性站起身来，端着那挺滚烫的机枪，重新换上一匣子弹："弟兄们，给我打！狗日的日本鬼子，打死一个赚一个！打啊！"

他身边那两名同伴也站了起来，端着冲锋枪不停地扫射。

石胡子一边朝下面猛烈射击，一面朝着这边的滕玉莲疯狂地放声呼喊:"玉莲,你是我最好的婆娘!莫忘记我啊!玉莲啊!"

39. 街道上(日 外景)
装甲车上那只炮筒已经瞄准完毕。
炮口突然吐出红色火焰,一连发射了三颗炮弹。

40. 那个屋顶的土墙前(日 外景)
三发炮弹接连准确地命中目标,土墙当即被炸得粉碎。
石胡子和那两名同伴,被炮弹炸得腾空而起。
然后,他们的身体重重跌到街道的地面上,一时间血肉横飞。

41. 对面那个屋顶上(日 外景)
滕玉莲亲眼看见了那惨烈的情景,惊吓得说不出话来。
她痛苦地闭上眼睛,两行眼泪潸然而下。

42. 济民纱行 地下室内(日 内景)
许家国已经将滕玉翠的身体平放在地下室的地面上,托起她的左手腕,正在给她探脉。
向飞舟找到一些急救药,很快地走了进来:"董事长,您看这些药有用吗?"
许家国十分着急:"不是用药的问题。我探不到脉搏,她的心脏已经停止跳动了。"
向飞舟一愣:"啊?那怎么办?"
许家国不敢犹豫,走到滕玉翠身体左边,迅速跪下去,捏住她的鼻翼,俯下身去,口对口地开始为她做人工呼吸。
向飞舟手忙脚乱地找出一块棉纱,递到了许家国手上。

43. 城北　进城的那条街道上（日　外景）

街道上的空气都凝固了，死一般无声无息。

没多久，滕玉莲从藏身的屋子里闪了出来，朝街道上探望。

鬼子的队伍已经朝城内开走，街道上又多了许多鬼子的尸体。

滕玉莲朝对面的屋檐下看了一眼，慢慢地走了过去。

石胡子的尸体血肉模糊，斜躺在街道旁边。

滕玉莲来到他的尸体旁，放下身上的竹背篓，蹲了下去。

她伸出双手，将石胡子的尸体翻了个身。

石胡子的面貌已经变形，脸上却残留着一种笑容。

滕玉莲凝视了一阵，从背篓里取出来一条御寒用的披巾。

她再次看了石胡子一眼，将那条披巾轻轻地盖住了他的头部。

然后，她站起身，提着那只背篓，一步一回头地走到了街边。

她忽然一阵恶心，赶紧扶着墙壁，捂着胸口呕吐个不停。

街道入口处，又有装甲车的声音传了过来。

她赶快回头望去。

44. 街道入口处（日　外景）

两辆日军装甲车正轰轰隆隆地朝这边开。

更多的鬼子兵紧随其后，朝城内冲了进来。

45. 街道上（日　外景）

滕玉莲收回目光，迅速地背起了那只竹背篓。

她朝四周打量了一眼，顺着墙角敏捷地离开了。

46. 济民纱行　地下室内（日　内景）

许家国已经满头大汗，还在坚持不懈地给滕玉翠做人工呼吸。

向飞舟蹲在他身边，一边用一条毛巾替他擦拭着汗水，一边观察着滕玉翠的反应。

终于，滕玉翠眉头抖动了一下，轻微地哼了一声。

向飞舟惊喜地叫了声："董事长，行了。"

许家国直起身来，朝滕玉翠看了看。

滕玉翠微微张开嘴，轻轻地呼出了一口气。

许家国这才放下心来，却累得一屁股坐在了地下。

47. 济民纱行　门外的街道上（日　外景）

一群国军士兵和许多戴着十字袖章的卫生员，抬着一副副担架，匆匆忙忙从街道上跑过。

那担架上的伤员全都被蒙头蒙脑地盖上了白布，还有鲜血在往外渗透。

滕玉莲背着背篓，从街道那头走了过来，吃惊地看着那些担架。

她顺着救护人员过来的方向望去，不禁愣住了。

48. 济民纱行　大门口（日　外景）

济民纱行大门外围了很多人，并且继续有盖着白布的担架从里面穿梭一般往外抬了出来。

滕玉莲已经跑了过来，看着被炮火炸得乌焦的大门，一时间心慌意乱，抬脚就往大门里面冲。

两名国军士兵立即拦住了她："不能进去。危险。"

滕玉莲完全不顾他们的阻拦,直接冲进了大门内。

49. 济民纱行 天井内(日 外景)

天井内到处都是倒塌下来的木梁和残砖烂瓦。

已经赶来了不少人,正在用各种工具在废墟里寻找幸存者。

滕玉莲气喘吁吁地跑了过来,望着天井内的情景,惊吓得半天说不出话来。

搜救的人群中,有一名身穿美式夹克的男子回头看见了她,赶快走到了她身边:"许太太,是您啊?"

滕玉莲费了好大劲才认出他是吴子敬:"您是……吴老板?"

吴子敬:"是啊。玉莲,听家国说,你不是去浦溪了吗?"

滕玉莲顾不上多解释,抓住他的手便问:"吴老板,快告诉我,家国在哪儿?"

吴子敬迟疑了一下:"哦,他应该……应该……"

滕玉莲急了:"他是不是也被埋住了?"

吴子敬只好说实话:"应该是,家国一直在这儿抢救伤员。"转瞬又安慰她:"不过你放心,我是第一个过来的。到现在也没发现遗体里头有他。肯定还活着,一定有希望找到的。"

滕玉莲看着面前的废墟,更加心慌意乱了。

50. 大河街背后的一条小巷内(日 外景)

一名老者拉来一辆长长的平板人力车,等候在路边。

向飞舟背着滕玉翠走了过来,将她安置在板车上躺下。

滕玉翠已经清醒过来,望着向飞舟说:"飞舟,我没事。"

向飞舟:"什么叫没事儿?你还算不上活过来了呢。"

许家国拿着一床棉被,从纱行后门跑了过来。

他将棉被盖在滕玉翠身上,然后交代向飞舟说:"飞舟,你护送翠翠赶紧出城，直接上白鹤山。那儿有好几个市民疏散点，喊山公和张朝武都在那边。"

向飞舟有点犹豫："董事长，那您怎么办？"

许家国："我得赶快去江西会馆。军队上的炊事兵全部调到前线打仗去了，没人给他们做饭。不吃饭怎么打仗？"

滕玉翠撑起身子："姐、姐夫，我跟您去。我会做饭。"

许家国赶紧按住被子："不行，你就别给我添乱了，啊。"

滕玉翠只好疲乏地闭上了眼睛："姐夫，您可别骂我啊。"

许家国笑了笑："傻丫头，我骂你干吗？"

滕玉翠："那我就告诉您，我姐根本没去浦溪。"

许家国一愣："什么？"他想了想："怎么会呢？是我亲自把她送上船，看着她离开的啊。"

滕玉翠便叹了口气："唉，您真是个书呆子。这么危难的时候，我姐会离开您吗？"

许家国想起来了："噢？好像她说过一句。"他顿时便有点心慌："那、那她在哪儿？要怎么才找得到她？"

滕玉翠轻轻摇了摇头："您找不到。"她说得很肯定："不过请您放心，到时候，她一定会出现在您身边的。"

许家国将信将疑，却又不敢耽搁："行。你们赶紧走吧。飞舟，北门已经有鬼子进城了，一定要多留个心眼，啊。"

向飞舟拍了拍后腰："不怕，我带着家伙呢。"

许家国再次朝滕玉翠看了一眼："翠翠，要听话，啊。"

滕玉翠眼里充盈着泪花："姐夫，再抱我一下。"

许家国略一迟疑，很快俯下身子，轻轻地抱了她一下。

刚想起身，滕玉翠伸出双手紧紧地抱住他，没让他站起来。然后凑在他耳边，柔软地说："我跟姐一样，也离不开您啊。"

许家国赶快回了句："姐夫知道了。"他直起身，果断地一挥手："天快黑了，快走。"

那老者拉起平板车，脚底生烟地朝城外方向跑去。

望着他们离去后，许家国不敢再耽搁，回身朝江西会馆走去。

51. 江西会馆　天井内（黄昏　外景）

天井里面垒起了三个柴灶，文昌盛正带领着七八名男女市民，手忙脚乱地烧火煮饭。

许家国大步流星赶了过来："昌盛兄，大米够不够？"

文昌盛："啊，许兄，粮食多的是，缺的只是厨师。部队打得太辛苦了，得做最好的菜慰劳他们。"

许家国："这么说，我又有用武之地了。"

文昌盛："您也会做菜？"

许家国："那是我的童子功。南北口味，全拿。"

他走到炒菜的大铁锅前，一抒袖子，拿过菜勺就开始炒菜。

文昌盛赶快走过去帮忙。

52. 江西会馆　大门外（黄昏　外景）

枪炮声一直不绝于耳，门外的街道上已经没有行人。

吴子敬将身子压得很低，匆匆忙忙朝会馆跑去。

忽然有一颗炸弹在会馆前面爆炸，气浪将他掀翻在地。

吴子敬顺势在地下打了个滚，一溜烟跑进了会馆。

53. 江西会馆　天井内（黄昏　外景）

又有几颗炸弹接连爆炸，房屋受了震动，屋顶上断断续续落下了一些破碎的瓦片。

文昌盛不由得低了一下头："不好！鬼子打过来了。"

许家国没有停顿:"不怕。前面还有一道防线。"他给大家鼓气:"各位抓紧,做完这道菜,就赶紧往阵地上送。"

人们添火的添火,加柴的加柴,纷纷加快了手脚。

吴子敬一头大汗地跑了进来,一眼就看见了许家国:"我的天,你在这儿啊?差点吓死我了。"

许家国回头看了他一眼:"怎么啦?"

吴子敬:"还怎么啦。我以为你让炸弹给炸死了呢。"

许家国:"是啊,就差那么一点点。"他淡淡一笑:"子敬,你来得正好。饭菜都做好了,赶紧帮忙送到阵地上去。"

吴子敬没再说笑,一把拖过大铁桶,飞快地将米饭往里面装。

54. 大河街　东头城墙上（黄昏　外景）

城墙上的防御工事已经被完全摧毁。工事内外,到处都是炸坏的武器,还有一具具英勇牺牲的国军士兵的尸体。

一群日军士兵冲上了城墙,在工事里架上重机枪,将枪口指向了城内的方向。

另外又有一群日军冲上了城墙,拖过来几门小钢炮,七手八脚地支在了城墙上。

几名鬼子搬过来一箱箱炮弹,放在了钢炮旁边。

装炮弹的木箱上,印着十分骇人的标志:两根交叉的骨头,中间是一只黑色骷髅头。

标志下方还印着三个日本字——"毒の素"。

55. 江西会馆　天井内（夜　外景）

天色渐渐黑下来了,天井里点亮了一盏煤气灯。

人们已经将饭菜装在几只大铁桶内,正在往一辆板车上放。

吴子敬一边装车，一边告诉许家国："家国兄，差点忘了告诉你，我刚才看见玉莲了。"

许家国蓦地回过头来："是吗？怎么不早说？"

吴子敬："我也不知道上哪儿找你啊。"

许家国急了："废话。我不就在这儿吗？"

吴子敬也有火气："你才废话呢。我这不刚刚进来吗？"

许家国冷静了一下："快说，她在哪儿？"

吴子敬："就在济民纱行。屋子全炸塌了，我那会儿正在到处找你的尸体呢。谁想到你会在这儿活过来啊？"

许家国拍了拍他的肩膀："伙计，对不起了。这饭，你跟昌盛送上去吧，我得赶紧去一趟济民纱行。"

吴子敬拦住了他："家国，别去。滕玉莲早就不在那儿了。"

许家国："你没问她要去哪儿？"

吴子敬："嗨，那会儿乱着呢，一转眼她就没见人了。"

许家国满脸焦虑，一时也不知道该怎么办了。

56. 国军的一间临时指挥所内（夜　内景）

指挥所里面的军官和战士全部挂了彩，仍然坚守在岗位上，声嘶力竭地发着各种指令。

那位李团长头上缠着纱布，正在用望远镜朝外面观察。

两名士兵匆匆跑了进来："报告团长，鬼子占领东城墙了。"

李团长一惊："什么？有多少人？"

一名士兵："至少一百多。还架起了平射炮。"

另一名士兵补充说："团长，鬼子带了毒气弹。"

李团长："你说什么？毒气弹？"

那士兵："是。我亲眼看见了。"

李团长恨得钢牙紧咬："这帮畜生！"

一名参谋看着他说:"团长,那边是制高点,可不能失守啊。"

李团长扔下望远镜,将一顶钢盔扣在头上,顺手从旁边端过来一挺机枪,大声命令说:"所有还能动的人,赶快拿起武器。命可以不要,阵地万万不能丢!"

他端着机枪,第一个冲了出去。

其他十几名军官和战士抓起步枪、冲锋枪,紧跟着李团长,旋风一般冲了出去。

57. 东头城墙上(夜 外景)

架在城墙上的那几门平射炮,忽然先后开火。

炮兵们戴着防毒面具,不住地往炮膛里装毒气弹。

58. 江西会馆 大门口(夜 外景)

两名市民推着那辆装满饭菜的板车,刚刚出了大门,几发炮弹就落在了大门前。

爆炸的气浪将那两名市民掀到半空中,又落到了地下。

一颗炮弹击中了那辆板车,将饭菜炸得满天飞舞。

59. 江西会馆 大门内(夜 内景)

其他几名市民正准备出门,又被爆炸的炮弹逼了回来。

吴子敬、许家国和文昌盛赶紧在原地伏了下去。

忽然大家都开始猛烈地咳嗽。

有人大声喊了句:"不好了!有毒气!"

吴子敬用鼻子嗅了一下,大惊失色,赶快将许家国和文昌盛拉了起来:"不能待在这儿,赶快跑啊!"

好几个市民已经起身朝门外冲了出去。

60. 东头城墙上（夜　外景）

鬼子在工事里面架起来的那挺重机枪突然开火。

枪口处，不停地向外吐出一串串暗红色的火苗。

61. 江西会馆　大门外（夜　外景）

先前冲出来的几名市民纷纷中弹，直挺挺地倒了下去。

吴子敬、许家国他们刚刚跑出大门，子弹纷纷落在他们的脚下。

吴子敬和许家国他们慌忙卧倒在地。

62. 城墙上的工事内（夜　外景）

三名鬼子半蹲在城墙的那座工事内，不停地转动着重机枪，朝着下面疯狂地扫射。

63. 离工事不远处（夜　外景）

滕玉莲的身影突然出现在城墙上。

她利用城墙的墙垛作掩护，飞快地朝那座工事接近。

运动到一个有利位置，滕玉莲倏地站起来，双手抢枪，将那三名鬼子准确击毙。

然后，她猛跑了几步，一跃而起，抓住紧靠城墙的一棵老槐树，敏捷地溜下了城墙。

64. 江西会馆　大门外（夜　外景）

许家国看得清清楚楚，兴奋地站起身来："玉莲！"

滕玉莲已经跑到他身边："家国！"

许家国激动不已，一把抱住了她。

吴子敬和文昌盛也站了起来，高兴地看着他们。

滕玉莲轻轻地推开许家国的手："家国，到处都是毒气，得赶快离开这儿。"

许家国："好。快走。"

65．城墙的工事内（夜　外景）
又有好几名鬼子跳进了工事内。

一名鬼子移过重机枪，拉开了枪栓。

66．江西会馆　大门外（夜　外景）
滕玉莲听见拉枪栓的声音，回头一看，惊呼了声："危险！"

她什么都不顾了，一转身，挡在了许家国的身前。

67．城墙的工事内（夜　外景）
在这同时，那挺重机枪又开始射击，声音震耳欲聋。

68．江西会馆　大门外（夜　外景）
子弹接二连三地击中了滕玉莲的胸口，鲜血四溅。

滕玉莲慢慢地转过身子，终于缓缓地倒在了地下。

许家国发出一声撕心裂肺的呼喊："玉莲！"

…………

第 17 集

1. 前集回顾
又有几名鬼子跳进了工事内,拉开了枪栓。
滕玉莲惊呼了声:"危险!"一转身,挡在了许家国的身前。
子弹接二连三地击中滕玉莲的胸口,鲜血四溅。
许家国:"玉莲!"

2. 城墙上(夜 外景)
李团长端着机枪,率领十几名官兵火速赶到了这边城墙上。
他眼睛里往外冒火,大声喝道:"弟兄们!给我打!"
在这同时,他手中的机枪射出了一串串愤怒的火焰。
身后的国军官兵也纷纷举枪射击。

3. 城墙的工事内(夜 外景)
工事里正在射击的鬼子纷纷中弹,顿时倒下了一片。

4. 城墙上(夜 外景)
李团长带领的国军官兵冲到离炮兵很近的地方,同时将集束手榴弹投了过去。

5. 日军平射炮后面（夜　外景）

手榴弹准确地落了下来，在炮兵阵地接二连三地爆炸。
那些戴防毒面具的鬼子炮兵，当即便被炸得血肉横飞。
李团长和他的官兵飞快地冲了过来，夺回了城墙上的阵地。
还没来得及喘口气，前面忽然传来更加密集的机枪声。
一名参谋报告说："团长，鬼子的增援部队压过来了！"
李团长赶快朝城墙那头看去。

6. 城墙不远处（夜　外景）

两百多名鬼子兵，端着武器，潮水一般向这边涌了过来。

7. 那处阵地上（夜　外景）

李团长从阵地上捡起一条步枪，望着那十几名官兵，嘶哑地说："弟兄们，为国牺牲的时候到了。上刺刀！"
那些官兵"唰"的一声，将刺刀上在了枪口上。
李团长一步跳上工事的沙包："冲啊！跟鬼子拼了！"
他身体往前一跃，箭一般冲向了鬼子群中。
所有官兵发出愤怒的吼声，端着上了刺刀的步枪，紧跟在李团长身后，朝增援的鬼子队伍杀了过去。

8. 天空中（夜　外景）

黑云压城，刹那间电闪雷鸣。
枪炮声和爆炸的火光，与雷电交相融合，显得无比壮烈。
震天动地的枪炮和雷声中，暴雨倾盆而下，覆盖了整个大地。

9. 江西会馆　大门外（夜　外景）

许家国坐在地下，抱着滕玉莲的尸体，将自己的脸紧紧地贴在滕玉莲的面颊上，一动不动地任随雨水劈头盖脸地洗刷。

吴子敬和文昌盛站在他们身边，心情十分悲痛。

雷声更大，吴子敬和文昌盛这才走到他身边，伸手去搀扶他。

10. 城头阵地上（夜　外景）

腥风血雨之中，李团长正在跟日军士兵死命拼杀。

一名国军的大个子士兵挥舞着大刀，接连砍翻了好几个鬼子兵。

不远处，一名日军少佐举起手枪，朝大个子士兵开了几枪。

大个子士兵终于支撑不住，倒地牺牲。

那名日军少佐刚刚站起身来，李团长和另外一名士兵已经冲到他面前，同时将刺刀捅进了少佐的身体内。

其他鬼子顿时将李团长包围起来，几条刺刀逼到了他面前。

李团长用刺刀捅倒了为头的鬼子兵，枪却拔不出来。

他索性一松手，从地下捡起了大个子的大刀。

鬼子齐声号叫，举着上了刺刀的步枪，一齐扑了过来。

李团长闪开鬼子的刺刀，一口气砍倒了好几个鬼子兵。

更多的鬼子兵又涌了上来，一层一层地围住了李团长。

李团长力气渐渐不支，被鬼子的刺刀捅伤，身体一软，倒在了积满雨水的地面上。

几名鬼子一拥而上，死死地按住了他。

李团长拼尽全身力气，挣开一只手，拔出了一只手雷。

他一咬牙，举起手雷，按下了保险开关。

压在他身上的那群鬼子来不及躲避,手雷当即爆炸。

惊天动地的爆炸声,将鬼子的尸体炸得腾空而起。

天边处,闪电阵阵,雷声滚滚……

11. 大河街　街道上(夜　外景)

暴雨冲击在街面上,水花四溅,遍地生烟。

许家国双手托着滕玉莲的尸体,拖着沉重的脚步,一步一个趔趄地往前走着。

吴子敬、文昌盛一左一右,紧紧地搀扶着他的双臂。

大雨瓢泼,无遮无挡地浇在身上,他们仿佛全无知觉。

滕玉莲的头和手垂直地伸向地面,雨水掺着血水,顺着她的身体,溪流一般倾注到地下。

远处不断有炮弹爆炸,红色的火光时不时地映在他们脸上。

地面上的积水很深,三个人的脚步在积水中艰难地向前跋涉。

12. 鄂东山区(夜　外景)

山区一带也是雷电交加,大雨连连。

字幕:鄂东山区

13. 丁兆伯家　薛兰芝的卧室内(夜　内景)

薛兰芝正在床上睡觉,一道闪电过后,紧接着一声炸雷。

雷声把薛兰芝惊醒过来,她一个翻身从床上坐了起来。

似乎感觉到了什么,她赶快往地下看去。

地面上不知什么时候积起了半尺来深的雨水。她和许秋萍的鞋子正在水面上漂浮着。

薛兰芝赶快叫唤:"秋萍!秋萍!快起来,快!"

许秋萍惊醒了，问了声："妈，怎么啦？"

薛兰芝："山洪下来了。屋子里到处都是水。"

许秋萍赶快起身，光着脚跳到水里，去捡那些鞋子。

薛兰芝也下了床："秋萍，你在这儿收拾，我赶紧去看看奶奶。"

许秋萍拿过一件衣服披了她身上："妈，您得穿着点。"

薛兰芝顾不上多说，拔脚朝门外跑去。

14. 许老太太的房门外（夜　内景）

房门开了，许少臣将许老太太从屋里背了出来。

薛兰芝跑了过来，看见那情景，急忙迎上前帮忙："少臣，千万要当心，别把奶奶摔了。"

许少臣："没事儿，背得动。妈，您赶紧上阁楼收拾一下，我得背奶奶上去休息。"

薛兰芝："好，你先背着奶奶上去，我这就去拿被子。"她顺口问了句："少臣，怎么没看见你兆伯叔啊？"

许老太太感激地说："他早就起来了。要不是他跑到我房间喊，这会儿恐怕连床带人都泡在水里了。"

许少臣一边上楼一边告诉她说："妈，兆伯叔这会儿正在外头挖排水沟呢。雨太大了，您得赶紧给他送把伞去。"

薛兰芝："好，我知道了。"

15. 丁兆伯的房屋外（夜　外景）

屋外的暴雨还在泼水一般下个不停。排水沟被山洪冲下来的泥沙堵住，雨水集聚在屋檐脚下，形成了一个不小的水塘。

丁兆伯头戴一顶小草帽，打着赤脚，挥舞着一只铁锹，正在奋力挖一条临时排水沟。

薛兰芝撑开一把雨伞,顶着风雨跑到了他面前。

丁兆伯回头看了她一眼,一边继续干活一边问了句:"怎么样?都转到阁楼上了吧?"

薛兰芝:"是。阁楼上头挺好的,老太太已经睡下了。"

丁兆伯:"那就好。白天我怕下雨,早早铺了些干草。"

薛兰芝点了点头,愣愣地站在那儿看着他干活。

丁兆伯铲了一锨土,往旁边掀的时候,禁不住问了声:"你站在这儿干吗?又是风又是雨的。"

薛兰芝这才想起了什么:"哦,你看我这个人好糊涂。少臣让我过来给你送伞呢。"

丁兆伯:"不用。我两只手都得干活,怎么打伞嘛?"

薛兰芝便朝他走近两步,用雨伞替他挡雨:"没关系,你干你的,我替你打伞。"

丁兆伯:"算了,身上全湿透了,还打什么伞啊?"他看了薛兰芝一眼:"兰芝,你赶紧回屋去,啊。要是两个人都打湿了,那不更划不来了?"

薛兰芝:"没事。挡一点算一点,你接着干吧。"

她举着伞,走到丁兆伯身边,替他挡雨。

丁兆伯铲了几锨土,十分不习惯地说:"这样不行。你挡着我,我怎么干活啊?"

薛兰芝:"我注意点就是了,不会影响你的。"

丁兆伯却急了:"哎呀,你待在这儿,我这心里不自在!"

薛兰芝一听这话,不由得心中一愣,怔怔地望着他,一句话都说不出来了。

丁兆伯只继续挖那条沟,再也没有回过头来看她一眼。

薛兰芝忽然觉得很委屈,竟一赌气,将那雨伞收了起来。

丁兆伯这才意识到了什么。他直起身,回头看了看她,笑着说：" 怎么啦？伞也不打了？陪着我在这儿淋雨？"

薛兰芝："我不妨碍你了，让你一个人自在去吧。"

说完，她一转身就要往屋子那边走。

丁兆伯这才觉得有点不合适，赶快叫了声："哎，别走啊。"

薛兰芝站住了，却没有回身。

丁兆伯："你过来，看看我的劳动成果，啊。可壮观呢。"

薛兰芝这才回过身来。

丁兆伯走到挖好的排水沟前，三锹两锹把最上头的泥土掀开了。屋檐下的那塘积水顿时便像开了闸门，顺着那条排水沟朝着坡下倾泻而去。随着哗哗的流水声，屋檐积水的水位开始急骤下降。

薛兰芝看得呆住了："嘀，真厉害啊。"

丁兆伯："哈，这么厉害，你还跟我生气？"他扔下铁锹，走到她身边："行啦，什么都是别人的，就身体是自己的，可不能淋坏了。来，我陪你回屋去。把伞给我吧。"

薛兰芝看了他一眼，没把伞给他，故意说："算了，身上全湿了，还打什么伞？"

丁兆伯："嘀，借我的话？"他从她手上拿过那把伞："那我也借你一句。你不是说，挡一点是一点吗？"

薛兰芝望着他，忍不住笑了。

丁兆伯赶快撑开雨伞，完全挡在薛兰芝的头上，另一只手将她的肩膀搂住，身子贴得很近地朝屋子那边走了过去。

16. 阁楼的窗户前（夜　内景）

许秋萍站在窗前，看见外面的情景，赶快小声喊了句："少臣，快过来，快来看啊。"

许少臣走了过来："怎么啦？"

许秋萍指着下面:"你看他们俩。"

许少臣便探头朝下面望去。

17. 丁兆伯的大门外（夜 外景）

风雨中，丁兆伯一手打伞，一手搂着薛兰芝，朝大门走了过来。

薛兰芝紧贴丁兆伯的身体，将雨伞推向丁兆伯头顶那边。

丁兆伯抓住她的手，将雨伞又移向薛兰芝那边，走到了大门前。

18. **阁楼的窗户前（夜 外景）**

许少臣收回目光，望着许秋萍:"姐，这有什么好看的?"

许秋萍:"没看见他们靠得多近吗?"

许少臣:"那么小一把伞，不靠近点，还不都淋湿了?"

许秋萍瞪了他一眼:"少臣，你怎么就不明白？是真不懂，还是故意装不懂啊?"

许少臣:"既不是不懂，又不是真懂。我啊，最多只能叫作似懂非懂。"他调皮地望着许秋萍:"哈，姐啊，你懂吗?"

许秋萍:"贫嘴。"她显得很认真:"别的可能不懂，起码有一点我算是弄懂了。"

许少臣:"说说看，哪一点啊?"

许秋萍忽然抬高声音:"爸爸已经把我们全忘记了。"

许少臣吓了一跳，小声提醒说:"姐，别让奶奶听见了。"

许秋萍赶紧回头朝老太太那边望去。

19. **阁楼角落一张木床上（夜 内景）**

许老太太平躺在木床上，紧揣着被子，身体一动不动。

20. 阁楼的窗户前（夜 内景）

许秋萍收回目光，小声问："奶奶还没有睡着啊？"

许少臣："姐，您说话得注意点，奶奶听见了会难受的。"

许秋萍："她当然难受，妈更难受。"她叹了口气："还别说她们，我这心里早就受不了啦。"

许少臣："当然，这种日子谁都受不了，可您也不能赌气。咱爸是什么人您又不是不知道，他能忘了我们吗？"

许秋萍："那还能是什么呢？"她火气更大："要不就是死掉了。让枪子打死了，让炮弹炸死了。反正是不在了。"

许少臣很吃惊："姐，您这是怎么啦？那可是咱们的亲爸爸啊，您这不是在咒他吗？"

许秋萍顿了一下，不说话了。

许少臣："不管您怎么想的，我可一直在想念他。我相信咱爸，他一定也在想念咱们。绝对的。"

21. 楼下 堂屋内（夜 内景）

丁兆伯舀出两大桶积水，从许老太太的屋子里提了出来。

薛兰芝跟在他身后，叮嘱了句："小心，地下滑，别闪了腰。"

丁兆伯："没事。屋里的水已经舀干了，你们赶紧收拾吧。"

他提着那两桶水朝大门外面走去。

薛兰芝便抬起头，朝阁楼上喊了声："少臣，睡了吗？"

阁楼上，许少臣赶快回答说："没有呢。妈，有事吗？"

薛兰芝："你下来一下，赶紧把奶奶屋里收拾干净。"

22. 阁楼上（夜　内景）

许少臣："好的，我来了。"他起身刚要下楼，许秋萍拦住了他。

许秋萍："我去吧。你在这儿照顾奶奶，有事我再叫你。"

她没等许少臣回答，起身便朝楼梯那边走。

许少臣一把拉住她，不放心地说："姐，有些话咱俩说说就算了，可不能在妈面前发牢骚啊。她心里够乱的了。"

许秋萍朝他一瞪眼："你好像是个男人吧？"

许少臣："怎么啦？我当然是男人啊。"

许秋萍："那就别管女人的事，知道吗？"她呛了许少臣一句："瞎掺和。真以为你懂啊？"

许少臣被她噎住了，傻傻地愣在那儿，不知道该怎么说了。

许秋萍也不再说什么，很快地跑下了阁楼。

23. 楼下　堂屋内（夜　内景）

丁兆伯提着两只空水桶从屋外走了回来。

许秋萍刚好从阁楼上跑下来，朝他看了一眼："兆伯叔，瞧您这一身衣服，里里外外全湿透了，赶紧换掉吧，湿气浸到骨子里，会出大毛病的。"

丁兆伯很感激："好，我这就去。"他紧接着又叮嘱了句："秋萍，你妈的衣服也湿透了。你让她先换衣，别的事不着急，啊。"

许秋萍："知道。您放心吧。"

她抬脚走进了奶奶的房间。

24. 阁楼上（夜　内景）

许少臣还在那儿发愣，身后传来脚步声。

447

丁兆伯脚步很轻地走上阁楼，朝许老太太看了看，压低声音问："少臣，奶奶还好吧？"

许少臣也轻声回答说："还行。一直在睡。"他看了丁兆伯一眼："兆伯叔，您还不赶紧换衣服？当心着凉。"

丁兆伯："这就去。少臣，有事就叫我，啊。"

许少臣："这儿没事，有我呢。"

丁兆伯拍了拍他的肩头，朝楼下走去。

许老太太平躺在床铺上，双眼一闭，泪水汩汩地流了出来。

25. 楼下　许老太太的房间内（夜　内景）

许秋萍拿着扫帚和簸箕，手脚麻利地将屋子地面的残留水渍打扫得干干净净。

薛兰芝换了身干衣服，从外面走了进来："嗬，秋萍动作真快，才一眨眼工夫，就没我什么事了。"她十分感慨："到底长成了一个大姑娘，知道心疼妈了。"

许秋萍："可等我再长大一些，又得离开您了。"她回头望着薛兰芝："妈，到那时候，还有谁来心疼您啊？"

薛兰芝："哟，这丫头还想得挺远的。"她心里美滋滋的："又没谁教你，忽然什么都懂了，怎么回事啊？"

许秋萍："说话间我就要满二十了。妈，您二十岁那年，好像都怀上我了，不是吗？"她显得很成熟："在那之前，有谁教过您啊？跟您比起来，只能说我懂得太少了。"

薛兰芝不由得一愣，一时也不知道该怎么回答她了。

26. 阁楼上（夜　内景）

许老太太从床上欠了欠身子："少臣，扶我起来。"

许少臣赶快走了过来："奶奶，您醒了？"

许老太太:"本来就没睡着,还不如坐起来说说话。"

许少臣便扶起奶奶,替她披上棉衣:"您一直没睡着吗?"

许老太太:"可不?人越老,瞌睡越少。知道这是为什么?那就是说,离醒不过来的日子,已经越来越近了。"

许少臣:"奶奶,说什么呀?"他不禁有点担心:"那,刚才我跟姐说话,您都听见了?"

许老太太:"怎么没听见?听得清清楚楚呢。"

许少臣有点尴尬:"奶奶,我姐口无遮拦,您可别怪她啊。"

许老太太:"傻孩子,都是自己的亲骨肉,我怎么会怪她呢?"她轻轻地摇了摇头:"我只是有点迟钝,没想到秋萍已经长成了一个大姑娘。是啊,女人的事,她也该懂了。"

许少臣却有点迷惘:"对了,奶奶,什么叫女人的事啊?"

许老太太:"哟,这可不是一句话能说得清楚的。"她微微一笑:"女人嘛,最大的麻烦就是身不由己。一辈子都不能确定自己到底是谁家的人。"

许少臣听不明白:"是吗?"

许老太太:"是。女人不比男人。比如说你吧,你出生落地就是许家的人,你爸、你爷爷都是,将来你的儿子也是。你们永远姓许。可女人就不确定了。嫁鸡随鸡,嫁狗随狗,由不得自己呢。"

许少臣想了想:"那,奶奶您呢?"

许老太太:"奶奶也是嫁过来的人啊。只是这一辈子都在许家,日子也快过完了,当然算得上是许家的人了。"

许少臣敏锐地意识到了什么:"这么说我就明白了。"

许老太太望着他:"你明白什么了?"

许少臣:"我妈还不能算是许家的人。是这个意思吧?"

许老太太:"她以前是,现在还是。可将来是不是,奶奶就说不好了。"她叹了口气："你妈年纪不大，还有半辈子要过下去。这么好的女人，让她孤苦伶仃地煎熬一辈子，那才叫天理难容啊。"

许少臣望着许老太太："奶奶，这就是女人的事？"

许老太太："可不？对于女人来说，悠悠万事，唯此为大呢。"

许少臣没有再说什么，只在心里琢磨着什么。

许老太太："少臣，我知道，你特别敬重爸爸。是啊，他是奶奶的亲儿子，可毕竟离开了咱们。这年月发生什么样的意外都不奇怪。你母亲跟前只剩下你一个儿子了，遵从她自己的意愿，才是你最大的孝顺。知道吗？"

许少臣点了点头："奶奶，您就放心吧，我记住了。"

27. 楼下　许老太太的房间内（夜　内景）

薛兰芝和许秋萍在许老太太的床铺前整理着被褥和床单。

许秋萍直起身来："妈，有句话在我心里实在是憋不住了。"

薛兰芝："那就说出来呗。谁让你憋了？"

许秋萍："我觉得兆伯叔这个人真的不错。您觉得呢？"

薛兰芝："是。这地方天远地远，没想到还有这么优秀的男人。"她转过身来："把一颗心都交给了我们家，实在太难得了。"

许秋萍："那您呢？"

薛兰芝："我？"她不解地看着许秋萍："我怎么啦？"

许秋萍："人家把心都交出来了，您是怎么回应他的？"

薛兰芝立即意识到什么了："秋萍，他那是对咱们全家。你可别东扯葫芦西扯叶，这完全是两档子事儿啊。"

许秋萍："得了吧。妈，我直截了当问一句，行吗？"

薛兰芝很警觉："你要问什么？"

许秋萍："刚才兆伯叔替你打伞，跟您贴得那么紧，当时您心里有没有一种热烘烘的感觉？"

薛兰芝顿时脸都红了："秋萍，不许你瞎说。"

许秋萍："行。您要是不好意思，也可以不回答。我只是觉得，都到了这种地步，您实在没有必要再苦自己了。"

薛兰芝不快地训斥道："秋萍，你今天怎么啦？居然敢在妈面前胡说八道？妈这把年纪了，难道还没有自己的主见？"

许秋萍不以为然地摇摇头："妈，看不清路的人，往往并不是因为没有主见。"

薛兰芝："那你说是因为什么？"

许秋萍："是因为不敢面对现实，不敢面对自己的感受。"她口齿伶俐："您现在就是这样。爸爸已经离开您这么多年了，生活上，家庭重担压得您抬不起头来。精神上，您更需要一个强大的支柱。这绝对是您的真实感受，可您总是不敢往前走。不是吗？"

薛兰芝望着她，一时答不上来了。

许秋萍："妈，不是故意刺激您。刚才我还在跟少臣分析，咱爸这会儿到底是怎么回事，谁也不敢肯定。战火遍地、枪炮无情，没准他早就不在了。您这么苦守着，还有什么意义呢？"

薛兰芝心头一紧："话不能这么说。即便真是那样，我也不能对不起许家。'夫死从子，言无再醮之端'，这是圣人的家教。"她十分认真："秋萍，富贵贫贱其实无足轻重，没家教的女人，那是没有人瞧得起的。你给我记住了。"

许秋萍觉得这话很重，便不再争辩。

似乎觉得自己有点过分，又回过头来，解释说："妈，也许是我不懂事，话说得太绝对了。可我真没别的意思，只是替您着急。说得不对，就当我没说。行了吧？"

薛兰芝深深叹了口气："唉，秋萍啊，你说得也没错，谁都不能不面对现实。假如你爸真遇难了，靠我一个人，的确很难支撑下去。可这话没任何来由，谁也不能确定，所以我不能轻易放弃。"她似乎很有信心："秋萍，相信我，你爸不会有事的。真的。"

许秋萍一下又憋不住了："妈，您真是太善良了。其实我是故意那么说的。我爸肯定没事儿，这是头前一句。后头还有一句，我实在不想跟您说呢。"

薛兰芝怔怔地望着她："是吗？为什么不想跟我说？"

许秋萍放下扫帚，直视着薛兰芝："妈，一个男人，什么情况下才像爸爸这样忘掉亲人骨肉？不用问，他一定是又结婚了。"

薛兰芝身体一震："你说什么？"

许秋萍说得更直率："什么信件不通，联系不上，哼，都是借口。只要有心，无论如何也会想办法的。最怕的是变了心。我听人家说，那边的女人不光漂亮，还特多情。一个个就跟狐狸精似的。爸爸一定是迷了心窍，从心底里把我们忘掉了。他会遭报应的！"

薛兰芝听得一阵心慌，失神地坐了下去。

28. 常德　郊外上空（日　外景）

绿色的植被覆盖着郊外的丘陵，绵延起伏一望无际。

字幕：常德　白鹤山

29. 山腰外　一座新坟前（日　外景）

这座新坟砌得十分讲究。正面那面墓碑上，刻着两行魏体字：

爱妻滕玉莲之墓　　愚夫许家国敬立

墓碑下方有一尊石炉，上面插着三炷黄香，两支红烛。坟头处青烟袅袅，淡然飘逸。

30. 新坟旁边　一座草亭内（日　内景）

新坟旁边搭建了一座简陋的草亭。

许家国左臂戴一圈黑纱，目光呆滞地坐在草亭内。他形体消瘦，面容憔悴，已失去了精神。

郑锦仁拎着一只竹制笼屉从山坡下走了上来。看见许家国那样子，郑锦仁迟疑了一下："家国，该吃午饭了。"

许家国如梦方醒，便吃力地站起身来，接过那只竹笼屉，走到了滕玉莲的坟墓前。

他打开笼屉，将里面热腾腾的饭菜端了出来，一碗一碗地摆放在滕玉莲的墓碑前面。

郑锦仁默默地看着他，心中不禁十分忧虑："家国，你不能总是这样啊。不吃不喝，都快一个月了。"

许家国木讷地"哦"了声，问道："郑伯，今天是第几天？"

郑锦仁："从下葬那天算起，已经过了十八天呢。"

许家国点了点头："五七三十五，快了。再守她十七天，我一定下山。"

郑锦仁听得一愣："家国，这又是何苦呢？那些劝你的话，我都说过几十遍了。实在你也是个明白人啊。"

许家国："那就别再说了。郑伯，由我这一次，啊。"

郑锦仁望着他，不知道该怎么说了。

31. 一座农家小院内（日　内景）

这座简朴的农家小院离坟地不远，可以看见那座新坟。

向飞舟站在窗户前，看着外面不远处的那座新坟，告诉刘妈说："妈，您看，董事长还是不肯吃饭。"

刘妈边摆放碗筷边摇了摇头："唉，也许是我不该多嘴，说了句不该说的话。可我也没想到会这样啊。"

向飞舟："妈，你说什么了？"

刘妈："那天董事长问我，咱们这儿守灵有什么规矩，我就告诉他说，一般七天就可以了。孝子给父母守灵，过去讲究七七不出户，那就是四十九天。除父母之外，最多也就三七、五七。我还跟他说，那都是老规矩，现在早就不兴这一套了。"

向飞舟："董事长怎么说？"

刘妈："他想了一下，说，那我就守个五七吧。"她感到十分懊悔："你看看，他还说到做到。唉，我后悔都来不及啊。"

郑锦仁情绪低落地从外面走进来。

向飞舟关心地问："郑伯，董事长这样下去怎么行啊？"

郑锦仁："可不是吗？唉。"他吩咐说："刘妈，只好请您再熬些米汤，一会儿让飞舟送过去。"

刘妈担心地说："米汤早熬好了。可老喝几口米汤，没油没盐，体子是支撑不住的。"

郑锦仁："唉，我的话他根本就听不进去，这样下去的确不行。我得马上想办法，无论如何，先把他弄下山再说。"

说完话，他抬脚就往外走。

刘妈赶紧叫他："郑伯，您还没吃饭呢。"

郑锦仁摆了摆手："算了。心里着急，吃不下。"

他头也不回，匆匆朝山坡下面走去。

32. 大河街　街道上（日　外景）

战火过后的大河街已经只剩残垣断壁、满目疮痍。

透过路边几处残存的废墟，远远可以看见济民纱行那幢千疮百孔的窨子屋。

大院的檐角虽然炸掉了，外墙却依然顽强地屹立着。

外墙四周，不知道什么时候已经搭起了密集的脚手架。很多建筑工人头戴藤帽，正在那里上上下下忙碌着。

郑锦仁从街道那头走了过来，远远地看见了济民纱行那边的情景，不禁大为惊讶。

他顾不上多想，加快脚步，匆匆忙忙朝纱行走去。

33. 济民纱行　大门前（日　外景）

大门前面，建筑工人有的拌砂浆，有的挑砖头，正在一担一担地往脚手架那边送过去。

脚手架下面，两名头戴藤帽的人站在那里，一边看着图纸，一边比比画画地商量着什么。

郑锦仁已经走了过来。他抬头朝热火朝天的工地看了看，赶紧走到那两个戴藤帽的人面前，招呼了一声："哎，请问二位朋友，你们这是在干什么啊？"

其中一位便回过身来，她竟是一名女子。那名女子望着郑锦仁，清脆地叫了一声："郑伯，您回来了？"

郑锦仁费了半天劲才认出了藤帽下面的那张脸，不禁又惊又喜："翠翠？怎么是你啊？"

滕玉翠身边的那位头戴藤帽的男子，也在笑眯眯地看着郑锦仁："郑伯，还有我呢。您认不出来了？"

郑锦仁更加意外："哎呀，张总管？"他一把拉住张文松的手，急切地问："文松，快告诉我，这到底是怎么回事儿？"

张文松指了指滕玉翠:"哟,这您就得问翠翠了。"

郑锦仁:"问翠翠?"他转过头来,不解地望着滕玉翠:"翠翠,这么大的工程,难道是你张罗的?"

滕玉翠:"郑伯,您说对了。我最多也只是张罗一下而已。"她指了指身后的工地:"我们职校有个工程队,他们的头儿跟我关系好,我就让他把队伍拉过来,先替咱们修复房屋。"

郑锦仁明白了,却有些担心:"那,钱是谁出的?工钱先不说,光是买材料的开销,那就是一大笔啊。"

滕玉翠望着张文松:"这就得请文松大哥跟您说了。"

张文松笑了:"其实还得让翠翠说。我只是托人申请了很少一点救助款,绝大多数都是翠翠想的办法。"

郑锦仁很惊讶:"是吗?翠翠竟然有这么大的能耐?"

滕玉翠:"没有啊。郑伯,那个做工程的头头说,他很敬佩咱们济民纱行,文松大哥又弄了点救助资金,其他工程款什么的,他说先替咱们垫上。就这样,立马干起来了。我也没想到这么快。"

张文松便小声告诉郑锦仁:"郑伯,翠翠还不好意思全说出来。那个做工程的头头,早就对她有意思了。哈。"

滕玉翠立刻急了:"哎呀文松哥,这话可不能乱说啊。"

张文松:"得了吧,以为我啥也没看见啊?他在你面前那样子,明白人一眼就看得出来。"

滕玉翠:"什么呀?人家已经有老婆了。"

郑锦仁满心高兴:"太好了,我得赶紧告诉董事长。无论如何,这可是一件天大的喜事啊。"

他刚要离开,滕玉翠一把拉住了他:"哎,郑伯,别走。您说的喜事,是指什么啊?"

郑锦仁:"济民纱行即将修复,这还不是件大喜事吗?"

滕玉翠松了口气:"天哪,吓死我了。"她郑重地望着他:"郑伯,文松大哥刚才说的也没错,那个头头是有那么一点意思。可他是他,我是我,绝对谈不上喜事。您千万别告诉我姐夫啊。"

郑锦仁:"放心,我会把不可能的事情告诉他吗?"

滕玉翠放心了:"就是嘛。还是郑伯向着我。"

张文松哈哈大笑:"好嘛,翠翠这么一说,我也放心了。"

34.白鹤山 滕玉莲的坟墓前(黄昏 外景)

许家国取过来一把扫帚,将落叶、松针和香炉灰仔细扫在一堆,用一只簸箕装好,走到旁边一个装垃圾的木桶前,倒了进去。

郑锦仁从山坡下气喘吁吁地走了上来:"家国,今天完事了?"

许家国:"是。明天早上再过来。"

郑锦仁接过他手上的扫帚和簸箕,放回草亭,回身便告诉他说:"家国啊,跟你说件事儿。"

许家国打断了他的话:"郑伯,您请等一下吧,正好我也要跟您交代一些事情。"

郑锦仁望着他:"哦,那你先说。"

许家国回头看了一眼滕玉莲的墓碑:"下去吧。边走边说。"

35.农家小院外面的竹林前(黄昏 外景)

许家国和郑锦仁一边走过来,一边说:"郑伯,这些天,我守着玉莲的坟墓,回想了很多很多事情。这一辈子,我许家国到底亏欠了多少人,连自己都数不过来了。所以老天才惩罚我,让我一次次家破人亡,还让我一次次断子绝孙。真的,我这叫遭了报应啊。"

郑锦仁赶紧劝了句:"你这叫胡思乱想。我知道你和玉莲感情太深切,就跟当年汉口沦陷,你悲痛欲绝,很久拔不出来一样。家国,听我一句,振作起来,都会过去的,啊。"

许家国:"是,玉莲也是这么跟我说的。"

郑锦仁顿生疑惑:"是吗?她什么时候说的?"

许家国:"下午很困,我在草亭打了个盹,梦见玉莲从坟墓里头走出来了。她一个劲儿地劝我,让我赶紧振作起来。"

郑锦仁顺势开导说:"这样就好。前有所思,后有所梦,梦里头玉莲说的话,正好就是你自己的想法。家国,这是个好兆头。"

许家国点了点头:"郑伯,知道玉莲还说了什么吗?"

郑锦仁摇了摇头:"她还说了啥?"

许家国:"玉莲真的懂事。她说,我这样安顿她,她已经心满意足了。唯一让她感到不安的,是她那个没有见过面的姐姐。"

郑锦仁一时没有想明白:"玉莲还有个姐姐?在湘西吗?"

许家国:"唉,她说的是兰芝啊。"

郑锦仁顿时一怔:"哦?"

许家国:"她说得对。我的老娘,我的结发夫人,还有我那四个孩子,虽说已经尸骨无存,可也得衣冠厚葬。都过了好几年,我怎么就疏忽了呢?简直是大逆不道啊。"

郑锦仁不知道说什么好:"家国,话也不能这样说。"

许家国打断了他:"我的话还没说完。郑伯,我认真考虑过了,只等这边五七忌日一满,我就回汉口去。我要倾尽所有,为我母亲、为兰芝,还有我的儿女修建墓冢,遥祭家人的在天之灵。"

郑锦仁有点着急:"家国,你听我说,这种时候……"

许家国完全不由分说,果断地一挥手:"不说了。事到如今,我去意坚定。任何人都别阻拦，你们说什么我都不会听的。"

他加快脚步，走进了那幢农家小院。

郑锦仁望着他的背影，迟疑了一下，赶快跟了进去。

36.大河街 济民纱行大门前（夜 外景）

济民纱行修复工地正在收工。建筑工人从脚手架上爬下来，收拾着地下各种各样的建筑工具。

一名老板模样、四十岁出头的男子，朝门前的滕玉翠走了过来："玉翠，在工地上转了一整天，辛苦不？"

滕玉翠："还好啊。不觉得辛苦。"

那男子："那就好。想请你一起去吃晚饭，又怕你太累。"

滕玉翠赶快谢绝："不行啊，我爹病了好多天，得去照顾他。"她故意强调了句："你也赶紧回家。老婆孩子都等着呢。"

那男子不高兴了："什么老婆孩子？干吗老要提醒我啊？就跟会吃了你似的。我就那么不入你的法眼吗？"

滕玉翠："本来嘛。我又没提醒错。"她友善地劝了句："其实你最辛苦，真的。早点回去休息，明天就要完工了，活很多呢。"

那男子摇了摇头："这句话还有点温度。行，那我走了。"

滕玉翠望着他的背影，笑了笑，转身走进了纱行大门。

37.济民纱行 天井内（夜 外景）

天井旁边的房屋已经修复得差不多了。

张文松拿着一把手电筒，在里面上下检查着。

滕玉翠走了进来："文松大哥，这进度还行吧？"

张文松："何止行？简直神速啊。我检查了，质量也是没的说。"他收起手电筒："翠翠，正好想跟你商量一件事。一起走吧，咱们边走边说。"

滕玉翠便跟他走出了纱行大门。

38．大河街　街道上（夜　外景）

张文松推着自行车，陪伴着滕玉翠走了过来。

张文松："翠翠，这两天没见到董事长吧？"

滕玉翠："上个礼拜，我陪朝武叔去山上看了他。"

张文松："他情绪怎么样？还是那样低落？"

滕玉翠："是啊，我没想到他会那么消沉。"她感叹说："我姐姐去世，对他的打击太大了。"

张文松："当然。你姐姐还怀着他的孩子呢。"他理解地叹息道："一个男人，经历了两次婚姻，两次都是生离死别、家破人亡。摊上了这种事情，谁都有精神崩溃、意志消沉的时候。"

滕玉翠默默地点了点头，没有再说话。

张文松停下脚步，朝周围看了一眼："翠翠，还记得宋老师吗？就是那个给你们上过课的宋大姐？"

滕玉翠："当然记得。她不就是……"

张文松赶快制止她："是。宋姐明确地传达了一个意见，想请你做做工作。董事长的影响力很大，要帮助他振作起来。这件事关系到大河街民众的信心，明白吗？"

滕玉翠没有犹豫："明白了。"她目光明亮地看着张文松："文松大哥，这么重要的工作，为什么让我来做啊？"

张文松笑了："翠翠，你已经是一个进步青年了。你要不来做，还能是谁做啊？"

滕玉翠也笑了："那倒也是。其实您说不说我都会尽力的。谁让他是我姐夫呢？"她顿了一下："何况我姐姐又不在了。"

张文松信任地望着她，不再说话了。

39.喊山公家　喊山公的卧室内（夜　内景）

喊山公还在床铺上蒙头大睡，张朝武走了进来。

张朝武："喊山大哥，我已经把晚饭做好了，起来吃一点吧。"

喊山公显得形容枯槁，有气无力："翠翠回来了？"

张朝武："还没有。应该在路上了吧？"

喊山公："我吃不下。一会儿你们俩吃吧。"

张朝武担心地望着他："大哥，你病了半个月，底子太虚，再不吃东西，一条老命还要不要啊？"

喊山公摇了摇头："朝武，老哥拜托你一件事，好不？"

张朝武："当然好。什么事？"

喊山公："玉莲走了之后，要不是还有个翠翠，我早就不想活了。这以后，我要是有个三长两短，翠翠就托付给你了。"

张朝武："嗨，这还用托付？别想那么多，你还早着呢。"

喊山公很固执："不早了。这句话要是不讲明，我死不瞑目啊。"他叹了口气："我没死的时候，翠翠就是你的亲侄女。等我不在了，你就把她当个小妹妹。行不？"

张朝武："哈，汉山老哥说的什么话？翠翠永远是我的小侄女。要把她当了妹妹，我张朝武岂不是降了辈分？"

喊山公点了点头："辈分算什么东西？不管了。假如翠翠情愿，你又不嫌弃，肯娶了她，那就是她的福气。听明白了？"

张朝武一惊："我的天！"他赶快摆手："老哥，这是什么话啊？快别讲了。你这是病得太厉害，整个人都颠三倒四了。"

喊山公目光直视着他："这么说，你就是不答应我啰？"

张朝武还想说句什么，忽然察觉身后有动静，赶快回头看去。

滕玉翠不知道什么时候站在了房门口，沉着地望着他们。

张朝武顿时感到十分尴尬，悄悄地看了喊山公一眼。

喊山公也感到突兀，又躺了下去："你们，吃饭去吧。"

滕玉翠走了进来："爹，看这样子，您再也不想打更了？"

喊山公闭上眼睛："唉，打不动了。对不起父老乡亲啊。"

滕玉翠："爹，您跟我姐说过的一句话，还记得吗？"

喊山公疑惑地望着她："哪句话？"

滕玉翠："您说，只要您的鼻孔还在出气，更是一定要打下去的。我姐特高兴，私下里跟我说，不怕，只要咱爹还想打更，他一定能好好地活下去。爹啊，这些话您不会忘记吧？"

喊山公长长地呼出一口气，不再说话了。

40．小河街　巷子内（夜　外景）

夜深了。喊山公屋门开了，滕玉翠将张朝武送了出来。

张朝武不敢正眼看她："翠翠，你爹那话，只当耳边风，啊。"

滕玉翠："是吗？他说的什么话啊？"

张朝武有点怀疑："怎么？你在门口没听见？"

滕玉翠回答得很快："我满脑子正在想打更的事呢。"

张朝武："哦，那就好。"他赶快转移话题："翠翠，打更的事，别着急催你爹。瞧他虚弱成那样了，吹口气都会倒下去的。"

滕玉翠："可他的锣一响，多少倒下去的人，都会重新站起来。朝武叔，您相信不？"

"这话还真的有道理。"张朝武心里一亮，"哎，翠翠，你有办法？"

滕玉翠："我已经有办法了。"她郑重地看着张朝武："朝武叔，过两天我要去一趟麻阳，就辛苦您每天都过来陪着我爹。等我回来，我爹一定会站起来。他的铜锣，很快又会敲响。"

张朝武想了想:"行啊,朝武叔也不多问了。湘西这会儿很乱,路上可得注意安全,快去快回,啊。"

41. 白鹤山　滕玉莲的坟墓旁(日　外景)

许家国提着一只装着洗漱用具的帆布袋子,默默地站在滕玉莲的墓碑前。

当地农民正在拆除坟墓旁边那座草亭。

一位老农民很感慨:"许老板啊,您是我这辈子见过的最有情义的人。生生在这儿守了三十五天呢。"

许家国摇了摇头:"惭愧。这些天也给各位增添麻烦了。"他指着旁边的那堆木材:"拆下来的木头,还有板子都不要了,你们就把它分了吧。把这里打扫干净就行了。"

那些农民很老实:"那是一定的。放心吧。"

许家国的目光凝视着那块墓碑,久久地不愿离去。

42. 夜空中(夜　外景)

月亮被几朵乌云遮挡着,时明时暗。

43. 白鹤山　那间农家小院内(夜　内景)

刘妈和向飞舟正在堂屋里收拾打扫,许家国从自己的房间内走了出来:"哦,你们都在啊?"

刘妈赶快招呼了声:"哟,董事长,您怎么还没睡?"

许家国:"今天出了五七,有点睡不着。"他望着刘妈和向飞舟:"正好你们娘俩都在,我跟你们商量件事。"

刘妈:"您说吧,董事长。"

许家国:"叫我家国吧,我很快就不是你们的董事长了。"

刘妈望着他:"哦?为什么这样说啊?"

许家国:"济民纱行过不了多久就要解散了。刘妈,这几年您为纱行踏踏实实地做事,我一定会记住您的。"

刘妈和向飞舟十分意外,却不知道该说什么才好。

许家国:"飞舟这孩子对我更是死心塌地,几次命都差点丢了。这样的年轻人,我要对他负责一辈子。"

向飞舟:"董事长,我一辈子都跟着您。您去哪我去哪。"

许家国摇了摇头:"那怎么行?下一步我要去哪儿,自己都没个定准呢。我本来想让你去浦溪纱厂做事,后来一想,纱厂也得解散,不如介绍你去兵工厂,让薛梦泽安排你学点手艺。你觉得呢?"

向飞舟犹豫了一下:"董事长,再过两天,咱们济民纱行的修复工程就完工了。您知道吗?"

许家国:"当然知道。郑伯早些天就告诉我了。"

刘妈插话问:"那,您为什么还要解散它呢?"

许家国搪塞了句:"刘妈,这不是一两句话能说得清楚的,也是不得已而为之啊。"他已经深思熟虑:"济民纱行修复了也好,就可以卖个好价钱了。偿还完工程款,其他收入足够遣散浦溪纱厂那边的员工。刘妈,您放心,我会好好安顿您的。"

刘妈仿佛没听见他的话,抬起头来,注意地听着远方。

许家国有点奇怪:"刘妈,我说的话,您听见了吗?"

向飞舟赶紧挥手制止了他:"董事长,别说话,快听。"

许家国便注意地听着。

画外:城内那个方向,隐约传来了梆子声,然后一声锣响。

刘妈兴奋地说了声:"是他!他到底挺过来了!"

许家国不由得一愣。

44. 城内　一条小巷内（夜　外景）

战火之后的小巷内，到处都是损坏的房屋。

漆黑的街道上，既没有灯光，更不见一个人影。

张朝武身后斜背着一把大刀，搀扶着喊山公一路走了过来。

喊山公脚步踉跄，却顽强地提着他那面铜锣。

敲梆鸣锣之后，他用沙哑的声音，响亮地喊出了另一种吆喝词："各家各户，用心听好——揩干血水，重起炉灶——江山不倒，铜牢铁牢——！"

街道边上，开始有人拉开房门，举着煤油灯走了出来。

随后，一家一家的房门都相继打开，人们有的举着灯，有的打着火把，渐渐向街道上聚集。

喊山公的嗓音略显苍凉，却更加激越。在张朝武的搀扶下，一路鸣锣喊了过去。

在他身后，市民们举着灯火，自觉跟随。

小巷内渐渐地汇集成了一条火光组成的长龙。

…………

第18集

1. 前集回顾

向飞舟:"董事长,快听。"

喊山公在小巷子内放声吆喝:"各家各户,用心听好——揩干血水,重起炉灶——江山不倒,铜牢铁牢——!"

在他身后,市民们举着灯火,自觉地跟随。

小巷内渐渐形成了一条火光组成的长龙。

2. 白鹤山　那幢农家小院内(夜　内景)

喊山公打锣敲梆的声音越来越清晰地传了过来。

刘妈兴奋地说了声:"是他!他到底挺过来了!"

许家国怔怔地看着窗外,心中似乎有所触动。

向飞舟转过头来,注意地看着他。

许家国发现他们在注视自己,便站起身,一言不发地走进了自己那间卧室内,随手把房门关上了。

刘妈和向飞舟对视了一眼,一时都不知道说什么好。

郑锦仁提着从墓地清理回来的东西,走了进来。

刘妈赶快上前接他手上的东西。

郑锦仁："刘妈，喊山公又开始打更了。听见了吗？"

刘妈点了点头："听得清清楚楚。唉，玉莲牺牲之后，他的身体当时就垮了，打了半个多月的摆子，高烧不退，又拉又吐，有一阵子我都担心他挺不下去了。这都是老天爷保佑他啊。"

郑锦仁："他是个大好人。"他也非常有感慨："好人终有好报，这话一点都没错。"

向飞舟凑到他面前，指着许家国的卧室，小声告诉他说："郑伯，刚才董事长也听见喊山公打更了。"

"哦？"郑锦仁朝许家国的卧室看了看，很关心地轻声问，"他怎么说？"

向飞舟摇了摇头："一声没吭，回到卧室就把门关上了。"

郑锦仁想了想："这就好了。喊山公的锣声重新敲响，必定胜过千言万语。今晚上大家早点休息，别再惊动他。让董事长安安静静地休息一晚上，我相信，他也一定会走出来的。"

向飞舟和刘妈连连点头，不再说话了。

3. 白鹤山　上空（清晨　外景）

清晨的天空一片湛蓝，把白鹤山衬托得更加青翠秀丽。

有一群白鹤从松柏林中腾空而起，展翅向远方飞翔而去。

4. 那幢农家小院的院子内（清晨　内景）

郑锦仁起得很早，已经在院子里用扫帚打扫落叶。

向飞舟也起来了，正在将一些柴草堆码到屋檐下。

5. 农家小院的堂屋内（清晨　内景）

刘妈已经做好一碗鸡蛋汤，端到许家国的卧室外。

她轻轻地敲了敲房门，小声叫了声："董事长，起来了吧？"

里面没人应声。

刘妈又叫了句："董事长，我给您打了两个荷包蛋，您趁热赶紧吃了吧。"

屋子里面还是没有回应。

刘妈便轻轻推了推房门，那门却没有插上，一下便敞开了。

刘妈觉得有点奇怪，便走了进去。

6. 小院的院子内（清晨　内景）

郑锦仁和向飞舟正在收拾院子，忽然听见刘妈在屋内大声呼叫："郑伯，您快进来。董事长没见人了。"

郑锦仁吃了一惊，扔下扫帚就朝屋子里面跑。

向飞舟也扔下柴草，紧跟着跑了进去。

7. 许家国的卧室内（清晨　内景）

卧室内那张单人床极其整洁，就跟没人睡过一样。屋子里本来就没有什么摆设，早就收拾得干干净净。

郑锦仁和向飞舟匆匆走了进来。

刘妈赶快迎上来："郑伯，这屋子看上去根本就没人睡啊。"

郑锦仁有点慌乱，朝屋子里四下打量。

向飞舟想了想："董事长会不会又去坟地了？"

郑锦仁忽然发现小桌子上放着两页纸，便赶快走过去，抓过那两页纸，匆匆忙忙看了起来。

许家国的画外音："郑伯，解散浦溪纱厂迫在眉睫，家国必须马上赶往，特此拜托您两件事情。其一，变卖济民纱行，价格任凭你酌定。其二，我已将尚存债务过细清理，列表附后，务请代为偿还。余不赘述，家国尚此叩谢。"

郑锦仁看完留言，又展开第二页纸往下看。

账单特写：济民纱行债务往来清单。

郑锦仁来不及仔细看那份清单，回头便问："飞舟，去浦溪最早一班小火轮，几点钟开出？"

向飞舟："清早五点开船。"他奇怪地看着郑伯："怎么？董事长要去浦溪？"

郑锦仁急忙掏出怀表看了一眼，不由得一跺脚："唉，来不及了，已经六点了。"

刘妈感到极其失望，不禁连连摇头叹息。

8. 大河街　客运码头（晨　外景）

江面浓雾弥漫，能见度极低，几乎什么都看不见。

客运码头的趸船旁，停靠着一条已经发动的小客轮。

9. 小客轮上（晨　内景）

客轮的船舱内稀稀散散坐着二十多名带着行囊的乘客。

一名女船员提着大茶壶走了进来，给大家添加茶水。

有乘客不耐烦地质问："六点都过了，怎么还不开船啊？"

女船员也不耐烦："我比你还急。没看见吗？水面这么大的雾，面对面都看不清。你讲这船开得不？"

另有乘客又问："那，这雾什么时候才能散得开啊？"

女船员："你问我？老天爷管的事情，我哪里晓得？"

乘客们只能耐下性子，不再问了。

船舱尾端的一个座位上坐着一名头戴礼帽的男子，他就是许家国。他一身长衫，左臂上仍然戴着黑纱，膝盖旁放着一口小皮箱。

许家国对周围的一切都很漠然，转过头去朝大河街眺望。

10. 大河街那边（晨　外景）

远远望去，大河街恢复得很快，即将变回原来的模样。

济民纱行已经率先修复完工，矗立在街道上，焕然一新。

11. 小客轮的船舱内（晨　内景）

一些乘客也在朝大河街那边瞭望，并且闲来无事地聊了起来。

一男乘客："嗬，还真是神奇呢。两个月的时间不到，这大河街又重建得差不多了。"

一女乘客指着大河街感叹地说："哎，那不是济民纱行吗？我看比原先更加气派呢。"

另一男乘客："气派是气派，可惜他们老板娘不在了。"

有人接着说："你们知道不？那老板娘是个女英雄呢。她一身的真功夫，双手打枪，百发百中，日本鬼子一听见她的名字，两条腿就发软。唉，真的可惜了。"

那名男乘客摇头叹息："是啊，老板娘一死，还不晓得济民纱行什么时候才能重新开张呢。"

一名年纪比较大的男子有点悲观："唉，依我看啊，大河街修复并不难，要想回到原来那样热闹，恐怕就不那么容易了。"

有人附和了声："那也是。人心一散，打锣都召不拢来了。"

那年纪大的男子："就是。讲是讲要重起炉灶，哪里有那么容易？起码外地来的大老板就冷了心，都只想回老家了。哪里不好做生意？一个个跑都跑不赢。还会再来？难上加难呢。"

许家国默默地听着人们议论，脸上没有任何表情。

一名船长模样的男子提着一只老式闹钟走进了船舱，大声宣布："各位，不好意思，刚刚上游过来消息，江面的雾气起码还要两三个钟头才散得开。"

乘客顿时炸了锅："那怎么办？船还开不开啊？"

那船长："开是肯定要开的，时间就讲不好。有不想走的，可以退票。想走的乘客，等两个钟头再看。"

一乘客抱怨道："还要等两个钟头？肚子早饿瘪了。"

船长看了一眼手上的闹钟："各位要是肚子饿，可以下船到街上吃点东西。到时候，船上会叫喇叭，整个大河街都听得见的。两声短一声长。三遍过后，就不等了。听清楚了？"

不少乘客只好站起身来，准备下船。

12. 大河街　济民纱行大门外（晨　外景）

济民纱行周围的脚手架已经全部拆除。由于重新粉刷过了，外墙比原来更加清洁光鲜。

两扇大门也刷上了深红色油漆，一把崭新的大铜锁将门紧锁。

时间太早，街道上没有一个行人。

在纱行对面的街边上，许家国提着那口小皮箱，不知道什么时候已经站在那儿了。

他看着街对面的济民纱行，用一种平静的目光久久地打量着。

13. 街道上（晨　外景）

忽然有一阵急促的吆喝声从街道那头传了过来。

十来辆加长的板车，满载着一袋袋大米，匆匆朝这边一路小跑。

文昌盛亲自拉着一辆板车，奔走在最前头。

14. 济民纱行对面的屋檐下（晨　外景）

许家国清楚地看见了拉车过来的文昌盛，赶紧把礼帽的帽檐往下拉低了些，回身就要离开。

文昌盛走得快，已经看见了许家国："许董事长，真是您啊？"他使劲撑住脚步，停下板车，朝许家国走了过来。

许家国只好站住了："哦，昌盛兄，早啊。"

文昌盛见了许家国，显得格外兴奋："你们张总管说，济民纱行的新招牌今天就可以挂上，我就在心里想，今天您也该回来了。哈，真的没猜错呢。"他将板车交给身边的伙计："你们先过去，米就卸在粮庄门口，立马赈济民众。我这就过来。"

那伙计便拉过板车，率领板车队伍往街道那头拉了过去。

文昌盛欣喜地望着许家国："家国兄，您还好吧？"

许家国："啊，还可以。"

文昌盛："这下就好了。您一回来，大河街商会就有主心骨了。"他看了一眼许家国手上那口小皮箱："你这是从浦溪来？刚刚到？"

许家国只好搪塞了句："啊，是。我只是随便走走。"

文昌盛也没有细问："家国兄，您回来得真是及时啊。只要你在大河街重新露面，流言蜚语就不攻自破了。"

许家国有点不解："是吗？还有流言蜚语？"

文昌盛："可不？有人私下里传言，说您损失惨重，元气大伤，已经偃旗息鼓回了老家，再也不来大河街了。您还别说，这些话冰凉刺骨，商会的一些朋友心都听冷了。"

许家国淡淡一笑："济民纱行不是正在这儿修复吗？"

文昌盛："是啊，可有人说，这院子也要卖掉。修复一下，是为了卖个好价钱。哈，这种不着边际的话，居然也说出来了。"

许家国没作任何表示，只在暗自沉吟。

文昌盛也不再说什么，朝济民纱行看了看："门锁了进不去吧？那就别站在这儿了。"他上前接过许家国那只小皮箱："正好，先去我的粮庄喝口茶。"

许家国有些犹豫："昌盛兄，我就不去了吧？"

文昌盛："站在这儿也是等，何不去小弟那儿看看热闹？"

许家国："哦？看什么热闹？"

文昌盛有点兴奋地望着许家国："家国兄，战乱过后，这边有不少父老乡亲都揭不开锅了，我就连夜从华容那边调过来十吨大米。跟我去看看吧，乡亲们可开心呢。"

许家国经不住他的热情邀请，只好跟着他朝街那头走了过去。

15. 昌盛粮庄　门前街道上（晨　外景）

街道上已经有上百名男女老少手里拿着盛米的木桶和口袋，自觉地排成了一条长龙。

昌盛粮庄的大门口，几名伙计正在用木斗向人们分发大米。

16. 离粮庄不远的街道上（晨　外景）

文昌盛领着许家国走了过来："您看，人还真不少呢。"

看见粮庄门前那景象，许家国不禁十分感动。

忽然，粮庄门前一阵喧哗，有人大声吼叫起来。

文昌盛："哟，怎么啦？"他担心出事，便赶快跑了过去。

17. 昌盛粮庄　大门前（晨　外景）

队伍前面有两名男子揪住一个年龄稍长的男人，训斥说："明明看见你领过了。怎么又领第二次？"

粮庄的一名伙计也批评说："这么搞要不得。领了又来领，粮食本来就不多,像你这样的无底洞,昌盛粮庄哪填得满啊?"

那名年长的男子满面通红,十分尴尬。

文昌盛已经走了过来:"怎么回事?啊?"

伙计立即向他告状:"老板,这家伙打冒混,领了一次又一次。让别人检举出来了。"

那稍年长的男子哭丧着脸说:"唉,文老板,没法子呢。我家里人太多,一袋米吃得几天啊?"

排队的群众火了:"那你要多领了,别人还领不领啊?""哪家没有困难呢?""这是赈济粮呢,你还不知足?脸皮也太厚了。"

文昌盛伸手制止了大家,对那男子说:"先将就吃几天再说吧。半个月之内,我还会发一次救济,啊。"他转头告诉伙计:"大河街的人都爱面子,谁都不愿意让人讲闲话。这位大哥想多领,肯定比别人更有难处,那就再给他加一点,啊。"

排队的人当中有人喊了声:"文老板,照这么加下去,哪怕您的粮食堆成山,也经不得几天搞啊。"

文昌盛笑了笑:"这话不错,何况我昌盛粮庄也没多少存货了。"他提高了声音:"不过请放心,只要我文昌盛还有口饭吃,就决不让父老乡亲喝西北风。大河街是条金银街,挺过这一阵的艰苦,好过的日子飞快就回来了。各位,我这不是讲大话吧?"

所有的人听了这些话,一下就激动起来,纷纷鼓掌附和。还有人振臂高呼:"讲得好,文老板。""只要青山在,不怕没柴烧。""是啊,只要人还活着,再大的灾难,也就是一场毛毛雨!"……

18.昌盛粮庄街道对面(晨 外景)

许家国没有走过来。他提着小皮箱,远远地站在街道的另一边。昌盛粮庄门前的情景,他看得一清二楚。

他显然已经受到人们激动情绪的感染，脸上禁不住流露出来一种欣慰和鼓舞。

大概他不愿意让人们看见自己，趁没有任何人注意，提着小皮箱转身朝街道那头离开了。

19. 昌盛粮庄　大门前（晨　外景）

人们继续排着队，秩序井然地领救济大米。

文昌盛处理完毕，这才想起了什么，赶快回头看去。

街道上，已经不见了许家国的身影。

20. 街道上（日　外景）

天色已经大亮了，街道上仍然没有几个行人。

许家国孤独一人提着小皮箱走了过来，朝前方望去。

前面不远处，就是那幢已修复一新的济民纱行。

许家国略有迟疑，四周打量了一眼，抬脚朝纱行走了过去。

21. 济民纱行　大门前（日　外景）

大门上的那把铜锁已经打开，门虚掩着，显然有人进去了。

许家国正考虑要不要进去，那门却拉开了些，露出来一张女子的面孔。

许家国看得很清楚，那女子分明就是滕玉莲，不禁大为惊诧。

再仔细看时，那女子只是一名少女，面孔却酷似滕玉莲。个子还没滕玉莲那么高，十四五岁的样子，举止成熟，却一脸稚气，看上去格外秀丽而又清纯。

许家国心头一阵欣喜，望着那少女，半天没说话。

那少女也在用一双晶亮的眼睛望着他："您是这儿的老板？"

许家国微笑地看着她:"你觉得呢?"

那少女:"我觉得是。一看您就是个特别好的人。"

许家国:"哈,太谢谢了。"他亲切地说:"小丫头,你相不相信,我可认识你哟。"

那小女孩不相信地望着他:"怎么会?您又没见过我。"

许家国:"有个叫珍子的孩子,是不是你?"

那少女很惊讶:"对呀,我就是珍子。可……"她很奇怪地望着许家国:"可您是怎么知道的?"

许家国爱怜地打量着珍子,一时百感交集。他蹲下身子,轻轻地抚摸她的脸,怜爱地说:"珍子啊,你比我想象的更加可爱,更加漂亮。好姑娘,太像你妈妈了。"

珍子想了想:"哦,我明白了,是我妈告诉您的。"

许家国伤感地点了点头,少顷,又问了句:"珍子,你怎么找到这儿来了?谁带你过来的?"

珍子脱口而出:"我妈啊。"

许家国不禁一愣:"谁?你说是谁?"

珍子:"我妈带我来这儿的。"她看着许家国:"怎么啦?"

许家国笑了笑:"珍子,说真话,啊。别跟伯伯开玩笑。"

珍子却感到奇怪:"是真的啊。不信你可以问我妈。"

许家国:"是吗?"他十分惊异:"我上哪儿问她去?"

珍子:"她就在这儿呢,正在里头打扫房间。"她指了指院子内:"要不,我带您去见见她?"

许家国被她弄糊涂了,满腹狐疑地望着院子内,没有动弹。

珍子很主动拉着他的手:"走啊。您又不是不认识她。"

许家国不再犹豫:"好,去看看你妈。"

他跟着珍子,朝大门里面走了进去。

22. 后院 二楼的楼梯拐角口（日 内景）

修复后的房屋格局与原先一模一样。

许家国一路打量着，跟随着珍子走上了二楼。

珍子指着许家国那间卧室："您看，我妈就在屋里。"

许家国顺着楼梯拐角，透过虚掩着的房门缝隙，果然看见了房间里面有人影在走动。

珍子不再往前走："我妈说，让我在大门口看着点。您自己过去问她吧。我得下去了。"

她一转身，很快朝楼下跑了下去。

许家国站在原地，默默地望着自己的卧室。

23. 许家国的卧室门外（日 内景）

卧室门没有关紧，有半边房门是虚掩着的。

许家国脚步很轻地来到门外，一伸手，推开房门走了进去。

24. 许家国的卧室内（日 内景）

卧室内，一位女子正背着身整理床上的被褥。

听见房门响，那女子回过头来，她竟然是滕玉翠。

许家国心里一阵欣喜："翠翠？怎么会是你啊？"

滕玉翠望着许家国，反问了句："那您觉得会是谁呢？"

许家国："珍子告诉我说，是她妈妈带她来的。"

滕玉翠："是啊，她没说错。"

许家国诧异地望着滕玉翠："翠翠，你这句话我实在没听明白。到底是怎么回事？"

滕玉翠："这还不明白？我就是珍子的妈啊。"

许家国："什么？这……这话从何说起？"

滕玉翠想了想："也难怪你这么问，那我就全告诉你吧。前几天我去山里接珍子过来的时候,那边的亲戚也没搞清楚身份,当我的面告诉她说,珍子,你妈来接你了。"她看着许家国:"我这么说您应该知道来由了吧?"

许家国听明白了,想了想,又问:"那后来呢?你也一直没有跟珍子作解释?"

滕玉翠叹了口气:"唉,我实在是不忍心啊。珍子从懂事以来,一直没有见过我姐。她那双眼睛里头尽是渴望,喊了一声妈,扑上来死死地把我抱住,生怕我会再一次丢下她。她哭得声嘶力竭,哭得我心里就跟刀子绞一样疼。您想想,这丫头最大的梦想就是找到母亲,我能破碎她心中的梦想吗?"

许家国极其感动,连连点头:"是啊。那就暂时别做解释。"

滕玉翠摇了摇头:"不光暂时,以后我也不会跟她解释。"

许家国:"是吗?"

滕玉翠:"是的。那天珍子叫了我一声妈,我心里就打定主意,决不让珍子知道她的母亲不在了。我是我姐的亲妹妹。姐姐的女儿,就是我的女儿。珍子没有失去母亲,因为她还有我。"

许家国怔怔地望着滕玉翠,不禁深深感叹:"翠翠,你能这样做,我非常感动。"

滕玉翠望着他,担心地问:"对了,刚才你没有跟珍子说漏嘴,把我姐的事儿告诉她吧?"

许家国回想了一下:"没有。"他肯定地说:"怎么会呢?"

滕玉翠:"也没跟她说我是谁?"

许家国:"当然没说。我都不知道你在这儿呢。"

滕玉翠放心了:"那就好。"她望着许家国:"相信不?这一辈子,我不会再有别的儿女了。"

许家国听得笑了:"哈,那你这一辈子还出不出嫁呢?"

滕玉翠:"出嫁不出嫁另说,反正我是不会要孩子了。"

许家国:"是吗?你这么做,都是为了珍子?"

滕玉翠点了点头:"也是为了我的姐姐。"她勇敢地直视许家国:"我姐姐担当过什么,我就担当什么。她没能完成的心愿,我来替她完成。您觉得,我有这个资格吗?"

许家国似乎听明白了她的意思。仓促之下,他的目光竟然有点不敢正对滕玉翠了。

滕玉翠执着地盯着他:"怎么不回答我啊?"

许家国似乎难以回答,只好尴尬地笑了一下。

远远地有客轮的汽笛声传了进来。

25. 客运码头上(日 外景)

趸船旁边的那艘开往浦溪的小火轮忽然拉响了汽笛。

跳板上,陆续有些乘客开始登船。

26. 济民纱行 许家国的卧室内(日 内景)

许家国听见汽笛声,顿时醒悟过来,掏出怀表看了看时间,赶快提起了自己的那只小皮箱。

滕玉翠有点失望地看着他:"怎么?您还是要走?"

许家国有点犹豫了:"翠翠,你听我说……"

滕玉翠固执地打断了他:"不,你得先听我说。"她望着许家国,停顿了一下:"知道我爹是怎么站起来的吗?"

许家国看着她,摇了摇头。

滕玉翠:"昨天晚上我把珍子从湘西一接过来,我爹二话不说,扛着铜锣就上街了。"

许家国点了点头:"是啊。我听见了,听得清清楚楚。"

滕玉翠:"我还以为您见到珍子,也会重新站起来的。我姐姐的亲生骨肉回到了您的济民纱行,您怎么能离开这儿呢?"

许家国被她的话打动了:"我的济民纱行,说得好,说得好啊!"他动情地打量四周:"这间屋,这些人,这风风雨雨一座济民纱行,已经跟我的整个生命融在一起了。我又怎么能够离得开啊?"

滕玉翠听得心里一热,背过身去,欣慰地擦拭着眼泪。

少顷,她回过头来:"对了,忘了告诉您,修复这座院子的时候,我让他们把后堂屋改造了一下,打算布置一间祭拜堂。"

许家国十分意外:"哦?你是怎么想的?"

滕玉翠:"我想把你们家所有的亲人都聚集在一起。"她真诚地望着许家国:"您要是同意,我就安排人给您汉口遇难的家人制作灵牌,还有我姐的,全部供放在那儿。逢年过节什么的,也有个地方祭拜。您觉得呢?"

许家国听得眼睛一亮:"可不是吗?有了祭拜堂,亲人的灵魂也安稳回归了。时常去看看他们,对活着的人,精神上也多有激励。"他感到非常兴奋,赞赏地望着滕玉翠:"翠翠,这是我多年的心愿,你怎么会跟我不谋而合呢?"

滕玉翠按捺住欢喜,盯着许家国的眼睛忽然问了句:"其实我还有个心愿,也能跟您不谋而合吗?"

许家国望着她:"你说。"

滕玉翠脱口而出:"将来我的灵牌,也可以供在那儿吗?"

许家国顿时一愣,不知道该怎么回答了。

滕玉翠自觉冒失:"啊,对不起,我让您为难了。"

许家国:"也没有什么可为难的。"他笑了笑:"翠翠,现在就想这件事情,是不是也太早了点?哈,你才多大啊?"

27. 楼梯下方(日 内景)

珍子跑过来,朝楼上叫了声:"妈,外公快到了。"

画外：滕玉翠在楼上回应了声："好，我这就下来。"

珍子："您快点儿啊。"

28. 许家国卧室内（日 内景）

许家国望着滕玉翠："哦？你爹过来了？"

滕玉翠："是。我得下去。"她望着许家国："您会下来吗？"

许家国："当然，我得去见见老人家。"

滕玉翠仔细看了他一眼："您先别着急。门后面有盆热水，先洗把脸再下来，啊。"

许家国摸了摸面颊："噢？我这容貌，就那么见不得人了？"

滕玉翠："不是。"她用一种崇敬的目光看着他："您在我心目中，躺下去是一道岭，立起来就是一座山。我不愿意让任何人看见您失魂落魄的样子。知道吗？您是我心中的骄傲。"

她不再说什么，拔脚就朝楼下跑去。

许家国欣慰地望着她的背影，半天没有动弹。

29. 济民纱行 大门外（日 外景）

郑锦仁和刘妈一左一右，搀扶着喊山公走了过来。

客运码头上那艘客轮的汽笛声又一次响起。

喊山公不由自主地站住了。他回头朝码头那边看了一眼，担心地问："雾散了，船要开了。他没有在那条船上吧？"

刘妈："不会的。我让飞舟去看过了，他没在船上。"

济民纱行大门拉开了，向飞舟从里面迎了出来，帮忙搀着喊山公，将他们迎进了大门内。

30. 济民纱行 堂屋内（日 内景）

珍子迎上前来，亲切地叫了声外公，将喊山公拉到椅子前，给他垫了个棉垫子，伺候外公坐了下去。

滕玉翠匆匆忙忙下楼来："爹，时间还早呢，您怎么就过来啊？也不在家好好休息？"

喊山公："唉，实在也是不放心啊。也没听你回个准信。"他望着滕玉翠："怎么样？你是不是把他留住了？"

滕玉翠："留没留住我还不敢讲。反正这会儿他还没走。"

喊山公高兴了："没走就好哇。他人呢？我得赶快见到他。"

画外：许家国叫了声："喊山公！"

喊山公立即回头望去。

31. 二楼的楼梯上（日　内景）

许家国提着小皮箱，一边呼唤着喊山公，一边三步并作两步地从楼梯上跑了下来。

32. 堂屋内（日　内景）

喊山公看见许家国往这边走，当时就坐不住了。

他撑着桌子站了起来，向前张开双臂，颤巍巍迎了过去："家国，家国啊！"

许家国已经跑到了他面前，将手中的皮箱一扔，伸开双手，将喊山公紧紧地拥抱着，禁不住热泪盈眶。

许家国哽咽着说："喊山公，我的好父亲啊！家国我实在是百无一用，没能保护好玉莲，对不起您老人家啊……"

郑锦仁、刘妈、向飞舟听得心里难过，不由得低头叹息。

喊山公连连摇头："家国，不许你这么说。玉莲是世界上最好的女人。她是你和我两个人的骄傲，也是咱们中国人的骄傲，知道吗？她死了，这不是家仇，是国恨。这是国恨啊！"

许家国："是。我知道，我知道啊。日本鬼子欠了我太多的血债，我会站起来，继续实业救国。您说得对，江山是不会倒的。讨还血债的日子，已经不远了。"

喊山公连连点头："是。是。天总是要亮的。"他情绪平定了些，赶快四下看了看："珍子呢？"

珍子赶快走到他面前："外公，我在呢。"

喊山公扶着珍子的双肩，将她推到许家国面前："珍子，磕头。听见没有？快磕头啊。"

珍子没弄明白："外公，为什么？"

喊山公："记住了，这是你爹啊。"

在场的人同时一愣。

珍子似乎还没反应过来。

滕玉翠便上前一步，大声吩咐："珍子，跪下，给你爹磕三个头。听见没有？"

珍子响亮地应了声，朝着许家国"卟"地跪了下去，恭恭敬敬磕了三个头，清脆地叫了声："爹！"

许家国顿时热血沸腾，伸开双手，将珍子拉起来，紧紧地拥在了怀里："珍子，好孩子，你真的是我的女儿。真的。"

珍子被感染了，竟激动得放声大哭。

许家国慈爱地抚摸着她的头发："别哭，孩子。知道吗？你是你母亲的希望，也是我的希望呢。"他含泪望着珍子："珍子啊，你来得太是时候了。你给济民纱行，给我们所有的人都带来了希望。真的，爹还得感谢你呢。"

喊山公望着他们父女，不禁伸手擦了擦眼泪。

郑锦仁、刘妈、向飞舟相互对视了一眼，心中无比欣慰。

滕玉翠抬起头来，望着天花板，两行晶莹的泪珠潸然而下。

33. 鄂东山区　丁家铺上空（日　外景）

丁家铺背后的远山近岭满目黛青，凝重而沉闷。

字幕：鄂东山区

34. 丁兆伯农舍　屋后坟地处（日　外景）

坟地靠山坡处，排列着薛如蒙、许少俊、丁夫人三座坟墓。

许老太太形体枯瘦、腰躬背驼，拄着一条树枝拐杖，十分吃力地朝这三座坟墓走了过来。

一阵一阵山风刮过，将她已经稀疏的银发吹得向上竖起。

她艰难地走到坟墓前站住了，然后用双手撑住拐杖，目光呆滞地望着那三座坟墓，再也没有动弹。

35. 丁兆伯农舍的后门口（日　外景）

丁兆伯端着一张靠背椅子，急急忙忙跑了出来。

许秋萍也抱着一床小棉被，紧紧地跟在丁兆伯身后。

36. 屋后坟地处（日　外景）

丁兆伯大步跑到许老太太身边，招呼说："奶奶，快坐下，啊。当心摔了。"

许秋萍也赶了过来。她快手快脚地将小棉被盖在许老太太背后，抱怨说："奶奶，您这是干吗啊？一声不吭就跑出来了，就不怕把人急死啊？"

许老太太平静地说："唉，我也不知道今天是怎么了，清早起来突然觉得神清气爽，就想试着出来走走。没想到还真的能走到这儿。大概这就是老人说的回光返照吧？"

许秋萍："奶奶，说什么呀？您还硬朗得很呢。"

许老太太："还硬朗，都倒床上三个月了。"她看了许秋萍一眼："秋萍，该干吗干吗去，啊。奶奶要跟你兆伯叔交代点事情。"

许秋萍："那您就交代呗。我在这儿又不碍事儿。"

许老太太："你这是怎么啦？不听奶奶的话？"

丁兆伯便劝了句："秋萍，去吧，也该给奶奶熬药了。"

许秋萍："我妈抓药还没回，我拿什么熬啊？"

许老太太不高兴了："那就去迎迎她。哪来那么多话？"

许秋萍不放心："奶奶，不是我不想走。您一个人跑到坟地里，还说要交代这交代那的，我是怕您胡思乱想呢。"

许老太太："行啦。奶奶这会儿要跟你兆伯叔说的，是件正事儿，大事呢，啊。"

许秋萍不好再说什么，只得回身朝后门那边走去。

37. 丁兆伯农舍前院（日　外景）

薛兰芝手里提着几服中药回到了院子内。

刚刚进到院子，许秋萍迎了出来："妈，您回来得正好。"

薛兰芝听得一怔："怎么啦？奶奶又有事了？"

许秋萍："我到她屋里去送水，床上突然没人了。您说奇怪不？奶奶一个人歪歪倒倒地跑坟地里去了。"

薛兰芝："怎么会这样？她现在呢？"

许秋萍："还在那儿呢。说是要跟兆伯叔交代什么事情，还非不让我听见。"

薛兰芝不敢迟疑，把中药交给许秋萍，匆匆朝后面走去。

38. 屋后坟地处（日　外景）

丁兆伯望着许老太太："奶奶，您不是有事情要交代吗？"

许老太太从沉思中回复过来："哦，兆伯啊，我先问你一句，你懂得看风水吗?"

丁兆伯赶快否认:"哟,这个我可不行。要是让我去辨个方向,测个高低,那倒没任何问题。"

许老太太点了点头:"这就足够了。"她望了望坟地四周:"你能告诉我哪边是正南吗?"

丁兆伯没任何犹豫就指着一个方向:"那边。那就是正南。"

许老太太想了想:"正南再往西靠一点,不要靠太多。"

丁兆伯琢磨了一下,将手指头移动了一点点:"要是不靠太多,那就是我手指的方向。正南偏西。"

许老太太点了点头:"哦,原来我的娘家在那个方位啊。这会儿家国也应该在那个方向。"

丁兆伯明白了:"奶奶,您是说常德?那我知道。"他将手指再移过去一点:"看,顺着我指的方向,一直过去,就到常德了。"

许老太太:"好。兆伯啊,奶奶拜托你了,要记准这个方向,啊。到时候,头一定要朝着那边。"

丁兆伯狐疑地看着她:"奶奶,我没听明白呢。"

许老太太:"我还没说明白?就是说,给我下葬的时候,我的头要朝着常德那个方向。记住了?"

39. 丁兆伯农舍的后门口(日　内景)

薛兰芝不知什么时候已经站在了后门口。她没有走过去,只在那里默默地听着许老太太和丁兆伯说话。

40. 屋后坟地处(日　外景)

丁兆伯也被许老太太的话感动了,竟没有及时回答。

许老太太盯着他,问了句:"兆伯,你听清楚了?"

丁兆伯赶快回答:"听清楚了,奶奶。"然后安慰说:"奶奶,您这话也说得太早了。没听秋萍说吗?您还硬朗着呢。"

许老太太:"她那是在蒙我。兆伯啊,原以为逃难过来,在这儿最多留个一年半载,没想到一待就是六七年。这么长的日子,奶奶真是没少麻烦你,那就最后再麻烦一次,行不?"

丁兆伯赶快说:"行,行啊。奶奶,兆伯一定遵从您的意愿,办得圆圆满满。您就放心吧。"

许老太太徐徐点头:"知道吗?客死他乡的人,下葬的时候头朝着老家方向,魂魄就能够走回故乡。只要平时品行端正、积德行善,她的灵魂还能福荫后代,保佑子孙呢。"

丁兆伯被深深打动了:"奶奶,兆伯记住了。"他朝四周看了看:"奶奶,天太凉了,我还是背您进屋吧。"

许老太太心里轻松了很多,便点头同意了。

41. 许老太太的卧室内(日 内景)

薛兰芝手脚麻利地将床上的被褥重新铺好,丁兆伯背着许老太太回到了屋子里。

两人小心地把许老太太平放在床铺上,替她盖好了被子。

许老太太躺下之后又说:"兆伯啊,还有一件事儿。"

丁兆伯:"奶奶,您说吧,什么事情?"

许老太太:"我闭眼之前,能见到少臣吗?"

丁兆伯看了薛兰芝一眼,回答说:"能。我会提前去找他。"

许老太太:"找得到吗?游击队一会儿东、一会儿西的?"

丁兆伯:"奶奶您不知道,抗战发展得很快,游击队已经整编成新四军了。少臣这会儿在正规部队呢。"

许老太太想了想:"哦,那就别找他了。正规部队打鬼子,肯定能打胜仗,咱可别耽搁他们。"

薛兰芝安慰她说:"是啊。妈,您挺着点儿,抗战胜利的日子不远了。到时候,少臣一定会回来看望您的。"

许老太太点了点头,欣慰地闭上了眼睛。

42.丁家铺上空(夜 外景)

黑暗的夜空中乌云密布,电闪雷鸣。

顷刻之间,大雨瓢泼而下。

43.山沟一座小学院子内(夜 外景)

这里是新四军某部队的驻地。

大雨中,几名军人领着一名男子冒雨跑了进来。

44.驻地某房间内(夜 内景)

煤油灯下,许少臣身穿军装,正在用毛笔做读书笔记。

门被推开,进来了几名浑身湿透的军人。

那名丁队长已经一身军官服,叫了声:"少臣,兆伯叔来了。"

许少臣赶快放下笔,站了起来:"兆伯叔,出什么事了?"

丁兆伯抹了一把脸上的雨水:"少臣,奶奶不行了。"

许少臣一惊:"什么?"

丁队长:"少臣,别问了。赶紧回家去,给奶奶送终。"

许少臣犹豫地看着他:"营长,我正在备课啊。"

丁队长脱下身上的雨衣递给他:"你是文化教员,没有战斗任务。请几天假问题不大,我批准了。"

"啊,"许少臣一时心慌意乱,"怎么会这样?太突然了。"

丁兆伯一把拉着他:"路上再跟你说。快走,快!"

许少臣匆忙接过丁队长递上来的雨衣,抬脚就朝外走。

45.丁兆伯农舍 厨房内(夜 内景)

薛兰芝提过来一大桶水,倒进了一口大铁锅里。

然后走到灶门口,塞进去几把柴草,火焰熊熊燃起。

许秋萍跑了进来:"妈,您赶快过去,奶奶又醒过来了,不停地叫您的名字。"

薛兰芝立即站了起来:"秋萍,别断火,赶紧把水烧开。"

许秋萍不明白:"妈,烧这么大锅水干吗啊?"

薛兰芝:"奶奶一辈子爱干净,我得为她做好准备。"

她不敢耽搁,慌乱地跑了出去。

许秋萍赶快坐到灶门前,往灶膛内添加柴草。

46.许老太太的卧室内(夜 内景)

薛兰芝一步抢了进来:"妈,您找我?"

许老太太的眼睛睁得很大,人也显得非常从容:"兰芝,该给我准备一锅热水了。"

薛兰芝:"是。您放心,我正在烧着呢。"

许老太太爱怜地望着她:"好闺女,还是你懂妈啊。"

她吃力地让呼吸平稳些,伸出一只干枯的手拍了拍床沿:"来,坐这儿,陪妈说几句话。"

薛兰芝便坐在床沿上,双手捧着她那只手:"妈,您说吧。兰芝听着呢。"

许老太太:"兰芝啊,本想再挺过一些日子,想带你们回外婆家去看看。唉,这个念想,断断是没指望了。"

薛兰芝将她的手贴在自己脸上,什么话也说不出来。

许老太太朝她身后看了看:"秋萍呢?"

薛兰芝:"正在厨房烧水呢。我去叫她过来?"

许老太太摇了摇头:"兰芝啊,你知道吗?秋萍那丫头懵懵懂懂几句话,倒是把妈说明白了。"

薛兰芝:"她说了什么话啊?"

许老太太:"也是啊,要不是另外成了家,无论如何,家国都会找过来的。怎么能一个字都没有呢?"

薛兰芝迟疑了一下:"妈,别听秋萍瞎胡说。我相信家国绝不会是那种人。"

许老太太:"是啊,我也相信。即便真是那样,那也是因为断了音信,误以为咱们全家,都让鬼子给炸死了。"她很悲凉:"也是啊,那天、在福音医院、咱们差一点、不都炸死了吗?"

薛兰芝心里有点乱:"妈,都是些想不明白的事情。这种时候,您就别想那么多了,啊。"

许老太太:"那是。"她慈爱地望着薛兰芝:"兰芝啊,咱们这个残破的家庭,要是没遇上丁兆伯,恐怕连尸体都找不见了。他是咱们的大恩人。你说呢?"

薛兰芝:"是。我知道。"

许老太太顿了一下:"唉,天要再亮,妈恐怕看不到了。有句话,也非讲不可了。"

薛兰芝:"妈,您说吧。我听着呢。"

许老太太:"兰芝啊,跟兆伯结婚吧。那孩子平时把妈背进背出,比自己的儿子还上心。那就是我的儿子。你要跟他成了家,照样还是妈的儿媳妇啊。"

薛兰芝摇了摇头:"妈,我不能那样。真的。万一哪天见到家国,他又没成家,我还有什么脸见人啊?"

许老太太:"不能怪你。这年月,人只是一叶浮萍,身不由己啊。他要另外成了家,也不能责怪他。要怪,只能怪山河破碎。那是整个民族的大灾大难啊……"

薛兰芝不再说话，却偷偷地掩着嘴，痛心地抽泣起来。

47．离丁兆伯家不远的山路上（夜　外景）

寒风阵阵，树影摇曳，淅淅沥沥的秋雨下个不住。

丁兆伯在前，许少臣在后，两人在泥泞中深一脚浅一脚地朝那间农舍走去。

48．丁兆伯的院子内（夜　外景）

许老太太那间屋子的窗口，微弱的煤油灯光忽闪着，时亮时暗。

一阵强风刮过，灯光霎时熄灭。

屋子内，薛兰芝惊慌地呼喊："妈！妈！"

许秋萍也慌乱地惊呼："奶奶！奶奶！您别走啊——"

49．丁兆伯的院子门口（夜　外景）

丁兆伯和许少臣气喘吁吁地跑进了院子。

听见屋子里的呼喊声，许少臣甩掉雨衣，一个箭步朝屋子内狂奔进去："奶奶，您等等。我回来了——"

…………

第 19 集

1. 前集回顾

许秋萍在屋内惊呼:"奶奶!奶奶您别走!"

许少臣甩掉雨衣,一个箭步朝屋子内狂奔进去:"奶奶,您等等。我回来了——"

2. 鄂东山区(晨 外景)

晨光从云朵的缝隙中透了出来。

字幕: 鄂东山区

3. 丁兆伯的堂屋内(晨 内景)

堂屋正面墙壁上,张贴着许老太太的遗像。

上方一行庄重的黑体字——许母黄老孺人千古。

堂屋正中摆放着许老太太的灵柩,四周黄白野花相簇,气氛简洁而又十分肃穆。

丁甲长带领十几位乡亲,正在前后忙碌着。

灵柩的侧后方,有几名道士敲钹击鼓,正在超度亡灵。

许少臣、许秋萍身披白色孝袍,腰扎一条黄麻,蹲在灵柩前烧香燃烛、焚烧纸钱。

4. 许老太太的卧室内（晨　内景）

薛兰芝身披孝袍，腰扎黄麻，在屋子内整理着许老太太常用的一些遗物。望着那些遗物，她的眼泪禁不住又流了下来。

有人在门外轻轻地敲了敲门。

薛兰芝赶紧擦了擦眼泪："请进。"

门被推开了，丁兆伯走了进来。他关心地望着薛兰芝："兰芝，一个人在这儿干吗呢？"

薛兰芝："我把我妈平时手头上的东西收拾一下。一会儿出殡，得给她老人家带上。"她说得又伤心起来："这以后，妈身边再也没人照顾了，想起来我这心里就不好过……"

丁兆伯也很难受，不由自主地走到她身后，双手轻轻地扶住她的肩膀："兰芝，别说了。大家心里都难受。"

薛兰芝点了点头，用手背擦了一把眼泪，忽然觉得有点不适应，便轻轻地摆脱了丁兆伯的手。

丁兆伯顿时意识到了什么，赶紧退后一步："哦，对不起。"

薛兰芝很快又回过头来："不是。我……不是那意思。"

丁兆伯朝外面看了一眼，转开话题："对了，兰芝，我是来告诉你的。我替奶奶另外挑了个地方，往山上走有块洼地，正好对着老家方向。视线辽阔，无遮无挡，很符合老人家的心愿。"

薛兰芝："妈是跟你交代的，你看中了就行。"

丁兆伯："那我就做主了。"他催了句："兰芝，你这儿得抓紧点。我们这边的习俗，送老人上山，一定要赶在太阳出来之前。"

薛兰芝："好的。我清理得差不多了。"

丁兆伯："那就赶快出来吃点东西吧。"

薛兰芝摇了摇头："我吃不下。"

丁兆伯："多少吃几口，啊。一会儿还得走山路呢。"

说完，他抬脚就朝门外走。

薛兰芝想起了什么："哎，你等一下。"

丁兆伯又站住了："哦，还有事吗？"

薛兰芝走到门后，取下一件白色孝袍，递给丁兆伯。

丁兆伯有点不明白："你这是……让我也穿上？"

薛兰芝："是。穿上了再出去。"

丁兆伯望着那孝袍："可这只能是孝子穿啊。得是老人家自己的儿女子孙才行。"

薛兰芝："没错啊。这么多年，你跟我们家同甘共苦，患难相依。把我妈背进背出，当亲娘伺候，我妈早就把你当成自己的亲儿子了。这是她老人家临终之前，亲口对我说的。"

丁兆伯感动地望着薛兰芝："你呢？也这么认为？"

薛兰芝迎着他的目光，轻轻地点了点头。

丁兆伯感到无比欣慰，便不再犹豫，一把接过了那件孝袍。

5. 大河街　济民纱行后堂屋内（日　内景）

后堂屋已经布置得干净整洁，肃穆庄重。

滕玉翠正在用丝绸擦拭着一块灵牌。

灵牌的特写：许母黄老孺人之位。

擦好许老太太的灵牌，她双手递给了许家国。

许家国接过母亲的灵牌，恭恭敬敬地摆在供台正中间。

字幕：半年后　常德

许老太太灵牌左侧，供奉着薛兰芝的灵牌。

后面第二排位置，还并排供着其他亲人的灵牌。

珍子站在旁边，手里捧着滕玉莲的灵牌。看见许家国已经将许老太太的灵牌放好,便走上前,将滕玉莲的灵牌递给了许家国。

许家国接过滕玉莲的灵牌,凝视了片刻,端端正正地摆在了许老太太灵牌的右侧。

郑锦仁、喊山公、刘妈、张文松、向飞舟、张朝武、九哥等人整齐地肃立在他们身后。

堂屋中间的地面上,已经放了三只棉垫。

摆放好灵牌,许家国领着滕玉翠、珍子后退到棉垫处,朝着供台跪了下去,望着那青烟袅袅的供台,无比虔诚地朝供台上的灵牌磕了三个头。

身后郑锦仁等人同时朝供台三鞠躬,以表哀悼。

供台背后的墙面上悬挂着一幅长匾,上面刻下了一行醒目的大字——父传子,子传孙,生生世世,毋忘国难家仇。

6. 济民纱行　前堂屋内(日　内景)

前堂屋格外宽敞。正面墙壁上,贴上了一个大红色双体喜字。

除了两侧各有一只红灯笼,再无其他装饰。这种布置显得简洁而又恰如其分,衬托出一种喜庆的气氛。

堂屋内,吴子敬、文昌盛等工商界好友几乎悉数聚齐,正在高兴而又随意地说着话。

喊山公、郑锦仁、张文松等人从后面走了进来。

吴子敬他们赶快回过头去,性急地问道:"郑管家,大家都过来好一阵了。这婚礼什么时候开始啊?"

郑锦仁赶快对他们说:"请各位贵宾少安毋躁。董事长已经祭奠完毕,马上就过来了。"

文昌盛朝后面看了一眼,大声说:"哎,来了!"

众人一齐回头望了过去。

7. 前堂屋的后门口（日　内景）

许家国走出来的时候，并没有西装革履，只穿一件普通的银灰色长衫。滕玉翠也没有刻意打扮自己，仍然是平常的装扮。

珍子走在他们两个人中间，一手牵着许家国，一手牵着滕玉翠，大方坦然地出现在众人面前。

吴子敬、文昌盛等朋友一齐迎上前去，纷纷向他们拱手祝贺。

许家国和滕玉翠满面笑容，连连向大家道谢。

吴子敬拉着许家国的手，告诉他说："家国兄，可惜陈老会长已经辞世，不能再送你墨宝了。我跟昌盛兄琢磨了好几天，合计出一副对联。你老兄要是不嫌弃，那我就当众献丑了。"

许家国哈哈大笑："子敬兄啊，昌盛兄之所以敢叫文昌盛，满腹文才注定在众人之上，我还敢嫌弃？"

文昌盛也笑了："家国兄见笑了。文才好不好还只在其次，心意为上嘛。"他将手臂一挥："奏乐！鸣炮！把对联献上来！"

天井里的伙计听见招呼，有人便点燃了鞭炮。

几支唢呐伴着锣鼓，响亮地吹奏起来。

四名年轻的伙计齐声吆喝，抬进来两块木制竖匾。

吴子敬、文昌盛走上前，分别揭下了盖在竖匾上的红绸。

许家国、滕玉翠、张文松、郑锦仁赶快朝竖匾看去。

竖匾上用遒劲的刀功刻着那副对联——

对联的特写：

上联：于情自然、于理当然

下联：前仆后继、重整河山

许家国将那副对联品读了两遍，不禁由衷欣喜。一边连连道谢，一边拉着滕玉翠走上前去，接过了那副对联。

人们一齐鼓掌欢呼。

鞭炮声、鼓乐声，欢呼声一阵强过一阵，气氛热烈到了顶点。

8. 济民纱行　大门外（夜　外景）

天黑了，街道上的路灯已经陆续点亮。

纱行大门两侧各挂了一盏贴着喜字的红灯笼，大门口显得安静而又喜庆。

一辆扎着红绸的马车驶到门前停下了。

郑锦仁、刘妈、向飞舟从大门里面迎了出来。

许家国走下马车，回身将滕玉翠扶了下来。

郑锦仁望着许家国，关心地问："怎么样？没喝太多酒吧？"

许家国："郑伯放心。明天清早还要跟你一起坐船去浦溪，我哪敢多喝啊？"

郑锦仁："那就好。"他望着滕玉翠："翠翠，所有的账本都锁在保险柜里了，忙完这两天，你再去核对吧。这是钥匙。"

滕玉翠回头看着许家国："哟，是不是太匆忙了？这么大个摊子，我真的担心拿不下来呢。"

郑锦仁："嗨，我一个胸无点墨的老朽都拿下来了，财务专科的高才生，哪有拿不下来的道理？没事。有弄不明白的地方，郑伯会竭尽全力帮助你的。"

许家国也含着微笑，用鼓励的目光望着她。

滕玉翠便接过了那串钥匙。

刘妈拉了郑锦仁一把："郑伯，时候也不早了，还是让他们赶紧回屋休息去吧。这一天也够累的了。"

郑锦仁："对对，赶快进去吧。"

许家国走了两步，回头问了声："刘妈，珍子回来了吗？"

刘妈："回来了。正在屋子里收拾东西呢。"

许家国拉着滕玉翠："走，去看看珍子。"

9. 许家国原来那间卧室外（夜　内景）

滕玉翠挽着许家国的手臂走了过来。

许家国不解地望着那间卧室："怎么走到这儿来了？"

滕玉翠很虔诚地说："今天晚上，我必须先来看望她。"

许家国："看望谁啊？"

滕玉翠："我们的那位薛兰芝大姐姐啊。我姐一直把她当作人生楷模，我也是。"她望着许家国："您不介意吧？"

许家国："怎么会？你能这么想，我高兴还来不及呢。"

滕玉翠便从身上掏出钥匙，上前去开那扇房门。

10. 那间卧室内（夜　内景）

正面墙壁上，原来那幅挂着黑纱的全家福照片不见了。

一幅许家国和薛兰芝的合影相片被放大，装嵌在紫檀木镜框里，结着一朵红花挂在墙壁正中，整个屋子变成了一间新婚洞房。

许家国顿时眼睛一亮："翠翠，这是你布置的？"

滕玉翠笑了笑："相片还真不好弄。我请了好几个美术师，才拼接成这个样子。怎么样？还挺像新婚照吧？"

许家国端详着那幅相片："太像了。天衣无缝啊。"他十分感动："翠翠，真不好意思，咱们俩都没来得及拍新婚照呢。"

滕玉翠："不急，有的是时间。"她喜爱地看着相片上的薛兰芝："家国，我真的好喜欢大姐这样子。她外表秀丽、气质端庄，我恐怕一辈子都赶她不上。你以后可得多教教我啊。"

许家国心花怒放:"翠翠,知道我多幸运吗?你大姐、你姐姐,还有你,都是最优秀的女人。唉,今生今世,我太知足了。"

滕玉翠幸福地笑了笑:"走吧,该去看看珍子了。"

11. 珍子的卧室内(夜 内景)

珍子手里捧着一只小相框,仔细地端详着。

相框里嵌着滕玉莲的一幅半身照片——滕玉莲一身苗家女子的打扮。头上扎一顶格子包头,身上背一只竹背篓,朴实无华却又格外光彩照人。

珍子喜爱地捧起相框,用手轻轻抚摸了一阵,起身走到书桌前,将那相框挂在书桌后面的墙壁上。

门外有人敲门。许家国在外面问了声:"珍子,睡了吗?"

珍子赶快应道:"还没呢。我来开门。"

她轻盈地朝房门那边跑了过去。

12. 珍子的卧室门外(夜 内景)

许家国拉着滕玉翠的手,满心欢喜地站在门外。

房门开了,珍子叫了声:"爹,您还没休息啊?"

许家国用慈祥的目光望着她,伸手摸了摸她的头发:"珍子啊,爹明天一早要去浦溪办点事。你呢,明天也要去高中寄宿了,我有点不放心,特意过来看看你。"

珍子赶快上前拉着他的手:"好哇。那就快进来吧。"

许家国便跟着她走了进去。

13. 珍子的卧室内(夜 内景)

滕玉翠也从后面跟了进来,似有不满地望着珍子:"珍子,今天有点不对头啊,怎么也没听见你叫我一声?"

珍子望着她,迟疑了片刻,不自然地叫了声:"姨妈。"

滕玉翠不禁一愣:"什么呀?怎么改成姨妈了?"

珍子:"不都一样吗?我心里还是把您当亲妈啊。"

滕玉翠和许家国对视了一眼,感到有些意外。

许家国侧头朝墙壁上望了一眼,忽然发现了嵌着滕玉莲那张照片的木镜框。

许家国赶快走到镜框前,仔细地看了看,回头问了声:"珍子,这是谁给你的?"

珍子:"外公啊。吃晚饭的时候给我的。"

滕玉翠盯着她:"外公还跟你说了什么?"

珍子坦然地望着她:"姨妈,别问了。外公讲了很多,所有事情他都告诉我了。"

滕玉翠无奈地摇了摇头:"这老爷子,也不跟我商量一下。"

珍子赶快解释说:"姨妈,也不能怪外公。早上摆灵牌的时候我就觉得不对,怎么还有个滕玉莲啊?跟您只差一个字。后来我就追着外公问。"

许家国便拍了拍她的肩头:"珍子,知道了也好。姨妈只是担心你难过,一时接受不了。这些事情,迟早都会告诉你的。"

珍子很坦然:"姨妈,其实我一直都不怎么相信。"

滕玉翠:"是吗?为什么?"

珍子:"您这么漂亮,还这么年轻,哪像个做妈的人啊?"

滕玉翠禁不住扑哧笑了:"鬼丫头,嘴还真甜。那就改过来吧。说心里话,要是再不改,我还真担心会让你喊老了呢。"

许家国在边上听得哈哈大笑。

14.许家国和滕玉翠的卧室内(夜 内景)

卧室的墙壁上,一架挂钟的钟摆悠然自得地晃动着。

挂钟的指针已经指向夜里十一点整。

许家国已经洗漱完毕,换了一身睡衣,从浴室走了出来。

滕玉翠也换了件睡裙,坐在梳妆台前,将头发上的卡子一个个地取了下来。

许家国轻轻地走到她身后,从镜子里面盯着她看。

滕玉翠被他看得有点不好意思,便说:"哎,帮个忙。"

许家国:"怎么啦?"

滕玉翠:"后脑勺有个卡子让头发缠住了,取不下来。"

许家国看了看,伸出双手,仔细地帮她取下了那只发卡。

滕玉翠轻轻地甩了甩头,一头茂密而又柔软的青发,像瀑布一样垂在她肩头,将她的脸庞衬托得更加妩媚动人。

许家国惊异地看着镜子里那张脸,半天说不出话来。

滕玉翠有点抵挡不住他的目光,便伸出手:"卡子给我。"

许家国惊醒一般回过神来,将那只卡子递到了她手上。

滕玉翠取过卡子,扑哧一笑:"你知道吗?我一不小心,自己把自己卡住了。"

许家国:"哦,往后得小心点。幸亏没有伤着头皮。"

滕玉翠回头娇嗔地瞪了他一眼:"什么呀,我说的不是头发。"

许家国:"那是说的什么呢?"

滕玉翠:"还记得半年前吗?我说我这辈子不要孩子。"

许家国微笑地看着她:"那是一句傻话。"

滕玉翠:"的确太傻了。"她认真地望着许家国:"您可能还没有注意到。早上我给您母亲擦灵牌的时候,突然之间想起了一桩大事,当时就心慌意乱,脸都吓白了。"

许家国没明白:"噢?怎么啦?"

滕玉翠:"你们许家历尽苦难,两度遭遇家破人亡,最后只剩下你一个男人了。要是不为你们家传宗接代，那我还嫁过来干什么呢？不孝有三，无后为大啊。"

许家国深以为然地点了点头，将她从椅子上拉起来，温柔地拥抱在怀里："翠翠，你这么说我非常高兴。"

滕玉翠："是啊，我也很高兴。"她如释重负："现在好了。珍子特别懂事，主动改口叫我姨妈了。"

许家国也乐不可支地望着她："这么说，替你取出这只卡子的人还不是我？那全是珍子的功劳？"

滕玉翠抬起头来，热忱地望着许家国："家国，我准备好了。"

许家国："准备什么？生孩子？"

滕玉翠郑重地点了点头："生三个。全是儿子。"

许家国喜爱地抚摸着她那一头秀发："傻丫头，生那么多干吗？要是把你累坏了，还不把我心疼死啊？"

滕玉翠赶紧用手捂他的嘴。

紧接着又松开手，用自己温柔的嘴唇紧紧地吻住了他。

15. 丁兆伯农舍　薛兰芝的卧室内（夜　内景）

已近午夜，卧室内一团漆黑。

薛兰芝、许秋萍在各自的床铺上早已入睡。

字幕：鄂东山区

熟睡中的薛兰芝，忽然睁开了眼睛。她觉得门外有动静，反复听了几次，终于坐了起来。

那动静似乎又停止了。

薛兰芝仍然不放心，起身下床，光着脚轻轻地走到门后面，一把拉开了房门。

房门外果然站着一条瘦高的身影。那条身影怔怔地盯着薛兰芝，轻轻地唤了声："兰芝啊。"

薛兰芝听见那声音，惊诧地问："家国？你是家国吗？"

那身影快步走上前来，一把将薛兰芝抱住："兰芝，是我。我是家国啊。"

薛兰芝显得很紧张，推开他的手，抬起头望着他的脸："家国？你怎么瘦成这个样子了？"

那身影没有回答，又问："兰芝，家里都还好吧？"

"家？"她一腔委屈再也憋不住了，忽然大声说，"你还好意思问？这个家，你早就忘记了。"

那身影又一次紧紧地抱住她："不可能啊，兰芝，不可能忘记，我心里时时刻刻都在想念你们啊。"

薛兰芝更加感到委屈，拼命地想从他怀里挣扎出来："你骗人。放开我！你这是骗我！快松手！松手啊……"

旁边那张床铺上，许秋萍听见呼喊，从床上一弹而起，翻过身便跳下床来。

她飞快地走到薛兰芝的床铺前，使劲地推梦境中的母亲："妈，您怎么啦？妈，快醒醒。妈。"

薛兰芝终于被她推醒，睁开眼睛，仍然一脸惊惶。

许秋萍："妈，您梦见什么了？大喊大叫的，吓死人了。"

薛兰芝心有余悸地朝屋内扫了一眼："不会吧？我是在做梦吗？天哪，就跟真的一样。"

刚好在这个时候，门外又响起了敲门声。

声音很大，顿时把两娘女吓得一弹，惊惶地靠在了一起。

许秋萍显得勇敢些，便大声问："谁啊？"

16. 薛兰芝的卧室门外（夜　内景）

丁兆伯披一件棉袄，手拿一盏油灯站在门外，回答说："秋萍，我是兆伯叔啊。"

秋萍在里面回应说："啊，是您啊。兆伯叔，有事吗？"

丁兆伯："我没事，只是特意来问问。刚才好像听见你妈喊叫，不会有什么事儿吧？"

17. 薛兰芝的卧室内（夜　内景）

许秋萍便望着薛兰芝，小声问："妈，要不要开门？"

薛兰芝赶紧朝她摇手。

许秋萍便朝门外说："兆伯叔，我妈刚才做了个梦。没事，您去休息吧。谢谢您了。"

18. 薛兰芝的卧室门外（夜　内景）

丁兆伯："哦……那就好。没事就好。"

他似乎不想这么快就离开，又朝里面说："秋萍，你妈呢？让她跟我说句话，可以吗？"

19. 薛兰芝的卧室内（夜　内景）

薛兰芝一听，又赶紧朝许秋萍摇手，表示不愿意说。

许秋萍似乎有点故意，大声回答说："行啊。我妈跟您说。"

薛兰芝白了她一眼，无奈地对着门外说："啊，兆伯，我没事呢。这么晚还吵闹您，真的不好意思。"

丁兆伯在门外笑了声："哈，这话见外不？怎么啦？做了个什么噩梦啊？又是喊又是叫的，我都被你惊醒了。"

薛兰芝有点难为情："也不是什么噩梦。乱七八糟的，我都记不起来了。您赶紧去睡吧，明天又该忙了。"

20. 薛兰芝的卧室门外（夜　内景）

丁兆伯："行啊，听见你说话，我就完全放心了。你们也休息吧。有什么事情，尽管叫我，啊。"

薛兰芝在里面应道："不会有事了。你就踏踏实实睡吧。"

丁兆伯："行。那我走了。"

他朝房门看了几眼，然后才从那里离开。

随后，他走到堂屋大门后面，检查了一下门销，又仔细地拉了拉大门两边的窗户。

检查完毕，他似乎还不放心，又不便多停留，只好闷闷地朝楼梯那边走了过去。

21. 薛兰芝的卧室内（夜　内景）

薛兰芝的目光有些失神，怔怔地看着前方。

许秋萍看了她一眼："妈，别想了，赶紧睡，啊。"

薛兰芝收回目光："你先睡吧。妈这会儿一点瞌睡都没有了。"

许秋萍："我也是。头脑清醒着呢。"她望着薛兰芝："要不，我去把灯点上，咱们随便说说话？"

薛兰芝想了想："灯就别点了。说说话倒是可以，也得小声点，别打扰了你兆伯叔。"

许秋萍笑了笑："打扰也好，不打扰也好，我估计这会儿他压根儿就睡不着。"

薛兰芝："别瞎说，你怎么知道？"

许秋萍："人家不放心啊。没看见刚才吗？我说了没事还不算，非得听见您开口说句话，他那心里才踏实。"

薛兰芝深深地叹息了声："唉，秋萍啊，女儿长大了，妈就有一个说心里话的好朋友了。你说是不是？"

许秋萍:"那当然。您这么说我真的好高兴。"

薛兰芝:"那,妈求你一件事情,一定得答应我。好吗?"

许秋萍点了点头:"妈,您说。"

薛兰芝清理了一下思绪,坦诚地说:"妈对你兆伯叔,说没动心也是假话。这事儿说起来有点荒唐。好在两个人都保持了几分清醒,悬崖勒马还来得及。前思后想,妈决心要斩断这些念头。从今以后,你就再别跟妈提起这件事情了。听明白了?"

许秋萍:"明白什么呀?妈,我那是心疼您呢。"

薛兰芝:"知道。你要是真的心疼我,就别让妈留下终身遗憾,别让我愧疚一辈子。"

许秋萍顿时一愣,目光怔怔地看着她。

22. 阁楼上 丁兆伯的卧室内(夜 内景)

丁兆伯已经躺在床铺上,忽然又坐了起来。

他无所适从地朝左右看了看,感到心里有点焦躁,便从床边取过了一条旱烟袋。

23. 薛兰芝的卧室内(夜 内景)

薛兰芝还在盯着许秋萍:"秋萍,我说清楚了吗?"

许秋萍:"是,我听明白了。"她琢磨了一下:"妈,先不说这个。您告诉我,刚才是不是梦见我爸了?"

薛兰芝:"可不?清清楚楚地看见他走进来了。"

许秋萍:"您看看,我一猜就中。"她不以为然:"妈,都经过了这么多年的磨难,您还没忘记他啊?"

薛兰芝侧过脸望着许秋萍:"怎么?难道你把他忘了?"

许秋萍:"当然。他能忘记我,我就不能忘记他?"

薛兰芝顿时脸色一变:"胡说!你不可能忘记他!"她有点激

动:"知道你小时候多敬爱爸爸吗?只要一见到他,你脸上就甜蜜蜜的,恨不得每时每刻都在他身边。难道这些你都能忘掉?"

许秋萍有点理亏:"小时候的事当然没忘。"转而又狡辩了一句:"那都是以前的事儿,现在我还真的把他忘记了。"

薛兰芝:"不对,现在你更加想念他。越是说要忘记他,就越说明你心里在想他。你害怕他把你忘了,害怕他又跟了别的女人,所以你总胡乱猜测,故意让我跟兆伯叔好。干吗呀?是不是想报复他?"她十分认真:"秋萍,人的心胸不能这么狭窄。到头来不仅害了我,还会苦了别人。你给我记住这句话。"

许秋萍没想到她会这么认真,一时间什么话都说不出来了。

薛兰芝说完这些话,竟捂着脸,满腹凄凉地抽搐起来。

24. 阁楼上　丁兆伯的卧室内（夜　内景）

丁兆伯仿佛听清楚了楼下卧室内的谈话。

他木讷地取过火柴盒,划燃一根火柴,去点那锅旱烟。

旱烟点燃之后,他呆呆地看着那根燃烧着的火柴。

火焰一直烧到火柴棍的尾部,终于熄灭了。

25. 鄂东山区　新四军某驻地（日　外景）

有集合的号声正在吹响。新四军官兵背着背包,拿着武器跑向集合地点。丁营长也背着背包,挎着驳壳枪,推开一间办公室的房门,匆匆走了进去。

26. 那间办公室内（日　内景）

许少臣已经准备完毕,将自己的背包背在身上起身要走,丁营长推门走了进来。

许少臣向他敬礼:"营长,我正要去集合呢。"

丁营长摆了摆手:"少臣,你就不用去了。"

许少臣不解地望着他:"不用去了?为什么?"

丁营长:"队伍要拉到皖南参加战斗,没文化教员的事。你还是赶紧回家吧。"

许少臣一愣:"营长,您是说,队伍上不要我了?"

丁营长:"暂时的确不需要。你先回去,以后再说吧。"

许少臣急了:"可我参加过军事训练,也可以打仗啊。"

丁营长眼睛一瞪,大声说:"我不舍得!把最优秀的文化教员拉到战场上去打仗,我这个营长脸上无光。懂吗?"

许少臣被他呵斥得不敢说话了。

丁营长朝办公室外面看了一眼,上前一步,压低声音告诉他说:"兆伯叔带口信过来了,他要出门一段时间,还不知道要出去多久。他走了,只能让你回去照顾家人。听明白了?"

许少臣怔怔地看着他,还想说点什么,丁营长果断地打断了他:"就这样吧,已经报团部批准了。"

许少臣站在那里,眼睁睁看着丁营长离开了办公室。

27. 丁兆伯家　堂屋内(日　内景)

许秋萍正在往饭桌上摆放碗筷。

薛兰芝端着两碗热腾腾的饭菜走出了厨房:"秋萍,饭菜好了,叫你兆伯叔下来吃饭吧。"

许秋萍漫不经心地说:"我们吃吧,不用叫他了。"

薛兰芝感到奇怪:"不叫他?为什么?"

许秋萍:"兆伯叔已经走了。"

薛兰芝一愣:"什么?他去哪儿了?"

许秋萍:"我哪里知道?还带着行李呢。"

薛兰芝:"是吗?"她有点不相信:"秋萍,你看见他走的?"

许秋萍："是啊。"她一脸无奈的样子："我是一点办法也没有，只能眼睁睁地看着他走。"
　　薛兰芝："那你为什么不告诉我一声啊？"
　　许秋萍："他说了，不让我告诉您。"
　　薛兰芝急了："你怎么这么傻啊？不让告诉你就不告诉？我还是不是你妈啊？"她慌乱地看了看大门："走多久了？"
　　许秋萍顿了一下："倒是没走多久，半个钟头不到吧。"
　　薛兰芝不再犹豫，一抬脚就朝门外走。
　　许秋萍又叫住了她："妈，他应该还在后面坟地里，说是先去跟奶奶他们告别一声。"
　　薛兰芝站住了。她顿时心生疑团，警惕地看着许秋萍："秋萍，搞什么鬼啊？你们这是？"
　　许秋萍赶快辩解："妈，这次可不关我什么事儿。您赶紧过去吧，兆伯叔说到做到，他可是下了决心要走呢。"
　　薛兰芝显然有点慌乱，便不再跟她说什么了。
　　她折返身，急急忙忙朝屋子后门那边走去。

28. 丁兆伯农舍后面的坟地处（日　外景）

　　一捆简易的行李放在丁兆伯的女人那座坟墓前，却没有看见丁兆伯的身影。
　　薛兰芝匆匆忙忙走了过来，看了看那捆行李，又朝坟地四周望了一阵，抬脚朝后面的山坡上走去。

29. 后山　那片洼地处（日　外景）

　　这片洼地场面比较大，周边的草木也修整得十分茂盛。
　　薛兰芝气喘吁吁地爬了上来，抬头望去，丁兆伯果然就在那里。他蹲在许老太太的坟头，正在闷闷不乐地抽着旱烟。

薛兰芝便站住了。她看着丁兆伯，有点委屈地大声说："兆伯，你这是干什么呀？就这么扔下我们不管了？"

丁兆伯站了起来："不会。我跟我侄子讲好了，让少臣辞去队伍上的事，赶回来照顾你们。"

薛兰芝："怎么能这样？你这不是让少臣当逃兵吗？"

丁兆伯："话不能那么讲。打仗的壮汉多的是，少臣不是上战场的料子。跟他舅舅读了那么多书，又有那么一手好文墨，将来一定是栋梁之材，怎么能随便糟蹋？"

薛兰芝便不再说什么，慢慢走到了丁兆伯身边，真诚地望着他："兆伯，是不是我做错什么事了？"

丁兆伯摇了摇头，没有回答。

薛兰芝："女人家头发长，见识短。要真有什么不周到的地方，您直截了当说，啊。这么多年的风风雨雨，都成一家人了，还有什么不能直说呢？"

丁兆伯拿起旱烟杆，朝鞋底板磕了磕："问那么多干什么？我没有什么话要跟你说。"

薛兰芝心里一凉："怎么啦？话都不想跟我说了？"

丁兆伯将烟袋杆往腰上一插，抬脚就要往山下走。

薛兰芝急了："兆伯，你不能说走就走啊。"她声音有点颤抖了："如果你实在不能原谅我，那也只能是我从你这儿离开。这儿是你的故乡。房子、土地、一草一木，都是你的祖业。你要是甩手离开了，我还在这儿待着，那不成了巧取豪夺吗？"

丁兆伯终于忍不住了："胡说！刚刚你还说咱们都成一家人了，一家人还有什么巧取豪夺？"他索性将怨气一吐为快："可见你从来没把我丁兆伯当成一家人。事到如今，我总算是明白过来了，你心里根本就看不起我们乡下人！"

薛兰芝被他训得目瞪口呆，一时说不出话来。

30. 丁兆伯农舍院子内（日　外景）

许少臣背着部队上的军用背包，走进了院子内。

他朝院子看了一眼，直接走进了堂屋大门。

31. 堂屋内（日　内景）

许秋萍独自坐在饭桌后面发呆，一抬头，看见许少臣走了进来，不禁大为惊讶："少臣？你怎么回来了？"

许少臣放下身上的背包，情绪十分低落："又是兆伯叔搞的鬼。他让营长把我辞了。"

许秋萍吃惊地瞪大了眼睛："噢？营长是怎么说的？"

许少臣："说兆伯叔要出去一段时间，让我回家照顾你们。"

许秋萍顿时觉得很严重："天哪，刚才我还以为他只是在赌气，原来他早就作了周密的计划？"

许少臣没听明白："谁呀？你说谁在赌气？"

许秋萍："嗨，兆伯叔啊。"

许少臣："是吗？他跟谁赌气啊？"

许秋萍："唉，一句话讲不清楚。都怨我妈。"

许少臣仿佛猜到了："那，兆伯叔已经走了？"

许秋萍："还没呢。他带上行李，去了坟地那边。"

许少臣不再犹豫："我这就去找他。"

许秋萍赶快拉住了他："哎，先别去。"

许少臣："怎么？"

许秋萍："妈已经过去了。"

许少臣想了想，没再往外走："姐，怎么会弄成这样呢？"

许秋萍朝后面看了一眼："唉……"

32. 后山　许老太太坟墓前（日　外景）

薛兰芝轻轻地摇了摇头："兆伯啊，我从小到大都在城里生长，的确不知道乡下是怎么回事。直到武汉沦陷，我们一家人死里逃生，千辛万苦来到这儿，才知道什么是乡下。突然之间，我觉得自己到了个梦一样的地方。无论心里有多大的苦难，多深的伤痕，到了这儿，自自然然就抚平了，安稳了。乡下真的有这么神奇，外面的世界兵荒马乱，这儿的生活依旧安宁。心定了，魂魄也回来了。清贫的日子，每一天都过得那么享受。"她感叹不已："真的，真是这样。乡下这段岁月，我已经刻骨铭心，至死难忘了。"

丁兆伯默默地听着，内心似有感动。

薛兰芝看了他一眼，继续说："尤其还遇见了你。你用一颗滚烫的心把我们留下来，妈悄悄对我说，能够遇上丁兆伯，就是遇上了大慈大悲的活菩萨。"她说得动了感情："兆伯啊，你可以说我千不好万不该，可要说我瞧不起你，还真不如用一把刀子杀了我。我薛兰芝再没良心，也绝对忘不了你的大恩大德啊。"

丁兆伯心里感到有点惭愧了："啊，那个……你也不要这样讲。我那句话，的确说得太过分了。对不起啊。"

薛兰芝："唉，这句话应该我来说。是我对不起你。"她坦诚地望着丁兆伯："你为什么想走，其实我心如明镜。"

丁兆伯也很爽快："那当然。你应该知道。"他心灰意冷地往地下一蹲："唉，人哪，想起来真的没意思。"

薛兰芝摇了摇头："你要是这么说，那就是不肯原谅我。"

丁兆伯："你有什么需要我原谅的？没有。"他的话有几分生硬："我想过，你实在没做错任何事情。"

薛兰芝："兆伯，也不能这么说……"

丁兆伯手一挥，打断了她的话："仔细回想，我好像也不需要你原谅。我也没做错什么，只是喜欢你。把你的一点一滴都往心里装，一直装了这么多年。我也想过，哪怕有一天梦醒了，也丝毫不后悔，毕竟心里已经装满了。真的，我就是这么认为的。"

薛兰芝："那你还觉得没意思？"她真诚地望着丁兆伯："兆伯，说心里话，我跟你感觉是一样的。你所有的神态举止，还有你这粗眉大眼的相貌，已经雕刻在我心里了。今后，无论走到哪里，只要回想起来，绝对还是一个活鲜鲜的你。兆伯，你相信吗？"

丁兆伯抬起头看着她，眼眶分明有些湿润了。

33. 丁兆伯农舍后面的坟地处（日 外景）

许秋萍和许少臣站树丛后面，远远地望着那处洼地。

许少臣："姐，听得见他们在说什么吗？"

许秋萍："太远了，听不清。"

许少臣："看样子好像还挺谈得来的。应该没什么问题吧？"

许秋萍："问题大着呢。"她摇了摇头："妈已经说得非常明白，她跟兆伯叔的事儿，没有一丝一毫可能了。"

许少臣点了点头："我明白了。"

他没有再问，抬起头，继续朝山坡上眺望着。

34. 后山 许老太太坟墓前（日 外景）

丁兆伯渐渐恢复了平静："兰芝，你的话，我听明白了。能说一句忘不了我，我这心里已经盆满钵满了。"他的目光直视着薛兰芝："你我之间的事情，我也想明白了。你心里有我，又不情愿跟我成家立业，那就说明你还念着少臣他爹。我丁兆伯好歹也是个眼睛里容不得沙子的人，娶一个心里还念着别人的女人，那样的日子迟早也难得过下去。算了，兰芝，我们就相互放在心里吧。说不定这么过下去,反而会比那样过得更好,过得更长久。你说呢?"

薛兰芝感激地望着他:"兆伯,你能这样想,我心里就坦荡了。"她脸上漾起了甜蜜的笑容:"哈,借用你常说的一句话:我就是这么认为的。"

丁兆伯却没有笑。他盯着薛兰芝,话锋突然一转:"你先别笑,我的话还没有说完呢。"

薛兰芝:"你接着说。我洗耳恭听。"

丁兆伯:"万一少臣他爹确实已经遇难,我就不是这个想法了。"他赶快又补充了句:"我是说万一的话。"

薛兰芝顿了一下:"我担心的还不止这一点。"

丁兆伯:"是啊。假如真跟你担心的那样,他又另外娶了别的人,我丁兆伯更不会眼睁睁地看着你受欺负。"

薛兰芝刚刚平复一点的心情又有点纷乱了:"兆伯,不说这些没来由的事。好吗?"

丁兆伯:"是,的确没来由。"他非常认真:"兰芝,我先把心掏出来放在这儿。今后不管任何时候任何地方,你要受了委屈,实在过不下去了,就回到丁家铺来捡起我这颗心。只要你愿意把它捧在手里,它永远都是滚烫的。信不信?"

薛兰芝感动地望着他:"兆伯,要是真的有一天回到了丁家铺,我更愿意看见你已经重建家庭,生活得更加幸福美满。这是我发自内心的祝愿,你一定要相信我。"

丁兆伯摇了摇头:"别这么说,我又没强迫你答应什么。"

薛兰芝便把话题扯开:"对了,你不是说还做过生意吗?"

丁兆伯:"嗨,十多年前的事了。只是在湖北江西之间搞点货物周转,倒腾一些棉花什么的。小本买卖,那也算做生意?"

薛兰芝:"当然算啊。您不妨考虑一下,往后也可以出门经商,多到外面走走。真的,眼界开阔了,机会比山沟里多得多。"

丁兆伯:"再说吧。你真走了,我一个人老死山沟也确实没什么意思。"他望着薛兰芝:"只是请你记住,丁家铺的大山角落里,曾经有一个永远不开窍的人,他的名字就叫丁兆伯。"

薛兰芝听得心里一热,两行眼泪禁不住夺眶而出。

35. 离洼地很近的松林内(日 外景)

许少臣和许秋萍不知什么时候已经来到了这里,隐藏在茂密的松树后面,偷听着他们的谈话。

听见丁兆伯说完最后一句话,两人默默地对视了一眼,内心不禁感慨万端。

36. 历史镜头之一

冲锋号激越响起,背景切换出一幅幅历史照片。

字幕:一年之后,在中华大地上历经八年之久的民族抗日战争,终于迎来了胜利的曙光。

37. 历史镜头之二

背景是一幅德国柏林波茨坦广场历史照片。

字幕:1945年7月26日,美、英、中三国共同发表波茨坦公告,敦促日本无条件投降。

38. 历史镜头之三

背景照片清楚地拍下了当年日本广岛原子弹爆炸的情景。

字幕:1945年8月6日,在日军拒不投降的前提下,美军毅然在日本广岛投下了第一枚原子弹。

39.历史镜头之四

苏联军队参与对日作战的历史照片。

字幕：8月9日，苏联百万大军越过中苏、中蒙边境，向日本关东军发动全线进攻。

军旗猎猎，黄沙万里。

毛泽东、朱德指挥军队的历史照片。

字幕：8月10日，延安总部发布命令，八路军、新四军向日本侵略者展开了全面大反攻。

40.历史镜头之五

日本裕仁天皇的历史照片。

字幕：8月15日，日本裕仁天皇通过广播，发表《终战诏书》。

湖南芷江受降旧址的照片。

字幕：以日本宣布无条件投降为标志，中国人民的抗日战争以及第二次世界大战，以同盟国的胜利而告结束。

41.常德 大河街（日 外景）

无数挂鞭炮在街道上遍地炸响。

字幕：常德 大河街

整条街道的店铺、民宅到处挂满了庆祝胜利的大幅标语。

从前线凯旋的军队，全副武装地从街道上列队走过。

游行队伍敲锣打鼓，川流不息。

市民们纷纷涌上街头，手挥着旗帜，忘情地欢呼着。

42.街道上（日 外景）

参加游行队伍的人越来越多，街道都被堵塞了。

向飞舟逆向跑了过来，努力分开人群往前挤。

前面出现了一支打着腰鼓的队伍，欢快地击打着腰鼓，并排行进在狭窄的街道上。

向飞舟只好往旁边让了让，看准机会，终于迅速地穿过了人群。

43. 大河街商会　大门前（日　外景）

这里也是人群拥挤，热闹非凡。

大门外宽阔的广场上张贴出一幅大红色的醒目横幅——抗战胜利庆祝大会。

许家国、吴子敬、文昌盛几位商会头目，正在大门外布置着庆祝活动的会场。

向飞舟穿过人群，飞快地跑到了许家国身边。

他将许家国拉到一边，朝他报告着什么。

由于气氛太过热烈，许家国没有听清他说什么。

向飞舟只好凑在他耳边，使劲地说给他听。

许家国听清楚了，不禁大为紧张。

他匆匆回身向吴子敬、文昌盛交代了一声，紧跟在向飞舟身后，撩起长袍，甩开脚步朝前奔去。

44. 医院大门前（日　外景）

医院门外倒是没有什么行人。

许家国、向飞舟一路奔跑，赶到了医院门外。

郑锦仁等候在医院门口，看见许家国赶来，赶快迎了上来。

许家国手一挥，制止了他的话，径直朝医院里面冲了进去。

45. 医院的走廊上（日　内景）

许家国跑步冲过走廊，朝走廊的尽头奔去。

向飞舟、郑锦仁紧跟在他身后，也奔了过去。

46. 手术室门外（日　内景）

门口挂着一只小灯箱，上面三个红字——手术室。

喊山公坐立不安地在手术室门外徘徊着。

看见许家国他们赶到，喊山公赶快迎了上来。

他们都还没来得及说话，手术室里面突然传出来一阵婴儿响亮的啼哭声。

许家国、喊山公、郑锦仁顿时一动不动。

47. 手术室门口（日　内景）

手术室的房门砰地拉开了。

刘妈惊喜地从里面跑了出来："男的！男的！"

许家国一把拉住她："再说一遍！"

喊山公、郑锦仁、向飞舟也盯住了刘妈。

刘妈一拍巴掌："董事长，恭喜您，是个儿子呢！"

许家国抬头望着天花板："天哪！"

…………

第 20 集

1. **天津　劝业场广场前（日　外景）**
庆祝抗战胜利的游行队伍喊着口号，举着旗帜从广场经过。
字幕：天津
高楼上悬挂着大标语——"巩固抗战成果，彻底清查日伪汉奸的一切财富！""坚决没收敌伪资产，严厉惩处日本汉奸！"

2. **"天津利民布业株式会社"大门外（日　外景）**
几辆军警车辆鸣着警笛，飞快地驶到大门外停了下来。
已经有一批军人先行赶到这儿，将里面所有职员赶出来。
前面那辆军用吉普车上，一名上校和一名少校跳下车，一前一后走了过来。
先来的一名少尉迎上来，将手上的一个账簿呈递给上校："报告乔专员，这家敌伪企业的全部资产，卑职已经依法查封。"
乔专员没有接，朝身边指了指："交给娄副专员吧。"
少尉便把账簿交给了那名少校娄副专员。
趁着娄副专员在看账簿，少尉把乔专员拉到一边，凑到他耳边小声说："姑父，地下室藏着五箱金条，还有满满两卡车银圆。"他掏出一串钥匙:"只有我知道。钥匙我全收缴了。"

乔专员将那串钥匙一把接过,看都没看便揣进口袋。

娄副专员其实已经看见了那串钥匙。他装作没看见,故意大声问:"那个大汉奸许民安,抓到没有?"

少尉:"报告副专员,卑职查清楚了,许民安还在他那小洋楼里,正准备跟日本老婆一起逃跑。"

娄副专员便请示乔专员:"乔专员,要不您先在这儿忙,我带队去抓汉奸许民安?"

乔专员:"好。分头行动,越快越好。"

娄副专员:"是!"他朝少尉一挥手:"跟我来!"

看着他们离去,乔专员微微一笑,回身走进了那家株式会社。

3. 许民安别墅的书房内(日 内景)

许民安的那名伙计如惊弓之鸟一般等候在书桌边。

许民安正伏在书桌上飞快地写着什么。

特写:许民安正在信封上疾书"湖南济民纱厂许家国亲启"。

写完之后,他扔下毛笔,刚刚装好信封,樱子惊慌失措从外面跑了进来:"民安,不行了,再不走就来不及了。"

许民安莫名焦躁:"催什么?怎么的也得给我哥一个交代啊!"

他把信封递给了那名伙计。

门外突然枪声大作,樱子倏地从身上拔出了手枪。

4. 别墅门外(日 外景)

两名武装保镖藏身在石头狮子后面,正在用枪朝街道上射击。

多名国军士兵冲了过来，一顿乱枪将两名保镖击毙。

士兵们没有停顿，飞快地冲进了别墅。

娄副专员也提着手枪，紧紧地跟了进去。

5. 许民安的书房内（日　内景）

樱子焦急地推着许民安说："快，从后门走！"

许民安和伙计转身跑了两步，回头问了句："樱子，你呢？"

樱子回头看了一眼，心急如火："别管我！快跑！"

许民安只好跟着那伙计从书房后门逃了出去。

樱子灵活地将身体闪到门后，一枪一枪朝外射击。

忽然有一群强壮的士兵从房门两边冲了进来，用枪比住了樱子："不许动！放下枪！"

樱子惊恐地后退两步，绝望地朝两边看了看，突然举起枪，对着自己的太阳穴开了一枪。

她的身体随后倒在了地板上，再也不动了。

6. 别墅院子的后围墙外（日　外景）

许民安和那名伙计一先一后从围墙内跳了出来。

脚刚刚落地，就有一群士兵扑了上来，将他们牢牢地按住了。

那名少尉走上前来，从那名伙计的手上取过了那只信封，交给了随后走过来的娄副专员。

娄副专员展开信封看了看，喝了声："把他们带走！"

士兵们将许民安带走，娄副专员再一次仔细地看着那只信封。

信封的特写：湖南济民纱厂许家国亲启。

7. 济民纱行　堂屋内（日　内景）

堂屋内已经摆好了一桌丰盛的宴席。

郑锦仁、张文松、九哥等职员穿戴整齐，簇拥着换了一身新衣裳的喊山公走了进来。

字幕：常德　大河街

喊山公朝餐桌看了看："嗬，这百日宴搞得真是隆重啊。"

郑锦仁："应该，太应该了。多大的喜事啊。"

向飞舟抱着一坛老酒走了进来："来啦！济民纱行的窖藏老酒，各位就痛痛快快地喝吧。董事长说了，今天要一醉方休。"

大家热烈响应，上前接那坛老酒。

8. 济民纱行　大门外（日　外景）

珍子背着书包，手捧一束鲜花，兴高采烈地朝这边走了过来。

两名头戴藤帽、身穿工作服的工人正在大门口拉着电线。

珍子停下脚步，问了声："哟，修复电线啊？"

一工人回答说："修什么电线？给你们家装电话呢。"

另一名工人："小丫头，叫个管事的出来。电话机子装哪个屋，得有人告诉我们一声啊。"

珍子赶快说："好嘞，我这就去。"

9. 堂屋内（日　内景）

众人围着餐桌，正在往酒杯里倒酒。

刘妈抬头一看，高兴地说："快看，小少爷来啦。"

许家国、滕玉翠抱着一名男婴笑逐颜开地出现在堂屋门口。

众人禁不住涌上前去，争着去看滕玉翠手中的那个小男婴。

刘妈抢先接过男婴："哟，白白胖胖，长得太可爱了。"她将婴儿抱到喊山公面前:"来,外公姥爷抱抱。"

喊山公有点紧张:"慢点、慢点。"他不习惯地接过那男婴,乐得合不拢嘴:"嗯,长得好。小子呃,你算是赶上好年头了。"

张文松望着许家国:"董事长,给孩子取了个什么名字?"

许家国:"许宗胜。怎么样?还行吧?"

郑锦仁便在心里琢磨了一下:"家国,按照你们家的族谱排列,这孩子应该是少字辈,怎么就改成'宗'字了?"

张文松:"'宗'字也不错,有传宗接代的含义,挺好的。"

许家国:"嗨,这些我都没考虑。这孩子真会挑日子,正好赶在日本天皇宣布投降那天出生。中国胜利了,终于胜利了,所以我就叫他'宗胜'。我觉得没有别的名字比这更有意义了。"

郑锦仁笑了:"的确。这名字响亮,格外长志气。"

刘妈便招呼说:"哎,别老站着说话,快入座吧。"

滕玉翠上前从父亲手上接过婴儿:"爹,您可是这儿的长辈啊,赶紧坐下吧。您要不坐,谁也不敢坐。"

喊山公便笑眯眯地坐下了。

许家国朝大家看了一眼:"怎么?珍子还没赶回来?"

门外有个少女的声音回答说:"来啦。"

大家赶紧回头朝门外望去。

珍子背着书包兴高采烈地跑了进来,把手上的鲜花递给滕玉翠:"姨妈,这是献给您的。"

滕玉翠满心欢喜:"珍子,为什么给姨妈献花啊?"

珍子:"还用问?谢谢您给我生了个弟弟呗。"

滕玉翠高兴地接过鲜花:"珍子真懂事。姨妈谢谢你了。"

珍子想起了什么:"对了,门口来了两个工人,装电话的。"

张文松猛然想起来了:"哦,我都把这事儿忘记了。"他赶快站了起来:"是我约他们来的。约了两个礼拜,总算是来了。你们先吃吧,我去安排他们。很快的。"

许家国:"不着急,正好说说话,等你弄完了一起吃。"

10.许家国的书房内(日　内景)

一架手摇电话机已经安装在许家国的书桌上。

安装工人正用话筒试机:"总机,听得见吗?这里是济民纱行。"

画外:听筒内总机清晰的声音:"听见了,声音很好。可以了。"

安装工人便拿出派工单,对张文松说:"行了。签个字吧。"

张文松:"好的,太谢谢了。"

他接过笔,在那张工单上签下了自己的名字。

刚签完字,那架电话机的铃声突然响了。

张文松抬头看了工人一眼:"噢?这是怎么回事?"

那工人想了想:"应该是你们家来电话了。"

张文松不相信:"不会吧?刚刚装上,怎么会有电话来啊?"

那工人:"那也不一定哦。所有电话是总机房接线生转过来的,肯定不会有错。您就赶快接吧。我们走了。"

电话铃声还在响,张文松疑惑地抓起了听筒:"喂,您好。"

画外:听筒内有个女子的声音传了过来:"是济民纱行吗?"

张文松:"对。这里是济民纱行。"

画外:听筒内那女子:"谢天谢地,总算接通了。您是郑伯吧?"

张文松:"哦?"他感到有点奇怪:"请问您是哪里?"

画外:听筒内女子的声音:"这是长途电话,我是浦溪。"

张文松:"什么?浦溪打来的?"他弄明白了:"啊,我知道了。你是万妹儿吧?"

画外：听筒内女子的声音："什么万妹儿？郑伯，我是幺妹子啊。"

张文松："幺妹子？"他感到陌生："哪个幺妹子啊？"

画外：听筒内女子的声音："哎呀，郑伯，您怎么把我忘了？"

张文松赶快解释说："啊，对不起，我不是郑伯。"

画外：听筒内幺妹子一下就急了："什么？不是郑伯你答什么话嘛。赶紧去找他啊，人都快急死了。"

张文松一愣，赶快回答说："好的、好的。您别着急，我马上去请郑伯过来听电话。"

11. 堂屋内（日　内景）

许家国、喊山公一屋子人正在谈笑风生，张文松大步走了进来："郑伯，有电话找您。"

郑锦仁没听明白："啊？你说什么？电话找我？"

张文松："是啊。我也觉得奇怪。电话刚装好，就有人打过来了。一个女人的声音。"

许家国心情很好，便开了句玩笑："嘀，郑伯，也没听您说一声，不声不响就有女人找过来了？"

郑锦仁有点尴尬："哪有的事？文松，那女人是谁啊？"

张文松赶快说："不认识。她说有急事儿，从浦溪打过来的。"

许家国："浦溪？"他不开玩笑了："是厂里打过来的？"

郑锦仁："哦，那一定是万妹儿。"

张文松："不是。"他想起来了："对了，她叫幺妹子。"

郑锦仁："幺妹子？哟，这电话我得接。"他有点紧张，赶紧站了起来："文松，电话在哪儿？"

张文松："在董事长书房呢。"

郑锦仁什么话都不再说,匆匆忙忙走了出去。

许家国望着他的背影,完全没明白:"幺妹子?你们谁知道吗?幺妹子是什么人啊?"

大家你看我,我看你,没一个人答得上来。

12.许家国的书房内（日　内景）

郑锦仁直接奔到书桌前,抓起了话筒:"幺妹子,我是郑伯呢。"

画外:幺妹子的声音:"郑伯,可找到您了!天,不得了啦!"

郑锦仁一惊:"什么?幺妹子,什么不得了啦?"

13.浦溪　长途电话局交换机前（日　内景）

幺妹子头戴耳机,对着麦克风焦急地说:"天没亮的时候,闯进来一群枪兵,把许加林从被窝里捆走了。郑伯,出大事了。"

字幕:浦溪

画外:耳机里郑锦仁的声音:"啊?有这种事?为什么抓他?"

幺妹子:"他们说加林是个汉奸,要抓去枪毙。"她伤心地号哭:"天哪,这会儿说不定已经枪毙了……"

画外:耳机里郑锦仁的声音:"幺妹子,千万别乱想,啊。他们肯定是抓错人了。"

幺妹子:"怎么会抓错?人家是照着公文抓的人。还说你们济民纱厂属于敌伪汉奸的资产,要查封呢。"

画外:耳机里郑锦仁的声音:"什么?还要查封纱厂?"

幺妹子:"这是真的,他们还强迫加林按了手印。"她心急如焚:"郑伯,赶紧救救许加林啊。要不然就来不及了。"

画外：耳机里郑锦仁的声音："好，好。幺妹子，你别太着急，啊。郑伯马上想办法，啊。"

幺妹子取下耳机，将头伏在交换台上，禁不住放声大哭。

14. 济民纱行 许家国的书房内（日 内景）

许家国背着手，在书房内焦急不安地踱来踱去。

郑锦仁站在旁边，忧心忡忡地望着他。

张文松在书桌前不停地摇电话："喂！喂！……总机，请帮个忙，给我接浦溪兵工厂……听见了吗？喂……"

画外：耳机内终于有了回音："你好，我是薛梦泽。"

张文松赶紧把话筒交给许家国："董事长，通了，找到薛总了。"

许家国一步跨过去，接过电话听筒："梦泽，我是家国啊。"

画外：听筒内薛梦泽的声音："我知道。姐夫，浦溪纱厂这边的事儿，您已经听说了吧？"

许家国觉得不对："噢？听你这口气，你是不是早就知道了？"他有点不高兴："怎么也不告诉我一声？"

郑锦仁和张文松也觉得奇怪，便对视了一眼。

15. 浦溪兵工厂 薛梦泽办公室内（日 内景）

薛梦泽对着话筒说："姐夫，我也是刚听说。到底是怎么回事，我这儿正在核实，还没来得及给您打电话。"

画外：话筒内许家国的声音："那你核实得怎么样了？"

薛梦泽："重庆方面的朋友还没有最后回复我。"

16. 许家国的书房内（日 内景）

许家国："还需要跟重庆方面核实吗？"他觉得不对头："梦

泽，这么说，问题还有点严重？"

张文松、郑锦仁不禁对视了一眼。

画外：话筒内薛梦泽的声音："姐夫，我了解清楚了再告诉您。"

许家国分明有点沉不住气了："嗨，那我得等到什么时候啊？"他顿了一下："要不这样吧，你知道多少算多少，大概是什么事情，你先给我说说。"

17.薛梦泽的办公室内（日 内景）

薛梦泽："大概的情况嘛……"

他敏锐地听见门外有什么动静，便机警地回头看了看，然后对着话筒小声说了句："姐夫，您稍等一下。"

他放下话筒，走到办公室门后，观察了一下门外，然后关上门，插上门扣，这才回到办公桌前。

他再次拿起话筒，压低声音说："姐夫，我初步了解了一下情况，这件事情还不是一般的麻烦。那帮人是从接收委员会来的，直属陆军总司令部。来头太大了。"

18.许家国的书房内（日 内景）

许家国心中一愣："是吗？"他百思不得其解："这我就想不明白了。一家普普通通的民间纱厂，居然还能惊动军方？为什么呀？"

郑锦仁担心地看了张文松一眼。

张文松眉头紧锁，也在心里思索着。

19.浦溪兵工厂 薛梦泽的办公室内（日 内景）

薛梦泽："姐夫，据说他们掌握了证据，您心里可得有准备哦。除了军方之外,行政院也成立了接收委员会。天津、上海那边,已经闹得不可开交了。这帮人看上了什么,什么就是敌伪'逆产',说声没收就没收。所谓大小通吃,厉害得很呢。"

画外:话筒内许家国的声音:"梦泽,请你继续把情况摸清楚。我这边抓紧安排一下,明天就赶到浦溪来。"

薛梦泽想了想:"行。您先过来,咱们再一起想办法。"

画外:话筒内许家国的声音:"好。浦溪见。"

薛梦泽:"好的,姐夫,我等您来。"

他放下话筒,怔怔地看着那架电话,半天没有动弹。

20. 常德 大河街(夜 外景)

夜渐渐深了,天空中移过一朵乌云,遮蔽了半轮残月。

街道上行人稀少,只有路灯仍然亮着。

远处,喊山公敲梆打更的锣声在夜空中回响。

21. 济民纱行 许家国的卧室内(夜 内景)

滕玉翠怀里的婴儿已经熟睡。

她抱着婴儿,走到床铺旁边的一架婴儿床前,小心翼翼地将孩子平放在床上,轻轻地替他盖好小被子。

然后,滕玉翠走到自己床铺前,打开一口小皮箱,替许家国收拾准备出门的衣服和日常用品。

22. 许家国的书房内(夜 内景)

一份公文摆放在许家国的书桌上。

公文的特写:《行政院各部、会、署、局派遣收复区接收人员办法》。

许家国坐在书桌前,正在认真地研究那份文件。

少顷，他放下公文，从书桌后面站了起来。

他抓起桌子上电话的话筒，准备打个电话出去。

想了想又觉得不合适，便将话筒放了回去。

他离开书桌，一边思索，一边在书房里来回踱了几步。

他停下脚步再次朝那份公文看了一眼，拿起来便走出了书房。

23. 许家国的卧室内（夜　内景）

滕玉翠已经将衣服和用品放进了小皮箱。

许家国拿着那份文件，脚步很轻地走了进来。

滕玉翠看了他一眼："家国，箱子给你收拾好了。再检查一下，看看还需要带点什么东西？"

许家国看都没看："你都收拾好了，我就不看了。"他将那份公文递到滕玉翠面前："翠翠，这份公文，你是从哪儿弄来的？"

滕玉翠想了想："告诉你也不要紧。这是张总管通过他的内线，从行政公署那边复制过来的。"

许家国点点头："我猜中了。果然就是文松。"他想了想："干吗不直接交给我？是不是有点不放心，怕我泄露出去？"

滕玉翠笑了笑："你想多了。他送过来的时候，你刚好不在家，就让我转交给你。"

许家国："那就是说，他对你是相当信任的。对不对？"

滕玉翠："哈，你这是明知故问嘛。张总管一直在带着我进步，你又不是不知道。"

许家国很欣慰："是，我知道。他是一个内心光明的人。"他非常敬佩："翠翠，方便的时候，你跟文松说说，拜托他把珍子也带着点。那孩子是一块玉，一定能打磨得很光亮。"

滕玉翠点了点头："好，我拜托他。"她望着许家国："怎么样？你觉得这份公文能起作用吗？"

许家国叹了口气："怎么说呢？要是下面真按公文办事，它还真能起作用。问题是说归说，做归做，这公文就成了一纸空文，还不如一张废纸。要不然济民纱厂怎么会说查封就查封呢？"

滕玉翠也有点担心："那，你这次去浦溪，也得多防备点啊。"

许家国："放心吧。大风大浪，也不是第一次经历了。"他朝那架婴儿床看了一眼："宗胜睡了？"

滕玉翠："是。这孩子不吵不闹，特别乖巧。"

许家国走到婴儿床前，慈爱地看着熟睡的儿子。

那婴儿安静地躺在小床上，像一朵含苞待放的花蕾。

许家国："翠翠，你父亲说，这孩子赶上了好年头，当时我心里特别赞同那句话。"他抬起头来："可谁能料到，前门刚刚赶走猛虎，后门又进来了一群饿狼。这世道究竟是怎么回事啊？"

滕玉翠没有说话，轻轻地走到许家国身边，将脸紧贴在他肩头："不怕。家国，不管发生什么事情，我都会像我姐一样，把生命贴在你身上，哪怕是山崩地裂。"

许家国点了点头，凝视着婴儿床铺上的孩子，心中充满了感慨："翠翠，我们要把生命贴在孩子们身上。看看咱们这个可爱的儿子，往小里说，他是我的后代。放大了看，他们不就是全民族的希望吗？为了他们，无论如何也得抗争到底啊。"

滕玉翠抬起头来，痴情地望着他，禁不住上前一步，紧紧地抱住了许家国。

24. 浦溪 县城的街道上（夜 外景）

刚刚下过雨，街道上黑乎乎尽是泥泞。

两旁的路灯十分稀少，光线昏黄，街道上显得颇为清冷。

字幕：浦溪

25．县电话局（夜　内景）

已经下班了。那名邵局长走出办公室，锁上了房门。

看见旁边办公室还亮着灯，他便推开了那间办公室的房门。

幺妹子如痴似呆地坐在里面，一点反应也没有。

邵局长："幺妹子，下班好久了，怎么还不走？"

幺妹子惊悟过来，望了他一眼："啊，这就走。"

邵局长也不再问什么，交代了声："走的时候记得关灯，啊。"

说完话，邵局长匆匆离开了。

幺妹子便站了起来，悻悻地走到门口，伸手关上了电灯。

突然就有一条黑影闪了进来，然后转身将房门紧紧地关上了。

幺妹子顿时惊慌失措，刚刚想要呼叫，那黑影一把挽住她，用手堵住了她的嘴。

幺妹子转过脸看了他一眼，当即大吃一惊。

那人的脸上青一块红一块尽是伤痕，身上还流着血水。

他竟然是许加林。

幺妹子赶快拉开他的手："加林？他们把你放了？"

许加林惊魂未定，紧张地朝门窗那边看了看，压低声音告诉她："没有。我是逃出来的。"

幺妹子很惊慌："那怎么办？他们会抓到你的。"

许加林朝外面看了看："幺妹子，你赶紧给济民纱行打个电话。现在就打。"

幺妹子："早上我就打过了，是郑伯接的。"

许加林："郑伯怎么说？"

幺妹子："他说董事长会尽快赶过来，想办法救你。"

许加林："这下麻烦了，我叔千万不能过来啊。"他心里更着急："唉，你早上那个电话不打就好了。他们抓我，只是把我当个诱饵，目的就是想把我叔叔引过来。"

幺妹子："哦？原来是这样啊？"

许加林："这还看不明白吗？有人盯上我叔的财产了。"

幺妹子："是吗？你是听谁说的？"

许加林："他们拷问我的时候，我听出来了。"他吐了一口血水："我琢磨，说不定这服闹药还是我们自己的人给下的。要不然，他们怎么能搞得一清二楚？"

幺妹子："哦？那会是谁呢？"

许加林："先别说这个。"他越想越急："幺妹子，现在还来得及。再打个电话，让我叔叔千万千万不要过来。快去。快！"

幺妹子再也不敢迟疑，从墙壁上取下机房的那串钥匙，拉开房门便跑了出去。

26. 电话局机房门外（夜　内景）

幺妹子领着许加林匆匆忙忙赶到了机房门外。

许加林拉住幺妹子的手："幺妹子，不开灯，你可以操作吗？"

幺妹子："当然。闭上眼睛我都能操作。"

许加林："好。千万别开灯，不能让别人看见我。知道吗？"

幺妹子："当然。这还不明白？"

她熟练地用钥匙打开机房门，两人轻轻地摸进机房，随手又将房门关上了。

27. 机房的操作台前（夜　内景）

交换机房内没有灯光，一片漆黑。

幺妹子摸过来，首先将交换机的电源打开，然后坐在操作台前，紧张地盯着台面上的指示灯。

许加林站在他身后，眼睛也盯着操作台看。

突然间，机房的电灯全部被人开亮，光线特别强烈。

幺妹子和许加林惊恐地抬起头，朝门口看去。

房门大开。邵局长提着那串钥匙，战战兢兢地站在门边。

门口飞快冲进来四条大汉。那些人穿着军装，身上还披着湿淋淋黑乎乎的军用雨衣。

后面又走进来一条大汉："就知道你跑这儿来了。"然后用手指着许加林和幺妹子，大喝一声："这两个人，都给我拿下！"

四条大汉便冲上前，凶狠地将许加林和幺妹子按倒在地。

28. 浦溪客运码头（日　外景）

码头趸船上立着四个大字——浦溪客运。

随着汽笛声拉响，一辆小型客轮正缓缓地靠向码头。

29. 客运码头的趸船上（日　外景）

天空中淅淅沥沥地下着小雨。

船工接过客轮上抛过来的缆绳，将船系到了泊位上。

趸船的船舷上，站着两名身穿军装、披着军用雨衣的男子，正在紧紧地盯住靠过来的客轮。

客轮的缆绳刚刚系稳，他们便一步跨了上去。

30. 客轮的客舱内（日　内景）

二三十名乘客已经起身，正在拿自己的行李。

许家国身着长衫，头戴一顶礼帽，也站了起来。

向飞舟替他提着那口小皮箱，紧跟在他身后。

刚刚要朝出口那边走，那两名穿军用雨衣的男子已经快步来到了他们面前。

其中一名男子将手一伸，挡住了许家国："先生，请留步。"

向飞舟一步抢上前，用身体隔开了那男子："你想干什么？"

另一名男子朝向飞舟瞪了一眼，压低声音训了一句："小声点，别闹事。这是为你们好。"

许家国倒是很平静："飞舟，冷静点。"他看了那两名男子一眼："请问二位，你们是干什么的？"

一名男子："别问那么多，按我说的做。请坐下。"

许家国便坐了下去。

31. 客运码头（日 外景）

那艘小型客轮上的乘客一个紧跟一个，顺着跳板很快便上了岸，离开了客运码头。

然后那跳板又收了上去，接着便有人将客轮推离了趸船。

客轮的发动机一直没有熄火，船身离开趸船后，加大油门，继续朝上游方向开走了。

32. 客轮的客舱内（日 内景）

许家国坐在靠窗的位置，回头朝向飞舟看了一眼。

向飞舟仿佛领会了什么，注意地看了看那两名男子，右手悄悄地摸向插在后腰的那支手枪。

他后面那名男子不声不响地伸手按住了向飞舟的右手。

向飞舟惊诧地回头看去。

那男子嘴角浮起一丝不屑的笑容，轻轻掀开了自己的雨衣。

特写镜头：雨衣里面藏着一条亮铮铮的美式冲锋枪。

向飞舟只好收回右手，坐在那儿一动不动了。

33. 一个货运码头上（日 外景）

码头上排列着几架大型吊车。后面是一片货场。

货场坪里有序地堆放着一些大木箱。

许家国乘坐的那艘小型客轮开始减速，朝这个码头靠了过来。

码头上已经有人等在那儿，准备接客轮上的缆绳。

34. 客轮的客舱内（日 内景）

船已经稳稳地靠在了货运码头。

那两名男子站起身，朝船窗外面看了看，然后一男子朝许家国说了声："起来吧。到了。"

许家国站了起来，朝窗外看了看，疑惑地问："这是哪儿？"

另一男子："别问。上去就知道了。"

许家国便不再问，抬脚朝客轮出口走了过去。

35. 货运码头上（日 外景）

有人从客轮上往码头下面伸出了一块跳板。

那两名男子紧伴着许家国和向飞舟，沿着跳板走了下来。

许家国从容地走下跳板，朝四周打量了一眼。

忽然听见有人叫了一声："姐夫。"

他回头一看，身后有一间写着"调度室"的小木屋。

薛梦泽从那间调度室内走了出来。

那两名穿军用雨衣的男子见到薛梦泽，便朝他敬了个军礼。

薛梦泽给他们还了一个军礼，回头看看没人，悄悄给他们每个人塞了一个厚厚的信封。

那两人接过信封,高兴地离开了。

许家国默默地站在原地,敏锐地看见了他们这个动作。

然后,薛梦泽才走到许家国面前:"姐夫,路上辛苦了。"

许家国有点不高兴:"辛苦倒在其次,没有被那两个家伙吓死,已经是万幸了。"

薛梦泽笑了笑:"知道他们是什么角色吗?"

许家国:"不就是你们兵工厂的警卫人员吗?"他有点不理解:"自己人还给赏钱?"

薛梦泽摇了摇头:"他们是接收专员带过来的人。"

许家国觉得奇怪:"是吗?他的人,你也调得动?"

薛梦泽笑了笑:"不是说,什么东西能使鬼推磨吗?"

许家国盯着他:"梦泽,什么时候你也学会这一套了?"

薛梦泽欲言又止。他看了看四周:"姐夫,别在这儿说话,先去调度室喝杯茶,等我的车一过来咱们就走。"

许家国再次打量了码头一眼:"这儿是什么地方?"

薛梦泽:"这是我的地盘。兵工厂的专用码头,很安全。"

许家国和向飞舟便跟着他朝那间调度室走去。

36.那间调度室内(日 内景)

一名勤务员泡好几杯茶水,送到茶几上,然后退了出去。

薛梦泽端起茶水递给许家国:"姐夫,我这叫作迫不得已。要是不动脑筋想办法,用这种方式买通他们的人去接您,恐怕您一上岸就落到他们手里了。"

许家国:"噢?有这么严重吗?"

薛梦泽:"还不止。也许比这更严重。"他凑近了些:"姐夫,千万别掉以轻心。我已经通过重庆的关系摸清楚了。这一次,接收专员是奔着目标来的。"

许家国:"你是说,济民纱厂成了他们的目标?"

薛梦泽肯定地点了点头:"军统的朋友告诉我,说已经查实了。济民纱厂在天津日占区有分支机构,一直跟敌伪政府做生意。还得到过日本人资助,属于日伪资产。"

许家国顿时火了:"一派胡言!这是谁检举的?"

薛梦泽:"我也觉得奇怪。"他顿了顿:"姐夫,您好好回想一下,会不会是咱们纱厂内部的人啊?"

许家国当即一挥手:"不可能。绝不可能。"他非常自信:"纱厂的员工都是些家乡子弟,跟着我出生入死这么多年,怎么会无中生有拆我的台?拆我的台,不就等于拆他们自己的台吗?"

薛梦泽冷静地看着他:"家乡子弟也难说。要是有人狐假虎威,乘机先把这个台子拆了,然后再给自己搭一个新台呢?"

许家国一怔,直勾勾地望着他:"这话怎么讲?"

薛梦泽:"这么大个纱厂,不管被谁接收了,最后还是需要有人经营管理吧?接收纱厂的人,能得到财产的所有权,帮着拆台的人,顺势就得到了厂子里的经营权。早就达成默契了。姐夫,我这么说,您心里就应该有数了吧?"

许家国顿时意识到了什么:"那就只能是他,申剑明。"

薛梦泽:"厂子里的任何消息都往专员那儿捅。就连您今天要来浦溪,他们也掌握了。张着网等着逮您这条大鱼呢。"

许家国愤恨地骂了句:"这个吃里爬外的败类!"

薛梦泽叹息了声:"就怕出这种人啊。您想想,接收大员一个个贪得无厌。得到这样的线索,那还不跟苍蝇见了血一样吗?"

许家国忽地站了起来,眉头锁得更紧了。

37. 济民纱厂 大门外（日 外景）

纱厂的栅栏门被一把大锁紧紧地锁上了。

透过栅栏，看得见里面有两名军人在持枪站岗。栅栏门外，还有三四名黑衣警察腰挂警棍在那里警戒。

几十名纱厂工人被隔在外面，正在交头接耳地议论着什么。

万妹儿提着一只饭盒走了过来，看见门口那情景，不禁十分吃惊，便问门外的工人："哎，出什么事儿了？"

一名男工告诉她说："万妹儿，还没看明白啊？厂子查封了。"

另一女工："昨天一早就把加林经理抓走了。你不知道啊？"

万妹儿："哟，一天没来上班，怎么就成这样了？"她想了想，"昨晚上我还跟申剑明在一起，也没听他说一声？"

一名年纪稍大的男工揶揄了句："申剑明哪顾得上我们啊？马上就要大发了，他忙得很呢。"

其他工人纷纷抱怨："那也得明确说一声，我们该怎么办啊？""就是。还要不要雇我们，得有一句话嘛。""不行就回汉口去。抗战都胜利了，哪儿找不到一口饭吃啊？"

万妹儿听得心里一团乱麻，回身便离开了这儿。

38. 县城的一条街道上（日 外景）

这条街道上的行人和车马来来往往，显得比较热闹。

万妹儿沿着街道，走到一家居民屋前。

她敲了敲房门，朝里面叫了声："剑明，剑明，在家吗？"

里面没有人回应。

万妹儿觉得奇怪，偶尔一回头，目光不禁定住了。

39. 街道对面 一座小院前（日 外景）

这座小院风格气派，里面是一座独栋小别墅。

一名身穿长袍的男子，正带着申剑明站在院子门口，朝着小别墅指指点点在介绍着什么。

万妹儿大步走了过来："申剑明，你在这儿干什么？"

申剑明回过头来："啊，万妹儿，来得正好。"他乐呵呵地拉住了她的手："来，一起看看我们的新家。"

万妹儿一把将他的手甩开："去你的。我跟你谁是谁啊？"

申剑明并不觉得难堪："嘀，跟我扳俏？告诉你吧，再过几天，你想追我都追不上了。哈。"

万妹儿："鬼才想着追你呢。正好落一身干净。"她盯着申剑明："我问你，厂子里出大事了，为什么不告诉我？"

申剑明："告诉你有什么用？还以为你能扭转乾坤？"

万妹儿："那，加林被抓走了，也不去维持一下？两三千工人，就看着他们饿肚子？你不也是副经理吗？"

申剑明："万妹儿，我把话讲明白点。这家厂子过去姓许，今后姓什么还不知道。反正不关你我的事儿，想管也管不了。"

万妹儿气得一跺脚，转身就要走。

申剑明："哎，你干吗去？"

万妹儿："我得赶紧去给董事长打电话。"

申剑明："还用得着你打？许家国已经到浦溪了。"

万妹儿站住了。她回过头来："你什么都知道？"她怀疑地望着申剑明："我怎么觉得都是你在中间搞鬼啊？"

申剑明："哈，我要有那么大的能耐，还等到今天？军方可是揣着证据过来的。"他嬉皮笑脸地望着万妹儿："万妹儿，也轮不上咱们想那么多，啊。安安心心嫁给我，有你过不完的好日子。"

万妹儿眉头一竖,厉声警告他说:"姓申的,我告诉你,不管是你也好,别人也好,谁要敢出卖济民纱厂,我万妹儿会带着几千家乡子弟,活活扒掉他一身皮。你相信不?"

她再也不说什么,扭头便冲走了。

申剑明呆呆地站在原地,一句话都说不出来了。

40. 兵工厂 薛梦泽的办公室内(日 内景)

许家国坐在办公室沙发上,焦虑地看着薛梦泽。

薛梦泽正在那儿打长途电话:"……是啊,部长。济民纱厂生产药棉纱布,全部捐献到抗战前线。……对。我们的军用物资,好多都是通过他们转运的。说他们是敌伪资产,完全是颠倒黑白嘛。"

许家国注意地听着。

电话那头问了句什么,薛梦泽赶快回答:"没错,接收专员是陆军总部派来的。……什么?……部长,您听我说,我已经请示了兵工总署。他们让我向您报告……什么?喂、喂……"

对方显然已经挂断了电话,薛梦泽只好放下了听筒。

许家国失望地摇了摇头:"推诿。又是推诿。"

薛梦泽非常不甘心,再次摇电话:"喂,总机,请再给我接重庆。请接军事协调部。"

许家国坐不住了,忽地站了起来,上前按下了那架电话。

薛梦泽只好放下听筒,不解地望着他:"姐夫,怎么啦?"

许家国:"梦泽,我已经不抱指望了。那帮官僚没有一个人敢站出来主持公道。照这么打下去,就算把电话机摇烂了,也只是往鸭子背上泼水,根本就不沾边。"

薛梦泽无奈地点了点头,泄气地坐了下去。

许家国内心十分焦急,想了想,抬脚就往门外走。

薛梦泽赶快问了声:"姐夫,您要去哪儿?"

许家国:"我得去纱厂那边看看。还不知道被那帮家伙糟蹋成什么样子了。"

薛梦泽赶快站了起来,拦住了他:"不行啊,姐夫。这时候您可不能过去。昨天我就派人去看过了,厂子已经关门上锁,军警在那儿把着,任何人都进不去。"

许家国顿时火冒三丈:"笑话!厂子是我的,设备、工人全都是我的,敢不让我进去?还有没有王法?"

他不再耽搁,一把推开房门就要往外走。

薛梦泽一步抢在他前面:"姐夫,您实在要去,也得由我安排人陪护。那边已经很乱了。"

许家国:"也行。你赶紧安排。"

薛梦泽不敢迟疑,赶快走了出去。

41. 兵工厂办公室前(日　外景)

办公室前面的操场上停放着一辆军用吉普车。

薛梦泽跑了出来,一招手,两名士兵立即跑到他面前。

薛梦泽匆匆向他们交代了几句,两名士兵连连点头,立即跑向了那辆吉普车。

很快,许家国也走出了办公室。

薛梦泽便带着他朝那辆吉普车走了过去。

向飞舟等候在操场上,赶快跟了过来。

两名士兵已经准备完毕。司机看见他们走了过来,立即坐上了驾驶位置准备开车。

另一名士兵赶紧替许家国拉开了车门。

许家国一步跨上了吉普车。

向飞舟正要跨上去,薛梦泽拦住了他。

薛梦泽："飞舟，家伙就不要带了。这种时候别自找麻烦。"
向飞舟："好的。"
他取出手枪交给薛梦泽，一步跨上了吉普车。
另一名士兵关好车门，利索地坐上了车，回头朝许家国问了声："董事长，走吗？"
许家国没有迟疑："走吧。"
吉普车一声轰鸣，带着一溜尘土，飞快地离开了。
薛梦泽望着吉普车的背影，不禁有些担心。

42. 济民纱厂　大门口（日　外景）

纱厂门口，铁栅栏门仍然紧锁。
军警的人数似乎有所增加，警备更加森严。
门外有十几个工人正在那里张贴标语。

> 坚决拥护国民政府没收敌伪逆产
> 许家国私通日伪敌寇，罪不可赦
> 清算汉奸罪行，还我胜利果实
> 严惩汉奸许家国、许加林

申剑明跳前跳后，正在那里指手画脚地张罗着。
忽然听见身后有动静，回头一看，不禁有点吃惊。

43. 离纱厂不远的公路上（日　外景）

兵工厂那辆吉普车飞快地朝这边驶了过来。

44. 济民纱厂　大门口（日　外景）

申剑明眼珠一转，回身招呼大家说："弟兄们，大汉奸过来了。他是来争夺财产的,千万不能让他进来。"

那十几个工人也看清楚了。"嗬,真的是他?""来得好,我心里的火气憋好多年了,正要找他算账!""弟兄们,齐心协力,决不让他靠近一步!"

申剑明:"各位守住大门,我这就去请军队来抓汉奸。可不能让他跑掉了。"

他一转身,趁机溜进大门内,很快就不见人影了。

45. 大门前的一道警戒线前(日 外景)

那辆吉普车很快便开到警戒线前。

一名警察伸手拦住了吉普车。

坐在驾驶员身边的那名士官掏出一个证件,朝警察晃了一下。

那警察赶快敬了个礼,拉开警戒线,让吉普车开了过来。

46. 纱厂大门口(日 外景)

吉普车一直开到纱大门口,才缓缓地停了下来。

许家国和向飞舟从车上走了下来。

那十几名工人将双手背在身后,目光冷峻地看着他们。

工人的背后,就是那一幅幅醒目的标语。

许家国没有跟那些工人说话。他走到栅栏门外,将那些标语依次看了一遍。

然后,他走回那些工人面前,问了声:"各位,这些标语,是谁让你们写的?"

那些工人紧绷着脸,没有人回答他。

许家国:"我再问一声,你们心里真是这么想的吗?"

工人们仍然没有回答。

许家国有点控制不住了："申剑明呢？躲到哪儿去了？"

工人中有个身材矮小的男子心里有点虚，禁不住回头朝厂子里面瞟了一眼。

许家国便向前跨了一步，朝厂子里面厉声喝道："申剑明，怎么不敢站出来？啊？你的良心是不是让狗吃了？"

47.厂门内　传达室内（日　内景）

申剑明将身体隐藏在窗户旁边，把许家国的话听了个一清二楚，心里便有点紧张。

48.纱厂大门口（日　外景）

许家国继续高声怒骂："煽阴风点鬼火，造谣惑众，欺骗政府，以为你就能够得逞吗？申剑明，你要还是一个男人，就给我站出来，当面把话说清楚。你敢吗？"

49.传达室内（日　内景）

申剑明听得脸上红一块白一块，终于忍不住了。

他悄悄抄起一把扫帚，拉开窗户狠狠地朝外面扔了出去。

50.纱厂大门口（日　外景）

许家国没有防备，被里面扔出来的扫帚砸中。

那十几名工人顿时举起藏在身后的木棍，朝许家国冲了过来。

向飞舟一个箭步冲上来，挡住了那些工人。

架不住他们人多势众，向飞舟很快被工人们掀倒在地。

还有几名工人捡起地下的砖头，朝许家国扔了过去。

51. 吉普车旁（日　外景）

司机和那名士官赶紧喝道："你们想干什么？""住手！"

然后两人拔出枪飞快地冲了上去。

52. 纱厂大门口（日　外景）

混乱中，一块砖头飞过来，正好砸在了许家国的额头上。

鲜血顿时便流了出来。

两名士兵跑过来，架着许家国便朝吉普车奔去。

向飞舟一边抵挡冲过来的工人，一边朝吉普车那边撤退。

53. 吉普车上（日　外景）

士兵将许家国扶上吉普车，很快发动了引擎。

向飞舟飞奔过来，一步跃上了吉普车。

吉普车迅速地掉过头，朝着原路疾速开走。

那些工人追了过来，继续朝着开走的吉普车扔着砖头、石块。

54. 传达室内（日　内景）

申剑明的脸在窗户后面出现了。

他望着外面的情景，嘴角处露出了阴暗的笑容。

…………

家国春秋

（下）

JIAGUO
CHUNQIU

水运宪 著

湖南文艺出版社·长沙

第 21 集

1. 前集回顾

吉普车迅速地掉过头,朝原路疾速开走了。

工人追了过来,朝开走的吉普车扔着砖头、石块。

申剑明望着外面的情景,嘴角露出了阴暗的笑容。

2. 浦溪兵工厂 医务室(日 内景)

许家国坐在医务室一张治疗椅子上。

一名护士正在给他清理额头上的伤口。

门被推开,薛梦泽匆匆忙忙走了进来,急切地问了句:"姐夫,伤得不严重吧?"

许家国:"没事。蹭破一点皮而已。"

那护士却不同意:"哪里啊,伤口还挺深的,缝了四针呢。"

薛梦泽:"是吗?有没有脑震荡?"

护士:"有一点。轻微的。"

许家国:"唉,可惜只是轻微的。"他自嘲地摇了摇头:"嘿,我这脑子,还真的需要狠狠地震荡一下了。"

薛梦泽不解地望着他:"为什么?"

许家国:"这里头的零件,也不知道被什么东西卡住了。"他感到非常恼火:"又解决不了任何问题,我跑到那儿去,跟一条没心没肺的哈巴狗纠缠什么呀?"

薛梦泽点头笑了:"可不是吗?劝都劝您不住。知道这叫什么?虎落平阳被犬欺啊。"

许家国也笑了笑:"也好,他那一砖头,倒是把我给砸清醒了。无论在任何情况下,应对非常事,必须平常心。要不然,只能是自乱阵脚,节节溃败。"

薛梦泽:"这话说得好。"他想告诉一句什么,又止住了,朝护士看了一眼:"你这儿包扎好了吗?"

护士已经贴完胶布:"行了。每天换一次药,注意别沾水。"她又拿过一小瓶药丸:"这是消炎的,一天三次,每次一颗。"

许家国接过药瓶,站了起来:"梦泽,去你办公室?"

薛梦泽:"行啊。正好有事要告诉您。"

3. 浦溪兵工厂 大门口(日 外景)

大门口来了几名男女工人,正在跟门卫交涉。门卫固执地将他们拦在门外,不肯让他们进来。

一名中尉领着向飞舟,从厂区内匆匆走了过来。

门外一名女工认出了他:"飞舟,向飞舟!"

向飞舟走过去一看,认出了她:"哦,是万姐姐啊。"

万妹儿赶快说:"飞舟,我进不来啊。你赶快跟门卫说说,我们有急事,要见董事长。"

向飞舟便朝身边那名中尉说:"没事。他们都是自己人。"

中尉便吩咐门卫:"打开门,让他们进来吧。"

门卫便拉开了大门。

4. 薛梦泽的办公室内（日　内景）

薛梦泽用钥匙打开房门，领着许家国走了进来。

许家国径直走到沙发边坐下了："梦泽，你想告诉我什么？是不是重庆方面有进展了？"

薛梦泽随手将房门关上了："你走了之后，我又打了几个电话。正面渠道还是跟先前一样，没人愿意出面替我们疏通。"

许家国："那，侧面渠道呢？也毫无斩获？"

薛梦泽考虑了一下："姐夫，我给您看一样东西。"

他走到办公桌前，用钥匙打开抽屉，从里面取出来两页传真纸，递给了许家国。

许家国接过那传真件，一眼就看清楚了文件纸的题头：

文件的特写：军事委员会调查统计局。

他顿时一惊，回头看了薛梦泽一眼："是军方的？调查统计局？那这就是……军统的文件？"

薛梦泽点了点头："保密级别很高，属于绝密。"

许家国："噢？"他赶紧接着看那份文件。

文件的特写：有关 Q（0731）个人污点调查报告……

许家国又望着薛梦泽："这个字母 Q，指的是什么？"

薛梦泽："涉案人的英文代码。那人姓乔。"

许家国："噢？这个姓乔的是什么人？"

薛梦泽："派到浦溪来的那位接收专员。你们纱厂，就是他带人过来查封的。"他清楚地回答说："来这儿之前，他是陆军总司令部的一名上校参谋。"

许家国："是吗？"他感到有些不理解："怎么只有姓，没有名字？字母后头那个 0731 又是什么意思？"

薛梦泽："名字是特意隐掉的。0731 是这份文案的代号。军统的名堂很多，故意弄得让一般人看不懂。"

许家国再次看了看那份文件："后面文字印得很模糊，基本上看不清楚啊。"

薛梦泽："不需要看得太清楚。光是军统局的头衔，再加上文件的标题，就足够把他给吓瘫了。"

许家国："那是肯定的。污点调查可不是儿戏。还是军统牵头，何其了得。"他望着薛梦泽："你这是从哪儿弄到的？"

薛梦泽："我有一个非常好的兄弟，就在军统局特侦二处管档案。这是他冒着危险私下传给我的。"

许家国没有再说什么，将那份文件还给薛梦泽，一边思考，一边在屋子里踱了几步。

薛梦泽望着他说："姐夫，这可是撒手锏啊。"

许家国："不错。完全可以置人于死地。"他站住了："可真要把它抛出去，你和你那位军统的兄弟，恐怕也会有大麻烦吧？"

薛梦泽也有疑虑："当然。所以我心里也在犹豫。"他叹一口气："实在到了万不得已的时候，也只好顾不得那么多了。"

许家国连连摇头："不行。梦泽，你把这份文件收起来吧，我不想用它。杀敌一千，自损八百，这种事情我不会干。"

5. 薛梦泽办公室门外（日　外景）

向飞舟带着万妹儿和那几名工人，来到了办公室门外。

万妹儿心急火燎地上前一步，伸手就要敲门。

向飞舟赶快拦住了她："万姐姐，我来。"

他走到门前，轻轻地敲了敲门。

薛梦泽在里面问了声："谁呀？"

向飞舟："啊，薛总，我是飞舟。董事长在里面吗？"

许家国在里面回答说："飞舟，我正有事。等下再说吧。"

万妹儿赶快给向飞舟使眼色，催促他继续敲门。

向飞舟只好朝里面补充了句:"董事长,万妹儿和纱厂几个工友赶过来了。有急事呢。"

6. 薛梦泽办公室内(日　内景)

许家国:"噢?"他回头对薛梦泽说:"梦泽,快去开门。"

薛梦泽点了点头,赶快把那份文件收进抽屉里,大步走到门后面,打开了房门。

万妹儿第一个走了进来,劈头便说:"哎呀,董事长,满世界都知道您来浦溪了,可满世界都找不到您。我一想,您肯定只在这儿,就闯过来了。"

许家国:"万妹儿,快告诉我,厂里的情况怎么样?"

万妹儿:"歇工了,停产了。要不你过去看看吧。"

许家国一声苦笑:"进不去啊。我刚刚去了一趟纱厂,让申剑明手下的人给打回来了。"他走上前来,望着万妹儿和那些工人:"你们怎么样?都还好吧?"

万妹儿:"我们没事儿,就盼着您过来拿主意呢。"

一名男工:"董事长,别看那几个人瞎闹。百分之九十九的员工都是一条心,有您坐镇,谁也别想弄翻这条船。"

另一男工:"放心吧。董事长,大家都商量好了,哪怕天塌下来,我们也要跟济民纱厂共存亡。"

一女工也态度鲜明地说:"就是。申剑明就是个鼻屎小人。他想搞臭济民纱厂,那是白日做梦!"

许家国连连点头:"这才是我的家乡子弟啊。"他很感动:"各位,济民纱厂究竟是怎么转移到浦溪的,在抗战中做了些什么事情,到底是合法资产,还是敌伪逆产,你们是最清楚的。"

万妹儿:"董事长,我们清楚没有用。他们那个狗屁专员把布告往厂门口一贴,黑白全被他给颠倒了。"

许家国冷笑一声:"没那么容易。我们跟着国民政府出生入死,家破人亡,好不容易才从十四年抗战中熬出头。我就不相信,抗战刚刚胜利,他们就要兔死狗烹、卸磨杀驴?"

万妹儿:"唉,不相信归不相信,可眼下已经是这么回事儿了。"她焦急地看着许家国:"许加林犯了什么法?说抓走就抓走,听说被打得只剩下一口气了。董事长,得赶快把他救出来啊。"

许家国强压怒火:"我知道。这事儿我跟他们没完。各位要是还信任我,你们就先回去,咬紧牙关顶过这一阵再说。"

万妹儿和那些工人听得又是摇头又是叹息。

7. 县政府 大门口(日 外景)

大门两边有警察把守。传达室门口,还站着一名武装士兵。

申剑明搬着几本账簿,从街道上走了过来。

一名警察伸手拦住了他:"站住。干什么的?"

申剑明也挺神气:"说话客气点哦。是乔专员约我来的。"

那警察怀疑地看着他:"有这回事吗?我怎么没听说?"

站在传达室门口的那名士兵也看见了申剑明,便朝他招了招手:"进去吧。乔专员正等着呢。"

申剑明满脸堆笑地朝那名士兵点了点头,昂着头从两名警察身边擦肩而过,直接朝院子里面走了进去。

两名警察对视了一眼,一脸的困惑。

8. 薛梦泽的办公室内(日 内景)

许家国背着双手,心烦意乱地在屋子内踱步。

薛梦泽怔怔地望着他,什么话也不好问。

许家国终于站住了:"梦泽,在哪里能找到他?"

薛梦泽："谁啊？"

许家国："那个姓乔的专员。"

薛梦泽吓了一跳："你不能去找他。那叫作自投罗网。"

许家国："可也不能伸着脑袋任人宰割啊。"他下了决心："不就是想侵吞资产吗？厂子已经被他查封，横竖已经这么回事了。我倒要看看这些人寡廉鲜耻到了什么地步。"

薛梦泽想了想，从抽屉里取出一支手枪插在身上："走吧。"

许家国看着他："梦泽，你这是干什么？"

薛梦泽："您一定要见他，那我就陪您一起去。"

许家国："不行。这种时候，我要不冲动，他们还以为软弱可欺。可你不能冲动。兵工厂在这儿是镇山之宝，要是被人家一锅端掉了，他们岂不更加为所欲为？"

薛梦泽只好不再坚持。他望着许家国，告诉他："姐夫，姓乔的还带了一个副专员过来，姓娄，叫娄城，跟我在军校的时候有过一段交情。早上派人去接您，就是找他帮的忙。您留意一下。"

许家国并不在意："好，我记住了。一个副手，估计没什么用。"他将礼帽戴在头上："我走了。"

薛梦泽很不放心，犹豫着替他拉开了房门。

9. 县政府　乔专员办公室内（日　内景）

乔专员身材匀称，戴一副金丝眼镜，外表看上去倒还文雅。他坐在办公桌后面，正在一页页翻看那几本账簿。

申剑明毕恭毕敬地坐在对面的沙发上，注视着乔专员。

乔专员很快便看完了那几本账簿，抬起头来，盯着申剑明。

申剑明很害怕他那目光，说话的声音都有点颤抖了："乔专员，您是不是觉得……还有什么不明白的地方？"

乔专员将账簿往旁边一推:"姓申的,你真是胆大包天啊。"

申剑明当时就吓得站了起来:"专、专员大人,我是不是不小心,做错什么事情了?"

乔专员:"你自己说呢?"他的脸色极其冷峻:"济民纱厂已经被我明令查封,可你居然敢动用资金在外面买小院子。以为我不知道?还在账面上做手脚,一丝一毫都看不出来。"他狠狠地将桌子一拍:"你有几个脑袋?啊?"

申剑明显然有心理准备。他机警地朝窗户外看了看,凑到乔专员面前,小声告诉他说:"乔专员,我还没来得及跟您报告呢。那院子是我特意买下来孝敬您老人家的。"他从身上掏出一份契约:"您看,契约上落下的,都是专员您的大名呢。"

乔专员接过契约看了一眼,将契约扔在了桌子上。

申剑明接着补充说:"既然落您的大名,账面上当然不能体现,要不然背后就有闲话了。您觉得呢?"

乔专员意味含混地笑了笑:"想陷我于不仁不义?啊?我来这儿只是办办公务,这种破地方,我买个院子有什么用?"

申剑明:"办公务容易吗?总不能苦了自己嘛。您只把那儿当作一处行宫,先舒舒服服住一段时间。今后不想要了,哪怕原价卖出去,那笔钱就是您的了。名正言顺,何乐而不为呢?"

乔专员故意说:"我这会儿住在县政府,难道不舒服吗?"

申剑明更加放大了胆子:"哎呀,专员大人,您住这儿,动不动前呼后拥的,那还有什么不舒服的呢?可我总觉得多少有点不方便。再大的人物,他也是凡人肉身,总得有个地方金屋藏娇吧?"

乔专员一听这话,忽然哈哈大笑。

申剑明望着他,也跟着他笑了。

乔专员突然脸色一变:"姓申的,你少在我面前来这一套。"

申剑明顿时一愣："啊，是、是。"

乔专员指着那些账簿："这么大一家纱厂，账面上除了固定资产，根本就没有玩意儿，尽是一堆一堆的债务。怎么回事？是不是提前把资金转移了？"

申剑明赶快申明："不、不，专员大人，您知道的，厂子属于济民纱行，利润统统都在老板的账本上。"

乔专员："是吗？老板的账本在哪儿？"

申剑明便有意泄露说："常德。大河街。所有的资金全都在济民纱行搁着。"他凑了过去："乔专员，您可能没摸清楚。纱厂只管生产，赚的钱都由纱行回收。那边的油水大得不得了呢。"

乔专员面部露出一丝冷笑，没有再说话。

申剑明也赔着笑，悄悄地观察着他。

10. 乔专员办公室 门外（日 外景）

一名士兵走到门外，敲了敲房门。

里面乔专员狠狠地问："谁啊？"

士兵赶快立正："报告专员，有人想求见您。"

里面乔专员问了声："是什么人？"

士兵回答说："他说他是济民纱厂的董事长，姓许。"

11. 乔专员办公室内（日 内景）

申剑明一听，顿时十分紧张："是、是他。许家国来了。"

乔专员瞪了他一眼："你慌什么？嗯？"

他想了想，起身朝门外吩咐说："听着，就说我不在，直接带他去见娄副专员，明白了？"

12.乔专员办公室 门外（日 外景）

那名士兵双脚一并："是。明白了。"

他一个转身，小跑步离开了。

13.乔专员办公室内（日 内景）

乔专员转过身来，对申剑明说："行了，你走吧。"

申剑明慌忙应了声："哎。"

刚刚要朝门边走，乔专员一指后门："从那个门出去，快！"

申剑明不敢迟疑，匆匆忙忙从后面那个门走了出去。

乔专员回到办公桌前，摇了个电话："老娄吗？"

画外：听筒内一个男人的声音："是。卑职娄城。乔专员，您有什么指示？"

乔专员："听着，大鱼上钩了。"

14.娄副专员办公室内（日 内景）

娄城副专员身穿一套少校军服，正在接电话："是吗？您是说，许家国找上门来了？"

画外：乔专员的声音："是啊。你出面，先把他稳住。"

娄副专员："哦，好的。专员的意思……？"

15.乔专员办公室内（日 内景）

乔专员朝四周看了一眼，压低声音说："老娄，我已经有了周密方案。下一步嘛，咱们兵分两头……"

16.娄副专员办公室内（日 内景）

娄副专员连连点头："……是。卑职明白了。……三天时间？好的，卑职一定照办。……好。……好的，您放心。祝专员一路顺利，马到成功。"

他轻轻地放下电话，站在办公桌前，内心思考了好一阵，才慢慢地坐了下去。

17. 娄副专员办公室　门外（日　外景）

许家国跟随着那名士兵来到了这间办公室门外。

他朝紧闭的房门看了一眼，又回头打量了一眼周边的环境。

那名士兵走到房门前，伸手轻轻地敲了敲门。

18. 娄副专员办公室内（日　内景）

敲门声传了进来。娄副专员仿佛从沉思中惊醒，不由自主地整理了一下军服里面的领带。

外面又敲了几下门，喊了声："报告！"

娄副专员这才回答了声："进来。"

房门被推开了，那名士兵带着许家国走了进来。

士兵朝娄副专员敬了个礼："报告，济民纱厂的许家国……"

娄副专员脸色一沉："放肆！许董事长是商界翘首、社会贤达，怎么能由你直呼其名？粗俗。一点礼貌都不懂。"

那名士兵被他训得一愣一愣："……是。对不起。"

许家国不由得朝娄副专员看了一眼，没有吭声。

娄副专员朝士兵一挥手："行了，你出去吧。"

那士兵："是。"

刚走两步，娄副专员又把他叫住了："等一下。"

士兵赶快回过身来，望着娄副专员。

娄副专员："告诉警卫连，他们抓来的那个许加林经理，马上派人送到医院去包扎伤口。身体也要作全面检查，要是没什么大毛病，赶紧放人。听明白了？"

那士兵双脚一并:"是。明白了。"然后很快地离开了。

娄副专员这才走到许家国面前,双脚并拢,恭敬地行了个军礼:"许董事长,您好。"

许家国反倒有点不自在:"啊,您好。"他看着娄副专员:"真的没想到,乔专员还是一位谦谦君子啊。"

娄副专员:"报告董事长,您弄错人了。卑职姓娄。"

许家国顿时有点失望:"噢?你不是乔专员?"

娄城:"不是。兄弟我受命副专员职务,只不过是乔专员的一名助手而已。"

许家国:"是吗?"他回想了一下:"哦,对不起,请再说一次,阁下贵姓?"

娄城:"董事长,在下小姓娄,单名娄城。"

许家国想起来了:"您就是娄城?"他认真地看着娄城:"薛梦泽的朋友?"

娄城:"是,我跟梦泽是军校同窗。"他很热情:"董事长的大名如雷贯耳,能够见到您,是我娄城的荣幸。"

许家国便随便了些:"娄城,客气话不忙说。你告诉我,乔专员在哪个办公室?请马上带我去见他。可以吗?"

娄副专员:"真是不巧。乔专员因公返回重庆,走之前特意嘱咐卑职,一定要悉心照顾好许董事长。"

许家国十分意外:"什么?乔专员去重庆了?"

娄副专员:"是。事出突然,十分抱歉。"他认真地看着许家国:"可以告诉董事长,乔专员这次回重庆公干,其实也与接收贵纱厂的事情有关。"

许家国警惕地盯着他:"什么意思?"

娄副专员没有急于回答,抬起手腕看了看手表:"这样吧。卑职为款待许董事长,已经备好酒宴。一会儿咱们边吃边聊?"

许家国望着他,没有立刻回答。

19. 兵工厂　薛梦泽办公室内（黄昏　内景）

向飞舟站在办公室,有点焦急地注视着薛梦泽。

薛梦泽在办公室内心神不安地踱了几步,然后站住了。

他看了看手表,取过电话机摇了摇,拿起话筒:"喂,请给我接娄副专员办公室。"

电话内女接线员的声音:"好的,请稍等。"

20. 娄城办公室内（黄昏　内景）

娄城不在办公室,只有一名勤务兵正在里面打扫卫生。

听见电话铃声响,他拿起了话筒:"哪里?……娄副专员不在。你哪里?……哦,娄副专员正在宴请客人呢。……当然是一名贵客。听说是济民纱厂的董事长。"

21. 薛梦泽的办公室内（黄昏　内景）

薛梦泽略微放心了些:"哦。你们乔专员呢?也在那儿?"

听筒内的声音:"哟,这我就不知道了。对不起。"

薛梦泽:"没关系,谢谢了。"他放下电话,望着向飞舟:"看样子还不错。这帮家伙心高气傲,从来不把别人放在眼里。能主动宴请许董事长,这件事情就有点眉目了。"

向飞舟点了点头:"那就好。就盼着一切顺利才好。"

薛梦泽:"至少目前还顺利。走,咱们也吃饭去。"

向飞舟便跟着他离开了办公室。

22. 一家餐馆的包厢内（夜　内景）

包厢里面只有一张雕花餐桌,显得十分华贵。有一名身穿民族服装的女子,在包厢里面招待客人。

餐桌边,除了娄城自己一个人陪着许家国喝酒,再也没有其他客人陪同。

娄城满面红光,抓过酒壶给许家国斟酒:"真没想到董事长酒量这么大。来,娄城再敬您一杯。"

许家国赶快拦住他:"不行了。再喝就真的回不去了。"

娄城:"嗨,回去干什么?已经专门给您预备了一个小院,您就在那儿休息三天。放心,包您舒舒服服。"

许家国有点奇怪:"休息三天?什么意思?"

娄城:"董事长千万别多心,这是乔专员特意安排的。他说让您在那儿等着他回来。"他端起酒杯:"这三天,娄城会天天陪您喝酒。怎么样?哈,我也傍着董事长享几天清福,难得啊。"

许家国没有作任何表示,琢磨了一下,他将手中的酒杯放下了:"娄城,您说乔专员这次赶回重庆,跟接收济民纱厂有关。能不能告诉我,这句话是凶还是吉?"

娄城想了想,对那名女服务员说:"哎,你出去一下。"

那名女子应了声,离开包厢,将房门也带上了。

娄城朝许家国凑近了些,小声说:"董事长,本来是不应该告诉您的。谁让您是梦泽的亲戚呢?"他也放下了酒杯:"实话实说吧,说济民纱厂属于敌伪资产,的确是有证据的。至于是什么证据,当然不能告诉您。"他把声音压得更低:"可到了这儿再一核查,证据并不直接,而且过于牵强。可案子已经立下了,乔专员就赶紧去了总部,看看有没有办法撤案。就这么回事。"

许家国暗自一喜,却又不敢相信:"……是吗?"

娄城:"怎么不是?要不然,乔专员干吗让卑职好吃好喝地陪您三天,让您等他回来?明摆着嘛,他是心中有愧呢。"他朝旁边看了一眼:"哟,喝多了。失言,失言啊。"

许家国心里踏实了不少。

他不再说什么,便端起自己的酒杯:"没事,谁让阁下是梦泽的好兄弟呢?来,家国再敬你一杯!"

娄城也不推辞,打着哈哈端起了酒杯。

23. 大河街　济民纱行大门外(凌晨　外景)

天色将亮未亮,济民纱行门外的路灯还没有熄灭。

远处,传来了喊山公打五更的梆声、锣声和吆喝声。

字幕: 常德

24. 大河街　街道上(凌晨　外景)

街道上有几个起早卖河水的人担水走过。

汽车马达声突然响起,一辆美式吉普车亮着大灯,从街道尽头处疾驶过来,差点撞上了一名卖河水的挑夫。

那挑夫扔下担子,急忙闪避到路边。

军用吉普车没有减速,飞快地朝前驶去。

吉普车后面紧跟着一辆军用大卡车,卡车上坐满了全副武装的国军士兵,也疾驰过去。

那挑夫这才走出来,惊魂未定地捡起了扁担和水桶。

25. 济民纱行　大门外(凌晨　外景)

军用吉普车率先冲到济民纱行大门口。

随着尖厉的刹车声,准确地停了下来。

军用卡车随后也在大门前头停下了。

荷枪实弹的士兵接连跳下卡车,跑步奔过去,将济民纱行围了个水泄不通。

那名上尉军官挥舞着手枪,从吉普车那边跑了过来。

他朝士兵看了一眼,厉声喝道:"都给我听好了,从现在开始,不管是什么人,只准进不准出!谁胆敢违抗,就地正法!"
那群士兵高声应了句:"是!"

26. 离济民纱行不远的街道上(晨 外景)
刘妈提着竹篮子从市场买菜回来,远远听见纱行门外的吼叫声,吓得腿一软,赶快闪到路边,往济民纱行那边看了过去。

27. 济民纱行 大门外(晨 外景)
士兵们已经在济民纱行院墙四周布置好警戒线。
吉普车的车门慢慢地推开了。
乔专员换上一身军装,从容不迫地从车上走了下来。
紧跟在他身后走下吉普车的另外一个男人,就是申剑明。

28. 离济民纱行不远的街边上(晨 外景)
刘妈把济民纱行门外的情形看了个清清楚楚。
她惊慌得不知道该怎么办才好。
想了想,扔下那只菜篮子,回过身急急忙忙离开了。

29. 济民纱行 大门内(晨 内景)
门外响起了剧烈的敲门声,门背后的那条门闩开始颤抖。
很快,门闩被外面的人强力撞断,大门呼啦一声被顶开了。
武装士兵蜂拥而入,冲进了院子内。

30. 小河街 喊山公屋子内(晨 内景)
大门外面有人急促地敲门。
滕玉翠从楼上跑了下来,警惕地问了声:"谁呀?"

31.喊山公的大门外（晨　外景）

刘妈站在门外，气急败坏地叫了声："翠翠，是我。快开门，我是刘妈啊。"

大门随即拉开了。滕玉翠迎着刘妈，不解地问："刘妈，您这是怎么啦？"

刘妈："翠翠，可不得了啊。纱、纱行那边……"

滕玉翠赶紧朝两边看了看："刘妈，进来说。"

刘妈便一步跨了进去。

滕玉翠随手又将大门关上了。

32.喊山公的堂屋内（晨　内景）

滕玉翠走到刘妈面前："刘妈，快说。出什么事儿了？"

刘妈一拍大腿："来了一大群枪兵，把济民纱行围得铁桶似的，吓死人啊。"

滕玉翠一愣："什么？这么一大清早？"她立即意识到了什么："看样子是有备而来啊。"

刘妈："可不是吗？"她补充说："我还看见了浦溪纱厂那个姓申的了，坐他们的车一起来的。"

滕玉翠不熟悉申剑明："姓申的？我认识吗？"

刘妈："你没听说过？就是那个专门跟许加林作对的人啊。"

滕玉翠明白了："是他？您没看错？"

刘妈又有点没把握了："应该是吧？隔得远，我没看得太清楚，好像就是他。"

滕玉翠立即意识到了："这么说，他们是从浦溪过来的？"

刘妈："我也是这么觉得。看起来，董事长去到那边没起作用，事情反而越闹越大了。"

滕玉翠不敢再犹豫："刘妈，我爹打更还没回来，宗胜还在床上睡觉，麻烦您替我照看一下。"

刘妈担心地看着她："翠翠，现在你可不能过去啊。"

滕玉翠："我是当家的，不过去怎么办？"

刘妈："那你得先想好。这帮人可是来者不善啊。"

滕玉翠："想也没用，怕更没用，先去看看再说吧。"

她一抬脚，飞快拉开房门，朝外面走了出去。

刘妈望着她的背影，心中充满了担忧。

33. 济民纱行　天井内（晨　外景）

士兵们已经将济民纱行的三名男职员从各自的房间内押了出来，集中到了天井内。

乔专员站在天井内，正在翻阅手中的一个笔记本。

又一阵吆喝声，几名士兵将郑锦仁从后面院子内押了出来。

乔专员朝郑锦仁打量了一眼，将手上的笔记本交给身边的士兵，走到了郑锦仁面前。

他望着郑锦仁，突然问了声："你叫郑锦仁？"

郑锦仁吃了一惊，怔怔地看着乔专员。

乔专员厉声喝道："回答！"

郑锦仁只好回答了声："是。我是郑锦仁。"他并不畏惧地看着乔专员："长官，没有想到您会认识我。您是……听谁说的？"

乔专员板着脸："少废话。"他盯着郑锦仁："济民纱行的账目，全在你手上？"

郑锦仁："没有。"他回答得很清楚："长官，我不管账目。"

乔专员："胡说！管家不管账目？"

郑锦仁："以前归我管。后来交回给老板了。"他不卑不亢地说："老板前两天去了浦溪。听说有人想掠夺那边的纱厂。"

乔专员反手一巴掌抽在他脸上："放屁！什么掠夺？那叫接收敌伪资产，懂了吧？"

34. 济民纱行　大门外（晨　外景）

那名上尉带着两名端着步枪的士兵，把守在大门外。

滕玉翠一路小跑，来到了大门前。

两名士兵立即把步枪一横，拦住了她："站住。干什么的？"

滕玉翠心里很火："我还正想问这句话呢。你们是什么的？"

那名上尉背着手走到滕玉翠面前，朝她打量了几眼："嘀，人长得这么漂亮，话又说得这么火辣，挺招人喜爱嘛。"

滕玉翠不想搭理他："让开。我要进去。"

那上尉："进去？嘿，看你长得可爱，提醒你一句。上峰有命令，这屋子只准进不准出。你可得想好，进去了就出不来哦。"

滕玉翠冷笑了声："笑话。这是我的家。任何时候，我想进去就进去，想出来照样出来。闪开。"

她一把推开士兵的步枪，大步走了进去。

上尉望着她的背影，眼睛里流露出来一丝邪恶的笑容。

35. 济民纱行　天井内（晨　外景）

乔专员还在追问郑锦仁："老板不在，老板娘呢？也不在？"

郑锦仁："是，老板娘也不在。"

乔专员："要是都不在，你们可就有麻烦了。坐大牢的味道实在不好受啊。还不赶紧给我去找？"

身后有个声音说："不用找，我来了。"

乔专员赶紧回头望去。

滕玉翠已经走进了天井。她盯着乔专员，言词凌厉地问："你们是什么人？青天白日，闯到平民百姓家里来干什么？"

乔专员顿时被她所吸引，立即回过身来，目不转睛地盯着滕玉翠看着，一时间连回答都忘记了。

滕玉翠迎着他的目光："我问你呢，说话啊。又是刀又是枪的，怎么连话都没胆子说了？"

乔专员仿佛不敢相信："你真是这儿的老板娘？"

滕玉翠："怎么？你觉得不像？"

乔专员摇了摇头："何止不像？简直不可思议。"他望着滕玉翠："许家国应该五十岁出头了吧？你才多大？哈，这不刚好应验了一句民间的土话，叫作老牛吃嫩草吗？"

郑锦仁暗自一怔，悄悄地望了滕玉翠一眼。

滕玉翠不在意他的话，反而冷笑了声："怎么一股霉酸味儿啊？总不会是因为这个，你才特意来封门抄家吧？"

乔专员便稍许恢复了常态："行了。既然老板娘到场了，那我就开始履行公务吧。"

他身边的勤务兵立即拉开公文包的拉锁，取出来一份公文。

乔专员接过公文，直接递给了滕玉翠："认识字吗？自己看还是我念给你听？"

滕玉翠一把抓过那份公文，草草看了一眼，马上退还给乔专员："不看了。这算什么公文？第一句话就写错了。"

乔专员不解地接过公文，仔细看了一眼："什么意思？白纸黑字清清楚楚，什么地方写错了？"

滕玉翠："明明是合法财产，怎么写成了敌伪资产？"

乔专员没有生气，反而笑了笑："哈，小美人儿，到底是什么产，也不能由你说了算啊。"

滕玉翠："听这意思，得由长官您说了算？"

乔专员被她噎了一下："这个嘛，那也得看是什么情况。"

滕玉翠："可你连看都没有看啊。"她盯着乔专员："长官大人,您想看看吗?"

乔专员:"看什么?"

滕玉翠:"看看济民纱行到底是不是逆产啊。"她镇定地笑了笑:"怎么样?要不我先陪着您到处看看?"

乔专员心动了:"哈,笑得真甜蜜。行啊,看看也无妨。"

滕玉翠马上吩咐郑锦仁:"郑伯,请您带上钥匙,先去后天井,把地窖的铁门打开,让这位长官开开眼界。"

郑锦仁应了声,转身朝后院走了过去。

滕玉翠望着乔专员:"长官,地窖很狭窄,去多人了转不开身。您觉得呢?"

乔专员想都没想:"当然,别人去有什么用?"他吩咐士兵:"你们原地警戒,就在这儿守着。"

士兵们齐声应道:"是。"

36. 济民纱行　后天井(日　外景)

后天井通往地下室那扇铁门已经打开,滕玉翠带着乔专员从前面走了过来。

乔专员看了一眼周围的环境:"嚄,这地方非常隐秘嘛。"他望着滕玉翠:"又只有你和我,哈,还真让人想入非非呢。"

滕玉翠没理会他的言语,指着地下室入口:"就是这儿。"

乔专员朝那入口看了一眼,顿时起了疑心:"这底下有什么?"

滕玉翠:"抗战期间,整整八年时间,我们所有的资产,都是经过这儿转进转出。下去看看吧,一目了然。"

乔专员仍然不放心:"你们那个郑管家呢?"

滕玉翠:"在里面呢。"她有点不耐烦了:"你这是怎么啦?堂堂一名接收专员,胆子这么小?下去吧,别让我瞧不起。"

乔专员笑了笑："哎，这话不难听。那就下去吧。"

他上前一步，弓着身子走了下去。

37. 地下室内（日　内景）

郑锦仁已经把地下室的电灯打开，看得出里面倒还宽敞。

乔专员下到地下室，朝里面仔细地观察着。

地下室内已经没有什么货物，四周环境反倒看得很清楚。有人在地面和墙上用红色油漆画出一格格分区线，并且在墙壁上注明了分类的字样："浦军工一区""浦军工二区"……

另外一边的分类线是白色油漆画的，标的字样为"浦纱药棉区""浦纱绷带区"……

时间比较久了，那些红色和白色油漆线已经褪色不少。

滕玉翠走到乔专员身边，问了句："长官，这里的物资，全部都是运到抗战前线打日本鬼子的。您觉得那是敌伪资产吗？"

乔专员没有回答，问了句："总共转运了多少军用物资？"

郑锦仁随即将厚厚一个账本递过来："每一笔货物周转量，这儿都详细登记了。请长官过目。"

乔专员接过账本，草草翻了几面，又递了回去，然后问滕玉翠："还有什么地方要看的？"

滕玉翠也没有回答，率先转身朝出口走："跟我来。"

乔专员便紧紧地跟了过去。

38. 济民纱行　前面的院子内（日　外景）

墙面上嵌着一块不大的黑色大理石，上面雕刻着很多文字。

题头用楷书刻着一行字：热血千秋——济民纱行火线救护站遇难军民英名录。

下面工工整整刻上了几十位烈士的姓名。

乔专员慢慢地走到黑色大理石前，抬头看见那上面的文字，不由自主地摘下了头上的军帽。

滕玉翠跟在他身后："当时鬼子兵临城下，董事长把这儿改成了战地医院，救助了一批又一批伤员。日本鬼子发现之后，几颗炸弹就把这儿炸平了。"她望着乔专员："您知道常德保卫战吗？"

乔专员点了点头："怎么能不知道？东方的斯大林格勒保卫战，这是我们军方的骄傲。"

滕玉翠紧接着追问了句："既然这样，济民纱行还可能是敌伪的资产吗？"

乔专员仍然没有回答。他将那顶军帽重新戴在头上，望着滕玉翠："都看完了？"

滕玉翠："还有一个地方，我觉得你一定要看。"

乔专员："那就走吧。"

39. 后堂屋　祭奠堂内（日　内景）

祭奠堂里面的一块块灵牌被人擦拭得干干净净。

有两炷灵香常年点燃，青烟袅袅，淡然四逸。

滕玉翠带着乔专员，从正门走了进来。

乔专员朝祭奠堂四处打量了一眼："这又是什么地方？"

滕玉翠："这儿就是后堂屋。"

乔专员："怎么跟庙堂似的？你们董事长还敬菩萨？"

滕玉翠："说是庙堂也没错，最神圣的地方嘛。你好好看看吧，这里面，供奉的是董事长的八位骨肉亲人。"

乔专员不由得再次看了一眼："噢？"

滕玉翠："他的母亲、太太、儿女，全被日本鬼子杀害了。那叫血海深仇啊。看见后面墙上那块匾了吗？"

乔专员抬头看见了那一行字：父传子，子传孙，生生世世，毋忘国难家仇。

滕玉翠盯着乔专员："长官大人，您觉得一位怀着深仇大恨的民族实业家，他会跟日伪汉奸同流合污吗？"

乔专员还是不回答。他转过身望着滕玉翠："你叫什么名字？"

滕玉翠很有戒心："您问这个干什么？"

乔专员直白地说："我喜欢你。"他显得很认真："真的。一开始就喜欢你长得好。几个地方看下来，我发现你聪明伶俐，反应敏捷，而且深明大义。这么好的女人，我总不能连名字都不知道吧？"

滕玉翠迟疑了一下，只好告诉他说："我叫滕玉翠。"

乔专员："那我就叫你玉翠吧。"他补充了句："还有，从这以后，别再对我一口一声长官了。我姓乔，知道吗？"

然后他背着手，径直走出了后堂屋。

滕玉翠似乎看到了希望，赶紧跟了出去。

40. 前堂屋内（日　内景）

两名士兵用一条竹杠将一台铁制保险柜抬了过来。

那名上尉走到郑锦仁面前："老家伙，把保险柜打开。"

郑锦仁："哟，不行啊。钥匙不在我这儿。"

那上尉："嘿，你这个老东西，以为难得住我？"他将手一挥："把家伙拿过来。"

另外一名士兵立即取过来大铁锤和钢钎。

正要撬那台保险柜，身后有人喝了声："住手！"

乔专员和滕玉翠已经来到了这儿。

乔专员问那上尉："你这是干什么？"

那上尉赶快报告说："报告姑父，所有的账本都在里面呢。"

乔专员："谁让你擅自作主了？啊？"他显得十分恼火："从哪儿搬来的，再给我搬到哪儿去。听见没有？"

那上尉赶紧立正："是！"他急忙朝士兵挥手："搬回去，快！"

几名士兵抄起竹杠，将那台保险柜抬走了。

郑锦仁不明白他的意思，悄悄地看了滕玉翠一眼。

滕玉翠心里也没有底，怔怔地站在那儿，一声不吭。

乔专员不再说什么，抬脚就朝门外走。

滕玉翠赶快叫住了他："哎，请等一下。乔、乔长官啊，我们这儿怎么办呢？"

乔专员没有回身，冷冷地说："保持原状，听候处置。"

滕玉翠："那这些国军兄弟，也就没必要待在这儿了吧？"

乔专员倏地回过身来："不行！这儿必须得严加看守。没有我的命令，一兵一卒也不能撤。"

他再也不作解释，头也不回地走了出去。

那上尉赶快跟着他走出了前堂屋。

滕玉翠和郑锦仁愣在那里，一时不知道如何是好。

41. 济民纱行　大门外（日　外景）

乔专员从纱行里面走了出来。

那上尉也紧紧地跟了出来。

42. 那辆军用吉普车前（日　外景）

申剑明看见乔专员走出了纱行，赶快朝他迎了过去。

乔专员走过来，看见了申剑明："嗯？你还在这儿？"

申剑明："是啊。我在等着专员吩咐呢。"

乔专员:"吩咐个屁。你走吧。"
申剑明:"走?"他没听明白:"您是让我回浦溪?"
乔专员有点烦他:"管你去哪儿,没你的事儿了。走吧。"
申剑明有点慌了:"乔专员,您……"
乔专员眼睛一瞪:"滚!"
申剑明吓得再也不敢说话,抬脚朝街道对面溜走了。
乔专员这才对那上尉一招手:"你过来。"
上尉快步趋前。
乔专员小声对上尉吩咐着什么。

43. 济民纱行　前堂屋内（日　内景）

郑锦仁小声问滕玉翠:"翠翠,刚才你带他察看的时候,他的态度到底怎么样?"

滕玉翠:"还可以啊。看到后来,他还挺有触动的。我觉得这人通情达理,好像还有几分正义感,应该会有希望。"

郑锦仁:"是吗?可刚才他又……唉,看不懂啊。"

那名上尉又走了进来:"老板娘,跟你说句话。"

滕玉翠回过身望着他:"什么话?"

上尉:"晚上,啊,你去陪乔专员吃晚饭。到时候我送你去。"

滕玉翠一惊:"谁说的?"

上尉:"当然是乔专员安排的。"他一脸尽是坏笑:"恭喜你啊,老板娘。"

郑锦仁没听明白:"什么意思?"

上尉:"你们老板娘时来运转了。哈,大好事,大喜事呢。"

郑锦仁吓得脸色都变了:"什么?"

…………

第 22 集

1. 前集回顾

上尉:"晚上,啊,你去陪乔专员吃晚饭。到时候我送你去。"

郑锦仁没听明白:"什么意思?"

上尉:"你们老板娘时来运转了。哈,大好事,大喜事呢。"

郑锦仁吓得脸色都变了:"什么?"

2. 济民纱行 前堂屋内(日 内景)

那名上尉接着说:"乔长官还吩咐说,警戒不能撤,外人一个都不准进来。济民纱行的人嘛,暂时可以自由进出。"他望着滕玉翠:"怎么样?专员大人算是给足了面子吧?"

滕玉翠:"那就谢谢乔专员了。"她很明确地说:"这位小长官,请你转告乔专员,我已经是个做母亲的人了,晚上还要照料儿子呢。吃饭的事情,只好谢谢他了。"

那上尉:"什么意思?不想去是不是?"他顿时来火了:"好哇。你可得想清楚,济民纱行的事情,你要是去了,自有去的搞法。要是你不去,那就是不去的搞法。你自己看着办!"

他不再说话，转过身走了出去。

滕玉翠望着他的背影，一时不知道该怎么办了。

郑锦仁走到她身边："翠翠，听郑伯一句，那个姓乔的眼光不对头，活生生就是一条色狼。你可千万不能去啊。"

滕玉翠顾不上想那么多，匆忙交代说："郑伯，趁着这个机会，赶紧把保险柜里面的账本取出来，想办法转移出去。"

郑锦仁："知道，账本没问题，我已经想好法子了。"他盯着滕玉翠："问题是你怎么办？"

滕玉翠摇了摇头："还能怎么办？我没有任何法子可想，只能是硬着头皮往下扛呗。"

她转身朝许家国的书房走去。

郑锦仁担心地望着她的背影，不好再问什么了。

3. 许家国的书房内（日　内景）

滕玉翠很快地走了进来，一直走到了书桌前。

她抓住那架电话机的摇柄，摇了一阵，然后拿起了听筒。

听筒里面显然一点声音都没有。

她准备再次摇电话的时候，突然悟到了什么，将听筒狠狠地搁回电话上，抬脚走了出去。

4. 许家国的书房外（日　内景）

郑锦仁等在书房外面，看见她走出来，赶紧告诉她说："翠翠，忘了告诉你，电话线早就让那些当兵的剪断了。"

滕玉翠："是，我好糊涂。"她吩咐说："郑伯，您赶快处理账本，我马上回去一趟，得找到我爹。"

郑锦仁不放心地说了句："翠翠，这件事可别告诉他啊。老人家性子烈，听不得那些的。"

滕玉翠："当然，我不会告诉他。只是找他要一样东西。"她寻思着说："我得有所防备，明人不吃暗亏。"

郑锦仁有点紧张："你可不能带任何武器啊。"

滕玉翠："不会。我不比我姐，一点武艺都没有，带上那些东西反而更害怕。"她忽然有点伤感："郑伯，家国一直没有音讯，我这儿也不知道去了会怎么样。万一有什么事儿，我爹那儿，还有济民纱行，就全拜托您了。"

郑锦仁连连摇头。他朝四周看了一眼，小声说："翠翠，郑伯不敢说阅人无数，也是这么大把年纪的人了。刚才我又仔细想了一下，这事儿可大可小，全凭那专员一句话。那家伙肯定是迷上你了。事情很麻烦，顺从不得，更加违抗不得啊。"

滕玉翠望着他："那，郑伯您说该怎么办？"

郑锦仁："只能是虚虚实实，先跟他周旋着。要是弄得一点回旋余地都没有，那可就麻烦了。"

滕玉翠："郑伯，什么叫虚、什么叫实啊？人家动这么大的心思，难道他会跟你只虚不实吗？"

郑锦仁点了点头："确实。翠翠，郑伯有一句话，你先记在心里，听不听你自己掌握。"他信任地望着滕玉翠："人嘛，有时候也实在是难得两全。为了家国，为了济民纱行，万一躲避不开，淋湿一点雨……唉，那也是在所难免啊。"

滕玉翠不置可否："郑伯，您的话我听明白了。您是好心，这么说也不怪您。我不知道该怎么做，可我会事先做好准备。泥巴萝卜，洗一截吃一截吧。"

她不再说什么，一转身朝院子大门那边走去。

郑锦仁忧心忡忡地看着她的背影，暗自叹了一口气。

5. 客运码头上（日　外景）

码头上停靠着一辆小客轮，已经升火准备启航。

申剑明背着一只小包，啃着一条黄瓜，朝客轮走了过去。

6. 客运趸船上（日　外景）

两名挎着盒子枪的警察站在客轮的入口处，眼睛紧紧地盯着每个上船的乘客。

申剑明并没注意，顺着跳板走上了趸船。

那两名警察立即盯住了他。等他刚刚走过来，两名警察突然拦在了他的面前："站住。"

申剑明吃了一惊："你们、你们想干什么？"

那警察："别问，跟我们走。"

申剑明急了："哎，你们肯定抓错人了。"

另一警察："没错，抓的就是你。老实点，走！"

两名警察揪住申剑明，不由分说便将他推下了趸船。

7. 大河街警察分局　大门外（日　外景）

那名徐局长和另外一名警察迎候在大门口。

一辆黑色小轿车很快地开到警察分局停了下来。

徐局长赶快迎上前去，拉开了车门。

一名体态发福，身穿丝绸长衫的男子走了出来。

徐局长高兴地招呼了声："哟，马爷，是您老人家啊？"

马爷显得踌躇满志，朝四周看了一眼："没想到吧？马爷我到底回来了。"他看着徐局长："你怎么样？这局长当得不错？"

徐局长："是。十年的媳妇熬成婆，总算在分局弄了一把交椅。"他献媚地笑着说："还不都是托马爷的福？"

马爷："你小子行啊。马爷我当初没看错人嘛。"他想起了什么,赶快回身从车上迎下了另一名男子。

那男子一身中山服,看人的时候,目光中含有一种威严。

马爷便对徐局长介绍说:"这位是贺局长。他这次过来,受省府和绥靖公署双重指派,大权在握啊。"

贺局长摆了摆手:"别听马爷神吹。贺某人只是过来打打前站。真正大权在握的长官,今天下午随后赶到。"他盯着徐局长:"他可是总统府直接派下来的,带着行政院长签发的手令呢。"

徐局长:"哟,那是我们小地方的荣幸啊。卑职一定恪尽职守,鞍前马后为各位长官效力。"

马爷:"行了,别站在这儿说话。"他看着徐局长:"不是说,你们抓住了一个线人吗?"

徐局长:"是。正在里面接受审讯呢。"

马爷:"贺局长很重视这件事,他要亲自讯问。"

徐局长:"是。"他赶快退后一步:"贺局长请。"

贺局长走了两步又站住了。他望着徐局长:"还有,马上派人去税务所,把他们所长给我铐过来。记住,这事不许声张。"

徐局长犹豫了一下,赶快站正:"是!"

贺局长和马爷这才朝警察分局里面走了进去。

8. 警察分局　审讯室内(日　内景)

申剑明被铐在一张椅子上,申辩着说:"长官啊,这可是天大的冤枉。我跟那些军人,真的是一点关系也没有啊。"

徐局长一拍桌子:"胡说。你明明和他们长官一起,坐着吉普车过来的。我的人亲眼看见了,还敢狡辩?"

马爷陪着那名贺局长坐在后面,观察着申剑明的神色。

申剑明一愣,只好叹息着说:"唉,长官,那也是身不由己。要是济民纱厂垮掉了,我上哪儿去讨饭吃啊?"

那名贺局长忽然插话:"你在纱厂是什么职务?"

申剑明:"回长官的话,我只是副经理,替老板打打下手。"

贺局长:"那,他们答应日后怎么安排你?"

申剑明:"乔专员说,厂子接管之后,升我当总经理,薪水翻倍,继续替他打理纱厂。"

贺局长点了点头,不再问什么了。

马爷却耻笑了句:"嗐,你小子有奶就是娘啊。"

申剑明并不感到难堪:"唉,这种世道,有口奶喝还说什么呢?谁不替自己打算啊?"

贺局长挥了挥手:"先带下去。"

警察刚刚把申剑明带走,另一名警察敲了敲门走了进来:"报告局长,税务所的翟所长,已经铐过来了。"

徐局长便望了贺局长和马爷一眼。

贺局长便对徐局长说:"先送到你办公室,我这就过去。"

徐局长站了起来:"是。"

贺局长又叮嘱了一句:"替他把手铐松开,客气点,赔个小心。明白了吗?"

徐局长松了一口气:"是,卑职照办。"

9. 麻阳拳馆　院子门口（日　外景）

张朝武听完郑锦仁的叙说,不禁非常担心:"这么说,翠翠答应去吃晚饭了?"

郑锦仁:"不答应怎么行?那帮家伙起了邪念,就算翠翠躲得了初一,也躲不过十五啊。"

张朝武想了想:"那也太危险了。还是得赶紧想个办法。"他望着郑锦仁:"郑伯,知道他们在什么地方吃饭吗?"

郑锦仁:"不知道。"他心里又有些顾虑:"朝武,这事还得掌握分寸,弄得不好,反而帮倒忙。你觉得呢?"

张朝武:"是啊,挺棘手的。我再琢磨一下吧。"

郑锦仁点了点头,不再说什么了。

10. 一座有士兵站岗的大门前(黄昏 外景)

这座院子并不显眼,却戒备森严。

有两名士兵手持步枪,威武地站立在大门两侧。

那辆军用吉普车飞快地开了过来。

士兵马上立正,朝吉普车敬礼。

吉普车几乎没有减速,直接朝院子里面开了进去。

11. 吉普车上(黄昏 外景)

滕玉翠坐在吉普车后排,机警地看着院子里面的环境。

那上尉坐在司机身边,头也不回地问了句:"这儿怎么样?环境够幽雅吧?"

滕玉翠:"不是说吃晚饭吗?怎么到这种地方来了?"

那上尉:"哈,还担心没饭吃?我倒是担心一会儿玩得开心了,你会连饭都忘了吃呢。"

滕玉翠冷笑了一下,没有再往下问。

12. 院子内 一幢灰色小楼前(黄昏 外景)

樟树和灌木重重围绕着这幢小灰楼,显得幽深而隐秘。

那辆吉普车在小楼前面平稳地停了下来。

上尉跳下车,拉开后车门:"玉翠小姐,请下车吧。"

滕玉翠从车上走了下来,左右看了看:"这是什么地方?"

上尉:"别问那么多,进去就知道了。"他指了指小楼中间的一扇房门:"走中间那个门。不用敲,直接进去就是了。"

说完,他回身朝吉普车走去。

滕玉翠朝他问了句:"怎么?你不一起吃饭?"

上尉:"军务在身,我还得去济民纱行盯着。"他暧昧地笑了笑:"再说我也不敢坏了你们的雅兴啊。哈,玩得开心。"

他跳上吉普车,很快地离开了。

滕玉翠忽然有点紧张。她四处看了看,发现没有退路,只好鼓起勇气,朝那扇房门走了过去。

13. 小灰楼的客厅内(黄昏　内景)

客厅内收拾得干干净净,还摆上了几盆鲜花。

室内打开了几盏电灯,显现出一片橘黄色的柔和氛围。

房门被轻轻推开了,滕玉翠小心地走了进来。

她打量了一眼客厅,忽然站住了。

客厅正中,笔挺地站着一名男子。那男子西装革履,身材修长,看上去文质彬彬。见滕玉翠怔怔地看着自己,那男子从容地笑了笑:"玉翠,怎么这样看我?认不出来了?"

滕玉翠心里倒也平静:"我一眼就认出来了。只是觉得怪怪的,怎么突然换了一张皮啊?"

乔专员哈哈大笑:"一眼就能认出我,说明咱俩缘分天定嘛。哈,说话还这么幽默,简直是太可爱了。"他将右手朝滕玉翠平伸出去:"玉翠,到我身边来。"

滕玉翠没有走近他:"不是说吃晚饭吗?那就走吧。"

乔专员:"哪儿都不用去。"他指了指旁边的一扇门:"餐厅就在这儿,酒席早备好了,随时可以吃。"

滕玉翠:"这么方便?行啊,正好我饿了。"

她抬脚便朝那扇房门走了过去。

乔专员:"等一下。"他望着滕玉翠:"吃饭之前,我要非常郑重地送给你一样礼物。"

滕玉翠："礼物？"她迟疑了一下："干吗这么客气？"

乔专员："你先过来嘛。又不会吃了你。"

滕玉翠只好朝前走了几步，离他两三步远的时候，又站住了。

乔专员回身从沙发前的茶几上取过一只小礼盒："猜猜看，我会送一件什么礼物给你？"

滕玉翠："您不必了。不管什么礼物，我都不会收的。"

乔专员却非常固执："不行。这件礼物非同寻常，你不能拒绝。"他从礼盒里面取出一只亮晃晃的戒指："看见没有？二十四K纯金，我要亲自替你戴在手指上，作为我向你求婚的信物。"

滕玉翠吓了一跳，赶快退后一步，诧异地望着他："等等。你刚才说什么来着？求婚？"

乔专员："怎么啦？你以为我找你来，只是为了跟你玩玩儿？"他很认真："你也太不了解我乔某人了。"

滕玉翠哭笑不得："何止不了解？简直太荒唐了。我滕玉翠已经成了家，既有夫君又有儿子，这些情况你又不是不知道，居然还堂而皇之地向我求婚？乔大人，您精神上没什么毛病吧？"

乔专员并不着恼："用得着这么大惊小怪吗？我也有妻室儿女，可那又怎么样？"他盯着滕玉翠："只要我看上了特别满意的女人，照样可以娶回家。这不是很正常吗？"

滕玉翠："那是你。我是绝对不可以的。"

乔专员："为什么不可以？"

滕玉翠："还用问？看样子您是读过书的人，您应该知道，男人或许还可以三妻四妾，可女人历来只能恪守妇道，从一而终。难道你连这一点都……"

乔专员："行了！"他武断地喝了声："那我就把话挑明了说

吧。你以为还能见到许家国？赶紧醒醒吧。这一次，就算他能保得住一条老命，也只能在牢房里打发下半辈子了。"

滕玉翠听得心里一紧："怎么会这样？为什么？"

乔专员："他犯的是汉奸罪。看过国民政府的惩治条例吗？法律对待所有的汉奸，一概从重惩处，绝无赦免之可能。"

滕玉翠："那也不能颠倒是非，冤枉好人啊。"她一时冲动起来："谁说许家国是汉奸？你让他站出来跟我说。"

乔专员："跟你说有用吗？"他淡淡一笑："许家国这会儿就在我手里攥着呢。这桩案子是陆军司令部督办的，你仔细想想，一般的人，他能翻得过来？"

滕玉翠并没有多想："这句话我好像听明白了。"她盯着乔专员："您乔大专员，怎么会是一般的人呢？"

乔专员："你说对了。这件事情嘛，我的确能说上几句话。"他盯着滕玉翠："前提是你必须跟我结婚。然后嘛，凭着咱俩的夫妻情分，我会尽力去替他疏通关节。怎么样？也算公平吧？"

滕玉翠鄙夷地笑了笑："如意算盘打得不错，可惜没什么作用。你也不好好想想，我要是用这种卑鄙的办法救他，他出来了还有什么意义呢？"

乔专员："出来？哈，别做梦了。我必须事先把话跟你说清楚，所谓疏通关节，最多也只能刀下留人，免除一死。嘿，牢狱之灾嘛，我可就无能为力了。王法如天啊。"

滕玉翠不想不留余地，便没有再作声了。

乔专员以为她默认了，便劝她说："玉翠，我当然是个读书人，怎么会让你一女伺候二夫呢？许家国的事情完全取决于你。可以判斩立决，也可以判终身监禁。无论哪种结果，你都可以跟我过一辈子，不也是从一而终吗？"

滕玉翠忍住心底的愤怒，轻轻地吐出来一口恶气。

乔专员马上转换了脸色："你看看，这么浪漫的时刻，老说这些丧气的事情干吗？你不是饿了吗？走，吃饭去。今天晚上，你要陪着我痛痛快快地喝他几杯。洞房花烛夜嘛，啊。"

他打着哈哈，上前用手托住了滕玉翠的后腰。

14. 市警察局大门前（夜 外景）

警察局外面已经架设了黑黄相间的立体栅栏，严格禁止一切车辆和行人靠近。

一队全副武装的警察，手持步枪把守在门外，气氛格外紧张。

15. 市警察局大院内（夜 外景）

大院里面并排停放着四辆军用卡车。

近百名警察荷枪实弹，在院子里列队，准备登车出发。

16. 警察局的一间会议室内（夜 内景）

长方形的会议桌前，已经坐了十来名各方人士，一边等待开会，一边交头接耳。当地专员公署的一名官员、市警察局那位局长、大河街分局的徐局长、税务所的翟所长等各色人物，都位列其中。

门外有人高喊："行政院冯特派员到！"

所有的人立即整齐地站了起来。

省府派来打前站的贺局长、行署那位戴金丝边眼镜的曾副专员，陪伴着一名身穿银灰色中山装的中年男子走了进来。

那位中年男子身材魁梧，气度不凡。他走到正中位置，朝大家看了一眼，底气很足地说了声："请坐下。"

会议桌边的人便齐刷刷地坐下了。

那男子没有坐下,自我介绍说:"各位,敝人冯浩成,受行政院最高长官直接委派,前来贵地接收敌伪资产,荣幸之余,深感任务极为复杂。"他朝那位贺局长看了一眼:"下面,我想请贵省绥靖公署的贺局长给各位介绍一下情况。"

那位贺局长便站了起来,直截了当地说:"冯专员说得很明白,敌伪资产,本属于国民政府的接收范围。然而,有人滥用军方权力,打着接收旗号,擅自派员争夺资产,据为己有。凡此种种,均属扰乱秩序,丧失民心。是可忍,孰不可忍。"

当地那位戴金丝边眼镜的曾副专员脸上没有任何反应,只是暗暗地看了冯特派员一眼。

冯浩成抬起手腕看了一眼手表,下命令说:"各位之职责,在于匡扶正气,收拾民心。现在我命令:按预定方案,火速行动!"

所有的人立即站了起来,响亮地应了声:"是!"

17. 警察局大院内(夜 外景)

警察局长突然出现在院子里,将手往上一挥:"出发!"

警哨声立即响起。列好队伍的近百名警察,持枪分头跑向那几辆已经发动了的军车。

18. 警察局大门前(夜 外景)

几名警察跑到大门前,很快地推开了那两扇大门。

军车开亮车灯,一辆接着一辆地开出了大院。

19. 那幢小灰楼的餐厅内(夜 内景)

乔专员除去了上身的西服,白色衬衣的衣领敞开着,已经喝得红光满面了。

滕玉翠稳稳地坐在他对面，拿起酒壶，继续给他斟酒。

乔专员望着她，兴奋地问："玉翠，喝多少了？啊？你这是铁心想把我灌醉啊？"

滕玉翠："没有啊。你喝多少杯，我也喝多少杯。怎么啦？连我都觉得没喝多，难道乔大人这就不胜酒量了？"

乔专员："还真没想到你这么能喝。行啊，我这个大男人也不能欺负你。这样吧，从现在起，咱们索性放开了喝。你一杯，我两杯。来，接着倒酒。"

他发了豪气，一连喝下去了两杯酒，然后望着滕玉翠："玉翠，趁着高兴，再告诉你个小秘密。南京玄武湖边上，我弄了个小院落。嘀，那儿是过去的一座王府，漂亮啊。知道吗？那院子就是你的了。还待在这小地方干吗？从今以后，荣华富贵在那儿等着你呢。"

滕玉翠冷冷地问了声："那也是你接收的逆产？"

乔专员："可不？明代建筑，地地道道大汉奸的财产。如今归我的名下了。哈，祖坟埋得好，财源滚滚来啊。"

滕玉翠微微皱了一下眉头，取过酒壶再次给他加酒。

20. 大河街　中央银行大门外（夜　外景）

一辆军车飞快地开到银行门外停下了。

几十名警察手持步枪跳下车来，顺着台阶蜂拥而上，不断地撞击银行的铁栅门。

铁栅门后面的门终于拉开了，两名银行警卫出现在里面，问了声："各位，你们想干什么？"

警察凶狠地吆喝道："开门！""再不开就装炸药了！"

那铁栅门便被打开了。

警察们推开警卫，朝银行里面一拥而入。

21. 银行大厅内（夜　内景）

一名穿着西服马甲的银行经理匆忙跑了出来，大声喊道："你们不能乱来。这里是中央银行。"

翟所长跟随着警察走了进来，朝那经理一瞪眼睛："嚷嚷什么？啊？中央银行又怎么样？难道还怕你不成？"

那经理认出了他："哦，对不起，是翟所长啊。有事吗？"

翟所长："马上把济民纱行所有的台账调出来。快！"

那经理："他们的台账可不少啊。您想看哪方面的？"

翟所长："银行存款、备付金、抵押款、流动资金，都要。"

那经理一愣："噢？"他很犹豫："您想干什么？"

翟所长："全部划转到税务局的户头上。听清楚了？"

那经理："哟，这可不行。得有正式的法律文书。"

翟所长："法律文书算什么玩意儿？没有！"他取出来一份文件："我只有总统府的红头公文。你好好看看。"

那经理接过来看了一眼，慌乱地抬起头来："这、这……"

翟所长："什么这啊那的？还不赶紧划账？"

几名警察立即端起枪，比住了那经理："老实点！"

经理吓得一哆嗦："是、是，我这就划，这就划。"

22. 那幢小灰楼的餐厅内（夜　内景）

乔专员放开酒量，继续端起酒杯，朝滕玉翠说："再、再来！你先一杯，我再两杯！"

滕玉翠也不推辞，竟然一饮而尽。

乔专员望着她："小脸越喝越红，可爱啊。哈，看我的！"

他一连又喝了两杯。

滕玉翠已经感到有点难受了，便用手捂住了嘴。

乔专员神志也不那么清醒了，将酒杯用力往桌面上一放："我知道你心里瞧不起我，认为我是一个大、大贪官。不怪你，啊。真、真的不怪你。心里话，我自己都瞧不起自己。连他娘的四、四大家族都寡廉鲜耻了，世道不就、就是一口大、大染缸？我他妈已经染、染成一个大混蛋了！"

滕玉翠默默地看着他，什么话也不说。

乔专员："什么狗屁接收？说白了，就是打、打劫！难怪人家骂我们是遭、遭殃军，说我们是劫、劫收。没办法啊。从上到下，谁不打劫，谁就是傻、傻瓜，天大的傻瓜！"

滕玉翠摇了摇头："这可是酒后吐真言啊。"

乔专员："谁、谁说不是？你们济民纱行，爱、爱国搬迁，支、支援过抗战，狗屁，谁管啊？除非我看、看不上。只要有油水，它就是我的了。哈，玉翠，倒酒。再、再喝他个双杯！"

滕玉翠没有犹豫，端过酒壶又给他倒酒。

23. 济民纱行　大门外（夜　外景）

三名士兵荷枪实弹，守卫在济民纱行大门口。

一名士兵发现了什么，赶快端起枪，喝了声："什么人？"

徐局长带着一队巡警走了过来，大声回答说："别紧张。警察局巡警队的，例行巡逻。"

那些士兵放心了，收起了手上的冲锋枪。

徐局长也将手枪放回枪套，取出来几包香烟："弟兄们辛苦了，来，每人一包，金装哈德门，美国货。"

三名士兵喜出望外，赶快上前接香烟。

巡警们突然一声吆喝，扑上前去，将三名士兵凶狠地按在地下，收缴了他们的武器。

24. 济民纱行　天井内（夜　外景）

那名上尉和两名士兵在天井内喝酒。门外似乎有动静，上尉立即敏锐地站了起来，迅速拔出了手枪："不对！有情况！"

那两名士兵也顺手提起了冲锋枪。

巡警已经冲了进来，朝着他们开枪射击。

两名士兵当即中弹，倒了下去。

上尉将身体一闪，举起手枪，连续朝巡警射击。

两名巡警被击中，其他巡警赶快退了出去。

徐局长冲了进来，朝着上尉不停地开枪射击。

上尉的左臂被徐局长击中，身体顿时倒了下去。

他顺势就地一滚，退到了墙角下，然后站了起来，一边举枪还击，一边朝门外狂奔而去。

25. 济民纱行　大门外（夜　外景）

上尉飞奔着逃出门来，正好遇上门外几名巡警。

巡警还没来得及开枪，上尉右手一甩，开枪将那几名巡警击倒，然后朝街道边上的一辆军用吉普车狂奔过去。

徐局长已经追出门来，追着上尉不停地开枪射击。

上尉动作很快，一个箭步跨上吉普车，将车子迅速发动。

徐局长和几名巡警跳到路中间，继续朝吉普车射击。

吉普车掉过头来，加大油门，朝徐局长冲了过来。

徐局长赶快就地一滚，避开了吉普车的车轮。

吉普车没有减速，轰鸣着朝远处开走了。

徐局长跳了起来，喝道："把车开过来，追他个狗日的！"

一辆警察的吉普车便开了过来。

车还没停稳，徐局长和两名巡警便匆匆忙忙跳上车，朝着远去的那辆吉普车追了过去。

26. 那幢小灰楼的餐厅内（夜　内景）

餐桌上杯倒碗斜,已经是一片狼藉。

乔专员伏在餐桌上一动不动,醉得人事不省。

滕玉翠也靠在桌上,满面通红,手捂前胸透不过气来。

她非常艰难地撑起身体,从衣兜里摸出来一颗中草药丸,吃力地掰开,就着一杯白水,分两次吞服下去。

好一阵,她才感到轻松了些。

她站起身来,走到乔专员身边看了看,试着用手推了推他,不料乔专员的身体像一口袋粮食,轻轻一推就砰然倒在了地下。

正在这个时候,通向院子外面的那扇门传来很响的敲门声。

滕玉翠顿时吓了一大跳。

27. 房门外（夜　外景）

门外就是那名上尉。他拖着还在流血的左臂,扑到房门前,拼命地敲门:"姑父,开门!不得了,他们造反啦!"

身后的道路上,忽然出现了强烈的灯光。

上尉赶快回头看去。

28. 通往这幢楼的道路上（夜　外景）

一辆大卡车载着满车的警察很快地朝这边开了过来。

29. 那扇房门外（夜　外景）

上尉更加着急,不由得用脚使劲踢门:"姑父,快跑啊!他们追到这儿来了!"

30. 小灰楼的餐厅内（夜　内景）

滕玉翠听见了上尉的喊叫声，不禁心慌意乱。

她再次推了一下乔专员的身子："哎，快起来。出事了。"

乔专员倒在那儿，像一摊烂泥，一点反应都没有。

突然间，外面响起了震耳的枪声。

31. 房门外（夜　外景）

上尉喊不开门，回头看见一大群警察冲了过来，只好举起手枪，朝那些警察开枪射击。

徐局长将身体闪在一边，大声命令道："还敢负隅顽抗？机枪，给我狠狠地打！"

两名警察便托起一挺机枪，不停顿地连续射击。

上尉的身体接连中弹，到处冒血，终于倒在地下不动了。

徐局长一跃而起，率先冲到房门前，推了推房门。

那门很结实，怎么也推不动。

他便朝警察喝道："绑个手榴弹，给我把门炸开！"

两名警察冲上前来，掏出两颗手榴弹，在门拉手上捆绑着。

32. 小灰楼的餐厅内（夜　内景）

滕玉翠在餐厅内急得团团转，不知道如何是好。

餐厅靠后花园的一扇小窗忽然被人推开了。

滕玉翠吓得赶快往后退。

窗户外面敏捷地闪进来一条身影："翠翠，你没事吧？"

滕玉翠定睛一看，那人竟然是张朝武。

她惊喜地叫了声："朝武叔，吓死我了。"

张朝武顾不上多说："快过来。他们要炸门了。"

滕玉翠刚要跑过去，禁不住又朝醉倒在地下的乔专员看了一眼："朝武叔，这个人怎么办？"

张朝武："嗨！管他干什么？赶快走啊。"

滕玉翠有点犹豫："那些人是来杀他的。"

张朝武："我知道。狗咬狗的事儿，别管了。"

滕玉翠想了想，竟然很固执："不行啊。朝武叔，咱们得想办法把这个人弄出去。"

张朝武很不理解："为什么？"

滕玉翠："家国还在他手上扣着呢。"

张朝武："是吗？"他不再迟疑，一步跨上前，将乔专员拎起来，甩在了自己的背上："翠翠，走！"

话刚落音，外面那扇房门边就传过来一声巨响。

气浪冲过来，几乎把滕玉翠推倒在地。

张朝武此刻已经把乔专员扔出了窗外。

然后他又飞速冲回滕玉翠身边，利索地将她从窗口托了出去。

33. 那扇被炸开的房门口（夜 外景）

房门被彻底炸飞，硝烟弥漫。

徐局长将手枪一举："冲进去，给我抓活的！"

警察们端着枪，接二连三地冲了进去。

34. 专员公署 一间办公室内（夜 内景）

那位曾副专员背着双手站在窗口后面，望着窗户外黑暗的夜空，听着外面传过来的枪声，眉头紧皱，忧心忡忡。

一名公务员走进来报告说："曾副专员，他们来了。"

曾副专员回过身来："有请。"

那名公务员便打开房门，让进来一男一女两位客人。女的是那位宋姐,男的便是张文松。

曾副专员迎了上去:"真是不好意思,这么晚了还请你们过来。何况今晚危机四伏,流弹横飞,唉!二位请坐。"

宋姐和张文松便坐了下去。

宋姐望了一眼窗外:"曾副专员,外面到底发生了什么事儿啊?突然之间,又是打枪又是开炮的?"

曾副专员一脸的愤怒:"我都没脸跟你们说。抗战刚结束,军政各派就打着接收的旗号,到处争夺财产,不要命地发国难财。这不?两大接收专员,居然闹到兵戎相见,你死我活的地步了。"

宋姐朝张文松对视了一眼,没有再问。

曾副专员:"所谓上梁不正下梁歪。民宅尚且如此,金銮宝殿,更是容不得半点倾斜。"他悲观失望地摇了摇头:"真令人痛心疾首、心寒齿冷。蒋家王朝,分明是气数已尽了。"

他走到办公室房门后面,将门销插上,然后回身走到一只铁制文件柜前,用钥匙打文件柜,从里面取出几只文件夹和一个小日记本,送到宋姐和张文松面前。

曾副专员:"这是我近年写的日记,里面记录了一些重要事项。还有这些文件副本,属于内部机密。你们拿走吧。算是给贵方的一点贡献,更是我曾某人对良心的一种救赎。"

张文松望着他:"曾副专员,那您对自己有什么打算?"

曾副专员:"办完这件事情,我就挂冠而去,归隐山林了。"

宋姐:"曾先生,您为地方上鞠躬尽瘁,励精图治,做了大量的好事,实为难得,老百姓忘不了您啊。"她热情地伸出手:"等到人民大众当家作主的时候,欢迎回来继续您的宏图大业。"

曾副专员感激地握着她的手,连连点头。

35. 大河街　街道上（晨　外景）

天亮不久，街道上没有车辆，行人也比较稀少。

张文松骑着一辆自行车，从街道那头驶了过来。

他朝前方望了一眼，赶紧停住自行车，仔细看了过去。

36. 济民纱行　大门前（晨　外景）

大门外面至少有十多名警察，在那里彻夜警戒。

两张封条交叉贴在大门上，封条上盖着鲜红色的官印。

地下还有一摊一摊的血迹。

几名雇过来的临时工推着四轮水车，用水和扫帚冲刷清洗着门前的路面。

张文松推着自行车，慢慢地走了过来。

刚想靠近去看个仔细，两名警察端着枪走了过来："赶快走开。这儿不准停留。"

张文松只好退后几步，想了想，骑上自行车朝远处离开了。

37. 小河街　喊山公的屋门外（晨　外景）

滕玉翠从屋子里面走了出来，回身将房门锁上了。

刚要转身离开，忽然听见后面有人叫了声："翠翠。"

她回头一看，张文松已经骑着自行车来到了她身边。

滕玉翠顿时感到很欣慰："张总管，您可回来了。咱们纱行……"

张文松赶快制止了她："我都知道了。"他回头看了看："翠翠，别在这儿说话。上车吧。"

滕玉翠便坐在了自行车的后架上。

张文松将自行车往前一推，很快地骑走了。

38.一条小巷子内(晨 外景)

张文松载着滕玉翠,骑着自行车朝这边驶来。

滕玉翠告诉他说:"昨天晚上,他们警察局的人把郑伯他们几个全都抓走了,关在草桥监狱。"

张文松:"账本呢?也被他们搜走了?"

滕玉翠:"没有。可那没用了。税务所有底账,所有银行、信托、钱庄、当铺,凡是济民纱行的款项,全都被他们划走了。"

张文松顿了一下,又问:"董事长还在浦溪?"

滕玉翠:"是啊。走了以后一直没有消息,真把人急死了。"

张文松:"别太担心。薛梦泽还在浦溪呢。"

滕玉翠忽然想起来了:"对了,张总管,那个姓乔的专员,已经扣在我们手上了。"

张文松往前面看了一眼,赶快压低声音:"有警察。"

迎面果然有一队巡警荷枪实弹地巡了过来。

张文松泰然自若地蹬着自行车,哼着丝弦小曲,不紧不慢地朝前方骑了过去。

那队巡警放慢脚步,与张文松的自行车擦肩而过。

巡警只是回头看了一眼,并没有特别注意他们。

39.城外的小道上(晨 外景)

几个卖菜的农民挑着一担担蔬菜,朝城内走去。

张文松骑着自行车与菜农劈面相迎。

道路很狭窄,张文松和滕玉翠赶快下了自行车,往路边让了让,耐心地等待着农民一个个走了过去。

菜农们全部走过去之后,张文松这才问了句:"现在那个乔专员在哪儿?"

滕玉翠:"朝武叔把他藏起来了。在麻阳拳馆。"

张文松:"正好顺路,过去看看。"

滕玉翠不解地问:"张总管,我没想明白。这个姓乔的接收专员,到底是真的还是假的啊?"

张文松:"他是真的。怎么啦?"

滕玉翠:"那为什么又来了一帮接收专员呢?还非要杀掉乔专员不可。难道后面这帮人不是真的?"

张文松:"后面那个姓冯的接收专员,也不是假的。"

滕玉翠更困惑:"怎么会这样呢?不是都属于一个政府吗?"

张文松警惕地朝周围看了看:"翠翠,先不管那些。昨天晚上我跟薛总通了电话,咱们得动动脑筋,正好可以利用他们之间的矛盾,说不定就能化解危机。"

滕玉翠:"是吗?"

张文松:"这事儿还是你出面好。上车,咱们边走边说。"

滕玉翠嗯了声,又坐上了他的自行车。

40. 麻阳拳馆 小礼堂内(日 内景)

地下陈列着七八具国军士兵的尸体,脸都被毛巾盖上了。

乔专员头发散乱,脸色憔悴,在张朝武的陪同下,挨个地查看完那些尸体,回头问了句:"我侄儿的尸体在哪儿?"

张朝武便走到最里面,揭开了一具尸体的毛巾。

乔专员脸色顿时惨白,钢牙紧咬,回身一拳击在墙壁上,鲜血从手背上流了下来。

张朝武没有作声,递给他一条毛巾。

乔专员愤愤地擦着手:"谢谢了,兄弟。我乔某人这一辈子都忘不了你,要不是你舍命相救……"

张朝武赶快摆手:"不对不对。没我什么事儿,全是翠翠的安排。说心里话,要不是她,你这位乔大专员肯定也跟这些死人一样，躺在这儿就等着入土了。"

乔专员惊诧不已："哦？是她？"

门外有个女声问了句："怎么？你不相信？"

乔专员赶快回头望去。

41. 小礼堂门口（日　外景）

滕玉翠稳稳地从门外走了进来。

乔专员赶快迎上去："玉翠，你说，让我怎么感谢你？"

滕玉翠没有搭理他，对张朝武说："朝武叔，您先出去一下。"

张朝武便离开了。

滕玉翠这才望着乔专员，冷冷地说："还有胆子向我求婚，幸亏我不可能答应你。"

乔专员望着她："怎么说？"

滕玉翠："真没想到啊。威风凛凛一位军方专员，遇到真枪真弹，居然就认熊了。你对得起这些死去的子弟兵，对得起自己的亲侄儿吗？就你这样子，还敢在官场上混，太让我瞧不起了。"

乔专员一顿足，咆哮着说："够了！你就别往我心里捅刀子了！等着吧，我乔某人再怎么熊，也是何长官的侄儿。今天这件事情，我要是不捅到委员长那儿去，绝不算完。"

滕玉翠便不再刺激他："行了。你要怎么做，我管不着。我问你，真的打算感激我吗？"

乔专员："当然。想要什么尽管说，倾其所有，我全给你。"

滕玉翠："谁稀罕啊？"她盯着乔专员："知道吗？追杀你的那帮家伙，已经往浦溪赶过去了。"

乔专员恨得咬牙切齿："这帮混蛋！说吧，我该怎么做？"

滕玉翠："赶紧打电话给你的那个副手，马上把许家国放出来。要不然,他们都有生命危险。听见了吗?"

乔专员没有含糊:"哪儿有电话?快带我去打。"

滕玉翠也没迟疑,一转身便走了出去。

乔专员赶紧跟在她后面,走了出去。

42. 浦溪县政府　娄城办公室门外(日　外景)

字幕:浦溪

娄城紧绷着脸,大步从办公室内冲了出来。

两名士兵紧跟着他,朝院子外面匆匆忙忙走了出去。

43. 浦溪县　某高档小院内(日　外景)

门外站着两名全副武装的国军士兵。

看见娄城带着士兵匆匆走了过来,赶快立正。

娄城一言不发,直接朝着一间屋子走了进去。

44. 那间屋子内(日　内景)

许家国正躺在椅子上看书。

娄副专员大步走了进来:"董事长,赶快走,快!"

许家国一时没明白他的意思,放下书本,回头望着他:"出什么事了?"

娄副专员:"有人想要您的性命。"他将许家国从椅子上拉起来:"快,来不及了,赶紧跟我走。"

许家国慌忙扔下书本,起身跟着他走了出去。

45. 小院的大门口(日　外景)

申剑明在前面带路,领着省绥靖公署的那位贺局长,带领一大群武装警察朝这边奔了过来。

那两名士兵赶快挡住他们:"站住,你们不能进去。"

贺局长一把将他们推开:"滚一边去!"

几名警察也冲上前,按住了那两名士兵。

贺局长没有停留,带着警察一窝蜂涌进了院子内。

46. 小院的花园内(日 外景)

花园里面假山林立,灌木丛生。

娄城提着手枪,带着许家国,在几名国军士兵的簇拥下,正慌不择路地往外走。

一名士兵突然发现了什么,朝前一望,惊惶地叫了声:"不好!他们来了!"

娄城和许家国赶快停下脚步,朝对面望去。

47. 对面小路上(日 外景)

申剑明带着那群警察跑了过来,一眼便看见了许家国。

他赶快告诉了身边那位贺局长。

贺局长手一挥:"是他。给我抓起来!"

警察们立即持枪冲了上来。

48. 小院的花园内(日 外景)

娄城顿时大惊失色:"啊!"

…………

第 23 集

1. 前集回顾

娄城和许家国赶快停下脚步,朝对面望去。

贺局长手一挥:"是他。给我抓起来!"

娄城顿时大惊失色:"啊!"

2. 小院的花园内(日 外景)

贺局长带领警察迎面堵了上来。

娄城紧张得不知如何是好。

假山后面,向飞舟突然蹿了出来:"董事长,跟我来!"

许家国赶紧拉了娄城一把,一行人低下腰,跟随着向飞舟,借着灌木丛的掩护,朝侧面一扇小门跑了过去。

贺局长拨开灌木,发现了他们的去向:"往那边跑了。追!"

警察们赶紧跟着贺局长追了过去。

申剑明没有跟过去。他站在原地朝左右看了看,趁着周围没人,赶快掉过头,兔子一般朝另外的方向仓皇逃走。

3.那扇小门外（日 外景）

小门外的街道上，停放着已经发动的一长串军车。

向飞舟带着许家国和娄城一行人从小门里面跑了出来，穿过军车之间的空隙，朝街道对面跑得不见了。

后面那辆军车随即朝前移动，将道路堵死。

贺局长带领警察追了出来，却被军车堵住了去路。

他一挥手，想让警察们从军车后面绕过去。

几十名士兵突然闪了出来，端着枪将他们围堵在路边。

贺局长大声喝道："让开！我有紧急公务！"

一名少校走过来，威严地说："管你什么公务，我这儿正在执行特别防卫。车上全是军用物资，没看见？"他拔出手枪比着贺局长："谁敢上前一步，格杀勿论！"

贺局长被他镇住了，望着那列车队，无可奈何地喘着粗气。

4.浦溪兵工厂 办公楼前（日 外景）

薛梦泽带着两名职员等候在办公楼前。

很快，两辆军用吉普车从厂门那边开了过来。

那名少校从第一辆吉普车上跳了下来，走到薛梦泽面前，朝他敬了个军礼："报告薛总，任务圆满完成。"

薛梦泽上前握住他的手："谢谢。谢谢了。"

第二辆吉普车也停下了。向飞舟跳下车，拉开后车门，将许家国迎了下来。

薛梦泽赶快迎了过去："姐夫，您还好吧？"

许家国："挺好的。"他指了指跟着下车的娄城："有你这位朋友悉心关照，这几天好吃好喝的，我都养胖了好几斤呢。"

娄城有点不好意思："卑职只能奉命办差，受薛兄之托啊。"他望着许家国："董事长见多识广，学养深厚。卑职耳濡目染，大长见识。真叫作受益一辈子呢。"

许家国赶快摆手:"这话过于客气,快别说了。"

那少校插空请示说:"薛总,车队什么时候开过去?"

薛梦泽便回头问娄城:"娄兄,你的人什么时候撤出来?"

娄城:"我得等乔专员的指示。"他很爽快:"不要紧啊,没接到指令之前,服从兵工厂调遣。你吩咐就是。"

薛梦泽:"那我就不客气了。"他吩咐那少校:"二十辆军用卡车,马上开进浦溪纱厂。给我在厂门口摆成一道防线,严密警戒。不管他何方神圣,没有我的命令,绝对不准靠近。"

少校一个立正:"是!"他跳上吉普车,迅速地离开了。

许家国看在眼里,不禁深感欣慰。

薛梦泽望着许家国:"姐夫,正好到了用餐时间。怎么样?趁着高兴,我今天也陪您喝几杯?"

许家国兴致很高:"行啊。反正已经喝开了,多一顿也不在乎。"他望着娄城:"咱俩已经成了一对酒友,那就一起来吧?"

娄城:"好啊。既然薛兄作了安排,又承蒙董事长看得起。"

薛梦泽:"这个称呼见外了。我的姐夫,不就是你的姐夫吗?"

娄城非常高兴:"那我就高攀了。"他很快改口,朝着许家国叫了声:"姐夫,请吧?"

在场的人都忍不住开心地笑了。

5. 食堂的一个包厢内(日 内景)

三只酒杯碰在一起,许家国、薛梦泽和娄城同时将自己杯中的酒一饮而尽,然后坐了下去。

薛梦泽放下酒杯,望着娄城:"你们那位乔专员,什么时候赶回重庆搬尚方宝剑?"

娄城:"他早就到了芷江机场。"他抬起手腕看了看表:"哦,这会儿他已经在天上了。"

薛梦泽笑了笑,又问:"娄兄,以你的见解,这件事情,军方还翻得过来吗?"

娄城:"讲不好。军方主持接收的是何长官,可政府那边是行政院长。"他琢磨了一下:"各方的靠山都很强硬,鹿死谁手难见分晓。以鄙人之浅见嘛,最后的输赢,除非一直捅到老头子那儿,才能有个决断。"

薛梦泽:"是啊。得弄出那么大的动静,姓乔的有那能量吗?"他故意露了句:"听说军统方面还对他做过污点调查?"

娄城猛然想起了什么:"哎,薛兄说起这件事情,倒是提醒了我。乔专员还真有那个能量呢。"

薛梦泽有点不明白:"怎么讲?"

娄城:"您是只知其一,不知其二。军统调查他,那是敲山震虎,都是冲着何长官去的。何大长官是他的亲姑父呢。您猜结果怎么着?委员长大发脾气,把戴笠一顿好骂。最后只好红笔一挥:永久撤案,不得复查。看看,够厉害了吧?"

许家国想起了那份传真件,不禁暗暗看了薛梦泽一眼。

薛梦泽赶快转移话题:"好了,不说这些了。喝酒。"

他拿起酒壶,正要给许家国斟酒,许家国伸出手掌,将自己面前的酒杯盖住了:"你们喝吧。忽然之间,我一点酒兴都没有了。"

娄城:"哟,姐夫,您这是怎么啦?我们说的这些个破事儿,让您倒了胃口?"

许家国:"唉,心寒啊。"他连连摇头:"万万没有想到,十四年抗战打下来,礼义廉耻突然之间就崩溃了。孟老夫子早就说过,民为贵,社稷次之,君为轻。再看看眼下这个世道,江山社稷竟然变成了弱肉强食的屠宰场,我们这个民族,到底还有没有指望啊?"

他的话说得大家心情沉重,一时间,谁都不再说话了。

6. 浦溪县医院　大门外(日　外景)

万妹儿和一名纱厂女工等候在医院的大门外。

一辆吉普车开到门外停下了。许家国、薛梦泽和向飞舟从车上走了下来。

万妹儿和那名女工赶快迎了上来。

许家国劈头问了句:"万妹儿,加林怎么样了?"

万妹儿犹豫了一下:"董事长,您自己进去看看吧。"

许家国不再问,抬脚便朝医院里面走去。

7. 一间病房内(日　内景)

许加林头上包扎着几层纱布,昏迷不醒地躺在病床上。

幺妹子一脸焦虑,和另外两名纱厂工人守护在病床前。

许家国和薛梦泽、向飞舟进了病房,直接走到了病床前。他俯下身子,仔细看了看许加林的脸,轻轻唤道:"加林,加林,听得见吗?我是三叔啊,加林。"

幺妹子带着哭腔说:"别喊了。他听不见。"

许家国便直起腰来,看了她一眼:"你就是那个幺妹子?"

幺妹子语气生硬地说:"我早就给郑伯打了电话,你怎么才赶过来啊?差点就让人家打断气了。"她忍不住哭出声来:"你到底是不是他亲叔叔啊?"

万妹儿赶快制止她:"幺妹子,可别乱讲。董事长要不赶过来,加林恐怕早就死在里头了。"

幺妹子越发控制不住:"可现在这样子,不就跟死人差不多吗？死又死不了，活又活不过来，天哪，我的命怎么这么苦啊？"

许家国脸色铁青，想了想，一转身走出了病房。

薛梦泽赶快跟了出去。

8. 医生办公室内（日　内景）

一名中年大夫坦率地说："非常麻烦啊。颅内大出血是止住了，但是他的脑神经受到严重损伤。"他望着许家国："从医学的角度说，脑神经受到的损伤，那是不可逆转的。"

薛梦泽看了许家国一眼，焦急地问："大夫的意思，许加林以后会变成一个活死人？"

医生不好直说："像他这情况，至少百分之九十五的可能吧。"

许家国果断地说："大夫，拜托您想尽一切办法，朝百分之百去努力。花多少钱都没关系。"

医生摇了摇头："不是钱的问题。怎么说呢？医学上没有先例，我也只能是尽人事，听天命了。"

薛梦泽侧过头来，望着许家国。

许家国怔怔地坐在椅子上，半天没有起身。

9. 医院大门口（日　外景）

许家国、薛梦泽和向飞舟心事重重地从医院内走了出来。

刚要朝吉普车那边走，许家国无意间一回头，忽然看见了什么，猛地一愣，原地站住了。

薛梦泽和向飞舟顺着他的目光看去，也愣住了。

申剑明不知道什么时候过来了。他孤零零地站在空坪里，一动不动地望着走出门来的许家国。

许家国怒火中烧，大步朝他走了过去。

薛梦泽和向飞舟赶快跟了过去。

10. 医院门外的空坪里（日　外景）

申剑明看见许家国走了过来，竟朝着许家国双膝往下一跪，目光无神地望着他。

许家国紧绷着脸，逼近申剑明身边，突然抡起巴掌，响亮地扇了他一记耳光。

申剑明顿时倒地。但他很快又爬了起来，继续跪在许家国面前："打得好。我申剑明不是人，是个畜生。该打。董事长，您接着打。申剑明毫无怨言。"

许家国轻轻地拍了拍手掌："呸！我嫌弄脏了自己的手。"

薛梦泽盯着他："你不是甘心情愿去给人家当狗腿子了？还跑到这儿来干什么？"

申剑明："我觉得挺对不起许加林，无论如何也要来看看他。"

许家国："是不是觉得他还没断气，想继续往死里整？"

申剑明："不是。我申剑明没有害过许加林，更没害过济民纱厂。说是我把豺狼引进来的，那都是些谣言，全是假的。"他叹了口气："唉，事到如今，跳下黄河都洗不清了。怪只怪我有野心，贪。做人做得太过分，我真该自己抽自己啊！"

他果然抡起巴掌，左右开弓地打自己的耳光。

薛梦泽厌恶地喝了声："行了。做给谁看啊？起来吧。"他鄙视地看着申剑明："说，是不是人家又把你一脚给蹬了？"

申剑明："不是。我开溜了。我看得心惊肉跳，再不开溜，小命就没了。"他说得倒也实在："这几天下来，我一会儿是人一会儿是鬼。人家那是在玩我呢。小魔王还没玩够，大魔王又跟过来玩。我总算是看清楚了，眼下当道的全是魔鬼，吃人不吐骨头啊。"

许家国瞪了他一眼，也就不再谴责他了。

薛梦泽："行了，滚吧。别在这儿挡道。"

他推开申剑明，拉着许家国就要朝吉普车那边走。

没走两步，许家国又站住了。

他犹豫了片刻，回过身望着申剑明："闹到这种地步了，你还有什么打算？"

申剑明："哪有打算啊？就算您宰相肚里能撑船，我也没有脸回纱厂了。汉口又没人了，先在这街上找点事做，瞎混呗。"

许家国："别再鬼混了，给你最后一次机会，回纱厂做点杂活吧。有饭吃，没薪水，以观后效。愿意不愿意，你自己看。"

说完话，许家国头也不回地离开了。

申剑明望着他的背影，半天没有说话。

11. 浦溪客运码头（日　外景）

一艘客轮停靠在客运码头的趸船旁边，等待出发。

12. 码头的台阶上方（日　外景）

一辆吉普车已经停在台阶上方，薛梦泽陪着许家国走下车来。

向飞舟拿着许家国的小皮箱，紧跟在他们身后。

13. 码头的趸船前（日　外景）

许家国、薛梦泽、向飞舟走到趸船前站住了。

许家国回头望着薛梦泽："梦泽，这几天可把你给闹晕了。我没把你当外人，可毕竟……"他颇有几分感慨："见到你，我就想起了你姐。到底还是不堪回首啊。"

薛梦泽："您别这么想。我说过，您永远是我的姐夫，永远是我最亲的大哥哥。"他也迟疑了一下："所以，小弟我祝福您生活愉快，家庭幸福。"

许家国点了点头，伸出手，在他肩头上感激地拍了几下。

薛梦泽不想多说这些，看了看四周，将许家国拉到一边："姐夫，还有个重要的情况，必须得告诉您。"

许家国平静地望着他："好，你说吧。"

薛梦泽："他们查封您的纱厂，还真不是无凭无据。"

许家国非常重视他的话："这话娄副专员也透露过，我还没来得及问个明白呢。"他认真望着薛梦泽："到底怎么回事儿？"

薛梦泽有点迟疑："姐夫，有句话，也许不该问。"他看着许家国的眼睛："这些年来，您跟许民安，真的没任何联系吗？"

许家国吃了一惊："你说谁？许民安？"他一把抓住了薛梦泽的胳膊："民安还活着？快告诉我，他在哪儿？"

薛梦泽点了点头："好，您这么问，我就放心了。"他压低声音："武汉沦陷的头一天，他就裹挟纱厂的资金逃到天津去了。"

许家国心里突然一紧，死死地盯着他："这么说，你姐姐他们，也一起逃到了天津？"

薛梦泽连连摇头："怎么可能？他要有那份心，全家人就不会让鬼子的飞机给炸死了。"他很愤怒："他根本就没和全家在一起。"

许家国几乎不敢相信："是吗？他居然敢这样？"

薛梦泽："后面的事儿您更不敢相信。到了敌占区之后，许民安投靠了日本人，成了一个不折不扣的日伪汉奸。"

许家国："这、这是真的？"他一时目瞪口呆："我的亲弟弟啊，这可能吗？"他越想越害怕："梦泽，你这话从哪儿听来的？"

薛梦泽："姐夫，许民安的事情千真万确。"他再次看了看四周："娄城昨晚上亲口告诉我的。他跟着乔专员到了天津，查封了许民安的资产，然后才顺藤摸瓜，赶到这儿把济民纱厂给没收了。"

许家国冷汗都冒出来了："天哪，原来是这样？"

薛梦泽："姐夫，许民安已经下了大牢，您得有思想准备。惩办汉奸是相当严厉的，十有八九可能会处极刑……"

许家国突然暴怒："他活该！他十恶不赦！"他激动地跺了跺脚："既是民族的败类，又坑害了一家老小！这畜生罪有应得！"

客轮忽然鸣响了汽笛。

薛梦泽担心地望着许家国："姐夫，也许我不该这种时候告诉您。要不，您今天先别回去了？"

许家国连连摇头："唉，家门不幸啊。"他长吁了一口气："梦泽，谢谢你告诉了我。要不然我还继续蒙在鼓里，心里总不踏实。"他朝向飞舟喊了声："飞舟，咱们走。"

话刚落音，他拔脚便朝趸船那边走了过去。

薛梦泽站在原地，十分担心地目送他登上了客轮。

14. 常德　草桥监狱大门外（日　外景）

两丈来高的围墙上，写着四个醒目的黑字——草桥监狱。

监狱的大门外，有几重武装军警的岗哨，戒备森严。

字幕：常德

不一会儿，监狱大门被两名狱警缓缓打开。

郑锦仁、九哥和另外一名纱行的职员被释放出来。

他们刚刚走出监狱，那大门随即又被紧紧地关上了。

郑锦仁站在大门外，朝公路那边看了一眼，顿时十分意外。

15. 监狱外面的公路上（日　外景）

公路上停着一辆载客的四轮马车。

赣南油铺的付管家走了过来:"郑管家,您受惊吓了。"

郑锦仁紧紧地拉着付管家的手:"付管家,您还亲自过来接我?太感谢了。"

付管家指着马车说:"别谢我,都是吴老板想的法子呢。"

郑锦仁赶快朝马车望去。

吴子敬也朝这边走了过来:"郑管家,都出来了吗?"

郑锦仁赶快朝他鞠躬:"是,是。吴老板,给您添大麻烦了。"

吴子敬大大咧咧地一挥手:"不麻烦,花钱就行。这年头,虽然命不值钱,那钱还真是命呢。"

郑锦仁:"您看看,让您大破费,怎么好意思啊?"

吴子敬:"不许说这话。董事长不在家,济民纱行的事,不就是我吴子敬的事吗?上车,赶快离开这个倒霉的地方。"

郑锦仁便跟着他朝马车走了过去。

16. 郊外　路边一幢农舍小院外(日　外景)

张文松站在院门外,看见吴子敬那辆马车朝这边驰来,便赶快迎了上去。

吴子敬跳下马车,问张文松:"张总管,他到了吗?"

张文松:"到了。在里面等着您呢。"

吴子敬便领着郑锦仁、张文松大步朝小院走了进去。

17. 小院内(日　外景)

吴子敬、张文松和郑锦仁走进院子,随手把院门关上了。

听见有人进来,农舍的堂屋内走出来两个人。郑锦仁定睛一看,竟是许家国和向飞舟。

郑锦仁赶快上前:"家国,到底回来了?浦溪那边怎么样了?"

许家国:"一会儿再说。"他望着郑锦仁:"郑伯,您还好吧?"

郑锦仁眼睛有点湿润:"还好。多亏了吴老板啊。"

许家国便走上前来,伸开双臂紧紧地拥抱吴子敬。

吴子敬用手在他背上轻轻地拍了拍:"家国兄,你我生死兄弟,要是再说一句感谢的话,那就太见外了。"

许家国:"是。我也想不出说什么才好了。"他感慨地摇了摇头:"子敬兄,我刚刚听文松说,你那赣南油铺,还有文兄的昌盛粮庄,也遭到了那帮接收大员的洗劫。怎么样?损失大不大?"

吴子敬:"能不大吗?可我没有阁下那股书生气。一得到消息,赶紧托人往那个行政院的专员身上泼水。真金白银,把整个家底送掉了一大半。送得我心也疼肝也痛。唉,我这叫犯贱。"

许家国怔怔地望着他:"天哪,他还真敢收啊。"

吴子敬:"这帮家伙贪得无厌,还有什么不敢的?"他自我解嘲地说:"也行。只要他肯收,咱们就留下了一座青山。钱财就跟头发一样,剃掉了,还能再长出来。家国兄,你不妨也试试?"

许家国没有作声,想了想,又问:"昌盛兄呢?他那粮庄,现在怎么样了?"

吴子敬叹息了声:"这位老兄跟你差不多,死活都不肯走水路,四百多万钱财,让人家一笔就划走了。昌盛兄还算是有点本事,一状告到了绥靖公署。还算不错,上面怕老百姓造反,批了个换币返还。"他望着许家国:"家国兄,你知道什么叫换币返还吗?"

许家国有点困惑:"不知道。什么意思?"

吴子敬:"他们没收的是旧币,返还的时候只能按新法币换算。两百元换一元。四百万眨眼之间就只相当两万了。老天爷,昌盛粮庄哪承受得起啊,当场就破产了。"

许家国大吃一惊:"那怎么办?民以食为天,粮庄破产,这事儿还不闹大了？"

　　吴子敬："谁说不是啊？这两天到处都是饥民，暗地里正在酝酿要去抢粮食呢。"

　　许家国："子敬，一会儿咱们过去看看。昌盛兄英雄气短，哪里受得了这种打击？无论如何，我们都得帮他一把。"

　　吴子敬："我明白。只是眼下你老兄还是不露面为好。"他想起了什么："对了，回来住哪儿？赣南油铺离济民纱行太近了，住我那儿恐怕并不安全。"

　　张文松便插话说："吴老板，我们已经安排好了。让董事长先在麻阳拳馆住几天再说。"

　　吴子敬："也行啊。那地方偏僻，又有人望风。"他看着许家国："那就走吧？我送你过去。"

18. 麻阳拳馆　大门外（日　外景）

　　大门口站着几名拳馆的学员，警惕地观察着四周。

　　两辆人力黄包车朝这边驶了过来，学员们赶快迎上前去。

　　滕玉翠从第一辆黄包车上走了下来。刘妈抱着小宗胜，也从第二辆黄包车上下了车。

　　学员们赶快替他们打开院子大门。

　　滕玉翠匆匆点头道了声谢，带着刘妈迅速地走进了拳馆。

　　学员们紧接着又把大门关上了。

19. 拳馆的一间屋子内（日　内景）

　　喊山公正在陪着许家国、向飞舟说话。

　　门被推开了，滕玉翠大步走了进来。

　　许家国赶快站了起来，欣喜地叫了声："翠翠。"

　　滕玉翠怔怔地望着他，竟然说不出话来。

许家国有点慌张："翠翠，怎么啦？你还好吧？"

滕玉翠再也忍不住了，一头扑进他怀里，哇的一声哭了起来。

喊山公便朝向飞舟使了个眼色，两人赶快退了出去。

许家国紧紧地搂着滕玉翠，安慰她说："翠翠，别哭。没事了，啊。你看咱们俩，这不都好好的吗？"

滕玉翠便忍住哭，告诉他说："家国，这种事情，我再也经受不起了。你不知道，差点我就被人家……天哪，吓死我了。"

许家国赶快打断她："翠翠，别说了。刚才你爹都告诉我了。"

滕玉翠："幸亏爹给了我解酒的药丸子，要不然，我哪敢去啊？那人就是一只恶狼，绝对会把我一口给吞下去的。"

许家国："是啊。可你做得很漂亮，救了那个姓乔的。我了解过，他的军方背景深不可测，绝不会跟行政院这拨人善罢甘休。"

滕玉翠想了想："就算他真有那么大的本事，咱们的资产照样也保不住啊。前有狼后有虎的，谁都不会放手。"

许家国："我知道。没办法，两害相权取其轻，比较起来，姓乔的还好对付一点。到时候再托人去花钱消灾吧。"

滕玉翠迟疑了一下："……有那么容易吗？"

许家国："容易？"他忽然莫名烦躁："这已经天难地难了。让我许家国低头行贿，岂不是出卖自己的人格？可这么大一盘产业，又带着几千号家乡子弟，总不能让大家喝西北风吧？唉，这世道，简直是逼良为娼啊。"

滕玉翠暗暗一愣，一时间什么话也说不出来了。

20. 昌盛粮庄　大门外（日　外景）

几名伙计正在门外上着板子，准备关门。

一名伙计从里面拿出一块告示牌挂在门边。

告示牌上面写着四个大字——今日无米。

上完门板，伙计们正在关大门，突然从旁边小巷里蹿出十几个男女老少，一把将那几名伙计抱住了。

紧接着，街道上四面八方涌出来百多名老百姓，一齐朝昌盛粮庄冲了过来。

粮庄的伙计们还没有反应过来，冲上来的人摘下告示牌，左一脚右一脚将牌子踩得稀烂。

其他人涌上来，拆门板的拆门板，砸窗户的砸窗户。

有人振臂高呼："快抢米啊！晚一步就没有了！"

先冲进去的人已经从粮庄里面抬出来两包大米。

接着有人冲上去，用柴刀一划，白花花的大米顿时流了一地。

涌过来的男女老少当即扑上去，有的用大碗，有的拿着小布袋，不要命地抢地下那些大米。

粮庄的伙计急得大声呼叫："别抢了。你们不能这样啊。""这几袋大米，是老板还债用的。会出人命啊。求求你们了……"

那些群众没有一个人听他们的呼叫，继续亡命地抢米。

21. 昌盛粮庄二楼　一个房间内（日　内景）

文昌盛正在书案上写账本，听见下面人声鼎沸，赶快放下毛笔，起身走到窗户前，朝下面望去。

22. 昌盛粮庄　大门外（日　外景）

趁着混乱，又有人从粮庄里面抬出来几袋大米。

街道上，涌过来的人越来越多，场面完全失去了控制。

23.二楼那个房间内（日　内景）

文昌盛看见下面的情景，一时惊呆了。

少顷，他慢慢离开窗户，回过身，脚步踉跄地回到书案前，失神地坐了下去。

24.昌盛粮庄　大门外（日　外景）

抢米的人用各种工具拼命地在地下搜刮大米。

迟来的民众抢不到大米，竟然去抢先前的人手中的大米。

更多的米粒便撒得满地都是，被人踩来踩去，越踩越脏了。

25.街道对面（日　外景）

滕满珍和几名学生放了学，背着书包走了过来。

看见对面在抢米，学生们不由得停下脚步，朝那边望去。

滕满珍忽然发现了什么，指着粮庄那边叫了声："咦？那不是我们学校的孙先生吗？"

同学们赶快朝那边看。

26.昌盛粮庄　大门口（日　外景）

抢米的人群中，果然有一名身穿破旧长衫的瘦高男子。他已经抢到了一小袋米，却被后面涌上来的人揪住，七手八脚地争夺他手中的那只小布袋。

27.街道对面（日　外景）

一名男生看清楚了："没错，那就是孙先生。"

另一名男生打抱不平地说："怎么抢孙先生的米啊？真不讲理。"

滕满珍一跺脚:"还站在这儿干什么?快去帮帮孙先生啊。"
那两名男生正要过去,忽然身后警笛声急促响起。
一女生惊慌地叫了声:"哎呀,警察来了!"

28. 昌盛粮庄 大门外(日 外景)

随着警笛声,街道两头出现了几十名端着枪的警察。
一名带队的警长举起手中的驳壳枪,朝天接连放了三枪。
抢米的群众顿时受了惊吓,撒开腿四处逃散。
那名孙先生赶快撩起长衫,包住那一小袋米往街道上跑。
两名警察冲上来,抡起警棍,劈头盖脸将孙先生击倒在地。
孙先生身上那只小米袋跌了出去,大米撒得到处都是。
后面那些逃命的人顾不上那么多,纷纷从他身上踩了过去。
很快,昌盛粮庄门前抢米的人就跑得不见人影了。
警察没有停留,端着枪分头追赶过去。
昌盛粮庄门前,只剩下一片狼藉。
孙先生倒在地下,已经被踩得衣衫破烂,浑身是伤。
他吃力地想撑起身子站起来,却完全力不从心,张开嘴,忽然喷出来一大口乌红的鲜血,然后卧在街道上,再也不动了。

29. 街道对面(日 外景)

滕满珍清清楚楚地看见孙先生喷血倒下,大喊一声:"孙先生!"然后不顾一切地奔了过去。
另外几名男女学生也一边呼叫,一边紧紧地跟在她后面,朝昌盛粮庄门前飞奔过去。

30. 昌盛粮庄 二楼那个房间内(黄昏 内景)

天色暗下来了,房间内没有灯光,显得十分昏暗。

文昌盛已经换了一身洁白的土布衣裤，扶着楼梯，失神地从楼下走了上来。

他一直走到书案前，拿起一张白纸，用毛笔蘸着朱砂，颤巍巍地写下了十六个大字：

　　民不聊生，痛不欲生。了却此生，寄望来生。

他再一次端详了那四行字，抬起头来，已经泪流满面。

他拿起那张纸，贴在墙壁上，回头朝屋子四周留恋地看了一眼，终于抬脚走到了横梁前。

横梁上已经悬挂着一根绳圈。

文昌盛搬了一张凳子，站上去，将绳圈套在了自己的脖子上。

然后，他心一横，踢翻了脚下那只凳子……

31．大河街　街道上（夜　外景）

两部人力黄包车一前一后，从街道上疾奔而过。

前面的车上坐着吴子敬，后面那辆车上坐的是许家国。

32．一家医院的大门外（夜　外景）

两辆黄包车飞快地跑了进来，在医院楼前停了下来。

吴子敬、许家国争相跑下车，甩开脚步往医院楼里面跑了进去。

33．一间急救病房内（夜　内景）

文昌盛平躺在一张病床上，人还没有清醒过来。

医生和护士围在病床前，往他身上插了各种管子，正在输氧输液全力抢救。

一名白髯长者坐在一张椅子上,忧心忡忡地望着文昌盛。

随着一阵脚步声,许家国和吴子敬赶了进来。

吴子敬和许家国见到那名白髯长者,赶快上前,轻轻地叫了声:"文伯父,您也赶过来了?"

白髯长者点了点头,没有说话。

许家国忽然发现病床的床头柜上放着一张纸条,他拿过来一看,就是那张用朱砂书写的十六个大字。

他看得连连摇头,便将纸条递给吴子敬看。

那名医生用听诊器听完文昌盛的心跳,终于直起身来,后怕地说:"心跳总算恢复了。幸亏发现得早,再晚一步……"

文伯父忽然说话了:"晚一步也没事。这一次他就不该死。"

许家国和吴子敬赶快回头望着他。

文伯父挺着腰杆站了起来,用拐棍敲着地面:"阎王爷不肯收。他说了,七尺男儿,威风一表,凛然一躯,怎么能自寻短见?"

许家国:"文伯父,您说得对。"

文伯父望着他们:"二位是昌盛的朋友,等他醒过来,请替我告诉他,不敢抗争的人,不是我的儿子!性命不可苟惜,更不可不惜。哪有一遇见危难就以死逃避的道理?要是都只顾逃避,谁来惩恶扬善?靠谁来担当道义?记住了,我这话也是说给你们听的。"

许家国不禁肃然起敬:"伯父,说得真好,晚辈记住了。"

文伯父点了点头,在一名粮庄伙计的搀扶下,离开了病房。

许家国望着他的背影,目光中流露出坚定的神色。

34. 麻阳拳馆 一间屋子内（夜 内景）

滕玉翠坐在屋子内，正在给孩子喂着奶水。

门外有人轻轻地敲门，刘妈在外面问了声："翠翠，在吗？"

滕玉翠赶快应了声："在。刘妈，请稍等。"

她站了起来，将孩子放在床上，走过去打开了房门。

刘妈轻轻地走了进来，取出一封电报交给她："翠翠，有封加急电报。"她回头看了看，压低声音告诉她："纱行都封了，送不进去。幸好有个熟人的儿子在电报局做事，就悄悄地交给了我。"

滕玉翠却很奇怪："不会是我的吧？还是加急？"

刘妈："我看清楚了，是你的名字。还是重庆发过来的。"

滕玉翠更加惊讶："重庆？"她赶快接过电报。

刘妈："你慢慢看。我走了。"

滕玉翠谢谢了声，回身走到房子中间，拆开了那封电报。

电报的特写："重庆进展尚可，电报不便详说。今晚九时去长途电话局，等待我的电话。事关重大，不可贻误。乔。"

滕玉翠抬起头来，脑子里很混乱，不由得又将电报看了一遍。

35. 大河街 远景（夜 外景）

远远望去，夜晚的大河街竟然比平常暗淡了不少。

36. 河堤上（夜 外景）

喊山公腰扎木梆，手持铜锣，一路巡更走了过来。

他的脚步仍然那么坚定，脸色显得比往常更加凝重，吆喝的词句也做了一些更新："各位父老，用心听好！三更黑暗，虎狼当道。五更天亮，阳光普照！……"

37. 大河街　街道上（夜　外景）

许家国和吴子敬沿着街边的石阶走了过来。

听见了远处喊山公更声和吆喝声，吴子敬感慨地说："家国兄，你这位岳丈大人胸有诗书啊。平平常常一位底层百姓，危难时期总是高山远望，把一街民众喊得热血翻腾。了不起。太了不起了。"

许家国很赞同："的确。跟这些长辈们比起来，我都很感惭愧。刚才文伯父那番话也是意志坚定，疾恶如仇，他们那种民族骨气与生俱来，真值得我辈发扬光大呢。"

两人一路感叹地朝前走着。

忽然，许家国原地站住了。他指着前方不远处的一块空坪，招呼吴子敬说："子敬，你快看看，那边怎么回事啊？"

吴子敬赶快抬头看去。

38. 大河街　警察分局门前的空坪上（夜　外景）

空坪四周，有人拉起了一幅又一幅巨大的标语。

几十名警察全副武装，沿着场地周围布下了好几道防线。

两三百男女民众在空坪上席地而坐。这些民众每个人都点亮了一支蜡烛，插在自己面前。

烛光汇集，把那块空坪映照得灯火通明。

39. 街道上（夜　外景）

吴子敬惊讶地说："哟，那不是请愿吗？"

许家国有点兴奋："好啊，老百姓终于行动起来了。"

吴子敬："是。这就叫官逼民反，民不得不反。"

许家国："走，过去看看。"

吴子敬赶快阻止他:"家国兄,你可别过去,那儿是警察局啊。"

许家国:"不怕。这种场合,警察也不敢乱来。"

他抬脚就朝那边走去。

吴子敬只好匆匆跟了过去。

40. 那块空坪前(夜 外景)

走近了才看见,有人抬过来三口薄木棺材,已经摆放在警察分局的大门外面。

空坪周边的横幅和标语也看得很清楚了。

白布上的黑字特别粗壮,显眼夺目:

反饥饿、反贫困。要民主、要生存!
反内战、反迫害。要人权、要和平!
严惩凶手,以正国法!
…………

抗议的群众黑压压地坐满了那块空坪。

前面几排,坐着几十名高中学生,一个个都是白色衬衣,左臂上佩戴着一圈黑纱。

滕满珍也在其中,坐在学生阵容最前排中间位置。

许家国和吴子敬大步走了过来。

旁边忽然有一名男子闪出身来,拦住了他们。

许家国抬头一看:"哦,文松?"

张文松小声说:"董事长,您不能过去。"他回头看了看警察分局那边:"到处都是耳目,没有必要作无谓的牺牲。"

许家国和吴子敬便跟着他,退到了旁边稍暗一些的地方。

许家国关心地问张文松:"文松,那三名死者是怎么回事?"

张文松:"都是被警察打死的。其中有一位,还是珍子他们学校的高中教员。"

吴子敬叹息说:"像什么话?公教人员都活不下去了。"

张文松:"乡下农民更凄惨,好多地方只能靠草皮树根活命了。"他连连摇头:"眼下是饥民遍野,饿殍载道。整个社会已经成了一座人间地狱,暗无天日啊。"

许家国听得心情极为沉重。他望了一眼抗议的人群:"文松啊,就这么静坐抗议,能起作用吗?上层那些当权者也不知道啊。"

张文松:"全国各地都在抗议,他们不会不知道。"他望了许家国和吴子敬一眼:"正好二位商会首领都在这儿,我想请教一下,有没有可能组织一个工商团体,直接去国民政府请愿?"

许家国深受启发:"怎么没可能?不平则鸣,早就该这样做了。"他看着吴子敬:"子敬兄,你觉得呢?"

吴子敬非常豪爽:"我带头响应。"他小声告诉许家国:"家国兄,还记得我们那个孙博士吗?"

许家国:"你是说孙宪甫?当然记得。他怎么啦?"

吴子敬:"上次你劝他从政,他果然去了重庆。这会儿,他成了一府五院的重要成员,好像还是司法院一名管事的呢。"

许家国兴奋了:"行。那咱们就直接奔他而去。"

张文松望着他们,心中充满了喜悦。

41. 长途电话局　大厅内(夜　内景)

大厅里面空无一人,唯有滕玉翠独自坐在一张长椅子上,手上拿着那份电报,忐忑不安地等待着。

柜台后面一名女话务员喊了声:"有个叫的滕玉翠的吗?"

滕玉翠仿佛吓了一跳,赶快站起来:"啊,我在呢。"
女话务员:"长途通了。去3号房接吧。"
滕玉翠应了声,抬脚朝一间写着"3"字的电话间走去。

42. 3号电话间内(夜 内景)
挂在墙壁上的那台电话已经在响铃。
滕玉翠走进来,望着那台电话犹豫了一下,终于摘下了话筒。

43. 重庆某军政机关 大门口(夜 外景)
这座机关高墙大院,极其气派。大门两侧各站着两名头戴钢盔、身穿美式呢制军装的士兵。
字幕:重庆
乔专员的画外音:"哈,玉翠啊,总算又和你说上话了。"

44. 这座机关的一间办公室内(夜 内景)
乔专员坐在办公桌后面的一张皮制转椅上,对着话筒说:"是啊,为了你们纱行的事,我真叫赴汤蹈火,九死一生啊。这下好了,听见你的声音,我简直飘飘欲仙啊。哈,一切都值得了。"

45. 大河街电话局 电话间内(夜 内景)
滕玉翠对着话筒问:"这么说,案子翻过来了?……什么?还没有吗?……啊,已经确定不是敌伪资产了?……哎呀,我听不明白,到底是怎么回事,您就直说嘛。"

46. 乔专员那间办公室内（夜　内景）

乔专员："听好了。案子还在过审，应该是没问题了。可他们还需要补充一些证据材料。你马上把济民纱行，还有纱厂支援抗战的证据收集一下，尽快送到我手上。听清楚了？……对，就是那些。赶紧弄。对了，还有一点非常重要。"他朝窗户外面看了一眼："你得亲自送过来，不能托付任何人。我这话，你听明白了吗？"

47. 大河街电话局　电话间内（夜　内景）

滕玉翠一愣："什么？那可不行。孩子太小了，我离不开。"

画外：乔专员的声音："真是婆婆妈妈，管那么多干什么？啊？到了重庆，一切由我安排。放心，保证让你过得称心如意，都不想再回去了。哈，就这么定了。"

滕玉翠急了："不、不，我真的不会来……"

画外：乔专员的声音顿时一变："不来？行啊，那你和济民纱行就等着倾家荡产家破人亡吧。多好的机会，还这样不识抬举？听我的，赶紧来。就这么定了。"

话筒内"咔"的一声，那头把电话扔下了。

滕玉翠一时惊慌得不知道该怎么办了。

48. 麻阳拳馆　大门外（夜　外景）

一辆黄包车从道路那头拉了过来，在拳馆门外停下了。

许家国从黄包车上走了下来。

拳馆的门恰到好处地推开了，两名持戒棍的学员很快迎了出来："董事长，回来得这么晚啊？"

许家国："是啊，害你们久等了。不好意思啊。"

学员："没事儿。您快进去休息吧。"

许家国便朝院子里面走了进去。

49. 许家国那间临时住房内（夜　内景）

滕玉翠呆呆地坐在婴儿床前，正在考虑着什么。

门被推开，许家国走了进来："哟，翠翠，都快夜里一点了，怎么还没休息啊？"

滕玉翠站了起来："这不是在等你吗？怎么回得这么晚？"

许家国一面脱掉身上的长衫，一面兴奋地告诉她说："我们商会连夜决定了一件大事。"

滕玉翠接过他的长衫："是吗？什么大事？"

许家国："已经组织好一个请愿团，明天就出发前往重庆。"

滕玉翠非常意外："什么？这么巧，你也去重庆？"

许家国看了她一眼，没听明白她的话："什么叫巧啊？还有谁要去重庆吗？"

滕玉翠想了想，拿出那封电报交给了他："你先看看这个。"

许家国接过电报，很快地看了一眼："是那个姓乔的专员？"

滕玉翠："没错，就是他。"

许家国："这么说，你去接他的电话了？"

滕玉翠："是的。本来想问问你的，你又没回。眼看快到九点了，我怕耽误，就去了电话局。万一真是个好消息呢？"

许家国："对，这个电话应该接。"他关心地看着滕玉翠："他怎么说？有什么好消息吗？"

滕玉翠："他说应该是没问题了。审定机构还差点证据，要我们赶快补交一些材料，证明我们支援过抗战。"

许家国："那还不容易？这样的证据太多了。"他高兴了："翠翠，这个人靠山硬，看样子这事儿还真让他给弄成了。"

滕玉翠迟疑了一下："家国，姓乔的还说，得由我亲自送过去，不能托付别人。"

许家国想都没想："那当然，这些人办事有各自的套路。另外派个人，连门都摸不着。"

滕玉翠有点不好明说："我觉得，好像还不止这个意思。"

许家国："管他什么意思，事情办成了就行。"他很果断："正好明天跟我们请愿团一起走，你就抓紧准备吧。"

他显然还有事情，再也不说什么，走到书桌前坐了下去。

滕玉翠怔怔地望着他，也不好再说什么了。

50. 重庆　朝天门码头（日　外景）

朝天门码头拾级而上，显得壮观巍峨。

字幕：重庆

一艘大客轮低沉地鸣着汽笛，缓缓靠向码头。

51. 朝天门码头上（日　外景）

码头外面有很多等候接客人的民众。

闸门开了，客轮上的乘客正在挨肩擦背地挤着出站。

吴子敬、许家国和他们带来的请愿团成员也吃力地挤了出来。

滕玉翠紧紧地拉着许家国的手，跟着一起朝外挤。

文昌盛也拎着一个背包，脸色苍白地跟在他们后面。

52. 码头外面的街道上（日　外景）

街道上汽车很多，乘客都挤在街道边，准备过马路。

突然有急骤的汽车喇叭声响起。

两辆美式吉普车载着几名美国大兵横冲过来。

乘客们慌忙后退，顿时倒下了一大片。

文昌盛身体虚弱，一下便倒在了马路上。

许家国回头一看，赶快松开滕玉翠的手，跑过去扶文昌盛。

其他请愿团成员也涌过去，死劲地挡开行人，把文昌盛拉起来，朝着马路对面飞快地跑了过去。

53. 马路对面的街沿上（日　外景）

许家国他们扶着文昌盛跑过来，总算避开了马路上的车马。

吴子敬喘着大气，问许家国："哎，翠翠呢？怎么没过来？"

许家国这才想了起来，赶快回头看去。

54. 街道上（日　外景）

街道上已经没有乘客了。

街道对面也只有少数几个没有过街的乘客，偏偏没见到滕玉翠的身影。

55. 马路的街沿上（日　外景）

许家国顿时傻了眼，不顾一切又朝对面跑去。

一边跑，一边焦急地喊叫："翠翠！翠翠！"

…………

第 24 集

1. 前集回顾

张文松："有没有可能组织一个工商团体，直接去国民政府请愿？"

许家国："怎么没可能？不平则鸣，早就该这样做了。"

两辆美式吉普车载着几名美国大兵横冲过来。

乘客们慌忙后退，顿时倒下了一大片。

许家国不顾一切地喊叫："翠翠！翠翠！"

2. 重庆朝天门码头外（日　外景）

码头前的街道上，乘客们正在争先恐后地横过马路。

滕玉翠没有防备，也被人流挤倒在地。

两名男子忽然冲到她身边，将她拉了起来："这儿危险，会让人踩死的。""赶紧跑，快！"

两名男子不容分说，一左一右地架着她的胳膊，飞快地朝旁边的绿化隔离带跑得无影无踪。

3. 另一条马路旁（日　外景）

那两名男子架着滕玉翠飞快地跑了过来。

滕玉翠回过神来，朝前面一看，有一辆吉普车停在路边。

她顿时觉得不对："这是去哪儿？"

两名男子没有回答，挟持着她加快脚步朝吉普车跑去。

滕玉翠赶快挣扎："你们是什么人？快放开我！"

吉普车上也跳下来两名男子，迎上来将滕玉翠的双脚抬起，拉开车门就往车上塞。

滕玉翠拳打脚踢拼命挣扎，终究还是被他们关进了车内。

吉普车疾速启动，一溜烟就开得不知去向了。

4. 码头前的街道上（日　外景）

许家国已经奔过马路，跑回码头前，喘着大气四下寻找。

码头前乘客差不多走完了，却不见滕玉翠的身影。

许家国心慌意乱，再一次扯开嗓子呼叫："翠翠！翠翠——"

吴子敬和文昌盛也跑了过来："家国兄，我问过咱们请愿团的人，都说没看见翠翠。她肯定还没过马路。"

许家国："是啊，我一直拉着她的手。怎么一眨眼就不见了呢？"他急得直跺脚："我也太大意了。都怪我啊！"

文昌盛赶快安慰他："家国兄，您先别着急。也就是刚才的事，一定不会走丢的。咱们再分头找找。"

吴子敬朝码头出口处看了一眼，发现那边一名女清洁工在打扫出口处的道路，便匆匆跑了过去。

许家国和文昌盛也赶快跟了过去。

5. 码头出口处（日　外景）

吴子敬喊住了那名清洁工人："哎，大姐啊，请问一声。"

那名中年女清洁工回过身来："不客气，您想问什么？"

吴子敬："我们一位同伴走散了。女的。您看见过她吗？"

许家国赶了过来，补充说："她上身穿一件紫红衣裳。"

那女清洁工没有多想："啊，我看见了。"

许家国急切地问："她在哪儿？"

女清洁工："有两个男的，扶着她往那边去了。跑得好快，我还以为出了什么事儿呢。"

吴子敬："请您说清楚点，往哪边跑了？"

女清洁工肯定地指着绿化隔离带："往那儿。看见了吗？走过去就是另外一条马路。"

许家国一愣："什么？那边还有条马路？"

女清洁工："对了，那边也有个搞卫生的老头儿，你们去问问吧。他应该是看见了的。"

许家国一听，连道谢都忘记了，拔脚便朝那边跑去。

吴子敬赶快跟女清洁工道了声谢，紧跟着奔了过去。

6. 另一条马路旁（日 外景）

一名五十多岁的男子穿着清洁工人的坎肩，正在清扫树叶。

许家国在前，吴子敬和文昌盛在后，飞快地跑了过来。

许家国一把拉住那男清洁工："老、老先生，谢谢了。跟您打听个事儿。"

男清洁工停下扫帚："啊，什么事？"

许家国："刚才有一个女的，穿紫红衣裳，您看见了吗？"

吴子敬赶快补充了句："还有两个男的扶着她，三个人。"

那男清洁工后退一步，打量着他们："你们是她什么人？"

吴子敬："啊，都是她家里的人。一起过来的，刚刚到。"

那男清洁工没有回答，却问了句："你们是大户人家吧？是不是家财万贯，门庭显赫啊？"

吴子敬没听明白："您什么意思？"

那男清洁工："嗨，那女的被抓走了。明摆着这是土匪绑票啊。多半是想勒索你们的钱财，你们没跟什么人结仇吧？"

许家国："是吗？"他顿时大惊失色："您都亲眼看见了？"

男清洁工："可不？好家伙，一辆吉普车，四条大汉，抬起那个女的就往车里塞。我赶快躲到一边，腿都吓软了。"

吴子敬："后来呢？"

男清洁工："跑了！那都是些行家里手，动作特麻利。还没等你看清楚，一家伙就跑得没有影子了。"

许家国听到这儿，倒是镇定了些，追问了一句："老先生，那辆吉普车，是军队上的吗？"

男清洁工回忆了一下："样子跟军队上的差不多。到底是不是，我就讲不准了。也没敢仔细看。"

吴子敬和文昌盛便不再追问，回头看着许家国。

许家国似乎明白了什么，眉头紧锁，再也不说话了。

7. 某军事机关　大门口（日　外景）

大门口放置着一排排黄黑相间的挡车栅栏，戒备森严。

那辆吉普车从街道上一个拐弯开了过来，卫兵赶快移开栅栏。

吉普车稍一减速，通过大门后，又加速朝里面开了进去。

8. 机关内　一幢小洋楼外（日　外景）

乔专员一身笔挺的戎装，匆匆朝小洋楼走了过来。

那辆吉普车已经停在了小洋楼门外。

9. 小洋楼里面一间屋子内（日　内景）

两名绑架滕玉翠的男子守候在屋子内。

乔专员推开房门走了进来。

两名男子赶快立正："报告参谋长，人质已经押到。"

乔专员立即抡起巴掌，接连扇了他们好几个耳光："混蛋！什么人质？那是我的贵人！我让你们去接，完全是为了她的安全，谁让你们采取强制手段？野蛮！愚蠢！给我滚出去！"

那两名男子被他骂得胆战心惊，赶快退了出去。

乔专员这才朝屋子侧面的一扇侧门看了一眼，整理了一下自己的军装，轻轻地走过去，拉开了那扇侧门。

10. 侧门里面的小房内（日　内景）

乔专员拉开门走了进来，很温和地唤了声："玉翠，玉翠。"

就听得哗啦一声响，一张椅子朝他飞了过来。

乔专员赶快闪过，椅子跌在地下，摔断了两条腿。他回头看时，滕玉翠又抄起另一张椅子，不顾一切地朝他扑了过来。

乔专员眼疾手快，夺过椅子往旁边一扔，将滕玉翠死死地抱住："玉翠，别乱来。你听我说。"

滕玉翠死命挣扎着："土匪！流氓！我跟你拼了！"

乔专员生气了，将她的身体往皮沙发上一扔："够了！别瞎闹了！我让你过来，完全是给你们办事儿。赶紧把证据材料交给我，今天还不送过去，天大的本事都翻不过来了。这可不是儿戏。"

滕玉翠被他唬住了，便慢慢地从沙发上坐了起来。

乔专员也耐下心来："玉翠，你不要误解我的意思。重庆这阵子有多乱你知道吗？不派人接你，我怎么放心？我手下那些当兵的都是粗人，别跟他们计较，啊。说正事吧，材料带来了吗？"

滕玉翠想了想，站起来从沙发旁边拿过自己的挎包，取出来一沓材料，随手往沙发上一扔，然后将挎包挎在自己的身上："那，现在可以放我走了吧？"

乔专员："走？街上不是游行示威的刁民，就是镇压暴乱的军警，我都不敢随便出门，你还敢出去？"他敏感地看了她一眼："怎么？这么着急走，是不是有人跟你一起来了重庆？"

滕玉翠暗暗一愣，没有回答他。

乔专员盯着她又问了句："要不，我派人跟你一起去，把他们都接到这儿来？"

滕玉翠仍然没有回答。为了不让他怀疑，便坐了下去。

乔专员："这就对了。我先去替你补交材料，一会儿回来陪你吃饭。"他暧昧地笑了笑："这一次吸取教训，咱们滴酒不沾。你放心，我跟你是认真的，决不会强迫你做任何事情。"

滕玉翠便取下身上的挎包，随手放在了一边。

乔专员："行了，我不能再耽搁，一会儿人家就得下班了。"他朝门口走了两步，又站住了："玉翠，我这就让他们给你送茶水过来。你在这儿好好休息一下，别胡思乱想，听见了吗？"

滕玉翠没有回应，也没有抬头朝他看。

乔专员并不在意，拿着那沓材料走了出去。

听见外面的关门声，滕玉翠随即站了起来。

她快步走到窗户后面，把窗帘掀起一条缝，朝外面看去。

11. 小洋楼外（日　外景）

乔专员拿着材料，走到那辆吉普车前，抬腿坐了进去。

吉普车一加油门，很快地开走了。

12. 那间小房间内（日 内景）

滕玉翠看见吉普车开走，赶紧四处察看有没有逃走的地方。

身后忽然有动静。滕玉翠赶快回身一看，一名十六岁左右的小勤务兵推开房门，用托盘端进来一只茶壶和一个茶杯。

滕玉翠发现那小勤务兵一脸稚气，便问了声："小兄弟，这儿是什么地方啊？"

小勤务兵很腼腆，轻声回答说："陆军司令部后院。"

滕玉翠又问："小兄弟，我有点急事要出去。你能帮个忙吗？"

那小勤务兵吓了一跳，不敢回答，将茶壶和茶杯摆放在茶几上，头都没抬地退了出去。

滕玉翠看着他的背影，感到十分无助。她走回沙发前，沮丧地坐了下去，无可奈何地叹息了一声。

她感到十分口渴，便拿过那只茶壶，往玻璃茶杯倒了大半杯水，一口气喝了下去。

似乎仍然不解渴，她接着又倒了第二杯水，喝了个干干净净。

13. 小洋楼外（日 外景）

灌木丛的缝隙间，枝叶忽然被拨开。

乔专员其实并没离开。他手里还拿着那沓证据材料，从树丛后面闪了出来。

他轻轻地走到小洋楼前，听了听里面的动静，然后，用钥匙打开大门走进去，然后回过身，轻轻地关上了大门。

14. 那间小房间内（日 内景）

小房间的房门悄无声息地被人推开了，乔专员将头探进来，朝里面望了过去。

滕玉翠已经晕倒在那张皮沙发上,一动不动。

乔专员便走进屋子内,凑到滕玉翠身边,将她的身体翻转过来,推了推她的肩头:"玉翠,玉翠,你睡着了?"

滕玉翠已经人事不省,毫无反应。

乔专员得意地笑了笑,俯下身去,将滕玉翠的身体托了起来。

他托着昏迷的滕玉翠,走到另外一张房门前,用脚顶开房门。

那里面是一间宽大而又豪华的卧室。

乔专员双手托着滕玉翠,走进了那间卧室。

15. 一条大街上(日 外景)

这条街道比较僻静,车辆和行人十分稀少。

街道旁边有一座古香古色的旅馆。一块竹制匾额上面,刻着五个翠绿色大字——渝湘大客栈。

16. 客栈内(日 内景)

一名客栈的伙计匆匆走到一间客房前,敲了敲房门:"许老板,有您的长途电话。"

房门很快拉开了,许家国从里面走了出来:"啊,谢谢了。"

他显然很着急,房门都没关,抬脚便朝走廊尽头走去。

伙计赶快替他拉上了房门。

17. 走廊尽头(日 内景)

一张小茶几上搁着一架电话机,话筒已经摘下,放在茶几上。

许家国匆匆走来，抓起话筒，劈头问了句："梦泽吗？怎么才回电话？是不是没找到娄副专员？"

18. 浦溪兵工厂　薛梦泽办公室内（日　内景）

薛梦泽对着话筒说："姐夫，接到了您的电话，我一直在跟娄兄联系，托了好几个人，总算给我回电话了。"

字幕：浦溪

画外：许家国的声音："他怎么说？绑架的事情到底是谁干的？是不是那个姓乔的专员？"

薛梦泽："他不敢肯定。只是告诉了我两点。第一，姓乔的眼下肯定在重庆。第二，这种手段，像是那家伙的做派。"

画外：许家国的声音："那还说什么呢？只能是他，没别人了。"

薛梦泽："姐夫，有一件事情我必须告诉您，你们的资产性质，早几天就有定论了。审定委员会最后确认，济民纱行和济民纱厂完全与敌伪资产无关，责令即刻返还。"

19. 渝湘大客栈　走廊尽头（日　内景）

许家国感到很意外："是吗？梦泽，你能确定这是真的？"

画外：薛梦泽的声音："绝对。公文已经下发，我都看见了。"

许家国想了想："是这样吗？"他有点不相信："既然早几天就有定论了，那为什么还要我们补充证据材料？又是加急电报，又是长途电话，催得那么急？"

画外：薛梦泽的声音："姐夫，怎么可能呢？根本用不着补充。所有的证据材料，我早就让娄副专员带过去了。您想想，没有证据，哪有定论？"

许家国这才意识到了什么:"这么说,他是另有图谋?"

20.浦溪兵工厂　薛梦泽办公室内(日　内景)
薛梦泽迟疑了一下,终于直截了当地说:"姐夫啊,事到如今,我也不得不提醒您一句了。听说在常德的时候,乔专员那条性命都是您太太救的。我不大了解您太太,不敢瞎猜测,可这件事也太蹊跷。她不会有什么事情一直在瞒着您吧?"

21.渝湘大客栈　走廊尽头(日　内景)
许家国暗暗一愣,眉头不由得皱了起来。
他脑子里有点乱,手里抓着电话筒,半天没有说话。

22.浦溪兵工厂　薛梦泽办公室内(日　内景)
薛梦泽等了一下,又问:"姐夫,您还在听吗?喂,姐夫。"

23.渝湘大客栈　走廊尽头(日　内景)
许家国仿佛如梦初醒,赶快把话筒放在耳边,回答他说:"啊,我一直在听。"他努力让自己镇定下来,便岔开话题问到了另外一件事情:"对了,梦泽,你刚才不是说公文已经下发了吗?那你能不能想办法弄一份给我?"

24.浦溪兵工厂　薛梦泽办公室内(日　内景)
薛梦泽:"完全可以。我一会儿就会跟娄城交代,让他给您复制一份过来。您住在哪个旅馆?"
画外:许家国的声音:"磁器口。渝湘大客栈。"
薛梦泽:"啊,我知道那地方。您在旅馆等一下,我这就打电话给娄城,让他过来找您。这位老兄对您是真心地敬重,您在重庆还有什么事儿,尽管跟他说。他会全力帮助您的。"

25. 渝湘大客栈　走廊尽头（日　内景）

许家国对着话筒:"好,说不定我真的要麻烦他。"

薛梦泽可能在电话里解释着什么,许家国赶紧打断了他:"够了梦泽,别再说了。你的提醒有一定的道理,可这会儿我也没办法做出判断,找人要紧啊。……好的,再联系。"

他放下电话没有朝房间走,背着双手,在走廊上来回踱步,仍然站在那里思考着薛梦泽的提醒。

过了一会儿,身后有人叫了声:"家国兄,你看看谁来了?"

许家国赶紧回头一看,不禁大喜过望。

孙宪甫博士在吴子敬、文昌盛的陪同下,正朝这边走了过来。

许家国大步迎上去:"宪甫兄,我还没来得及登门拜访,您竟然亲自过来了?真是不敢当啊。"

孙宪甫:"坐客拜行客,这是我们老家的规矩。尤其是您家国兄过来了,哪有不拜访的道理?"他使劲地握着许家国的手:"前几天我看到一份公文,济民纱行已经昭雪正名。在那之前,您老兄的艰辛日子可想而知。怎么样?一切都过去了吧?"

许家国朝两边望了望:"宪甫兄,这儿不是说话的地方。来吧,去我房间,咱们边喝茶边聊。"

他领着孙宪甫朝房间那头走去。

26. 许家国的房间内（日　内景）

吴子敬熟练地在茶柜上冲泡清茶。

许家国望着孙宪甫,直截了当问了句:"宪甫兄,听说您在政府高就,具体在哪个部门供职?"他随即一笑:"啊,假如事关机密,我这话就等于没问。您也不必回答。"

孙宪甫哈哈一笑:"家国兄这么一说,我还非回答不可,因为我跟机密风马牛不相关。"他言归正传:"司法院王大院长老眼昏花错看了我,就忝列他的手下,做了个参事。两三年下来,做得我五劳七伤,心灰意冷。唉,真正地误入歧途啊。"

吴子敬将沏好的茶水递到他面前:"你看看,连我们孙博士这样的正派学者都觉得误入歧途,这个所谓的好人政府,岂不是山穷水尽,日薄西山了?"

文昌盛也连连摇头:"唉,还真是。日本鬼子把一个大中国搞得山河破碎,满目疮痍,好容易胜利了,紧接着又搞贪腐,又打内战。老百姓哪一天才能熬到头啊?"

孙宪甫深深叹了口气:"闹心的事,先不说了。"他望着许家国:"今天晚上,我自掏腰包,在荣华大酒店为各位接风。怎么样?哈,想必各位也不会推辞吧?"

许家国赶快说:"宪甫兄心意领了,接风的事千万不用张罗。"

孙宪甫:"怎么?是不是已经另有安排?"

许家国:"那倒没有。我们一行来了二十多位同仁,全都是为了表达民意而来,到时候还要向阁下递交请愿书呢。不管怎么说,考虑到你老兄的特殊身份,相互还是要避避嫌才好。"

孙宪甫哭笑不得:"天真啊家国兄。眼下时局有多混乱,你们都难以想象。请愿团多如牛毛,一府五院已经毫无知觉,不是请吃就是吃请,谁还管得着谁啊?就这么定了,晚上六点,我在荣华大酒店恭候。好久没见面了,正好借着酒兴聊个痛快。"

他站了起来,在大家的簇拥下,朝房间外面走去。

27. 渝湘大客栈　门外街道旁（日　外景）

一辆黑色小轿车已经开到街道旁边等候。

许家国、吴子敬、文昌盛将孙宪甫送了出来。

一名公务员拉开车门，孙宪甫回身向大家告别，然后坐进了那辆小轿车。

许家国他们向小轿车挥手，一直看着小轿车离去。

回身往客栈走的时候，他突然站住脚，朝客栈门口望去。

28. 客栈大门口（日　外景）

娄城不知道什么时候已经来到了客栈门外。

他没有穿军装，只是一袭长衫，手上提着一只公文包。

29. 门外街道旁（日　外景）

许家国便回头对吴子敬和文昌盛说："啊，有位朋友过来找我。你们有事先去忙，我得接待一下。"

吴子敬和文昌盛也看见了娄城，但是他们没有多问，应了一声便走进了客栈。

30. 客栈大门口（日　外景）

许家国这才走到娄城面前："娄城，你什么时候来的？我正在送客人没注意你，真是怠慢了。"

娄城："姐夫别这样说。又不是外人。"他朝四周看了看："您看哪儿方便？娄城有重要事情跟您报告。"

许家国想了想："还是去我房间吧。请。"

娄城便跟着他朝客栈里面走去。

31. 许家国的房间内（日　内景）

一份加盖了红色印章的公文，被娄城扔到了桌面上。

许家国走到桌子前，拿过那份公文，仔细地看着。

娄城："姐夫，不用看，带回去就行。这份公文已经专门发往你们省府。绥靖公署也发了一份。"他告诉许家国："都是乔专员亲笔签发的。他这阵子已经擢升为副总参谋长了。"

许家国便将公文放下了："这么说，乔专员还真为我们济民纱行下了大功夫？"

娄城笑了笑："反正他已经得不到了，索性破罐破摔，谁也别想得到。"他望着许家国："不光是济民纱行，军方没有抢到手的资产，那是绝对不能让行政院的人捡便宜的。何长官一直捅到委座那儿，委座也让了一步。然后何长官拿着鸡毛当令箭，让乔专员集中弄了一批名单，把一些案子给掀翻了，总共不下于一百起呢。"

许家国："这么说，济民纱行只是跟着沾光？"

娄城："可不是？乔专员也是一赌。没办法，他可是何长官的大侄子啊。"他小声说："姐夫，这样一来，他可把天下仇人全惹翻了。唉，梁子结得太深，那些人已经下了必杀令。乔专员只好成天龟缩在家里，连司令部的大门都不敢出了。"

许家国不想听这些，便望着娄城："还有一件事情，薛梦泽已经跟你说了吧？"

娄城："就是您太太的事儿吧？"

许家国："是。我怀疑她被姓乔的派人绑架了。你觉得呢？"

娄城："很有可能。"他想了想："如果真是乔专员干的，我还有办法帮忙。就怕万一不是他干的，那就大海捞针了。"

许家国走到他面前，认真地盯着他："既然你认了我这个姐夫，那我就不怕麻烦你。务必请你竭尽全力，尽快给我查个水落石出。"他将娄城的手紧紧握住:"兄弟,姐夫拜托了。"

娄城没有推辞:"当然。"他望着许家国:"姐夫的事,小弟赴汤蹈火,在所不辞。死活也会有个准信给您。"

许家国连连点头:"谢谢。谢谢了。"

32. 那座军事机关　大门口(夜　外景)

几盏探照灯雪亮的灯光来回扫射着门前的围墙和路面。

大门内外增加了两道岗哨。一队武装士兵正在门外巡逻。

33. 那幢小洋楼　豪华卧室内(夜　内景)

卧室里的灯光已经全部关闭,唯有窗户口透进来一些微弱的光线,可以看得见屋内的大致情景。

黑暗中,突然传来焦脆的破碎声,像是有人踹破了玻璃。

乔专员立即惊醒,从宽大的床铺上一跃而起。他上身没有穿衣服,仅穿着一条短裤。

他飞快地清醒了,伸手从枕头下面抽出一支手枪,一个翻身滚到床下,然后翻滚到窗户后面,注意地朝外面窥视。

接着又传来更大的破碎声,显然又一块玻璃被人踹碎了。

34. 那张大床上(夜　内景)

大床的另一边,滕玉翠一直在沉睡着。

玻璃的破碎声终于将她惊醒,她困乏地睁开了眼睛。

意识恢复过来,她便朝身边看了看,不禁十分惊讶。

她本能地摸了一下身体,这才发现身上的衣服已经被剥掉,只剩下贴身的一件小背心。

刹那间,滕玉翠吓得魂飞魄散,惊叫一声,翻身便坐了起来。

随着她的惊叫声，突然一声枪响，击中了床铺后面一幅油画。

那油画跌下来，落在了滕玉翠的枕头边。

窗外的枪声接连响起，子弹不停地飞了进来。

滕玉翠顿时惊慌失措，抱着头不知道如何是好。

乔专员一个箭步冲过来，将滕玉翠扑倒。

然后，他抱着滕玉翠，一个翻身滚到了床铺底下。

35. 小洋楼的客厅内（夜　内景）

客厅里面的窗户被接连踹开。几条黑影顺着绳索从天而降，飞身蹿进了大厅。

那群黑影奔过去，迅速打开了大厅的两扇大门。

外面更多条黑影冲了进来，飞速朝里面的房间冲了进去。

36. 那间豪华卧室内（夜　内景）

乔专员清楚地听见了外面大厅里的动静。

急切之中，他一把抱起滕玉翠，朝旁边的浴室跑了进去。

37. 浴室内（夜　内景）

乔专员冲进来，慌忙将滕玉翠放下，接着又跑了出去。

滕玉翠对这一切还来不及做出反应，乔专员又跑了进来。

他把滕玉翠的衣服和挎包都拿了进来，往她身上一扔："玉翠，快穿上。快。"

滕玉翠全明白了。她抱住衣服，绝望地喊叫："你都干了些什么？你这个土匪！畜生！"

乔专员赶快捂住她的嘴，急切地说："不许叫，有人来杀我了。"他指着一扇小窗户："一会儿安静了，你就从这儿逃出去。"

外面又一声巨响,显然卧室的房门也被砸开了。

乔专员松开手:"玉翠,记住我。我是真的爱你。"

没等滕玉翠有任何反应,他一把将滕玉翠搂过来,紧紧地吻着她的嘴唇,半天没有松开。

然后,他提着手枪,拉开门冲出去,顺手将门锁死。

滕玉翠惊恐不已。她来不及多想,慌乱地穿着衣服。

38. 卧室内(夜 内景)

乔专员从浴室里冲了出来,正好有两条黑影蹿进了卧室。

乔专员迅速举枪,将那两条黑影击倒。

紧接着又有三四条黑影冲了进来。

乔专员箭直奔到窗户前,飞身一跃,破窗而出。

那三四条黑影赶快追过去,一个接一个地跃出了窗外。

39. 小洋楼外面的小路上(夜 外景)

娄城提着枪,率领二十多名士兵朝这边飞奔过来。

他心急如焚,一边跑一边喊:"快!快啊!"

40. 卧室窗户的草坪上(夜 外景)

乔专员跑过草坪,闪到树后面,回身朝追过来的黑影射击。

草坪那头又出现了更多的黑影,朝他扑了过来。

乔专员再开枪时,枪里面的子弹已经打光了。

他将手枪朝那些人一扔,撒开腿就要往外跑。

迎面扑过来两条黑影,飞起一脚将他踢翻在地。

七八条黑影立即逼了上来。

乔专员支撑起身体,回头看去。

那七八条黑影手中的枪同时开火。

乔专员的身体接连中弹，鲜血四溅。
很快，他匍匐在地，再也不能动弹。

41. 草坪旁边的小路上（夜　外景）
娄城已经带着士兵赶到了这里。
他大吼一声："给我打！"
他从士兵手上接过一条冲锋枪，率先开火。
士兵们也纷纷端起枪，朝那些黑影连续不断地扫射。

42. 草坪上（夜　外景）
密集的子弹射过来，好几条黑影立即倒了下去。
其他黑影不敢回击，借着黑夜掩护，分头四下逃窜。
娄城跑了过来，命令道："分头追！别让凶手跑了！"
士兵们立即四下追了过去。
娄城弯腰扶起乔专员，大声呼叫："参谋长，参谋长！"
乔专员浑身是血，早已断气。
娄城只好将他的尸体放下了。
他不敢犹豫，站起来，回头朝乔专员的卧室那边望去。

43. 那间浴室内（夜　内景）
滕玉翠已经穿好衣服，将挎包斜挎在身上，推开了那扇小窗户，使劲地爬了上去。
她骑在窗户上，回头一看，发现窗户离草坪的地面很高，一时竟不知道该怎么办了。

44. 浴室窗外的草坪上（夜　外景）
娄城已经跑到窗户底下，抬头看着滕玉翠："跳下来，快！

我在下面接着你。"

滕玉翠惊慌地看着他:"你是谁?"

娄城:"别害怕,我是薛梦泽的朋友。"

滕玉翠想了想,还是不放心他:"是吗?"

娄城回头看了一眼:"许太太,快啊!马上就会有人来了。"他很着急:"相信我,许董事长都让我喊他姐夫呢。"

滕玉翠这才一闭眼睛,从窗户上跳了下来。

娄城一把接住了她:"跟我来,快!"

滕玉翠什么都顾不上了,跟着他便朝树丛那边跑了过去。

45. 市区的街道上(夜 外景)

已经很晚了,街道上很清静,几乎没有车辆通行。

一辆军用吉普车飞快地开了过来,朝街道尽头疾驰而去。

46. 吉普车上(夜 内景)

娄城自己开车,眼睛一眨不眨地看着前方的路面。

滕玉翠坐在后排座位上,渐渐镇定下来。她看了看前面的道路,问了声:"长官,你这是要把我拉到哪儿去啊?"

娄城:"渝湘大客栈。"

滕玉翠:"那是什么地方?"

娄城:"旅馆啊。许董事长他们都住在那儿呢。"

滕玉翠朝车外察看了一下:"长官,请你在路边停一下。"

娄城:"您有什么事儿吗?"

滕玉翠:"啊,我有点晕车,直想呕吐。"

娄城:"行,我这就靠边。"

他看了看后视镜,将吉普车靠近路边停了下来。

车还没完全停稳,滕玉翠突然打开车门,一步跳了下去。

娄城觉得不对："哎，你要干吗？"

滕玉翠没有回答，忽然一个转身，跑进了一条狭窄的小巷。

娄城慌了，赶快推开车门，跳下了吉普车。

他不敢迟疑，撒开腿便追了过去。

47. 那条小巷内（夜　外景）

滕玉翠从马路上跑进来，惊慌失措地朝两头打量。

稍稍犹豫之后，她加快脚步朝小巷另一头飞奔而去。

娄城也跑了过来，跟在她后面，紧追不舍。

48. 嘉陵江边（夜　外景）

小巷子出来就是波涛翻滚的嘉陵江。

滕玉翠已经从小巷子跑了出来，一直朝着江水狂奔而去。

娄城追了过来，看见她想投江，不禁心急如焚。

滕玉翠已经离水面只有一步之遥了。

娄城已经赶到。他一咬牙，箭一般地冲上前去。

就在滕玉翠刚刚要往江里跳下去的一刹那，娄城飞身上前，一把将她拉住，身体一使劲，抱着她便往后倒下了。

滕玉翠使劲地挣扎："放开我！你放开我！"

娄城把她抱得更紧："许太太，不能这样！千万别这样！"

滕玉翠悲怆地号哭："我还活着干什么？没有脸见人了！求求你让我去死吧。放开我。你放开我啊！求你了！"

娄城："许太太，您上有老爹，下有儿子，还有个世界上最优秀的丈夫。您不能只顾自己，害得他们家破人亡啊！"

滕玉翠心里一震，不再挣扎。

旋即她更加悲痛不已："他给我下了药，他害了我啊！我当时就跟个死人一样，什么都不知道了。不能这样害我啊，老天啊，我现在该怎么办啊？……"

娄城顿了一下，松开手："许太太，他死了。"

滕玉翠听得一惊："你说什么？"

娄城："他身上中了十多枪，打得像马蜂窝。死了。这个世界上，永远不再有乔专员这个人了。"

滕玉翠惊魂未定："……那、是谁杀了他？"

娄城："仇人。他的仇人太多了。"

滕玉翠回想了一下："他把我锁到浴室，那是要救我？"

娄城望着他："是的，他拼死救您的命，那是为了替自己赎罪。"他望着滕玉翠，认真地开导她说："现在谁都不亏欠谁，您可以坦坦荡荡地活下去了。"

滕玉翠转过头去，呆呆地望着江面，一句话都说不出来。

娄城："许太太，别再胡思乱想了。您是许董事长的太太，您只属于我的姐夫。以前是什么样，今后还是什么样。其他的事情都没有发生。明白吗？"

滕玉翠哀伤地摇着头："不，已经发生了。洗不干净了。"

娄城："你知道发生了什么吗？当时就跟死人一样，什么事情都不知道。"他望着天空："也许乔专员知道，可他还没来得及说，就永远不能跟任何人说了。许太太，连自己都不能肯定的事情，您又何必强迫自己，硬要背上那么沉重一口黑锅呢？"

滕玉翠听完他这句话，琢磨了好半天，终于叹了一口气。

娄城侧过头去，默默地注视着她。

滕玉翠紧紧地闭上眼睛，两行泪水潸然而下。

49. 朝天门　客运码头上（日　外景）

码头下面的趸船旁停靠着一艘大客轮，已经准备出发。

一些乘客正在依次排着队，开始检票登船。

50. 码头外面的街道旁（日　外景）

一辆小轿车停放在路边，孙宪甫正在跟许家国、吴子敬、文昌盛握手道别。

孙宪甫望着他们，感慨地说："真是对不起各位。宪甫势单力薄，事情只能办到这种地步，只好请各位体谅了。"

许家国赶快说："宪甫兄千万不要这么说。请愿书能够顺利呈交行政院，我们目的已经达到了。真不知道该怎么感谢您呢。"

孙宪甫连连摆手，朝着许家国身边的滕玉翠热情地说："嫂夫人在这里，宪甫正好问一句，假如真有改朝换代的那一天，我可要拉上家国兄，再次弃商从政。"他笑眯眯地看着滕玉翠："到时候，嫂夫人一定要夫唱妻随哦。"

滕玉翠："只要你们觉得好，我怎么都可以。"她笑得有点勉强："欢迎孙博士随时到家里来做客。"

孙宪甫："那是一定的。你们上船吧，宪甫就在这里告辞了。"

他回身上了小轿车，挥挥手，告辞而去。

许家国正要转身，忽然看见娄城也站在路边，便赶快走了过去："娄副专员，你怎么也过来了？"

娄城："姐夫，这个称呼太别扭，还是叫我娄城吧。"他朝滕玉翠看了一眼："嫂夫人，恭喜您平安脱险。娄城祝您和姐夫幸福美满，康泰平安。"

滕玉翠有点不自然："好。我会记住您说的话，谢谢了。"

娄城又对许家国说："姐夫，娄城对仕途心灰意冷。如蒙不弃，我愿意脱掉这身虎皮，到您那儿效犬马之力。扫地看门都行。"

许家国："一言为定。济民纱行随时欢迎你。"

下面的客轮开始鸣叫汽笛。

娄城赶快说:"该上船了。走,我送你们过去。"

51. 长江三峡 航道上(夜 外景)

夜晚的天空洁净无比。月光中,两旁的山峰峡谷清晰可见。
远远望去,江轮的窗口灯火通明,正行驶在峡谷之中。

52. 江轮的甲板上(夜 外景)

甲板上有几名乘客正在漫步,欣赏着两岸的峡谷风光。

滕玉翠独自一人,傍在甲板的扶栏上沉思。

不一会儿,许家国从船舱走了出来,轻轻地来到她身边。

滕玉翠回过身来,深情地望着他:"你们的会开完了?"

许家国手里拿一条小毛毯,体贴地替她披在身上:"刚商量完。房间里面没看见人,估计你会在这儿,果然没猜错。"

滕玉翠心里十分感动,便将头靠在他胸前。

许家国也伸出双手,轻轻地抚摸着她的肩头。

过了一会儿,滕玉翠回过头来,望着许家国:"家国,从昨晚到现在,你怎么也不开口问问我啊?"

许家国:"问什么?"

滕玉翠:"我被人绑架之后,到底经历了一些什么事情,好像你并不怎么关心嘛。"

许家国:"谁说的?"他笑了笑:"娄城都跟我说过了。"

滕玉翠:"是吗?他说了些什么?"

许家国:"他说乔专员被人暗杀了。幸亏枪手只顾着追杀乔专员,你才躲过了生死一劫。"

滕玉翠:"可杀手过来之前,很多事情娄城也不知道啊。"

许家国:"翠翠,不知道有什么关系?那些事情又不重要。"

滕玉翠:"你是这样认为吗?"

许家国:"当然。"他望着滕玉翠:"要是重要,你早就告诉我了。对于我来说,翠翠能从枪林弹雨中平安脱险,终于回到了我的怀抱,这才最为重要。真的,比我的生命还重要一百倍啊。"

滕玉翠怔怔地望着他好一阵,然后重重地叹了一口气,又将头靠在了他的怀里。

许家国轻轻地吻了一下她的额头,将她的身体搂得更紧了。

53.大河街　街道上（日　外景）

街道上车来车往,行人如梭。店铺已悉数开张营业。

大河街又恢复了以前的繁华景象。

字幕：半年之后

54.昌盛粮庄　大门外（日　外景）

两辆货车停在大门外,一些搬运工人将车上一袋袋大米卸下车,朝粮庄里面扛了进去。

大门的门楣上,那块硕大的招牌被一面红绸遮盖着。

许家国、吴子敬和几名商会人士站在门外,正在听文昌盛叙说着重新开业的情况。

吴子敬回头朝街道两头看了看:"怎么样?可以揭牌开张了吧?一会儿老百姓就该过来买米了。"

文昌盛:"可以啊。就请许会长、吴副会长上前揭彩吧。"

许家国:"还是你自己来吧。你是老板嘛。"

文昌盛:"什么老板?要不是商会鼎力资助,昌盛粮庄恐怕从此就一蹶不振了。来吧,我也借借二位老兄的福气。请。"

许家国和吴子敬也就不再推辞,朝招牌走了过去。

一挂鞭炮砰然炸响。

招牌上那面红绸，便被许家国和吴子敬揭了下来。刚刚油漆好的招牌红底金字，熠熠生辉。

很多过路的民众也涌了上来，纷纷向文昌盛拱手祝贺。

许家国看了看怀表，对吴子敬和文昌盛他们说："行了，我也该回家好好准备一下了。"

吴子敬："哟，可不是吗？赶紧回家吧。"他告诉大家："各位，许会长的公子正好满一周岁。哈，今天可真是个好日子啊。"

大家顿时十分高兴，纷纷向许家国表示祝贺。

许家国："犬子周岁，一定请各位痛饮三杯。那就说好了，中午十二点，家国在庚园大酒楼设宴恭候各位。请一定赏光。"

大家齐声击掌响应。

55. 济民纱行　许家国的卧室内（日　内景）

刚满一周岁的许宗胜被放在一架儿童车上，正在欢快地蹦跳。

滕玉翠喜滋滋地替他整理身上的新衣。

滕满珍也在一边帮忙。她从桌子上搬来一个礼盒，从里面取出来一只银制长命锁递给滕玉翠。

滕玉翠小心翼翼地给许宗胜戴在了脖子上。

许家国一步走了进来："嗬，让我看看。这个长命锁做得漂亮。谁送给他的？"

滕玉翠："还用问？当然是老外公。我们山里人的风俗，长命锁只能由年龄最长的长辈送。"

许家国："可不？谁最年长谁送，这个寓意太好了。"他问了句："你爹还没过来吗？"

滕玉翠："他又到刘妈家忙去了。"她望着许家国："你还不知道吧？今天不光是儿子的好日子。我爹和刘妈，从今天开始，正式合到一起住了。"

许家国高兴了:"哟,这可得好好庆贺,双喜合璧啊。哈。"

56. 庚园大酒楼　大门前(日　外景)

酒店大门的门楣上特意悬挂起两只大红灯笼。

门柱两边,已经贴上了一副红纸对联——欢声笑语家兴旺,风调雨顺国平安。

郑锦仁、张文松、刘妈、九哥兴冲冲地站在大门外,向围观过来的街坊和市民分发红包。

两辆人力黄包车拉了过来。许家国走下车,从后面那辆车上将抱着孩子的滕玉翠迎下车来。

紧接着又有几辆黄包车拉了过来。

吴子敬、文昌盛等好友也准时到达。

许家国回身拉着他们的手,一行人说说笑笑走进了酒楼。

57. 济民纱行　大门口(日　外景)

纱行的大门口也是张灯结彩,装饰得十分喜庆。

向飞舟拎着两只酒坛,从里面走了出来。

出门之后,他将两只酒坛放在地下,回身拉上了两扇大门。

给大门上锁之前,向飞舟习惯性地朝街道两头看了看。

忽然,他的目光被什么给吸引住了。

58. 街道那头(日　外景)

人群中,有三辆人力黄包车朝这边拉了过来。

59. 济民纱行　大门口(日　外景)

向飞舟凭直觉认定那三辆黄包车是奔济民纱行来的,便回过身，准备上前迎接。

60. 济民纱行　门前的街道上（日　外景）

三辆黄包车果然在济民纱行的街道对面停了下来。

第一辆黄包车坐着一名二十岁上下的女子，她就是许秋萍。

许秋萍下了车，提下来一口旧皮箱，然后回身，将第二辆黄包车上一名四十多岁的女子搀扶下来。

那女子竟然是许家国的结发妻子薛兰芝。

许少臣也提着两口旧箱子，从第三辆车上走了过来。

薛兰芝抬起头来，兴奋地朝济民纱行大门的匾额看了过来。

61. 济民纱行　大门口（日　外景）

向飞舟愣在大门口，紧张地回想着什么。

闪回：许家国一家老小在汉口济民纱厂门前的全家福合影。

向飞舟不禁吓了一大跳："天哪，他们……他们都还活着？"

第 25 集

1. 前集回顾

向飞舟搬着两只酒坛,走出济民纱行,回头看去。

薛兰芝、许少臣、许秋萍从人力车上喜滋滋地走了下来。

向飞舟吓了一大跳:"天哪,他们……他们都还活着?"

2. 济民纱行　门前的街道上(日　外景)

薛兰芝站在街道上,感慨万端地望着济民纱行,眼里禁不住渗出激动的泪花。

许少臣和许秋萍已经将几口旧箱子从人力车上搬了下来,提到了薛兰芝身边。

许少臣顺着薛兰芝的目光看见了济民纱行:"妈,就是这儿?"

薛兰芝没有回答,只是肯定地点了点头。

许秋萍有点怀疑:"不是叫济民纱厂吗?怎么改成纱行了?"

薛兰芝:"纱厂在浦溪,山里头。浦溪交通不便,得在常德建个转运站。你爸来之前就作了计划,要不我怎么知道找过来啊?"

许秋萍:"怎么没看见人呢?都出去了?"

许少臣看见了向飞舟:"妈,那边有个小伙子。我去问问他?"

薛兰芝很兴奋:"一起过去吧。带上行李。"

三人便提着箱子朝那边走去。

3. 济民纱行　大门口（日　外景）

向飞舟还站在那里发愣,看见薛兰芝他们走了过来,更加慌乱,不由自主地迎了两步,傻傻地望着他们。

薛兰芝笑盈盈地直到他面前,和气地问:"小兄弟,你是在济民纱行做事吗?"

向飞舟:"啊,是。"他脸都憋红了:"……许太太好。"

薛兰芝:"哦?"她有点奇怪:"你认识我?"

向飞舟:"当然。"然后立即解释:"啊,当然不认识您,可我见过您的相片,年年月月都在屋子里挂着呢。"

薛兰芝心里更加高兴:"是吗?"她把许少臣和许秋萍拉过来:"这是少臣,她是秋萍。相片上头,都见过吧?"

向飞舟:"是,都在相片上看到过。"他朝他们姐弟打量了一下:"只是还小,还没长成现在这么大。"

薛兰芝笑了:"小兄弟,你叫什么名字?"

向飞舟:"回太太的话,我叫向飞舟。给董事长跑腿的。"

薛兰芝喜爱地看着他:"本地人吗?"

向飞舟:"是。太太,我就是这街上长大的。"

许少臣插话问:"飞舟哥,我爸他们呢?没在家?"

向飞舟:"啊,今天刚好是……"他突然意识到了什么,赶快改了口:"啊,今天刚好都、都出去吃饭了。"他有点慌乱,赶快指着那两个酒坛:"嘿,我、我是回来拿酒的。真的。"

许秋萍很敏锐看着他:"拿酒就拿酒呗,你慌张什么呀?"

向飞舟一愣:"啊,没有啊。"他这才想起来:"啊,瞧我有多笨,还站在这儿干什么?快请进屋吧。"

他赶快上前,帮着把那些箱子搬了进去。

薛兰芝他们也走进了济民纱行大门内。

4. 庚园大酒楼　一间包厢内（日　内景）

包厢里摆了两张大圆桌。许家国、喊山公、吴子敬、文昌盛他们坐在第一桌。郑锦仁、张文松、张朝武等人坐在第二桌。

大家正围在那里,笑逐颜开地逗一周岁的小儿子玩。

许家国掏出怀表看了看,站起身,走到了另外一桌。

郑锦仁赶快站了起来,迎着他小声问:"家国,有事吗?"

许家国:"是啊。"他皱了一下眉头:"郑伯,怎么回事?客人都到齐了,酒怎么还没拿过来?"

郑锦仁:"哦?飞舟还没到?"他四下看了看,没见到向飞舟:"您别着急,我这就去迎他。"

他离开圆桌,匆匆忙忙走了出去。

许家国便转身要往上面那桌走。

一名端着茶壶的女堂倌刚好走到了他的身后,突然间避让不及,手上的那只茶壶被撞得跌了下去。

茶壶跌在地下,"啪啦"一声摔了个粉碎。

女堂倌一声惊呼,包厢内顿时鸦雀无声。

刘妈等人看见打碎了茶壶,惊吓得捂住了嘴。

许家国也觉得兆头不好,便一跺脚:"嗨!今天是怎么啦?"

滕玉翠看见许家国生气,一时间也不敢说笑了。

张文松立即起身,一边帮着女堂倌收拾茶壶碎片,一边关心地问:"怎么样?没烫着哪儿吧?"

女堂倌很难为情:"对不起,对不起啊。唉,都怪我。"

喊山公站起来大声说:"小事。不就碎了把茶壶吗?岁岁大吉,年年平安!来来来,都坐下。"他朝许家国招着手:"家国,这叫水漫金山,福禄双至。好日子啊。哈,过来坐吧。过来啊,哈哈!"

许家国勉强笑了笑,朝那边走了过去。

5. 济民纱行 堂屋内(日 内景)

向飞舟已经帮着把箱子安放在堂屋里。

薛兰芝想起了什么:"哎呀,飞舟,差点忘了。你赶紧给他们送酒过去。没酒怎么开席啊?"

向飞舟也有点着急:"啊,那我走了。"他犹豫地问了句:"太太,要不要我把董事长叫回来?"

薛兰芝还没开口,许秋萍抢先说:"当然。这还用问?"

薛兰芝赶紧制止她:"秋萍,怎么说话?"她微笑地望着飞舟:"不用了。飞舟啊,既然他那儿有应酬,这件事儿你就先别跟他说。等他们安安心心吃完饭,自然就回来了。"

向飞舟:"那倒也是。"他怔怔地望着薛兰芝:"那你们呢?还没吃饭吧?"

薛兰芝:"你别管了,我们自己解决吧。"她很有兴致:"一会儿出去随便吃点。品尝一下当地的特色口味,多好啊?"

向飞舟犹豫了一下:"哟,那多不好意思啊?都到自己家了。"

薛兰芝:"是啊,自己家,自己人,还讲什么客气啊?正好我想看看这院子,熟悉熟悉环境。你就放心去吧。"

许少臣:"对了,飞舟哥,方便的话,请郑伯抓紧点吃。他要是能提前一点回,我们也好早点安顿。"

向飞舟:"好的,我跟郑伯说。那我先走了。"

薛兰芝:"赶紧走,别再耽搁了。"

向飞舟应了声,抬脚朝堂屋外面走了出去。

6. 济民纱行 大门外(日 外景)

向飞舟提着那两坛酒匆匆忙忙走了出来。

他放下酒坛,回身将那两扇大门拉上了。

习惯性地想给大门挂锁,顿时悟觉,赶快又把锁取下了。

他不敢再耽搁,提着酒坛朝街道那头一路跑了过去。

7. 纱行堂屋内(日 内景)

许秋萍站在堂屋中间,心中颇感不满:"怎么刚好就有应酬啊?这么巧?"

许少臣倒很大度:"姐,也不能说巧。事先爸又不知道我们来。"他笑着说:"您看看,昨天晚上我就说要给爸发个电报。也不知道您是怎么想的,非不让。"

许秋萍:"我还能怎么想?不就是要给爸一个惊喜吗?"

许少臣:"哈,我怎么觉得您有点故意?"他望着许秋萍:"到底是给他惊喜,还是让他惊慌啊?"

许秋萍:"那你说呢?"她朝他一瞪眼:"就你话多。"

许少臣笑着摇了摇头,不再说了。

薛兰芝满心欢喜地站在堂屋门外,根本没有理会他们说话。

她四下里打量着这个新的环境,心中极其欣慰:"嗯,这院子好,宽敞、清静,我喜欢。"

8. 通往庚园大酒楼的街道上(日 外景)

郑锦仁提着长衫,一边抬头张望,一边匆匆忙忙朝前走。

远远地,向飞舟提着那两坛酒一路小跑过来。

郑锦仁赶紧迎了上去："飞舟，怎么才来？客人都到齐了。"

向飞舟没回答他，却大呼小叫地说："郑伯，完了完了。又有大麻烦了。唉，这可怎么得了啊。"

郑锦仁："怎么啦？一惊一乍的。"

向飞舟："嗨！您不知道，许太太过来了。"

郑锦仁笑了笑："你这小子出什么毛病啊？许太太能不过来吗？她要不来，这周岁宴还怎么做？"

向飞舟急得一跺脚："不是您说的许太太，是我说的那个。"

郑锦仁脸一板："胡说。哪有两个许太太？"

向飞舟镇定了一下，朝四周看了看，压低声音告诉他说："郑伯，我说的是汉口的那个许太太。"

郑锦仁猛地一愣："什么？"他根本不相信自己的耳朵："你再说一遍！"

向飞舟："就是董事长原来的那个太太啊。"他大声说："真的，百分之百就是她。我一眼就认出来了。"

郑锦仁："住嘴！"他听得身体一哆嗦："你、你的魂魄哪去了？人话都不会说，尽在说鬼话。"

向飞舟："是啊，当时我也吓傻了。可那是真的。"他非常认真："郑伯，您要相信我，相片上我见过，绝对就是她。还带着一个儿子一个女儿，年纪都跟我相差不太多。"

郑锦仁顿时惊呆了："天哪！怎么会是这样？"他百思不得其解："他们、他们都还活着？"

向飞舟："可不是吗？"他很有感慨："许太太看上去比相片上老了一点，真的。唉，这么多年，也不知他们是怎么熬过来的。"

郑锦仁顾不上再说什么，一抬脚就往济民纱行的方向走。

向飞舟赶紧叫住他："郑伯，你干吗去？"

郑锦仁:"我得赶紧去见他们。天哪,可想死我了!"

他抬脚又要走,向飞舟赶紧问:"哎,郑伯,我怎么办?"

郑锦仁:"你赶紧送酒过去啊。"他这才想起了什么,回过身来,严肃地盯着向飞舟:"对了,飞舟,这件事先别告诉董事长。那儿人太多,不能把周岁宴给搅黄了。明白吗?"

向飞舟:"是,我明白。那您赶紧去吧。"

郑锦仁一甩手,大步流星朝济民纱行那个方向赶了过去。

向飞舟不敢迟疑,也拎着酒坛朝庚园方向匆匆走去。

9. 街道上(日 外景)

郑锦仁双手提着长衫,两脚生风地往前走。

走着走着,他忽然在原地站住了。

他猛然想起了一件大事,狠狠地拍了一下前额,赶快折过身子,朝着来的方向大步跑了回去。

10. 庚园大酒楼 门前的街道上(日 外景)

向飞舟拎着酒坛子,一头大汗地跑了过来。

正要进酒楼,身后传来郑锦仁的喊叫声:"飞舟,等一下!"

向飞舟赶快停下脚步,回过头一望,郑锦仁上气不接下气地跑了过来,一把拉住向飞舟的胳膊。

向飞舟有点奇怪:"郑伯,怎么又回来了?"

郑锦仁:"飞舟啊,不行。我真是急糊涂了。绝对不行啊。"

向飞舟莫名其妙:"郑伯,我没听明白。什么不行啊?"

郑锦仁:"回头一想,这事儿还非告诉董事长不可。他可不能蒙在鼓里,得赶紧拿主意。要不然,两下一碰头就没法收拾了。"

向飞舟:"是啊,我刚才也是这么想的。可我该怎么告诉他呢？那么多人都在场。"

郑锦仁看了看四周，小声说："这样，你进去之后，就当什么事都没有。然后瞅个空子，先把张总管叫到一边，一五一十地跟他说。张总管那个人做事很周到，他会替董事长想办法的。"

向飞舟："对啊，那我就先告诉张总管。"

郑锦仁又叮嘱说："机灵点，啊。不能让别人看出来。最要命的是不能让翠翠有任何感觉。懂了吗？"

向飞舟："唉，我当然懂。可这事儿怎么能瞒得住呢？很快她就会知道的。"

郑锦仁心烦地一挥手："那是后话。眼下还真不能惊动她。"他不敢再停留："不说了，我得赶紧过去，先把兰芝他们安顿妥了。唉，瞧这事儿弄的！"

他一回身，加快步伐朝济民纱行那个方向赶了过去。

向飞舟也不再犹豫，返身走进了庚园大酒楼。

11. 庚园大酒楼　那间大包厢内（日　内景）

两张圆桌上都摆上了好几道热气腾腾的大菜。

向飞舟提着两坛酒跑了进来，叫了声："酒来啦！"

刘妈瞪了向飞舟一眼，有点责怪地说："飞舟，怎么来晚了？"

喊山公便圆场说："晚什么？菜刚刚上齐，来得正是时候。"

两位堂倌赶紧走过来，接过那两只酒坛，开始给大家斟酒。

张文松一直注视着向飞舟。等他把酒交给了堂倌，便招呼他说："飞舟，来，坐这儿。"

向飞舟连忙答应，坐在了张文松身边。

张文松趁没人注意，小声问："没出什么事儿吧？"

向飞舟朝两边看了一眼，小声说："总管，还真有事儿。"他不禁望着张文松:"怎么?您好像知道了?"

张文松笑了笑:"知道什么啊?我又不是火眼金睛。"他轻轻拍了一下向飞舟的手背:"别出声,一会儿再告诉我。"

堂倌很快给每个人倒了酒。

吴子敬有点急不可耐了,便大声说:"家国,你先说几句,我们就开席吧?"

许家国便站了起来,端起了面前的酒杯:"各位,请端酒。"

所有人都端起自己的酒杯,纷纷站了起来。

张文松趁机在向飞舟耳边说:"喝了这杯酒我出去一下。你也找个机会溜出来,我在走廊上等你。"

向飞舟轻声回答了句:"知道了。"

他和张文松端起杯子站了起来。

许家国高声说:"各位,今天犬子周岁,日子极其不寻常。宗胜在抗战胜利那天出生,正所谓山重水复疑无路,柳暗花明又一村啊。来,为天无绝人之路,干杯!"

众人齐声叫好,同时干下了第一杯酒。

12. 济民纱行　天井内(日　外景)

许秋萍手里拿着一把竹扫帚,正在打扫院子。

郑锦仁满头大汗,急急忙忙地走了进来。

许秋萍回头一看,顿时惊喜地叫了声:"郑伯伯?"

郑锦仁愣了一下:"……秋萍吗?你是秋萍?"

许秋萍满心欢喜,扔下扫帚便扑到郑锦仁怀里:"哈,郑伯伯,您都认不出我了?"

郑锦仁激动地抱住许秋萍:"是啊是啊,秋萍丫头长这么大了,郑伯伯还真没认出来呢。"

薛兰芝闻声从堂屋里走了出来。一眼看见了郑锦仁,她竟没有走过来,只在那儿张着嘴,呆呆地望着他。

郑锦仁也看见了她:"兰芝?"他松开秋萍朝薛兰芝走了两步,上上下下打量着她:"兰芝啊,我的大妹子,这么多年了,你该受了多少苦啊。兰芝……"

薛兰芝这才扑了过来,抱住郑锦仁,带着哭声叫了句:"郑伯,郑大哥,可见到您了……"

听见有动静,许少臣也走了出来,怔怔地望着郑锦仁。

郑锦仁感觉到了什么,赶快回过头,惊讶地看着许少臣:"哟,这不是少臣吗?"

许少臣便上前一步,礼貌地叫了声:"郑伯伯好。"

郑锦仁迎上去,伸出手来,喜爱地抚摸着他的头发:"好,好哇。头发都硬扎扎的了,跟你爸一模一样。有出息啊。"

许秋萍朝郑锦仁身后看了一眼:"郑伯伯,怎么就只您一个人?我爸他怎么不过来?"

郑锦仁赶紧解释说:"啊,我还没来得及告诉他。"

许秋萍用明亮的眼睛望着他,追问了句:"您怎么不告诉他呢?是不是有什么不方便啊?"

郑锦仁一时语塞:"啊,也不是……"

许少臣赶快对许秋萍说:"姐,爸正有应酬呢。刚才妈不是交代了飞舟,先别跟他说吗?"

许秋萍:"是吧?那就算了。"她话中带一点别的味道:"我以为郑伯伯会悄悄告诉他一声呢。换了我就会忍不住,哈。"

郑锦仁实在不好说什么,只得尴尬地笑了笑。

薛兰芝很不高兴地看了她一眼,赶快岔开话题说:"啊,郑伯,我们都还没吃午饭呢。附近有什么好吃的吗?"

郑锦仁:"有啊。这地方好吃的东西可多呢。"他想了想:"要不去吃湘菜吧,到了湖南嘛。离这儿不远,环境还挺好,特安静。咱们不急不忙地吃，好好地聊聊。怎么样？"

薛兰芝想都没想："行啊。"她吩咐少臣和秋萍："东西先搁这儿，吃完饭回来再收拾吧。"

少臣带头应了声："那是，我早就饿了。"他有点不容分说地看着许秋萍："姐，赶紧走吧。"

许秋萍也不好再说什么，便跟着他们朝外走去。

13. 庚园大酒楼　那间大包厢内（日　内景）

两桌客人都在兴高采烈地喝酒。

上方圆桌旁，喊山公趁着许家国和吴子敬他们谈笑风生，便放下酒杯，目光朝下方那张桌子望了过去。

14. 下方那张圆桌旁（日　内景）

张文松那个座位已经空不见人。

向飞舟从外面进来，返回自己的座位，明显地有点心神不定。

15. 上方圆桌旁（日　内景）

喊山公觉得情景不太正常，便小声问身边的刘妈："哎，我怎么觉得有点不对劲儿啊？"

刘妈停下筷子，望着他："是吗？怎么啦？"

喊山公声音压得更低："飞舟那小子可靠，从来不耽搁一分钟，今天怎么会来那么晚呢？"

刘妈："是。我也有点奇怪。"

喊山公："还有更奇怪的事儿。你看那边，张总管哪去了？"

刘妈便朝下方圆桌看了看："哦，还真是。他去哪儿了？"

喊山公："喝了第一杯酒，他就不见人了。接着飞舟也溜出去了一趟,隔了好一阵才回来。我全看在眼里呢。"

刘妈不禁有点担心:"哟,不会又出什么事儿吧?"

喊山公朝门口一望,忽然看见了什么。他赶快用胳膊肘轻轻撞了一下刘妈,不再说什么了。

16. 包厢大门口(日 内景)

一名堂倌走了进来,朝包厢里面四处望了望,然后直接朝主座的许家国走了过去。

向飞舟的目光一直盯着那名堂倌。

堂倌来到了许家国身后,俯下身子,很有分寸地小声告诉他说:"许董事长,有您的电话。"

许家国有点奇怪:"是吗?哪儿打来的?"

堂倌:"不知道。前台让我过来找您。"

许家国便放下筷子,小声对滕玉翠说:"我去接个电话。"

滕玉翠:"知道了。快去吧。"

许家国站了起来,朝喊山公、吴子敬他们泛泛地点了点头,跟着那名堂倌匆匆忙忙走了出去。

喊山公便侧过头去,看了刘妈一眼。

刘妈心里更加紧张,情不自禁地朝滕玉翠望了过去。

滕玉翠显然也感觉到了什么,心里有点不踏实,目光便一直盯着许家国的背影看着。

17. 庚园大酒楼 走廊上(日 内景)

堂倌领着许家国匆匆走了过来。

走到了一间屋子门外,那堂倌便停下了脚步,指着那间屋子说:"董事长,就这儿。您请进。"

许家国看也没看,一步跨了进去。

18. 那间屋子内（日　内景）

许家国走了进来，朝里面看了一眼，不禁一愣。

张文松已经迎到他面前："董事长，对不起，是我有事找您。"

许家国："噢？文松，你想找我，还用得着这么神秘？"他盯着张文松的眼睛："看样子可不是一般的事儿啊。"

张文松走到门边，很快便关上了房门："的确有点麻烦，非告诉您不可了。"他再次朝房门看了一眼："董事长，您也别太着急，是这么回事……"

19. 湘锦园酒楼　门外（日　外景）

这家酒楼挑檐画栋，悬挂着一块朱红招牌——湘锦园。

郑锦仁领着薛兰芝、许少臣、许秋萍走了过来。

薛兰芝朝酒楼看了一眼："郑伯，别这么排场。又不是外人。"

郑锦仁："怎么？郑伯的心意，难道不领情？哈，跟我来。"

他不容分说，率先走了进去。

20. 湘锦园酒楼的走廊内（日　内景）

这家酒楼的走廊装饰得古香古色，显得很上档次。

一名堂倌恭恭敬敬地领着郑锦仁、薛兰芝、许少臣、许秋萍沿着走廊走了过来。

郑锦仁一边走，一边问堂倌："哎，你们那道最有名的招牌菜，干烧甲鱼，有没有？"

堂倌："哟，真是不凑巧，甲鱼卖完了。"

郑锦仁："那怎么办？我们可是冲着这道菜来的呢。"

堂倌赶快说:"倒也没关系,您想要,我们可以马上去菜场买。只是上菜的时间得稍微长一点。"

薛兰芝赶快说:"那就不用了。价钱还很贵吧?"

郑锦仁:"什么话?贵人来了,再贵的东西也不贵。这儿的甲鱼肥嫩而不腻,一定得让你们尝尝新鲜。"他吩咐堂倌说:"那就赶紧去买吧,反正我们也不赶时间。"

堂倌:"好的,这就去。"他带着大家走到了左手边一间包厢前,推开了房门:"各位里面请。"

郑锦仁便带着薛兰芝他们走了进去。

21. 庚园大酒楼　那间屋子内（日　内景）

许家国听完了张文松的叙述,急得完全没有了主张。他一边在屋子内来回踱步,一边喃喃地说:"天哪!怎么会是这样?这、这简直太不可思议了。"

张文松望着他,冷静地说:"董事长,您先别想这些。事情来得很突然,您绝对不能感情用事,只能坦然应对。而且要快。越往后,事情只会越麻烦。"

许家国觉得他的话很有道理,一时又无法思考,便一屁股坐在旁边的一张椅子上:"唉,文松,不行啊。我没法思考这件事情,真的。脑子里全乱了。唉,简直是一团乱麻啊。"

张文松:"是。这事儿搁谁头上都得抓瞎,我完全理解。"

许家国稍稍冷静点,忽然回头望着张文松:"文松,当事者迷,旁观者清。你觉得我应该采取什么办法?"

张文松没有犹豫:"董事长,那我就直截了当吧。这件事情要是不从根子上解决,想任何办法都没有用。您觉得呢?"

许家国直视着他:"那,你觉得根子是什么?"

张文松:"很清楚。在这之前,她们并不知道还有个对方存在。双方都不知道。这才是根本问题。"

许家国:"可不是吗?连我都不知道他们还活着啊。"

张文松:"是啊,可他们到底还活着,而且已经来了。事情到了这一步,还想瞒住她们,已经没有可能了。"

许家国:"你的意思,我现在就跟她们把话说清楚?"

张文松顿了一下:"您觉得呢?董事长,以您的切身感受,她们两位都能够通情达理吗?"

许家国不假思索:"文松,这话问得好。我心里一下就亮堂了。"他站了起来:"那,你觉得我应该跟谁先说?"

张文松:"最好同时说。"

许家国有点不明白:"你的意思,把她们叫在一起?"

张文松:"那可不行。"他笑了笑:"毕竟都是女人,内心还是很脆弱的。没讲清楚之前,说不定一见面就炸了。"

许家国:"那怎么办?"

张文松:"董事长,您要是相信我,玉翠这头就交给我办。由我想办法做她的工作。您知道的,玉翠平时对我也还信任。"

许家国:"没错。她很敬重你。"

张文松:"太太那儿,就得由您亲自去说了。"

许家国连连点头:"行。咱们分头行动。我这就去跟大伙儿打个招呼,然后马上赶到济民纱行。"

张文松拦住了他:"别。您要进去打招呼,翠翠绝对会起疑心。您索性别管了,赶紧走吧。这儿我会处理好的,您放心。"

许家国一把握住了他的手:"文松,多谢了。"

张文松提醒了句:"董事长,您还得有心理准备。这件事情绝对不会一帆风顺。"

许家国:"知道。"他叹息了声:"逆水行舟,只能往前啊。"

他松开手,一撩长衫,心急如火地走了出去。

张文松也没有停留,匆匆朝门外走去。

22. 那间大包厢内(日　内景)

主宾还在喝酒吃饭,气氛仍然十分热烈。

张文松笑容满面地从门口走了进来。

其他人没太注意,喊山公却第一眼看见了张文松。他朝刘妈示意了一下,刘妈赶快抬起头来,望着张文松。

滕玉翠抱着孩子,也朝张文松望着。

张文松路过向飞舟身后的时候,轻轻地拍了拍他的肩头。

向飞舟立即站了起来,离开圆桌,朝包厢门口走了出去。

张文松这才走到上方圆桌前,直接走到了喊山公身边。

喊山公侧头望着他,小声问:"张总管,家国去哪儿了?"

张文松:"喊山公,董事长临时有事,让我跟大家说两句话。"

滕玉翠愣了一下,抬起头来望着张文松。

喊山公便站了起来,扬起双手朝包厢内喊了句:"请大家安静。张总管有话要对大家讲。"

包厢内很快安静下来。大家都回过头来,等待张文松说话。

张文松没有迟疑,用平常的语气告诉大家说:"各位,对不起。董事长托我转告大家,他老家突然来人了。那都是抗战期间失去联系的亲人,从武汉沦陷直到今天,一点消息都没有。谁都没料到,他们都还健在呢。今天终于找过来了,真是不容易啊。"

吴子敬、文昌盛他们听得很兴奋,同时击掌欢呼。"亲人重逢,太好了。""是啊,这就叫喜事连连啊。""哈,祝贺。"

喊山公、刘妈却对视了一眼,感到非常突然。

滕玉翠更是惊诧不已,半天说不出话来。

张文松接着说:"各位,董事长要赶回济民纱行去跟他们见面，就不过来陪大家了。他让我向各位转达他的歉意，然后继续陪着大家喝个痛快。来，咱们接着喝。"

吴子敬站了起来，大声说："嗨，什么歉意啊？这么好的日子，忙都忙不过来，咱们就别添乱了。"他端起酒杯："我提议，为董事长和老家亲人重逢，大家举杯，把杯中酒干了，然后见好就收吧。来，干杯！"

上、下两桌主宾便端起自己的杯子，将里面的酒一饮而尽。

滕玉翠抱着孩子，没有站起来。她倒是端起了酒杯，却趁着没人注意，将那杯子里的酒泼在了脚底下。

刘妈看见了她那个动作，不禁悄悄地看了喊山公一眼。

喊山公其实也看见了。他没有任何表示，一仰脖子，把自己杯子里的酒喝了个干干净净。

23. 街道上（日 外景）

许家国正在加大步伐往前走，忽然听见身边有人追了上来，便回头看了一眼。

向飞舟已经飞快地跑到了他身边。

许家国一边继续往前走，一边问了声："你怎么来了？"

向飞舟紧紧地跟在他身后："哦，万一您要有什么事找我呢？"

许家国："我还真有事要问你。他们总共来了几个人？"

向飞舟："三个。您太太，还有您的两个儿女。"

许家国："大的还是小的？"

向飞舟："应该是大的。年纪比我小不了多少。"

许家国脚步放慢了点，迟疑地问："没见到老奶奶？"

向飞舟："没有。就他们三个。"

许家国叹息了声："唉，看样子老人家已经不在了。"

向飞舟："是吗？这我倒没问。恐怕……也不一定吧？"

许家国："老人家要是还在，兰芝绝对会带她一起过来。当年就是因为老太太实在走不动，才落下了现在这样的尴尬局面。"他有点不堪回首："唉，我那个死心眼的兰芝啊，真不知该怎么说她才好。普天之下，再也找不到比她更孝顺的媳妇了。"

他唏嘘不已，不想再往下说，加快步伐朝前走去。

向飞舟跑了几步，才勉强跟上了他。

24. 街道边一处民居前（日　外景）

张文松伴随着一辆马车朝这边走了过来。

到了这处民居前，马夫喝住马，将车子停下了。

喊山公先下车，回头伸手把刘妈扶了下来。

刘妈一下车，赶紧回过身去接滕玉翠手上的许宗胜。

张文松给马夫付完车钱，马夫便赶着马车离开了。

喊山公用钥匙打开了那处民居的房门。

刘妈抱着孩子正要往里面走，滕玉翠在后面叫住了她："刘妈，这孩子酒席上光顾着看热闹，根本就没吃什么东西。一会儿请您给他喂点粥吧。"

刘妈应了声，抱着孩子走了进去。

张文松听出了什么，便朝喊山公看了一眼。

喊山公便望着滕玉翠："翠翠，怎么，你不进来了？"

滕玉翠："我进来干吗？这是您和刘妈的新家。打这以后，我总不至于跟着你们过日子吧？"

张文松想了想，劝她说："翠翠，咱们刚才不是说好了吗？不管什么疙疙瘩瘩，先放在那儿搁着，别给自己添乱。"

滕玉翠："是，您放心，我不会为难自己的。"

喊山公："那你现在要去哪儿？"

滕玉翠:"我得去一趟小河街那边,趁着这会儿有空,把您原来住的屋子收拾一下。"

喊山公:"嗨,还收拾它干什么?又没人住了。"

滕玉翠:"是啊,正好空出来了,我才收拾啊。"她苦笑了一下:"怎么的还得给自己留一条退路吧?"

张文松制止她:"翠翠,你不能这么想。"

滕玉翠:"那我该怎么想呢?"她禁不住有点冲动了:"张大哥,有一句话我一直憋在心里,这会儿不得不说了。"

张文松:"哈,憋在心里干吗?说吧。什么话?"

滕玉翠忍不住冷笑了声:"哼,这就叫事不过三。去年来了两拨接收大员。又是军方又是行政院,其实都是假的。"她情绪突然爆发:"真正的接收大员,今天终于来了。从此以后,这儿一切的一切,全都归她所有了!"

喊山公听不下去了:"翠翠,这是什么话?"

滕玉翠极其伤心,捂着脸一转身,头也不回地跑远了。

喊山公急得一跺脚,大声喊了句:"翠翠,你给我回来!"

张文松:"您别着急,我去。"

他不敢犹豫,一抬脚,朝着滕玉翠的背影追了过去。

25. 济民纱行　大门外（日　外景）

许家国和向飞舟一路小跑奔了过来。

抬头一看,济民纱行大门紧闭。门上挂着一把铜锁。

许家国不由得一愣:"嗯?上锁了?人呢?"

向飞舟没有多想:"哦,一定是吃饭去了。"

许家国想了想:"你敢肯定?"

向飞舟:"没错。先前我就问过太太,她说他们自己出去,随便吃点这儿的特色。"

许家国:"是吗?"

向飞舟:"应该是。您看,门都锁上了。他们没钥匙。一定是郑伯带他们出去的。"

许家国非常着急:"不行。飞舟,得马上找到他们。"

向飞舟:"好的,您在这儿稍等,我这就去找。"

许家国:"不能等,我也跟你去。"他想了想:"这样吧,你往东,我往西,咱们分头去找。"

两人不敢停留,很快便分头离开了。

26. 小河街　喊山公那间屋子前（日　外景）

张文松从巷子那头急急忙忙奔跑过来。

他直接奔到喊山公屋子外,着急地用手敲着那扇大门:"翠翠,开门。翠翠,你开门啊,我是张大哥。翠翠!……"

屋子里面一点回应都没有。张文松想继续敲门,抬头一看,忽地一愣。大门的门扣上,挂着一只锁得紧紧的大铁锁。

张文松伸手使劲拉了一下那铁锁,铁锁却纹丝不动。

他心里顿时一阵慌乱:"糟了。"

他往两边看了看,一抬脚,朝原路匆匆走了回去。

27. 湘锦园酒楼　那间包厢内（日　内景）

薛兰芝已经泪眼汪汪,说不下去了,便掏出了手帕。

许少臣和许秋萍默默地坐在旁边,低着头暗自伤心。

郑锦仁听完薛兰芝的叙述,禁不住长吁短叹:"唉,兰芝啊兰芝,你们这些经历,听得我这心里一直在发抖啊。郑伯做梦都不敢想象,这么凶险的遭遇,这么困苦的日子,你们居然就熬过来了?老天爷,这就叫命不该绝,苍天有眼啊。"

薛兰芝用手帕擦了擦眼泪,哽咽着说:"可惜老太太没有熬住，两个小的也丢了。我的如蒙大哥，他更是死不瞑目啊……"

许少臣便伸手抚摸着她的手背，难受地安慰她说："妈，您别再说了。……都过去了，啊。"

薛兰芝便克制住自己的情绪，将手帕收了回去。

许秋萍听得心里很压抑，便站了起来。

郑锦仁望着她，问了句："秋萍，你要去哪儿？"

许秋萍："郑伯伯，你们慢慢聊，我去一趟洗手间。"

郑锦仁赶快告诉她说："出门往右，一直走到头就是。"

许秋萍："我知道。一会儿就回来。"

她朝包厢的房门外走了出去。

28.酒楼大门外（日 外景）

许秋萍漫无目的地从酒楼里面走了出来。

她对这环境感到有点陌生，便朝两边张望着。

一名提着篮子卖鲜花的小女孩走了过来，望着许秋萍，问了声："小姐，买束鲜花吧。栀子花，挺香的。"

许秋萍："谢谢，可惜我还不知道送给谁呢。"她趁机打听了句："哎，小姑娘，顺便请问一声，你知道济民纱行吗？"

小女孩："知道啊。您要去那儿吗？"

许秋萍："是。从这儿该怎么走啊？"

小女孩热情地将她拉到路边，指着前方说："顺这条道，走到头了往左拐。然后再往右拐，看得见水码头就到了。"

许秋萍："好的。谢谢了。"

小女孩："不客气。您要没找到就再问一声，谁都知道那儿。"

许秋萍应了声，一步跨上了那条街道。

29. 另一条街道上（日　外景）

许秋萍从街道的拐弯处走了过来。

她沿着人行道一边走，一边打量着这条街道。

走着走着，许秋萍忽然站住了。

她发现了什么，眼睛直勾勾地朝前面望去。

30. 街道那头（日　外景）

街道的那一头，许家国的身影从人群中出现了。

许家国提着长衫的衣襟，一边朝两旁寻找，一边走了过来。

31. 街边的人行道上（日　外景）

许秋萍望着迎面走过来的许家国，一时竟不敢相信自己的眼睛，只是喃喃地念叨了声："……爸？……是他吗？"

许家国走得很快，转眼之间已经离她很近了。

许秋萍不再犹豫，赶快走上前一步，站在一个显眼的位置，正面迎着许家国，笑盈盈地看着他。

许家国分明也看见了许秋萍，只是没有特别留意她。

他满脑子正想着别的事情，似乎心无旁骛，很快又将目光移开，从她身旁大步错过，继续往前走，继续往左右寻找着饭铺。

许秋萍顿时慌了神，眼睁睁看着许家国从身边走了过去。

她回过身，望着父亲再没回头的背影，两行热泪不禁潸然而下。

32. 电话局（日　外景）

深绿色的大门旁边，挂着一块竖式招牌——长途电话局。

张文松从街道那头匆匆忙忙走到了电话局门外。

他抬头看了一眼电话局大门，毫不犹豫地走了进去。

33. 浦溪兵工厂　薛梦泽的办公室内（日　内景）

薛梦泽坐在办公桌后面，正在跟娄城说着话。

字幕：浦溪

桌子上的电话机忽然铃声大作。

薛梦泽伸手抓起听筒："哪里？……对，我是薛梦泽。……噢？张总管啊？……好的，您请讲……"

娄城坐在他对面，默默地看着他接电话。

薛梦泽听着听着，脸色忽然一变，突地站了起来："你说什么？我姐他们、他们都还活着？"

娄城一听，也惊讶地站了起来。

34. 电话局　一间电话室内（日　内景）

张文松正在那里面打电话："是啊，的确没有想到，他们几个都还挺好的。"他顿了一下："薛总，我想问问您，就这两天，您有没有可能赶过来一趟？"

35. 薛梦泽的办公室内（日　内景）

薛梦泽："当然。怎么没可能？天大的事情我都不管了，今天就动身往常德赶。"他激动得流出了眼泪："天哪，想都不敢想，那可是我的亲姐姐啊……"

娄城站在他对面，却仿佛意识到了什么，只在心里思考着。

薛梦泽从他的反应也意识到了什么，对着话筒又问："文松啊，这件事情来得太突然了，我姐夫那儿，会不会有麻烦啊？"

36. 那间电话室内（日　内景）

张文松对着话筒："当然。而且非常麻烦……是，很难说。……梦泽兄，这些事情电话里面说不清楚，等你来了再商量吧。……对，我相信你来了，事情会好办一些。……好的，明天见。"

他挂断电话，想了想，推开门走出了电话室。

37. 薛梦泽的办公室内（日　内景）

薛梦泽放下电话，朝门外大声喊了句："通信员！"

一名年轻人立即跑了进来："薛总，有事吗？"

薛梦泽："马上安排车，我要连夜赶到常德去。"

那年轻人应了声："知道了。"然后迅速走了出去。

薛梦泽又对娄城说："娄城，带上行李，正好跟我一起去。"

娄城有点犹豫："可我还没跟董事长说好呢。"

薛梦泽："没事，我替你说。他会收留你的。快去准备吧。"

两人同时朝办公室门外走了出去。

38. 济民纱行　大门外（日　外景）

郑锦仁带着薛兰芝、许少臣、许秋萍回到了济民纱行。

他掏出钥匙，打开那只大铜锁，领着他们走了进去。

39. 济民纱行　堂屋内（日　内景）

许秋萍的情绪十分低落，走进堂屋，径自在一张椅子上坐下了。

郑锦仁没有注意她，对许少臣说："少臣，你跟着我，拿上你妈的箱子，咱们送她去房间休息。"

许少臣便提着那口大箱子，跟着郑锦仁朝楼上走去。

薛兰芝正要跟上去，忽然发现许秋萍在一边生气，便走过去关心地问了句："秋萍，怎么坐在这儿啊？"

677

许秋萍闷闷地回了句："我不舒服。"

薛兰芝顿时有点担心："是吗？哪儿不舒服？"

许秋萍脱口而出："心里。"

薛兰芝一愣："噢？又是怎么啦？"

许秋萍："妈，你觉得，爸要是突然看见我，还能认出来吗？"

薛兰芝笑了笑："傻话。自己的亲生骨肉，怎么变都能认出来。再说你这轮廓还那样，又没太大变化。"

许秋萍："是啊。这么说，他就是故意的。"

薛兰芝没听明白："故意？故意什么啊？"

许秋萍："不认我呗。"她忍不住了："他根本就不想认我了。"

薛兰芝赶快制止她："秋萍，瞎说些什么呀？"

许秋萍站了起来："行了。您上楼去吧，郑伯伯等着呢。"

她一转身，朝后院走了过去。

薛兰芝："秋萍，你去哪儿？"

许秋萍头也没回："我心里闷，随便走走。"

薛兰芝望着她的背影，心中充满了担忧。

画外：许少臣在楼上叫了声："妈，您快上来啊。"

薛兰芝："哎，来了。"

她无可奈何地回过身，朝楼梯那边走去。

40. 二楼　许家国原来那间卧室内（日　内景）

许少臣站在卧室中间，兴奋地把卧室看了一圈："郑伯伯，这不就跟原来那屋子一模一样吗？"

郑锦仁："是啊。你爸过来不久，就让我照原样布置好了。回头想一想，这都多少年了？"

正说着话，薛兰芝从门外走了进来。

许少臣赶快迎上去。

"妈，快过来。您看看这卧室，啊。"许少臣高兴得像个孩子，"我一进来，还以为又回到汉口老家了呢。"

薛兰芝也看得目瞪口呆："天哪，可不是吗？"

她看见了那张双人床铺，激动地走到床前，下意识地抚摸了一下床上的被褥。

一转头，她又看见了那只挂衣架。

她赶快走上前，动情地抚摸着："我懒得起身，喜欢把衣架摆在床头。一开始你爸很不习惯，可他二话没说就依了我。"她心里感到一种甜蜜："他总是依着我。"

郑锦仁笑了笑："是啊。飞舟当时想把这衣架放到门后头，我就知道家国不会同意。"

薛兰芝："唉，这个人啊。我在身边他依着我，我没在身边，他还么依着我。"她说得声音都哽咽了："少臣啊，咱们逃难这么多年，受再多的磨难都值。看看这间屋子，你爸一天都没有忘记咱们。生离死别的日子，他、他该想得多苦啊……"

许少臣连连点头："是，是。"

郑锦仁听得心里不好受，便将脸转向一边。

画外：楼下忽然传来许秋萍愤怒的叫喊声："妈！少臣！你们都给我下楼来！"

郑锦仁和薛兰芝惊愕地对视了一眼。

许少臣赶快走到门口，朝下问了声："姐，怎么啦？"

41. 后天井内（日　外景）

许秋萍站在天井里，气愤得脸都变色了："别问，赶快下来啊！再不下来，我就要放火烧房子了！"

42. 那间卧室内（日　内景）

郑锦仁顿时慌了，赶快朝门外奔去。

薛兰芝和许少臣也慌慌张张跟了出去。

....

第 26 集

1. 前集回顾

许少臣:"我一进来,还以为又回到汉口老家了呢。"

薛兰芝:"你爸一天都没有忘记咱们。"

楼下许秋萍的叫喊声:"妈!少臣!你们都给我下楼来!"

许少臣赶快走到门口,朝下问了声:"姐,怎么啦?"

许秋萍:"赶快下来啊!再不下来,我就要放火烧房子了!"

2. 济民纱行 后堂屋门口(日 外景)

郑锦仁、薛兰芝和许少臣高一脚低一脚从楼上跑下来,慌慌张张赶到了后堂屋前。

许秋萍站在后堂屋大门口,愤怒得脸都变了颜色。

看见许秋萍那个样子,郑锦仁赶快跑过去,关心地问:"秋萍,怎么啦?"

许秋萍手一挥:"我不跟您说。"她一把拉住薛兰芝:"妈,少臣,这儿出活鬼了。赶快进来看看。"

她强行把薛兰芝和许少臣拖进了后堂屋。

郑锦仁这才想起了什么,心里一慌,赶快跟了进去。

3. 后堂屋内（日　内景）

窗户紧闭，摆在案台上的灵牌有点看不清楚。

薛兰芝被许秋萍拉了进来，抬头看了一眼："哦？光线这么暗？这是什么地方啊？"

许秋萍走到灵位前，伸手拿下一块灵牌，递给了薛兰芝："妈，您睁大眼睛看看，这上面是谁的名字？"

薛兰芝接过那灵牌，仔细一看，不禁大惊失色。

紫色灵牌上刻有一行描金楷书——先室薛兰芝夫人之位。

许少臣凑过来看清楚了那上面的字，也十分惊异。

郑锦仁赶快抢前一步："兰芝，你听我说……"

许秋萍打断了他："别说了。"她有点咄咄逼人："我问您，既然我妈是'先室'，那就肯定还有个'后室'。对不对？"

许少臣便解释说："姐，先室两个字不是那个意思，那只是专门指去世了的夫人。"

许秋萍吼了他一句："胡说！我妈去世了？"

许少臣一时想不出怎么说好，便不作声了。

许秋萍一回身，又取下来另一块灵牌："行啊，你有文化，什么都懂。那我请教一下，这位又是谁？"

许少臣接过来一看，更加惊讶。

那块灵牌上刻着他的名字——故男许少臣之位。

许少臣看着那块灵牌，也有点瞠目结舌了。

许秋萍越加气愤，又取下自己那块灵牌："我没你文化高，可这几个字我认识。故女许秋萍之位。我没认错吧？"

许少臣便劝了她一句："姐，您先别着急……"

许秋萍："着急还有什么用？我已经死掉了！"她心中升起了一股无名怒火："难怪刚才我在大街上遇见爸爸，他明明看见我了，就跟看见鬼魂一样，一扭头赶紧躲开。这会儿我才弄明白，他心里头早就没有我了！"

她悲伤不已，一使劲，狠狠地将自己那灵牌摔在了地下。

郑锦仁连连摇头："秋萍，好姑娘，你听郑伯伯说……"

许秋萍："好哇，我正想听您说呢。"她已经不能控制自己，伸手再次取下一块灵牌："这个人是谁？您给我解释解释。"

大家都朝那块灵牌看去。

那块灵牌上写下的是"先室滕玉莲夫人之位"。

许秋萍紧盯着郑锦仁的眼睛："郑伯伯，这儿怎么还有一个先室？她也是我爸的夫人吗？"

薛兰芝和许少臣也百思不解，便转头看着郑锦仁。

郑锦仁一时不知道从何说起："这、这……"

许秋萍："干吗支支吾吾？您快说啊。"她将那灵牌伸到他面前："这个人到底是谁？"

郑锦仁正在为难，身后忽然有人喊了声："给我放下！"

在场的人顿时一怔，回头望了过去。

4.后堂屋门外（日　内景）

滕玉翠不知道什么时候已经站在了门外。

5.后堂屋内（日　内景）

薛兰芝立即感觉到了什么，怔怔地望着滕玉翠。

郑锦仁看见滕玉翠突然出现，一时紧张得无所措手足。

6.后堂屋门外（日　内景）

滕玉翠已经控制不住自己的情绪，一抬腿便走了进来。

7. 后堂屋内（日　内景）

郑锦仁生怕事情闹大，赶紧上前拦着滕玉翠："翠翠，别进来。听我说，这儿没你的事。"

滕玉翠固执地推开郑锦仁，一直走到了许秋萍面前。

许秋萍看着滕玉翠，一时间没能琢磨出她是什么人，便问了句："你是谁啊？"

滕玉翠压住心头的火气，冷冷地说："别管我是谁。先把你手上的灵牌给我。"

许秋萍稍稍有点犹豫，滕玉翠突然一伸手，从她手上将那块灵牌夺了过去。

滕玉翠："我来替郑伯告诉你，灵牌上的这个人，是我的亲姐姐。她是国民政府追认的一名抗日英雄。"

许秋萍："……是吗？"

滕玉翠："还应该告诉你，我姐姐在世的时候，也是你爸爸明媒正娶的夫人。"她看着许秋萍："这么回答，你觉得还满意吗？"

许秋萍一时竟不知道该说什么了。

薛兰芝感觉头有点眩晕，不由自主地扶向身边的立柱。

许少臣赶快靠过去，伸手扶住了她。

滕玉翠语气平和了些，继续说："你刚才不是问我是谁吗？反正这事儿迟早会有人跟你们说，还不如现在说出来更好。我叫滕玉翠，是你爸爸现在的夫人。"

薛兰芝一听这话，仿佛遭到雷击，身子猛地一抖。

许秋萍惊愕地张着嘴："你、你再说一遍！"

滕玉翠："没必要再说，你又不是没听清楚。"她重重地吁了一口怨气："当然啰，这是今天之前的事儿。从明天起，你爸的夫人是谁，我可就不敢断定了。"

她不愿意再停留，捧着姐姐的灵牌，转过身便跑了出去。

许秋萍也很冲动，拔脚就要去追："哎，你别走，站住……"

薛兰芝猛地叫了声："秋萍！你给我回来！"

大概起身太急，她顿时感到天旋地转，身体往后一跌，重重地坐倒在一张太师椅子上。

许少臣惊叫了声："妈！您怎么啦？"

郑锦仁一步抢到她身边，焦急地问："兰芝，你没事吧？"

许秋萍回头一看，也慌了，喊了声："少臣，快去拿药！"

许少臣应了声，慌张地跑了出去。

许秋萍跑回母亲身边，跪下去伸手去探她的脉搏："妈，您感觉怎么样？要不要去医院？"

薛兰芝缓过一口气来，轻轻摆了摆手，转过脸去，将头伏向身边一张高茶几上，禁不住悲戚地痛哭起来……

8. 济民纱行　大门外（日　外景）

滕玉翠捧着那块灵牌，伤心地从济民纱行里面跑了出来。

一名男子挑一担水正在朝前走，急忙叫了声："当心！"

滕玉翠赶快站住，让开了那男子。

她朝四周看了看，不想让别人看出自己的慌乱，便用手背擦了擦眼睛，扭头朝旁边走去。

刚一转身，没料想一头撞到了另一个男人的怀里。

滕玉翠吓了一跳："啊，对不起。"她抬头一看，不禁吃了一惊："哦？是你？"

那人刚好是许家国。他也着急往前赶，与滕玉翠撞了个满怀。

许家国："翠翠？"他看见了滕玉翠手上的灵牌，慌忙又朝济民纱行那边看了一眼，顿时急了："天哪，你怎么进去了？"

滕玉翠一听就火了:"为什么这样问?进去怎么啦?我不能去吗?这儿不是我的家吗?"

许家国赶快解释:"我不是那个意思。"他心乱如麻,禁不住连连抱怨:"唉,怕什么就来什么。这不是添乱吗?"

滕玉翠:"什么?你是说我?"她一时控制不住自己的情绪了:"好。好。我就知道你会怪我。可说话也得凭良心,我什么时候给您添过乱?"

许家国:"翠翠,我不是说你。"

滕玉翠很冲动:"倒也是,这话也没说错。对于您的美满家庭,我的确是一个添乱的人。"

许家国赶快制止她:"行了!翠翠,越说越不像话。"

滕玉翠:"是啊,而且说什么都没用了。您看您,都急成了这个样子。"她仿佛下了决心:"行了。你不用为难,我已经安排好住处,再也不会回来了。"

许家国一听还真的急了:"翠翠,说些什么呀?"

滕玉翠:"这几天宗胜我还带着。他到底也是许家的后代,你们要是决定自己带,过几天我就请刘妈送过来。反正他已经满了周岁,也好带了。"她说得心里很难受:"就这样吧。我走了。"

许家国一把拉住了她:"翠翠……"

滕玉翠泪花闪闪地望着许家国:"您最好别拉我。"她果断地挣脱了他的手:"自己多保重吧。"

她一转身,一边抹眼泪一边飞快地跑远了。

许家国又想去追,又担心薛兰芝这边,急得在原地团团转。

正好向飞舟一头大汗跑了过来:"董事长,对不起,我没有找到许太太,您呢?"

许家国:"不用找了。你赶紧去找翠翠。"

向飞舟:"哦?她去哪儿了?"

许家国:"好像是往小河街那个方向。"

向飞舟应了声,转身就要走。

许家国忽然又改变了主意:"啊,先别去追她,快去找张总管,还有喊山公,请他们想办法照顾一下翠翠,啊。"

向飞舟应了声,拔脚朝街道对面跑去。

许家国再也不敢耽搁,转身朝济民纱行大门那边大步走去。

9. 济民纱行　后堂屋内（日　内景）

薛兰芝渐渐平复过来,将身子坐正,接过许少臣递上来的药丸,放进了嘴里。

郑锦仁赶快递上一杯水:"兰芝,来,喝口水。"

薛兰芝端过小茶杯抿了一口:"谢谢郑伯。"

许少臣盖上药瓶,关心地注视着她:"妈,胸口还疼吗?"

薛兰芝摇了摇头:"没事。唉,怎么就没沉住气呢?这些事情,其实妈心里都是有过预料的。"

郑锦仁望着她,心里很不好受。

薛兰芝渐渐平静下来:"事情既然摆明了,也就没有那么可怕了。少臣、秋萍,我得提醒你们一句。不管怎么说,你爸没有愧对过他的名字。毕竟是许家国,大忠大孝,他都做周全了。"

许少臣点了点头,朝许秋萍看了一眼。

许秋萍没有作声。

薛兰芝回过头去,朝墙上那块横匾望了一眼:"你们看那块横匾,父传子,子传孙,生生世世,毋忘国难家仇。说得多好啊。话说到了这个份上,我也该心满意足了。"

许少臣和许秋萍也望着那块横匾,心里有所触动。

薛兰芝扶着椅子想站起来:"你们俩扶我一把,我要在这儿给你奶奶的灵位磕最后一个头。打这以后,就不知道什么时候能再过来，祭拜你们的奶奶了。"

郑锦仁赶快说了句："兰芝啊，千万别这么说。这儿可是你自己的家啊。"

薛兰芝苦笑了声："是啊。我原先也一直这么以为。"她催了声："少臣，秋萍，把奶奶和舅舅的灵牌搬过来啊。"

许少臣和许秋萍对视了一眼，不敢多问，赶紧上前移灵牌。

薛兰芝站起身来，在许少臣和许秋萍的搀扶下跪到拜垫上，朝着许老太太和薛如蒙的灵牌，恭恭敬敬地开始叩拜。

10. 济民纱行　前院天井内（日　外景）

两扇大门被猛地推开，许家国一步跨了进来。

他朝天井内看了一眼，迫不及待地高声喊道："兰芝！兰芝啊，你在哪儿？"

11. 后堂屋内（日　内景）

薛兰芝刚刚祭拜完毕，正准备从拜垫上起身。

许少臣耳朵很灵，听见前面天井那边许家国的呼喊声，赶快告诉薛兰芝："妈，是他。我爸回来了！"

薛兰芝也听见了许家国的呼喊声："那是他的声音吗？怎么变得那么沙哑了？"

郑锦仁："快，快。"他急忙将薛兰芝拉了起来："兰芝，快起来，赶紧整理一下，我这就去接他过来。"

他顾不上多说，一抬脚便迎了出去。

许少臣和许秋萍连忙将薛兰芝搀扶到椅子上。

薛兰芝望着他们："你们俩别待在这儿，赶紧去见你爸。"

许少臣："那，您呢？"

薛兰芝："我头还有点晕，稍微坐一下，很快就过来。"

许秋萍:"妈,我就在这儿陪着您。"

薛兰芝语气忽然很强硬:"不行,你也去。"她瞪了许秋萍一眼:"秋萍,别再瞎掺和了。你给我记住,不管这儿现在成了什么样子,也别管现在谁是他的夫人,父亲终归还是父亲。你们俩永远都是他的亲骨肉。赶紧去。"

许秋萍不敢再说什么,便和许少臣一道走了出去。

12. 前院天井内(日 外景)

郑锦仁带领着许家国,大步流星朝堂屋走了过来。

许少臣和许秋萍一路小跑,迎面从堂屋内奔了出来。

许少臣一眼看见了许家国,立即站住了。

许秋萍也站住了,怔怔地看着许家国。

许家国蓦地一抬头,喃喃地问了声:"少臣?秋萍?"

许秋萍率先忍不住了,带着哭声喊了句:"爸,爸啊!"

许家国心里热血汹涌,伸开双手踉跄着扑过去:"秋萍、少臣,我的孩子啊!"

许少臣和许秋萍扑通一声跪下去,泣不成声:"爸……"

许家国颤抖地抱着一对儿女,禁不住老泪纵横。

13. 后堂屋内(日 内景)

薛兰芝独自面对灵台,泪水无声地往下流。

沉默了半晌,薛兰芝终于长长地叹了一口气,用手帕擦干了脸上的泪水。

仿佛已经打定主意,她慢慢地走到灵台前,伸出双手恭恭敬敬地取下了薛如蒙那块灵牌。

她将那块灵牌凑到嘴边,深情地吻了吻:"哥,这儿千好万好,已经不是我待的地方了。您是我亲哥哥,还是跟着我走吧。"

然后，她取下脖子上的丝巾，仔细地包裹那块灵牌。

14. 前院天井内（日　外景）
许家国松开许少臣和许秋萍，问了声："孩子，你妈呢？"
许秋萍犹豫了一下，望了许少臣一眼。
许少臣也有点迟疑："爸，我妈她……心脏不太好。"
许家国一惊："什么？她在哪儿？"

15. 前堂屋大门口（日　外景）
薛兰芝手里拿着用丝巾包好的那块灵牌，穿过前堂屋，很平静地走了出来："家国，你瘦了很多啊。怎么样？身体还好吧？"

16. 前院天井内（日　外景）
许家国抬起头来，望着薛兰芝，竟呆住了。
薛兰芝面带微笑，用一种平静的目光看着许家国。
许家国喃喃地叫了声："兰芝，我……我实在没想到啊。"
他再也忍不住激动，伸出双手快步朝薛兰芝走了过去。
薛兰芝却后退了两步避开了他，面带笑容地说："是啊。来之前应该发个电报给您，可孩子们非说要给您一个惊喜。您看看，都怪我考虑不周，反而让您感到为难了。"
许家国仿佛被人浇了一瓢凉水，怔怔地望着她："兰芝，为什么这样说？"
薛兰芝笑了笑："不说这些了。家国，您看，孩子们都长大了。"她望着少臣和秋萍："能够平平安安地把他们送回父亲身边，我也算是功德圆满了。"
许少臣和许秋萍也听出什么，不禁对视了一眼。
许家国也觉得不对，惊异地看着薛兰芝："兰芝，怎么回事儿？这不像你说的话啊。"

郑锦仁一眼看见了她手上那个丝巾包裹,更加敏感:"兰芝啊,告诉郑伯,你手上拿的是什么?"

薛兰芝这才想起:"哦,正想跟各位道一声谢。你们一直很敬重如蒙哥,还给他做这么好一个灵牌。我想趁着这次送孩子过来,顺便把我哥的灵牌带回去。可以吗?"

许家国大惊:"兰芝,你这是干什么?什么叫回去啊?这儿才是你的家。除了这儿,你还能回哪儿去?"

薛兰芝:"家国,这就不用操心了。我自然有地方去。"

许家国顿时急了:"兰芝啊兰芝,即便我许家国千不该万不该,也请你不要用这种方式来惩罚我,好吗?"

薛兰芝赶快解释说:"不、不,我绝没有那个意思。"她态度非常诚恳:"家国,妈临终之前对我说过一句话,听得我格外伤心。可她老人家说得特别在理,想让我告诉您吗?"

许家国迟疑了一下,怔怔地望着她:"当然,妈怎么说的?"

薛兰芝:"她说,假如家国在那边又成了家,让我千万别怪你。要怪只能怪日本鬼子,那都是国难造成的。"

郑锦仁、许少臣、许秋萍三人不禁相互对视了一眼。

许家国很意外:"是吗?她老人家这么说过?"

薛兰芝点了点头:"当然,妈不愿意看着我一个人在那边煎熬,还劝我跟一个当地人结婚。说你将来也不应该怪我。"

许家国:"噢?"他当即一愣:"那、那是个什么人?"

薛兰芝顿了一下,真诚地说:"他是我们全家的大恩人。妈在世的时候,他把老人家背进背出,看得比亲妈还重。妈去世七天之后,他披麻戴孝,抬着棺材亲手给妈下葬。我很感恩。如果没有他,我和少臣、秋萍恐怕都熬不到今天。"

许家国有点心慌:"不,不会。兰芝,你是故意这样讲给我听的。你这是在刺激我,肯定不会有这种事儿。"

薛兰芝笑了笑:"家国,不是刺激你,更不是我自己安慰自己。这都是真的。"她看着许少臣和许秋萍:"两个孩子也知道这件事儿。等我走了以后,他们会慢慢告诉你的。"

许家国半信半疑地看了看许少臣和许秋萍。

许少臣、许秋萍有点担心,便先后回避了他的目光。

许家国这才觉得问题严重了:"不。我绝不相信。兰芝,没有人比我更了解你。要真是那样,你就不会过来找我了。"

薛兰芝:"不是说过了吗?我是送这一对儿女过来的。"她忍不住叹息了声。"把两个孩子交给你,我、我……"她忽然哽咽,差一点没说下去,"我也就……死而无憾了!"

她心里陡生一阵巨大的悲戚,竟然没能继续控制自己,捧着那个丝巾包,头一低,突然朝大门外冲了出去。

许少臣、许秋萍慌了,大声呼叫着,飞快地追了出去。

郑锦仁不敢迟疑,也慌忙追了过去。

许家国一个人愣在天井内,完全没有了主意。

17. 济民纱行 大门外(日 外景)

许少臣和许秋萍慌乱地奔了出来,朝两头看了看,竟不见薛兰芝的踪影。

郑锦仁也大步追了出来:"少臣,秋萍,你妈呢?"

许少臣:"是啊,怎么一下就不见人了?"

许秋萍:"郑伯伯,会不会往河边跑了?"

郑锦仁吓了一跳:"这样吧,你们一个往左一个往右,分头去找。我这就去河边看看。快!"

三个人匆匆忙忙分头跑了过去。

18. 离纱行不远的一个拐角处（日 外景）

薛兰芝将身体贴在墙边，一声不响地看着他们离开。

然后，她拿起薛如蒙那块灵牌，泪眼涟涟地看了看，心情沉重地放到了自己的提包内。

她抬头朝四周看了看，身后是一条幽深的小巷。

迟疑片刻，她回过身，朝巷子深处走了进去。

显然她悲伤已极，路都走不稳了，便伸手扶着墙，深一脚浅一脚地消失在小巷尽头。

19. 喊山公家中（日 内景）

一双苍老的手正在颤巍巍地抚摸着一块灵牌。

那就是滕玉莲的灵牌。上面的金字熠熠发亮。

喊山公抚摸了一阵，终于将灵牌放在了桌子上。

然后，他抹了一下潮湿的眼睛，回头朝床铺那边看去。

滕玉翠独自坐在床铺前，望着已经熟睡的许宗胜，一动不动地在那里发呆。

喊山公便闷闷地问了声："一拍屁股就走人，终究不是个办法。这以后你打算怎么办呢？"

滕玉翠没有回答他。

喊山公也知道她不好回答，便不再问，扶着桌子坐了下去。

滕玉翠忽然开口问了句："我姐知道吗？"

喊山公有点困惑地望着滕玉翠："你是指什么？"

滕玉翠："他是个有家有室的人。"

喊山公："这谁不知道？"他看着滕玉翠："你不也知道吗？"

滕玉翠："可我不知道他们还活着啊。"

喊山公："那也不光是你一个人。谁都没有想到。"

滕玉翠："是啊，现在谁都知道了，可这跟谁都没关系，单单就惨了我一个人。"她越想越难受："我的命怎么这么苦啊？"

喊山公："何止你的命？你姐不也这样吗？她比你更惨，连命都丢掉了，可她一直到死都没有一句怨言。"他紧盯着滕玉翠："再瞧瞧你这副雨打霜冻的样子，你的命难道比你姐姐还苦吗？"

滕玉翠心里一怔，回头看着喊山公。

喊山公："回头想一想，不都是心甘情愿吗？你们姐妹俩什么都经历过，什么都想得明白，偏偏还要去自讨苦吃，为什么？不就因为这个人值得吗？"他撑着桌子站了起来："翠翠，爹送句话给你听，为值得的人去吃苦、去送命，怎么的都值得！"

滕玉翠受到震撼，再也说不出话来。

20. 一家小旅馆门外（黄昏　外景）

天色暗下来了，小旅馆门外，一名伙计将一只写着"太平旅馆"的灯笼点亮，挂在了门楣上。

21. 太平旅馆　柜台前（黄昏　内景）

一名五十来岁的老板娘将一片钥匙交给了薛兰芝。

薛兰芝接过钥匙："谢谢老板娘。"

老板娘："不客气。二楼，最头上那间。"她关心地望着薛兰芝："太太，您脸色很不好啊，又是一个人，没关系吧？"

薛兰芝勉强笑了笑："应该没关系。放心吧。"

老板娘指着吊在柜台上的一个小铃铛："您床头有根小红绳儿，万一有事，就拉一下。我白天黑夜都在这儿，听得见的。"

薛兰芝："不用。您安心休息，我不会打扰您的。"

她拎着提包，朝楼梯那头走了过去。

老板娘望着她的背影，心中似有疑虑。

22. 济民纱行　堂屋内（黄昏　内景）

许家国心焦不已，沮丧地在堂屋内来回踱步。

郑锦仁、许少臣和许秋萍站在一边，忧心忡忡地看着他。

许家国终于站住了："你们觉得她可能会去哪儿？"

郑锦仁："我都打听过了，整个下午都没有客船出港。长途客车也只有进站的，没有出站的。她又没有别的地方可去。"他判断说："唯一的可能，会不会去哪个旅馆住下了？"

许秋萍很快否定了他："应该不会。"她望着许家国："妈是不会在这个地方逗留的。一分钟都不会。"

许家国回头看着她："秋萍，为什么说得这样肯定？"

许秋萍："爸，她还真的有个男人。叫丁兆伯。"她望着许少臣："不信您可以问少臣。妈刚才说的每一个字，那都是真的。"

许家国便看了许少臣一眼。

许少臣没有作声，只是低头回避了父亲的目光。

许家国："你的意思，她是回武汉去找那个人了？"

许秋萍："完全有可能。"她看了郑伯一眼："没船没车算什么？别看我妈柔弱，意志特别坚定。只要她下了决心，哪怕租条小木船，雇辆人力车，她都会走。她会走得头都不回。"

许少臣听不下去了："姐，话也不能这么说。"

许秋萍："那该怎么说？都到了这个份上，咱们再也不该对爸爸有任何隐瞒了。"她仿佛有点故意："爸，您不知道，丁兆伯对奶奶、对我妈，还有大舅，真的比自己的亲人还好。"

许家国点了点头："是，这我相信。这么多年了，要是没有侠肝义胆的人贴心帮助，你们还真的熬不过来。难得啊。日后要是有机会见到这位先生，我一定与他义结金兰，图报终身。"

许秋萍："爸，你要能见到他，就更理解我妈了。周周正正一个男子汉，做人又做到了那种程度，我妈怎么能不动心？"

许家国被她说得半信半疑:"秋萍?真是这样吗?"

许秋萍:"肯定是。我妈以前没有答应他,那是她还没有死心,总幻想着有一天还能回到您身边。"她说得头头是道:"现在您让我妈断了念头,她只能回去找丁兆伯了。这都是让您逼的呀。"

许家国顿时双腿一软,坐到了椅子上。

郑锦仁也感叹不已,连连摇头叹息。

许少臣终于忍不住了:"爸,我姐说得不对。"

许家国一怔:"是吗?"

郑锦仁也很意外,赶快回头看着他。

许秋萍脸一沉:"怎么啦?有什么不对?是我瞎说吗?"

许少臣:"那倒不是。兆伯叔对我们全家真的很好,比妈说的和您说的加起来还要好。"他说得很明确:"但是我妈并不爱他。"

许秋萍急了:"少臣,你知道什么呀?"

许少臣:"姐,那您又知道什么呢?"

许秋萍:"我亲眼看见了。"她脱口而出:"有天晚上我妈跟他共一把雨伞,脸跟脸都贴一块儿了。你不是也看见了吗?"

许少臣忽然来了火:"姐,我真不懂您是什么意思。当着爸的面把这些不着边际的事儿抖搂出来,您觉得挺痛快是不是?"

许秋萍寸步不让:"是我抖搂出来的吗?兆伯叔的事儿,明明是妈自己告诉爸的。连奶奶劝她跟兆伯叔结婚的事儿,她都说出来了。大家都在场,你不会没听见吧?"

许少臣发了犟劲,也一发不可收:"姐,难道您真的不明白?妈那是面子上搁不住了,只好给自己找一个台阶。她要是不那么说,陡然之间你让她怎么下来?"

许秋萍被他这句话噎住了,便不再争论。

许家国朝郑锦仁看了一眼,仿佛明白了什么。

许少臣盯着许秋萍,缓和了一下语气:"我当然知道妈对兆伯叔很好,那全是出于感恩。要不然,早跟他结婚了。在那样的情况下,完成这件婚事很容易,哪怕是抱团搭伙,也没有什么好说的。连奶奶都劝过她。为什么没有?因为妈始终一心一意爱着爸爸。有指望也好,没指望也罢,她认定了。姐,要是连这一点都看不出来,我们还算是跟着妈出生入死的亲生儿女吗?"

许家国和郑锦仁听得心里一震。

许秋萍内心有点惭愧,便将目光移开了。

23. 太平旅馆 一间客房内(黄昏 内景)
一纸信笺的特写:

我侬词

你侬我侬,忒煞情多,情多处,热如火。

把一块泥,捏一个你,塑一个我,将咱两个一起打破,用水调和,再捏一个你,塑一个我,我泥中有你,你泥中有我。

与你生同一个衾,死同一个椁……

薛兰芝端坐在小书桌前,手握毛笔,写完了这首词。

她抬起头来,两眼已经是泪水汪汪。

24. 济民纱行 堂屋内(黄昏 内景)
许少臣看着许家国,真诚地说:"爸,我觉得我妈不会离开这儿。她心中除了您没有别人。现在您是这种状况了,她当然伤心,但是她不会因为这个,回过头再去跟丁兆伯结婚。绝不会。"

许家国怔怔地望着他,很注意地听他往下说。

许少臣:"妈是个爱面子的人。她要再回头,丢了自己的颜面,也伤了别人的自尊。退而求其次,那不是在贬低兆伯叔吗?这种事,我妈打死也不会做。妈的人品,爸应该比我们更了解。"

许家国欣慰地看着许少臣:"少臣,好儿子,没想到你能把事理看得如此透彻,爸爸完全听明白了。"他果断地吩咐郑锦仁:"郑伯,您赶紧去叫文松,飞舟,还有九哥,咱们分头去找。所有大小旅馆、驿舍客栈,凡可能落脚的地方,一处都不要疏漏。"

郑锦仁:"好。我这就去。"

许家国望着许少臣和许秋萍:"你们两个人生地不熟,就跟着我一起去找。没问题吧?"

许少臣首先表态:"没事儿。爸,赶紧走。"

他拉着许秋萍,拔脚就朝大门那边走了过去。

25. 一条街道上(夜 外景)

这条街道上行人稀少,光线也不怎么明亮。

警察分局的那名徐局长挎着手枪,带着几个武装巡警从街道那头巡了过来。

徐局长忽然发现了什么,便放慢脚步朝前望去。

26. 前面街道上(夜 外景)

张文松脚步匆促,迎面走了过来。

他也发现了警察巡逻队,便把脚步放慢,从容不迫地从徐局长和那队巡警面前走了过去。

徐局长感觉到了什么,回过头去看了看他的背影。

他似乎没有发现什么异常,也就没再注意张文松,率领那队巡警继续往前走。

27. 街道另一头（夜　外景）

两名便衣男子提着手枪迎面追了过来。

徐局长认识他们："哟，二位兄弟，忙什么呢？"

两名男子站住了。其中一名男子一把拉住徐局长："刚才过去的那个男人，认识吗？"

徐局长："面熟。"他想了想："好像是济民纱行的总管。"

那男子："那就对了。找的就是他。"

徐局长："啊？都惊动你们中统了？他是什么人啊？"

那男子压低声音："他叫张文松，共党的一个头目。"

徐局长一愣："是吗？难怪我觉得有点不对劲。"他压低了声音："伙计，要不要逮起来？"

那男子果断地说："赶快逮！"他朝身后看了一眼："马上过去，逮了就走。我这就去调囚车过来。"

徐局长："好嘞，交给我了。"他嗖地拔出手枪，朝巡警下令说："子弹上膛！赶紧去抓共匪！"

那一群巡警拉枪栓的拉枪栓，上刺刀的上刺刀，一阵忙乱过后，跟随徐局长朝张文松离去的方向追了过去。

28. 喊山公的屋子内（夜　内景）

滕玉翠走到床铺前，望着熟睡的许宗胜："宝贝，醒来吧。让妈抱抱你。"她忽然莫名伤感："妈也抱不了几天了。"

门一响，刘妈走了进来。

滕玉翠赶快调整情绪："刘妈，他们就吃完饭了？"

刘妈："没有，都出去了。我把饭菜做好，给他们热在锅里了。"她有点担心："还不知道他们什么时候吃呢。"

滕玉翠迟疑了一下，忍不住又问："他们……都去哪儿了？"

刘妈叹了口气："嗨，许太太……"她连忙改口："啊，武汉来的许太太，突然一下子找不见人了。纱行所有的人都在四处寻找。唉，一个女人，又初来乍到，实在也是急人哪。"

滕玉翠："那可不？得赶紧找到才好。"她戚戚地说："要不然，又会加重我的罪过。"

刘妈看了她一眼："翠翠，别这么说。"

29. 离喊山公家不远的小街上（日　外景）

张文松加快了脚步，一边走，一边机警地回头看。

很快，在他身后，远远地出现了一队黑乎乎的人影。徐局长率领巡警朝这边跑了过来。

张文松看了看两边，快速蹿到喊山公屋门外。

他再次回头看了一眼，赶紧伸手敲门。

30. 喊山公的屋子内（夜　内景）

急促的敲门声传了进来，刘妈吓了一跳："谁呀？"

门外没人应，又一次用力地敲门。

滕玉翠听出来了，赶快走到门后，打开了房门。

张文松一步跨了进来。

刘妈："哦，是张总管？"

张文松什么都顾不上了："刘妈，您先进里屋去。我得跟翠翠说个急事。"

刘妈不敢迟疑，赶紧应了声，退到了里屋。

滕玉翠意识到了什么："文松哥，出什么事儿了？"

张文松压低声音："特务盯上我了。"

滕玉翠一惊："是吗？"

张文松从内衣兜掏出一个信封："宋姐下午被捕了，这是她留下的机密文件，比性命还重要。万一我也出事了，赶紧烧掉它。"他将信封塞给滕玉翠，扭头就走："我得赶快离开这儿。"

滕玉翠紧张地将信封塞进衣襟，担心地望着他："文松哥，您可不能出事啊。"

张文松不放心，又回过头交代："翠翠，许太太突然过来，你可不能瞎胡闹。许家国在工商界影响太大，你得为他着想。"

滕玉翠并不情愿："凭什么？这也是工作需要？"

张文松："时间紧迫，我只能说一句话了。你必须得顾全大局。听明白了？"

滕玉翠望着他，并没有痛快地回答他。

门外突然传来捶门的声音："开门！""我们是警察。""快开门，再不开就砸门了！"

张文松猛地回过头来，心里十分紧张。

滕玉翠也慌作一团："天哪，这、这可怎么办？"

31. 喊山公的屋子外（夜　外景）

那群巡警正在使劲敲门，喊山公突然在他们身后出现了。

喊山公大喝一声："住手！你们想干吗？"

徐局长有点惧他："喊山公，您别管闲事，兄弟正在办差。"

喊山公："嘀，办差还办到我家里来了？"

徐局长有点奇怪："你的家？你不是住小河街吗？"

32. 喊山公的屋子内（夜　内景）

张文松和滕玉翠正束手无策，刘妈从里屋跑了出来："张总管，后屋有个门，快跟我来。"

张文松和滕玉翠正要往后走，许宗胜突然惊醒，放声大哭。

张文松："翠翠，你去管孩子，我走了。"

滕玉翠:"好,快走。文件我会处理好的,放心。"
张文松:"还有顾全大局的事儿,一定要让我放心,啊。"
外面又响起了敲门声,孩子在床上哭得更厉害了。
滕玉翠赶紧答应张文松:"好,我听您的。快走!"
刘妈带着张文松,朝后屋匆匆跑了进去。
滕玉翠急忙抱起了床上的孩子。

33. 喊山公的屋子外(夜 外景)

这一次是喊山公在敲门:"翠翠,是我。开门吧。"
徐局长和巡警端着枪,站在他身后。
没多久,房门拉开了。
滕玉翠抱着孩子,站在门后,不客气地说了句:"你们这是干什么啊?孩子都被吵醒了。"
徐局长:"对不起,叫那个张总管出来,你们就没事了。"
喊山公故意问:"翠翠,张总管怎么会在这儿?"
滕玉翠:"就是嘛。他们尽说瞎话。"
徐局长也不生气:"是不是瞎话,进去看看就知道了。"他把手枪一挥:"给我搜!"
巡警们呼啦一下便涌了进去。
喊山公不露声色,只是用询问的目光看着滕玉翠。
滕玉翠默默地朝他点了点头,喊山公便放心地走了进去。

34. 喊山公的屋子内(夜 内景)

警察们正在屋子里面到处搜查。
刘妈被警察从里屋赶了出来。
喊山公也走了进来,望着刘妈。
刘妈很平静,微微地朝他点了一下头。

喊山公更加放心了,便坐了下去。

滕玉翠抱着孩子回到屋内,刘妈赶快上前接孩子。

画外:在里屋搜查的警察突然大叫:"这儿有个后门!"

徐局长一愣,赶快冲了进去。

画外:又有警察在里屋惊呼:"看见了!往河边跑了!"

画外:徐局长大声喝道:"快!给我追!"

就听得里屋那边一阵忙乱的脚步声,然后屋子里终于安静了。

滕玉翠提心吊胆地问喊山公:"爹,您怎么让他们进来了?"

喊山公:"不让也不行啊。"他心中有数:"我早就告诉过刘妈,她知道这屋子有后门。"

刘妈也很紧张:"可、可还是让他们发现了。"

喊山公眉头紧锁:"这人真笨,他干吗往河边跑?无遮无挡的,他那道行也太低了。"

话没落音,外面突然传来清脆的枪声:"啪!啪……"

外面街道上有警察大声呼叫:"打中了!""他倒下了!"

滕玉翠浑身一抖,拔脚就朝后门跑了过去。

35. 靠河边的街道上(夜 外景)

远远望去,在一盏昏暗的路灯底下躺着一名受伤的男子。

几名警察跑上前去,将那男子从地下拖了起来。

一辆囚车闪着警灯很快地开了过去。

其他警察也上前帮忙,七手八脚将那受伤的男子拖进了囚车。

囚车的门砰地被警察关上,然后鸣着警笛疾驰而去。

36.喊山公的后门外(夜 外景)

滕玉翠、喊山公和刘妈站在门外,清楚地看见了那边的情景。

刘妈惊慌地叫了声:"哎呀,那是张总管啊。"

滕玉翠捂着嘴,眼泪立即涌了出来:"爹,这可怎么办?"

喊山公没有多想:"翠翠,赶紧去济民纱行。"

滕玉翠没明白:"去那儿……有什么用啊?"

喊山公:"让家国赶紧去找人。这事儿越晚越麻烦。"

滕玉翠迟疑了一下:"可这会儿能行吗?他连自己家里的麻烦都顾不过来呢。"

喊山公急了,朝她一瞪眼:"糊涂!都什么时候了?你去找他,家里的麻烦不就搁下了吗?快去啊!"

滕玉翠也不敢再耽搁,一回身便朝街道那头跑了过去。

37.太平旅馆 一间客房内(夜 内景)

薛兰芝坐在小书桌前,将写完的那首词又看了一遍,放下毛笔站了起来。

她走到窗户前面,推开窗户,平静地朝漆黑的天空凝视着。

38.一条街道上(夜 外景)

许家国带着许少臣、许秋萍沿着街道寻找过来。

许秋萍朝前一看,告诉许家国说:"爸,前面又有一家旅馆。"

许少臣也看见了:"我看见了。'国泰客栈'。"

许家国也抬头望去。

39. 街道上(夜 外景)

一家旅馆门外悬挂着一只灯笼,上面写着"国泰客栈"。

40. 街道上(夜 外景)

许家国和少臣、秋萍走到这儿:"啊,我知道这儿。上次送一个客户来住过。里面挺大的。客房也很多。"

许秋萍没有把握了:"这么热闹的地方,我妈会来吗?"

许少臣:"那也说不好啊。不热闹的地方,都找过七八家了。"他望着许家国:"爸,再进去看看吧?"

许家国:"当然。赶快进去。"

三个人匆匆忙忙朝那边走了过去。

41. 太平旅馆 那个房间内(夜 内景)

房间内有个简易的梳妆台。

薛兰芝已经坐在梳妆台前,正在对着镜子描着眉毛。

然后,她取出一盒脂粉,开始往面颊上扑粉。

42. 济民纱行 大门外(夜 外景)

滕玉翠从街道那头气喘吁吁地跑了过来。

跑到大门口,抬头一看,不禁一愣。

纱行的大门紧闭,上面挂着那把铜锁。

滕玉翠一看就急了。正不知道该怎么办,忽然一阵强光扫过来,惊得她赶快回头看去。

一辆军用吉普车很快地开过来,吱的一声停下了。

薛梦泽和娄城很快地从吉普车上跳了下来。

滕玉翠认出了他们,便迎了上去。

娄城也看见了她:"噢?这不是许太太吗?"

滕玉翠:"娄城大哥,你们这是从浦溪过来的?"

娄城:"是啊。我是陪薛总来的,刚刚到。"

滕玉翠便望着薛梦泽:"薛总,没想到把您也惊动了。"

薛梦泽面对她,心情有点复杂。他不自然地避开她的目光,辩解般地说了句:"啊,是你们张总管让我赶过来的。"

滕玉翠这才想起了什么:"哎呀,你们来得正好。张总管被特务抓走了,还受了伤。"

薛梦泽一惊:"啊?什么时候?"

滕玉翠:"就刚才的事儿。我亲眼看见了。我爹说得赶紧找家国想办法,我就过来了。"

薛梦泽想了想,忽然回头望着娄城:"娄兄,你不是有个好兄弟在这边中统站当头儿吗?"

娄城想了想:"金相彪?还真是。"他告诉薛梦泽:"没错。他是这儿的站长。"

薛梦泽:"赶紧去找他。开车去,快。"

娄城有点为难:"可你们说的那个张什么总管,我都不认识啊。他的事儿我啥都不知道,怎么跟人家说啊?"

薛梦泽便望着滕玉翠:"那就辛苦您跟娄兄一起去。行吗?"

滕玉翠没有犹豫:"行。"她望着娄城:"娄大哥,快走。"

娄城:"好,你坐前面。"他跑到司机那边:"你下车,陪着薛总,我自己开就行。"

那司机应了声,赶快从驾驶室走了下来。

娄城一步跨了上去,发动吉普车,飞快地掉过头来,朝街道那头一溜烟开走了。

薛梦泽这才回过身,刚要朝纱行走,一抬头看见了那把铜锁。

他一时竟不知道该怎么办才好了。

43. 太平旅馆　二楼过道内（夜　内景）

旅馆老板娘正提着两只竹壳开水瓶给房客送开水。

不知道哪间客房内"砰"的一声响，把她吓了一跳。

她听了听，赶快走到最头上那间客房外，伸手敲了敲门。

老板娘："太太，您这儿没什么事儿吧？"

客房内没有应声。

老板娘再次敲了敲门，里面还是没回应。

她不禁感到奇怪，便贴近门缝，朝里面望去。

44. 客房内（夜　内景）

透过门缝，首先看见地板上倒了一条木凳子。

再往上望，她清楚地看见，有一双女子的脚悬吊在空中……

45. 二楼过道内（夜　内景）

老板娘看见里面的情景，手上的开水瓶突然掉在地下，开水立即四处流溢。

她那一刻吓得魂飞魄散，回身撒腿就跑。

"快来人啊！有人上吊啦……"

第 27 集

1. 前集回顾

老板娘:"太太,您这儿没什么事儿吧?"

她贴近门缝,朝里面望去。

客房内有一双女子的脚悬吊在空中……

老板娘魂飞魄散:"快来人啊!有人上吊啦……"

2. 国泰客栈　大门口(夜　外景)

许家国和许少臣、许秋萍从这家客栈悻悻地走了出来。

许少臣抬头朝前面巷子口看了一眼,忽然有所发现:"爸,那儿还有一家。"

许秋萍:"太平旅馆?挺偏僻啊。"她似乎有感应:"哎,这一家倒有点像。说不定我妈就在那儿。"

许少臣忽然发现了什么:"哟,快看。出什么事儿了?"

许家国也朝前面望去。

3. 太平旅馆　大门外(夜　外景)

老板娘带着几名伙计,从旅馆内抬出来一副担架。

一些过路的市民纷纷跑过去围观。

一辆老式救护车摇着警铃，飞快地开到了旅馆门外。

医生和护士从车上急急忙忙跳了下来。

4. **国泰客栈　大门口（夜　外景）**

许家国猛然意识到了什么，脸色顿时大变，撩起长袍便朝那边冲了过去。

许少臣和许秋萍也紧跟着往那边跑去。

5. **太平旅馆　大门外（夜　外景）**

担架已经被平放在地下，医生拿着抢救器械跑了过来："让开，让我来看看。"

薛兰芝躺在担架上，已经人事不省。

医生和护士正在检查她的脉搏，查看她的瞳孔。

许家国分开围观的人群，朝担架上一看，不禁大惊失色："啊？兰芝？"

许秋萍一头扑到担架上，放声哭喊："妈！您怎么啦？"

许少臣也抢到担架前："妈！妈！"

医生站了起来，望着许家国："先生，你是她什么人？"

许家国："啊，她是我太太。"

旅馆老板娘站在一边，十分意外地看着许家国。

许家国心急如火地问那医生："大夫，她没危险吧？"

医生："心跳太微弱，随时都会停止，得赶紧送医院。"

许家国当机立断："少臣、秋萍，赶快起来，把担架抬上车，马上送医院抢救。"

许少臣和许秋萍立即站起身，帮着医生和护士抬起担架，放上了救护车。

那位老板娘挤过来,把薛兰芝的手提包递给他:"许老板,这是那位太太的东西。"

许家国:"哦?您认识我?"他匆忙接过:"老板娘,先谢谢您的救命之恩。明天我再过来跟您结账。"

老板娘:"那位太太事先交过了。"她很疑惑,避开众人问了句:"许老板,我可真没想到啊。您太太,不是翠翠吗?"

许家国来不及理会她,一摆手,登上了救护车。

救护车的门立即关上,响着警铃朝街道尽头飞驰而去。

"阿弥陀佛……"老板娘后怕地捂着胸口,闭上了眼睛。

6. 另外一条街道上(夜 外景)

薛梦泽带过来的那辆吉普车,正沿着街道朝前疾驰。

7. 吉普车内(夜 内景)

娄城握着方向盘正在开车。

滕玉翠坐在他身边,默默地看着前方。

娄城侧头看了她一眼:"翠翠,这以后,你有什么打算?"

滕玉翠迟疑了一下:"你是指什么?"

娄城:"薛总接电话的时候我就在旁边。许太太是她的亲姐姐,他扔下电话,拉着我就往这边赶。"

滕玉翠:"这么说,你什么都知道了?"

娄城:"所以我才想知道,下一步你会怎么办。"他望着滕玉翠:"坦率地说,我更担心的是你。"

滕玉翠叹息了声:"谢谢娄大哥。"

娄城:"谢什么?我还没能帮上你呢。"

滕玉翠:"这情景让我想起了重庆那天晚上。嘿,落难的时候,你总是出现在我身边,倒也让人心里挺踏实的。"她苦笑了声:"可惜今非昔比。这一次,谁也帮不上我了。"

娄城没再说话,换了一下挡位,继续开着车。

顿了一下,滕玉翠问了句:"薛总心里恨我吗?"

娄城:"没有啊。他怎么会恨你呢?"

滕玉翠:"这不明摆着吗?我抢了他亲姐姐的位置啊。"

娄城:"薛总心里非常明白,当时那个位置不正空着吗?"

滕玉翠忽然警惕:"你跟薛总是什么关系?生死朋友?"

娄城:"同窗。军官学校同期进修。"他看了看滕玉翠:"为什么问这个?"

滕玉翠:"我得防着点儿,别被你套了话过去。他赶过来,是帮他姐姐抢位置的。这种私事儿都带着你,关系能不铁吗?"

娄城坦然一笑:"翠翠,那天在重庆码头,董事长动员我辞职,到济民纱行来做事,你还记得吗?"

滕玉翠想了想:"是,好像他说过一句。"

娄城:"这会儿国民政府军心涣散,我已经下决心投靠过来了。"他望着前方:"怎么样?能替我向董事长美言几句吗?"

滕玉翠:"嘿,泥菩萨过河,自身难保。"她自嘲了句:"这会儿,还不知道该找谁替我美言一句呢。"

娄城忽然扭头望着她:"如果愿意的话,你可以找我啊。"

滕玉翠:"你?"她疑惑地看着他,不禁失声一笑:"哈,你这人挺逗的,没事陪人开开心,倒还真的不错。"

娄城:"谢谢。翠翠,你笑起来很好看。真的。"他看着前方公路:"没走错路吧?草桥监狱还有多远?"

滕玉翠也前后看了看:"没错,就在前面。出城就到了。"

娄城便加大油门朝前面开去。

8.医院内　抢救室门外（夜　内景）

抢救室大门紧闭，一盏红色指示灯闪动着。

不时有医生、护士拿着药瓶和器械从那里面进出。

9.抢救室门外（夜　内景）

许家国在抢救室的走廊上焦急地来回踱步。

许秋萍不忍心地上前劝说他："爸，您先回去休息吧。我跟少臣在这儿守着，有消息随时告诉您，啊。"

许家国："不用，回去了心里更着急。就守在这儿吧。"

许少臣："爸，那您就坐一会儿，别太累了。"

许家国想了想："少臣，出去给爸买包纸烟吧。"

许秋萍有点奇怪："爸，您不早就戒了吗？"

许家国摇了摇头："唉，内心郁闷，无以排遣。少臣，快去。"

许少臣："不。"他很坚决："我不会去的。"

许家国有点意外："噢？为什么？"

许少臣："您想抽烟，当初干吗戒掉？戒都戒了，又何必再抽？就跟圆规一样，不先把一只脚定住，那圆还画得出来吗？"

许家国听得一愣："嘀。行啊。"

他欣慰地望着许少臣，不再坚持了。

10.走廊上（夜　内景）

薛梦泽从走廊那头匆匆走了过来："姐夫。"

11.抢救室门外（夜　内景）

许家国回头一看，很是意外，赶快告诉许少臣和许秋萍："秋萍，少臣，小舅舅来了。"

许少臣、许秋萍回头一看，薛梦泽已经来到面前。他们俩立即扑了过去:"小舅舅!"

薛梦泽惊喜地望着他们,突然张开双臂将他们紧紧抱住:"秋萍、少臣,可想死小舅舅了。"

许家国也走了过来,不解地看着薛梦泽:"梦泽,你怎么突然赶过来了?"

薛梦泽:"啊,张总管第一时间就给我打了电话。"

许家国点了点头:"文松很细心,什么事情都考虑在我前头了。"他略感欣慰:"是啊,这种时候,还真该把你叫过来。"

薛梦泽想起了什么,松开少臣姐弟,走到许家国面前,小声说:"姐夫,您可能不知道,文松刚才被特务抓走了。"

许家国一惊:"什么?"

薛梦泽:"您先别着急,娄城正在想办法。"

许家国:"娄城?"他想起来了:"就是那个娄副专员?"

薛梦泽:"是。他这次是专门投奔您来的。"

许家国:"对,我邀请过他。"他有点疑虑:"他去哪里想办法了?能把文松弄出来吗?"

薛梦泽:"还说不好。他跟这儿的中统头目私交不错。"

抢救室那边传来一阵响声,大家赶快朝那边望去。

12. 抢救室门外(夜 外景)

抢救室的门打开了,医生和护士将一副担架车推了出来。

许家国已经率先跑了过来,俯身朝担架看去。

薛兰芝已经苏醒,无力地睁开眼睛,看着许家国。

许家国泪水夺眶而出:"兰芝,你还好吧?"他声音发颤:"兰芝,你看看谁来了?"

薛梦泽一步抢到担架旁:"姐!可见到您了!"

薛兰芝望着薛梦泽,禁不住泪流满面:"梦泽,好弟弟……"

薛梦泽扑到担架上，紧紧地抱住薛兰芝，一时泣不成声。

医生和护士看见那情景，也感动不已，都忘记劝阻他们了。

一名中年医生终于开口说："各位，请克制一下。病人还不能太激动，得赶紧送到病房输液。"

许家国便上前拉起薛梦泽："梦泽，先去病房吧。"

薛梦泽站起来，抹了一把眼泪："都让开，我来推车。"

他一个人扶着担架车，朝病房那头推了过去。

13. 草桥监狱　大门外（夜　外景）

那辆吉普车停在监狱前的公路上。

滕玉翠和娄城站在吉普车旁，期待地望着监狱大门。

探照灯光下，监狱的一张侧门徐徐打开。

两名狱警架着拄着拐杖的张文松，从里面走了出来。

滕玉翠立即飞奔过去，伸手扶住了张文松。

紧跟在狱警身后，走过来一名身材敦实的中年男子。

娄城赶快走上前去，用力握住他的手："相彪兄，娄城欠你一个天大的人情。"

金相彪把他拉到一边："这话一点都不假。兄弟我这一次还不止两肋插刀，简直连脑袋都挂在裤腰上了。"

娄城："那当然，娄城心知肚明。"他望着金相彪："我也是受人之托，替人消灾。相彪兄开个价吧，决不打半点折扣。"

金相彪脸一沉："糊涂。你以为这个人用钱买得出来？"

娄城很谨慎，伸手打断他的话，回头看了一眼吉普车。

14. 吉普车前（夜　外景）

滕玉翠已经帮着狱警把张文松扶上了吉普车。

15. 监狱大门外（夜　外景）

娄城回过头来："说吧，娄城该怎么报答你？"

金相彪这才压低声音说："陆军总部那么光亮的位置，你老弟都挂冠而去，可见这个政权已经日薄西山。古人有言，良禽择木而栖，贤臣择主而事。我金某人也不得不有所考虑啊。"

娄城："这就对了，识时务者为俊杰嘛。"

金相彪："我看这名共党气节清高，人品端正，日后必定能掌管大事。我买老弟这个人情，其实也有自己的小算盘。钱我一分不要，只指望老弟在他面前多多推荐几句。足矣。"

娄城："不必多言，交给我了。"

他伸出巴掌，在金相彪肩头上沉稳地拍了几下。

16. 那家医院　一间病房内（夜　内景）

病床上垫了一床棉被，薛兰芝斜靠在床铺上。

许少臣："我大舅把人格看作国格，那一刻就是不向鬼子低头。"他声音哽咽地叙述说："好几条刺刀同时扎过去，大舅他……"

薛梦泽愤怒不已，一拳击在了桌子上。

许家国也听得肝肠如绞，一把将许少臣搂在怀中。

薛兰芝轻轻朝许秋萍招手，许秋萍赶快走到她身边。

薛兰芝指着自己那提包，对许秋萍说："秋萍，把灵牌拿出来，供在桌子上，让你小舅舅好好地磕几个头。"

许秋萍便取出了薛如蒙的灵牌，恭恭敬敬地放在桌子中间。

许家国抢先一步走了过去："梦泽，如蒙大哥既是你我的兄长，更是一位民族英雄。于情于理，我都要向如蒙大哥顶礼膜拜。少臣、秋萍，你们也过来。"

四个人并排站在桌子前，望着那面灵牌，整齐地跪了下去。

许家国庄重、虔诚地领着薛梦泽、许少臣和许秋萍,朝着那灵牌一连磕了三个头。

薛兰芝靠在病床上悲伤难禁,用手捂着脸,尽量不哭出声音,那眼泪却像闸不住的洪水,从她手指之间喷涌而出……

17. 喊山公的屋子内(凌晨　内景)

刘妈端着一盆热气腾腾的开水走了过来。

张文松坐在一张靠背椅上,双手紧紧地抓着椅子扶手。

一名老郎中蹲在地下给他疗伤。

喊山公、滕玉翠、娄城站在边上,关切地注视着他的伤口。

老郎中满头大汗,终于用镊子取出来一颗弹头。

娄城很有经验:"还好。手枪子弹,伤口不深,没打坏骨头。"

大家顿时松了一口气。

张文松侧头望着娄城:"娄专员,真该好好地谢谢你啊。"

娄城有点不高兴:"你这称呼特见外,话说得更加不好听。这哪是谢我啊?还不如不说。"

张文松笑了笑:"那好。刚才听翠翠说,你也来济民纱行做事了,我以后就叫你娄兄吧。"

娄城:"哎,这个称呼我喜欢。今后还请张总管多关照哦。"

张文松:"哈,这句话我也不喜欢听。还不如不说。"

一句话把大家说得都笑了。

老郎中替张文松包扎完伤口:"行啦,我这种刀枪神药可是家传秘方,不出十天半月,包你行走如飞。"

张文松动了动腿:"可不?这会儿我就能下地了。"

老郎中赶快阻止:"哟,可别乱来,哪有那么快。"

喊山公劝他说:"文松,哪儿都别去,就在这儿养几天。"

张文松:"不行啊,还得送翠翠回济民纱行。"他不由分说地看着滕玉翠:"翠翠,什么都别说。娄兄开车,我们一起回去。"

滕玉翠感慨地摇了摇头:"唉,文松哥是天下最难得的好心人。"她一声叹息:"您都这样了,还为我操什么心啊!"

张文松:"也不仅为你。咱们都得为许董事长着想,这可是济民纱行的当务之急。"

刘妈犹豫了一下:"张总管,我插一句嘴行吗?"

张文松:"刘妈您说。"

刘妈:"依我看,翠翠今天先不过去也好。"

张文松:"噢?怎么说?"

刘妈:"许太太下午突然就找不见人了,所有的人都正在找她,还不知道找没找着呢。我的意思,就让董事长专心专意先把那边安顿稳妥了。您看呢?性急也吃不了热汤圆啊。"

张文松犹豫了:"是吗?"他想了想:"也行。可我还得过去见见薛总。娄兄,走吧。你不正好要见董事长吗?"

娄城没有犹豫:"走。我背您上车。"

18. 那间病房内(清晨　内景)

许家国和薛梦泽站在病床两边,默默地注视着薛兰芝。

薛兰芝已经坐起来了,正靠着床背,仔细地看着薛梦泽交给她的一沓老旧照片。

许少臣、许秋萍站在母亲身后,也在看那些照片。

照片的特写:医院门外的建筑物变成了一片废墟。

照片的特写:倒下的水泥门柱上,"汉口福音医院"几个大字清晰可见。

照片的特写:薛如蒙那辆被炸毁的小轿车。

看完之后,薛兰芝不堪回首地摇了摇头,将照片放在身边。

薛梦泽又从一只信封中抽出一张报纸,递给了薛兰芝。

717

薛兰芝接过来一看，顿时一愣。

报纸的特写：那是当年那张《汉口民报》。

报纸下方有一则标题："济民纱厂董事长家眷汉口罹难。"

文字报道旁边刊登着许家国家中客厅的照片，曾经装嵌着全家福照片的镜框已经破碎。

薛兰芝长叹一口气，手一松，那张报纸便飘落在地下。

薛梦泽赶快弯腰捡了起来。

薛兰芝这才扭过头去，朝许家国看了一眼。

许家国一直在看着薛兰芝，目光中充满了懊悔与自疚。

薛兰芝便轻声说："唉，这些东西，我们全家老小都没看见过。"她说得很坦然："其实看与不看都不要紧。太长时间没有音信，即便没有这些报纸照片，想情理，你也会相信我们不在了。"

许家国突然抬起头来："可你一直都相信我还在啊。"他很痛苦："这也太不公平了。我该怨谁才好呢？"

薛兰芝："家国，妈不是说得很明白吗？要怨，只能怨日本鬼子。这么大个国家说沦陷就沦陷，我们家又算得了什么呢？万千百姓眨眼之间家破人亡，能够活过来，已经是不幸中的万幸了。"

一句话说得大家万分感慨，便不再说什么了。

薛兰芝将那些照片递给许秋萍："秋萍，这些东西，你都给我好好看看。"

许秋萍："妈，我看过了。"她没有接那些照片："您忘了？刚才我是最先看的。"

薛兰芝："最先看的人，最容易忘。"她看着许秋萍，话中有话："索性就交给你保管吧。听见了？"

许少臣看了许秋萍一眼："姐，妈说得对。您就拿着吧。"

许秋萍："为什么非交给我保管啊？"

许少臣也话中带话："这还用问？您不是最细心吗？"

许秋萍白了他一眼，又不好再说，只得接过了那沓照片。

薛梦泽看了一眼窗外："姐夫，医生说，姐姐明天可以出院了。"他望着许家国："要不您还陪我姐说说话，我带少臣和秋萍先回纱行安排一下，一会儿开车来接你们？"

许家国迟疑了一下，回头看着薛兰芝。

薛兰芝没有说话，只是将头靠在了病床靠背上。

许家国便对薛梦泽说："也好。那你们赶紧去吧。"

薛梦泽便招呼许少臣、许秋萍走了出去。

19. 医院大门外（晨　外景）

薛梦泽和许少臣、许秋萍从医院内走了出来。

许秋萍忽然停下脚步，问薛梦泽："舅舅，您什么打算？想安排我妈住在济民纱行？"

薛梦泽："当然。"他望着许秋萍："怎么啦？"

许秋萍："没什么。我只是想知道，那个人怎么办？"

薛梦泽："谁啊？"

许秋萍："明知故问啊？"她口气很不友好："不是还有一个人，自称是我爸现在的夫人吗？"

薛梦泽："你是说翠翠？"他一时有点犹豫："这事儿我还真不知道该怎么办。那也得先把你们安顿下来嘛。"

许少臣："舅舅，没事儿。"他告诉薛梦泽："其实郑伯伯早已经安排好房间了。"

薛梦泽："是啊。济民纱行房子那么多，还怕安顿不下？"他不再想那么多："走吧。赶紧去收拾收拾。"

许秋萍便不再说什么，跟着薛梦泽朝街道那头走去。

20. 那间病房内（日　内景）

薛兰芝坐在病床上，用一种平静的目光看着许家国。

许家国一时不知道说什么好，便取出了薛兰芝写下的那张信笺："兰芝，老板娘把这个交给我了。"他递给薛兰芝："这首《我侬词》写得真好。读私塾的时候我就看过了。"

薛兰芝接过那张信笺，看都没看，便撕得粉碎。

许家国没来得及拦她："兰芝，你这是干什么？"

薛兰芝："这只是昨天的事儿。"她笑了笑："还记得《了凡四训》吗？'从前种种，譬如昨日死；从后种种，譬如今日生'，真是透彻。你不觉得吗？"

许家国点了点头："是啊，你是一个通透聪慧的女子，历来让我心悦诚服。"他望着薛兰芝："兰芝，往后咱们该怎么办，我想听听你的想法。可以吗？"

薛兰芝也点了点头："谢谢你尊重我的意见。"她很真诚："只是我还没有想好。真的。容我再想想吧。"

许家国："也行，考虑好了再告诉我。不必太着急。"

薛兰芝："不着急哪行啊？"她笑了笑："要是没个决断，就这么回济民纱行，即便不闹个鸡飞狗跳，至少也会弄得相互尴尬。那场面想都想得到。"

许家国："是啊，两难之下，的确茫然不知所措。"

薛兰芝："那就请郑伯替我找个别的地方，休养几天再说。济民纱行我就不去住了。"

许家国顿时急了："不、不，那怎么可以？"

薛兰芝："家国，没什么不可以的。不是说了吗，昨天过去了，我说的是今天的话。"她看着许家国："你知道吗？太平旅馆那个老板娘认识你太太，还告诉我说她替你生了一个特可爱的儿子。"

许家国："是啊，我还没来得及告诉你。"

薛兰芝摇了摇头："当时我听到那消息，就决定不再活下去了。所以说，昨天的我已经死了。可在抢救室一活过来，还真的替你感到高兴。你本来还有两个儿子，一个让鬼子炸死了，另外一个也在逃亡的时候遇难了。那都是你不应该丢失的，所以老天爷又补偿给你了。这就叫上苍有眼，天不绝人啊。"

许家国怔怔地望着她："兰芝，你真是这么想的？"

薛兰芝："家国，别忘了，我是生过四个孩子的女人。提到孩子，我这心里就一阵一阵酸疼。回想昨天你太太流着眼泪跑出去的样子，这会儿我还真的担心。她跑了，孩子怎么办？亲生骨肉啊。"

许家国望着她，忽然间有了勇气："兰芝，我想问问，如果你们生活在一起，就跟亲姐妹一样相处，有这个可能吗？"

薛兰芝连连摇头："家国，还是断了这个念头吧。"她说得很直："想是想明白了，可要说做得很周到，恐怕不大可能。"

许家国："兰芝，不怕。翠翠那边，我尽力说服她。"

薛兰芝："别白费气力，我看她个性挺强的。"她无奈地笑了笑："你还不了解秋萍吧？那更是一个火爆性子，心眼还特别多。家国，这事儿你听我的，还是赶紧请郑伯给我找个地方吧。"

许家国着急了："那哪是长久之计啊？"

薛兰芝："家国，别小看我。什么叫长久之计？当年兵荒马乱逃到鄂东山区，那是长久之计吗？八年不也过来了吗？你放心，我既不会回武汉，也不会老在你眼皮子底下出现。我会找一个合适地方，谋点事情做做。安安稳稳过自己的日子，多清静啊。"

许家国无计可施："唉，兰芝啊，你让我怎么说才好呢？"

薛兰芝："不必再跟我说，能说服你太太就行。每隔三两个月，我就过来看看你们，不也挺好吗？反正少臣、秋萍都在这儿，我过来也不是没缘由。"她十分轻松："当然啰，我这是一厢情愿。还不知道你太太答不答应呢。哈，到那时候，我相信她也会的。"

许家国忽然发了火："兰芝，你一口一声我太太、我太太，什么意思啊？咱俩解除婚约了吗？你不还是我许家国的太太吗？"

薛兰芝很冷静："家国，不要动不动就发火。我真没别的意思，只是不知道该怎么称呼她才好。"

许家国平静了下来："我也不知道。"他很无奈："唉，说来说去还是毫无头绪，一团乱麻啊。"

薛兰芝："赶紧去找郑伯吧。眼下这是唯一的办法。"

许家国下了决心："那就以三天为限。三天之内，一定做好妥善安排。都是死里逃生过来的亲人，手心手背全是自己的骨肉。许家国再没本事，也绝对不能亏待每一个人。"

薛兰芝望着他，不再说话了。

21. 医院大门外（日　外景）

许家国从医院内匆匆忙忙走了出来。

一辆吉普车开到他面前突然停下了。

许家国吃了一惊，赶紧抬头看去。

娄城停好车，一步从车上跳了下来："姐夫，您好啊。"

许家国："噢？娄城？"他很高兴："昨天来的？"

娄城："是，姐夫。我跟薛总一起赶过来的。"

许家国："听梦泽说过了。"他喜爱地望着娄城："怎么样？往后就跟我一起干吧？"

娄城："我很荣幸啊。只是能力不行，姐夫要多指教哦。"

许家国："够厉害了。张总管的事儿，多亏了你啊。"他朝四周看了看："他应该算是要犯了，弄出来挺难的吧？"

娄城连连点头："太难了。"他小声说："姐夫，这事儿还没做完。人是出来了，可钱没有到堂，分分钟还得进去。"

许家国很干脆："他们要多少钱？"

娄城似乎有点为难："唉，姐夫，我都不好意思说。狮子大开口，十万大洋。"

许家国没有多想："赶紧给他们送过去。十万算什么？值。文松身上一根汗毛都不止这个数。"

娄城："那也太多了，当时我根本不敢答应，只好赶紧禀报您。您要实在为难，我再去硬着头皮跟那兄弟杀杀价。"

许家国："别再节外生枝，多高的价也认了。命比钱贵。"

娄城："唉，让姐夫这样破费，可见我娄城办事儿还差点火候。初来乍到，就给纱行同仁留了个不好的印象。"

许家国想起了什么："娄城，这件事情非同小可。除你我之外，千万不能跟任何人泄露。知道吗？"

娄城赶快点头："那当然。我也干过几天特工，知道其中利害。万一泄露出去，惹恼了中统，那可就人财两空了。"

许家国："人财两空还是最轻的，接下来麻烦只会更大。"他不再耽搁："上车，赶紧回济民纱行取钱。"

娄城暗自欢喜，立即拉开车门，把许家国让了进去。

22. 喊山公家　前屋内（日　内景）

滕玉翠把小宗胜放在床上，正在给他换尿布。

她到处翻腾了一阵，发现带来的尿布都用完了，便抱起许宗胜，朝里屋走去。

23. 喊山公家　里屋内（日　内景）

喊山公坐在椅子上，正在整理他的木梆。

滕玉翠抱着孩子走了进来:"爹,您这会儿正有事儿啊?"

喊山公:"没事儿,闲着呢。"他回头看了一眼:"怎么啦?"

滕玉翠:"宗胜的尿布用完了,您能去一趟济民纱行吗?"

喊山公:"干吗?让我去取尿布?"

滕玉翠:"我告诉您地方,很容易找的。卧室左手边那个角柜,第三个抽屉里头。"

喊山公很犹豫:"我进你们卧室不大好吧?你又不在。"

滕玉翠也有点为难:"那倒也是。可没尿布,孩子怎么办?这儿又没有备用的。"

喊山公:"你看看,麻烦事说来就来吧?"他放下手上的梆子:"翠翠,老躲着不见面,那哪是办法啊?"

滕玉翠忽然又烦躁起来:"那我又能怎么办?这会儿也没任何人顾得上我啊。"

外面传来敲门声,喊山公抬起头来,问了声:"谁啊?"

24. 喊山公家　大门外（日　外景）

郑锦仁站在门外,大声回应说:"喊山公,我是郑伯呢。翠翠在这儿吗?"

喊山公在里面答了声:"在呢。这就给你开门。"

25. 喊山公家　大门内（日　内景）

滕玉翠抱着孩子,走到大门后面,很快拉开了大门。

郑锦仁劈头就说:"翠翠,赶紧回济民纱行。"

滕玉翠并不情愿:"郑伯,我现在回去,合适吗?"

喊山公从里屋跟了出来,不高兴地说:"这是什么话?叫你回去就回去,有什么不合适的?"

郑锦仁:"啊,翠翠,是这样的,董事长有急事要办理,账房又是你管着的,你不去谁也办不了。"

滕玉翠仍有疑虑:"郑伯,实话告诉我,他太太也在那儿?"

郑锦仁:"嗨,哪能啊?她这会儿还在医院躺着呢。"

滕玉翠很意外:"是吗?"

喊山公也很关心:"怎么回事儿?为什么在医院?"

郑锦仁:"唉,昨晚上一时想不通,她就悬梁了……"

滕玉翠吓了一跳:"天哪!"她这才觉得事情闹大了,问:"她现在怎么样?没事了吧?"

郑锦仁:"总算没出大事。晚一步就……"他看着滕玉翠:"翠翠,先不说这个,你快回去。家国正等着呢,挺着急的。"

滕玉翠不再迟疑,将孩子递到喊山公怀里:"爹,帮我看着孩子,我去去就来。"

喊山公措手不及地接过孩子:"哟,这我哪行啊?"

滕玉翠没有停留,一抬腿便朝街道那头赶了过去。

郑锦仁也赶紧跟了出去。

26. 喊山公家　大门外(日　外景)

郑锦仁走了几步,忽然想起了一件事,又急忙回过身来。

喊山公正准备关上大门,郑锦仁叫了声:"喊山公,等一下。"

喊山公赶快把大门又拉开了:"噢?还有事儿?"

郑锦仁:"啊,差点忘了,有件事儿正想问问您呢。"

喊山公:"什么事儿?"

郑锦仁:"您小河街那个屋子,还空在那儿?"

喊山公:"是。没人住了。"

郑锦仁:"我记得前不久刚刚整修过,还挺好的,是吗?"

喊山公:"可不?就跟新的一样。"他看着郑锦仁:"怎么?

您想拿它做什么用？"

郑锦仁："啊，汉口许太太不是突然来了吗？她那人特别善良，不愿意生麻烦，就想先在外面找个地方，分开住些日子再说。"

喊山公想了想："那，家国能答应她？"

郑锦仁："许太太诚心诚意，家国一时又没有别的办法，还不就先答应下来再说，权宜之计嘛。"

喊山公明白了："哦，你是想让许太太住我那老屋去？"他连连摇头："不行不行。万万不行。郑老弟，不是喊山公不给面子，我都这么大把年纪了，实在背不起那个骂名啊。"

郑锦仁没听懂："老哥，我倒是没听明白。多好的事情啊，这又有什么好骂的呢？"

喊山公："这还不明白？按老戏里头的说法，许太太她是正房，我家翠翠不管怎么说也只是个偏房。让正房太太住出去，本来就天理难容了，还让她住我那老屋，人家会怎么看我？还以为是我出的这个主意。不行啊，绝对不行。我喊山公再偏袒自己的女儿，违背天理的事情，打死我也不会做。"

郑锦仁这才意识到有点不合适，赶快解释说："那倒也是。唉，我也是胡乱琢磨。那就再想别的办法吧。"

喊山公："不好意思，我怕这小宝贝吹感冒，得进屋去了。"

郑锦仁："哟，可不是吗？赶紧进去吧。我走了。"

喊山公赶紧捂住孩子的头，退回屋内，关上了房门。

郑锦仁转过身，慢慢地走了两步，忽然似有所得，便加快脚步，朝街道另一头走了过去。

27. 济民纱行　后天井内（日　外景）

许秋萍一双衣袖捋得高高的，提着一只木桶走了过来。

她走到下水沟前，蹲下去，利索地搓洗着木桶里的抹布。

无意中，她侧头发现了什么，便朝那边望了过去。

28. 天井旁边的一间屋子外（日　外景）

这间屋子就在天井旁边，房门是半掩着的。

29. 天井下水沟前（日　外景）

许秋萍望着那间屋子，忽然起了好奇心。

她站起身，放下衣袖，轻轻地朝那屋子走了过去。

30. 那间屋子内（日　内景）

屋子里面没人，书桌上散乱地放着一些书刊报纸。

许秋萍推开房门，轻轻地走了进来。

她走到书桌前，随意地拿起一本书，翻了几下。

身后有动静，许秋萍赶快回头看去。

张文松左手拄着一条拐杖，右手提着一捆书报，一瘸一拐，非常吃力地走了进来。

许秋萍赶快迎了上去，接下了他手上那捆书报："哎呀，你这人真是逞强，腿都伤了，还提这么重的东西。"

张文松感到很突然，望着许秋萍，顿时猜到了什么，便笑着说："嘀，天上掉下来个林妹妹啊。谢谢了。"

许秋萍也大方地看着他："您就是那位张总管？"

张文松："是，张文松。我要没猜错，你是许秋萍。对吧？"

许秋萍："没错，我很好认。"她朝桌子上的书刊看了看："可我要是没看见您腿上的伤，还真的认不出您来。"

张文松："是吗？为什么？"

许秋萍："在我的印象中，当总管的不会有这么儒雅。"

张文松:"哈,我还儒雅?"

许秋萍从桌子上拿起一本书:"尤其想不到您也看萧红的小说。这本《呼兰河传》笔触挺细腻的,情感粗糙的男人,一般都不会看。"她直视着张文松:"可见您内心很丰富哦。"

张文松:"哟,这评价我可不敢当。"他也从桌子上拿过一本书:"其实我更喜欢萧红的这本《生死场》。直逼人生,有一种惊心动魄的力量。你肯定也看过。"

许秋萍:"呀,这我就更没想到了。原来我们的喜好这么相近。在乡下逃难的时候,我就老逼着少臣看《生死场》。"

张文松:"少臣?你弟弟?"

许秋萍:"就是他。少臣看的书可比我多了去了,简直就是一条书虫。"她朝门外走去,刚走两步又回头:"我以后怎么称呼您?"

张文松想了一下:"就叫张叔吧。"

许秋萍:"不像。我要心里觉得不像,根本就喊不出口。"

张文松笑了笑:"其实也无所谓。直呼其名更加自在。"

许秋萍没有表示可否,关心地望着他:"身上有伤,别使蛮劲,不方便的事情,随时叫我一声。听见了吗?松哥?"

张文松一愣:"松哥?"

许秋萍:"哈,您看看,我想都没想就叫出来了,可见这个称呼最顺口。您慢慢忙,我走了。"

张文松微笑地望着她的背影,不禁油生喜爱。

31. 许家国的书房内(日 内景)

许家国掏出怀表,看了看时间,内心有点着急了:"郑伯怎么还没消息?找个住的地方,就有那么难吗?"

薛梦泽:"姐夫,主要是您的要求太高了。好的旅馆遍地都是，可您都看不上眼，非要有种住家的感觉。那上哪儿找去啊？"他摇了摇头："其实没那个必要。不就临时住几天吗？"

许家国："唉，你姐死活不肯住过来，还那么真心实意，我怎么看得下去啊？找个如意的地方，我就可以多过去陪陪她，慢慢开导，说不定就有了转机呢？"

薛梦泽似乎有话要说，话到嘴边又打住了。

许家国实在不放心等下去了："不行，梦泽，你还得去医院陪着你姐姐。找到住处之前，她身边绝对不能离人。"

薛梦泽也不敢耽搁："我也是这么想的。那我先过去了。"

他抬脚便朝门外走了出去。

许家国又一次掏出了怀表。

32.医院那间病房内（日　内景）

薛兰芝斜靠在病床上，正在闭目养神。听见门外有脚步声，便睁开眼睛，望了过去。

郑锦仁出现在病床边。薛兰芝赶快起身："郑伯？您来了？"

郑锦仁赶快走过来："别起身，别起身。"他走到病床前，望着薛兰芝："大妹子，怎么样？气色好像还不错。"

薛兰芝："是，已经没事了。"她看着郑锦仁："郑伯，看这样子，您给我找到住处了？"

郑锦仁："哪里啊？"他连连摇头："家国让我找个跟住家一样的地方，唉，可难死我了。"

薛兰芝："那倒不必。最多住个三五天，等我身体恢复了，很快就要走的。我哪能在这儿住家啊？"

郑锦仁："那是后话，眼下还得安稳着过。"他笑了笑："你看我好糊涂，居然还想到了喊山公。"

薛兰芝："喊山公？那是谁啊？"

郑锦仁："本地一个打更的老汉。嚄，别看只是一个更夫，他可是个了不起的人物，为人直率，心肠滚热，这一方的老百姓，没一个不知道他。"

薛兰芝："是，这种人最值得敬重。我也遇见过。"

郑锦仁："喊山公有一处闲屋，整洁清静，空气还挺好的，距离又不远不近。"

薛兰芝："行啊，只要您觉得合适。"

郑锦仁接着又摇头："转念一想，嗨！那儿最不合适。"

薛兰芝有点困惑："郑伯，我没听懂。什么意思啊？"

郑锦仁："大妹子，说出来你别在意喔。"

薛兰芝："我不在意，您说吧。"

郑锦仁："喊山公就是翠翠的爹。家国这会儿还认他作岳父呢。"他故意打声哈哈："你看看，让您住他那儿，那哪合适啊？"

薛兰芝一下子便沉默了。

郑锦仁悄悄地看了她一眼，也没再往下说。

33. 医生办公室内（日　内景）

那名医生拿着一张X光片，正在跟薛梦泽作交代："她这心脏很脆弱了。出院之后，除了坚持服药，至少三个月别太活动。尤其不能受刺激。记住了？"

薛梦泽接过片子："记住了。谢谢大夫。"

34. 那间病房内（日　内景）

郑锦仁还在跟薛兰芝说话，薛梦泽走了进来："郑伯来了？"

郑锦仁站了起来："梦泽，我正在跟你姐聊天呢。"

薛兰芝笑着对薛梦泽说："梦泽来得正好。郑伯出了个好主意，你想知道吗？"

薛梦泽便望着郑锦仁："噢？什么好主意？"

郑锦仁："嗨，你姐是在笑话我。"

薛兰芝赶快说："哪敢啊？哈，我是说真的。这主意真的不错。正好梦泽也来了，咱们一块合计合计？"

郑锦仁："兰芝，听你这语气，郑伯心里已经有数了。"

薛兰芝："还是郑伯了解我。既然已经这样了，何不替大家想呢？我来这边是为了寻亲，又不是为了寻事。家国为我付出了上半辈子，这下半辈子，也该我为他付出了。"

薛梦泽："你们说了半天，我还不知道是怎么回事呢。"

薛兰芝："梦泽，郑伯的意思，想让我到家国他岳父家住几天，其实这办法也不错。至少能让他太太看明白，我不是来找她麻烦的。你觉得呢？"

薛梦泽想了想，问郑锦仁："郑伯，您跟喊山公说好了？"

郑锦仁："说是说了，他还没答应。不是别的，这老爷子行得端，坐得正，不想让人家以为他在偏袒女儿。"

薛兰芝很坦然："他是担心我心不甘情不愿。没事儿，您告诉他，说我很高兴，也非常感谢他。老人家会答应的。"

郑锦仁如释重负："唉，大妹子，郑伯没有看错你啊。"

薛梦泽望着姐姐，心里还有疑虑，却不再说什么了。

35. 街道上（日　外景）

滕玉翠匆匆忙忙朝济民纱行这边走了过来。

她抬头朝前面看了一眼，不禁一愣。

36. 济民纱行　大门口（日　外景）

许秋萍提来一桶水，正在用抹布清洗纱行的两扇大门。

37. 街道上（日　外景）

滕玉翠赶快停下脚步，一时进退两难。

顿了一下，她再次朝那边望去。

38. 济民纱行　大门口（日　外景）

许秋萍终于擦完大门，提着水桶走回了济民纱行。

39. 街道上（日　外景）

滕玉翠在原地稍稍等了一下，见许秋萍没再出来，便不再犹豫，赶快朝济民纱行走了过去。

40. 许家国的书房内（日　内景）

有敲门声传了进来。

"请进。"许家国坐在书桌后面正在写着什么。

滕玉翠推开门走了进来。

许家国没有抬头，继续书写着。

滕玉翠有点多心，望着他，语气怪怪地叫了声："董事长，是您找我吗？"

许家国抬起头来："翠翠？"他赶快放下毛笔，"我早就让郑伯过去叫你了，怎么才来？"

滕玉翠："这还用问？不就是因为胆子小吗？刚才我就差点没敢进这个院子。"

许家国："说些什么呀？"他有点着急，便直截了当地说："赶紧支十万大洋给我。有急用。"

滕玉翠心里一紧，望着他，没作任何反应。

许家国："怎么啦？没听清？"

滕玉翠："我可以问一句吗？"

许家国："可以啊。你想问什么？"

滕玉翠："你要支这么多钱，干什么用？"

许家国话到嘴边又顿住了："啊，这个你最好别问。"

滕玉翠便认定了什么："我不是别的意思。该花的钱，那是一定要花的。"她终于没能忍住："怎么说也得计划着用吧？您太太住院，一下子花得了这么多钱吗？"

许家国听不得这句话，一下站了起来："胡说些什么？我要钱，根本与这件事情无关。"

滕玉翠："那会跟什么有关？跟纱行有关的所有开支我都知道，为什么这笔钱就不让我知道？"

许家国："能让你知道的，我都会让你知道。不能让你知道的，你就别打听了。总而言之，不是你想象的那样。都火烧眉毛了，我哪顾得上你们那些扯皮拉筋的事啊？"

滕玉翠也急了："可我得为你着想啊。浦溪纱厂差不多半瘫痪，钱只有出账没有进账。你知道吗？咱们账面上总共只剩下十几万了。突然抽走十万，这个家你还让我怎么当啊？"

许家国当即发了大火。

"当不了是不是？"他一拍桌子，"当不了就别当了！"

滕玉翠顿时被惊呆了。

她望着许家国，眼泪如断线的珠子滚滚而下："知道了……知道你迟早会把我赶走，只是没想到来得这么快，这么绝情！"

她完全失控，掏出来一串钥匙，往地下狠狠一扔，扭头便朝门外冲了出去。

许家国顿时一愣："翠翠，你站住！……"

第 28 集

1. 前集回顾

滕玉翠:"这个家你还让我怎么当啊?"

许家国一拍桌子:"……当不了就别当了!"

滕玉翠含着泪将钥匙往地下一扔,朝门外冲了出去。

许家国顿时愣住了:"翠翠,你站住!……"

2. 济民纱行　后天井内(日　外景)

许秋萍提着那桶水走了过来。

听见书房那边正在吵闹,便好奇地站住了。

正好滕玉翠甩了钥匙,含着泪从书房里冲了出来。

许秋萍一时回避不及,差点被她撞上。

滕玉翠看见许秋萍,心里更加恼恨,直接从她跟前跑了过去。

许秋萍侧身让过她,回头看着她的背影,颇有几分不解。

3. 许家国的书房内(日　内景)

许家国心烦意乱地在书房内走来走去。

许秋萍轻轻地走了进来。

她看见了地下那串钥匙，便弯腰捡起，走到许家国面前，关心地问了句："爸，她这是怎么啦？"

许家国便站住了。他压制住心中的烦恼，接过那串钥匙："啊，没什么。一点小事。"

许秋萍："一点小事就炸锅？还当着您的面摔钥匙？"她认真地看着许家国："爸，她总是这么任性吗？"

许家国："也不是。"他不想让秋萍太关注这件事情："唉，人嘛，谁还能没个性？"

许秋萍却盯着问："那，这些年，您就是这么忍过来的？"

许家国："秋萍，别问了。不是你想象的那样。一直以来，她对你爸爸都挺好的。"

许秋萍点了点头："啊，明白了。"

许家国看了她一眼，不放心地问："你明白什么了？"

许秋萍："那就是我妈突然一来，打破了你们的平衡呗。"

许家国赶快打断她："秋萍，你真能瞎猜。"他解释说："她负责掌管济民纱行的财务，刚才只是为资金安排的事儿，看法有点分歧，争论几句而已。完全跟你们来这儿无关。"

许秋萍寸步不让："爸，我觉得跟我们有直接的关系。突然多了三个人吃饭，我妈还送医院抢救，这都是一些额外的开销。刚好又是她执掌财务大权，这不都是她借机闹事的理由吗？"

许家国无可奈何地看了她一眼："唉，看来你妈说得对啊。"

许秋萍："我妈说什么了？"

许家国："她说你是火爆脾气，心眼儿还特别多。"他摇了摇头："难怪让你保存那些照片，她那是给你打防疫针呢。"

许秋萍愣了一下，终于点了点头："是，妈对我太了解了。多年的逃难生活，真把我磨坏了。操心，焦躁，有时候还特别计较。您都想象不到,炒一碗小菜只能搁两滴油,我经常还要琢磨,是少搁一滴还是多搁一滴好。"她说得伤心起来:"爸,那种艰辛、苦涩,您能够理解吗?"

许家国心里一阵酸楚,赶快抱住她的肩膀:"秋萍,好闺女,别再说了。爸怎么能不理解呢?"

许秋萍便叹了口气:"爸,的确也是我不好。刚才那些话,我是故意气您的,对不起啊。"

许家国:"秋萍,没关系的。爸知道,在那样的处境中,有时候你比你妈更不容易。冲爸爸发泄几句,也是应该的。"他望着许秋萍:"爸说的是上半句。"

许秋萍:"噢?那,下半句呢?"

许家国便笑了:"哈,先别问了,下半句我还没想好呢。"

许秋萍:"是吗?"

4. 许家国的书房外(日 内景)

郑锦仁带着喊山公,兴冲冲地直到书房外,轻轻地敲了敲房门。

郑锦仁:"家国,这会儿有空吗?"

5. 许家国的书房内(日 内景)

许秋萍:"爸,是郑伯伯。"

许家国:"啊,快去开门。"

许秋萍应了声,赶快走过去开门。

6. 许家国的书房门外(日 内景)

房门拉开了,许秋萍站在门后招呼了声:"郑伯伯,快请进。"她看了一眼喊山公,感到眼生:"哟,这位客人是……"

郑锦仁赶快告诉她:"秋萍,这位就是翠翠的爸爸。哈,他可不是客人哦。"

许秋萍立即明白了,一时有点尴尬:"啊……您好。"

喊山公望着许秋萍,心里很喜欢:"好,好。这就是大闺女啊?好家伙,长得真像你爹,多秀气啊。好,好哇。"

许家国走了过来:"干吗站在门口说话?快进来吧。"

郑锦仁和喊山公便走了进去。

许秋萍没跟进去,犹豫了一下,小声说:"爸,我还有点事,就别老待在这儿了。"

许家国想了想:"也行,你先去忙,有事我再叫你。"

许秋萍:"好,我走了。"

她走出屋子,顺手把房门拉上。

略微琢磨了一下,她抬脚朝天井那边走去。

7. 张文松的房间内（日　内景）

张文松正在一只火盆旁焚烧一些文件。

最后一张纸将近烧完,外面忽然有人敲门。

张文松警惕地回过头来,问了声:"谁呀?"

8. 张文松的房间门外（日　外景）

许秋萍应了声:"松哥,我是秋萍。可以进来吗?"

9. 张文松的房间内（日　内景）

张文松放心了:"秋萍啊,稍等。"

他用火钳拨了几下火盆,盖住那些纸烬灰,拄着拐杖走过去拉开了房门:"秋萍,请进。"

许秋萍走进屋子,忽然闻到了什么:"哟,松哥,怎么一股烧纸的味道啊？"

张文松："嘀，嗅觉很灵敏啊。"他笑了笑："一些没用了的信函、废纸什么的，我把它烧掉了。"

许秋萍："哈，松哥，您刚好说反了吧？"

张文松："说反了？什么意思啊？"

许秋萍："烧掉的那些东西，应该是最有用的。"她用一种洞悉的目光看着张文松："比如机密文件什么的。对不对？"

张文松想了想，朝她身后看了一眼，伸手关上了房门。

许秋萍回头看了一眼关上的房门，故意问："大白天关上房门，您也不怕人家说闲话？"

张文松："哈，我都挨过特务两次枪子了，还怕人家说闲话？"他望着许秋萍："秋萍，你这么问，是不是逃难的时候，在那边接触过我这种人？比如抗日游击队、新四军什么的？"

许秋萍："有啊。我弟弟就参加过新四军。"

张文松眼睛一亮："嘀，我说呢。"

许秋萍："既然说到这一步了，松哥，您能不能帮帮我？"

张文松："可以啊。想让我怎么帮你？"

许秋萍："我可不愿意过来当大小姐，何况让不让当还两说呢。"她真诚地望着张文松："能给我介绍个事情做吗？"

张文松也认真："你想做哪一类的事情？"

许秋萍："哪一类都行，反正我已经认准您了。只要您觉合适，让我做什么都可以。"她望着张文松，目光很坚定："相信我，松哥。我也挨过鬼子的燃烧弹，什么危险都不怕。"

张文松欣喜地望着她，没有说话。

10. 许家国的书房外（日　内景）

许家国和郑锦仁、喊山公谈完话，从书房内走了出来。

喊山公匆匆告辞："那，我先去小河街收拾一下屋子，就在那儿等你们过来。"

许家国："好的，辛苦您了。我这就去医院。"

喊山公挥了挥手，匆匆离开了。

郑锦仁松了一口气："行了。总算有个缓冲之处了。"

许家国也略感轻松："我叫上秋萍，一起去。"他朝四处看了看："秋萍，秋萍啊。"

11. 张文松的房间内（日　内景）

许家国的喊声传了进来。

许秋萍赶快朝外应了声："爸，我听见了。"

画外：许家国的声音："秋萍，你过来一下。"

许秋萍："就来。"她望着张文松："松哥，我得走了。"

张文松："好，赶紧去吧。"

许秋萍追问说："刚才说的事，您还没答应呢。"

张文松："秋萍，我答应你。还有少臣，我也要尽全力帮他。"

许秋萍很高兴："松哥，我太开心了。知道吗？我老觉得心里的天地太狭小，一直想打开它。"

张文松："你能这么认为，就说明已经打开了。快去吧。"

许秋萍朝他一鞠躬："谢谢松哥。"

她一转身，拉开房门朝外面跑了出去。

张文松望着她的背影，心里也十分高兴。

12. 后天井内（日　外景）

许家国和郑锦仁从书房走到了天井外面，一边聊着什么，一边在那里等待着。

许秋萍很快走了过来:"爸,什么事儿?"

许家国:"秋萍,郑伯伯给你妈找了住处。你这就跟我去医院,咱们一起送她过去。"

许秋萍十分意外:"给我妈找住处?"她望着郑锦仁:"郑伯伯,我妈在这儿不是有房间吗?我都给她打扫得干干净净了。"

郑锦仁:"秋萍啊,是这样,你妈这会儿还不想住过来。"

许秋萍:"怎么会?您不是带她看过那房间了吗?当时她高兴得直掉眼泪,说那就是她的汉口老家。"她有点不相信:"她怎么会不想住过来呢?"

许家国坦率地说:"秋萍,爸爸还没有协调好这件事情,这只是权宜之计。你妈很开明,她也答应了。"

许秋萍:"是吗?"她想了想,回头看着许家国:"那,我是不是也得跟妈一起住出去?"

许家国:"当然。只有你去照顾她,我才放心。"

许秋萍微微一怔,又望着郑锦仁:"郑伯伯,那个住处在哪儿?"

郑锦仁:"啊,这儿叫大河街,那个地方叫小河街。不太远。"

许秋萍:"是个旅馆吗?"

郑锦仁:"嗨,比旅馆不知道强到哪儿去了。那是喊山公自己的屋子,可舒适呢。"

许秋萍:"喊山公?"她想起来了:"那不就是翠翠的爹吗?"

郑锦仁:"对呀,你刚刚见过的。"

许秋萍:"这我就想不明白了。"她顿觉心气很不顺畅:"既然他爹有房子,何不就让翠翠住过去?那不是更方便吗?"

许家国有点忍不住了:"秋萍……"

郑锦仁赶快拦住了他,继续耐心地劝许秋萍:"秋萍啊,郑伯伯知道你从小就特别聪明。你想想，这件事情老僵下去也不是个办法，总得有人退让一步，一盘棋不就活了吗？"

许秋萍一听这话又炸了："郑伯伯，不是我不敬重您，这话可太没来由了。我可以退一步，承认翠翠这个现实，可她毕竟比我妈晚了十好几年。"她冷笑了声："嘿，这倒好，让小老婆住大河街，大老婆反而只能住小河街，天底下哪有这样的道理？"

许家国顿时火了："秋萍，你给我闭嘴！"

许秋萍愣了一下，吃惊地望着许家国。

许家国："你自己听听，这是些什么话？啊？把个人的怨气当成皮鞭，一鞭一鞭地抽打在别人身上，你觉得挺痛快是不是？"

许秋萍也觉得自己有点过分，便不再说话了。

许家国："秋萍，我告诉你，人不分大小，位无论高低，大家都是平等的。不管让谁住过去，爸爸心里都不愿意。可你刚才也看见了，翠翠这儿还别着劲儿。既然你妈肯让一步，她又那样诚心诚意，这不挺好吗？干吗瞎搅和？万一又打成死结，你就开心了？"

许秋萍自觉理亏："爸，您也别生那么大的气。我只是说说自己的意见。"她赶紧顺坡下驴："行，这件事我不再插嘴，您说怎么办，那就怎么办吧。"

许家国便不再生气，盯着她又问了句："秋萍啊，爸爸先前不是还有后半句话没说完吗？"

许秋萍迟疑了一下："……您说吧。"

许家国："处世要有傲骨，但不能有傲气。做人可以深刻，切切不可以尖刻。这句话，你能记在心里吗？"

许秋萍想了想，默默地点了点头。

许家国满意了："那就别再耽搁，赶紧走吧。"

13.喊山公家(日　内景)

许宗胜又在床铺上睡着了。

刘妈走过来,细心地将一床小被子盖在他身上。

14.喊山公家　大门外(日　外景)

滕玉翠从街道走了过来,伸手敲了敲门。

刘妈在里面问了声:"谁啊?"

滕玉翠:"刘妈,是我。"

大门很快便拉开了,刘妈走了出来:"翠翠,回来了?"

滕玉翠有点奇怪:"刘妈,大白天您怎么在家啊?"

刘妈:"啊,今天薛总在馆子里安排了午餐,我就不用做饭了。"

滕玉翠怨气未已:"哼,他那边热气腾腾,我这儿冷火秋烟。"

刘妈担心地看了她一眼:"翠翠,你还好吧?"

滕玉翠不想多说,一抬脚走进了屋内。

刘妈赶快跟了进去,关上了房门。

15.喊山公家(日　内景)

滕玉翠走到床铺前,朝许宗胜看了一眼:"怎么又让他睡了?"

刘妈:"刚刚才睡。之前一直欢蹦乱跳,玩得可开心呢。"

滕玉翠又朝屋内看了看:"我爹呢?"

刘妈:"他去小河街老屋了。"

滕玉翠:"哦?去那儿干吗?"

刘妈迟疑了一下:"啊,是郑伯请他去的。"

滕玉翠更加奇怪:"郑伯?他想干什么?"

刘妈只好告诉她说:"翠翠,郑伯想把老屋子收拾一下,让汉口许太太先住一些日子。"

滕玉翠心里不禁一怔:"是这样吗?我爹答应了?"

刘妈:"头一次你爹死活没答应,怕人家有闲话。后来郑伯又赶过来说,许太太自己情愿,你爹就不好说什么了。"她小心地朝滕玉翠看了一眼:"我觉得先缓和一下也好。"

滕玉翠一下就急了:"好什么呀?怎么就没有一个人替我着想?这是他太太耍心眼儿,要陷我于不仁不义啊。"

刘妈:"翠翠,话怎么能这样说呢?"

滕玉翠:"那还能怎么说?"她一肚子委屈:"本来就认为我鸠占鹊巢了,再把她往小河街一送,那不更加说明我滕玉翠心肠冷酷,死皮赖脸地霸占在那儿不肯让位吗?"

刘妈赶快朝床铺看了看:"翠翠,小点声,别把孩子惊醒了。"

滕玉翠顾不上那么多,一转身就要走。

刘妈急忙问了句:"哎,你要去哪儿?"

滕玉翠:"不行,我这就去小河街。"

刘妈吓了一跳,赶紧用身体挡住了她:"我的小祖宗,这种时候,你可万万不能过去啊。"

滕玉翠发了犟脾气:"刘妈,你凭什么挡着我?让开!"

刘妈:"不。翠翠,对不起。论身份,你现在是我的老板娘。可论辈分,我这会儿是你的继母。"她的语气空前强硬:"有一句话,你非听我的不可。"

滕玉翠一怔,稍稍冷静了些:"那你说吧。什么话?"

刘妈:"就待在这儿,哪儿都别去。"她看着滕玉翠:"我不是多管闲事,来济民纱行近十年,我亲身经历过这儿的起起落落,知道它来之不易。有句老话说得好,万般富贵,源自齐心齐

743

力；家道败落，始于离德离心。这个道理，我认定了。"

滕玉翠望着她，一时无话可说，便慢慢地坐了下去。

16. 街道上（日　外景）

许少臣和向飞舟一边说着话，一边走了过来。

向飞舟："少臣，所有的行李又要搬走吗？"

许少臣："不是所有的。我和我姐的就不动了。"

向飞舟："那，你妈的呢？"

许少臣："就只搬她的。"

向飞舟犹豫了一下："全都搬走？"

许少臣："我妈说全搬走。后来我爸悄悄跟我说，别搬那么多，把日常用的东西拿点过去就可以了。"

向飞舟想了想："哟，这可难办了。到底是听你爸爸的，还是听你妈妈的？"

许少臣笑了笑："也不难办。执两用中呗。"

向飞舟："什么？"他很困惑："没听懂。啥意思啊？"

许少臣便解释说："这是《礼记·中庸》里的话，'执其两端，用其中于民'。就是这个意思。懂了吗？"

向飞舟摇了摇头："没有。更听不懂了。"

许少臣："比如说一根扁担，这头是我妈的意见，那头是我爸的意见。我该怎么做才能两全呢？其实很简单，抓住扁担中间，不就都兼顾了？这就叫执中。"

向飞舟顿时明白了："嗬，可不是吗？"他朝许少臣看了一眼，压低了声音："少臣，我大胆问句话，现在你爸也有一条扁担，这头是你妈妈，那头是翠翠。也照你这方法，能行吗？"

许少臣毫不犹豫："当然行。这是唯一的办法。"

向飞舟顿时对许少臣另眼相看："行啊少臣，没想到你心里这么亮堂，什么都明白。到底是书读得多啊。"

许少臣："不多。乡下没那么多书可读。"

两人继续朝前走去。

17．济民纱行　大门外（日　外景）

济民纱行那两页大门紧紧地关闭着。

许少臣和向飞舟一边说话一边走到了大门前。

向飞舟："哟，说着话就到了？"

他习惯性地掏出了钥匙。

许少臣朝大门看了一眼："飞舟哥，大门没上锁。"

向飞舟抬头一看："噢？可不是吗。"

他一把推开大门，两个人一前一后走了进去。

18．济民纱行　天井内（日　外景）

滕满珍已经回来了。她长大了很多，完全是个大姑娘了。

似乎总闲不住，她正在用剪刀修剪院子里的花草。

向飞舟和许少臣从大门那边走了过来。

滕满珍看见了他们："飞舟哥，我回来了。"

向飞舟："哟，满珍，放寒假了？"

滕满珍："是啊，最后一个寒假。"她有点奇怪："飞舟哥，这家里怎么见不到一个人啊？都去哪儿了？"

向飞舟："今天特别忙，都出去有事了。"他想起了什么："对了，满珍，你过来，我给你们介绍一下。"

滕满珍便放下剪刀走了过来。

向飞舟指着许少臣："满珍，这位是少臣。你应该叫他哥。"

滕满珍看着他，灿烂一笑："少臣哥好。"

许少臣："啊，你好。"他感到很陌生："请问你是……？"

向飞舟一拍大腿:"嗨!她是你妹妹啊。"

许少臣一怔:"什么?我还有个妹妹?"

向飞舟:"你爸爸也是她的爸爸,你说是不是妹妹?"

许少臣仿佛明白了:"啊,我知道了。"他望着滕满珍:"那,妹妹你今年多大岁数啊?"

滕满珍:"我都过了十七岁,你相信吗?"

许少臣很惊讶:"噢?我还真不相信。"他赶快解释:"啊,不是不相信你,只是不相信翠翠有这么大的女儿。她还那么年轻。"

滕满珍:"我不是她的女儿,她只是我姨。"

许少臣:"是吗?那你妈是谁?"

滕满珍:"我妈叫滕玉莲,外公叫她莲莲。"

许少臣突然想起来了:"啊?滕玉莲?"他顿时非常敬佩:"我知道她。一位抗战女英雄。"

向飞舟松了口气:"弄清楚了吧?你们是同父异母的兄妹呢。"

滕满珍喷口一笑:"什么呀?既不同母,更不同父。"

向飞舟想明白了:"哎,还真是。哈,你看我这个人。"

许少臣也笑了:"那也没关系,怎么说都是我妹妹。我特开心,真的。简直是意外之喜啊。"

滕满珍也很高兴,却突然说:"开心俩字别说得太早,有件事,必须得先让你知道。"

许少臣:"说吧,什么事儿?"

滕满珍:"我爸爸是个土匪头子,恶贯满盈。你在意吗?"

许少臣吓了一跳:"噢?这玩笑可有点过分。"

滕满珍:"不过死得也算壮烈,他亲手消灭了十几个日本鬼子。"她说得非常认真:"我没开玩笑。每个字都是真的。"

许少臣："妹妹,是不是真的,我都不在意。我欣赏你的单纯和率真。"他用一种极其喜爱的目光看着她："没想到你小小年纪,为人处世竟然这么通透,就像是山林深处一条清澈的溪流,站在你身边,我的心都干净了。"

滕满珍："哇,好美的诗句啊。"她很感动："哥,您说这几句话的时候,我一直在看你的眼睛。我相信,这样的诗句,你还从来没有对任何人说过。对不对?"

许少臣："太对了。"他高兴得不知道该怎么表达:"怎么说呢?你父母都打过鬼子,我也参加过新四军。"他朝满珍张开双臂:"来,妹妹,就为这个,咱俩拥抱一下。"

滕满珍毫不迟疑,一步跃上去,扑到了他的怀里。

19. 浦溪 兵工厂大门外(日 外景)

大门口站岗的士兵看见了什么,赶快上前拉开了大铁门。

一辆吉普车风尘仆仆地开了过来,稍稍减速,开了进去。

字幕:浦溪

20. 兵工厂办公楼前(日 外景)

吉普车开过来,停在了办公楼前。

一名通信员和另一名干部赶快迎了上去。

薛梦泽推开车门,跳下了吉普车。

那名干部问候完之后,告诉他说:"薛总,有几位客人想见您,都等您两天了。"

薛梦泽一边朝办公楼走,一边问:"噢?他们从哪儿来的?"

那干部:"是济民纱厂的人。"

薛梦泽有点奇怪:"纱厂的?今天还会过来吗?"

那干部:"一早就来了,正在会客室呢。"

薛梦泽想了想:"那我得先去见见他们。"

他一转身,朝会客室那边走了过去。

21. 会客室内(日 内景)

万妹儿和济民纱厂另外两名男子正坐在里面说话。

门被推开,薛梦泽走了进来:"哟,是你们几位老乡啊。"

万妹儿他们赶快站了起来:"薛总,您可回来了。"

薛梦泽:"请坐吧。"他望着他们:"听说你们有急事找我?"

万妹儿也不客套:"薛总,实在没招了才想到找您。毕竟您跟董事长还有一层亲戚关系,唉,只能死马当活马治了。"

其他两名男子也唉声叹气,纷纷附和。

薛梦泽:"大家别着急,到底出了什么事,说给我听听。"

万妹儿脱口而出:"嗨!济民纱厂要垮台了。"

薛梦泽一惊:"什么?怎么会?我刚刚从常德回来,怎么也没听董事长说一个字啊?"

万妹儿朝那两名男子看了一眼:"看看,我猜中了吧?许董事长肯定还被那家伙蒙在鼓里呢。"

其中一名男子告诉薛梦泽:"薛总啊,许董事长千聪明万智慧,怎么就用错了人呢?那个申剑明,他哪里是条吃菜的虫啊?一天到晚就知道四处泡女人,根本就没把厂子放在心上。"

另一名男子:"流动资金被他玩空了不算,还私自出卖原材料,弄得车间里无米下锅,早两天就停产了。你看急不急人?"

薛梦泽有点不理解:"那怎么不早跟董事长报告呢?"

万妹儿这才说:"申剑明坏就坏在这儿。他动不动就打董事长的牌子,还说不能把董事长逼得太紧,万一他决定关闭纱厂,那就不是吃不吃得饱的问题,而是有没有饭吃的问题。"她显然有几分怨气:"明明知道这个人特别坏,董事长偏偏还把厂子交付给他。江山不是你的吗?你自己都不看重,我们这些人还能说什么呢?"

薛梦泽仿佛有所启发。他琢磨了一下,站了起来:"各位,你们来得很有必要。许加林经理深度昏迷,让申剑明代管一下,本来也只是权宜之计。这件事我也提醒过董事长,现在看来这个人比想象的还坏得多。既然是这样,那就当机立断。"

万妹儿和两名男子对视了一眼,仿佛看到了希望。

薛梦泽:"万妹儿说对了一半。这盘江山,名义上是董事长的,实际上也是你们的。各位马上回纱厂去,组织员工严加看护,一根纱一寸布都不能让他随意糟蹋。其余的事情全交给我,我这就跟董事长联系。如果有必要,哪怕再跑一次常德,我也在所不辞。"

万妹儿和两名男子当即兴奋不已,赶快站起来,上前握住薛梦泽的手,连连表示感谢。

22. 古城墙上(夜 外景)

透过古城墙的墙垛,可以看见江面船只的烁烁灯火。

时而有轮船低沉的汽笛声传了过来。

字幕:常德 大河街

23. 一座墙垛前(夜 外景)

滕玉翠面向江面,坐在墙垛的低凹处。

娄城与她反向而坐,离她约半尺远。

滕玉翠心思沉重,望着江面一言不发。

娄城侧过头看了她一眼:"玉翠,别老闷着,想开点,啊。"

滕玉翠:"我早想开了。大不了,离婚一个人过。"

娄城:"嗬,这话说得跟喝开水一样。有那么随便吗?"

滕玉翠便不再说了。

娄城轻描淡写地一笑:"退一万步,即便硬是过不下去了,离婚可以理解,一个人过,那又何必呢?"

滕玉翠:"一万步?已经九千九百九十九了。"她很灰心:"突然来了个大老婆,就算还能容我,我也只是一个忍气吞声的小媳妇儿。都这样了还不离婚,人家会怎么看?我舍不得许家的财产?"

娄城:"是啊。离婚了,又不再找一个,那不彻底的人财两空?"他随即一笑:"我这是说笑话,让你开心点。"

滕玉翠便赌气说:"也是。既然离了婚,我就立马另外找一个人过日子。就不信没人看得上我。"

娄城顺势说:"没离婚也可以先找一个合适的人,备在那儿再说。真的。免得到时候措手不及。"

滕玉翠听出了什么,回过头看着他:"娄大哥,你是不是想趁机拆我的烂屋啊?"

娄城将身体转过来,并排坐在滕玉翠身边:"玉翠,既然你叫我娄大哥,那我就说句大哥的话吧。"

滕玉翠有点不自然,将身体挪开了些:"说吧,我听着呢。"

娄城:"还记得在重庆的时候,乔专员对你干了些什么吗?"

滕玉翠顿生戒心:"干吗这么问?你不是早就说过,什么事情都没发生吗?"

娄城:"我原话是'就当'什么事情都没发生。记起来了吧?"他侧头望着滕玉翠:"那会儿我也确实不知道发生了什么。还记得那个勤务兵吗?"

滕玉翠想了想:"是,我记得。一个小男孩。"

娄城:"那小男孩后来哭着告诉我一些事情,我一听,嗬,居然有那么丢人啊?"

滕玉翠心里一紧:"是吗?你说丢人……是什么意思?"

娄城一副欲言又止的样子:"唉,我不说了。你就放开想象使劲去想吧。我只能告诉你,怎么想都不为过。什么都发生了。"

滕玉翠被吓住了。还想追问时,一阵铃声传了过来,她赶快将头转向了江面。

24. 城墙的道路上(夜 外景)

几名男女学生骑着自行车相互追逐,朝这边冲了过来。

他们速度很快,没注意边上的人,箭一般冲了过去。

25. 那个墙垛处(夜 外景)

学生过去之后,滕玉翠赶快回头,紧盯着娄城追问:"娄大哥,勤务兵的话,只说给你一个人听过吧?"

娄城:"当然。他也不敢跟其他人说啊。"他脑子一转:"不过我也不敢大意,就找了个借口,把他遣散回乡了。"

滕玉翠仍然不放心:"那,你有没有跟薛梦泽说起过?"

娄城:"嗨,跟谁说也不能跟他说啊,那不立马就把你们家庭给拆散了吗?"

滕玉翠点了点头:"是,我知道娄大哥是个好人。能在这种时候把我约出来专门告诉我,对我也是一种最好的提醒。"她感慨地叹了一口气:"唉,这就叫危难见真情啊。"

娄城真诚地点了点头:"玉翠能够这么认为,你娄大哥心里也就舒坦了。"

滕玉翠被江风吹得打了个冷战:"啊,好冷。我该走了。"

娄城赶快站起来,伸手搭在她肩上:"走吧,我送你回去。"

26.许家国的书房内(夜 内景)

张文松坐在许家国书桌对面,正在跟他说话。

许家国不舍地望着张文松:"你把不该说的都说给我听,那意思就是说,我已经无法挽留你了?"

张文松诚挚地看着他:"董事长,您肯定知道,这不是我个人的选择,只能服从决定。"

许家国:"是。我当然应该支持,只是……嘿,难舍难分啊。"

张文松:"好在来了个娄城,有些事情,他还可以接手。"

许家国:"对,这个人我很信任,为人处世非常可靠。"

张文松:"董事长阅人无数,看人很准。至于这个娄城嘛……"他略有迟疑:"怎么说呢?也许我对他了解得还不够吧。"

许家国:"哈,我知道,国共之间嘛,敌意还是很深的。"

张文松也笑了:"哈,反正别操之过急,多看看再说。"

许家国:"那当然,我不会一步到位的。不是还有个郑伯吗?"他转开话题:"对了,秋萍去做事的地方叫什么来着?"

张文松:"商务稽查四处,公职。那是她的公开身份。"

许家国:"嗬,挺威风嘛。她能干得来吗?"

张文松:"放心,秋萍那姑娘聪明,反应尤其敏捷。"他笑了笑:"我会处处关照她,您就放心吧。"

许家国很高兴:"跟着你我还有什么不放心的?况且这种时候,她到社会上闯荡一下也好。老待在家里,心气儿更不顺。"

张文松:"对了,少臣读书的事我也联系好了。省立第一师范,得住在长沙。您没意见吧?"

许家国:"哪能有意见?多好的机会啊。"他想了想:"少臣告诉我了,说是还要通过会考。你觉得他能考上吗?"

张文松很有信心:"哈,他能考不上?依我看,去那儿当老师，少臣的火候都差不多了。"

许家国心里轻松了许多："文松，我会想你的。这以后，还有空过来看看我吗？"

张文松："那还用说？文松永远都是济民纱行的人。"

许家国怔怔地望着他，眼睛居然都有点潮湿了。

27. 小河街　喊山公原来的屋子外（夜　外景）

喊山公已经开始巡更，沿着街道从尽头处走了过来。

路过老屋子，他停下脚步，抬头朝上面的窗户望去。

28. 屋子二楼的窗户外（夜　外景）

窗户紧闭。隔着窗户纸，里面的灯光还亮着。

29. 外面街道上（夜　外景）

喊山公看清楚后，脸上浮现出微笑。他显然放心了。

继续朝前走的时候，他特意将敲梆和打锣的声音压得很低。

30. 喊山公家　二楼房间内（夜　内景）

薛兰芝靠在床铺上，许秋萍正在服侍她吃药。

听见街道上喊山公敲梆打锣的声音，许秋萍立即放下水杯，一步蹿到窗户后面，小心地朝外面望去。

薛兰芝惊讶地问："秋萍，干吗呀？一惊一乍的。"

许秋萍神情紧张，赶紧摆手示意她别出声："哎呀，果然是他。我看清楚了，翠翠的爹。"

薛兰芝放心了："那还能是谁？人家本来就是干这行的。"

许秋萍回到她身边，心里仍然充满了警惕："妈，可不能大意。各种迹象表明，我们已经被监视了。"

薛兰芝:"瞧你这神经兮兮的样子。谁稀罕监视你啊?"

话刚落音,楼下还真传来了敲门的声音。

许秋萍更加紧张:"哎呀,说来还真来了。"

薛兰芝很平静:"秋萍,下去开门。"

许秋萍:"可不敢乱开。知道他是谁啊?"

薛兰芝:"管他是谁,总是有事才来找的。去啊。"

许秋萍想了想:"不行,我得先看清楚了。"

她蹑手蹑脚地走到窗户后面,朝外面望去。

31. 喊山公屋子的大门外(夜 外景)

许家国提着竹笼屉,站在门外,又敲了几下门。

32. 二楼房间内(夜 内景)

许秋萍看清楚了:"哎呀,妈,是我爸。"

薛兰芝有点意外:"噢?这么晚了,他还过来干吗?"

许秋萍很高兴,拔脚就往楼下跑:"我去开门。"

薛兰芝也赶紧下了床,迅速地整理着头发。

33. 屋子大门内(夜 内景)

许秋萍飞快地跑了过来,麻利地开门。

许家国笑盈盈地望着她:"秋萍,怎么就睡了?我敲了半天门,也不答应一声?"

许秋萍:"哪能就睡啊?我这人有个怪毛病,认床。换一个地方根本就睡不着。"

许家国:"嗯,这毛病的根子不在于床。"

许秋萍:"那在于什么呢?"

许家国:"在于多心。"他说得很轻松:"心里不对劲,床都扎人。你说是不是这样？哈。"

许秋萍故意叹了口气："唉，爸这话倒是不尖刻，好像也不怎么深刻哦。"

许家国哈哈大笑："每句话都深刻，自然也就无趣了。"他朝楼上看了看："你妈还没睡吧？"

许秋萍："没有，刚刚吃完药。"她伸手接过笼屉："哟，这是什么？热乎乎的。"

许家国："夜宵。刚刚出笼的。"

许秋萍："太好了，我还真有点饿呢。"她拉住许家国的手："爸，赶紧上去吧。"

许家国回身关好大门，跟着她朝二楼走了上去。

34. 济民纱行　许少臣的房间内（夜　内景）

许少臣将自己的皮箱搬到书桌上，正在清理里面的东西。

外面有人轻轻地敲门。

许少臣："请进。"

隔了一会儿，外面又敲了几下门。

许少臣："请进啊，门没插呢。"

敲门声没有了，也没人走进来。

许少臣有点奇怪，放下手上那一摞书，走到门后听了听。

外面显得特别安静，他便伸手拉开了房门。

滕满珍迎面站在门外，泪眼汪汪地望着他。

许少臣感到很突然："珍子？你怎么啦？"

滕满珍哽咽着问："少臣哥，刚见面，你就要走啊？"

许少臣赶快上前拉着她："珍子，进来，咱俩说说话。"

滕满珍刚走进来，忍不住哇地哭了："从小我就被别人这里送，那里送。谁来了，谁走了，我根本就不懂得伤心。"她越说越难过："今天这是怎么啦？怎么就舍不得你走啊？少臣哥啊……"

许少臣也听得极其难受，一把将她抱在了怀里。

35. 小河街　喊山公家　二楼房间内（夜　内景）
许家国、薛兰芝、许秋萍围坐在一张小方桌旁。
桌面上用竹笼屉摆放着各种食品，倒也十分丰盛。
许家国用筷子将一块豆皮夹到薛兰芝碗里："兰芝，没想到吧？这儿也有武汉豆皮呢。尝尝看，正不正宗？"
薛兰芝看了一眼："还真是。看上去就正宗。"
许秋萍从笼屉中又端出来一碗干拌面条："还有武汉的热干面。上头这层芝麻酱闻着就香。都好多年没见到了。"
许家国首先抄起筷子："来，快吃吧。趁热。"
三个人暖意浓浓地开始吃夜宵。
吃着吃着，许秋萍忽然微笑地望着许家国："爸，像这样坐在这间房子里吃夜宵，您是第几次了？"
许家国没反应过来："你说什么？"
许秋萍："哈，人家姐妹俩都跟了您，还能不常来？"
薛兰芝赶快制止她："秋萍，哪来这么多话？一桌子好吃的东西还堵不住你的嘴？"
许秋萍马上解释："爸，我这纯粹是好奇，想到哪说到哪。真没别的意思。"
许家国："有别的意思也很自然，我已经不在意了。"他倒坦然："这房间来过两次。可像这样一起吃夜宵，那还真没有过。"他补充了句："偶尔过来吃顿饭，也只在楼下。"
许秋萍："嗯，真好。我说怎么就格外香呢，屋子里头全是咱们老家的原汁原味儿。"

薛兰芝已经替许家国盛好一碗鸡汤:"家国,罐焖鸡味道不错,趁热喝一碗吧。"

许家国伸出双手接了过来:"好,这是我最喜欢的。"

36. 济民纱行　许少臣的房间内(夜　内景)

许少臣继续清理箱子,将一本本挑选好的书放进了皮箱内。

滕满珍在床铺前,帮他将一摞衣服折叠得整整齐齐,递到他面前:"少臣哥,问你个事儿。"

许少臣接过衣服:"什么事儿?"

滕满珍:"你会在学校边上租个房子住吗?"

许少臣:"有学生宿舍,还租房子干吗?"

滕满珍:"说着话我就高中毕业了。明年下半年,我也要去长沙读书,跟你读一个学校,可以吗?"

许少臣:"考得上当然可以啊。你现在的成绩怎么样?"

滕满珍想了想:"中游偏上吧。还有一学期,我会更好的。"

许少臣:"对,一定要长进。中游可不行哦。"

滕满珍:"那你就带着我,一直往上游走呗。"

许少臣回过头来望着她:"珍子,心可以往高处看,可眼睛还得盯着脚底下,一步一步走踏实了,才能心想事成。"

滕满珍:"我记住了。"她望着许少臣:"清理完了早点休息吧,明天我送你上船。"

许少臣笑了笑:"送可以,先说好,可不许哭鼻子哦。"

滕满珍没回答他,望了一阵,突然凑上前去,在许少臣的面颊上亲了一口。

这个举止完全出于冲动,连她自己都吓了一跳。

她再也不敢朝许少臣看,一捂脸,羞涩地跑了出去。

许少臣也惊呆了,站在原地,怔怔地望着她的背影,下意识摸了一下自己的面颊。

37. 喊山公家　二楼房间内（夜　内景）

许家国和薛兰芝、许秋萍已经吃完夜宵。

许秋萍收拾好碗筷，装在一只托盘上，问许家国："爸，楼下厨房可以洗碗吗？"

许家国："当然可以。喊山公特意把水缸都储满了。"

许秋萍便端着碗筷走了出去。

薛兰芝朝她背影看了一眼："家国啊，趁秋萍不在，我想告诉你一声，明天我就得离开这儿了。"

许家国一惊："那怎么行？瞧你这体质，怎么能走？"

薛兰芝："只要有药保着，问题不大。"她笑了笑："对于自己的身体，我心里有数。"

许家国的态度突然很坚决："兰芝，走的事情，你不要跟我提。绝对不行。门儿都没有。"

薛兰芝望着他，很平静地说："家国，我心里只有你，所以必须为你着想。难道你还看不出来？"

许家国："我早看出来了，只是想不明白。难道你只有离开我，才能为我着想？这是什么道理啊？"

薛兰芝："你听我说，现在一心为你着想的人，除了我，还有个翠翠。可翠翠从没有离开过你，孩子又小，她应该在身边为你着想。我呢，离开了近十年，已经习惯远远地为你着想了。这样一来，你既无远虑，又无近忧，何乐而不为呢？"

许家国回想着她的话，一时不知道说什么好。

薛兰芝继续给他分析说："家国，听我的话，啊。还是现实一点的好。你平心静气地想一想，无论做什么安排，只要我还待在这儿，你、翠翠，当然还有我，谁的日子都不能回复到以前那种安宁状态。那又何苦呢?"

许家国心里认同了她的话,却点头不是,摇头也不是,唯有连连叹息。

薛兰芝:"这事也该快刀斩乱麻了。刚才秋萍告诉我说,有可靠的朋友给她安排了事情做。还是公职。多好的机会啊?我要是老这么拖住她,大好前程岂不被我给耽搁掉了?"

许家国:"唉,兰芝啊,你别说了。这事儿我一直都在心里权衡,先别急着走,容我再想想。行吗?"

薛兰芝点了点头:"也行,想得实际点,啊。"

38.济民纱行 天井内(夜 外景)

夜已深,院子里万籁俱静。

一阵急骤的电话铃声划破夜空,显得格外震耳。

郑锦仁很快从自己房间里跑了出来,一边扣衣服,一边朝许家国的书房跑去。

39.许家国的书房内(夜 内景)

那架电话在书桌上不停地响铃。

郑锦仁跑过来,一把抓起话筒:"哪里?"

40.浦溪电话局内(夜 内景)

幺妹子坐在电话交换机前,泪流满面地对话筒喊道:"求你了,快喊郑伯接电话!求你啊……"

字幕:浦溪

41.许家国的书房内(夜 内景)

郑锦仁心里一阵惊慌:"我就是郑伯啊。你是幺妹子吗?"

42.浦溪电话局内(夜 内景)

幺妹子顿时号啕大哭:"郑伯,怎么得了啊?"

电话里郑锦仁着急的声音:"幺妹子,快告诉我,出什么事了?"

幺妹子:"许加林他、他断气了……"

43.许家国的书房内(夜 内景)

郑锦仁吓得腿一软:"什么?"

…………

第 29 集

1. **前集回顾**

电话里郑锦仁着急的声音:"幺妹子,快告诉我,出什么事了?"

幺妹子:"许加林他、他断气了……"

郑锦仁吓得腿一软:"什么?"

2. **江面上(凌晨 外景)**

一抹晨光在层层乌云的缝隙中开始显现。

运输货物的船只在拔锚启航。

字幕:常德 大河街

3. **济民纱行 许家国的书房外(凌晨 内景)**

向飞舟提着那只小皮箱匆匆走了出来。

许家国也换上了一身厚长袍,面色阴沉地走出了书房。

郑锦仁迎上来,递给他们每人一只黑色的袖纱:"家国,早班车还有两个小时才开,来得及。先把黑纱戴上。"

许家国接过黑纱看了看:"唉,真是祸不单行啊。"

郑锦仁："家国，到了那边，还得节哀顺变。加林这两年一直没醒过来，早就生不如死，他的痛苦也该结束了。"

许家国点了点头："郑伯，秋萍一大早就跟着张文松去报到了。兰芝那儿，你得多上点心。她情绪不稳定，一直想走。"他想了想："还有，加林去世的消息，先别告诉她。"

郑锦仁："放心，我会安排好的。"他迟疑了一下："只是，翠翠那儿怎么办？你就这么走，我担心她会更加多心。"

许家国："是，我也想到了。"他掏出怀表看了看："还有点时间。飞舟，你先去车站买票。我一会儿就赶过来。"

向飞舟应了声，和他一道走了出去。

郑锦仁不敢耽搁，也赶紧朝二楼走去。

天井斜对面的二楼上面，娄城站在自己房间的窗口处，偷听到了他们的对话。

4.二楼的楼梯口（晨　内景）

郑锦仁快步走上楼梯，迎面撞上了娄城："哦？娄城？我还正要找你呢。"

娄城："听见你们说话，我就赶紧出来了。"他朝许家国的背影看了看："郑伯，出了什么事吗？"

郑锦仁："是啊。董事长的侄子许加林过世了。"

娄城："啊，我见过。还是我下命令把他放出来的。"他显然知道得很多："那怎么办？他一死，浦溪纱厂谁来管啊？"

郑锦仁："那倒问题不大，加林早就没管纱厂了。"他掏出来一串钥匙："娄城啊，这是张总管让我交给你的。从今天起，他的事情就由你接手了。"

娄城："董事长已经通知我了。"他接过钥匙："郑伯，今后还得靠您多多指点哦。"

郑锦仁："好说。娄城，董事长不在的时候，我得照顾好许太太，济民纱行的事务，里里外外你都得管，啊。"

娄城："行，我试着来。"他很爽快："碰上没把握的事儿，我会随时请教您。"

郑锦仁挥了挥手，转过身，匆匆朝楼下走去。

娄城看了看手上那串钥匙，心中若有所思。

5. 喊山公家　大门外（晨　外景）

许家国沿着街道匆匆忙忙走了过来

走到大门前，他犹豫了一下，伸手敲了敲门。

里面没有回应。他便又敲了几下。

身后有人问了声："家国，这么早就过来了？"

许家国赶快回头一看，喊山公已经打完更，提着他的梆子和铜锣回到了这里。

许家国："啊，喊山公，我得离开几天，特意过来跟翠翠交代点事情。"

6. 喊山公家　大门内（晨　内景）

滕玉翠已经站在房门背后，正在听外面说话。

画外：喊山公的声音："没人开门？是不是还没起床啊？"

画外：许家国的声音："有可能。我又不敢用力敲门，怕惊醒了孩子。"

滕玉翠继续听着，没有急于开门。

7. 大门外（晨　外景）

喊山公发现许家国袖子上的黑纱，不解地问："家国，怎么戴着黑纱？"他有点紧张："谁去世了？该不会是……"

许家国赶快告诉他:"我侄子。昨晚上走的,我得去趟浦溪。"

喊山公:"哟,那得赶紧叫翠翠起来啊。"

他没有迟疑,上前就要敲门。

那门却从里面拉开了。

滕玉翠一步跨了出来。她也非常震惊,直截了当地对许家国说:"家国,我陪你去浦溪。"

许家国:"啊,你就别去了。宗胜还小,一天都离不开你。"

滕玉翠:"没事,可以托刘妈照看几天。"

许家国望着滕玉翠:"翠翠,你能想到陪我去浦溪,悬在我心里的那块石头,也就放下来了。"

滕玉翠心里一热:"别说了。给我一条黑纱,咱们这就走。"

许家国:"郑伯那儿准备了。咱们家的人,都得戴七天。"他明确地说:"浦溪你就别去了。那边也不缺人手,我带飞舟去完全够了。没必要过去那么多人。"

滕玉翠:"可我不去送送加林,心里会很不安的。"

许家国真诚地望着她:"翠翠,听我说,这两天应该有棉花商送原材料过来。你得赶紧从这儿搬回去,我不在的时候你得出面。咱们账面上不是缺钱吗?得想办法跟他们协调好付款的事儿,信用是金。明白吗?"

滕玉翠迟疑了一下:"那,我就这样搬回去,不大合适吧?"

喊山公插话说:"你看,又来了。"他显然对滕玉翠有点不满意:"许太太已经住到小河街去了,你还要怎么样嘛。"

许家国:"翠翠,什么都别说了,搬回去吧。"

滕玉翠想了想,终于问了句:"那,她会跟你去浦溪吗?"

许家国:"不会。我没敢告诉兰芝。她把加林看得很重,我担心她的心脏承受不起那种刺激。"

滕玉翠顿了顿："她身体好些吗？"她补了句："你太太？"

许家国："暂时还没什么问题。"他仍然很担忧："也不敢大意。医生说了，心血管的一些毛病随时可能复发。"

滕玉翠叹息一声，真诚地说："唉，眼前又处于这种状况，我也不好去看望她。"

许家国伸出手，轻轻地抚摸着她的肩头："翠翠，月亮落下去，太阳升起来，全都在于自然而然。既不可能把它推得快一点，也没有办法阻拦它不往前走。家里这事情，我相信你们，也请你们相信我。一切都会好起来的，啊。"

滕玉翠点了点头："我明白了。等宗胜醒过来，我一定搬回去。"她看了看天色："啊，你也得赶快去车站了。"

许家国望着她，心里顿时轻松多了。

8. **济民纱行　大门外（晨　外景）**

娄城推开大门走了出来，回身将大门关上。

他转身走上街道，忽然听见了什么，便朝街道尽头望去。

9. **大河街　尽头处（晨　外景）**

一辆军用吉普车轻轻鸣了声喇叭，一拐弯开上这条街道，然后加快速度朝这边开了过来。

10. **济民纱行　门前的街道上（晨　外景）**

娄城看见了那辆吉普车，不禁很感意外。

吉普车很快地开了过来，一个急刹车，在他面前停下了。

车门被很快推开，薛梦泽一脸倦容从车上跳了下来。

娄城更加吃惊："薛兄？"他不敢迟疑，大步迎了上去："您不是刚刚回去吗？怎么又赶过来了？"

薛梦泽："有急事，一会儿再跟你说。"他拔脚就朝济民纱行走："我得赶快见到姐夫。"
娄城赶紧喊住他："薛兄，别进去。姐夫已经走了。"
薛梦泽站住了："走了？去哪儿了？"
娄城："他要去浦溪，这会儿应该还在汽车站。"
薛梦泽："这么说，他已经知道了？"
娄城："你是说他侄子的事儿？姐夫昨晚上就知道了。亮了一夜的灯，都没怎么合眼。"
薛梦泽一把拉住他："娄城，上车，跟我走。"
娄城："去哪儿？"
薛梦泽："赶紧去车站，先截住他再说。"
娄城来不及再问，就被他拉上了吉普车。

11. 小河街　喊山公的屋子外（晨　外景）

郑锦仁提着一只竹篮子，买了一些早点走了过来。
走到大门前，他敲了敲门："兰芝，起来了吗？"
里面没人回应，郑锦仁便抬头看了一眼。
大门上方，挂着一把旧铁锁。门已经被人锁上了。
郑锦仁觉得奇怪，赶快退一步，不安地朝街道两头张望。

12. 长途汽车站内（晨　内景）

许家国和向飞舟坐在候车室，正在等待着上车。
向飞舟忽然有所发现："哎呀，那不是薛总吗？"
许家国："是他？怎么会？"他回头朝外面看去。

13. 长途汽车站外（晨　外景）

吉普车停在了汽车站门外。

薛梦泽和娄城跳下车,朝里面走了进来。

14.长途汽车站内(晨　内景)

许家国迎了过来:"梦泽,怎么啦?刚刚走又回来了?"

薛梦泽:"姐夫,这儿不是说话的地方。你让飞舟把车票退了,咱们赶紧回济民纱行。"

许家国:"那怎么行?我还得去给加林处理后事呢。"

薛梦泽:"您放心,昨天晚上我已经作了安排,万妹儿他们正在料理。来得及。"

许家国:"可误了这班车,今天就走不成了。"

薛梦泽:"肯定能走。坐我的车,保证比班车快得多。"

他不容分说,拉上许家国就朝外走。

15.小河街　喊山公的屋子外(晨　外景)

郑锦仁像只无头苍蝇在街道上寻找着。

身后忽然有人喊了声:"郑伯,郑伯。"

郑锦仁回头一看:"嗨,到处找你。差点急死了。"

薛兰芝穿戴得整整齐齐,从河边走了过来:"哟,您在找我啊?真是对不起,不知道您这么早就会过来。"

郑锦仁望着她,感到有点不理解:"大妹子,你这是干吗去了?一大早打扮得这么漂漂亮亮的?"

薛兰芝笑了笑:"我犯糊涂了,真有点不好意思告诉您。"

郑锦仁:"噢?怎么啦?"

薛兰芝朝四处看了看,小声说:"昨天在电线杆子上看见了一张小招贴,有个大户人家想聘请一个洗衣做饭的老妈子,开出的条件还挺不错,我就悄悄给揭下来了。"

郑锦仁吃了一惊:"什么?你想去给人家当用人?"

薛兰芝扑哧一笑:"可不?兴奋了一晚上,一直盼着天亮。早早地就往那儿赶。"

郑锦仁:"结果呢?"

薛兰芝:"哪有结果啊?哈,刚刚走到江边上,一阵凉风吹过,自己都吓了一跳。这不是鬼迷心窍吗?就算人家愿意收容我,家国的脸面,我哪丢得起啊?心里一慌张,赶紧又回来了。"

郑锦仁连连摇头:"唉,家国说你心情没有稳定下来,还真是。看来我得一天到晚看住你才好。"

薛兰芝也笑了笑:"郑伯,这么早过来,有事吗?"

郑锦仁指了指篮子:"我准备了早餐,特意过来陪你一起吃。"

薛兰芝赶快掏出钥匙:"啊,那就赶快进屋吧。"

16. 济民纱行 堂屋内(晨 内景)

许家国听完薛梦泽的叙述,一拍桌子站了起来:"我说浦溪纱厂一年多怎么就没一点利润过来,原来出了这么一个丧门星。他还总是报喜不报忧,把我糊弄得舒舒服服。"

薛梦泽:"是啊,我隔纱厂那么近,也没有觉察出来。"

娄城坐在边上,默默看着许家国。

许家国连连自责:"唉,谁都不怪,只怪我刚愎自用,姑息养奸。不行,必须悬崖勒马,坚决换掉申剑明。"

薛梦泽:"姐夫,我替您想过了。开掉他非常容易,可找一个人来顶替,恐怕就不那么容易了。"

许家国回头看着他:"那,你有合适的人可以推荐吗?"

薛梦泽没有犹豫,指着娄城说:"有啊。娄城就可以胜任。"

许家国眼睛一亮,赶快看着娄城。

娄城顿时慌了,赶快站了起来:"不、不。薛兄,我可不行。"他又望着许家国："姐夫，娄城不是不担当，实在是毫无这方面的经验。两三千人的大厂子，我哪能以身服众啊。"

许家国想了想："那倒也是。我那帮老家子弟错综复杂，轻易也不肯服从外乡人的管制。"

薛梦泽认真地望着许家国："姐夫，我反复掂量了。让娄城过去，有个前提必不可缺。"

许家国："什么前提？"

薛梦泽："必须还要去一个人压阵。这个人一定要有威望，镇得住场合。还必须有亲和力，拢得住人心。您觉得呢？"

许家国："你是说郑伯？"他摇了摇头："他没那分量。"

薛梦泽这才站起来："您考虑一下，我姐怎么样？"

许家国蓦地一惊："你说谁？你姐姐？兰芝？"

薛梦泽点了点头："她在汉口的时候就跟厂子里的人非常熟悉。无论男女职员，没有一个不敬重她。"

娄城赶快插话："哎，好主意。她一去，翠翠也就安静了。"

许家国很认真地想了想："两个难题。第一她愿不愿意去，第二，她的身体很差，我也不放心她去。"

薛梦泽："姐夫，两个难题都交给我吧。我这就去动员她，应该能行。再说还有我在那儿，您就放心吧。"

娄城又插话说："那我就没必要去了吧？济民纱行这边，我刚刚上手。"他笑了笑："还真有点舍不得呢。"

薛梦泽手一挥："娄兄，别说了，过去帮她一把，啊。我的姐姐，不就是你的姐姐吗？"

许家国一时难以决断："啊，容我想想。"他又开始在屋里踱步："我再仔细想想。"

17. 客运码头前面的街道上（日　外景）

滕玉翠提着一些随身用品，正路过码头朝前走着。

刘妈抱着许宗胜，紧跟在她身后。

18. 街道那头（日　外景）

街道那头，许少臣背着一个行军背包，提着皮箱走了过来。

滕满珍替他拿着一只旧公文包，亲密地挨在他的身旁，一边说话一边朝码头走。

19. 客运码头前面的街道上（日　外景）

刘妈看见了他们："哟，那不是许少爷吗？他要去哪啊？"

滕玉翠便停下脚步，朝那头望去。

20. 街道那头（日　外景）

滕满珍正傍着许少臣往前走，忽然看见了滕玉翠。

滕满珍："快看，那是我姨。"

许少臣抬头一望，也看见了滕玉翠。

滕满珍很高兴："走，去见见我姨。你还没见过呢。"

她不管不顾，拉上许少臣朝码头那边走去。

21. 客运码头前面的街道上（日　外景）

滕玉翠躲避不开，只好迎了上去："珍子，去哪儿啊？"

滕满珍："姨妈，您先别问，我给您介绍一下。"她指着许少臣："不认识吧？这位是少臣哥。"

许少臣望着滕玉翠，礼貌地问候了声："啊，姨妈好。"

滕玉翠有点尴尬，回了声："你好。"她勉强笑了笑："其实我们已经见过一面了。"

许少臣倒很坦然:"是。那天我姐情绪不好,您别见怪。"

滕玉翠没料到他会这样说,迟疑了一下,也回答说:"不会的。应该说,当时我更不冷静。"

滕满珍听得一头雾水:"你们说什么呀?我听不明白。"

滕玉翠瞪了她一眼:"听不明白就算了。问么多干吗?"

刘妈心里很高兴,便对滕玉翠说:"翠翠,你们在这儿聊,我先把宗胜抱回去。外面有点凉。"

许少臣忽然很惊喜:"他就是宗胜啊?我看看。"他赶快凑到刘妈跟前:"嘀,虎头虎脑的,太可爱了。会叫人吗?啊?"他伸出手指喜爱地抚摸他的鼻尖:"宗胜,快叫我一声哥,叫啊。"

滕玉翠心里顿时一热,赶快背过身,用手捂住了自己的嘴。

22. 喊山公家 堂屋内(日 内景)

郑锦仁陪着薛兰芝正在小餐桌前吃早点,外面有人敲门。

郑锦仁赶快站起来,走到门后打开了房门。

薛兰芝回过头看了一眼,不禁一愣。

薛梦泽走了进来:"姐,没想到吧?我又来了。"

紧跟在他身后,许家国和娄城也走了进来。

薛兰芝十分意外:"梦泽,怎么回事?是不是没回浦溪啊?"

薛梦泽:"回去了又过来,马不停蹄。"他看了许家国一眼,满面笑容:"姐,这次我是专门过来接您的。"

薛兰芝:"接我?"她有点困惑:"接我去哪儿?"

许家国也笑着说:"兰芝,梦泽想请你出山,执掌帅印呢。"

薛兰芝更加不明白:"什么?请我出山?什么意思啊?"

郑锦仁关上房门,回过身来招呼大家说:"啊,别老站着。坐下说吧。快请坐。"

大家便坐了下去。

23. 客运码头处（日　外景）

滕玉翠平静下来，看了一眼许少臣的行李："少臣，大包小包的，你这是要去哪儿？"

滕满珍抢着说："姨妈，少臣哥要上第一师范了。"

许少臣赶快补了句："还得考试。不一定能考得上。"

滕满珍："绝对能。早上有位高人预测过了，十拿九稳。"

许少臣："是吗？高人是谁啊？"

滕满珍顽皮地一笑："我。滕满珍。"

许少臣和滕玉翠也笑了。

滕玉翠犹豫了一下："那，你姐姐呢？怎么没来送你？"

许少臣："我姐大早就去报到了。她找了一份工作，挺好的。"

滕玉翠："是吗？"她有点意外："这么说，你们都走了？"

许少臣："我姐不走。她白天出去做事，下班回来还住家里。"

滕玉翠："这样吗？"她望着许少臣，颇有几分感慨："少臣啊，你跟你姐姐的性格完全两个样，待人这么厚道，我很感动。"

许少臣："谢谢。"他顿了一下："其实，我姐只是快人快语。她那内心比我还厚道。"

滕玉翠："是吗？那就好。"她不再说这个话题，便盯着许少臣："少臣，你刚才叫我什么？姨妈？"

许少臣："啊，突然间我也不知道该怎么称呼，就跟着珍子顺口叫了一声。您不在意吧？"

滕玉翠："唉，叫姨妈多好啊。就不知道我配不配。"

码头上那艘客轮鸣了一声汽笛。

许少臣提起皮箱："那，我走了。"他特意加重语气："姨妈。"

滕玉翠一阵激动，赶快从滕满珍手上抢过许少臣那只旧公文包："走，我送你上船。"

24. 喊山公家　堂屋内（日　内景）

薛兰芝听完薛梦泽的叙述，沉默地坐在那儿，一言不发。

许家国、薛梦泽、娄城都在期待着她的反应。

郑锦仁终于忍耐不住："大妹子，行不行，你说句话吧。"

薛兰芝便叹息了声："唉，在汉口的时候，申剑明还说得过去，怎么就变成这样了？"她摇了摇头："人好人坏，终究会原形毕露。岁月真是一面镜子啊。"

薛梦泽："是啊。姐，上阵要靠亲兄弟，打虎还得父子兵。我刚才还跟姐夫说，这种时候，您一定会挺身而出的。"

许家国也望着她："兰芝，我最放心不下的，就是你的身体。"他分析说："至于技术、生产、管理、经验什么的，我一点都不担心。咱们厂里人才济济，什么都不缺。唯一只缺一样：主心骨。"

薛兰芝不再犹豫："那就不说了。我去。"

这句话顿时让大家一阵兴奋。

薛兰芝："厂子跟人的心脏一样，都是管造血的。命脉所在啊。"她笑了笑："趁着我的心脏还行，那就去试试吧。正好也想找个地方做点事情，去别的地方你们又不放心，何不去浦溪呢？"

薛梦泽格外高兴："是啊，姐，我还请了个兄弟帮您呢。"他把娄城也拉了起来："就是他。娄城，我的军校同学。"

薛兰芝望着娄城："哦？军校也学纺织？"

娄城赶快说："不、不，我没学过纺织。"

薛兰芝："是吗？那您怎么帮我呢？"

娄城便故意望着薛梦泽。

薛梦泽只好解释说："姐，是这样。眼下纱厂挺混乱的，让娄城跟着您，大家都放心。"他拍着娄城的肩膀，笑着说："瞧他这身板，三五个大汉，边都靠不上。"

薛兰芝赶快摆手："不、不，千万不行。我去那儿，只是把心交给家乡子弟，哪能跟大家刀兵相见啊？"

娄城立即附和说："姐姐说得对，娄城只是一介武夫，万一帮了倒忙，那不坏大事吗？"他望着许家国："姐夫，您说呢？"

许家国："帮倒忙倒不至于。"他望着薛梦泽："梦泽，我看娄城不去也罢。你姐有自己的办法，以柔克刚，反而更好。"

娄城："就是。"他看了薛梦泽一眼："薛兄，谢谢您抬举，我还是留在济民纱行，好好跟姐夫学点本事吧。"

薛梦泽看见娄城极不情愿的样子，也就不再坚持了。

25. 济民纱行　滕玉翠的卧室内（日　内景）

刘妈拿过玩具放到许宗胜面前："宗胜，喜欢吗？啊？"

小宗胜接过玩具，在围椅里面欢蹦乱跳，十分开心。

滕玉翠一推门走了进来，看见小宗胜那样活泼，也很开心："哟，瞧你这得意的样子，认了一个哥哥，是不是？"

刘妈也很欣慰："翠翠，还别说宗胜，我都好高兴呢。"

滕玉翠回过身来："刘妈，拜托您一件事儿。"

刘妈："你说。"

滕玉翠："赶紧去菜场买一只老母鸡，搁点黄芪和天麻，浓浓地炖一锅鸡汤，给许太太补补身子。行吗？"

刘妈："当然行。这可是件大好事儿，我马上去。"

她转身朝门外走了出去。

滕玉翠想了想，将小宗胜抱了起来："乖宝宝，早上醒太早了，去睡一会儿，啊。妈还有好多事儿呢。"

她抱着小宗胜朝床铺跟前走去。

26. 喊山公家　大门外（日　外景）

薛梦泽那辆吉普车停在门外，司机正在检查轮胎。

娄城站在旁边，点燃了一支香烟。

薛梦泽提着薛兰芝的一些日常用品，从屋子里走了出来。

娄城："薛兄，可以出发了？"

薛梦泽将用品放在车上："快了。我姐一会儿就下来。"

娄城："要我上去帮忙吗？"

薛梦泽："不用。她得梳妆打扮一下。哈，女人出门嘛。"他想了一下："娄城，我得问你句话。"

娄城便走到了他跟前："问我为什么不想去浦溪，是不是？"

薛梦泽："可不？我怎么觉得，你有点不舍得开济民纱行了？"他望着娄城："才来几天啊？就跟丢了魂儿似的？"

娄城淡淡一笑："薛兄，能听我说句话不？"

薛梦泽："你说。"

娄城朝："我打心眼里觉得，你压根儿就不该把姐姐接走。"

薛梦泽："这话怎么说？"

娄城："还用问？她是姐夫的正房太太，哪有拱手让位的道理？"他朝薛梦泽凑近了些："你跟我说句实话，是不是怕姐姐在这儿心里不舒服，就借口纱厂的事情，想让她脱离是非之地？"

薛梦泽想了想，坦率地说："纱厂的确需要她去坐镇。可要说私心，我还真有一点儿。"他忍不住抱怨说："我姐这辈子也太苦了。心地又单纯。翠翠个性张扬，还有个强势的爹在她身后，姐夫对他们也只能让着点。看着姐姐在这儿受夹板气，我真的不情愿。"

娄城："哈，那岂不太便宜翠翠了？"

薛梦泽："算了。站在姐夫的角度，于公于私，他确实也离不开翠翠，那又何必让他左右为难呢？"

娄城："离不开也未必吧？"他诡异地笑了笑："我倒有个预感，滕玉翠在姐夫身边也长不到哪儿去。"

薛梦泽一愣："这话怎么说？"

娄城："薛兄，跟你说说也不要紧。你知道上次在重庆，我是从什么地方把翠翠救出来的？"他压低声音："乔专员有一个很隐秘的私人浴室，她在那里头待着呢。"

薛梦泽想了想："那倒也不能说明什么。"

娄城："乔专员被乱枪打死之前，也是从浴室逃出来的。那会儿他差不多赤身裸体，身上只有一条内裤。"

薛梦泽非常吃惊："噢？是这样？"

娄城："薛兄，这可都是我亲眼看见的。我也只看见了这么多。至于能说明什么，我可就不敢乱猜测了。"

薛梦泽眉头紧皱，还想再问点什么，许家国挽着薛兰芝从屋子里面走了出来。

两个人不再说话，赶快迎了上去。

27. 吉普车前（日　外景）

司机很快地替他们打开了车门。

许家国和薛梦泽小心地将薛兰芝扶上吉普车。

郑锦仁和娄城也送到了车边。

许家国正要上车的时候，想起了一件事，便将郑锦仁拉到一边，小声说："郑伯，差点忘记了一件事。"

郑锦仁："你说。什么事儿？"

许家国："早上翠翠特意打听过。她担心我会带上兰芝去浦溪。那会儿梦泽还没赶到，我也根本没打算带上兰芝。"

郑锦仁:"听明白了。你安心走,我去给翠翠解释。"他想了想:"她还在她爹那儿吗?"

许家国:"她答应了搬回去住,这会儿不知道走没走。"

郑锦仁:"没关系,全交给我。你们赶紧出发吧。"

娄城不动声色地听着他们说话。

许家国便登上吉普车,把车门关上了。

郑锦仁和娄城赶快向他们挥手告别。

28. 济民纱行 许家国原来那间卧室内(日 内景)

滕玉翠提来一桶水,正在仔细地擦拭着里面的家具桌椅。

擦到床头柜的时候,她忍不住拉开抽屉看了一眼。

那双绣着凤凰的缎面女式拖鞋,仍然整齐地放在里头。

她心情很复杂,便关上抽屉,回过头朝墙上望去。

正面墙壁的相框里,许家国和薛兰芝脸上的笑容十分甜蜜。

滕玉翠痴呆地看着相片,忽然听见门响,赶快回头望去。

29. 这间卧室的房门口(日 内景)

有个男人故意干咳了一声:"我可以进来吗?"

也没等有人回答,娄城一步跨了进来。

30. 这间卧室内(日 内景)

滕玉翠有点意外:"娄大哥?是您?"

娄城朝卧室内环视了一眼:"嗬,好温馨啊。跟洞房似的。"

滕玉翠:"本来就是洞房嘛。"

娄城望着她:"那你在这儿干什么?当用人?打扫卫生?"

滕玉翠:"我不愿意再僵持了,想把许太太接过来。"

娄城笑了笑,突然伸出一只巴掌,像抽耳光一样在空中抽了

777

几下:"看明白了吗?这动作。"

滕玉翠不解地摇了摇头。

娄城:"这就叫一个巴掌拍不响。"

滕玉翠一怔:"您是说……"

娄城:"董事长已经带着他太太一起去浦溪了。"他看着滕玉翠:"不知道吧?薛总亲自过来接走的。"

滕玉翠不敢相信:"怎么会?他亲口跟我说一个人去啊。"

娄城:"说是说纱厂出了事儿,非得让许太太去坐镇不可。嘿,你觉得这个理由靠谱吗?"

滕玉翠顿时委屈得坐了下去:"这也太不光明正大了。"

娄城故意反驳她:"这么说也不对。我们都看见了,就你一个人不知道,怎么能说不光明正大呢?"

滕玉翠一下子就火了:"怎么的也不能说假话啊。我还特意安排刘妈炖了一锅鸡汤,准备亲自过去把她接回来住。"她越想越生气,忽然把手中的抹布往地下一扔:"我、我干吗这么贱啊?"

娄城火上浇油地添了一句:"也是。你太单纯了。不定哪天被人卖了,你还替人家数钞票呢。唉。"

滕玉翠听得失去了控制,一脚蹬翻那只水桶,冲出了门外。

木桶里的水顿时流了一地。

31. 浦溪　济民纱厂大门前(日　外景)

纱厂大门两侧,分别摆设了大花圈。花圈上鲜花围绕,正中一个黑色的"奠"字。

字幕:浦溪

32. 纱厂大门内（日　外景）

万妹儿和几名员工骨干胸前都佩戴着一朵小白花，聚集在门卫室前正在议论着什么。

一名员工看见了什么，赶快指着外面说："看，他们赶到了。"

万妹儿和员工骨干便回头望去。

33. 门外的马路上（日　外景）

薛梦泽那辆吉普车风尘仆仆地朝这边开了过来。

吉普车开到纱厂大门外，停了下来。

司机跳下车，迅速地拉开了前后的车门。

许家国和薛梦泽很快地下了车。

两人走到后车门边，将薛兰芝从车上扶了下来。

34. 纱厂大门内（日　外景）

万妹儿看见薛兰芝，眉头一皱："哦？许太太还真的来了？"

一名男骨干也看见了："这么说，昨天晚上申剑明说的那些话，还真不是凭空捏造？"

万妹儿心里很不痛快，扭头便朝厂子里面走。

另一女骨干："哎，万妹儿，你要去哪儿？"

万妹儿："我去灵堂那边，得把幺妹子招呼好。"

那女骨干："怎么，你不先见见许太太？"

万妹儿："你们去见吧，我心里不痛快。"

她头也不回地往车间那边走了进去。

35. 许加林的灵堂内（日　内景）

灵柩后面的墙壁上，悬挂着许加林的一幅黑白遗像。

幺妹子一身重孝，在万妹儿的陪伴下，悲痛地站立灵柩旁。

外面无数的鞭炮突然炸响。

鞭炮声中，许家国走上前去，将一炷灵香在烛火上点燃，沉缓地插进了香炉内。

板鼓铙钹声响起，道士和着节奏，开始吟诵超度经文。

薛梦泽搀扶着薛兰芝，也向许加林敬了一炷香。

然后，她抬起头来，含着热泪注视着那幅遗像。

数十名纱厂员工排起长队，手持灵香，缓缓地绕灵柩一圈之后，轮流将灵香插进了那只硕大的香炉之中。

36. 灵堂门外（日 外景）

一阵马蹄声传了过来。一名穿中山服的中年男子，骑着一匹高头大马，在几名骑马警察的护卫下，来到了灵堂大门外。

两名负责接待的纱厂员工赶快迎了上去："哟，蓝县长，您亲自过来了？"

那名县长下了马："我不能不来啊。济民纱厂这些年给本县谋了不少的福利呢。"他朝灵堂看了一眼："许董事长到了吗？"

员工："刚刚赶到。县长您里面请。"

蓝县长："稍等一下。家父也要过来祭奠。"

话刚落音，七八条汉子簇拥着一台四人大轿也来到了这里。

蓝县长赶快迎上去，从轿子里扶出一位老者。那老者六十来岁，一身黑色长袍，看上去精瘦结实，目光中却隐藏着一股狠劲。

一员工吓了一跳，小声对另一员工说："我的天！那不是响当当的蓝八爷吗？他也来了？"

另一员工赶紧捏了他一把："赶紧去告诉许董事长。"

那员工便悄悄回过身，飞快溜进了灵堂。

蓝八爷朝灵堂看了一眼："他们那个许掌柜，来了吗？"

蓝县长："来了。"他小声提醒："爹，得叫许董事长。"

蓝八爷哈哈一笑："嗨，这洋名字，我老是记不住。哈！"

37. 灵堂的走廊上（日　内景）

那名员工领着许家国和薛梦泽，匆匆忙忙走了出来。

许家国边走边问薛梦泽："这个蓝八爷，有什么来头？"

薛梦泽："乌龙山的各路帮派当中，他的实力排在第八，所以叫蓝八爷。那已经是多年前的事儿了。自从儿子当上了县长，这会儿他的名次至少排上了前三位。"

许家国又问："县长那人怎么样？"

薛梦泽："还说得过去，只是句句话都得听爹的。"他补充了句："他那顶官帽，是蓝八爷托人买回来的。"

许家国："嚄，大本钱啊。"他想了想："如果句句话他都听爹的，那就是说，这个蓝八爷也还说得过去？"

薛梦泽："好像还可以。至少我们兵工厂在浦溪这么多年，蓝八爷还没来搞过敲诈勒索。"

许家国："那就别失礼了，赶快走。"

38. 灵堂大门外（日　外景）

蓝八爷正在和县长儿子在那里说话，薛梦泽带着许家国大步流星从灵堂里面走了出来。

薛梦泽："哟，蓝县长，您怎么亲自过来了？"

蓝县长很客气："噢？薛总也在这儿？"

许家国便上前一步，连连打着拱手："不知两位屈驾光临，家国有失远迎，失礼，失礼了。"

薛梦泽赶快向他们父子介绍说："蓝县长，我给二位介绍一下,这位就是济民纱厂的许董事长。"

许家国:"不敢。在下许家国。"

蓝县长顿时心生倾慕:"喔?董事长气质高雅,真是一名儒商。名字又那么响亮,许家国。敬佩、敬佩。"

蓝八爷显得更加亲切,上前一把握住了许家国的手:"啊,许先生,县长很会讲话,可八爷我是个粗人,漂亮话不会说。哈,反正我一眼就看中你了。"

许家国:"啊,家国荣幸之至。"

蓝八爷:"凡是我一眼看中的朋友,必定要跟他喝杯雄鸡血酒,结为生死之交。那就说好了,今天晚上,接你去我乌龙寨一醉方休。怎么样?肯不肯给个面子?"

许家国听得一愣。

蓝县长赶紧补充说:"许董事长,我父亲快人快语,您别在意。其实我们专程过来,是为了吊唁许经理加林先生的。"

许家国:"哎呀,那就更不敢当了。"他趁机客气地望着蓝八爷:"老先生的好意,家国心领了。今天是侄子的忌日,不便带丧饮酒,改日我再隆重回请蓝老先生吧。"

蓝八爷:"两码事,啊。鼓当鼓打,锣做锣敲。"他又一次拉住了许家国的手:"走,先给你侄子烧炷香,我的心意就算是到了。晚上过来喝杯酒,你的心意也算是到了。就这么定了,走吧。"

许家国一时不好说什么,只得陪着他朝灵堂里面走了进去。

39. 灵堂另一条走廊上(日 内景)

万妹儿带着一身孝服的幺妹子,沿着走廊走了过来。

旁边有一间屋子,万妹儿走到门口,拉着幺妹子走了进去。

40. 那间屋子内（日　内景）

薛兰芝坐在那儿小憩，万妹儿拉着幺妹子走到她面前。

万妹儿："幺妹子，磕个头。这是你婶娘。"

幺妹子朝薛兰芝双膝一跪，叫了声"婶娘"，号啕大哭。

薛兰芝一下慌了："别哭，好闺女，快起来。"她把幺妹子拉起来，望着万妹儿："万妹儿，这姑娘跟加林，有孩子吗？"

万妹儿："没有。他们结婚的时间太短了。"

薛兰芝："哦，什么时候结的婚？"

万妹儿："三天之前。"

薛兰芝一愣："什么？"

万妹儿："也就是前天晚上的事儿。"

薛兰芝完全糊涂了："怎么会？加林不是早就没知觉了吗？"

万妹儿："是啊。自从加林一病不起，幺妹子就横下了一条心。"她很感慨地说："前天晚上眼看着加林就要咽气了，幺妹子突然当着大伙的面，宣布跟他结为阴阳夫妻。"

薛兰芝："天哪。"

万妹儿："真是太神奇了，幺妹子刚刚宣布，许加林脸上当时就有了笑容。"她摇了摇头："然后他就命断气绝，直奔黄泉了。"

薛兰芝一把抱住幺妹子，感动得哭出了声："好妹子，你真是个蠢妹子啊！……你、你让婶娘我心都碎了……"

幺妹子也抱着薛兰芝，两人哭成了一团。

万妹儿看得不忍心，便及时打断说："幺妹子，不能多耽搁了。县长和他爹特意来祭奠加林，我们都得进去了。"

幺妹子便站了起来，神情恍惚地朝外走。

薛兰芝擦了擦眼泪，也跟着朝外面走。

将要走出房门，薛兰芝望着万妹儿说："万妹儿，祭奠完了再过来一下。我有事情要问你。"

万妹儿迟疑了一下:"行。没问题。"

41. 灵堂旁边的一间休息室内（日　内景）

许家国和薛梦泽陪着蓝县长和蓝八爷祭奠完毕,把他们请到了这间会客室。

一行人相互礼让着,在四周的木沙发上坐定。

一名女员工给他们递上来一杯杯热茶。

另一名男员工端上来一盘小毛巾:"刚刚敬完香,擦擦手吧。"

大家便坐下来,每人取一条毛巾擦着手。

毛巾送到蓝八爷面前时,他大手一挥:"不要。哪有你们城里人那些讲究?哈,我这一双手,早就不知道杀死过好多人了。"他轻松一笑:"当然啰,我杀的那些,没有一个好人。"

薛梦泽便暗暗看了许家国一眼。

许家国不动声色,就跟没听见一样。

42. 薛兰芝休息的房间内（日　内景）

薛兰芝和万妹儿前后走了进来。

万妹儿冷淡地望着薛兰芝:"许太太,你想问什么,就快点问。我还有好多事儿呢。"

薛兰芝:"万妹儿,你十八岁进济民纱厂。十多年来就跟亲妹妹一样,一口一声地称我姐姐,什么时候叫过我许太太?"

万妹儿:"那是以前的你。今天可不一样了。"

薛兰芝:"是吗?难怪你一直没给我个好脸色。"她显得很平静:"说说看,我哪儿不一样了?"

万妹儿:"昨天申剑明到处放风,说开除他不是因为他没本事,而是董事长没有地方安顿大老婆了。都知道他那张臭嘴,也就没有人信他的话。万万没有想到,你还真的来了。"

薛兰芝望着她:"难道你们不欢迎我来?"

万妹儿:"许太太,凭良心说,对于你本人,厂子里没有一个不敬重的。只是董事长太不地道了。都是同过生死共过患难的家乡子弟,为了摆平自己的家庭矛盾,居然连员工的死活都不顾了。"

薛兰芝:"万妹儿,索性敞开了说吧。你的意思是不是说,我往这儿一来,济民纱厂就非垮台不可?"

万妹儿非常直率:"明摆着嘛。一个人到底几斤几两,自己心里最有数。还用得着问别人?"

薛兰芝:"那,申剑明几斤几两,你心中有数吗?"

万妹儿愣了一下,不再作声了。

一名男员工敲了敲门,走进来说:"许太太,董事长请您去一趟休息室,跟县长见个面。"

薛兰芝:"啊,我这就过去。"她起身看了万妹儿一眼:"万妹儿,你也问问自己。真要对我没信心,那就趁早走。带多少人走都可以。姐姐我是空着手过来的,没钱给那些没信心的人发薪水。"

万妹儿心里一怔,赶快抬起头望着她。

薛兰芝却不再看她,抬脚便朝门外走去。

万妹儿望着她的背影,眼睛里顿时浮现出希望的亮光。

43.灵堂旁边的休息室内(日 内景)

蓝县长望着许家国问了声:"请问许董事长,加林经理这么一走,济民纱厂将会由谁来主事?"

许家国:"啊,回县长的话,这以后,纱厂所有的事务,全部交给内人薛兰芝打理。"

蓝县长点了点头，侧过头看了父亲一眼。

蓝八爷似乎早就知道，便直截了当地说："不就是你那个原配的太太吗？听说她根本就不懂纺织。到底行不行啊？"

薛梦泽心里一怔，不禁悄悄看了许家国一眼。

许家国很坦然："内人在济民纱厂比我的威望还要高，当然能行。况且纱厂经营了好几十年，生产和管理方面能人众多。县长和蓝八爷尽管放心。"

蓝八爷没有再说，只是回头朝蓝县长示意了一下。

蓝县长点了点头，望着许家国："那我就明说了吧。许董事长，贵纱厂是不是有个姓申的副经理？"

许家国："噢？县长问的是申剑明？"

蓝县长："对。"他告诉许家国："这个人昨天去了县政府，说了些济民纱厂的事情，听起来令人担心。贵厂已经一年多没有缴税了，税收关乎国家法律，很严重的事情呢。"

许家国："县长不必担心。那个人刚刚被纱厂开除，怀恨在心，故意到处搬弄是非，我还正想追究他的责任呢。"

蓝县长："是吗？那就好，我这也是完全出于关心。"

蓝八爷："算了，这是你们内部扯皮的事情，民不告官也不究。许掌柜，晚上去我寨子喝酒的事情，可不能借故不来哦。"

他利索地站了起来，正准备离开，一转身发现了什么，吃惊地朝门口望去。

44. 休息室门口（日　内景）

休息室的房门被人从外面拉开了。

薛兰芝大方得体地走了进来。

蓝八爷看见了薛兰芝，顿时眼睛都直了。

许家国赶快介绍说:"蓝八爷,县长大人,这位就是我的太太,薛兰芝女士。"

蓝八爷目光根本离不开薛兰芝了:"就、就是她啊?我的老天,还以为仙女下凡了。"

蓝县长有点尴尬,便解围似的上前对薛兰芝打了个招呼:"啊,许太太好。"

薛兰芝微笑着点了点头:"啊,县长您好。"然后又望着蓝八爷:"您好,蓝老先生。"

蓝八爷兴奋得一拍巴掌,指着许家国大声说:"你给我听好了,今天晚上,一定要把你太太带去喝酒。"

许家国赶快推辞:"啊,我太太的身体……"

蓝八爷根本不听:"不管!她要是不去,我就派一队人马,抢也要抢过去!八爷说到做到。你们听清楚了?"

许家国一时愣住了。

…………

第 30 集

1. 前集回顾

蓝八爷:"听好了,今天晚上,你一定要把太太带去。"

许家国赶快推辞:"啊,我太太的身体……"

蓝八爷:"不管!她要是不去,我就派一队人马,抢也要抢过去!八爷说到做到。你们听清楚了?"

许家国一时愣住了。

2. 大河街 货运码头(日 外景)

两条载满棉花包的大木船,缓缓地靠上了码头。

葛老大站在前面那条船的船头,将缆绳准确地扔了下去。

他那年轻的太太孟妹子在第二条船上,也扔下了缆绳。

3. 济民纱行 天井内(日 外景)

娄城正准备朝外走,郑锦仁匆匆忙忙从外面走了进来。

郑锦仁:"娄城,翠翠回来了吗?"

娄城:"啊,早就回了。"他望着郑锦仁:"您找她有事?"

郑锦仁:"是啊。许太太去浦溪的事儿,董事长让我跟翠翠解释一下，怕她产生误会。"

娄城一拍大腿："嗨，晚了。翠翠发大脾气了。"

郑锦仁一愣："啊？她又不知道。谁跟她说的？"

娄城："还有谁？当然是我啊。"

郑锦仁："什么？你？"他有点急了："谁让你说了？"

娄城："董事长跟你交代的时候，我不就在旁边吗？回来正好碰见翠翠，那会儿你又不在。我要不告诉她，万一从别的地方知道了，那不更加麻烦吗？"

郑锦仁一时不知道说什么好："那，现在呢？她在哪儿？"

娄城："先前在许太太那屋里，这会儿就不知道了。"

郑锦仁连连摇头，赶紧朝那间屋子走去。

4. 薛兰芝那间房间内（日　内景）

郑锦仁走进房间，朝地下一看，不禁愣住了。

地下那只木桶还没扶起来，地面上满是污水。

郑锦仁赶快走上去，扶起了那只水桶，然后取过一把扫帚，开始清扫地下那些污水。

5. 济民纱行　大门外（日　外景）

葛老大和孟妹子提着两盒礼品，兴冲冲地走了过来。

正要进纱行大门，娄城从里面走了出来。

葛老大不认识他，便没跟他打招呼，直接朝里面走。

娄城当即喝了声："哎，你们站住。"

葛老大和孟妹子便站住了："怎么啦？"

娄城："嚼，还问我怎么啦？头也不抬就往里冲，以为这是哪儿？乡下的菜园子？"

孟妹子被训火了："哟，我还正想问你呢。你是谁啊？"

娄城:"我是这儿的总管。听清楚了?"

孟妹子不禁看了葛老大一眼。

葛老大望着他:"这儿的总管不是姓张吗?"

娄城:"换了。姓张的犯了事儿,已经走了。"

孟妹子:"那,郑管家呢?他也走了?"

娄城口气软了一些:"找郑管家?嗨,怎么不早说。"他朝里面指了指:"进去吧。他在里面呢。"

他不再理睬他们,径直朝街道上走了出去。

孟妹子回头看着他的背影:"这人怎么这样啊?"

葛老大便劝了句:"济民纱行既然雇用他,想必也有他的道理。不管那些,赶紧进去吧。"

两人便走了进去。

6. 玉翠的卧室内(日 内景)

许宗胜还在床铺上酣睡。

地面上摆放着两口打开了的大箱子。滕玉翠清理了一大堆衣服,正在一件一件往里面装。

装完衣服,她气恼地将箱子盖使劲关上。

回头再看了看屋子内,心情又非常矛盾,身体便向后一倒,朝天仰在了床铺上。

7. 后天井内(日 外景)

郑锦仁打扫完屋子,拿着那把扫帚刚刚走到天井里,抬头便看见了葛老大他们:"哟,葛老大?你们俩怎么来了?"

葛老大:"郑管家,我给你们送棉花来了。"

郑锦仁:"太好了。雪中送炭啊。"他想了想:"只是有点不凑巧,董事长刚去了浦溪。"

葛老大:"是吗? 那,老板娘也跟着去了?"

郑锦仁:"老板娘?"他一下子没反应过来:"啊,你是说翠翠? 她倒是在家。"

葛老大:"那就行。我们想去拜见一下,可以吗?"

郑锦仁:"可以。我这就带你们去。"他放下扫帚,看见了他手上的礼品:"哟,还带什么礼物啊?"

葛老大:"都是些土特产,城里一般见不到呢。"

郑锦仁便领着他们朝楼梯那边走去。

孟妹子走了几步,忽然问了句:"郑伯,你们济民纱行,是不是来了个新总管?"

郑锦仁:"对,他姓娄。从军队上过来的。"

葛老大:"军队上?"他笑了笑:"难怪说话那么冲。"

郑锦仁:"行伍出身嘛,都那样。磨一磨就好了。"

他领着葛老大夫妇朝滕玉翠卧室走去。

8. 玉翠的卧室内(日　内景)

滕玉翠还仰身躺在床铺上,外面有脚步声传了过来。

她便撑起身子,坐了起来。

郑锦仁在外面敲了敲门:"翠翠,在里面吧?"

滕玉翠没好气地反问了声:"什么事儿?"

郑锦仁:"方便进来吗? 有客人来了。"

滕玉翠想了想,起身走到门后,拉开了房门。

葛老大和孟妹子笑容可掬地站在门外:"哎呀,老板娘,好久没见了,挺好的吧?"

滕玉翠便调整一下情绪:"哦,葛老大啊?"她侧身走出门外,随手将门拉上了:"孟妹子,近来怎么样? 生意不错吧?"

孟妹子:"托您的福,马马虎虎吧。"她把那两盒礼品递了上来:"老板娘,这是我们乡下的土特产。一点小心意,特意拿来孝敬您和董事长的。"

滕玉翠:"哎呀,总是让你们破费,真的没必要。"她接过那礼品:"下次再别这样了。"

郑锦仁朝房门看了一眼:"怎么?宗胜还在睡觉?"

滕玉翠:"是。刚睡不久。"

葛老大赶快告辞:"那就不打扰了。还得赶紧去卸货呢。"

滕玉翠:"噢?又送棉花来了?"她关心地问:"送了多少?"

葛老大:"二百吨。整整两大船呢。"

滕玉翠心里算了一下:"那得付您十来万货款?"

葛老大:"没那么多。八万出头吧。"

郑锦仁插了句:"老大,听说棉花价钱涨得厉害?"

葛老大:"确实,收购价高出了差不多一倍。"他爽快地一挥手:"没事儿。我这批货就按原来的价给你们,一分不涨。"

郑锦仁很感动:"哎呀,那你们不就吃亏了?"

葛老大:"也没吃什么大亏,只是没赚钱。"他非常诚心:"嗨!说这些干吗?董事长是谁啊?我葛老大的衣食父母呢。"

滕玉翠:"葛老大这句话是真心,谢谢了。"她吩咐了声:"郑伯,去庚园大酒楼订一桌酒席,咱们请老大夫妇吃晚饭。"

葛老大赶快推辞:"别、别,不用那么客气。"

滕玉翠:"什么话?都是老主顾了。今天晚上,我也破一回例,陪你们好好地喝几杯酒。"

孟妹子高兴了:"好哇,那我也喝。"

郑锦仁仿佛听出了什么,不禁悄悄地看了滕玉翠一眼。

9. 济民纱厂 厂房的通道上(日 外景)

许家国陪着薛兰芝,一边巡视厂房一边走了过来。

字幕：浦溪

许家国指着身边那一排静悄悄的车间，告诉薛兰芝说："兰芝，这是前纺车间，专门负责纺纱，纺织厂的头道工序。它要是停工了，织布车间就无纱可织。整个厂子也就歇菜了。"

薛兰芝朝两边看了看："这不已经停工了吗？"

许家国："是啊，原材料断了流，棉花都让申剑明盗卖了。"

薛兰芝："那还犹豫什么？得赶紧买棉花啊。"

许家国："没错。只是资金方面，还有点卡壳。"他随即补充说："没事儿，办法多的是。你就放心好了。"

薛兰芝便不再问。

许家国走了两步，又交代说："对了，申剑明那小子已经坏得不可收拾。万一他再找过来了，你可不能心软。我就是下不了决心，每次都吃了大亏。再也不能重蹈覆辙了。"

薛兰芝想了想："家国，我倒不这么看。"

许家国："是吗？你怎么想？"

薛兰芝："我对他不做任何指望，可也不能信马由缰。你不也看见了？连县长那儿，他都恶人先告状。"她显然考虑过："与其放纵他惹是生非，到处败坏我们的名声，还不如把他罩在身边。该管就管，该敲就敲，不怕他不老实。万一坏事也只闷在罐子里，臭气不会四处飘扬。你说呢？"

许家国站住了："这倒是个办法。"他望着薛兰芝："兰芝，这人死猪不怕开水烫，你有把握管住他？"

薛兰芝："这句话不好说。"她态度很坚决："可只要你觉得是个办法，有没有把握，我都得这么做。"

许家国："嘀，兰芝，你没白受苦，到底磨炼出来了。"

10. 大河街　街道上（夜　外景）

天色黑下来了，街道上亮起了灯光。

字幕：常德

11. 一座茶馆内（夜　内景）

娄城坐在一张僻静的茶桌前，正在跟一名男子喝茶。

那男子偶尔回了一下头，他就是中统头目金相彪。

娄城抿了一口茶，小声说："相彪兄，还没来得及说你的事儿，张文松就离开纱行了。又不知道上哪儿去找他。"

金相彪："这事儿还得继续拜托。"他朝四周看了看："知道吗？他们那个姓宋的女共党下了大牢，张文松临危受命，全面接手。这位老兄已经是头号人物了。"

娄城一笑："好机会嘛。抓个头号人物，那可是头等功劳呢。"

金相彪也笑了笑："嘿，今天是头等功劳，明天说不定就是头等罪恶。江山这会儿姓蒋，过一阵子还不知道姓什么。何必呢？"

娄城："这就对了。"他竖起大拇指："相彪兄，高人啊。"

金相彪摆摆手："娄兄，别只顾自己上岸。张文松哪天回来了，你还得替老弟多说几句。"

娄城："你觉得他还会回济民纱行？"

金相彪："当然会。"他压低声音："许董事长的亲闺女都让他给发展了，没准他还想在济民纱行建个窝点呢。"

娄城："什么意思？"他看了金相彪一眼："相彪兄，你动谁我都不管，许董事长这儿，可不能动一根毫毛。能答应不？"

金相彪："放心。只要这一块还归我管。"

娄城便伸出一只手，拍了拍他的肩头。

12. 庚园大酒楼　一间包厢内（夜　内景）

圆桌上摆上了几道热气腾腾的大菜。

郑锦仁陪着葛老大和孟妹子坐在圆桌前。

一名堂倌带路，把滕玉翠从门外领了进来。

滕玉翠一进门就赶快道歉："葛老大，真是对不起。孩子老缠着不让走，来晚了。"

葛老大和孟妹子赶快站起来："没事儿，我们刚进来一会儿。"

滕玉翠朝桌子上看了一眼："郑伯，怎么没上酒？"

郑锦仁："啊，刚刚还在说呢。葛老大说他咳嗽厉害，一个月前已经戒酒了。"

滕玉翠："不是还有孟妹子吗？她可以陪我喝啊。"她坐了下来："赶快上酒。我来晚了，先自罚三杯。"

郑锦仁没有起身："翠翠，你也算了。"他话中有话："再怎么的，也不能跟自己的身体赌气啊。"

滕玉翠哈哈一笑："郑伯，您又不是不知道。自从上次陪了那个乔专员，我就学到了这门生死本领。遇上再为难的事情，只要有酒，啥事都没有了。"她朝门外喊了声："掌柜的，上酒。"

郑伯："行了。"他只好站起来："还是我去拿吧。"

他摇了摇头，无奈地朝门外走了出去。

13. 包厢外面的走廊上（夜　内景）

郑锦仁走出包厢，一名堂倌迎了上来："老板，有事吗？"

郑锦仁："你们这儿都有些什么酒？"

堂倌："多着呢。您想要哪一类的？白酒还是黄酒？"

郑锦仁："我要不容易喝醉的，有吗？"

堂倌想了想:"要不,我带您去柜上看看,您自己挑?"

郑锦仁:"行。快带我去。"

14.那间包厢内(夜 内景)

滕玉翠取出一只精美的小盒子:"孟妹子,我也没什么礼物好送,特意给你找了一只玉手镯。戴戴看合适不?"

孟妹子惊喜地站了起来,上前接过手镯,拿出来戴在了手腕上:"哟,大小正合适。我最喜欢这种翠绿色,太漂亮了。"

葛老大赶快道谢:"老板娘,这可是老玉镯,值好几万呢。怎么敢当啊?孟妹子,还不赶快谢谢一声?"

孟妹子便朝滕玉翠鞠了一躬:"谢谢老板娘。"

滕玉翠:"谢什么呀?又不是特意买的。"她把话说得十分巧妙:"这一阵子,我手头特别紧张,也没那个闲钱了。"

葛老大似乎听懂了:"是啊,家大业大,不容易啊。"

滕玉翠顺势说:"不过请你放心,瘦死的骆驼怎么的也比马大。"她望着葛老大:"老大,这一次,我先付你两万货款,算是交信用金。下次过来,按钱庄的算法,连本带息一次付清。行不?"

葛老大当时就笑了:"哈,一听这话,就没把我当自己人。什么行不行啊?行!信用金也不用付,您先留着应急。没事儿。"

滕玉翠很高兴:"那,这一趟你们不是白跑了?"

孟妹子插话说:"嗨,哪是白跑?我们这是走了一趟亲戚呢。"

郑锦仁提着一壶酒,正好走了进来。

滕玉翠豪爽地站了起来:"好。那就一家人不说两家话。郑伯,满上。我们先喝三杯团圆酒。"

郑锦仁也很高兴,赶紧往酒杯里斟酒。

15. 山凹处 一座寨子前（夜 外景）

寨门上下挂满了红灯笼，把周边照得火红一片。

寨门上方三个血色大字——乌龙寨。

当地保安团的士兵和五六名警察，已经布守在寨子四周。

字幕：浦溪

16. 山寨前的马路上（夜 外景）

一辆军用吉普车朝山寨开了过来。到达寨子门前，吉普车熟练地一个急转弯，停在了寨子门前。

吉普车上跳下两名国军士兵，打开车门，把许家国和薛兰芝扶下了吉普车。

蓝县长穿戴整齐，很快便从寨子里面迎上前来："欢迎，欢迎。"他朝寨子那边一伸手："董事长，许太太，里面请。"

许家国朝寨子大门看了一眼："嚯，大红大紫，八面威风。今天寨子里是不是有什么喜事啊？"

蓝县长："董事长猜中了。今天是家父六十大寿呢。"

许家国一怔："噢？怎么也没听你说一声？这也太失礼了。"

蓝县长："董事长不知道，家父性子耿直，做事率性。白天见了您一面，马上把各路亲朋好友全部辞退，今晚的酒宴，只是专门为您和太太准备的。一切客套，全都免了。"

许家国："是吗？那就更不敢当了。"

蓝县长："董事长不必拘礼，家父早就在里头恭候了。请吧。"

许家国便拉着薛兰芝的手，跟着蓝县长朝里面走去。

17. 山寨大堂前（夜　外景）

蓝八爷换上了一身紫红色丝缎长袍，在四名保镖的护卫下，大步流星从台阶上迎了下来。

蓝八爷："来得好，来得好啊。"他毫无顾忌，一手拉住许家国，一手拉住薛兰芝："哈哈，我还担心你们二位不会来呢。"

许家国："哈，八爷一言九鼎，家国敢不来吗？"

蓝八爷："是吗？先前在纱厂的时候，我那话说得太霸道，回头一想，会不会把你们两口子给吓住啊？哈。"

许家国："不会。倒是八爷办这么大的喜事，也不事先说一声。万一真的有事没来成，岂不罪莫大焉？"

蓝八爷："这句话没听懂，意思我猜到了。哈，二位要是没来成，那也谈不上什么罪不罪的，只能说我蓝八爷没福气啊。来来来，我们就直接上桌，边喝边说话，啊。请！"

一行人便踏着台阶朝大堂走了上去。

18. 兵工厂　通信室内（夜　内景）

薛梦泽站在一台无线电话机前，用对讲话筒吩咐说："吉普车不要熄火，要随时留意寨子里面的动态。一旦出现任何情况，马上向我报告。明白了？"

19. 乌龙寨大门外　吉普车上（夜　内景）

司机坐在方向盘后面，一直在警惕地朝寨子那边观望。

另一名士兵正在用步话机与薛梦泽对话："明白。薛总请放心，寨子里头，情况暂时正常。完毕。"

20. 乌龙山寨　大堂内（夜　内景）

大堂里面灯火通明。一张雕龙刻凤的大圆桌旁，只坐着蓝八爷、蓝县长、许家国、薛兰芝四个人。

蓝八爷端起酒杯,站了起来:"许掌柜,对不起,我这第一杯酒,得先敬许太太哦。"

许家国:"八爷您请便。"

薛兰芝顿时有点紧张:"哎呀,实在是不好意思,我一辈子都没沾过一滴酒呢。"

蓝八爷:"那就跟我碰一下杯,你那杯酒,我替你喝。"

薛兰芝只好站起来,端起酒杯,跟他碰了一下杯子。

蓝八爷哈哈一笑,从她手上抓过杯子,一口喝干,然后把自己那杯酒也一饮而尽。

众人便拍掌为他叫好。

蓝八爷坐下来,望着薛兰芝说:"许太太,这杯酒算是八爷我给你赔个小心。山里人说话粗野,你就别往心里去了,啊。"

薛兰芝很聪明地回答说:"哟,白天蓝八爷说了什么话,我根本就不记得了。还赔什么小心啊?"

许家国也站了起来,端起自己的酒杯:"就是嘛。今天是八爷的大好日子,第一杯酒,当然要敬寿星老爷。各位,都一起来,祝八爷福如东海,寿比南山!"

大家都站了起来,共同给蓝八爷敬了一杯酒。

坐下来之后,蓝八爷朝薛兰芝看了一眼,认真地说:"许太太,借这个机会,八爷还要送你一份大礼。"

薛兰芝:"哎呀,这怎么好意思?本来应该给您献上一份寿礼,可惜知道得太晚。这样吧,明天我一定补过来。"

蓝八爷:"那就别等明天了。山里人有一句俗话,钱可以欠着,情可不能欠。你们硬是要送,现在就可以补给我。"

薛兰芝没理解他的话,不禁朝许家国看了一眼。

许家国立即敏感地察觉到了什么。他冷静地看着蓝八爷:

"八爷您希望我们怎么孝敬,请明示。"

蓝八爷哈哈一笑:"吓住了吧?哈,那还是我先送吧。完了你们再送。生意人不是讲究礼尚往来吗?哈。"他望着薛兰芝:"许太太,既然你在我这地盘生了根,以后只要蓝八爷可以尽力的事,不论事大事小,随时都可以过来找我。八爷明天就派一队枪兵过去,替你把守纱厂大门。我看还有哪个狗日的敢来找你的麻烦。哈,这一份礼物,你觉得八爷我还拿得出手不?"

薛兰芝赶快站起来:"啊,谢谢八爷的好意。派兵的事情,八爷千万不要劳神费力。真的,完全用不着。"

蓝八爷脸上笑容立即消失,眼睛直勾勾地盯着她,没再说要派,也没说不派。薛兰芝站在那儿,一时不禁十分尴尬。

隔了一会儿,蓝八爷突然将目光转向了许家国:"那,你们刚才说要补送给我的礼物,送还是不送呢?"

许家国没有迟疑:"八爷放心,寿礼是一定要送的。"

蓝八爷:"好。那我就不说客气话了。其实这份礼物也是替我们县政府讨的。说白了,还是替老百姓讨的。"

许家国便朝蓝县长看了一眼。

蓝县长有点难为情,便将目光移开了。

蓝八爷却振振有词:"是这么回事。我们县那座政府院子,前后快一百年了,老百姓过来办事特别不方便,我儿子想改建一下,公家又穷得要命。我只好舍出一张老脸,跟你们大老板开个口。"他望着许家国:"哈,许掌柜,听我这么一说,是不是有点后悔了?"

许家国仍然很平静:"八爷,整修政府大院,得多少钱?"

蓝八爷:"不是整修,得重新改建。"他望着蓝县长:"你们好像算过了吧?我记得总共得三十万大洋。是不是?"

薛兰芝顿时吓了一跳。

蓝县长只好回答说:"啊,预算只有二十万。"

蓝八爷:"二十、三十,都差不多。"他看着许家国:"那,你们就认二十五万吧。许掌柜,一句话,行还是不行?"

许家国毫不迟疑:"行啊,就照八爷说的办。"

蓝八爷高兴了:"好。痛快。"

许家国直视着蓝八爷的眼睛:"只是白天您都看见了,厂子里最近出了好几件大事,生产还没有恢复。这笔钱,我只能做五次支付,半年之内保证付清。"

蓝八爷其实很满意了:"嘀!许、许什么来着?"他想不起来,赶快朝蓝县长问了声。

蓝县长立即告诉他:"许董事长。"

蓝八爷:"对,许董事长这性子我喜欢。那就按你的金口玉言,五次就五次。不过先得说好,第一笔钱,什么时候给我?"

许家国:"三天之内,付你五万。"他站了起来:"八爷还有别的事情吗?"

蓝八爷:"嗨,什么事情都没有。我是请你过来喝酒的。"

许家国:"谢谢。已经酒足饭饱,告辞了。"

他拉着薛兰芝的手,头也不回地朝外面走了出去。

蓝八爷:"哎,怎么说走就走啊?"他赶快站了起来:"等一下,我得送送。县长,还不赶紧送客人?贵客呢。"

蓝县长也站了起来,朝外面追了出去。

21. 乌龙山寨　大门外(夜　外景)

司机跑了过来,替许家国拉开了吉普车的车门。

另一名士兵正要扶薛兰芝上车,蓝八爷追过来,一把拉住了她:"许太太,过来一下。我还有话要跟你说。"

薛兰芝只好跟着他朝旁边走了几步。

蓝八爷朝吉普车看了一眼："不是挑拨你们的关系，许掌柜那是站着讲话不腰疼，几十万一口就应了。我心里明白，那钱他不会出，以后都是要你来承担呢。"

薛兰芝不想多听："想说什么请快说。我得走了。"

蓝八爷："听好了，要是你出这笔钱很为难，随时随地来找我。八爷一句话的事儿。"他压低声音："记住，一个人来。"

薛兰芝没有回答他，走到吉普车前，士兵拉开了车门。

蓝八爷还想追过去，那士兵手臂一伸："别靠近，车要开了。"

吉普车启动了，那士兵一步蹿上去，身手利索地钻进了车内。

蓝八爷只好站在原地，眼睁睁地看着吉普车开走。

22. 济民纱厂　门卫室内（夜　内景）

万妹儿正在接电话："……好的。县长把他们请去了，到现在还没回来。……好的，我一定转告。……好，就这样。"

她放下电话，朝墙上的大钟看了一眼。

时间已是晚上九点过十分。

23. 浦溪县城　马路上（夜　外景）

县城的灯光很稀少，视线也很差。

那辆吉普车亮着大灯，很快地开了过来。

24. 吉普车上（夜　内景）

司机和那名士兵坐在前排座位上，全神贯注地开着车。

许家国和薛兰芝坐在后排，心事重重地望着前方。

薛兰芝终于忍不住了："家国，那么大的一笔钱，你干吗要一口答应他啊?"

　　许家国摇了摇头:"唉,兰芝,你不懂这本经。从来到这儿开始,近十年的时间,我都是这么应付过来的。警、匪、特、宪,苛捐杂税,哪条蛇不咬人啊?既然让人给惦记上了,迟早躲不掉。"他停顿了一下:"更何况往下得由你来打理,多一条路总比多一堵墙好。算了,就当是退财免灾吧。"

　　薛兰芝:"唉,只听说江湖险恶,这一次是亲身经历啊。"

　　许家国:"这就是我最大的顾虑。我知道,收拾纱厂那个烂摊子,你应该没问题。可应对社会环境,你会很吃力。"

　　薛兰芝:"何止吃力?连你这么强大的男人都无可奈何,我一个弱小女子,怎么能应付得过来啊?"

　　许家国沉默了一阵:"兰芝,武汉沦陷那天,我在纱厂门口立下一幅大标语:天塌不下来。"

　　薛兰芝:"是的,一进门我就看见了。"

　　许家国:"为什么敢这样说?就因为厂子里有几千号家乡子弟。他们的生死存亡,已经跟我们捆绑在一起,血肉难分了。既然这样,我们的命运前程,为什么不可以托付给他们呢?兄弟同心,其利断金,说的就是这个道理。"

　　薛兰芝听得很受感动:"家国,这话说得好。"

　　许家国:"兰芝,你要记住,任何时候都不会是你一个人。你的身后有我。我们的身后,还有一望无际的万水千山。"

　　薛兰芝默默地点了点头,眼里闪现出一种坚毅的目光。

25. 济民纱厂　大门口（夜　外景）

　　万妹儿和几名员工骨干守在厂门口,正在张望着。

　　远处,吉普车的灯光朝这边飞快地移了过来。

　　一男骨干:"万妹儿,快看,董事长他们回来了。"

26. 吉普车内（夜　内景）

灯光已经照见了厂门口的情景。

薛兰芝："哟，怎么回事儿？厂门口好多人。"

许家国也看见了："是万妹儿他们。快去看看。"

司机便加大油门朝前开去。

27. 济民纱厂　大门口（夜　外景）

万妹儿和那几名骨干很快地朝吉普车围了上来。

许家国迅速推开车门："万妹儿，有事儿吗？"

万妹儿："嗨，没事儿我会在这儿等您？都深更半夜了。"

薛兰芝也走下了吉普车。听见万妹儿那么一说，顿时十分紧张："万妹儿，快说，出了什么事儿？"

万妹儿望着他们，忽然扑哧一笑："瞧把两位老板给吓的。哈，大好事。原材料的问题，已经解决了。"

薛兰芝很吃惊："是吗？"

许家国便问万妹儿："是不是郑伯来电话了？"

万妹儿："可不？二百吨精棉，分八条小船，从常德出发，明天一早就能赶到浦溪码头。好家伙，够吃一两个月了。"

另一男青年骨干也兴奋地说："两个月的原材料，纺出的纱可以织三个月的布。三个月的销售收入，可以把资金缺口全部堵上。只要棉花跟得上，济民纱厂就彻底盘活了。"

薛兰芝不敢相信，询问般地看了许家国一眼："是这样吗？"

许家国微笑地点了点头："对，他没说错。"

薛兰芝便放下心来，问那青年骨干："你叫什么名字？"

那青年骨干："许太太，我过来的时候还小得很，您不认识我。我爸您一定认识，他叫丁家河。"

薛兰芝:"噢?你是丁家河的儿子?"

青年骨干:"是。我叫丁汉生。"

薛兰芝:"难怪账算得这么在行,原来是家传啊。我记得你爸爸是一位销售经理,特优秀。他身体还好吧?"

那青年骨干顿时不说话了。万妹儿赶紧替他回答:"他爸爸胜利那年去世了。病死的。"

薛兰芝:"是吗?"她不禁摇头叹息:"唉,太可惜了。"

万妹儿便转入正题:"说正事儿吧。董事长,眼下加林也走了,申剑明又跑路了,这会儿大家正六神无主呢。"她望着许家国:"眼看粮草就要到了,咱们赶紧排兵布阵吧?"

许家国便告诉薛兰芝:"兰芝啊,万妹儿说得对。所谓排兵布阵,就是把各种关系调整理顺。"

薛兰芝点了点头:"我明白。"

许家国:"怎么样?发号施令吧?箭在弦上了。"

薛兰芝便不再犹豫:"也是。再难也得有个开头。"她看了万妹儿一眼:"万妹子,咱们赶紧找人,连夜合计一下吧。"

万妹儿便吩咐道:"汉生,马上通知所有部门经理,车间主管,连夜召开厂务调度会。新上任的总经理,有重大事情要宣布。"

丁汉生:"我早就发了通知,这会儿他们正等着呢。"

许家国欣赏地看了他一眼:"嚄,未雨绸缪。行啊。"

28.纱厂会议室(夜 内景)

已经有二三十名员工骨干来到会议室,正在相互交谈着。

丁汉生站在最前面,抬头望着会场,仔细地清点着人数。

万妹儿走了进来:"汉生,人到齐了吗?"

丁汉生:"一个不落。可以请董事长他们过来了。"

万妹儿便转身走了出去。

29.会场旁边的一间屋子内（夜　内景）

薛兰芝用木梳子梳理了一下头发，回头问许家国："家国，帮我看看，这头发还乱不？"

许家国看了一眼，上前捋了捋她额前的刘海："行了。挺好的。"他又朝她上下看了看："要是换上那件黑旗袍，就更精神了。"

薛兰芝："来不及了，先这样吧。"

画外：万妹儿在外面敲了敲门："准备好了吗？人到齐了。"

许家国应了声："好了。马上到。"

薛兰芝忽然很紧张，求救般地望着许家国："家国，恐怕不行，我心里突然有点发慌。"

许家国笑了笑："没事儿。在这种场合，记住八个字：心中有我，目中无人，保证你就放开了。"

薛兰芝琢磨了一下："还是不行，脑子里头全乱了。你交代的那些，我一句都想不起来。"情急之下，她忽然很果断："算了。索性按我自己的，想到哪儿说到哪儿。行不？"

许家国："当然。自由发挥说不定效果更好。"

薛兰芝望着许家国："那，你就别进去听了。可以不？"

许家国迟疑了一下："也可以啊。"他有点意外："我还以为站在你身边，你心里会更踏实呢。"

薛兰芝："当然，那还用说？"她很明智："可你今天在我身边，明天呢？后天呢？再往后呢？既然不能老站在我身边，还不如一开始就别做你的指望。"

她不再犹豫，一抬脚便走了出去。

许家国怔怔地望着她的背影："嚆！行啊。"

30. 会议室内（夜　内景）

丁汉生带了个头，会场上立即响起了热烈的掌声。

万妹儿领着薛兰芝走进会场，掌声便更加热烈了。

薛兰芝有点不敢看下面的人，低着头走到了讲台后面。

想一想觉得不合适，赶紧又离开讲台，折回身走到前面，朝左右两边各鞠了一躬。

整个会场人便哄笑开了。

薛兰芝抬起头来，被笑声所感染，也孩子般地笑了："哟，大家伙儿这一笑，我心里倒是不慌了。真的。"

下面的人笑得更开心，掌声也更加热烈。

薛兰芝重新走回讲台，接着说："想想也没什么好慌张的，都是自己的乡亲嘛。真的，来到浦溪，我觉得就跟到了汉口没什么区别。清一色的家乡口音，怎么听怎么亲切。身边尽是老熟人，怎么看怎么热乎。这儿不就是咱们的老家吗？"

万妹儿、丁汉生坐在前排，望着她，心里感到格外亲切。

薛兰芝："我已经想好了，哪怕就让我在这儿待上一辈子，我都心甘情愿。八年逃难的日子，最大的煎熬，莫过于背井离乡，莫过于对亲人牵肠挂肚的思念。那样的日子实在受够了，真的。从今以后，我就在这儿养老送终，哪儿都不去了。"

这番话进一步煽起了大家的热情，掌声便更加热烈。

31. 会议室　门外（夜　内景）

许家国被那掌声吸引，轻轻地来到了门外。

他凑近了些，透过虚掩的门缝朝里面看去。

32. 会议室内（夜　内景）

薛兰芝顿了一下,接着说:"各位兄弟姐妹,我把你们当亲人,任何事情都不想瞒着大家。尤其是我跟董事长的家事儿,就是想瞒也瞒不住。这不,我还没来浦溪,这边早就传开了。尤其那个申剑明,把这事儿当歌一样到处唱。连官府、土匪都知道了。许董事长好端端一个人,被他描画成妖魔鬼怪,他这是丢谁的脸?拆谁的台啊?"

下面开会的人听得很认真,会场上十分安静。

薛兰芝:"没错,董事长又成了家。我该责怪他吗?不责怪是假话,责怪又没道理。一家人已经被鬼子炸死了,他能怎么做?多亏他意志坚定,重整河山,要不然咱们今天还能坐在这儿吗?"

33. 会议室　门外（夜　内景）

许家国听到这里,心情也有些沉重。

34. 会议室内（夜　内景）

薛兰芝朝下面看了一眼:"我这些话扯远了点,也是不得不说。既然一起共事,就得里外透亮。又不让人家知根知底,又想让大伙儿同心同德,做得到吗?绝不可能。真的,我就是这么认为的。"

下面的听众被感动了,又一次为她热烈鼓掌。

有人喊了声:"说得好!""您放心吧。我们一定跟您同心同德。""对啊,您本来就是我们的大姐嘛。""我们不叫您总经理,叫兰姐。行不?""兰姐,打这以后,您说怎么干,我们就怎么干。""是啊,兰姐,全听您的。"……

35. 会议室 门外（夜 内景）
许家国望着里面的热火场面，表情顿时轻松多了。

36. 会议室内（夜 内景）
薛兰芝："听我的可不行。我不懂纺织，管不好纱厂。"她笑了笑："不过这样也好，反而我会更加用心。我会请最有经验、最懂技术、最负责任、最敢担当的人，带着大家一道，齐心协力办好我们自己的济民纱厂。"

下面的听众再一次鼓掌认同。

薛兰芝："其实咱们办厂子，也就跟种粮食差不多。一是要种出好粮食，二是要卖个好价钱。所以我想把厂子一破为二，种的，管好生产，卖的，管好销售，专心专意，各自做好本行。别像过去那样，东一榔头西一棒子，什么都管，又什么都不管。你们觉得呢？"

下面纷纷附和："哎，有道理。""嗨，兰姐这话说到点子上了。""合适的人干合适的事儿嘛。""就是……"

薛兰芝高兴了："好，要是大家没意见，我就让万妹儿当生产部经理，专门管出产品，出好产品。咱们再分出一个供销部，管原材料供应，管产品的销售。这个部门也得有一个经理，就让丁汉生干吧。我看他的脑子比他爹还灵活，肯定能干好。"

在场的人先是一愣，紧接着齐声叫好，使劲地鼓掌。

薛兰芝："汉生，你站起来。"

丁汉生便站了起来，满面通红地给大家打着拱手。

薛兰芝："万妹儿呢？你也站起来。"

万妹儿也站了起来，回身朝大家鞠了一躬。

薛兰芝："大家都看见了。以后我就只管他们两个人，其余的事我都管不了，全都交他们俩来管。各位兄弟姐妹要是赞成的话，那就给他们鼓鼓掌。这事儿就这么定了。"

会议室内再一次响起了暴风雨般的掌声，还有人兴奋地呼喊着，气氛热烈到了顶点。

37. 会议室 门外（夜 内景）

许家国被里面的热浪所感染，禁不住也鼓起掌来。

38. 济民纱厂 大门口（晨 外景）

朝阳刚刚升起，厂房屋顶上洒下了一片紫金色的阳光。

一辆吉普车飞驰过来，朝纱厂里面开了进去。

39. 厂区宿舍楼外（晨 外景）

吉普车开到宿舍楼前停了下来。司机轻轻按了一声喇叭。

40. 许家国的宿舍内（晨 内景）

许家国已经清理完毕，提着小箱子站了起来。

薛兰芝从外面走了进来："家国，准备好了吗？车来了。"

许家国点了点头，心有不舍地望着她："那，我走了？"

薛兰芝控制着自己的情感："啊，走吧。我送你去码头。"

许家国却没有移步："兰芝，昨天晚上，你说得太好了。"他十分欣慰："不得不说，完全超出了我的想象。"

薛兰芝："不会是宽我的心吧？"她望着许家国："你交代的事，我好像说漏了不少，一整夜心里都不怎么踏实。"

许家国："无一遗漏。真的，你用自己的方式，直通大家的心窝，该说的全有了。这以后，我还真得跟你学着点呢。"

薛兰芝笑了笑："赶紧走吧，箱子给我。"

许家国没给她皮箱，上前挽着她的臂膀，一同朝门外走去。

41. 浦溪客运码头前（晨　外景）

一艘客轮停靠在趸船旁边。

乘客剪票口已经有人开始剪票登船。

许家国和薛兰芝肩并肩，沿着码头的台阶走了上来，在剪票口前站住了。

薛兰芝望着许家国，真诚地说："家国，回到济民纱行，替我跟翠翠说声谢谢。"

许家国很意外，便不解地望着她："为什么？"

薛兰芝："万妹儿告诉我说，济民纱行没钱付货款了。为了这批棉花，翠翠把自己的玉镯子作了抵押。"

许家国点了点头："她脑子灵活，为人也敢做敢当。"

薛兰芝："这我相信。要不然也走不到你身边。"

许家国还想说句什么，客轮上的喇叭鸣响了。

薛兰芝："不说了，赶紧上船吧。"她又交代了声："别忘了我的谢谢。你知道，我是诚心诚意的。"

许家国望着她，再也忍不住了，一把抱住了薛兰芝。

42. 济民纱行（日　外景）

郑锦仁大步朝滕玉翠的卧室走了过来。

字幕：常德

43. 滕玉翠的卧室门外（日　内景）

郑锦仁走到门外，敲了敲房门："翠翠，在里面吗？"

敲了两次，里面没人应。

郑锦仁便推开房门走了进去。

44. 滕玉翠的卧室内（日　内景）

卧室里面没人。床铺上和每个角落都收拾得干干净净。

郑锦仁一看就愣住了。

他不敢犹豫，回头便匆匆忙忙走了出去。

45. 前院天井内（日　外景）

娄城背着手在院子里看花草，郑锦仁从后院赶了过来："娄城，翠翠哪去了？"

娄城："去哪儿我可不知道。"他不紧不慢地说："先前我看见她带着孩子，拎着个大包袱出门了。"

郑锦仁有点着急："那，你怎么也不拦住她啊？"

娄城回过身来，淡淡一笑："瞧您这话问的。人家是老板娘啊，我敢拦吗？"

郑锦仁："那，她跟你说了什么没有？"

娄城："唉，我是个下人，老板家里的事儿，本来也不该多嘴。可这事儿也太不公平，董事长怎么能这样做呢？"

郑锦仁："你是指什么？"

娄城："那么大家工厂，轻易就送给了大老婆。这让人怎么想？人家翠翠好歹也是明媒正娶，还给你生过孩子。一碗水得端平，既然给大老婆分了家产，怎么的也得把济民纱行送给小老婆吧？哈，我这是乱说的。"

郑锦仁狠狠地瞪了他一眼："不只是乱说，简直是在胡说八道！"他非常气愤："娄城我告诉你，纱行也好，纱厂也好，都是许家国的财产，根本没有分给谁不分给谁一说。"

娄城有点心虚："您冲我发什么火啊？又不关我的事儿。"

郑锦仁已经对他产生了怀疑："那你告诉我，这些屁话是从哪儿听来的？啊？"

娄城:"嗨,郑伯,你们纱厂跟纱行,都是一些湖北老乡,什么风声传不过来啊?"

郑锦仁:"不对。纱行这边,只有我和董事长是湖北人。董事长没回,我这儿也没听见风声。"

娄城:"什么意思?那就是我瞎编的?"

郑锦仁不再跟他理论,将手一伸:"给我。"

娄城狐疑地看着他:"什么?"

郑锦仁:"济民纱行所有的钥匙,全部交出来。"

娄城愣住了:"干吗?想开除我?"

郑锦仁:"说对了。你给我交钥匙走人。快交出来。"

娄城顿时火了:"嚆,你是谁啊?我可是董事长亲自请来的人,就凭你一个管家,也能开得了我?"

郑锦仁:"那好吧,一会儿董事长回来了你去跟他说,让他把我给开了!"

他不再理睬娄城,一抬脚就要朝大门外面走。

46. 大门口(日 外景)

向飞舟提着许家国的小皮箱走了进来。

紧跟着走进来的,正是许家国。

47. 天井内(日 外景)

郑锦仁一眼看见了他:"家国,你回来得正好!"

娄城也看见了许家国,顿时十分紧张。

许家国朝他们两人看了一眼:"怎么啦?你们这是?"

郑锦仁:"你另请高明吧。我不干了!"

⋯⋯⋯⋯

第 31 集

1. 前集回顾

娄城:"至少济民纱行应该归小老婆吧?哈,我这是乱说的。"

郑锦仁:"简直是在胡说八道!"

许家国跟着向飞舟走了进来。

许家国:"怎么啦?你们这是?"

郑锦仁:"你另请高明吧。我不干了!"

2. 济民纱行　天井内(日　外景)

许家国望着郑锦仁:"郑伯,先别发火,有话好好说。"

郑锦仁一肚子的火,一指娄城:"我先回避,让他跟你说。"

他拔脚就朝院子外面走。

娄城看见他来真的了,一时也不敢说话。

许家国:"郑伯,别走。有话当面说嘛。"

郑锦仁:"先听他怎么说吧。"他望着娄城:"我不在这儿碍事,你爱怎么说就怎么说。随便。"

他回过身,不管不顾地走了出去。

许家国便回头望着娄城:"娄城,不对啊。郑伯跟我三十多年,还是第一次看见他发这么大的火。怎么回事啊?"

娄城:"董事长,不怪郑伯,都是我欠周到。"他表达得头头是道:"我不放心您的安全,昨晚就给薛总打了个电话。知道您把纱厂交给许太太了,就跟郑伯开了句玩笑。没想到他突然较真了,弄得我后悔都来不及。"

许家国:"是吗?开了句什么玩笑?"

娄城:"我说董事长这是不是想分家啊?先把纱厂交给许太太,再把纱行交给翠翠,往后咱们到底归谁管啊?"他轻描淡写地一笑:"嗨,我这只是信口一说,您千万别当真。"

许家国:"你还真的说对了。"他说得非常肯定:"我的确打算让翠翠接管济民纱行,挺合适的。"

娄城:"噢?这么说,瞎蒙还蒙对了?"

许家国:"往后,我也只管她们两个人,一个兰芝,一个翠翠。稳定一段时间,我相信两边都会有起色。"

娄城:"对。相互竞争,对业务也有好处。哈,这个决定英明。郑伯大概还不知道吧?"

许家国:"当然,我还没来得及说呢。"他提醒了一句:"娄城,以后说话得有点分寸。我可是把郑伯当亲哥哥看待哦。"

娄城:"那是。一会儿我就去找郑伯,好好地向他道歉。您放心,其实我对郑伯也是很敬重的。"

许家国点了点头,朝书房那边走了过去。

娄城思考了一下,抬脚便朝外面走去。

3.喊山公家　院子内(日　外景)

滕玉翠坐在一只大脚盆后面,正用搓衣板洗衣服,听完娄城的话,头都没回地问了声:"什么?济民纱行归我管?"

娄城蹲在她旁边："是啊，这可是好消息啊。"

滕玉翠："什么呀？我不一直在管着吗？"

娄城："可交不交给你，那就完全两码事儿了。"

滕玉翠："我怎么没觉得啊？那不都一样吗？"

娄城笑了笑："没交给你，只是帮别人管。交了就是自己的财产。管自己的财产和帮人家管，能一样吗？"

滕玉翠："我可不在乎。让我管我就管好，从没想过是谁的。"

娄城回头看了一眼，朝她凑近了些，小声说："翠翠，别犯傻。董事长那个人城府太深，谁也不知道他内心是怎么想的。这不？突然把大老婆带去浦溪，当众把纱厂分给了她。机器、厂房、工人、产品，那可是大头啊。济民纱行有什么？整个一空架子。好歹那栋窨子屋还值个几十万，你再不要，不就啥都没了？"

滕玉翠略一停顿，又继续洗衣："哈，娄大哥，你什么时候变成一名律师，替我来争夺财产了？我说过要离婚吗？"

娄城不高兴了："翠翠，我怎么觉得你是在装睡啊？"

滕玉翠："装睡是什么意思？"

娄城："只有装睡的人才喊不醒。其实你很明白，许家国和你，最终的结果除了离婚，再也没有别的路可走了。"

滕玉翠："呀，刚刚还是律师，眨眼又变算命先生了？"她停止了洗衣，认真地看着娄城："娄大哥，我知道你在担心什么。说实话，那也是我的一块心病。万一他要为这个跟我离婚，那我也无话可说。要真有那一天，我草都不带走他一根。"

娄城："那还了得？太便宜他们了。"他忽地站了起来："翠翠，必须据理力争，能往多里争就决不往少里去。记住了，谁敢欺负你，娄大哥绝对跟他六亲不认。"

滕玉翠怔怔地想了一下，开始用力地拧干衣服："你走吧。

我的心全被你给搅乱了。"

娄城顿了一下，凑到她脸边："放心。娄大哥既然救过你的命，下半辈子，我会让你的生命更加美好。"

滕玉翠掀起大脚盆，往外倒那里面的水："躲开。"

脚盆里的污水倒出一地，差点冲湿了娄城的皮鞋。

娄城赶紧往后面一步跳开，望着滕玉翠尴尬地笑了笑。

4. 济民纱行　天井内（日　外景）

许秋萍斜挎着一个小包从外面走了进来。

她朝天井四周看了看，到处没有一个人。

她想了想，直接朝许家国的书房那边走去。

5. 济民纱行　许家国的书房内（日　内景）

许家国正在收拾桌子上的一些杂物，有人在外面敲门。

画外：许秋萍在外面问了声："爸，可以进来吗？"

许家国："秋萍啊？快进来。"

许秋萍推开房门走了进来："爸，浦溪那边怎么样？"

许家国："很不错。你妈挺满意的。"他很欣慰："秋萍，我还真没想到，你妈看上去文文静静，居然很有魄力。纱厂那么大的场面，三下两下就让她给打开了。行啊。"

许秋萍："也不叫魄力。我妈那个人，到哪儿都有亲和力。"

许家国："是，我都被她打动了。"他很有感触："唉，苦难也是一座熔炉，还真能百炼成钢啊。"

许秋萍便不再说这件事了。

6. 街道上（日　外景）

喊山公在一家杂货铺买了一捆绳索，刚刚出门，迎面看见郑锦仁走了过来,便赶快招呼了声:"郑老弟,正想过去找你呢。"

郑锦仁站住了:"啊,喊山公,什么事儿啊?"

喊山公:"其实我也不想开这个口,可又没有别的办法。"他犹豫了一下:"济民纱行那边,能腾出一间大点的屋子吗?"

郑锦仁:"能啊。楼上还空着好几间呢。"

喊山公:"有没有楼下的?我上楼腿脚不利索。"

郑锦仁:"楼下也有大房间啊。"他不解地望着喊山公:"怎么,您想搬过去住?"

喊山公:"是啊。我想把小河街那边的房子卖了,刘妈那个屋子也卖掉。都到了这把年纪,反正活不了几年了。"

郑锦仁没明白他的意思:"喊山公,为什么卖房子啊?"

喊山公:"我拿翠翠一点办法都没有。她把我那儿当成防空洞,警报一响就跑过来了。像这样一次次闹下去,家国能不着急吗?我可不惯着她,宁可把房子都卖掉,也不能由着她涨气焰。"

郑锦仁:"嗨,你老哥也太极端了。哪至于啊?"他搭着喊山公的肩头:"走吧,我陪您聊聊。"

喊山公便随着他往街道上走去。

7.许家国的书房内(日　内景)

许家国想起了一件事:"对了,秋萍,大白天的你怎么回来了?又不是礼拜天。"

许秋萍:"爸,我换了个地方做事。"

许家国:"干吗换地方?原来那机关不好吗?"

许秋萍:"怎么说呢?机关收入不错,上班也没什么具体事儿。大老爷们衣冠楚楚,成天坐在办公室看报、喝茶、聊大天。"

许家国:"知道了。你是嫌那儿太清闲。"

许秋萍很不习惯:"纯粹是混日子。里里外外一色的官腔官调，不听出毛病来才怪呢。"

许家国："那你换了个什么单位？"

许秋萍："税务所。就在大河街上班，没几步路。"

许家国："大河街税务所？"他想起来了："他们的所长，是不是一个姓翟的？"

许秋萍很惊讶："爸，您认识他？"

许家国："何止认识？那人鱼肉百姓，贪得无厌，是一条蠹虫。"他望着许秋萍："你居然去他的手下做事？"

许秋萍："那倒不是。姓翟的已经不在大河街税务所了。"

许家国："是吗？他去哪儿了？"

许秋萍："升官了，市税务局当家局长。全城的分所都归他管。"

许家国十分惊愕："什么？我的天，那得害多少人啊？"

许秋萍笑了笑，没有说话。

许家国盯着她："是你自己联系到税务所去的？"

许秋萍："我哪里行啊？还是松哥给找的关系。"

许家国有点困惑："松哥是谁啊？"

许秋萍："哈，就忘了？您的总管张文松啊。"

许家国放心了："哦。"他有点奇怪："你叫他松哥？"

许秋萍："是啊。多亲切！"她并不掩饰："难怪您那么器重他，松哥真的是天底下最优秀的男人。"

许家国："嗬，最优秀，还天底下？哈，这么夸张？"他笑了笑："不过他这个人的确很明亮，我还真的舍不得他离开。"

许秋萍："他没离开啊。"她调皮地看着许家国："爸，信不信？越往后，他会离您越近。"

许家国一愣，朝她看了半天："秋萍，我该怎么理解这句话？"

许秋萍："随便理解。"她岔开话题："对了，爸，他让我提醒您一句，娄城那个人，您得多留点心。"

许家国："噢？娄城怎么啦？"

许秋萍："能量太大。"

许家国："是指哪方面？"

许秋萍："不管是哪方面。"她望着许家国："这个人内心灰暗，点子太多，破坏力不小。爸，这是松哥的原话。"

许家国没有再问，只在心里琢磨着那句话。

8. 街道上（日 外景）

郑锦仁边走边想起了一件事："喊山公，家国刚才从浦溪回来了。翠翠这会儿还在您那边吗？"

喊山公："可不？我正想骂她几句，你们那个新来的总管就赶过来了。我不想在那儿丢人现眼，就出来买点东西。"

郑锦仁眉头一皱："什么？娄城去找她了？"

喊山公："是啊。我琢磨，八成也是劝她回去的。"

郑锦仁顿时着急了："嗨，他那一张嘴，什么事儿坏不了啊？"他抬脚就走："不行，我得过去看看。"

喊山公："那，房子的事儿……"

郑锦仁："喊山公，听我一句话，这完全是两码事儿。您把房子卖了，翠翠想走还照样走。没用的。"

他头也没回，急急忙忙地走远了。

喊山公望着他的背影，无奈地摇了摇头。

9. 许家国的书房内（日 内景）

许秋萍："爸，有句话我还想问问。您也用不着遮掩，实打实跟我说。行吗？"

许家国:"嘀,你这是压迫式提问啊。行,你问吧。"

许秋萍:"您想让我搬出去住吗?"她望着父亲:"您别有顾虑,直接告诉我就行,真的无所谓。"

许家国顿了一下:"是不是已经找到住的地方了?"他盯着她:"没关系,你也实打实跟我说。"

许秋萍:"爸,为什么这样问啊?"

许家国笑了笑:"你要是想搬出去住,尽管照直说。何必说成是我想让你走呢?哈,我可不替你背那口黑锅。"

许秋萍:"什么呀?人生地不熟的,我上哪儿找地方住啊?"

许家国随口开了句玩笑:"人生地不熟有什么关系?不是还有个松哥吗?他还能找不到?"

许秋萍:"爸,这话您可不能乱说。八字还没一撇呢。"

许家国:"哦?这么说,八字已经有了,只是没开始写?"

许秋萍笑了笑,岔开了话题:"说心里话,我住在这儿,自己也有点不自在。总是觉得妨碍了别人,才问问您的想法。"

许家国:"你说的别人,不就是翠翠吗?"

许秋萍:"没错。我觉得她老在躲我,能不见面尽量不见。吃饭都让刘妈送到她房间。"她语调诚恳:"爸,我担心老是这样,总还是个隐患。她要心里不舒畅,还不把气尽往您身上撒?"

许家国:"你想得太多了,哪有那么严重啊?"他说得很诚恳:"人嘛,有个见面之情。你们之间还是接触得太少,以后相处久了,自然而然就沟通了。"

许秋萍:"没办法多接触啊。好像她知道我什么时候会回,每次都难得见上面。"她朝窗外看了一眼:"今天好像又不在家。是不是又在跟您斗气啊?"

许家国:"哈,我刚从浦溪回来,她跟谁斗气啊?"他望着许秋萍:"秋萍,别乱想了,继续住这儿吧,踏踏实实地住,啊。"

许秋萍便不再说话了。

10. 喊山公家　院子内（日　外景）

滕玉翠正往横竹竿上晾晒衣服："郑伯，您放心。我把手上活儿干完了，一会儿就回去。"

郑锦仁："这就对了。家国说不定还有事儿要跟你商量呢。"

滕玉翠："他要跟我商量什么事儿，我也知道了。"

郑锦仁："哈，我只是顺口一说，也不一定真的有事儿。"

滕玉翠："郑伯，您别担心。我什么财产都不要。"她晾完衣服，收起木盆："真的。人都分开了，财产还有什么用啊？"

郑锦仁一怔："翠翠，这话从何说起？"

滕玉翠："我是真心爱他才跟了他，从没想过他的财产。跟着他这几年，好日子并不多，大风大浪还真的不少，可每一天我都过得特别享受。郑伯，您相信我这是真心话吗？"

郑锦仁赶快点头："翠翠，郑伯怎么会不相信？一点一滴，我都是亲眼见证了。"

滕玉翠："那就请您告诉家国，其他事情，随便他怎么作决定。可济民纱行，千万别分给我。翠翠决不是看重钱财的人。"

郑锦仁恍然大悟："看看，担心什么，就来什么。"他非常恼火："翠翠，哪有分财产这回事啊？家国从来没说过这话，都是那个娄城瞎鼓捣的。刚才我还跟他干了一架呢。"

滕玉翠："郑伯，任何事情都会起变化，眼下的情形，跟以前可大不一样了。家国这次从浦溪一回来，就亲口告诉娄城说，财产不分干净，他就过不成安稳日子。"

郑锦仁一时哭笑不得："翠翠，你就别犯傻了。这哪像是家国说的话啊？"

滕玉翠："我不在乎是谁说的，只在乎最后的结局。纱行也好,纱厂也罢,离开了家国,谁都活不下去。"她很气愤:"所以我不会像薛兰芝那样,一来就抢纱厂。见利忘义的事情,我做不出来。"

郑锦仁:"唉,你又来了。"他有点无奈:"翠翠,有必要处处跟自己过不去吗?已经这样了,你还想让家国怎么做嘛?"

滕玉翠下了决心:"是啊。既然这么难做,我当然得面对现实,勇于承担,保证让他彻底放松。"

她提起木盆和小板凳,朝屋内走了进去。

郑锦仁望着她那样子,心里充满了忧虑。

11. 济民纱行　天井内（日　外景）

许家国身穿一袭长衫从书房内走了出来。

向飞舟替他拎着一只公文包紧随其后,一副要出门的样子。

刚刚走到大门前,一抬头,滕玉翠抱着许宗胜回来了。

许家国:"啊,翠翠,去哪儿了?"

滕玉翠站住了:"抽空去我爹那儿洗了些衣服。"她望着许家国:"怎么?刚刚回来又要出去?"

许家国:"商会来通知说,孙宪甫昨晚上过来了。"

滕玉翠一时没想起来:"孙宪甫是谁啊?"

许家国:"忘了?就是那个孙博士啊。上次从重庆回来,他一直送我们到朝天门码头。当时他还是司法院参事呢。"

滕玉翠:"啊,想起来了,就是那个孙先生啊。"

许家国:"也是我多年的老友。于公于私,我都得出面宴请他。"他伸手接过许宗胜:"来,儿子,让老爹抱抱。好家伙,你可是一天比一天重啊。"

滕玉翠勉强笑了笑:"那是你抱得太少了。"

许家国忽然想起了一件事,赶紧把许宗胜交给滕玉翠:"对了,我从浦溪给宗胜带了件礼物回来。"

他从向飞舟手上接过公文包,从里面取出一对亮闪闪的金手镯:"来,戴上。这叫文武两全,咱们宗胜就是个双科状元。"

他将那对手镯戴在了许宗胜的两只手腕上。

滕玉翠:"嗯,好看。宗胜,说,谢谢爸爸。"

许家国很自然地抚摸着许宗胜的脸:"别谢谢爸爸,这可是兰芝姨妈送给你的。"

滕玉翠一怔:"是吗?"

许家国:"当然。"他望着滕玉翠:"兰芝还让我谢谢你。"

滕玉翠:"不会吧?我有什么好谢的啊?"

许家国:"她知道最近资金紧缺。多亏你想办法解决了两百吨原材料,要不然纱厂根本没有办法开工。"

滕玉翠有点怀疑:"是你说给她听的吧?故意添油加醋?"

许家国摇了摇头:"万妹儿告诉她的。"

滕玉翠:"万妹儿?她怎么知道呢?"

许家国:"郑伯打了电话给万妹儿,让她安排人接船。他还告诉说,你把自己的玉镯子都抵押了。"

滕玉翠:"哪里是抵押?我是自愿送给孟妹子的。"

许家国:"是啊,我也猜到了。可这话万妹儿已经传给兰芝了,兰芝又不认识孟妹子,所以她特别感激。临到上船之前,她还追过来一再叮嘱,让我别忘了跟你说谢谢。"

滕玉翠心里热乎乎的,又不想表现出来:"啊,你赶紧去商会吧。"她交代了声:"少喝点酒,啊。"

许家国:"不会的,放心。"

他不再多说,带着向飞舟便出了大门。

滕玉翠望着他的背影,想了想,回头朝堂屋那边走去。

12. 大河街　中央银行大门外（黄昏　外景）

天色已近黄昏，银行到了关门的时间，大门外行人稀少。

两名武装保安将门口的铁闸拉到一半，顾客只出不进。

13. 中央银行　经理办公室内（黄昏　内景）

办公桌上立着一面小铜牌：经理室

娄城跷着二郎腿，大大咧咧地坐在经理的办公桌对面。

一名职员走了进来，将一张票据交给了经理："经理，这位先生的存款手续全办好了。"

经理接过票据看了看，双手递给娄城："娄先生，这是您的存款凭证。十万大洋，请您过目。"

娄城接过凭证，看都没看一眼就折叠好，放进了贴身的口袋里。"不用看了，中央银行嘛，还能出错？"他站起身，"多谢经理先生。告辞了。"

经理赶快挽留说："啊，娄先生，您还没吃饭呢。"

娄城："吃饭？"他望着经理："吃什么饭？"

经理："凡五万元以上新开户的顾客，经理要亲自设便宴款待。这是本行一条不成文的规矩。"

娄城："不成文的规矩就免了，成了文的规矩你们可得遵守啊。"他盯着经理："这笔存款无论对谁你都得严格保密，尤其不能让济民纱行的任何人知道，记住了？"

经理："娄先生放心，我可以用脑袋担保。"他望着娄城："还是吃了饭走吧？已经到吃饭的时间了。"

娄城："谢谢。还有事，走了。"

经理："哎呀，多不好意思啊。那，我送您出门。"

他陪伴着娄城朝大门那边走去。

14. 济民纱行　餐厅内（黄昏　内景）

刘妈用笼屉提来一些饭菜，正在往餐桌上摆放。

娄城一步跨了进来："嚙，真香啊。"他看了一眼饭菜："刘妈还挺会拍马屁嘛。哈，董事长回来了，菜都这么丰盛。"

刘妈不高兴了："娄总管，这是什么话？今天董事长又不在家吃，我拍谁的马屁啊？"

娄城打着哈哈："哟，一不小心把刘妈给得罪了。哈，开句玩笑，您就别往心里去了。"

刘妈便不再说话，继续摆着饭碗。

娄城想缓和一下气氛："怎么？生气了？哈，我这人行伍出身，口无遮拦，对不起了。来，我帮你摆筷子吧。"

刘妈："不用。你去叫声翠翠，可以过来了。"

娄城："翠翠回来了？"他赶快转身："行。我去叫她。"

刘妈朝他的背影白了一眼，显然很厌恶他。

15. 滕玉翠的房间内（黄昏　内景）

滕玉翠把孩子放到床铺上，正在拍着他入睡。

娄城门都没敲，一步闯了进来："翠翠……"

滕玉翠赶快小声说："别嚷嚷，宗胜还没睡熟。"

娄城便压低声音："翠翠，可以吃饭了。"

滕玉翠："知道。你先去，我一会儿就过来。"

娄城便在一张椅子上坐下了："不着急，我等你一起去。"

他耐心地望着滕玉翠，像是在欣赏着什么。

16. 餐厅内（黄昏　内景）

刘妈把碗筷摆好之后，解下了身上做事的围腰。

许秋萍从门外走了进来："刘妈，您好。"

刘妈看见许秋萍，非常高兴："哟，秋萍啊，快进来。"

许秋萍："刘妈，有我的饭吃吗？"

刘妈："瞧你这丫头，怎么能没有呢？当然有。"

许秋萍："哈，刘妈，我今天是突然回来的，也没有来得及事先报餐哦。"

刘妈："飞舟跟我说了。你看，刘妈还特意为你加了几道菜呢。"她余气未消："还有人说我拍马屁，真是神经病。"

许秋萍："是吗？这话是谁说的？"她非常敏感："刘妈，不会是翠翠吧？"

刘妈赶紧否定："不、不，翠翠哪能说啊？她不是那种人。"她压低声音："是娄城说的。唉，这人真的不地道。跟张总管比起来，一个天上，一个地下。"

许秋萍相信了："是。别理他，那人差劲。"她顿了一下："那，翠翠一会儿过来吃吗？还是您给她送房间去？"

刘妈："不用。我让娄城去叫她了，一会儿就过来。"

许秋萍没有再问，默默地坐下了。

17. 餐厅外面的走廊上（黄昏　外景）

娄城在前，滕玉翠在后，两人朝餐厅这边走了过来。

忽然间，娄城看见了什么，一个急转身挡住了滕玉翠："不好。回去，回去。快！"

滕玉翠吓了一跳："怎么啦？"

娄城伸出一个指头"嘘"了声，小声告诉她说："许秋萍在里头坐着呢。"

滕玉翠很意外："噢？她怎么回来了？"

娄城："谁知道呢？"他一个劲地把滕玉翠往后推："赶紧回屋，一会儿我让刘妈把饭送到你房间去。"

滕玉翠一把推开他的手:"干吗？我为什么不能进去？"

娄城:"翠翠，我这是为你好。知道吗？他们那家子，其他人还好办，许秋萍可惹不起啊。那是一颗定时炸弹。真的。"

滕玉翠:"不就一颗吗？让她炸掉，以后不就没事儿了？"

娄城有点着急:"不行的。翠翠，女儿是爹的心肝宝贝，万一要干起来了，许家国哪会向着你啊？"

滕玉翠:"别说了。你根本不了解许家国。"她不再犹豫:"我倒觉得你不用进去了，到街上随便去吃点吧。兜里要是没钱，先赊着，回头我去结账。"

娄城跟了上去:"这话说的，干吗去街上吃啊？家里都做好了。我还是……"

滕玉翠回身挡住了他:"我说不让进，你就不能进。我有话要跟秋萍说，不愿意你在边上听。还没明白吗？"

她一转身，朝餐厅走了过去。

娄城只好站在原地，嘟哝了句:"嚄，还挺辣啊。"

18. 餐厅内（黄昏　内景）

滕玉翠平静地走了进来，主动跟许秋萍打了个招呼:"哟，秋萍回来了？"

许秋萍站了起来:"啊，您好。"她也很坦然:"过这边办点事，提前回来了。很突然是不是？"

滕玉翠:"可不？单独跟你坐一起吃饭，这机会真难得呢。"她语气很客气:"别站起来，请坐吧。"

许秋萍便坐下了。

滕玉翠:"一直想问问你，这边菜的口味，能习惯吗？"

许秋萍:"还行。一开始觉得辣了点。"

刘妈已经把饭盛好放到她们面前:"知道你回来，今天我还特意没搁辣椒呢。"

许秋萍望着滕玉翠:"那怎么办?菜不辣,您也不习惯吧?"

滕玉翠:"也不至于。我只是不怕辣而已。"她笑了笑:"山里的辣椒辣得人开不了口,我是一边辣得哭,一边还大口吃。哈,我这人整个就是一土包子。"

许秋萍也笑了一下:"对了,我也一直想问一句,您希望我对您怎么称呼?坦率地说,这事还挺为难的。我问过爸爸,您其实只比我大四岁多。"

滕玉翠倒是爽快:"还是叫翠翠吧。这一带的人不管比我大还是比我小,都喜欢这么叫。我听得也很亲切。"

许秋萍摇了摇头:"那还是不成体统。毕竟有个辈分在这儿呢。"她想了一下:"您要是不在意,我以后就叫您翠姨。行吗?"

刘妈心中一喜,转过头望着滕玉翠。

滕玉翠很受感动,赶紧掩饰了句:"啊,快吃饭吧。菜都凉了。"她用筷子夹一条小鱼搁到许秋萍的饭碗里:"这种小刁子鱼特好吃,别的地方不可能有。你尝尝。"

许秋萍欠了一下身子:"谢谢。"

刘妈看在眼里,心中格外高兴。

19. 餐厅外的窗户后面(黄昏 内景)

娄城将身体贴在窗户后面,一直在窥视着里面的情景。

看见滕玉翠与许秋萍关系逐渐拉近,他不由得锁紧眉头,暗自在心里盘算着什么。

20. 大河街商会 大门外(夜 外景)

两名酒店的伙计各提着两只笼屉,匆匆忙忙走了过来。

向飞舟赶快迎了上去:"怎么才来啊?天都黑了。"

一伙计:"实在对不起,今天酒楼有寿宴,客人太多了。"
向飞舟:"那就别磨蹭了,赶紧送进去吧。"
他带着两名伙计走进了商会大门。

21. 商会的一间会客厅内(夜 内景)

许家国正陪着孙宪甫坐在客厅里喝茶聊天。

吴子敬、文昌盛坐在两边陪伴着他们。

许家国:"宪甫兄,这么说,司法院那边的各种事务,你已经彻底不伺候了?"

孙宪甫:"是啊。"他放下茶碗:"委员长亲自挽留过两次,只差没囚禁我了。"

吴子敬:"一刀两断,好。"他一拍巴掌:"我听说国库的银子、故宫的国宝,都被他们用军舰运到台湾去了。什么意思?一目了然。这帮人自己都感到没指望了。"

文昌盛:"可不是吗?国民政府的路越走越窄,蒋家王朝的天,也越来越黑了。"

孙宪甫笑了笑:"物极必反,否极泰来。天色越来越黑,不就离天亮越来越近了吗?"他望着许家国:"家国兄,我有个预感,对于我们这些搞实业的人来说,好时光就要开始了。"

许家国连连点头:"也该开始了。这么长时间的烽火战乱,我都不知道纺织工业落后了世界多少年。技术因循守旧,设备残缺破败,人的脑子已经锈死,根本就转不动了。"

孙宪甫:"我也一样的感觉。家国兄,这次过来,也是想问问你,年底之前,我想邀集一批业界同人,专门出一趟国。你觉得怎么样?欧洲这些年纺织工业长足发展,想去考察一下吗?"

许家国兴奋了:"好哇,我带头响应。要考察就彻底一点,花三个月的时间怎么样?"

孙宪甫哈哈一笑："我没问题，你行吗？"他盯着许家国："我可听说了。你老兄现在是日月同辉，两房家小都指望着你呢。"

许家国："噢？你都知道了？"他指着吴子敬和文昌盛："不消说，一定是你们二位跟宪甫兄乱嚼舌头，看我的热闹是不是？"

吴子敬赶快声明："哪是看热闹啊？替你着急呢。换了我，屋顶早被她们掀翻了。"

文昌盛也说："是啊，家国兄也别光把智慧用在别的方面。后院要是不稳，好时光怎么能开始啊？"

许家国连连点头："说得好。唉，我处理这些事儿，还真的缺少智慧。经常是无法可想，无计可施。难啊。"

向飞舟走了进来："各位，会长，酒席已经准备好了。"

许家国便站了起来："啊，那就边喝边聊吧。宪甫兄，请。"

大家站起来，陪伴着孙宪甫朝餐厅那边走了过去。

22. 大河街　街道上（夜　外景）

已经很晚了，巡更的声音在远处响起。

23. 济民纱行　门外的街道上（夜　外景）

一辆人力黄包车从街道上拉了过来。

许家国斜靠在黄包车上，显得十分疲倦。

向飞舟提着公文包紧跟在车后："到了。就这儿。"

车夫便停了下来。

许家国坐正身子，朝济民纱行看了一眼："飞舟，就是这儿吗？你能确定？"

向飞舟赶快上前扶他下了车："是。没错。"他看了许家国一眼："董事长，您今晚喝高了点儿。"

车夫好心地问:"要我帮忙吗?"
向飞舟:"不用,你去忙吧。谢谢了。"
车夫便离开了。

24. 济民纱行　大门前(夜　外景)

向飞舟扶着许家国走到门口,推了一下门,那门却被人从里面插上了。他没有犹豫,赶快伸手敲门。
没多久,两扇大门拉开了。
娄城一步迈了出来:"董事长,您回来了?"
向飞舟有点不高兴:"明明知道董事长还没回来,怎么就把大门插上了?"
娄城:"这不开了吗?我一直在里面等着呢。"
许家国:"行了。没事了。你们都休息去吧。"
他高一脚低一脚地朝里面走了进去。
娄城赶快追过去:"董事长,不行啊,得扶着点儿。"
向飞舟也跟了进去,回头关上了大门。

25. 许家国的卧室　门外(夜　内景)

娄城和向飞舟搀扶着许家国,来到了门外。
娄城叫了声:"翠翠,快开门。董事长回来了。"
房门马上拉开,滕玉翠走了出来:"哎呀,怎么喝成这样了?"她望着向飞舟:"飞舟,他喝了多少酒啊?"
向飞舟想不明白:"没有啊。跟平时比起来,实在不算多。"
滕玉翠:"路都走不稳了,还不多?"
许家国:"多什么呀?我那是高兴。"他回头对娄城和向飞舟说:"都是你们大惊小怪,扶我干什么?弄得我像个醉鬼。"
滕玉翠不再说什么,上前扶着许家国,回头对娄城和向飞舟说:"交给我吧。谢谢二位了。"

她从向飞舟手上接过公文包,把许家国扶进了房间内。

26. 许家国的卧室内(日　内景)

许家国脚步平稳了些。他走到许宗胜那张小床前,笑眯眯地看着熟睡中的小儿子。

滕玉翠放心了些:"我给你冲杯红糖水喝吧。"

许家国没置可否,仍然打量着许宗胜:"哈,这小子,一天到晚只知道憨睡。"

滕玉翠冲着糖水:"觉得他挺傻,是吧?"

许家国:"傻一点好。"他吟诵道:"人皆养子望聪明,我被聪明误一生;惟愿孩儿愚且鲁,无灾无难到公卿。哈,挺好。且愚且鲁,至少也能无灾无难嘛。"

滕玉翠走过去把糖水递到他手上:"你还是喝多了点,居然作起诗来了。第一次见到呢。"

许家国:"哪是我作的啊?苏东坡,知道吧?这是他给刚刚出生三天的儿子写的。嚆,还真巧,那孩子是他四十六岁生的。宗胜出生的时候,我不也虚岁四十六吗?"

滕玉翠被他这句话所触动:"是啊,你四十六,我呢?二十六,整整小你二十岁。别人都说我是一棵嫩草,可我在你这头老牛面前,怎么就没一点受宠的感觉啊?"

许家国:"你需要那种感觉吗?"他抬起头来望着她:"我觉得你很理智,似乎并不喜欢被人宠爱。"

滕玉翠点了点头:"那,你会跟我离婚吗?"

许家国一怔:"这话问得毫无来由。干吗要离婚呢?"

滕玉翠:"我也不知道。只是心里总不踏实。"

许家国:"其实我明白你的担忧。"他很认真:"翠翠,不瞒你说,我确实想过离婚的事儿。"

滕玉翠注意地看着他:"是吗?"

许家国点了点头:"有天晚上躺在床上睡不着,忽然突发奇想,索性大家都把婚离了呢?兰芝也好,翠翠也好,咱们解除婚姻关系,然后大家跟生死朋友一样好好地相处,难道不可以吗?你们都是天下最好的女人。都是因为我,才有了婚姻。又不是先有婚姻才有了我。只要我还是我,又何必苦苦计较那一纸婚约呢?"

滕玉翠仔细回味了他的话:"家国,不得不说,你这番话,已经把我的心给打动了。"

许家国哈哈一笑:"什么呀?心可别乱动。我那只是突发奇想,其实不现实。人与人最重要的当然是感情,是信任。至于一纸婚约,放得下不算本事,拿得起,拿得安稳才是英雄。你觉得呢?"

滕玉翠望着他:"你接着说。"

许家国:"我们家庭目前的状况,全都是战乱造成的,谁都能够理解,干吗自己反而不能过下去呢?要能跟生死朋友一样肝胆相照,不离婚岂不更加完美吗?说一句苦中作乐的话吧,要不是战乱,哪有可能组建这么好一个大家庭啊?"

滕玉翠这一次真的被打动了,便沉默着不再说话。

许家国站起身,走到她面前:"怎么不作声了?"

滕玉翠望着他:"你让我说什么?"

许家国笑了笑:"说你不得不说的话。"

滕玉翠:"我在想,你今晚上到底喝没喝酒。"

许家国:"当然喝了。不是说,酒后吐真言吗?"

滕玉翠:"等到酒醒了,真言还在不在呢?"

许家国一把将她拉过来:"你盯着我的眼睛,仔细找找看。

里面有半颗灰尘吗？"

滕玉翠心头一热，禁不住扑进了他的怀中。

27．浦溪　济民纱厂大门口（日　外景）

几辆装满原布的大卡车从仓库驶了过来。

门卫赶快举手示意："伙计，出厂证。"

卡车稳稳地停在了大门前。

丁汉生从前面的卡车上跳了下来，将出厂证递给了门卫。

门卫查验完出厂证，数了数后面的车，打着手势放行。

字幕：浦溪

丁汉生站在路边，目送着卡车一辆接一辆开出了厂门。

门卫高兴地对丁汉生说："丁经理，这几个月产量了不得，差不多当得去年一年了。"

丁汉生也非常兴奋："可不？兵熊一个，将熊一窝。多亏兰姐把舵稳住了。要不然，非让申剑明玩垮不可。"

门卫忽然看见了什么，赶快拉了丁汉生一把。

丁汉生便朝厂门外看了一眼。

28．厂门外　马路边（日　外景）

不远的马路边，站着一个衣衫褴褛的男子。

那男子看着车队开过之后，回头朝厂子这边探视着。

29．纱厂大门口（日　外景）

丁汉生一愣："那不是申剑明吗？"

门卫："没错，就是他。"

丁汉生："嗨，看那样子，肯定又是走投无路了。"

门卫："他要是过来了，让他进去吗？"

丁汉生："不让进好像又说不过去。"他想了想："索性我去跟他聊聊，看看他到底想干什么。"

他抬脚朝厂门外走了出去。

30. 厂门外　马路边（日　外景）

申剑明看见丁汉生走了过来，也没有回避。

丁汉生走到他面前："申剑明，怎么这样了？隔远看，我还以为是个叫花子呢。"

申剑明也不着恼："古人不是早说过吗？成者为王，败者为寇，一个流寇，还能是什么样子？"

丁汉生："唉，你做人也太不地道了。董事长还要怎么重用你啊？都给过你那么多机会。"

申剑明："嘀，才当了几天经理，就敢教训我了？当年你爹跟我学经营，你那会儿还穿开裆裤呢。小样儿！"

丁汉生不想跟他多说："行了。你来这儿，有什么事吗？"

申剑明："没事儿我来干什么？别的地方讨不到饭？"

丁汉生："那你干吗不进去？"

申剑明："我哪能就这么进去？"他的口气忽然变得很高傲了："我告诉你，这一次，厂子里不举行个欢迎仪式，我还真不会回来。你信不信？"

丁汉生有点哭笑不得："嘀！那你就耐心耐烦地等吧。"

他不跟他再啰唆，回身刚想往厂子里走，忽然看见了什么。

31. 纱厂大门口（日　外景）

一辆黑色小轿车开到了厂子门口。

门卫上前问了句什么，赶紧拉开了大门。

小轿车一加油门，朝厂子里开了进去。

32. 厂门外　马路边（日　外景）

申剑明望着丁汉生："看见了吗？那是县长大人。"

丁汉生有点奇怪："是吗？他怎么过来了？"

申剑明："你很快就会明白的。哼，老话说得好，三十年河东，四十年河西。小子呃，学着点。"

丁汉生不再理他，匆匆朝厂子大门那边走了过去。

33. 厂子内　纺织车间大门外（日　外景）

万妹儿陪着薛兰芝，从车间里面急急忙忙走了出来。

薛兰芝边走边问："蓝县长一个人来的？"

万妹儿："一个人。招呼都没打一声。"

薛兰芝："噢？我还以为他爹也来了呢。"

万妹儿："我问过一句，蓝八爷怎么没来？他说，这次来纯粹是为了公家的事儿。"

薛兰芝淡淡一笑："他们那一老一小，眼里头还什么公家私家？早就搅在一起了。"

两个人加快脚步朝办公楼走去。

34. 厂办公楼　经理室内（日　内景）

蓝县长坐在一张沙发上，正在随意翻阅报纸。

一名女职员沏好一杯茶水，恭恭敬敬放到蓝县长面前的茶几上："县长请喝茶。"

蓝县长："谢谢。"

他掏出怀表看了一眼："老板娘怎么还没来？"

那女职员："县长别着急，已经去叫了。"

正好薛兰芝走了进来："哟，蓝县长，不知道您突然过来，也没做准备,真是对不起啊。"

蓝县长站了起来:"不能这么说。我是不速之客,应该是我向您说一声对不起呢。"

薛兰芝:"哎呀,那更不敢当了。县长,您快请坐。"

蓝县长:"好。您也坐吧,有个急事想跟您商量一下。"

他觉得有点不方便,不由得朝那名女职员看了一眼。

薛兰芝便对女职员说:"啊,你去忙别的吧,谢谢了。"

那女职员便礼貌地退了出去。

蓝县长随即起身,走到门后,将房门关上了。

薛兰芝望着他:"县长,什么事儿啊?"

蓝县长:"啊,是这样。本县得益于你们工商界鼎力支助,这段时间连续被省府行文表彰。尤其济民纱厂堪称表率。今天过来,首先是为了表达感谢。"

薛兰芝:"谢谢县长。"她笑了笑:"其次呢?"

蓝县长:"其次嘛,省府有意在各县设立参议会,指定本县先行一步,逐步完善,然后垂范全省。"

薛兰芝有点困惑:"县长,我没有听明白。"

蓝县长:"也就是说,本县的参议会,马上就要选举产生了。"

薛兰芝琢磨了一下,目光犀利地看着他:"您的意思,是不是想要我们再做点什么奉献?"

蓝县长哈哈大笑:"哈,不是那个意思。"他友善地望着薛兰芝:"我这次来,是想请您出马,出任县参议会副议长呢。"

薛兰芝不由得一愣:"副议长?那是干吗的?"

蓝县长认真地说:"我全告诉您吧。经本县政府商议,新设立的县参议会拟选举议员四十三名。作为本县各界的民意代表,定期参与政府议事。责任重大呢。"

薛兰芝赶快摆手："不、不，千万别选我。我一个妇道人家，哪做得了那些事情啊？"

蓝县长："您不必做什么事儿，帮着召集一下就可以了。贵纱厂在本县名气太大，我还特意分配一个工会议员名额，由你们一名职员担任。也就是说，你们厂子里还有一个人也是县参议员。"

薛兰芝："是吗？谁啊？"

蓝县长："你的老熟人，申剑明先生。"

薛兰芝吃了一惊："什么？申剑明？"

蓝县长："您觉得怎么样？"

薛兰芝："这个人怎么行？可以换一个吗？"

蓝县长："已经上报了。"他显得很不在意："嗨，他只是个普通议员，您是副议长，还怕罩不住他？"

薛兰芝敏感地想到了什么："那，议长是谁？"

蓝县长："议长嘛，当然得由本县德高望重的名人出任。我这么一说，您肯定已经猜到了。"

薛兰芝一愣："蓝八爷？"

…………

第 32 集

1. 前集回顾

蓝县长:"想请您出马,出任县参议会副议长呢。"

薛兰芝:"……那,议长是谁?"

蓝县长:"我这么一说,您肯定已经猜到了。"

薛兰芝一愣:"蓝八爷?"

2. 济民纱厂　经理室(日　内景)

蓝县长摇了摇头:"实在找不出比他更优秀的人选了。没办法,我只好秉公办事了。古人说,举贤不避亲嘛。"

薛兰芝平静了一下:"蓝县长,济民纱厂何必占两个名额?既然申剑明也是议员,索性那个副议长也给他当。多好啊?"

蓝县长:"我知道您这是气话。他那个人,名声的确不怎么样。当个议员已经很勉强了,议长的位置,他八辈子都没指望。"他摇了摇头:"其实我也不喜欢申剑明,极不喜欢。"

薛兰芝:"那您还提名他当议员?"

蓝县长:"哪里是我啊?"他朝周围看了看:"告诉您也不要紧,他是我老爷子亲自点的名。"

薛兰芝:"这么说,让我当副议长,也是你爹点的名?"

蓝县长:"老爷子何止只是点您的名啊?"他朝窗外看了一眼:"我索性全告诉您吧。其实大家并不了解您,当时就有人提出反对。我爹那个火啊,一拍桌子说,不让薛兰芝当副议长,那我这个议长也不当了。谁爱当谁当去。您瞧瞧,他把话都说到这个份上了,谁还敢再吭一声啊?"

薛兰芝:"明白了。"她站了起来:"蓝县长,我管一个纱厂已经很吃力了。议员也好,议长也罢,我都不可能担当。麻烦您转告令尊大人,薛兰芝谢谢他了。"

蓝县长也站了起来:"您可千万别推辞。这件事情,不管是对您个人,还是对你们厂子,都是一件天大的好事。"

薛兰芝望着他:"怎么说?"

蓝县长:"许太太,有一点您可能没想过。眼下社会尔虞我诈,弱肉强食,简直是混乱不堪。您要当了副议长,济民纱厂就多了一层保护。何乐而不为呢?"

薛兰芝想了想:"说得也是。"她内心有点动摇:"既然有这样的好处,那我就跟董事长禀报一声,由他来决定吧。"

蓝县长:"也好。但是要快,后天上午就要过选了。"

薛兰芝:"好,我明天答复您。"

3. 浦溪兵工厂　薛梦泽的办公室内(日　内景)

薛梦泽从办公桌后面站了起来:"姐,您已经答应他了?"

薛兰芝坐在沙发上,望着薛梦泽:"也没有最后答应。后天才开选举大会,我说了明天再给他答复。"

薛梦泽:"那就好。明天您说话不能有丝毫犹豫。干净利落告诉他们,绝不当那个副议长。"

薛兰芝迟疑了一下:"是吗?"

薛梦泽:"当然。"他奇怪地看着薛兰芝:"姐,您怎么啦?好像还有点动心了?不会吧?您对政治可是从来不关心啊。"

薛兰芝:"噢?这也跟政治有关系吗?"

薛梦泽:"嗨,姐啊,这件事情本身就是政治。"他望着薛兰芝,耐下心来:"姐,您为人处世谨小慎微,一辈子清清白白,干吗去蹚那一潭污水啊?"

薛兰芝有点紧张了:"啊,我还真没想那么多。蓝县长说,眼下社会越来越混乱,到处都尔虞我诈的。当了副议长,对济民纱厂就会多一层保护。听他这么一说,我又觉得有点道理。"她望着薛梦泽:"梦泽,你觉得呢?"

薛梦泽顿了一下:"当然,替厂子着想,那话也不是没有道理。"他想了想:"况且县长这人本身不算太坏,可整个县政府早就被坏人把持。他现在的角色,就是一个被人提着玩儿的木偶。"

薛兰芝:"你是说他爹提着他玩儿?"

薛梦泽:"可不?他爹提着他玩儿,上头又有人提着他爹玩儿。"他压低声音:"姐,告诉您不要紧,前不久来了个大人物,又是给钱又是送枪,拼命扩充蓝八爷的实力,想利用他掌控整个大湘西,目的就是要对抗共军南下。这话您知道就行,别跟任何人说。"

薛兰芝紧张了:"天啊,还这么严重啊?"

薛梦泽:"是啊。这些背景您压根儿就弄不明白。稀里糊涂掺和进去,说不定某一天,它就成了一个洗不掉的污点。"

薛兰芝琢磨着他的话,不禁点了点头:"那,梦泽,这件事情,你觉得还要跟你姐夫说说吗?"

薛梦泽:"当然要说。这可是件大事儿。您是在替他管理纱厂,拿不准的时候,还得听从他的意见。"

薛兰芝站了起来:"行。我这就去电话局给他打电话。"

薛梦泽："不用,我这儿就可以打。现在就打。"

他走到办公桌前,拿起电话听筒,摇了摇座机的手柄。

画外:一名女接线员的声音:"您好,请问要哪儿?"

薛梦泽:"你好,请给我接一个长途电话……"

4. 济民纱行　许家国的书房(日　内景)

书桌上那架电话机的铃声骤然响起。

字幕:常德

5. 浦溪兵工厂　薛梦泽办公室(日　内景)

薛梦泽听见了线路接通的声音,便把话筒交给了薛兰芝:"姐,电话接通了。"

薛兰芝赶紧接过话筒,听了一下:"怎么没人接啊?"

薛梦泽:"刚刚接通,等一下就有人了。"

薛兰芝便继续听着话筒里面的动静。

6. 济民纱行　许家国的书房(日　内景)

电话机的铃声还在继续响着。

很快,书房门被推开了。

滕玉翠大步走了进来,抓起了电话机的听筒:"喂,您好,请问您哪里?"

7. 薛梦泽的办公室(日　内景)

薛兰芝一听是个女人的声音,顿时有点不知所措了:"……啊,您好,请问,您这儿……是济民纱行吗?"

画外:话筒里的声音:"没错,我是济民纱行。请问您找谁?"

薛梦泽有点着急，赶快示意她说话。

薛兰芝："请问，许家国在吗？"她很快就镇定多了："啊，我是薛兰芝啊。"

8. 许家国的书房（日　内景）

滕玉翠也顿了一下："噢？您是……兰芝姐？……对，我就是翠翠。"

画外：话筒里的声音："啊，翠翠您好，有件事情想找家国商量一下，能帮我叫叫他吗？"

滕玉翠也平静了："哎呀，真是不巧，家国中午有应酬，这会儿还没回来。兰芝姐，您有什么事需要我转告他吗？"

9. 薛梦泽的办公室（日　内景）

薛兰芝想了想："啊，这事儿一句话还真说不清楚。翠翠，要不这样吧，等他回来了，再给我来个电话？……对，有点儿急。"

画外：滕玉翠的声音："好的，我一定告诉他。"

10. 济民纱行　大门内（日　内景）

许家国提着公文包，大步走进了济民纱行。

娄城迎了上来："哟，董事长回来了。"

许家国："是啊。娄城，得加两个菜，我请了个客人来吃晚饭。"

娄城："好嘞，我这就去告诉刘妈。"

11. 许家国的书房（日　内景）

滕玉翠听见外面的声音，赶快对着话筒说："哟，家国好像已经回来了。您稍等一下,我这就去叫他过来听电话。"

画外:薛兰芝的声音:"是吗?那就多谢翠翠了。"

滕玉翠:"不客气,兰芝姐。"

她搁下电话,急急忙忙朝书房外走了出去。

12. 薛梦泽的办公室(日 内景)

薛梦泽望着薛兰芝:"姐,还挺亲热嘛。"

薛兰芝笑了笑:"是啊。还不错,她很懂礼貌。"

薛梦泽:"行啊。总算是跟翠翠说上话了。"他也笑了笑:"哈,好像这还是第一次吧?"

薛兰芝:"可不?我也没想到这么快。鬼使神差,还自然而然。"她心情很好:"电话这玩意儿真好。隔着天远地远都能说上话,这要在当面,恐怕还有点难为情呢。"

薛梦泽:"那倒也是。看来我把您接到浦溪来,这盘棋还真的给走活了。哈。"

13. 济民纱行 天井内(日 外景)

许家国已经走到了天井中间。

滕玉翠跑出书房,很快地迎了上来:"家国,书房有你的电话,赶快去接一下。"

许家国:"噢?"他抬脚就朝书房走,一边走,还一边问了声:"哪儿打来的?"

滕玉翠:"浦溪。"她脱口而出:"兰芝姐有急事找你。"

许家国暗自一怔,陡地站住了:"什么?"他回头望着滕玉翠:"你刚才说她是谁?"

滕玉翠:"兰芝姐啊。"她也望着许家国:"怎么啦?"

许家国:"你在电话里头,也这么叫了她?"

滕玉翠:"当然叫了。要不然怎么好开口说话啊?"

许家国按捺住满心的喜悦:"那,她呢?"

滕玉翠:"她也叫了我一声翠翠。不好吗?"

许家国:"好。好极了。"他一拍巴掌:"这叫踏破铁鞋无觅处,得来全不费工夫啊。"

他兴高采烈地朝书房走了进去。

滕玉翠正想跟进去,蓦地觉得后面有动静。

她回过身一看,娄城不知道什么时候已经站在了天井边上。

她便朝娄城走近了两步:"嘀,又让你听见了?"

娄城微笑地点了点头。

滕玉翠:"我是不是又做错什么了?"

娄城便伸出双手,轻轻地为她鼓掌。

滕玉翠:"你呀,真的有点让人捉摸不透。"

娄城:"干吗捉摸?我在为你叫好呢。"他显得很赞赏:"翠翠,你这一招实在太高明了。"

滕玉翠:"什么叫这一招啊?我才没有动脑筋呢。"

娄城:"那就说明你天赋聪明。"他关心地看着滕玉翠:"其实我早就想提醒你一句了。该变通的时候,一定要变通。老是僵持下去,最后吃亏的,肯定是你。"

滕玉翠不想跟他再说什么,抬脚便朝厨房那边走去。

娄城也脚跟脚地伴随她走了过去。

14. 许家国的书房(日　内景)

许家国听完薛兰芝在电话中的叙述,立即表态说:"兰芝,竟然会有这样的好事?你确定这是真的吗?……是吗?那还犹豫什么?赶紧答应啊。"

15. 薛梦泽的办公室（日　内景）

薛兰芝："什么？你让我答应他们？"她侧头看了薛梦泽一眼："可刚才梦泽说……"

薛梦泽赶快伸过手来："姐，我来跟姐夫说。"

薛兰芝便把话筒交给了他。

薛梦泽对着话筒："姐夫，我是梦泽啊……对，我觉得不能答应他们……"

16. 许家国的书房（日　内景）

许家国："为什么？……好，你说。"他认真地听着薛梦泽的叙说："……是这样吗？……嗯。你接着说。"

17. 薛梦泽的办公室（日　内景）

薛梦泽继续说："他们让你当，你才能当。不让你当了，随时就能拿掉。说得好听，保护你的是他们，欺负你的不也是他们吗？既然是这样，一介虚名又有什么意义呢？我担心到时候一点好处没得到，反而背了一个同流合污的恶名，那可就跳进黄河洗不清了。"

18. 许家国书房内（日　内景）

许家国："也不能那么说。国民政府快要垮台了，谁能说他们那里头的很多精英人士，都属于同流合污？……就是嘛。何况眼下命运全被人家掌握着，蓝八爷既然说了让你来干，就绝对由不得你不干。那人横行霸道，分分钟就可以让厂子倒闭。"

19. 薛梦泽的办公室（日　内景）

画外：许家国的声音还在继续："梦泽啊，浦溪兵工厂有保障，吃的是皇粮。跟你们比起来，济民纱厂每天都得讨生活。全靠你姐和我来维持。几千张嘴，可不敢有丝毫怠慢啊。"

薛兰芝听见了话筒里的声音，一直在望着薛梦泽。

薛梦泽："姐夫，我听明白了。既然您都把话说到了这种地步，我再坚持就没有什么道理了。……好的。我会注意保护她。……好，您放心吧。……好的。"

他把话筒递给薛兰芝："姐夫还要跟您说话。"

薛兰芝便接过了话筒。

20. 许家国的书房（日　内景）

许家国对着话筒："兰芝啊，这事我跟梦泽沟通了一下，先答应下来。挂个虚名在那儿就行了。"

画外：薛兰芝的声音："挂虚名是什么意思啊？"

许家国："参议会的活动能躲就躲，能推就推。凡是跟济民纱厂无关的事情，一概不闻不问。你说呢？"

21. 薛梦泽的办公室（日　内景）

薛兰芝："那当然。本来我就七不懂八不知，多那些事干吗啊。"她仍然有顾虑："家国，别的倒好办，我最担心的还是那个蓝八爷。总觉得他从始至终都没安好心。"

22. 许家国的书房（日　内景）

许家国："这也是我唯一担心的地方。所以你一定要多个心眼，巧妙地跟他周旋。没有绝对把握的事情，必须提前告诉梦泽一声。任何时候，都别让我提心吊胆，知道吗？"

画外：薛兰芝的声音："知道了。我会小心的。"

许家国："那就好。行了，咱们说点别的吧。"他把话题转开了:"兰芝,刚才跟翠翠通话了?"

画外:薛兰芝:"是。电话是她接的。"

许家国脸上露出了微笑:"感觉怎么样?还好吗?"

画外:薛兰芝:"我感觉挺好的。翠翠觉得呢?"

许家国:"哈,喊我接电话的时候,翠翠的脸上乐开了一朵花。真的。这段时间翠翠一直在说,幸亏是你在打理纱厂,整个局面一下就打开了。完全没想到啊。眼下咱们是产量上升,销路通畅,货款源源不断,日子越过越旺。"他心情极好:"给你透露个小秘密。有一天翠翠悄悄地跟我说,等到过年团聚的那天,她要举行个小仪式,当着全家老小的面,隆重地认你做亲姐姐呢。"

23. 薛梦泽的办公室(日 内景)

薛兰芝听得很高兴:"哟,那我可得好好地准备一下,怎么的也得厚礼相待啊。……是啊,我也一直盼望着那一天呢。……好,你也保重身体。……好的。厂子这边你就放心吧。……好,再见。"

她乐滋滋地把话筒交给了薛梦泽。

薛梦泽将话筒放回,犹豫了一下:"姐,你对翠翠的印象怎么样?觉得她单纯吗?"

薛兰芝:"人倒还透明,敢爱敢恨的样子。"她想了想:"也不叫单纯吧?看上去挺成熟的。"

薛梦泽强调着说:"太成熟了。真的。"

薛兰芝敏感地注意到了什么:"你是指哪方面?"

薛梦泽:"说不清楚。"他想了想:"在个人情感上,我觉得她对姐夫有所隐瞒。"

薛兰芝一愣:"是吗?你怎么知道?"

薛梦泽略有迟疑:"当然啰,我没有确切的根据。"他补充一句:"但也绝不是空穴来风。"

薛兰芝仿佛不愿意掺和:"唉,管她怎么样,那是你姐夫的事儿。"她苦笑了一下:"前姐夫。哈,如今他也只是我的老板了。"

薛梦泽:"姐,您这么说,就有点言不由衷了。"

薛兰芝:"没有啊,我真是这么想的。已经习惯了。"

薛梦泽盯着她:"那,我只问您一句话。要是有一天翠翠跟姐夫离婚了,您还愿意跟姐夫一起生活吗?跟以前一样?"

薛兰芝:"梦泽,别问这些不可能的问题。翠翠跟他都有孩子了,干吗要离婚啊?"

薛梦泽:"我只是这么问问。要真有可能呢?"他追问道:"何况您跟姐夫至今还是合法夫妻。理所当然的事儿啊。"

薛兰芝:"梦泽,你想干什么?"她顿时很认真了:"翠翠这事儿无凭无据的,你可不能在姐夫面前透露啊。咱们老薛家的人,缺德的事情,那是万万不能做的。"

薛梦泽:"姐,您尽管放心。想透露我早透露了。"他叹息了一声:"尤其您的突然出现,我再透露任何风声,都不大合适了。好像要跟人家争夺什么。咱们用得着吗?"

薛兰芝怔怔地望着他,一时间什么话都说不出来了。

24. 济民纱行 大门外(黄昏 外景)

张文松骑着一辆自行车,驮着许秋萍有说有笑地驶了过来。

到了济民纱行大门口,两人都下了车,推着自行车走了进去。

字幕:常德

25. 济民纱行　天井内（黄昏　外景）

娄城看见他们走进来，便迎了上去："哟，这不是张总管吗？少见啊。"他看了许秋萍一眼："秋萍也回来了？你们一起来的？"

许秋萍："是啊，正好顺路。"

娄城："知道。"他诡秘地笑了笑："你们早就是同路人了。"

张文松并不在乎他的话，走到他面前："娄城，上次你救了我，还没来得及跟你说声谢谢呢。后来听金相彪说，他还托你捎了句话，一直到现在，怎么也没听你说啊？"

娄城："哟，忘得干干净净了。"他看着张文松："既然你已经跟姓金的见了面，我还有必要跟你说吗？"

张文松："那倒不必。我已经明白他的意思了。"

娄城："你觉得怎么样？像他那种身份，还能信任吗？"

张文松："对于他的选择，至少我认为是明智的。"他望着娄城，小声而清晰地说："娄城，天快亮的时候，谁都只能面对光明。不管愿意不愿意，无可选择。你说是不是？"

娄城便点了点头："对了，你们还没吃饭吧？"

许秋萍："还没呢。我可是踩着饭点回来的。"

娄城："哎呀，有点麻烦。董事长今晚有客人来吃饭。"他看了张文松一眼："只好委屈阁下和我去厨房，咱们跟刘妈一起吃。"

正说着话，许家国从书房走了出来："文松，过来了？"

张文松赶紧打招呼："董事长，好久不见，您还好吧？"

许家国："挺好啊。来吧，正等着你吃饭呢。咱们边吃边聊。"

娄城一愣："哟，董事长说的客人，敢情就是您啊。"

张文松哈哈一笑："没事，让我在厨房吃也行。这么多年，我还真没少在那儿吃饭。吃得又香又自在。"

许家国没听明白:"你们在说什么啊?"

娄城非常圆滑:"我的意思,张总管从厨房走向厅堂,整个就是我娄城的人生楷模啊。"

许家国笑了:"你也来厅堂一起吃。咱们陪文松小酌几杯。"

娄城:"谢谢,我还去厨房吃吧,别妨碍你们说事儿。"

许家国:"不妨碍,我跟文松晚上再聊。都一起来吧。"

他拉着张文松的手,朝餐厅里面走了过去。

许秋萍、娄城也跟了进去。

26. 济民纱行 大门外(夜 外景)

天黑了,街道上的路灯已经全部开亮。

向飞舟背着一只大背包,郑锦仁提着一个小皮箱,从街道那头匆匆忙忙走了过来。

进门之前,两人分别朝街道左右看了看,然后走进了大门内。

紧接着,大门被他们从里面关上了。

27. 天井内(夜 外景)

许秋萍从里面迎了出来:"郑伯伯,你们辛苦了。"

郑锦仁一挥手,小声说:"不说这些。赶紧上楼。"

三人便朝楼梯走了过去。

28. 三楼一个杂屋内(夜 内景)

门被推开,郑锦仁带着向飞舟和许秋萍走了进来。

郑锦仁:"这屋子没窗户,可以开灯。"

向飞舟便拉亮了电灯。

许秋萍朝杂屋四周看了一眼:"行。这儿很隐蔽。"

郑锦仁放下皮箱："还有更隐蔽的呢。"

他从门背后移过一架楼梯，顶开天花板上方方正正的一个暗门，上面竟然还有一层阁楼。

那架楼梯刚好可以搭在暗门的口子上，上下非常方便。

许秋萍惊喜不已："嗬，太好了。这么严丝合缝，您要不打开，谁能看得出来啊？"

郑锦仁："人上去之后，把这架楼梯收上去，暗门一关，再大的本事也发现不了。"

向飞舟："郑伯，我先上去，您再把皮箱递给我。"

郑锦仁："好。当心点，别碰坏这些宝贝了。"

向飞舟应了声，顺着楼梯利索地将背包和皮箱弄了上去。

29. 娄城的卧室内（夜　内景）

娄城换了身睡衣，已经钻进了被窝。

他手上捧着一本晚清小说《官场现形记》，斜靠在床铺上，就着一盏台灯，正在漫不经心地阅读。

楼上有轻微的木板碰撞声传了过来。

娄城立即放下书本，注意地听了一下，一个翻身便坐了起来。

30. 杂屋那个阁楼上（夜　内景）

阁楼不算太宽阔，空间倒是紧凑而合理。

许秋萍正在将一架无线电台往一张小桌上拼装。

郑锦仁将皮箱打开，许秋萍把耳机和其他配件取了出来。

向飞舟熟练地帮着她把电源线接通，指示灯随即亮起。

许秋萍戴上耳机，调了调电台上的旋钮，脸上露出了笑容。

郑锦仁："行了吗？"

许秋萍:"行了。非常好。谢谢了。"

31. 二楼的楼梯口（夜 外景）

娄城披了件外衣,来到走廊。

二楼走廊上安安静静,并没有任何异样。

他便抬头看了看三楼。

32. 三楼那个杂屋内（夜 内景）

向飞舟和郑锦仁已经从阁楼上下来了。

郑锦仁小声说:"飞舟,慢点。先关灯再开门。"

向飞舟:"那,秋萍一会儿下来怎么看得见？"

郑锦仁:"没事儿,她有手电筒。"

向飞舟便把杂屋的电灯关灭,轻轻拉开了房门。

蓦地,他缩回身子,紧张地说:"郑伯,有人上楼了。"

郑锦仁想了想:"跟着我。这边还有个出口。"

他将房门轻轻地插上,拉着向飞舟朝左边摸了过去。

33. 三楼走廊上（夜 内景）

娄城已经上了三楼,正在朝杂屋那边摸去。

冷不防,他的身后忽然有两只手电筒同时打亮。两道强光照到了娄城身上。

向飞舟一个箭步冲过来,将他扑倒在地,死死地按住他。

郑锦仁也赶上前来,喝了声:"你是什么人？"

娄城慌忙回头:"郑伯,飞舟,是我,娄城啊。"

向飞舟便松开手:"噢？娄总管？怎么是您啊？我们还以为屋里进了贼呢。"

郑锦仁用手电筒朝他脸上照了照:"娄城,这么晚了,你不好好睡觉,爬到三楼来干什么?"

娄城:"嗨,我都快睡着了,突然听见楼板有响声,不上来看看不放心啊。"他看着郑锦仁:"郑伯,你们是不是也听见了?"

郑锦仁:"什么呀?那是我和飞舟往楼上搬东西。"

娄城:"啊,我说呢。这么晚了,还搬什么东西啊?"

郑锦仁:"快过年了,人客多,得添置点床铺家具什么的。"他转身就走:"行了,都休息去吧。脚步轻一点,啊。"

娄城便消除了猜疑,跟着他们朝楼下走去。

34. 浦溪 县政府大门外(日 外景)

县府大门前架设了临时栅栏。

黑色警车在两边密集停放,到处军警林立。

字幕:浦溪县参议会选举日

35. 政府会堂内(日 内景)

会堂的主席台上布置得很庄重。青天白日旗帜中间,悬挂着一幅孙中山的大型画像。

台下有数十名议员交头接耳,正在等待结果。

蓝县长终于走到了讲台前。

台下的议员顿时骚动起来。

蓝县长掏出一张纸:"各位请安静,下面,本县长宣布选举结果。"他清了一下嗓子:"本次参选议员共计四十七名,经核实无误,符合法律之规定。选举结果切实有效。"

他带头鼓掌。台下却掌声寥寥。

蓝县长:"议长、副议长所得票数如下。"他戴上近视镜:"议长,蓝巴拉,四十五票。"

台下有点混乱。议员们相互询问,会场里嘈杂起来。

蓝县长敲了敲讲台："安静。请安静。"

台下便渐渐安静了些。

蓝县长继续宣布："副议长，薛兰芝，四十六票。"

话音刚落，台下当即就炸锅了。人们以为听错了，不敢相信有人得票居然超过了蓝八爷。

蓝县长赶快使劲拍讲台："安静！安静！后面还有两个副议长，我还没宣布呢。安静！……"

会场显然有点失控，任他怎么呼叫，人们的情绪都难以平复。

蓝八爷坐在第一排正中间位置上。他本来面子上就有点挂不住，见场面失控，突然站起来，拔出一只小手枪，朝天开了一枪。

震耳的枪声顿时便把会场镇住了。

36. 会堂外（日　外景）

枪声传了出来，军警们立即端起枪，吆喝着奔跑到大门前，严密地堵住了进出通道。一时间杀气腾腾，气氛很恐怖。

37. 会堂内（日　内景）

议员们心惊胆战，会堂里一时鸦雀无声。

蓝八爷显得若无其事。他将手枪放回衣兜，撩着长袍，旁若无人地朝主席台走了上去。

38. 主席台上（日　内景）

蓝县长赶快退后一步，将讲台让给了他。

蓝八爷朝台下望了一眼："副议长薛兰芝，你站起来。"

39. 会堂内（日 内景）

议员们便四下张望，却不见有人站起来。

申剑明也夹杂在议员中间，四处寻找薛兰芝。

40. 主席台上（日 内景）

蓝八爷沉不住气了，拼命一拍讲台："薛兰芝，听见没有？你还不给老子站起来？"

41. 会堂内（日 内景）

最后一排的一个座位上，终于站起来一名女子。

申剑明首先看见了她，不禁大吃一惊："万妹儿？"

议员们又一次骚动起来。

42. 主席台上（日 内景）

蓝县长赶快走到台口，厉声问了句："你是谁？啊？快说！"

43. 会堂内（日 内景）

万妹儿很冷静："我叫万妹儿，是薛兰芝的委托代理人。"她掏出一张纸，展示给大家看："这是她的委托书，请大家过目。"

议员们纷纷站起来，探头去看那份委托书。

44. 主席台上（日 内景）

蓝县长："胡说！投票选举怎么能委托？"他扯着嗓子："现在，本县长郑重宣布，此次投票无效。重来！"

台下又一次炸了锅。

蓝八爷伸出一只手，不让蓝县长继续说话。

会堂内迅速安静下来，仿佛一根针落地下都能听见。

然后蓝八爷望着万妹儿问了声:"我蓝八爷比薛兰芝少了一票,是不是你没投给我啊?"

45. 会堂内(日 内景)
万妹儿回答得很干脆:"是。我没投。"她很直率:"又不认识你,我凭什么投啊?"

46. 主席台上(日 内景)
蓝县长听得很紧张,便悄悄地看着蓝八爷。
蓝八爷没有发火,冷冷地追问了句:"那,你不投我的票,也是薛兰芝委托的?"

47. 会堂内(日 内景)
万妹儿:"不是。她只是让我临时来开个会,别的都没说。"她朝所有的议员看了一眼:"说实话,来到这儿之前,我根本不知道你们开的是什么会。"
议员们一听这话,顿时哄堂大笑。

48. 主席台上(日 内景)
蓝八爷先是一愣,忽然大笑不止。
蓝县长吃惊地望着他,看不明白他的意思。
蓝八爷终于收住笑声:"算了。就这样吧。选举全通过了。人家是大厂子的老板,忙得很,咱们就别为难她了。"
蓝县长立刻附和:"那就不重选了。全部通过。散会。"

49. 会堂内(日 内景)
议员们一听散会,便纷纷站起来准备离开。

50. 主席台上（日　内景）

蓝八爷又举起了一只手："慢。"

51. 会堂内（日　内景）

刚刚起身要走的议员们又站住了。

52. 主席台上（日　内景）

蓝八爷兴致勃勃地说："本议长为庆贺县参议会成立，今天晚上特意在乌龙寨举行门板大宴，邀请在座的全体议员痛饮三杯。各位，肯不肯给八爷一个面子？"

台下顿时一片欢呼叫好声。

蓝八爷望着台下："那个什么委托人，啊。你回去告诉薛兰芝，晚上她一定得来。听见没有？"

蓝县长伸头朝台下问了声："听见了吗？啊？人呢？"

53. 会堂内（日　内景）

申剑明便回头朝万妹儿看去。

议员们也探头朝后面张望。

那个位置上已经空无一人。

万妹儿不知什么时候早已经走得不知去向了。

54. 主席台上（日　内景）

蓝八爷并不在乎："没关系，这事儿我做主了。议长与议员同乐，副议长哪能不来？各位请放心，晚宴之前，我蓝八爷亲自过去接她。就这样。散了吧。"

他头也不回地朝后台走了过去。

55. 济民纱厂 薛兰芝办公室（日 内景）

薛兰芝打开一只小礼品盒，取出来一枚徽章。

徽章是圆形的，上面的图案分成三排。第一排刻的是"浦溪县"；第二排字大了些，也是三个字"参议会"；最下面一排是"证章"两个字。

薛兰芝："不都是他蓝家的店铺吗？弄得这么冠冕堂皇干吗？"她随手将徽章往桌面上一扔："才不稀罕呢。"

万妹儿望着她，担心地问："那，晚上怎么办？乌龙山寨还有场门板大宴呢。"

薛兰芝："什么叫门板大宴啊？"

万妹儿："这是当地的习俗。就是把门板卸下来当桌面儿，一张接一张，摆成一条长龙。"她解释说："我见过最长的门板大宴，嚆，整个寨子成百上千的人，都坐在那儿狂吃狂喝。"

薛兰芝："是吗？那倒挺壮观的，我还真没见过呢。"

万妹儿望着她："是不是想去见识一下？"

薛兰芝："这还用问？当然不去。"

万妹儿："不去也得有个理由啊。"她笑了笑："这一次，恐怕给十张委托书都对付不过去了。"

薛兰芝也笑了："是啊，还得想别的法子才行。"

万妹儿想起了什么："对了，我看见申剑明也在那儿选举。他那德性，也当上议员了？"

薛兰芝："我琢磨，他就是蓝八爷的一条狗，专门派来盯梢的。"她摇了摇头："原来还想把他收回来管着点儿，现在反过来了。别看蓝八爷表面粗野，其实他早就有算计，一心想管住我呢。"

万妹儿便鼓动她说："兰姐，明人不吃暗亏。已经到了这关口，咱们的工人护厂队，也该成立了。"

薛兰芝："是。我跟梦泽商量一下，看看能不能合起来组建一个联防队。咱们出人，他们有武装，这样就有力量了。"

万妹儿："好办法。"她赞赏地看着薛兰芝："兰姐行啊。"

薛兰芝："对了，我一会儿就去找梦泽，今晚就住他那儿。要是蓝八爷过来找我，就说我有急事儿，一大早就去常德了，明天才能回。这办法行不？"

万妹儿："行。放心，我能应付他们。"

56. 济民纱厂　大门口（日　外景）

门卫看见了什么，赶快从传达室走了出来。

申剑明已经走到了大门口，朝门卫招了招手："你过来。"

门卫便走到了他面前："申剑明，你要干吗？"

申剑明挺起胸脯，指着胸前的徽章："认识吗？好好看看。"

门卫很强硬："想进去就进去，本来就没打算拦你。神气什么呀？"他不屑地说："挂牌子的狗，不还是一条狗吗？"

申剑明脸色极难看："你把什么门啊？连自己这张嘴都把不住。下次再这么说，看我不撕了你。"

他昂首挺胸地朝厂子里面走了进去。

57. 纱厂办公室　走廊内（日　内景）

薛兰芝从办公室走出来，沿着走廊朝楼梯走去。

走到楼梯口，她无意中朝窗户下面看了一眼，忽然发现了什么，赶快停住脚，朝下面望去。

58. 办公楼前面的空坪里（日　外景）

申剑明穿过空坪，大步朝办公楼这边走了过来。

861

59.办公室走廊上（日 内景）

薛兰芝不愿意碰见他，想了想，迅速折回身，快步朝自己的办公室走去。

60.薛兰芝办公室内（日 内景）

薛兰芝推开房门，一步跨了进来。

万妹儿还在那儿抄报表，抬头一看，不禁很吃惊："兰姐，怎么又回来了？"

薛兰芝小声告诉她："申剑明来了。"

万妹儿："噢？他看见您了？"

薛兰芝："没有。他正在上楼。"她很着急："怎么办？"

万妹儿："不行。让他看见您，就等于让蓝八爷看见了。"她当即站了起来："赶紧去我办公室。快！"

薛兰芝便跟着万妹儿走了出去。

61.办公室走廊上（日 内景）

申剑明哼着小曲，大大咧咧地穿过走廊。

他一直走到那间挂着"总经理"门牌的办公室前，抬头看了一眼，门都没敲，推开房门便闯了进去。

62.薛兰芝的办公室内（日 内景）

屋内空无一人。申剑明走了进来，很放肆地四下打量着。

然后，他走到办公桌后面，舒适地坐在了薛兰芝那张木椅上。

他看见办公桌上有一沓报表，正想伸手去取，万妹儿一步跨进了办公室。

申剑明将手缩回："噢？万妹儿？"

万妹儿："申剑明？你怎么来这儿了？"

申剑明盯着她的脸："我怎么觉得你越来越好看了？哈，一日不见如隔三秋，是不是越来越惦记我了？"

万妹儿："唉，怎么就不开窍啊？这一辈子，除了棺材铺的老板，还有人惦记过你吗？"

申剑明一点都不生气："讲得好。还是万妹儿聪明啊。"他敲了敲桌子："今天你见到大世面了。怎么样？选举会够威风吧？"

万妹儿："哈，那也能叫大世面？"她嘲讽了句："我倒觉得就跟赶集卖牲口似的，赛着比谁更贱。"

申剑明："哎，这个比方不错，挺像那么回事儿。"

万妹儿一句比一句尖刻："对了，你当时不也在那儿大甩卖吗？怎么样？你的心肝肺全坏掉了，像这样的牲口也有人要？奇怪。最后你卖了个什么价？"

申剑明居然对她的话无动于衷："万妹儿，知道我喜欢你什么？刀子嘴，豆腐心。哈，好多天没听见你挖苦我，我这心里还真是空空荡荡地牵挂着呢。"

万妹儿："这就叫死猪不怕开水烫。"她没耐心了："我忙着呢，有话直说吧。你跑到这儿来干什么？"

申剑明："议长大人派本议员过来接副议长。听明白了？"

万妹儿："嚄，你够得上几斤几两啊？议长不是当众宣布，他要亲自过来接吗？"

申剑明摇了摇头："唉，我是替薛兰芝着想，才先一步赶过来。我怕她不敢见世面，找个借口躲开，那不就麻烦了？"

万妹儿："哟，那怎么办？她还真的不在这儿。早走了。"

申剑明根本不相信："看看，就知道会来这一手。"

万妹儿："什么呀？许董事长有急事要商量，一大早她就赶去常德了。要不然，干吗要委托我替她去选举啊？"

申剑明盯着万妹儿看了一阵，目光回到了办公桌上。

特写：那枚县议员的徽章还随意地甩在桌子上。

万妹儿也看见了那枚徽章，不禁暗自有点心虚了。

63. 蓝八爷的客厅内（日　内景）

蓝八爷听完申剑明的报告，问了声："她到底走没走？"

申剑明："至少我去纱厂之前，她还在那儿。"

蓝八爷："你能确定？"

申剑明："徽章随便扔在桌子上，这不就明白了？"他分析道："如果是别人打开看了，肯定会照原样好好地收起来。谁敢把她的东西乱扔呢？只有她自己。"

蓝八爷很不高兴，忽地从太师椅上站了起来："不识抬举。"

申剑明望着他，自告奋勇地说："八爷，您要是觉得她非去不可的话，我能替您找到她。"

蓝八爷脸一板："我说过她非去不可吗？"

申剑明很诧异："选举会上您不是说，副议长不能不去吗？"

蓝八爷一拍茶几："混账东西，你也敢反问我？啊？"他瞪圆了眼睛："我是县议长，想怎么说就怎么说。我说不能不去，她就得去。我说她可以不去，谁都不能强迫她去。听清楚了？"

申剑明："是，是。听清楚了，八爷。"

64. 浦溪兵工厂　薛梦泽办公室（黄昏　内景）

薛梦泽正在清理一些文件，往公文包里面装了进去。

薛兰芝站在他对面，怔怔地问："怎么这么巧啊？我刚刚过来，你就要赶到重庆？"

薛梦泽："是啊。军工署一小时之前发来的紧急电报，限令火速赶到。军令如山，没办法啊。"

薛兰芝有点担心："梦泽，是不是快要变天了？"

薛梦泽抬起头来，郑重地告诉她说："姐啊，蒋家王朝在大陆的日子，已经屈指可数了。"

薛兰芝："那你怎么办？跟他们一起去台湾？"

薛梦泽毫不含糊："不。我是吃技术饭的，才不给他们陪葬呢。"他笑了笑："姐，放心，我早就准备好了。"

一名女干部走了进来："薛总，您找我？"

薛梦泽："啊，郭主任，介绍一下，这位就是我姐姐。"

小郭双脚一并，朝薛兰芝敬个军礼："薛大姐好。"

薛兰芝赶快回了句："啊，郭主任，给您添麻烦了。"

小郭："不麻烦。房间已经给您安排好了。"

薛梦泽对她强调说："记住，关键是保证安全。"

小郭："是。睡觉、吃饭，我会一直陪在薛大姐身边。"

薛梦泽提起公文包："姐，那我走了。"

薛兰芝："好，多保重自己。"

薛梦泽："没事儿。两三天就回来了。"

他再也不敢耽搁，大步走出了办公室。

65. 兵工厂宿舍区（黄昏　外景）

悠扬的军号声，在宿舍区上空响起。

一些员工拿着饭盒，纷纷朝食堂那边走去。

66. 一间客房内（黄昏　内景）

小郭正在帮薛兰芝收拾床铺。

听见军号声，小郭站了起来："薛大姐，开饭了。"

薛兰芝："好。咱们一起去食堂吃吧。"

小郭："不行啊，薛大姐，您在屋里待着，谁敲门也别开。"
她取过两只饭盒："我去把饭打回来，咱们一起吃。"
薛兰芝有点不过意："哟，那怎么好意思啊？"
小郭："没事。应该的。"
她走出房门，随手把门关上了。

67. 这幢宿舍外（黄昏　外景）
小郭走出宿舍楼，警惕地观察了一眼，朝食堂那边走了过去。

68. 那间客房内（黄昏　内景）
薛兰芝整理好床铺，刚想在椅子上坐下来，忽然听见敲门声。
她回头问了声："谁啊？"
门外没人应。
薛兰芝想了想，又问："郭主任，是你吗？"
门外有人脆脆地回答了一个字："是。"
薛兰芝："哟，这么快？是不是忘记什么了？"
她走到房门后面，抽开插销，将门拉开。
两条黑影箭一般冲进来，死命地将她按倒在地。
…………

第 33 集

1. 前集回顾
薛兰芝抽开插销,将门拉开。
两条黑影箭一般冲了进来,死命地将她按倒在地。

2. 浦溪兵工厂 那栋宿舍外(黄昏 外景)
小郭在食堂打完饭,提着两个饭盒走了回来。

3. 那间客房门外(黄昏 内景)
小郭走到客房门外,轻轻敲了一下房门。
里面没有回应。
小郭又敲了敲门,小声说:"薛大姐,请开门。我是小郭。"
仍然没有人回应。
小郭有点奇怪,便掏出钥匙,打开房门走了进来。

4. 客房内(黄昏 内景)
小郭开门走了进来,朝房间内扫了一眼,顿时一惊。
薛兰芝并不在房间里。

房门对面那扇窗户已经完全推开，窗帘在随风飘动。

小郭慌了，赶快跑到窗户前，朝外面看去。

5. 客房窗户外（黄昏　外景）

窗户外面是一道围墙。围墙处有一个后门，已经大敞大开。

后门出去，就是厂子外面的一条马路。

马路上已经空空荡荡，既没有车，也不见人。

6. 客房内（黄昏　内景）

小郭心慌意乱，赶快回身跑到客房门口，大声呼叫："不好了！出事了！快来人啊！"

7. 乌龙山寨　寨门外（夜　外景）

寨门的两旁各自点燃了两堆巨大的篝火。

四名全副武装的土匪分别守卫在寨子门外。

县长那辆黑色小车开过来，箭直朝寨子里面驶了进去。

8. 寨子的大院内（夜　外景）

蓝八爷背着手，等候在院子内。

小轿车驶了过来，在他面前停下了。

车上跳下了两名粗壮的汉子，跑到后座处，拉开了车门。

薛兰芝坐在后排，朝车外看了一眼。

蓝八爷已经迎了上来，朝她伸出一只手，想接她下车。

薛兰芝没有理睬他，自己从车上走了出来。

小轿车便迅速开走了。

蓝八爷走到她面前，笑盈盈地看着她："看看，请你过来一趟真不容易，还要费这么大的手脚。哈，看上去斯斯文文，性子还挺倔强。既然这么不听调排,那就怪不得八爷我了。"

薛兰芝倒也平静:"蓝八爷,人跟人不能比啊。您是有吃有喝,一切都现成的。我可不行,得管几千人吃饭呢。年底了,厂子里忙得两头见黑,哪有工夫啊。"

蓝八爷:"是。我当然知道。选举会上我就说了,人家忙着呢。"他仿佛很善解人意:"只是应该跟我说一声。不开会可以,干吗要说去了常德啊?哈,我还真相信了。这样可不好,不管怎么说,我还是浦溪县参议会的龙头议长嘛。"

薛兰芝:"是,对不起,以后我会注意的。"她朝院子看了一眼:"那,蓝八爷,我可以走了吗?厂子里正在加班加点呢。"

蓝八爷回答得很干脆:"不行。受县长委托,今天我们县参议会要宴请一个大角色。"他掏出怀表看了一眼:"还有半个钟头,尊贵的客人就要到了。"

薛兰芝赶快推脱:"哟,那可不合适。我这一辈子没见过场面,到时候一句话都不会说,多难堪啊?"

蓝八爷:"你要说什么话啊?只往那儿一坐,人家一眼就会看中我们参议会。哈,这么漂亮的副议长,谁还不放心?"

薛兰芝灵机一动:"对了,你不是说了有个什么门板大宴吗?"她显得很有兴趣:"宴请我就不去了,听说门板大宴很气派,我就上那儿吃去吧?正好开开眼界。"

蓝八爷手一甩:"什么门板大宴?狗屁。取消了。"他伸手搭在她肩膀上:"先去堂屋喝点茶。等接待完客人,我亲自送你回济民纱厂。讲到做到。怎么样,这下该放心了吧?"

薛兰芝毫无办法,只好将他的手推开,朝堂屋里面走去。

9. 浦溪兵工厂　宿舍区（夜　外景）

一辆军用吉普车飞快地开了过来,停在了那栋宿舍前。

869

车门开了,一名少校军官走了下来。

一直等候在那里的小郭赶快迎了上去:"周参谋,有消息了吗?可急死我了。"

周参谋:"郭主任,别着急,已经打听清楚了。"

小郭:"是什么人干的?"

周参谋:"人是蓝八爷派来的,开的是县长的专车。"

小郭:"现在呢?他们把薛大姐弄到哪儿去了?"

周参谋:"直接去了乌龙山寨。"

小郭一愣:"什么?弄到乌龙寨去了?"

周参谋:"没错。我已经核实了。"

小郭更加担心:"那怎么办?不会出什么问题吧?"

周参谋:"应该问题不大。"他压低了声音:"中统局情报站派了个新站长,蓝八爷今晚上设宴款待他们。薛大姐不是副议长吗?八成是让他们拉去作陪的。至少没有安全问题。"

小郭:"噢?是这样?"

10. 乌龙山寨　大门外(夜　外景)

十多匹高头大马,载着黑衣黑裤的彪形大汉,呼啸着来到山寨的大门外。

缰绳勒得太急,那些马纷纷立起前蹄,发出阵阵嘶叫声。

紧接着,一辆美式吉普车开了过来,直接驶进了山寨。

11. 山寨的堂屋内(夜　内景)

蓝八爷正在陪薛兰芝喝茶,听见马叫声,赶快站了起来:"来了,来了!快,赶紧出去迎接。"

他不容薛兰芝说话,拉着她的手便朝门外走了出去。

12. 山寨院子内（夜　外景）

那辆美式吉普车已经开进院子停了下来。

后座的车门开了，一男一女从左右两侧同时下了吉普车。

男的七十来岁，头皮青亮，目光凶狠，身体十分矫健。

那名女子三十岁不到，眉目清秀，身材高挑。她那一头烫发加上一身美式军装，分明衬托出一种不平凡的身份。

蓝八爷拉着薛兰芝急急忙忙赶了出来："哎呀呀呀，没想到榜爷亲自陪过来了。哈，你这老家伙，怎么还没死啊？"

那名光头的榜爷很不高兴："嚄，老八仗势欺人啊。榜爷我没死，你不也占了头把交椅吗？"他一招手："你过来，让你见识一下我们湘西站的站长。"

蓝八爷便赶快朝那一身军装的女子哈腰拱手："啊，多多关照，多多关照。请问站长贵姓？"

那女子朝院子扫了一圈，不经意地说："叫四姑娘吧。"

蓝八爷没有明白："什么？您的大名叫四姑娘？"

榜爷训了他一句："话多！不该问的别问。我一直叫她四丫头，你这么叫也可以。"

四丫头注意到了薛兰芝，朝蓝八爷问了句："这是你太太？"

薛兰芝脸霎时红了。

蓝八爷："哈，哪有那福气啊？这是本县副议长，薛兰芝。"

四丫头："我说呢。鲜花哪能插在牛粪上啊？"

蓝八爷解嘲地笑了笑："可不是吗？站长好眼力。"

榜爷："四丫头，他那话你也信？谁不知道蓝老八是条大色狼？没搞到手的女人，能让她当副议长？哈，哈哈哈哈……"

四丫头脸色一变："放肆！粗野！一口土匪腔调！"她厉声呵斥："怎么能当着良家妇女的面，说这样下流的话？啊？"

榜爷和蓝八爷同时一愣，再也不敢说话了。

四丫头便上前拉住薛兰芝的手:"这位大姐,山里人土匪胚子,没教养,您千万别往心里去。刚才我一眼看见您,心里就格外喜欢。您不像山里人,是从外地过来的吧?"

蓝八爷赶快介绍说:"啊,报告站长,她是浦溪纱厂的总经理。抗战的时候从汉口迁过来的。"

四丫头:"我说呢。"她高兴地看着薛兰芝:"这下好了。四丫头在湘西,总算遇到可以做朋友的人了。"

薛兰芝有点拘谨:"啊,谢谢四姑娘看得起。"

四丫头:"大姐要是不嫌弃,以后我就直接叫您姐姐吧。"

薛兰芝:"哟,这我可不敢当啊。"

蓝八爷高兴地抢过话头:"太好了。既然站长这么看重副议长,那我们县参议会,以后就全靠您关照了。"他赶快招呼着说:"别站在外头说话,快请入座。酒席早就备好了。"

四丫头便亲切地拉着薛兰芝的手,朝堂屋里面走了进去。

蓝八爷也上前拉着榜爷的手:"老哥,请啊。"

榜爷并不待见他,将他的手一甩,背着手走了进去。

蓝八爷毫不在乎,乐呵呵地跟了进去。

13. 大河街　码头上(晨　外景)

太阳还没出来,天边堆积出一朵朵白云,酷似草原上的羊群。

字幕:常德　大河街

14. 济民纱行　天井内(晨　外景)

许家国走过天井,一直来到大门后面。

大门底下塞进来一份当天的报纸。

许家国弯腰拾起报纸,展开看了一眼标题。

报纸的特写：这是一份《常德民报》。一个加粗的大标题——"税务局长贪腐成性，稽查总署痛加惩处。"

许家国没有细看，收起报纸朝书房走去。

15. 通往二楼的楼梯上（晨　内景）

许秋萍穿戴齐整，从楼梯上走了下来。

许家国一回头看见了她："秋萍，你过来一下。"

许秋萍便走到他面前："爸，起这么早啊？"

许家国把报纸递给她："那个姓翟的局长，这次算是栽了。"

许秋萍接过报纸："怎么才见报啊？都抓走三天了。"

许家国笑了笑："嘿，可见肃贪之难，难于上青天啊。"他压低声音："秋萍，告诉爸爸，这条蠹虫，是不是你查出来的？"

许秋萍有几分得意："当然。换我到税务所做事，就是冲这目标去的。"她并不满足："爸，振奋一下民心而已，没什么作用。现在是遍地贪腐，病入膏肓。不改朝换代，已经完全没希望了。"

许家国点了点头："秋萍，狗急了还要跳墙呢。越是这个时候，越要注意安全。特别是文松。知道吗？"

许秋萍："知道了。爸，我得走了。今天还有一个记者招待会。我得早一点过去张罗。"

许家国："好，赶紧走吧。"

16. 大门外（晨　外景）

许秋萍从济民纱行走了出来。

她朝街道两头观察了一下。

天亮不久，街道上几乎没有行人。

许秋萍便朝街道上走了过去。

17. 街道拐角处（晨　外景）

许秋萍匆匆忙忙正朝这边走，拐角处冷不防出现几名便衣汉子，冲上前来，狠狠地拧住了她的双手。

许秋萍正要喊叫，有人用一条毛巾捂住了她的嘴。

其他几个人拖着许秋萍，将她塞进了不远处的一辆囚车。

囚车很快地开走了。

18. 济民纱行　大门外（晨　外景）

几辆吉普车飞快地开了过来，堵住了济民纱行的大门。

车上先后跳下来十多名便衣男子，提着手枪，冲到大门口。

两名男子用脚踹开大门，那十多名便衣一窝蜂冲了进去。

19. 济民纱行　天井内（晨　外景）

便衣男子冲到天井内，举着枪对准每个通道。

一名为头的队长厉声喝道："快，把人都给我赶出来！"

其他男子便一边吆喝着，一边朝里面冲了进去。

20. 许家国的书房内（晨　内景）

许家国正在看报纸，听见外面的吆喝声，赶快站了起来。

书房门被人一脚踢开，两名便衣冲进来，用枪对着他："别动！老实点！"

许家国有点紧张："你们是什么人？"

一男子："少废话！到院子里去，快！"

另一男子走到他身后，使劲推了他一把："走！"

许家国只好放下报纸，朝门外走去。

21.天井内(晨 外景)

刘妈扎着做事的围腰,已经被一名便衣押了过来。

楼梯口,两名便衣押着娄城,也走了下来。

那队长大声喝道:"还有人吗?都给我带过来!"

22.二楼的楼梯背后(晨 内景)

两名便衣从楼梯前走过,推开一间屋子,闯了进去。

向飞舟隐藏在楼梯背后,见便衣进了屋子,身体一闪,光着脚无声无息地跑上了三楼。

23.三楼那间杂屋内(晨 内景)

向飞舟很快地溜了进来,关上了房门。

他移过那架梯子,顶开天花板那道暗门,搭着梯子攀上了阁楼。

24.阁楼内(晨 内景)

向飞舟利索地将梯子收上来,然后将暗门严密关闭。

25.天井内(晨 外景)

两名便衣从卧室内将滕玉翠赶了出来。

刘妈赶快迎上去,想接过她手中的许宗胜。

一名便衣立即用枪顶住刘妈:"站在这儿别动!"

娄城便说了声:"兄弟,别缺德,在女人面前耍什么威风啊?"

那便衣愣了一下,不再干涉她们。

刘妈走到滕玉翠跟前,将许宗胜抱了过来。

那名队长注意到了娄城,便看了看手上一张名单,望着他问了句:"说,你叫什么名字?"

娄城:"娄城。"然后平静地反问了句:"名单上面没有吗?"

那队长没有回答,又问了声:"还有两个人呢?"他又朝名单看了一眼:"郑锦仁,去哪儿了?"

滕玉翠:"郑管家在码头上安排原材料,昨晚没回来。"

那队长又追问了句:"还有一个叫什么飞舟的呢?"

刘妈回答说:"一大早就出去买菜了。我让他去的。"

26. 天井旁边的走廊上（日 外景）

两名便衣将许家国带了过来:"队长,这是他们的头儿。"

那队长便迎了过来:"你就是许家国?"

许家国:"不错,是我。有什么事,你就跟我说吧。"

那队长倒还客气:"许董事长,兄弟我早闻您的大名。没办法,这次是奉命办差,请董事长多多配合。"

许家国:"好说。你让我怎么配合?"

那队长:"有人检举,贵纱行藏有一批非法物资。根据戡乱时期管制条例,兄弟我要仔细搜查。"

许家国:"你说的非法物资,是指什么?"

那队长冷笑了声:"别问,查出来自然就知道了。"他不再多说,将手一挥:"给我搜!"

便衣们应了声,开始分头搜查。

娄城暗中看了许家国一眼。

许家国不动声色,内心显然有点担忧。

27. 三楼那间杂屋外（日 内景）

三名便衣来到门外。两名便衣用枪对着房门,另一名便衣伸手推了一下房门,那房门不怎么费劲就被推开了。

三名便衣提着枪闯了进去。

28.杂屋内（日　内景）
三名便衣闯进来，朝四周看了一眼。
杂屋里面光线很暗，一名便衣伸手打开了里面的电灯。
杂屋内堆放着一些闲置的桌椅和其他杂物。

29.杂屋的阁楼上（日　内景）
向飞舟双手握着那只小手枪，蹲在地板上。
透过地板上一条缝隙，他紧张地观察着下面杂屋里的情况。

30.杂屋内（日　内景）
两名便衣在闲置的家具中翻来翻去地寻找着什么。
一名便衣抬起头来，举枪对着天花板，仔细地观察着。

31.杂屋的阁楼上（日　内景）
向飞舟屏住呼吸，轻轻地拉开枪栓。

32.杂屋内（日　内景）
那名便衣朝天花板看了半天，没有发现破绽。
其他两名便衣也查找不出什么，便说了声："什么都没有。"
那名便衣收回枪："行了。下去吧。"
三名便衣从杂屋内退了出去。

33.杂屋的阁楼上（日　内景）
向飞舟这才松了口气，朝旁边桌上的电台看了一眼。
电台被人罩上了一块布，完好地架设在桌子上。

34. 天井内（日　外景）

许家国和纱行的人被便衣控制在天井内，默默地等待着。

娄城忽然抬起头来，朝楼梯那边望去。

三名去杂屋搜查的便衣走下楼来，朝着队长摇了摇头。

其他便衣队员也搜查完毕，纷纷向队长示意无任何发现。

队长便回到天井内，对许家国说："董事长，打扰了。"

许家国望着他："我能问你一句话吗？"

队长："问吧。什么话？"

许家国："你不是说有人检举吗？他是什么人？"

队长脸一板："嘿，这话我能告诉你吗？撤！"

他带着那群便衣，一窝蜂退了出去。

滕玉翠不由得朝娄城看了一眼。

娄城站在原地，脸上毫无表情。

35. 货运码头上（日　外景）

码头上停靠着一排货船。

金相彪一身长袍，横跨过几条货船，朝最外面那条货船走去。

36. 最外面那条货船的机房内（日　内景）

金相彪拉开机房的舱门，走了进来。

张文松站了起来，迎着他问了句："老金，查清楚了吗？"

金相彪关上舱门："是。完全跟我们中统无关，那帮人是军统的特别行动队。"他压低了声音："有人向他们检举了，说济民纱行私通共党，很有可能暗藏了无线电台。"

张文松："抓许秋萍，也是他们干的？"

金相彪:"没错,也是那伙人。"

张文松望着他:"老金,他们还掌握了别的情况吗?"

金相彪:"不可能。地方上反共防共的事儿,归我们中统管辖。"他说得很肯定:"依我看,既然有人举报,他们就趁机勒索,跟土匪绑票的手法差不到哪儿去。就那点德行。"

张文松点了点头:"要是拿钱去赎人,找谁说了算?"

金相彪从兜里掏出一张小纸片,递给张文松:"就是他。姓名,联络方式,开价多少钱,这上头都有了。"他摇了摇头:"这帮家伙,知道没几天好蹦跶了,捞一把算一把,黑着呢。"

张文松顿了一下,又问:"知道是谁举报的吗?"

金相彪:"我没好开口问。"他望着张文松:"其实,猜也能猜个八九成。一般人能跟军统联络?门儿都没有。"

张文松收好那张小纸片:"行。老金,谢谢了。"

金相彪摇了摇头:"不用。其实我也零零星星收到过一些线索,这种时候你们还是得小心点好。事情超出了我的能力范围,局面恐怕就很难收拾了。"

张文松:"我明白。"他握住金相彪的手:"你也多保重。"

37. 济民纱行 账房内(日 内景)

滕玉翠看完那张小纸片,吃了一惊:"什么?要八十万?"

郑锦仁站在她对面,告诉她说:"有人跟他们还了价,最后他们总算松了口,五十万到手,就可以放人了。"

滕玉翠:"五十万也是个要命的数目啊。"她望着郑锦仁:"还能再压个一二十万吗?"

郑锦仁想了想:"翠翠,张总管也是想尽了办法。可这事儿咱们拖不起啊。"他心情十分着急:"时间越长,秋萍吃的苦头只会越大。那帮人心狠手辣,什么事儿做不出来啊?"

滕玉翠下了决心:"那就认了。他们既然是奔钱来的,咱们只能赶紧凑钱。人出来得越早越好,不能再节外生枝了。"

郑锦仁望着她:"翠翠,你这儿能凑齐五十万吗?"

滕玉翠极其为难:"郑伯,财务上的事您都清楚。纱行的钱都砸进去买原材料了,账面上最多剩了不到二十万。还有好多别的费用要支付。这五十万,一时半会儿我还真不知道该从哪儿凑呢。"

郑锦仁点了点头:"这样吧。翠翠,我马上去赣南油铺找吴老板帮帮忙。实在不够,还可以找粮庄的文老板借点儿。"

滕玉翠迟疑了一下:"郑伯,借钱好办,可还钱的事儿,我心里真的没底。为了买原材料,我这儿已经垫付出去二百来万。都快一个月了,到现在一根棉花都没见,怎么回事儿啊?"

郑锦仁也很着急:"是啊,我也挺纳闷儿的。三天两头发电报,葛老大那边一个字都没回。不正常啊。"

滕玉翠:"这事太严重了。万一纱厂那边停工待料……"

郑锦仁一挥手:"翠翠,暂时别想那么多,我先去把钱借回来,你去救秋萍。然后我下午就过一趟华容,亲自去找葛老大,死活也得弄点原材料回来。"

滕玉翠:"好,就这么办。"她很感激:"郑伯,辛苦您了。"

郑锦仁:"对了,翠翠,这事先别跟家国说。"

滕玉翠:"不说好吗?"她犹豫了一下:"家国迟早都会知道的。尤其还要找这个老板那个老板借钱,那都是他的好朋友。到时候会不会怪我没早告诉他啊?"

郑锦仁:"没关系,只要把秋萍救回来,他就放心了。"他很感慨:"我知道,家国把秋萍看得比任何人都重。"

他不再耽搁,回过身,匆匆忙忙走了出去。

滕玉翠站在原地,回想着他那句话,心中忽然有点不舒服了。

38.某看守所 大门外（日 外景）

大门上方，挂着一块青天白日的标志牌。

有两名国军士兵，荷枪实弹地站立在大门两侧。

39.看守所内（日 内景）

一名女看守带着许秋萍走了过来。

那女看守边走边告诉她："幸亏你们家有钱，要不然你待在这儿且出不去呢。"

许秋萍："你们也实在是可怜，都到了这种地步。"她冷笑了声："居然只剩下这一条生财之道了。"

女看守："行了。亏还没吃够是不是？"她走到大门后面，拉开一扇小门："赶紧走吧。别再让我看见你。"

许秋萍不再说话，一步迈了出去。

40.看守所大门外（日 外景）

许秋萍走出门来，朝前面看了一眼，不禁一愣。

41.看守所对面的屋檐下（日 外景）

滕玉翠站在一辆黄包车前，默默地看着许秋萍。

42.看守所大门外（日 外景）

许秋萍一阵惊喜，禁不住朝对面跑了过去。

43.对面屋檐下（日 外景）

许秋萍飞快地跑到滕玉翠面前，张开双手一把抱住她："翠翠，您来接我，我真的好开心。谢谢您。"

滕玉翠也很高兴："是，我也很开心。"她朝许秋萍上下看了看："没怎么欺负你吧？"

许秋萍："还好。他们只是想敲诈勒索。"她看着滕玉翠："翠翠，为我花了不少钱吧？"

滕玉翠："没事儿。你爸经常说，能用钱摆平的事儿，再大也是小事儿。命比钱贵。"

许秋萍："说是那么说。毕竟是您在管账，肯定给您增添了很大的麻烦。真是对不起啊。"

滕玉翠："这么说就太见外了。都是你爸爸的钱，花到哪儿不是花啊？"她笑了笑："我知道，你是你爸的命根子，他把你看得比谁都重。为你花再多的钱，我也不能说半个不字啊。"

许秋萍当即便敏感地察觉到了什么："噢？这话什么意思？"

滕玉翠也愣了一下，赶快圆场说："哈，没有别的意思，我只是不怎么会说话。"

许秋萍："可你说了句心里话。刚好我也听懂了。"

滕玉翠："什么呀？别往心里去，啊。人出来了，比什么都好。"她指着那辆人力车："秋萍，走吧，我给你叫了辆黄包车。"

许秋萍却来了性子："你坐车走吧。我在里面蹲了大半天，腿都麻木了，想自己走回去。"

她不再说什么，转过身便朝街道那头走远了。

滕玉翠望着她的背影，心中不禁十分懊恼。

44. 客运码头前（日　外景）

郑锦仁提着那只出差用的小皮箱，正在朝趸船那边走。

许家国亲自为他送行："郑伯，突然之间，所有的棉花都断流了。你觉得到底是什么原因？"

郑锦仁："我琢磨，还是打仗的原因。听说共军南下速度很快，势如破竹。国军阻挡不住，还不把交通给断绝了？"

许家国点了点头："看来我对局势估计不足，订金也是下得太猛了些，自己把自己陷入了困境。"

郑锦仁："也不能那么说。兰芝去纱厂之后，产量完全上来了，那么好的形势，谁不想扩大规模啊？"他望着许家国："家国，别想那么多了。到了那边，我看看到底是什么情况，随时告诉你。"

许家国："好。出差在外，可得多保重。毕竟年纪不小了。"

郑锦仁："放心，郑伯硬朗着呢。"他转过身来："家国，我还得告诉你一件事。"

许家国："您说。"

郑锦仁："上午我跟吴子敬和文昌盛两位老板借了点钱。事先没跟你说，是我自己做的主。"

许家国并不在乎："没事儿。你放心去办自己的事儿，我让翠翠马上还给他们。"

郑锦仁犹豫了一下："你就不想知道我为什么借钱吗？"

许家国信任地说："干吗要知道啊？济民纱行用钱的事儿，一般不都是你做主吗？"

郑锦仁："这次可不一般啊。知道跟他们借了多少钱吗？"他顿了一下："总共四十万。"

许家国吃了一惊："什么？四十万？"

郑锦仁："翠翠账面上根本没那么多钱，再说还有好多开支必须得支付，哪一笔都不能耽搁。我跟翠翠商量的结果，只能借这笔钱，才周转得开。"

许家国："突然要用这么大一笔钱？"他意识到了什么："郑伯，又出什么事儿了？"

郑锦仁："家国，你先别着急，这会儿也该办妥了。"他这才说:"今天一大早,秋萍刚出门就让军统特务给抓走了。"

许家国心里一慌:"啊?有这种事儿?"他回想了一下:"我说怎么突然来那么多特务呢。那么早就抓了人,都到这时候了,怎么也没一个人告诉我啊?"

郑锦仁:"是我不让告诉你的。"他朝周围看了看,压低了声音:"文松第一时间就找了人。还好,也没别的目的,军统那帮家伙趁机搞敲诈勒索。只是开价太狠了。"

许家国:"那现在呢?秋萍出来没有?"

郑锦仁:"应该出来了。最后交涉的结果是五十万,一手交钱,一手放人。"他补充了句:"翠翠已经带着钱去接秋萍了。"

许家国仍然感到后怕:"我的天,这也太吓人了。"他并不放心:"郑伯,您一路保重。我得过去看看秋萍回来没有。"

正好客轮鸣了一声汽笛。

郑锦仁:"行。那我走了。"

两人匆匆分手,各自加快脚步走开了。

45. 济民纱行 天井内(日 外景)

许家国匆匆忙忙从外面回到了纱行。

他正要往书房那边走,听见账房那边有动静,便回头看了看。

46. 账房窗户外(日 外景)

窗户半开着,那里面传出来拨算盘珠子的声音。

47. 天井内(日 外景)

许家国便折转身,朝账房那边走了过去。

48. 账房内（日　内景）

滕玉翠坐在办公桌前，翻开账本，正在用算盘对着账。

许家国一步跨了进来："翠翠，你什么时候回来的？"

滕玉翠没有抬头："刚刚进屋。"

许家国朝屋内看了一眼："那，秋萍呢？"

滕玉翠仍然没看他："我哪知道啊？"

许家国很惊讶："你怎么能不知道呢？"他顿时着急了："怎么？你没把她弄出来？"

滕玉翠对他的语气非常不满意，便抬起头来，故意说："是啊，我没本事把她弄出来。"

许家国："怎么会呢？你不是把钱都带过去了吗？"

滕玉翠："五十万不够，人家又涨价了。"

许家国："涨价怕什么？说，总共要多少钱？"

滕玉翠："还得按八十万。一分钱都不能少。"

许家国一拍大腿："那我也认了！再多的钱，跟一条命比起来，根本算不得什么。八十万就八十万！"

滕玉翠："钱呢？从哪儿来？"她指了指账本："这上头全部家底连八万都凑不够，你不会逼着我去抢银行吧？"

许家国一时有点失控："我不能去抢银行，可我还有个济民纱行。逼急了，我把这儿全卖掉，你说够不够？啊？你说啊。"

滕玉翠："行了！你这儿够不够我不想知道。"她把面前那架算盘使劲一甩，站了起来："可我实在受够了！"

许家国一愣："翠翠，你这是怎么啦？"

滕玉翠："刚才那些话，我是故意乱说的。人家没涨价，许秋萍也出来了，毫发无损。这下你该满意了吧？"

许家国："是这样？"他将信将疑："那你为什么不直接告诉我？性命攸关的事情，不知道我心里有多着急吗？"

滕玉翠:"我只是想弄清楚,除了许秋萍那条命,你眼里还有没有我这条命。"她忍不住连连抱怨:"我总算看明白了,根本没有我。不仅没有我,你还想把济民纱行卖掉。这边所有人,还有浦溪纱厂那几千条性命,你都没放在眼里。家国,你真说得出口啊。"

许家国有点慌了:"翠翠,怎么能这样说我?"

滕玉翠已经抑制不住自己:"太让人心寒了。当年在重庆,我也被人绑架,我也性命攸关。你着急了吗?你想到过一个弱小女子落入虎口,随时都可能遭受蹂躏吗?在那种情况下,人家要弄死我,就像捻死一只蚂蚁那样容易。可那个时候你在哪儿?你想到过花钱为我买性命吗?想到过卖掉济民纱行吗?你说啊!"

许家国感到有点理亏,便上前一步,想抱住她:"翠翠,对不起,都是我不好……"

滕玉翠一把推开了他:"够了!自从秋萍一家人过来的那天起,你就一直后悔,不知道该怎么摆脱我。没关系的,我虽然出身卑微,可人格并不低贱。你要实在容不下我了,说一声就行。我怎么进来的就怎么离开,连这儿的草都不带走一根!"

她再也不想多说一句,将房门一甩,毅然冲了出去。

许家国想去追她,却双脚一软,无力地坐在了那张椅子上。

49. 二楼 娄城的窗口内(日 内景)

娄城站在窗口后面,一直在注意地观察着账房那边。
听见账房的房门重重一响,他探出头朝下面看去。

50. 天井内(日 外景)

滕玉翠冲出账房,掩着脸,飞快地朝自己卧室那边跑了过去。

51. 娄城的卧室内（日　内景）

娄城收回目光，站在窗户后面琢磨了一下。

很快，他轻轻将窗户关上，朝门外走了出去。

52. 一座烈士陵园内（日　外景）

烈士陵园内松柏成林，草木茂盛。

许秋萍和张文松像游人一样随意地散步闲聊。

张文松小声告诉她说："电台赶紧转移出去。最近这段时间风声很紧，一切活动，先停下来再说。"

许秋萍："那我呢？也要转移吗？是不是得搬出去住？"

张文松："目前还没必要。他们只是有点注意你，突然一消失，反而把自己暴露了。"

许秋萍："那好吧，听你的。"她仿佛有点失望："说句心里话，我还真想搬走了，住那儿总有点不舒服。"

张文松笑了笑："哈，你那点心思，我还看不出来？"他站住了："秋萍，翠翠其实也挺进步的。你们俩好多地方都很相像。"

许秋萍淡淡一笑："是啊。两个争强好胜的人，恐怕也很难捏到一块儿。"

张文松："这话也说得太绝对了。"他宽容地笑了笑："个性嘛，每个人都有，关键还得相互让着点儿。你有让过她吗？"

许秋萍："有啊。我让过她几次了。"她想了想："当然，她也没少让着我。"

张文松："那就继续相让。还必须自觉自愿，无私无求，不能把相让当筹码，总想得到回报。人都是有感悟的，只要心里真有对方，你的每一次相让，都会直奔她的心窝。"

许秋萍心里一热："你这句话，需要我牢记一辈子吗？"

张文松:"当然。为什么这样问?"

许秋萍盯着他的眼睛:"那,你心里会有我吗?"

张文松顿了一下,迎着她的目光,微笑着说:"干吗还问?我不已经回答你了吗?"

许秋萍:"我怎么没听见?"

张文松:"那就是直奔你心窝了。"

许秋萍再也忍不住了,一头扑进了他的怀里。

53. 济民纱行 天井内(日 外景)

许家国提着一只公文包,从书房内走了出来。

他忽然发现了什么,便抬头朝二楼望去。

许秋萍的房间里有人走动。

许家国想了想,折过身朝二楼走了上去。

54. 许秋萍的房间门口(日 内景)

门口放着两只结实的箩筐,上面用布盖得严严实实。

许秋萍最后将一些资料放了进去,再次将布盖严。

向飞舟用一条扁担,挑起了那一对箩筐:"那,我先走了。"

许秋萍:"好。出门的时候看着点,拐过街口就会有人接你。"

向飞舟:"没事儿,你放心吧。"

他挑起担子刚刚回头,许家国已经大步走了过来。

看见他们在忙,许家国问了声:"秋萍,你们这是干什么?"

许秋萍:"啊,一些用不上的书,请飞舟帮忙去卖掉。"

许家国也不多问:"那就快去吧。"他朝飞舟交代了句:"飞舟,别大意,多长点心眼,知道吗?"

向飞舟:"知道了。"

他挑着箩筐敏捷地朝楼下走了下去。

许秋萍回头望着许家国:"爸,您找我有事?"

许家国:"你说呢?"他一脸的不高兴:"进屋去说吧。"

他一步走进了许秋萍的卧室。

许秋萍也赶快跟了进去。

55. 许秋萍的卧室内(日　内景)

许家国回过头来:"秋萍,翠翠接你出来的时候,你跟她说了些什么?"

许秋萍马上明白了:"啊,您都知道了?"她说得坦率:"本来都挺高兴的,说着说着,话就有点离谱了。"

许家国:"谁离谱了?是你还是她?"

许秋萍:"爸,这次还真是她。"

许家国:"是这样吗?她说了什么?"

许秋萍:"其实她也挺不容易,千方百计凑钱去救我,真的让人感动。可我感谢的话还没说完,她就发牢骚了。说我是您的命根子,您把我看得比谁都重。还说您为我花再多的钱,她也不敢说一个不字。爸,这是她的原话,绝对没有加油添醋。"

许家国:"问题是我没让她去救你啊。更谈不上让她为你花钱。"他说得很肯定:"我这话也没加油添醋,真的。我连你被人抓走了都不知道。郑伯告诉我的时候,翠翠已经把你接出来了。"

许秋萍顿时一愣:"噢?是这样吗?"

许家国:"的确是这样。可见翠翠花那么大的气力去救你,完全是诚心诚意,而且是主动那样做的。"

许秋萍想了想:"那就是我的不对了。我还以为她那是假借说您的不是,趁机发泄对我和我妈的不满呢。"

许家国叹了口气:"秋萍,我也很不冷静。一回来就没个好脸色给她。这下可好，全弄拧了。"

许秋萍："那怎么办？"她很为难："这会儿我还有大事要处理，也没时间去找她沟通啊。"

许家国："我也是。他们跟我的几个朋友借了钱，得感谢人家，已经约好了请他们吃个饭，现在就得走。"

许秋萍："这样吧，晚上我回到家，一进门就去找翠翠。"

许家国点了点头："行啊。你跟她聊，效果会更好一些。"

56. 济民纱行　厨房内（黄昏　内景）

刘妈将一碗米饭和一罐鸡汤放在一只托盘里，抬头看了看钟。

时针已经指向下午六点。

她便端着托盘走了出去。

57. 滕玉翠的卧室内（日　内景）

滕玉翠正在整理床铺上孩子的衣服，外面有人敲门。

她头也没回地应了声："进来吧。门没关。"

刘妈托着一只盘子，将饭菜送了进来："翠翠，吃饭吧。"

滕玉翠回过身来："刘妈，端回去吧。我什么都不想吃。"

刘妈放下托盘："随便吃点吧。董事长出门之前，特意嘱咐我给你熬了一碗乌鸡银耳汤。"

滕玉翠朝托盘看了一眼："他呢？吃过了？"

刘妈："没呢。他有应酬，下午就出去了。"

滕玉翠迟疑了一下，又问了声："秋萍回来了吗？"

刘妈："下午回来了一趟，闷在屋子里收拾了一通，然后又叫上飞舟，匆匆忙忙把一大堆东西搬走了。"

滕玉翠："噢？还搬了东西走？"她感到有点不踏实："她以

后就不打算回来了?"

刘妈想了一下:"那倒不会吧?也没听她说啊。"

滕玉翠摇了摇头:"唉,我真不知道该怎么办了。越是想做好,越是做不好,反倒越描越黑。怎么回事啊?"

刘妈看了她一眼,话到嘴边又忍住了。

滕玉翠看了她一眼:"刘妈,没关系。有话您就直说吧。"

刘妈叹了一口气:"翠翠,别怪刘妈多嘴。篱笆扎紧点儿,别让外人掺和进来。只要都是家里的人,时间长了总会没事儿的。"

滕玉翠明白了:"刘妈,我知道您不喜欢娄城。还有郑伯他们,没一个喜欢他的。可我不一样啊。当年人家冒那么大的风险,把我从死亡边缘救出来,我还有什么理由不信任他呢?"

刘妈叹了口气:"翠翠,刘妈只是先说在这儿。总有一天,你会想起我这句话的。"

她不再说什么,转身走了出去。

滕玉翠望着她的背影,待在原地一动未动。

58. 济民纱行　大门外（夜　外景）

天已经黑下来了,门外的路灯开始点亮。

娄城领着一名头戴草帽、提着一只小包裹的矮个子男子,来到了纱行门外。

他朝两边看了看,推开大门,带着那人走了进去。

59. 天井内（夜　外景）

娄城走了进来,掏出钥匙交给那人:"你先去我房间等着。二楼,最头上那间。"

那男子小心地应了声,接过钥匙朝楼上走去。

娄城又朝四周看了一眼,抬脚朝滕玉翠的卧室走了过去。

60. 滕玉翠的卧室内（夜　内景）

滕玉翠正在用针线给孩子补衣服。

娄城一步跨了进来:"嚄,挺安逸嘛。我还以为你又赌气跑回你爹家了呢。"

滕玉翠有点无可奈何:"唉,我只要有一点事儿,总能被你看见。这到底是怎么回事儿啊?"

娄城:"还不明白?哈,没有谁比我更在乎你呗。"他朝滕玉翠走近两步:"翠翠,我得求你件事儿。"

滕玉翠:"别求我。从今以后,我什么事儿都不管了。"

娄城:"别说气话。"他笑了笑:"按说这也是你的事儿。"

滕玉翠:"是吗?什么事儿?"

娄城:"有一个当兵的小部下,在乡里活不下去了,想出来谋点事做,突然过来找我。我也没辙,想让他在这儿落个脚,行不?"

滕玉翠:"门都没有。济民纱行从来就不养闲人。"

娄城:"他可不是闲人啊。"他望着滕玉翠:"要不你先见个面,行不行再说,可以吗?"

滕玉翠:"什么?你把人都带过来了?"

娄城:"不然怎么办?总不能让人家流落街头啊。"他强调了句:"再说还可能造成麻烦。真的。你应该见见他。"

滕玉翠心生狐疑,便站了起来。

61. 娄城的房间内（夜　内景）

房门敞开着,里面却没有亮灯。

那名小个子男人默默地坐在房间里,手脚都不敢乱动。听见有脚步声,赶快站了起来。

娄城带着滕玉翠走了进来,随手拉亮了房间里的电灯。

滕玉翠朝那人看了一眼,一时有点困惑。

娄城便上前摘下了那人头上的草帽。

那人其实年龄不大,站在那儿怔怔地望着滕玉翠。

滕玉翠仔细地望着他:"好像有点面熟。你是谁啊?"

那男子鼓起勇气说了句:"太太,我见过您。"

滕玉翠:"是吗?在什么地方见过?"

那男子:"重庆啊。陆军司令部呢。"他满怀希望地望着滕玉翠:"我就是那个送茶水的小勤务兵,太太还记得吗?"

(**闪回镜头**)那名小勤务兵头也不敢抬地送进来一壶茶水,怯声怯气地说:"太太,请喝茶。"(**闪回镜头完**)

滕玉翠顿时大吃一惊:"什么?是你?"

…………

第 34 集

1. 前集回顾

娄城上前摘下了那人头上的草帽。

滕玉翠:"好像有点面熟。你是谁啊?"

那男子:"我就是那个送茶水的小勤务兵,太太还记得吗?"

滕玉翠顿时大吃一惊:"什么?是你?"

2. 济民纱行　娄城的房间内(夜　内景)

滕玉翠十分紧张:"你怎么跑这儿来了?啊?你想干什么?"

年轻男子:"太太,娄专员说……"他看了娄城一眼,赶快改口:"啊,我们乡下连树皮都吃光了,实在活不下去啊。"

滕玉翠:"不行。你不能待在这儿。"她越想越害怕:"你现在就得走,走得越远越好,别再让我看见你。听见没有?"

年轻男子紧张了,望着娄城:"可娄专员答应了……"

滕玉翠心里的火一下就冒了出来:"这儿我说了算,谁也别想当我的家。"她一拍桌子:"都给我滚出去!滚!"

3. 济民纱行　大门内（夜　内景）

许秋萍已经回到了济民纱行。

刚走进大门，就听见了二楼滕玉翠愤怒的斥责声。

她抬头朝娄城那窗户看了看，顿时心生狐疑。

4. 娄城的房间内（夜　内景）

娄城听见了大门那边的声音，便凑近窗户，朝下面看了一眼。

5. 天井内（夜　外景）

许秋萍一边朝上望，一边往楼梯这边走了过来。

6. 娄城的房间内（夜　内景）

滕玉翠想了想，从身上掏出几张钞票递给年轻男子："你走吧。就算是我求你了。快走！"

那年轻男子望着她手上的钞票，朝娄城看了一眼。

娄城默默地站在那儿，脸上没任何表示。

年轻男子只好接过钞票，走到房门口，拉开了房门。

娄城忽然叫了声："等一下。"

年轻男子便站住了。

娄城走到房门口，一把拽住年轻男子，将他拖到了滕玉翠面前："跪下！还不赶紧跟太太说实话，求太太留下来？"

那年轻男子便朝滕玉翠跪下了。

滕玉翠："这是干什么？起来。你起来啊。"

乘滕玉翠没注意，娄城特意把房门的间隙拉得更大了些。

那年轻男子便磕着头说："太太，我冤枉啊。茶水里面的蒙药，是乔专员放的。他让我送给您喝，我哪敢不送啊？"

7. 娄城的房门外（夜　内景）

许秋萍已经上到二楼，朝这边走了过来。

她一边听着屋里人的说话，一边放轻脚步，贴近了房门口。

8. 娄城的房间内（夜　内景）

娄城一直注意着门外。他发现许秋萍已经隐身门后，便故意提高声音问那年轻男子："接着说，后来你还看见了些什么？"

年轻男子低着头，嗫嚅了声："我、我不敢说……"

娄城便看了滕玉翠一眼。

滕玉翠犹豫了一下："没关系，说吧。我也想听听。"

9. 娄城的房门外（夜　内景）

许秋萍将身体贴在门口墙壁处，也在认真地听。

10. 娄城的房间内（夜　内景）

那年轻男子便回忆着说："我刚给太太送完茶水出来，乔专员突然又回来了。他没有看见我，一推门就走了进去。当时我看见您躺在沙发上，接着，乔专员就把您抱到卧室里去了……"

滕玉翠赶紧捂住自己的嘴："天哪！"

11. 娄城的房门外（夜　内景）

许秋萍听得清清楚楚，刹那间，她也惊呆了。

12. 娄城的房间内（夜　内景）

娄城听到这里，适时地把手一挥，止住了年轻男子的话，故意朝门外喝了声："谁在那儿？什么人？"

13. 娄城的房门外（夜　内景）

许秋萍听见娄城吆喝，一时有点发慌。

她不敢迟疑，一回身，匆匆朝楼梯那边溜了过去。

14. 娄城的房间内（夜　内景）

滕玉翠被娄城的喊声吓了一跳："啊？外面有人？"

娄城伸手挡住她："你别动，我去看看。"

他一步蹿到房门口，朝外面望去。

滕玉翠忍不住也跟过来往外看。

15. 二楼走廊上（夜　内景）

远远地，许秋萍的身影往右一拐，在楼梯口消失了。

16. 娄城的房间内（夜　内景）

滕玉翠看见了那个身影："那是谁？许秋萍吗？"

娄城点了点头："应该是。背影很像她。"

滕玉翠焦急万分："天哪，偏偏让她听见了。这可怎么办？"

娄城冷冷地说："谁听见了都不好办，更何况许秋萍？"

滕玉翠绝望地叹了口气，索性不担心了："听见就听见吧，迟早会有这一天。该怎么的就怎么的，我不在乎了。"

她一转身，回到了屋子内。

娄城看了她一眼，准备把门关上。

滕玉翠："先别关门。"她回头望着娄城："你给我出去。"

娄城："什么？你不让我在这儿陪着？"

滕玉翠很坚决："我还有话要问他，不想让你听见。"

娄城笑了笑："翠翠，没关系的，我跟你谁是谁呀……"

滕玉翠忽然喝了声:"出去!听见没有?"

娄城不敢违拗,朝那年轻男子看了一眼,悻悻地退了出去。

滕玉翠一步跟上去,将那房门使劲地关上了。

17. 娄城的房门外(夜 内景)

娄城走出房门,听见身后的门关得一响,便站住了。

他不放心离开,又折回身子,靠近门边仔细地听着。

18. 娄城的房间内(夜 内景)

滕玉翠关好房门,回过身来:"你也不小了。男儿膝下有黄金,哪能喊跪就跪?站起来吧。"

那年轻男子便站了起来:"谢谢太太。"

滕玉翠:"我问你几句话,你要老实回答。听清楚了?"

年轻男子赶快说:"太太,我知道的全告诉您了。后面的事情,我一点都不知道了。真的,说假话我是孙子。"

滕玉翠:"放心,那件事情,我也不会再问了。"

年轻男子望着她:"那您还想知道什么?"

滕玉翠将声音放低:"你是什么时候离开军队的?"

年轻男子:"乔专员死了没一个月,我就被遣散回乡了。"

滕玉翠的声音更低了些:"你走的时候,刚才这个娄专员,他还在司令部吗?"

年轻男子:"当然。就是他把我遣散的。"

滕玉翠:"回乡以后,你跟他有没有联系?"

年轻男子肯定地摇摇头:"没有。我一个乡下小兵,哪敢跟长官联系啊?想都没敢想。"

滕玉翠:"你这不是来了吗?"她盯着那男子:"没联系过,怎么会突然找到这儿来了?"

年轻男子不敢往下说,便将头低下了。

19. 娄城的房门外(夜　内景)

娄城听不清里面的对话,便将耳朵贴近了门缝。

20. 娄城的房间内(夜　内景)

滕玉翠:"怎么回事?你说话啊。"

年轻男子仍然低着头,不敢回答。

滕玉翠的口气缓和了些:"你告诉我,我不怪罪你。真的。完了我还会想办法帮帮你。"

年轻男子终于抬起头来,鼓起勇气告诉她说:"太太,我的确没联系过娄专员,也不知道他后来去了哪儿。可我是让他遭返的,他能查到我啊。这一次就是他写信让我赶过来的。他在信里说,可以安排我来您这儿做事,工钱还不低。我就来了。"

滕玉翠摇了摇头,心寒地说:"还真是这样?"

年轻男子赶快接话:"真的。是他让我赶紧过来的。地名、住址、门牌号,都是他告诉我的。要不然,我哪能找到这地方啊?"

21. 济民纱行　大门内(夜　内景)

大门推开了。向飞舟陪着许家国回到了院子内。

向飞舟眼睛尖,一抬头便看见了二楼有条身影。

他大喝了一声:"上面是什么人?"

紧跟着他便打亮手电筒,朝娄城的房间门外照了过去。

22. 娄城的房间外(夜　内景)

强烈的手电光准确地照射在娄城身上。

他回过身来,眼睛都睁不开了:"啊,飞舟,我是娄城啊。"

23. 楼下　大门后面（夜　内景）

许家国也看见了娄城,便关心地问:"娄城,你怎么啦?是不是房门打不开了?"

24. 许秋萍的房间内（夜　内景）

许秋萍听见许家国的声音,赶快站了起来。

25. 娄城的房间外（夜　内景）

娄城赶快回答说:"啊,董事长,不知道什么东西吃坏了,有点闹肚子,正准备去趟茅房呢。嘿,没事儿。"

说完话,他转身朝走廊的尽头走了过去。

26. 楼下　大门后面（夜　内景）

许家国不再追问,笑了笑,带着向飞舟朝书房那边走了过去。

27. 许秋萍的房间内（夜　内景）

许秋萍赶快走到门后面,拉开了房门。

前脚刚迈出去,陡然间,她又站住了。

（闪回镜头）许家国:"问题是我没让她去救你啊。更谈不上让她为你花钱。""我连你被人抓走了都不知道。郑伯告诉我的时候,翠翠已经把你接出来了。""翠翠花那么大的气力去救你,完全是诚心诚意,而且是主动那样做的。"（闪回镜头完）

许秋萍犹豫了一下,又将迈出去的那条腿收了回来。

她轻轻地关上房门,在屋子里走了几步,终于打消了去找父亲的念头，回到床铺前，往床上一仰，躺在那儿不动了。

28.许家国的卧室内（夜　内景）

许家国推开房门，从外面走了进来。

他脱下外套，挂在衣架上，回头朝屋子里看了一眼。

屋内空空如也，一个人都没有。

他又走到那张小床铺前看了看，小儿子许宗胜也没在那儿。

他想了想，从衣架上取过一件马甲穿在身上，又取过一只暖壶，然后走到门口，轻轻将门关上，回到书桌前坐下了。

29.一家小旅馆外（夜　外景）

那名年轻男子提着自己的包裹，站在旅馆门外。

滕玉翠从旅馆里面走出来，交给他一片钥匙："这是你的房间。"然后又递给他一张船票："明天清早六点开船。别误了。"

年轻男子一一接过："太太放心，误不了。"

滕玉翠最后拿出一个厚信封，对他说："钱不多，省着点用吧。我估计你们全家人到明年开春，买米的钱，应该差不多了。"

年轻男子哆嗦着接过钱，又要向她下跪。

滕玉翠赶快小声喝了句："别这样，你是个男人。"

年轻男子十分感激："太太，我早就看出来了，您真是个大好人。"他真诚地说："娄专员那人，您得当心。可别再被人害了。"

滕玉翠："知道。休息吧，我得走了。"

她再也不耽搁，一抬脚，很快地离开了。

30.济民纱行　大门外（夜　外景）

滕玉翠匆匆忙忙走了回来。她刚要推门，门却自己开了。

娄城从里面闪了出来："翠翠，你把他送到哪儿去了？"

滕玉翠警惕地看着他："你想干什么？"

娄城朝四周看了一眼，小声说："这人终究是个祸根子，得让他永远消失。"

滕玉翠吓了一跳，狠狠地说："你敢！"

娄城："当然，你要不愿意，我是不会下手的。"

滕玉翠非常愤怒："所以你才是真正的祸根子。"她眼里直冒火："应该永远消失的人是你。"

她推开娄城，一步走了进去。

娄城望着她的背影，脸上浮现出一丝诡异的笑容。

31. 济民纱行　天井处（夜　外景）

滕玉翠走到天井中间，放慢脚步，看了看自己那间卧室。

32. 那间卧室窗户外（夜　外景）

屋里亮着灯，将许家国的身影投显在窗户的皮纸上。

他坐在书桌前，仿佛正在用毛笔书写着什么。

33. 济民纱行　天井处（夜　外景）

滕玉翠怔怔地站在天井里，抬着头朝窗户上许家国那身影凝视了好一阵时间。

然后又转过头，朝二楼许秋萍那窗户望去。

34. 二楼许秋萍的窗户（夜　外景）

窗户里面也亮着灯，许秋萍的身影也投在窗户纸上。

35.天井处（夜 外景）

滕玉翠收回目光，在原地思考了一下。
然后她下了决心，朝楼梯那边走了过去。

36.二楼 娄城的房间内（夜 内景）

娄城站在窗户后面，一直在窥视着滕玉翠。
看见她朝二楼走了上来，他便离开窗户，走到了房门后面。
他轻轻地将门拉开一条缝隙，朝外面监视着。

37.二楼走廊上（夜 内景）

滕玉翠上了楼，轻轻地朝许秋萍的卧室走去。

38.娄城的房间内（夜 内景）

娄城看见滕玉翠去找许秋萍，嘴角露出一丝笑容。
他朝两边看了看，蹑手蹑脚地从房间里溜了出来。

39.许秋萍的房间内（夜 内景）

许秋萍听见敲门声，便放下笔，走过去打开了房门。
滕玉翠站在门外，平静地问："秋萍，可以让我进来吗？"
许秋萍往旁边让了让："当然，请进。"
滕玉翠进门之后，许秋萍又将房门关上了。
她回身望着滕玉翠："我有点意外，没想到你会来找我。"
滕玉翠笑了笑："以为我做贼心虚，不敢见你了？"
许秋萍："也不是。我只是觉得，假如当时的那个人是我，我会不好意思再见到你。"她看着滕玉翠："请坐吧。"
滕玉翠便在椅子上坐下了。她望着许秋萍，直截了当地问了句："这件事情，打算告诉你爸爸吗？"

许秋萍:"先前是有这个打算。后来一想,你对我不错,这事儿我还是不掺和了。"她盯着滕玉翠:"我希望你自己告诉他。"

滕玉翠点了点头:"是的。事到如今,也必须告诉他了。"

许秋萍:"你做好准备了?"

滕玉翠:"什么准备?"

许秋萍停顿片刻:"当然是最坏的准备。"

滕玉翠:"你是说离婚?"

许秋萍:"噢?这么说,你还不打算跟我爸爸离婚?"她感到有点奇怪:"那你跟他怎么说呢?或者找理由继续隐瞒下去?"

滕玉翠:"秋萍,事情不是你想象的那样。"她苦楚地摇了摇头:"完全不是。"

许秋萍:"怎么想象都不重要,重要的是事情已经发生了。你想改变这个事实吗?不可能了。"

滕玉翠怔怔地望着她:"秋萍,我还以为你和我的对立,是可以消除的。"她无奈地摇了摇头:"看来我想错了。"

许秋萍:"没有想错。我跟你的对立已经消除了。"她清楚地说:"在这之前我们的对立,是为我母亲。今天这件事只跟我父亲相关,只要我爹能容忍你,我也只好睁只眼闭只眼呗。"

滕玉翠心里一震,什么话都不想再说,拔脚就要走。

许秋萍:"请等一下。"

滕玉翠又站住了。

许秋萍:"翠翠,你能不顾一切地救我,无论如何,我都会记在心里。我不会跟我爸说这事儿,更不会跟其他人说。"她顿了一下:"至于你说不说,怎么说,什么时候说,一切由你自己决定。"

滕玉翠:"我已经决定了。"

许秋萍:"是吗?"

滕玉翠："是的。我现在就去跟他说。"

她不再停留，头也不回地朝门外走去。

许秋萍望着她的背影，一时没说任何话。

40.卧室内（夜　内景）

许家国已经写完几封信，正在分别往几只信封里装。

外面有人敲门，他便应了声："请进。"

滕玉翠推开房门走了进来："家国，我跟你说件事。"

许家国："啊，翠翠，来得正好。"他抬起头来，很兴奋地打断她的话："有两件很重要的事情，必须马上告诉你。"

滕玉翠："我说的事情也很重要。"

许家国："行。我说完了你再说。"他不容分辩："知道吗？秋萍白天跟我说，以前她错怪你了。她很抱歉。"

滕玉翠淡淡地望着他："这就是你说的重要事情？"

许家国："当然重要。至少你们的关系出现了重大转折。"

滕玉翠："重大吗？也许你说得对。"她盯着许家国："你不是说告诉我两件事情吗？第二件呢？"

许家国指了指桌子上的信件："孙博士来信了，我得马上去欧洲考察世界上最新型的纺织工业。"他兴奋地看着滕玉翠："你知道吗？改朝换代的日子越来越近了，得抓紧做好准备。"

滕玉翠想了想："什么时候动身？"

许家国："越快越好。约定了从上海启程，明天一早必须动身，赶到上海去跟他们会合。"

滕玉翠："明天一早？"她不禁一愣："这么匆忙？"

许家国："是啊。离春节不到两个月了，年前还得赶回来。时间非常紧迫。"

滕玉翠没有思想准备："是吗？这我倒是没想到。"

许家国："我也没想到啊。"他笑盈盈地看着滕玉翠："怎么样？这件事儿重大吧？复兴民族工业，多有意义的壮举啊。"

滕玉翠没有回答，只在心里沉思着。

许家国："好，我说完了。"他将手搭在滕玉翠肩头上："现在轮到你了。说吧，想告诉我什么事儿？"

滕玉翠忽然犹豫不决了："啊，要不等你回来再说吧。"

许家国："也行啊。哈，可见你那事情并不怎么重要嘛。"

滕玉翠顿了一下："走之前，你能答应我一件事吗？"

许家国："什么事儿？"

滕玉翠："把娄城辞退掉。行不？"

许家国有点奇怪："噢，他怎么啦？"

滕玉翠不想详说："没什么。我很讨厌这个人。"

许家国笑了笑："哈，我知道，济民纱行没一个人喜欢他。"他很犯难："可这人在浦溪跟我共过患难，在重庆又救过你的命。来纱行做事，也没有太大的过错。我有什么理由辞退他呢？"

滕玉翠："你不好下手，那就交给我来处置。趁你出国考察不在家的时候，我把他弄走。可以吗？"

许家国想了想："既然跟大家都融不到一块儿，你又很讨厌他，我再强留也不合时宜了。"他有点担心："他在这儿悠然自得，好像还挺满足的。你用什么办法让他走呢？"

滕玉翠："不知道。反正只要你答应，办法我来想。行吗？"

许家国终于下了决心："好吧。娄城在这儿的确也有点不合适，那就让他好来好去吧。走的时候，多给他点安置费，啊。"

滕玉翠未置可否，也没再说别的话。

41. 大河街（清晨　外景）

清晨的江面雾气很大，连街道上也时而有薄雾飘过。

42. 济民纱行　厨房内（清晨　内景）

向飞舟站在灶台前，正在煎着鸡蛋。

娄城大步走了进来："哟，飞舟也会下厨？"

向飞舟："鸡蛋面条谁不会做啊？很简单的事儿。"

娄城朝厨房看了看："你妈呢？生病了？"

向飞舟白了他一眼："你妈才生病了呢。"

娄城："这是怎么说话？我关心她，问一声不行啊？"

许家国正好提着公文包走了进来："你们在说什么呢？"

娄城赶快说："我看见飞舟在做早点，就问了声刘妈去哪儿了。"

许家国坐了下来："她一早就带宗胜去医院了。"

娄城关心地问："噢？宗胜怎么啦？"

许家国："没事儿。医生催了好几次，说是这几天种牛痘的孩子太多，得早点去排队。"

娄城想了想："那，翠翠也去医院了？"

许家国："没有。她今天得接棉花船，就拜托刘妈了。"

向飞舟已经做好了几碗鸡蛋面条，端到桌子上。

许家国拿起筷子便吃了起来。

娄城也坐了下去，刚刚抄起筷子，许秋萍也走了进来。

许秋萍："爸，今天动身去上海？"

许家国："是啊，一会儿商会的车就过来送我。"

许秋萍："出去这么长时间，您得多保重身体啊。"

许家国："没事儿，习惯了。"他望着许秋萍："秋萍，你也要多保重，特别是注意安全，别让爸爸担心，知道吗？"

许秋萍："放心。他们提拔我当了所长，业务上还忙不过来呢。"她笑了笑："今天就得上任，我就不送您了。旅途顺利，爸爸。"

许家国:"好,你也一切顺利。"

许秋萍高兴地离开了。

娄城望着他们,心里一直在琢磨着什么。

许家国看了他一眼:"娄城,在想什么呢?"

娄城:"啊,董事长,您这一走,纱行谁当家啊?郑伯?"

许家国:"郑伯协助翠翠。我都交代好了。"

娄城:"也就是说,大事翠翠说了算?"

许家国望着他:"是。你的事情,也是她说了算。"

娄城笑了笑:"行啊。我没问题,一切都听她的。"

许家国没有再说什么,端起了自己那碗面条。

43. 济民纱行　大门外（晨　外景）

一辆黑色小轿车开到门口停下了。

吴子敬从车上走了出来,正要进去,向飞舟提着旅行箱,和娄城一道走了出来:"哟,吴老板也去上海吗?"

吴子敬:"我去长沙,顺道送送你们董事长。"

许家国正好走出了大门:"子敬兄,那就走吧?"

吴子敬:"走。赶早不赶晚。"

向飞舟已经把旅行箱放进车内。娄城也恭敬地拉开车门。

许家国和吴子敬先后坐上车,小车便很快地开走了。

娄城一直望着小车走远,便回头看着向飞舟:"向飞舟,你今天准备干点什么?"

向飞舟:"我不比你啊。忙着呢。"

他不想跟他多说,抬脚便朝街道那头走了过去。

娄城并不跟他计较,折回身,匆匆返回了济民纱行。

44. 滕玉翠的卧室内（晨　内景）

滕玉翠正在收拾房间，娄城端一碗面条走进来："翠翠，吃吧。我亲手给你做的。"

滕玉翠："是啊。今天所有人都不在家，你的机会终于来了。"

娄城："这么说可不好。就跟我一直在等机会似的。"

滕玉翠："难道你不是吗？"她笑了笑："对不起。那就是我自作多情了。"

娄城霎时心花怒放："嘀，翠翠，你自作多情了吗？天哪，怎么不早说？瞧你笑得多甜蜜。"他趁滕玉翠没有防备，突然上前一步，使劲地抱住了她："我可是再也忍不住了。"

滕玉翠使劲挣扎："松手！就凭你这两下子，还想讨女人喜欢？"

娄城便松了手："也是。我太性急了。"他退后一步，在椅子上坐了下来："没事儿。你赶紧吃面吧，一会儿就没汤了。"

滕玉翠也在对面一张椅子上坐下了："我没胃口。"她望着娄城："我知道你想跟我说什么，那就别遮遮掩掩了。说吧。"

娄城："好啊，我就最喜欢直来直去。"他望着滕玉翠："翠翠，昨晚上去找许秋萍了？"

滕玉翠压制着火气："不用说，又被你偷听到了。"

娄城："我觉得她有一句话说得很对。"

滕玉翠："让我跟她爸爸离婚，是这句吗？"

娄城："不然怎么办？"他显得很关心："再这么憋下去，不活活给憋死才怪呢。"

滕玉翠："说得也是。不憋死，也会被你吓死。"

娄城："什么呀？说话要凭良心。我吓过你吗？"

滕玉翠："俗话说，不怕贼偷，就怕贼惦记着。"她故意朝娄城看了一眼:"你也凭良心说,是不是老在惦记这事儿?"

娄城:"没错。我就是冲着你,才过这边来的。"他盯着滕玉翠:"翠翠,许家国年龄大,包袱重,他真的不适合你。"

滕玉翠:"瞎说。他人见人爱、花见花开,什么女人不适合啊?"她笑了笑:"要说不适合,那也只能说我有点配不上他。"

娄城:"没错,你只能配我。堂堂的国军上校,身强体壮,一表人才,和你站在一起,那就是英雄美女,郎才女貌。许家国那个半截入土的糟老头儿,哪能跟我相比啊?"

滕玉翠微微皱了一下眉,故意说了句:"先别神吹。我还没看出你有多大的本事。到时候养不养得活我,还很难说呢?"

娄城哈哈一笑:"我的本事一般人哪里看得出来?"他很得意地看着她:"比如说,我没老婆,许家国有,可我能把他老婆弄过来,变成我的老婆,这算不算本事?啊?"

滕玉翠继续克制着,淡淡一笑。

娄城:"钱也是一样。他有,我没有。可我有本事把他的钱变成我的。我还能让他花钱替我养活你。哈,你想想看,哪一个男人能有这么大的本事?"

滕玉翠盯着他:"瞧你得意的。到底弄了他多少钱啊?"

娄城:"不算多,可至少也能在省城买一座院子了。"他忽然清醒过来:"翠翠,你这不是在掏我的老底吧?"

滕玉翠:"怎么不是?不摸清你的老底,我敢下决心吗?"

娄城一拍大腿:"尽管下决心吧。说,让我怎么做?"

滕玉翠:"既然到了这个份上,我也就不含糊了。"她站了起来:"你先去省城买那个院子。剩下的钱,留在那儿给我过日子。"

娄城喜出望外:"太好了,就这么办。"

滕玉翠:"买好院子你就在那边等我,别再回这儿了。"

娄城："是吗？"他想了想："翠翠，就这么收手吗？你信不信？我在这儿还能弄到更多的钱呢。"

滕玉翠："够了。"她吓唬说："你以为许秋萍是吃素的？那么有势力的税务局长都让她给查趴了。你也想落个人财两空？"

娄城琢磨了一下："也是。"他望着滕玉翠："那，翠翠，你什么时候能离开这儿？"

滕玉翠显得很有计划："家国去了欧洲，过年前他会回来。最晚春节之后，我就跟他办离婚。"

娄城一拍大腿："行。那我明天就去长沙买院子。"

滕玉翠看着他："我恨不得你今天晚上就离开这儿。"

娄城："那更好。今晚最后一班船，完全赶得上。"

滕玉翠仿佛松了一口气："唉，你早该离开了。"

45.大河街税务所（日　外景）

税务所门外，陆续有一些男女税务员前来上班。

46.税务所的一间办公室内（日　内景）

许秋萍坐在办公桌前，正在处理一些文件和表格。

一名女税务员走了进来："许所长，有客人找您。"

许秋萍："啊，请他进来吧。"

女税务员便走到门口，朝门外叫了声："请进。"

一名女子便走了进来。

许秋萍抬头一看，吃了一惊："翠翠？怎么是你？"

滕玉翠很沉着："啊，我不是为个人的事情来的。"

许秋萍："没事儿，你请坐吧。"她看了女税务员一眼："谢谢，你可以走了。"

女税务员便退了出去。

滕玉翠也没有坐下,直截了当地说:"秋萍,昨天晚上我没跟你爸爸说离婚的事儿。"

许秋萍想了想:"可以理解,这事太大了。那就先别着急,等你想好了再提也不迟。"

滕玉翠:"不是那意思,我早就想好了。只是时机有点不对头。"她平静地说:"他今天动身去欧洲,没必要让他心里添堵。我想等他回来再提这事儿。你觉得呢?"

许秋萍:"翠翠,我不是说得很清楚吗?一切都由你自己决定。"她望着她:"你不是还有别的事吗?"

滕玉翠:"是啊,济民纱行的事儿。"她朝门外看了一眼:"你们税务所,可以去银行查账吗?"

许秋萍:"必要的时候,去法院申请手续就行。"她望着滕玉翠:"怎么?你想查谁的账?"

滕玉翠:"有人在你爸身上搞坑蒙拐骗,弄走了不少钱。"

许秋萍立即猜到了:"你说的这个人,是不是娄城?"

滕玉翠:"没错。你爸爸太轻信他了,经常上他的当。"她说得很肯定:"其中一笔就骗走十万。"

许秋萍十分惊愕,赶快走到房门后面将门关上,然后回到办公桌前,望着滕玉翠:"翠翠,别急,仔细回想一下,还有哪些?"

47. 济民纱行　大门口(日　外景)

娄城提着一只大公文包,从街道上走了过来。

他回头看了看身后,然后走进了院子内。

48. 娄城的房间内(日　内景)

娄城用钥匙开门走进来,回身将房门关严,插上了门销。

他弯下腰,从床铺底下吃力地拖出一口大皮箱。

49.那家中央银行　经理办公室（日　内景）

一名法官带着许秋萍和另外一名男税务员走了进来。

那名经理抬起头来,顿时有点紧张:"啊,你们是……"

那法官便将一纸公文递了过去。

经理接过公文仔细看了一遍,赶快站了起来:"哟,法院来的?事先没收到通知,对不起了。请坐,快请坐。"

法官、许秋萍和男税务员便坐了下去。

许秋萍指着那公文,开门见山地说:"请你把娄城的所有账目,全部调出来。有问题吗?"

经理:"当然可以。没问题,请稍等。"他站起来刚要出去,忽然想起了什么:"哎呀,有问题,一定有问题!"

许秋萍:"怎么说?"

经理:"就在你们来这儿之前,娄先生已经把款子提走了。"他回忆说:"还特别着急,直冲我发火。"

法官一愣:"是吗?提了多少?"

经理:"总共五笔,全提光了。最大一笔足足十万。我这儿没那么多头寸可支付,还专门派人调了一些过来。"

男税务员望着许秋萍:"那怎么办?"

许秋萍小声向法官咨询了两句,法官点了点头。

许秋萍便告诉男税务员:"没事儿。"她看着经理:"请你把他的账目调出来,先交给法院立案。"

经理:"好的,好的。我这就去。"

50.一家洋行外（日　外景）

门楣上挂着一块大匾额,上面刻着"万东洋行"四个大字。

许秋萍和那名男税务员，跟着那名法官从街道上走了过来。

法官看了一眼洋行的门匾，然后打开文件夹对照了一下，肯定地说："是这家。进去吧。"

许秋萍和男税务员便跟着他走了进去。

51. 洋行的金库内（日　内景）

洋行职员吃力地提进来一只包裹着铁皮的小木箱，放在架子上，用钥匙打开了木箱盖。

许秋萍和法官、男税务员站在边上，朝里面一看，顿时大惊。

那里面全都是黄灿灿的金条，足足有一箱子。

洋行经理指着金条说："这种金条叫大黄鱼，每根足足十两重，总共有六十根。全在这儿。"

法官惊讶地说："我的老天！长这么大，还是第一次见到这么多金条呢。"他望着经理："全是那个娄先生存的？"

经理："是啊。他请镖局分三次从重庆押过来的。"

男税务员忽然发现了什么，伸手从木箱里面取出一根金条，仔细地察看着。

特写：金条侧面用模子压出来两个字——"军储"。

字的下方，还压有十位数的数字编号。

他随手从木箱里面拿出其他金条，翻过来看了看，每根金条上都压有那两个字。

那名法官便问男税务员："这些字是什么意思？"

男税务员摇了摇头："还看不明白？都是军方的财产。"

许秋萍没在意那上面的字，只是问那经理："你刚才说，娄先生一早就来过了？"

经理："没错。他刚走没多久，你们就来了。"

许秋萍:"这批金条,他跟你约好了什么时候取走吗?"

经理:"准确日子没说定,只是跟我们签好了委托书,还交了费。只等新地址发过来,我们就请镖局押运过去。"他望着许秋萍:"好像是发往长沙。委托书上写了,我记不太清。"

许秋萍想了想,对经理说:"你把委托书暂时交法官保管。其他事情,听候法院通知。"

经理连连点头:"好的。没问题。"

两名职员便将木箱盖上了。

52. 济民纱行　天井内（日　外景）

向飞舟从外面走了进来,抬头朝娄城房间的窗口看了一眼。

53. 二楼　娄城的窗口处（日　外景）

窗口的两扇窗户紧闭,看样子里面没人。

54. 天井内（日　外景）

向飞舟收回目光,穿过天井,朝账房那边走了过去。

55. 账房内（日　内景）

滕玉翠正在整理账本,向飞舟一推门走了进来。

他一直走到滕玉翠跟前,小声说:"翠翠,秋萍有事找你。"

滕玉翠抬起头来:"噢?她在哪儿?"

向飞舟:"东城墙。笔架城旁边。"他压低声音:"出去的时候,别让娄城看见。"

滕玉翠站了起来:"我知道。"

56. 长途电话局　门外（日　外景）

那名跟随着法官查账的男税务员匆匆从街道上走了过来。

进电话局之前，他装作没事的样子，将前后左右观察了一遍。然后他一转身，溜进了电话局。

57. 城墙上　笔架城旁（日　外景）

许秋萍陪着滕玉翠，一边散步一边说着话。

许秋萍："翠翠，我很奇怪。让我查他的财产，是突然想到的，还是早就有这个想法？"

滕玉翠："我一直在怀疑他。记得吗？上次你爸爸迫不及待让我支给他十万，我不愿意，还在书房跟你爸吵了一架，你都看见了。那时候我心里就开始犯嘀咕，只是没抓到娄城的证据。"

许秋萍："现在照样没证据。"她摇了摇头："账目全部查到了，可暂时又弄不清楚那些财产的来源。没有直接证据，只能先立个案，冻结起来再说。"

滕玉翠有点着急："那怎么办？我们纱行的钱，就追不回了？"

许秋萍停下脚步，回头望着她："翠翠，我怎么觉得这一次你特性急，好像再不追回就没机会了。"她注意看着滕玉翠的眼睛："这里头，是不是还有别的事情不好明说啊？"

滕玉翠顿了一下："那我就明确告诉你吧。你不是说，让我和你爸爸离婚吗？"

许秋萍愣了一下："你接着说。"

滕玉翠："所以我想清清白白、干干净净地离开济民纱行。离婚之前，我还要尽最大的努力，为他追回一些损失。"她侧头看着她："这就是我不想明说的事情。"

许秋萍："就这些？"她似乎不相信："还有吗？"

滕玉翠也不隐瞒："有是有，那完全不是我的想法了。"

许秋萍："也就是说，你没想跟娄城走，是他想把你带走？"

滕玉翠："他就是为了这个，才到济民纱行来的。"她冷笑一声："也得感谢你那个糊涂爸爸，简直是引狼入室啊。"

许秋萍很关注："那，你真的准备离开我爸爸了？"

滕玉翠："秋萍，想听真话还是假话？或者听我说句气话？"

许秋萍："没关系，说什么我都想听。"

滕玉翠："只要你爸爸不嫌弃，我这一辈子都不会离开他，这是真心话。如果你爸觉得我妨碍了你们，我会主动离开他。这话我说得心不甘情不愿，算是假话。"

许秋萍顿了一下："还有气话呢？你会怎么说？"

滕玉翠："你不是都猜到了吗？我滕玉翠总算还有个人千里迢迢赶过来，一心一意想带我走，还说他的钱足够在长沙买下一座院子，那我干吗要在一棵树上吊死啊？离开济民纱行，说不定我还活得更加美好。"她盯着许秋萍："这么说，你总该满意了吧？"

许秋萍摇了摇头："这才是一句真话。"她赶快声明："啊，翠翠，别误会，我不是说你，说的是娄城。知道他弄到了多少金银财宝吗？他的钱何止一座院子？买下一条街都绰绰有余。法官都被他吓住了。他要是真想让你生活得美好，简直不费吹灰之力。"

滕玉翠："秋萍，你说错了。我心中的美好，用钱是买不来的。我们穷苦人家，有本事靠本事，没本事靠力气，不害人，更不求人。宁可讨米要饭，也绝不去贪图任何人的不义之财。"

许秋萍："是。这点我绝对相信。"她望着滕玉翠："所以我一定要提醒你，娄城这个人实在不是善良之辈。哪个女人把自己托付给他，那绝对是一场噩梦。"

滕玉翠急了："怎么啦？真话假话你都没听进去，偏偏把我那句气话当真了？"

许秋萍赶快解释："不，我不会。我爸爸那人眼睛里容不得半粒砂子，你要真是那种人，他绝对不会娶你。"

滕玉翠心里舒坦了些："你能这么认为，我也心满意足了。"

许秋萍："先不说这些。"她非常关心地告诉她："翠翠，娄城这事儿非同一般，法院已经开始立案调查。这种时候，最该担心的是你的安全。真的，爸爸不在家，我得对你负责。"

滕玉翠心里一热："秋萍，谢谢。我不会有事的。"

许秋萍："小心没大错。今天晚上还是回你爸爸家，别待在济民纱行了。知道吗？"

滕玉翠："行。天黑之前我把宗胜接出来，然后去我爹家。"

许秋萍点了点头："那就赶紧走吧。天快黑了。"

滕玉翠望着她："秋萍，谢谢你今天跟我说的话。真的。"

许秋萍："我也是。"她真诚地望滕玉翠："有句话必须告诉你，我和我妈，都应该谢谢你们姐妹这些年对我爸的照顾。"

滕玉翠痴痴地望着她，眼眶里忽然充满了泪水。

58. 万东洋行 大门外（夜 外景）

已经天黑了。一辆吉普车和两辆军用卡车飞快地开过来，伴随着尖厉的刹车声，停在了洋行门口。

几十名头戴钢盔的国军宪兵冲下车，团团包围了万东洋行。

十多名军统特务也跳下车，直接冲进了洋行内。

59. 洋行内（夜 内景）

那名经理赶了过来："你们、你们这是干什么？"

一名领头的特务厉声喝道："听着！我们是军事调查局过来

的，奉命稽查被盗军产。谁敢阻拦，格杀勿论！听明白了？"

经理吓得直发抖："是、是，我明白，完全明白。"

几名特务已经将那箱金条搬了出来。

领头的特务打开木箱，取出一根金条看了看："没错，钢印编号都在上面，这就是军部丢失的那批金条。抬走！"

那经理还想说点什么，领头的特务一巴掌将他扇倒，命令手下："这是人证，给我铐起来！"

特务们便上前扭住他，将他拖了出去。

一名特务带着那名男税务员赶了进来："队长，有情况。"

那名男税务员也报告说："报告队长，姓娄的要跑了。"

领头的队长拔出手枪一挥："走！"

他带着特务飞快地冲了出去。

60. 济民纱行大门口（夜　外景）

大门拉开了，娄城斜挎着一只背包，提着那口大皮箱，从纱行内闪了出来，朝街道两头看了看，突然大惊失色。

61. 街道的另一头（夜　外景）

几辆军车闪着警灯，远远地朝这边开了过来。

62. 济民纱行大门口（夜　外景）

娄城收回目光，一转身，又返回院内，将门紧紧地关上了。

63. 滕玉翠的房间内（夜　内景）

滕玉翠正在给许宗胜穿衣服。

许宗胜睡意蒙眬："妈，我还要睡觉。"

滕玉翠一把抱起了他："乖孩子，咱们去外公家睡觉，啊。"

话没落音，房门被人一把推开，娄城冲了进来。

滕玉翠吓了一跳："你想干什么？"

娄城："翠翠，不行了。赶紧跟我走。"

滕玉翠紧紧地抱着许宗胜："不，我不能跟你走。"

许宗胜也吓得哇哇大哭。

64. 济民纱行大门口（夜 外景）

那辆吉普车和两辆军车已经开到大门口，急刹车停下了。

65. 滕玉翠的房间内（夜 内景）

尖锐的刹车声传了进来。

娄城什么都不顾了，拔出手枪，冲到滕玉翠面前："快走！"

滕玉翠使劲推开他，抱着许宗胜就要往门外逃。

娄城一把拽住她，用枪比着她怀里的许宗胜："再不老实，我崩了这个小杂种！"

他拖着滕玉翠母子，冲出了卧室房门。

…………

第 35 集

1. 前集回顾

许秋萍:"翠翠,这种时候,最该担心的是你的安全。"

娄城用枪比着许宗胜:"再不老实,我崩了这个小杂种!"

他拖着滕玉翠母子,朝后门那边狂奔过去。

2. 济民纱行 大门外(夜 外景)

宪兵和特务纷纷跳下车,围住了济民纱行。

特务拥到大门前,使劲地敲门:"开门!快开门!"

3. 济民纱行 楼梯上(夜 内景)

向飞舟一边穿衣,一边朝楼下奔。

他忽然停下脚步,朝天井望去。

4. 天井内(夜 外景)

娄城挟持着滕玉翠母子,从她的卧室奔了出来。

5. 济民纱行　大门外（夜　外景）

特务们已经砸开大门，端着枪，吆喝着冲了进去。

6. 天井内（夜　外景）

娄城看见特务冲了进来，惊慌失措地回过身，拖着滕玉翠母子朝后天井那边狂奔过去。

7. 楼梯口（夜　内景）

向飞舟已经奔到天井内，刚刚想转身去追，回头一看，赶快又缩了回去。

8. 天井内（夜　外景）

特务和宪兵一窝蜂冲进了天井，端着枪四下查看。

向飞舟躲在楼梯后面，抄起一块木头，朝前面大门扔了过去。

木头砸在门板上，发出"砰"的一声巨响。

特务队长回头喊了声："在那边！往外面跑了！"

宪兵和特务们赶快折回头，朝大门外追了过去。

向飞舟趁着空隙闪了出来，追随着娄城逃走的方向，猫一般朝着后天井那边奔了过去。

9. 济民纱行　后门外（夜　外景）

后门外空空荡荡，没有一个人影。

向飞舟奔出后门，急切地朝两边看去。

不远处，娄城拖着滕玉翠母子朝左边的小巷逃了过去。

向飞舟观察了一下两边的情景，一转身，抄近道闪进了一条狭窄的巷子内。

10. 后街道上（夜 外景）

滕玉翠紧紧地抱着许宗胜，被娄城挟持着拖了过来。

娄城以滕玉翠母子为掩护，不顾一切地往江边奔跑。

11. 街道正前方（夜 外景）

突然间，几名全副武装的宪兵出现在他的正前方。

宪兵厉声喝道："站住！放下武器！"

紧接着传来宪兵拉枪栓的声音。

娄城立即退到屋檐下，将滕玉翠母子挡在前面，用枪比住她，朝宪兵喊道："别过来！把枪放下！要不然我就打死她！"

那几名宪兵看清楚了滕玉翠母子，一时不知道该怎么办了。

那些军统特务也追了过来，看见那情景，只好抬高了枪口。

娄城趁机拖着滕玉翠母子就要继续逃走。

身后那屋子的房门突然拉开，飞出来一条身影，扑在娄城背上，死死地箍住了他的脖子。

娄城还没来得及看清楚，那人飞起一拳，准确地打中他的手腕。他感到一阵剧痛，手枪便跌到了地下。

那个人正是向飞舟。打掉娄城的手枪，向飞舟跃到他面前，一个扫堂腿将他踢倒，然后扶起滕玉翠母子，疾速闪进了屋子内。

娄城很快翻滚过去，捡起了地下那支手枪。

宪兵们立即用枪对准了他："不许动！把枪扔过来！"

娄城迟疑了一下，慢慢地举起双手，靠着墙壁站了起来。

猛然间，他端平手枪，朝宪兵连续射击。

两名宪兵中弹倒地。

特务队长一咬牙，举枪便回过去一串子弹。

其他特务和宪兵也同时朝娄城开枪射击。

子弹不断地击中了娄城的前胸和头部,他的身体砰然倒下。

特务和宪兵还在不停地射击。

那名队长终于举起手喊了声:"停止射击!"

宪兵和特务便不再有人开枪了。

队长提着手枪,走到娄城的尸体前,用脚蹬了一下。

娄城的尸体被蹬翻过来,全身冒血,已经气绝身亡。

特务队长便将手枪收进枪套,一挥手:"上峰命令:活要见人,死要见尸。快拍照,送军部验明正身。快!"

两名特务便跑到尸体前,闪着镁光灯,用相机不停地拍照。

12. 大河街　货运码头上（晨　外景）

晨光初露,货运码头前已经开始忙碌起来。

江面上,有顺流而下的船只结队驶过。

13. 码头防波堤上（晨　外景）

许秋萍陪伴着张文松,一边述说一边朝前走:"我没有想明白。查账的事儿,怎么那么快他们就知道了?还特准确。娄城所有私藏的金条、现金,我这儿刚查清楚,转背就被他们没收了。"

张文松推着自行车,听完她的话,提醒说:"秋萍啊,你可得多长个心眼。对身边的任何人,都不能轻易相信。"

许秋萍:"您说得对。这一次,对我也是个教训。"

张文松看了她一眼:"翠翠怎么样?没有受伤吧?"

许秋萍淡淡一笑:"怎么说呢?身体倒还好,心里肯定受了伤,恐怕还伤得不轻呢。"她顿了一下:"也好,断了这个念头,济民纱行的家丑,也就不会外扬了。"

张文松站住了:"秋萍,这是你的误解。我很清楚,翠翠绝不是你想象的那种人。"

许秋萍:"松哥,这不是误解。我还真的不愿意那样去想象她,可那都是真的。千真万确。"

张文松:"噢?你怎么知道?"

许秋萍:"娄城等不及了,把那小勤务兵叫过来逼迫翠翠,刚好让我听见。要不然,我做梦都想不到她会对我爸不忠。"

张文松想了想:"看问题不能太绝对。江湖险恶,连男人都很难保全自己,更何况一个孤立无助的女孩子?"

许秋萍:"这我理解。我已经跟翠翠说得很清楚了,这件事完全由她自己掌握。告不告诉我爸爸,什么时候告诉,怎么告诉,我一概不闻不问,就跟不知道一样。"

张文松笑了笑:"秋萍,你真能做到这样吗?"

许秋萍:"怎么?你不相信我?"

张文松:"你呢?你相信自己会不闻不问吗?"

许秋萍琢磨了一下:"也是。我没有我妈那耐性,特沉不住气,憋急了,恐怕很难管住自己的嘴。"

张文松:"哈,自己都管不住自己,谁还管得住啊?"

许秋萍也笑了:"怎么啦?你那么聪明,还不知道我服谁管啊?到时候你别在一边闲着,多提醒点不就行了?"

张文松:"我当然不会闲着,可你也不能太让人操心哦。"

许秋萍含情脉脉地看了他一眼:"放心,我没那么麻烦。"

张文松微笑着点了点头,两人继续朝前走去。

14. 客运码头上(日 外景)

一艘客轮已经靠上了码头。

几十名乘客正在下船,顺着码头台阶拾级而上。

郑锦仁风尘仆仆,夹杂在乘客中走出了客轮。

他显然很焦急，大步超越前面的乘客，快步朝码头上方走去。

15. 昌盛粮庄　大门外（日　外景）

昌盛粮庄大门紧闭，两边都上着厚厚的木板。

一块告示挂在门外，上面两个黑色大字——休市。

前来买米的民众挤在门外不肯离开。

性情火爆的民众已经起哄，拍打着门板大声责问，喧哗不已。

张文松正好骑车路过，停下来看了看那混乱的场景，眉头紧锁，一抬腿，骑上自行车离开了。

16. 济民纱行　账房内（日　内景）

滕玉翠坐在桌子后面，默默地看着郑锦仁。

郑锦仁正在看许家国留给他的一封信。

看完信，郑锦仁抬头望着滕玉翠："翠翠，家国这么一走，你的担子还真不轻松啊。"

滕玉翠摇了摇头："没我什么事儿。"她看了一眼那封信："家国走之前交代我，处理不了的事情，赶紧找郑伯。"

郑锦仁："他不是那意思。"他把信推到滕玉翠面前："家国说，让我帮着你管好纱行的事儿。"

滕玉翠："那就是说，没你帮着，我还真管不好。"她叹息了声："这话没说错。又是纱行，又是纱厂，那边有个薛兰芝，这边还有个许秋萍，我一个做小的人，哪镇得住她们啊？"

郑锦仁耐心地劝了句："翠翠，别说这种话，啊。"

滕玉翠很任性："郑伯，这话我不能不说了。真的。要不是等您回来，我早就上武陵山当尼姑去了。"

郑锦仁内心一震:"翠翠,娄城这件事儿,你一定要彻底放下。他那叫罪有应得,跟你没有任何关系。明白吗?"

滕玉翠:"有人会相信这话吗?娄城深更半夜把我拖到大街上,这下可好,他让特务打死了,可我呢?死无对证,怎么也洗不清了。有人在背后议论,说那是同他私奔。天哪,我这张脸还怎么见人啊?唉,还不如当时就让那枪子儿给打死呢。"

郑锦仁:"翠翠,不怕。飞舟救了你,他可以替你作证。你冒着风险揭穿了娄城,秋萍也可以作证。"他说得毫不含糊:"没事儿,心中无冷病,大胆吃西瓜,啊。街上有些人只想看热闹,耳边风刮刮也就过去了,听那么多干吗?"

滕玉翠这才放下心来:"我不在乎街上的人怎么说。只要自己家里的人不起疑心,我就烧高香了。"

郑锦仁点了点头,不再说什么了。

滕玉翠也不再说这些事情了。她望着郑锦仁:"郑伯,您怎么样?找到葛老大了吗?"

郑锦仁摇了摇头:"翠翠,你心里得做好准备。"他斟酌了一下:"从现在起,济民纱行的日子就越来越不好过了。"

滕玉翠很惊讶:"是吗?"

郑锦仁:"我马不停蹄跑了四个地方,一个棉花商都没找到。"

滕玉翠:"没找到?孟妹子呢?"

郑锦仁:"多亏找到了孟妹子,才知道葛老大他们都让国军给抓走了。长江边上所有的货船,一把火给烧得干干净净,说是为了防止共军渡江。唉,哪还有什么棉花啊?有条命就不错了。"

滕玉翠急了:"那,咱们付的货款呢?也退不回来了?"

郑锦仁:"人都找不见了,上哪儿追款去?孟妹子还算有良心,想方设法凑了三四十万给我。其他那一二百万,十有八九打水漂了。你看这事儿弄的,真是要了命啊。"

滕玉翠:"天哪,这可怎么办?"她很着急:"郑伯,您得赶紧给浦溪纱厂打个电话,看看棉花还有多少库存。要是突然停产,那麻烦可就太大了。"

郑锦仁:"谁说不是啊?我这就去打电话。"他心急如焚:"唉,整整一个月没买到棉花,估计这会儿已经停工待料了。"

滕玉翠望着他的背影,一时也无计可施。

17. 浦溪纱厂 大门外(日 外景)

纱厂大门前,运货的车辆进进出出,一切都显得有条不紊。

字幕:浦溪

18. 纱厂办公楼内(日 内景)

丁汉生手里拿着报表,和万妹儿一道,匆匆忙忙走上楼来。沿着走廊走到总经理办公室门口,两人一推门走了进去。

19. 薛兰芝的办公室内(日 内景)

薛兰芝从办公桌后面站起来,劈头问了句:"快告诉我,仓库里的棉花,还有多少库存?"

万妹儿看了看丁汉生:"汉生刚查过,快告诉兰姐吧。"

丁汉生没有回答薛兰芝问话,却望着薛兰芝:"兰姐,怎么啦?您好像挺着急啊。"

薛兰芝:"刚才郑伯给我来了电话,说是原材料断流了。这事儿可了不得,巧妇也难为无米之炊啊。"

丁汉生倒是很平静:"兰姐,有句话我至少跟您说过三次,您也没往心里去。这会儿才知道着急了吧?"

薛兰芝想了想:"你说的哪句话啊?"

丁汉生："咱们棉花来源太单一，只有济民纱行那一座独木桥，那是不行的。不知道哪天突然断线，咱们这儿非抓瞎不可。您看看，这会儿让我不幸言中了吧？"

薛兰芝："我想起来了，这话你的确说过几次。"她回想了一下："可为什么没往心里去，我还真想不起来了。"

万妹儿便提醒她说："您忘了？主要是付款的问题。咱们购买原材料，还有回收货款，历来都是由济民纱行统一收支的。"

薛兰芝："对，是这么回事。董事长问过我的意见，要不要改成由纱厂自收自支，我嫌麻烦，就没应承他。"

丁汉生："怎么能不应承呢？无论如何得改过来。济民纱行只管我们每年上交多少钱，其他都没有必要管。骑马赶路是我们的事儿，那缰绳不在自己手上，路怎么走啊？"

薛兰芝深为赞成："汉生这话很有道理。等董事长从欧洲回来，我一定跟他商量这事儿。"

万妹儿当即泼了一瓢冷水："唉，兰姐您也太天真了。董事长真想改，早就改过来了。"

薛兰芝："这话说得不对。他还真的问过我。"

万妹儿："他那是故意的。故意那么问，是让您自己堵自己的嘴。您信不信？这件事情，一点商量余地都没有。"

薛兰芝："是吗？为什么？"

万妹儿："那我就明说吧。济民纱行所有的钱财，董事长几年前就交给翠翠管了。您突然要搞自收自支，那就是要从翠翠手上把财产支配权夺过来。这事儿能商量吗？想都别想。"

薛兰芝听得一愣，什么话都说不出来了。

20. 纱厂大门口（日　外景）

门卫正在用扫帚打扫地面。

一抬头，申剑明从马路上走了过来。

申剑明佩戴着议员的徽章，昂着头走到门卫面前："怎么回事？就跟没看见我一样。啊？眼睛看什么去了？"

那门卫："啊，我这不正在扫地吗？这会儿，眼睛里看见的全是垃圾。哈，不好意思哦。"

申剑明也不计较："别图嘴巴快活。你给我记住，等我上了台，第一个开除的就是你。"

那门卫："这话我记住了。可您也别让我等太久哦。"

申剑明气得一甩手，朝厂子里面走了进去。

21. 薛兰芝的办公室内（日　内景）

薛兰芝和万妹儿还在为原材料的事情犯难。

丁汉生很聪明，便把话题转开了："兰姐，算了，我只想单纯地说说管理上的事儿。嘿，看起来，这事儿不光是不单纯，扯起来还特复杂，那我就不说了。您刚才问到了棉花的库存，其实我也留了心，没把生产任务安排得太满。"

薛兰芝："噢？你的意思，仓库里还有存货？"

万妹儿插话说："刚才我陪着汉生去清点了一下，至少在半个月之内，生产还维持得下去。"

丁汉生补充说："要是把产量再做点儿压缩，二十天也能对付。"他强调了一句："最多二十天，这可是极限了。"

22. 薛兰芝办公室门外（日　外景）

申剑明已经轻轻地走到了办公室门外。

他听见办公室里面正在说话，便贴近门缝，注意地偷听着。

23. 薛兰芝办公室内（日　内景）

薛兰芝松了一口气："行，有二十天时间，回旋余地就大多了。我马上给郑伯打电话，请他继续想办法。"

丁汉生迟疑了一下："兰姐，咱们别吊死在一棵树上，行吗？"

薛兰芝没听明白："这话什么意思？"

丁汉生："郑伯想郑伯的办法，咱们也想咱们的办法。多几条路，总比只有一架独木桥好得多。您说呢？"

薛兰芝："那当然。"她望着丁汉生："你有什么想法？"

丁汉生："我看了报纸，主要是打仗，长江航道被封锁了。何不避开那些地方呢？难道除了那一带，天底下就不长棉花了？"

薛兰芝眼睛一亮："汉生，这么说，你已经有新的渠道了？"

丁汉生："我也直说了吧。"他望着薛兰芝："我有个远房亲戚在湖北江西跑生意，他能从鄱阳湖那边弄到棉花。早几天我拜托过他，只要一个电报过去，十天半月原材料就能进厂。"

万妹儿："十天半月？那不正好衔接上了吗？"

薛兰芝也很兴奋："那还等什么？马上给你亲戚发电报啊。"

丁汉生却很冷淡："兰姐，还是别高兴得太早了。"

薛兰芝："怎么啦？棉花不是有了着落吗？"

丁汉生："棉花的确是有着落了。可别的东西还没有着落，我可不敢把亲戚的身家性命当儿戏啊。那是我二伯，还挺亲的。"

薛兰芝："那？你说还没着落的东西，是指什么？"

丁汉生："钱呢？您有吗？做生意得一手交货一手付钱，您能从济民纱行弄钱过来吗？要是付不出钱，我那二伯就只能倾家荡产。"他摇了摇头："我在您面前是小兄弟，可话咱们还得摆明了说。济民纱行管钱的人是谁啊？防备您还来不及呢。"

万妹儿也明白了他的意思，便注意地看着薛兰芝。

薛兰芝却并不在意："话也不能这么说。咱们要是停产了，济民纱行就断了财源。钱都没了，她还有什么可管啊？"她语气很坚定："钱的事我负责了，赶紧发电报吧。"

丁汉生还是没把握，便看了万妹儿一眼："行吗？"

万妹儿一拍大腿："什么行不行？纱厂也好，纱行也好，那都是董事长的财产，谁说兰姐就不能当家啊？"

丁汉生："太对了！"他来了精神："兰姐，这句话您要还不说，我都快要憋死了。行，那我就去发电报了。"

24. 薛兰芝办公室门外（日 外景）

申剑明赶快退后一步，将身体隐藏在另一间办公室门口。

很快，丁汉生和万妹儿走出办公室，朝另一头匆忙离开了。

申剑明这才闪出身子，想了想，走到薛兰芝办公室门口，伸手敲了敲房门。

25. 薛兰芝办公室内（日 内景）

薛兰芝正背着身子收拾着办公桌上的东西。

听见敲门声，她没有回头："请进。"

申剑明堂而皇之地走了进来："忙什么呢？副议长？"

薛兰芝听见他的声音，仍然没回头："申剑明，有事吗？"

申剑明毫无顾忌地坐下了："啥事都没有。嘿，我这阵子都闲得生锈了。你不让我回来做事儿，那我就给你找点事情做做吧。"

薛兰芝皱了一下眉头："有话快说，我可没工夫陪你。"

申剑明："行。我只是过来告诉你一声，今天中午，我请蓝八爷过来吃顿饭，他满口答应了。"他阴阴地看着薛兰芝："当然啰，厂子里的事情我说了不算，得你出面做东。"

薛兰芝:"不行。我有急事,没办法伺候你们。"她态度很坚决:"既然你能请动他,就去外面找个大酒楼吧。纱厂最近开支很紧张,你得自己掏腰包。"

说完话,薛兰芝没等他回答,抬脚便走出了办公室。

申剑明也没阻拦,望着她的背影,嘴角流露出一丝冷笑。

26.办公楼下(日 外景)

薛兰芝从楼上大步走了下来。

刚刚下楼,忽然发现前面操坪处有动静,赶快抬头望去。

27.办公楼的操坪上(日 外景)

四名马弁簇拥着一辆小轿车,带着一阵黄尘来到了操坪上。

车门开了,蓝八爷身穿一套呢制将军服,从里面走了出来。

28.办公楼前(日 外景)

薛兰芝十分吃惊,赶紧转身想往楼上走。

蓝八爷已经看见了她,叫了声:"兰芝,哈,我来了。"

薛兰芝再也不好回避,只好回过身:"哟,是蓝八爷啊。"

蓝八爷满面堆笑走了过来:"怎么样?看看我这身打扮,算不算得上八面威风?"

薛兰芝应付地笑了笑:"是啊,我一眼还没认出来呢。"

蓝八爷:"没有想到吧?如今你蓝八爷当上了暂编一军的军长,还是白长官亲自任命的。手底下上掌管了五个师的兵力。只要我八爷一跺脚,整个乌龙山都得发抖。哈,怎么样,跟我走吧?"

薛兰芝:"八爷,您大福大贵,薛兰芝哪敢仰望啊?"她岔开话题:"对了,申剑明说,他今天请您吃午饭……"

蓝八爷："放屁！申剑明一个狗屁小人，哪有资格请我？"他朝周围看了一眼："那小子人呢？我特意接你去乌龙寨，让他提前告诉一声，他没过来？"

29. 楼上办公室窗口后面（日　外景）

申剑明正探头偷听，一听蓝八爷问，赶紧将头缩了回去。

30. 楼下操坪上（日　外景）

薛兰芝："哎呀，今天真的不行。厂子里没有原材料，很快就要停产了。这会儿我正焦头烂额，到处在想办法呢。"

蓝八爷："嗨，这破厂子，你还待在这儿干吗？"他凑到她跟前："告诉你一个好消息，我那个老太婆，前天翘了辫子，死了。"

薛兰芝："哟，怎么没听说？那得去吊唁一下老太太啊。"

蓝八爷："吊唁个屁，又不是我的老娘。"

薛兰芝："噢？您太太去世了？"

蓝八爷一脸笑容："哈，她也该死了。怎么样？正好给我填房，去当压寨夫人吧？从今以后，八爷的家产，全部交给你管，啊。八爷性子急，赶紧收拾收拾，这就跟我走吧？"

薛兰芝："八爷，您真会开玩笑，随便拉一个有家有小的女子，就让人家给您当压寨夫人？"

蓝八爷："哈，想拉别的女人，八爷我还真的随随便便。可对你薛兰芝，蓝八爷就得正儿八经。"他显得很认真："别看我对你说话很随便，这心里头还真是想你。嘿，好多晚上，睡觉都想醒来了。今天就算是跟你求婚，你可不许反悔哦。"

薛兰芝当即斥责说："什么叫反悔啊？我根本就不可能答应你。我是有家室有夫君的良家妇女，难道你不知道？"

蓝八爷脸色一变:"狗屁,你的家室在哪里?夫君是谁?许家国?别说梦话了。他老婆在常德,你算什么?不识抬举的贱货。"

薛兰芝强忍心头的怒火,一句话都没回他。

31.楼上办公室窗口后面(日 外景)
申剑明清清楚楚听见了这句话,幸灾乐祸地笑了笑。

然后,他离开了那扇窗口。

32.楼下操坪上(日 外景)
蓝八爷忽然想起了什么:"对了,你不说起许家国,我还差点忘记了。上次你们答应上交县政府二十五万大洋,分五次付清,钱呢?我怎么一分一厘都没看见?啊?胆敢糊弄我蓝八爷,以为我这口锅就不是铁打的?"

薛兰芝忍住火气:"八爷别着急,许家国最近去欧洲了。等他回到家,我会替您问问的。"

蓝八爷喝了声:"还问个屁!已经过去了三个月,一个月五万,十五万大洋,三天之内不交过来,老子一把火烧了你这厂子。"

他一转身钻进小轿车,在马弁的护卫下,一溜烟开走了。

薛兰芝望着他们的背影,内心充满了厌恶。

33.办公楼的过道前(日 外景)
申剑明突然闪出身来,迎面堵住了薛兰芝:"哈,总经理,感觉怎么样?知道锅是铁打的了吧?"

薛兰芝没有搭理他,径直朝办公室走去。

申剑明紧紧地跟着她:"唉,也是。一个大家闺秀,哪是跟土匪打交道的料啊？许家国也真是放得心，让你来蹚这一潭污水，蓝八爷那人什么事情干不出来啊？我说句丑话在这儿搁着，再这么弄下去，许家国绝对只会赔了夫人又折兵。绝对的。"

薛兰芝站住了："申剑明，直说吧，你到底是什么意思？"

申剑明也不遮掩："没别的意思。跟蓝八爷这种人周旋，还真是非我申剑明不可，好歹来湘西也近十年了，什么样的土匪我没见过？赶紧把厂子交给我管，你趁早一走了之。没别的法子可想了。"

薛兰芝："申剑明，忘了提醒你一句，我们跟兵工厂成立了武装联防队，以后你可不能在这儿随便进出。听清楚了？"

她已经走到了办公室前，便再也不说什么，一抬脚走进办公室，狠狠地把门关上了。

申剑明怔怔地站在门外，半天说不出话来。

34. 大河街　街道上（日　外景）

文昌盛带着一名伙计，匆匆忙忙从街道那头往前走着。

字幕：常德

35. 济民纱行　大门外（日　外景）

向飞舟从纱行内走出来，忽然看见文昌盛和他的伙计走了过来，赶快迎上去："哟，文老板，您来了？"

文昌盛面色焦虑："哦，飞舟，我是过来求援的。"

向飞舟："是吗？"他想了想："可董事长不在家啊。"

文昌盛："知道，他去欧洲了。"他朝纱行里面看了一眼："那，许太太呢？啊，我问的是翠翠。她在家吗？"

向飞舟："她刚出去。对了，郑伯在的，您可以先找他。"

文昌盛："那样最好。我先跟郑伯商量一下，看看有没有办法。实在不行,也别让你们为难了。"

向飞舟:"那您快请进吧。郑伯这会儿正在账房呢。"

文昌盛连连道谢,大步走了进去。

向飞舟转过身,刚要往街上走,忽然发现了什么,赶紧停下脚朝街道对面望去。

36. 济民纱行街道对面(日 外景)

两名男子正在鬼鬼祟祟地朝这边窥视着。

其中一名个子矮小的男人,正是数年前曾经在济民纱行纵火的那个外号叫"半斤"的男子。

看见对面的向飞舟正在注意自己,半斤便拉上同伴溜走了。

37. 济民纱行 大门前(日 外景)

向飞舟顿生警觉,赶紧返回纱行,紧紧地关闭了两扇大门。

38. 济民纱行 账房内(日 内景)

听完文昌盛的叙说,郑锦仁一惊:"噢?有这么严重?"

文昌盛:"可不是吗?三座粮仓全空了,明明连一颗米都没有,他们非诬陷我囤积居奇,牟取暴利,还说我在配合共军,颠覆政府。明天再不开市卖米,就要抓去坐大牢。唉,急死人啊。"

郑锦仁:"那怎么办?仓库都空了,明天怎么开得了市?"

文昌盛摇了摇头:"郑伯,您还记得那个马爷吗?"

郑锦仁:"当然记得。不就是那个洪帮老大吗?"

文昌盛:"没错。他才是囤积居奇的罪魁祸首啊。这事儿就是他下的套。开市最少也得进五十吨大米,除了马爷,别处都无米可进。知道他把价抬多高吗?简直要逼我倾家荡产啊。"

郑锦仁很愤怒:"唉,天底下还有没有讲理的地方啊?"

正说着话，向飞舟闯了进来："啊，对不起，打断一下。"他望着文昌盛："文掌柜，您身后跟着两个流氓地痞，有一个我认识，就是那个放火犯，他叫半斤。您一直没发现？"

文昌盛一跺脚："那就是马爷的人啊。他们跟军警勾结在一起，盯了我好几天，还假装买米的市民，成天在粮庄门口闹事。"

郑锦仁："文老板，既然这样，您索性出去躲避一段时间，好汉不吃眼前亏嘛。您看呢？"

文昌盛："郑管家，我都想明白了。躲得了初一，躲不过十五。不就是个破产吗？明天我还真的开市卖米。粮庄要不卖米，也对不起街坊百姓。哪怕砸锅卖铁，我也要开市。"他说得很悲凉："可眼下，就算我砸锅卖铁，也进不来黑了良心的大米啊。"

郑锦仁被感动了："文老板，您说，开市还缺多少钱？"

文昌盛："三四十万呢。"他满怀希望地看着郑锦仁："郑管家，您要是能帮我周转一下，那就是我文昌盛命不该绝啊。过不了几天，我会连本带息一次偿还，绝不食言。"

郑锦仁："咱们风雨同舟的人，那些话都不用说了。你们先回去准备开市，我这就跟翠翠合计一下。绝不误您的事儿。"

文昌盛喜出望外："郑管家，好老哥！谢谢，谢谢了。"

向飞舟也自告奋勇地说："文掌柜，那些家伙还在外面。不怕，我送您回去。"

他领着文昌盛走了出去。

39. 许家国的书房内（日　内景）

滕玉翠听完郑锦仁的述说，吃惊地望着他："郑伯，这么说，您已经答应昌盛粮庄了？"

郑锦仁："还没最后答应。我告诉文老板说，这事儿我还得跟你合计一下。"

滕玉翠："哎呀，您怎么能这样说呢？"她有点不高兴："郑伯，别怪我计较。这意思，帮成了是您的功劳，没帮成，那就是我翠翠的罪过。是这样吗？"

郑锦仁笑盈盈地望着她："哈，什么功劳罪过的？那都不存在，肯定会帮成的。我还不了解你啊？"

滕玉翠："可您也了解济民纱行眼下的困境啊。帮帮他们绝对是应该的，可钱呢？钱从哪儿来？"

郑锦仁："翠翠，我也不是信口开河。他们开市还缺三四十万，我这次从华容又带回了三四十万，刚好够解燃眉之急。"

滕玉翠："天哪，那笔钱我敢动吗？纱厂那边喊声停产就停产，到时候我用什么钱去救急啊？"

郑锦仁："我问过了，万妹儿他们有经验，早就开始压产限量。十天半月，原材料还顶得过去。"他显得胸有成竹："翠翠，粮庄卖米都是现金交易，钱回收得很快。不怕的，你就下决心吧。"

滕玉翠思考了一下："郑伯，您是知道的，以前像这样的事情，我就没含糊过。可自从……唉。"她摇了摇头："万一弄出一点纰漏，肯定又要怨到我头上，我真受够了。"

郑锦仁鼓励她说："郑伯心里都明白。没事儿，到时候，我会出面说清楚的。"他笑了笑："其实没那么麻烦，很多事情都是因为没有事先说清楚。你觉得呢？"

滕玉翠回想着他这句话，不再作声了。

40. 昌盛粮庄　大门外（晨　外景）

天亮时间不长，街道上还没有多少行人。

文昌盛带领一群伙计，已经早早在做开市的准备。

一名伙计在他的指点下，将一块告示牌挂了出来。那上面用粗笔写了几行字："时局艰辛，按量售米。每户十斤，吃完再买。"

顷刻之间，得到消息的市民们蜂拥而来，呼呼啦啦将昌盛粮庄围了个水泄不通。

文昌盛一面迎接他们，一面维持秩序："乡亲们请排好队，啊。每人都有，别挤，啊。信不信，排队比不排队快得多呢。"

有很多市民也主动帮忙维持，粮庄门外很快便排起了两条长队，市民们开始有条不紊地购买大米。

41. 街道对面一座小茶馆内（日　内景）

那位马爷坐在靠窗口的茶桌前，正在和半斤一起喝茶。

看见对面昌盛粮庄已经开市卖米，他脸上浮现出得意的微笑。

半斤讨好地说："马爷，瞧这火爆劲儿，您可是赚大了。"

马爷："哼，这还是小打小闹呢。厉害的在后头。"他从怀里掏出一张叠好的纸条交给半斤："把这个交给徐局长。赶紧去。"

半斤："好，我这就去。"

他接过纸条，起身走了出去。

马爷端起盖碗茶杯，不紧不慢地继续饮茶。

42. 昌盛粮庄　店堂内（日　内景）

文昌盛正在店堂里忙碌，门外忽然一阵骚乱。

一名伙计突然跑了进来："老板，不好了，恐怕要出事。"

文昌盛一惊，赶快朝门外望去。

43. 粮庄门外的街道上（日　外景）

三辆大卡车轰轰隆隆地开到昌盛粮庄前面停下了。

车上跳下十多名持枪警察,把住了粮庄的大门。

那名分局的徐局长成了市警察局长,换上崭新的呢子警服,脸上也换了一副和蔼的表情,一边走一边朝民众招手:"大家继续买米,啊。遵守秩序,排好队,啊。每人都有。每人都有。"

然后,在两名警察的陪同下,朝店堂里面走了进去。

44.店堂内(日　内景)

文昌盛正慌慌张张往外走,两名警察走了进来,迎面一掌,将他推得退后好几步,差点跌倒。

徐局长赶快制止说:"客气点,客气点哦,都是我的老街坊了。"他走到文昌盛面前:"文老板,不容易啊。为老百姓做好事,徐某人最敬佩。做得好,做得好啊。"

文昌盛很害怕他:"哪里哪里。徐长官有什么事,尽管吩咐。"

徐局长:"还能有什么事?我也是过来买米的。"

文昌盛疑惑不解:"徐长官也、也要买米?"

徐局长:"不买怎么办?我警察局有好几百号弟兄,不吃饱饭,怎么能保护平民百姓?"

文昌盛:"那是,那是。"他迟疑了一下:"长官,您这次过来,想买多少米啊?"

徐局长:"不多。我只带了三台卡车,先买十五吨吧。"

文昌盛吓了一跳:"十、十五吨还不多啊?"他为难地看着他:"长官,不瞒您说,我准备了五十吨的钱,没想到米价飞涨,只进回来三十吨大米。没办法,一般老百姓每户只能买十斤。您一口气拉走了十五吨,大家伙儿怎么分得过来啊?"

徐局长脸色一沉:"一般老百姓能跟警察比吗?啊?在我这儿,一个警察要管五百个老百姓的平安。明白这意思吗?饿死一个警察,那就是饿死五百个老百姓。你说,是不是这个道理?啊?"

文昌盛不敢再说什么:"那,徐长官,我这粮庄可是小本生意,价格上头……"

徐局长:"好说,价格你说了算。我一分钱都不少给。"

文昌盛:"那好,那好。"他从账房先生手上接过账本:"长官,那就请您付钱吧。"

徐局长伸手从他手上抓过账本,拔出钢笔就在上面写了一通。

文昌盛不知道什么意思,又不敢多问,只好在边上等他写完。

徐局长终于写完了,把账本塞回到他手上。

文昌盛接过来一看,顿时傻了眼。

账本的特写:两个醒目的字首先跳进眼帘——欠条。接下来是些欠条的内容文字。

文昌盛当即急眼了:"长官,我这儿可不能赊账啊。要是没现金回笼,明天我就得关板子歇菜了。"

徐局长双眼一瞪:"什么意思?你想关门歇业、扰乱民心?啊?活得不耐烦了是不是?"

文昌盛:"不敢,不敢。可我实在是……"

徐局长:"实在是不相信我?对吗?"

文昌盛赶快解释说:"不、不,长官大人,您可是威震一方的警察局长,谁还敢不相信您?可我这钱都是跟朋友借来的……"

徐局长一挥手:"那就告诉你朋友,警察局长给你写了张欠条。好好保存着,啊。没准过些年,那欠条就值大价钱了,哈!"他使劲朝文昌盛的肩头拍了一掌:"十五吨大米,马上装车!"

文昌盛被他拍得一个趔趄,差点没站稳脚跟。

45. 白鹤山下 一座大院外面（日 外景）

马爷得意扬扬地站在院子外面等候着。

半斤带着一群搬运工,也在那里准备卸货。

很快,那三辆大卡车满载一袋一袋的大米开了过来,在院子外面停下了。

徐局长跳下卡车,走到马爷面前:"马爷,怎么样?整整回来了十五吨。漂亮吧?"

马爷伸出大拇指:"行啊。徐大局长出马,还有做不成的事儿?"他兴致勃勃地朝身后喊了句:"半斤,赶紧卸车。麻袋上头重新盖章,别让人认出来了。明白吗?"

半斤应了声:"明白,马爷放心。"

他招呼着搬运工人开始卸车。

徐局长便凑到马爷面前:"下次再批发出去,马爷打算又往上涨几成?"他伸出两个指头:"两成恐怕还打不住吧?"

马爷:"眼下这种行情,涨个五成都有人抢。咱们也不要贪得太多,四成的样子,也就可以出手了。哈,先套住他再说。"

徐局长:"行,怎么涨是马爷的事儿。既然我徐某人也出了力,那就不能说是坐享其成吧?"

马爷明白他的话,望着他说:"局座放心。咱们也不是一年两年的交情了,该怎么做,马爷我心中有数。"

徐局长仍然不放心:"话是这么说,咱们还得先小人后君子吧?亲兄弟明算账,免得日后伤了和气。您说呢?"

马爷非常爽快:"这我还能不懂?哈,你我兄弟谁都不能吃亏,不管赚多少,马爷跟你五五开,一人一半。怎么样?"

徐局长:"到底是马爷,做事就是痛快!哈,那就说定了。"

46.大河街 街道上(夜 外景)
远处传来了打头更的梆子铜锣声。
刚刚下过一场小雨,光滑的街面上,有一只土狗在觅食。

47.济民纱行 天井内(夜 外景)
一阵电话铃声响了起来,在夜空中显得格外响亮。

48.许家国的书房内(夜 内景)
滕玉翠很快走到书桌前,拿起了电话听筒:"您好。"
画外:话筒内薛兰芝的声音:"您好,是翠翠吗?"
滕玉翠有点意外:"啊,是兰芝姐?您好啊,兰芝姐。"

49.浦溪纱厂 办公室内(夜 内景)
薛兰芝正在打电话:"翠翠,您还好吧?孩子怎么样?越来越可爱了吧?……那就好。董事长不在家,您一定更忙了吧?"
万妹儿站在她身边,陪着她在打电话。
字幕:浦溪
画外:话筒内滕玉翠的声音:"还行。兰芝姐,您还好吗?"
薛兰芝:"谢谢,我挺好的,早已经习惯了。纱厂也还算正常,大伙儿心气儿很高,没出什么乱子。"
万妹儿看着薛兰芝,脸上流露出欣慰的神色。

50.许家国书房内(夜 内景)
滕玉翠:"兰芝姐,有件事情真的对不起,这段日子时局太乱,一直进不到棉花。郑伯都跟您说过了吧?"

51. 纱厂办公室内（夜　内景）

薛兰芝："是，我都知道了。翠翠，也别太着急，原材料还有点回旋余地。……是啊，我也正在想办法呢。"她犹豫了一下："翠翠，另外还有一件事情，可就火烧眉毛了。唉，真是不好意思，要有一分奈何，我也不会这么晚了还打扰您。"

52. 许家国书房内（夜　内景）

滕玉翠："兰芝姐，千万别这么说。有事您尽管告诉我。"

薛兰芝便在电话里跟她说了那件事情。

滕玉翠明白地回答说："啊，这事儿我知道，家国一回来就跟我说过了。二十五万，半年付清。兰芝姐，您说的是这笔钱吧？"

53. 纱厂办公室内（夜　内景）

薛兰芝赶快回答说："对，就是这笔钱。我以为他会从济民纱行付过去，也就没有放在心上。翠翠，这三个月，你那边一直没付吗？一次都没付？"

54. 许家国书房内（夜　内景）

滕玉翠顿时一愣："哟，家国也没有跟我说清楚啊。我还以为由你们纱厂直接付给他们呢。"

55. 纱厂办公室内（夜　内景）

薛兰芝心中略微有点不快："是吗？翠翠，纱厂又没有支配权，所有的费用，都是由纱行统收统支。每笔钱都得从你手上过，这你是知道的啊。"

56. 许家国书房内（夜　内景）

滕玉翠听得不舒服："兰芝姐，话不能这么说，我只是管管账。哪些钱该收，哪些钱该付，怎么个付法，全得由家国说了算。我只是照着办。"

57. 纱厂办公室内（夜　内景）

薛兰芝渐渐沉不住气了："那怎么办？这笔钱也是他亲口答应人家的，也跟我没关系。这会儿人家真刀真枪逼上门了，偏偏他又去了欧洲。厂子要真被人一把火烧掉了，我担待得起吗？"

万妹儿在一边担心地看着她。

58. 许家国书房内（夜　内景）

滕玉翠愣了一下："唉，兰芝姐，咱们都别说气话。家国交代的事情，他在和不在，我都会尽心尽力地办。要不，我马上去找郑伯，看看他有没有办法……"

59. 纱厂办公室内（夜　内景）

薛兰芝打断了她的话："翠翠，行还是不行，这事全由你说了算，哪里还用得着去找郑伯啊？"

60. 许家国书房内（夜　内景）

滕玉翠忍不住了："兰芝姐，我这儿又不是提款机，不可能随喊随有。实话告诉您吧，昨天纱行的账上还有点钱，郑伯一开口就全借昌盛粮庄了。谁都可以支使我，这个家还让我怎么当啊？"

61. 纱厂办公室内（夜　内景）

薛兰芝听得心里一震："翠翠，我可没支使你……"

话还没说完，听筒里忽然"咔嚓"一声响。

随后滕玉翠那头就没声音了。

薛兰芝赶紧呼叫："翠翠，你听我说。喂，喂，翠翠，翠翠……"

电话那头仍然没听见任何回应。

薛兰芝惊愕地回过头来，望着万妹儿，当时就没主意了。

…………

第 36 集

1. 前集回顾

薛兰芝:"每笔钱都得从你手上过,这你是知道的啊。"

滕玉翠:"我这儿又不是提款机,不可能随喊随有。……谁都可以支使我,这个家还让我怎么当啊?"

2. 浦溪纱厂 办公室内(夜 内景)

听筒里传来"咔嚓"一声响,然后就没声音了。

薛兰芝呼喊不应,惊愕地回过头来,望着万妹儿:"万妹儿,电话里头怎么没声音了。"

万妹儿摇了摇头:"什么没声音?她肯定是把电话挂断了。"

薛兰芝回想了一下:"不会吧?"她把话筒放了回去:"我是不是说错了什么话,惹她生气了?"

万妹儿:"唉,兰姐也太软弱了。您怎么就强硬不起来啊?"

3. 济民纱行 许家国书房内(夜 内景)

滕玉翠并没有挂断电话。她让自己平静了一下,又举起电话对着话筒说:"兰芝姐,对不起,我这话不是冲您说的……喂,兰芝姐，您还在听吗？喂、喂……"

她拍了拍座机，电话那头已经完全没有声音了。

滕玉翠只好放回话筒，心中十分懊恼。

她想了想，不敢过多耽搁，抬脚便朝书房外面走了出去。

4. 昌盛粮庄 门外的街道上（夜 外景）

郑锦仁领着滕玉翠，匆匆忙忙朝昌盛粮庄走了过来。

昏暗的路灯下，昌盛粮庄大门紧闭，显得有些苍凉。

郑锦仁没有犹豫，走上前去敲了敲门。

一名店铺伙计很快地从里面打开了大门："噢？郑管家？"他朝郑锦仁身后的滕玉翠看了一眼："你们，有事吗？"

郑锦仁："是啊，想找一下文老板。请问他在吗？"

伙计："啊，掌柜的进货去了，还没回来。"

郑锦仁："知道他什么时候回吗？"

伙计："说不好。眼下大米紧缺，很难进到货。"

郑锦仁便回头看了滕玉翠一眼："翠翠，要不这样吧，我在这儿等着，你先回去休息，啊。"

滕玉翠没有回答，望着那伙计："文老板晚上肯定回吗？"

伙计："他必须回啊。明天一早还得开市呢。"

郑锦仁回头发现了什么，赶快问了句："哎，是不是回来了？"

伙计便回头朝街道那头望去。

5. 远处街道上（夜 外景）

文昌盛和两名伙计手持灯笼，在前面开道。

他身后几名搬运工，拖着三辆人力平板车，载着装大米的麻袋，不声不响地朝这边赶了过来。

6. 昌盛粮庄　大门（夜　外景）

那名伙计看清楚了："没错，那是我们掌柜的。"他又有点疑惑："好像也不对。怎么就三架板车？是不是没进到米啊？"

说话间，文昌盛已经领着那三辆板车回到了大门口。

郑锦仁赶快迎了上来："文老板，回来了？"

文昌盛十分意外："噢？郑管家来了？"他看见了滕玉翠："哟，这不是翠翠吗？您也过来了？"

滕玉翠仿佛有点不过意："啊，文老板，不好意思，我过来……是想跟您商量一件事儿。"

文昌盛似乎已经猜到了："好的，我明白了。"他回头朝那名伙计吩咐了声："我得招待客人，你负责把货卸了。"

那伙计："好的。"他迟疑了一下："掌柜的，我还得核对一下。就这点货，您总共进了几吨米啊？"

文昌盛仿佛难于启齿："一包一百五，总共四十包，你去点吧。"他朝屋内一伸手："翠翠，郑管家，咱们到里面喝茶。请吧。"

滕玉翠和郑锦仁便跟着他走了进去。

那名伙计还在望着板车喃喃自语："四十包，一百五十一包……我的天，这不才三吨吗？塞牙缝都不够啊。"

一搬运工问了声："老板，老站着干吗？米还卸不卸啊？"

那伙计："搬进来吧。米不多，不用入库了，放堂屋就行。"

搬运工人便开始从板车上往下卸麻袋。

7. 昌盛粮庄　客厅内（夜　内景）

一名女佣冲泡好三杯茶水，用托盘端到滕玉翠、郑锦仁和文昌盛面前，然后退了下去。

文昌盛："翠翠，郑管家，请。"

郑锦仁看了滕玉翠一眼，两人端起了面前的茶杯。

文昌盛没有端杯子，直截了当地说："翠翠，我知道你是为钱的事情来的。没问题，借账还钱，天经地义。多谢你们在绝境之中奋力相帮，生死情义，文昌盛没齿不忘。"

滕玉翠赶快解释说："文老板，这件事情还真是不好意思开口。主要是纱厂那边已经火烧眉毛，束手无策了。"

郑锦仁也补充说："浦溪那边有个大土匪，带着人马到厂里强行勒索，要是再不给钱，还不知道会发生什么事情。唉。"

文昌盛点了点头："天下乌鸦一样黑。昨天我从你们那儿借回来四十万，今天收市一算账，点点滴滴加起来十八万还不到。下午我又去找马爷进货，万万没想到，本来还可以进十吨大米的钱，眨眼之间就只能买到三吨了。这是什么世道啊？"

滕玉翠听得心里一慌，不由得看了郑锦仁一眼。

郑锦仁也慌了，怔在那里什么话都说不出来。

文昌盛清楚地看见了他们的反应："二位也不必担心，我是心里憋得慌，跟你们倾诉几句而已。你们那四十万，我文昌盛绝对会全数偿还，一分一厘都不少。"

滕玉翠想了想："文老板，您一口气也不必还那么多。"她望着文昌盛："您估计，明天收市，这三吨大米能卖回来多少钱？"

文昌盛："进价太高了，我这价格也会要涨一些。可也不能涨得乡亲们买不起啊。"他很灰心："何况官匪一家，贪得无厌。我再怎么涨价，也填不平那一张张血盆虎口。我估计，十八万的成本，能收回来一半，就算是很不错了。"

郑锦仁忍不住了："哎呀，那可不行。没有十五万，纱厂怎么的也过不了那道坎啊。"

文昌盛便一咬牙站了起来："行。那我就破釜沉舟了。"

郑锦仁疑惑地看着他："文老板,这话怎么说?"

文昌盛："唉,我实话相告吧。马爷这么苦苦相逼,他是看中了我这个院子。刚才还跟我开了个价,说要是还不卖,到时候他会让我去跪着求他买。他那副神态,简直就是明火执仗啊。"

郑锦仁："哦?他跟您开了个什么价?"

文昌盛苦笑了声："三十万。嘿,您听听,我家三代全部的祖业才值三十万?呸!吃人不吐骨头啊!"他绝望至极："算了。我认熊,把院子卖掉,也就无牵无挂了。"

滕玉翠当即站了起来："那可不行。文老板,钱的事咱们以后再商量,这院子绝对不能卖给他。留得青山在,还怕没柴烧?您可千万不能泄气啊。"

文昌盛愣了一下："那,那你们纱厂那笔钱怎么办?"

滕玉翠很果断："反正您这儿一时凑不够那么多,那就先别管,看看明天开市能卖回来多少钱,您还给我多少都行。不够的,我再从别的地方想办法。"

文昌盛怔怔地望着她："翠翠,这行吗?"

郑锦仁插话说："文老板,您听翠翠的,肯定行。我就不相信,大活人还能让尿给憋死?"

文昌盛感动不已,眼角处渐渐闪现出几点泪花。

8. 济民纱厂　大门口（晨　外景）

时间还早,工厂的大门还上着锁。

两名护厂联防队员戴着袖章,背着步枪在门口守卫。

字幕：浦溪

一辆法院的黑色囚车从马路上拐了个弯,开到厂门口停下了。

几名武装法警端着枪跳下车,走到厂门外,大声喝道："开门!快,把大门打开!"

那两名联防队员赶紧端起了步枪:"你们想干什么?"

囚车上走下来一名法官,拿出一张公文晃了一下:"法院办案。快开门。"他收起公文:"再不开门,你们就是妨碍公务。听见没有?那是要坐牢的!"

那名老门卫知道拗不过他们,便走上前去,劝开两名联防队员,打开了大门。

法官和那些法警回到车上,发动囚车,朝厂子里面开了进去。

联防队员有点紧张:"这阵仗,好像不对劲儿啊。"

老门卫:"可不是吗?"他赶紧吩咐联防队员:"你们两个,一个去找兰姐,一个赶紧去叫人。快去,快!"

两名联防队员不敢耽搁,抬脚便朝厂子里面跑了进去。

9.纱厂办公楼前(晨 外景)

薛兰芝拿着一沓生产报表,从宿舍那边走了过来。

刚刚准备上楼,忽然听见汽车声,便回头望去。

法院那辆囚车很快地开到了办公楼前,急刹车停下了。

车门打开,法官和几名法警朝薛兰芝跑了过来。

薛兰芝觉得不妙,大声问了句:"你们是什么人?"

那法官:"正要问你呢。"他恶狠狠地问:"你是薛总经理?"

薛兰芝:"是我。你想干什么?"

那法官手一挥,对法警命令道:"就是她!给我拿下!"

两名法警便扑了上去,扭住了她的双手。

其他法警端着枪,警惕地监视着周围。

10. 办公楼旁边的树丛后面（晨　外景）

那名联防队员提着枪跑了过来。

听见办公楼前的喧闹声，他赶紧隐在树后，朝那边望去。

11. 办公楼前（晨　外景）

薛兰芝已经被法警用手铐锁住双手。

另外两名法警拖着她，强行推上了囚车。

12. 树丛后面（晨　外景）

那名联防队员看见薛兰芝被塞进囚车，十分着急。

他想了想，不敢迟疑，便赶紧转身跑了回去。

13. 通往厂外的马路上（晨　外景）

囚车从办公楼前拐上马路，加快速度朝厂子大门方向驶去。

14. 囚车上（晨　内景）

开车的法警望着前方，忽然叫了声："哎呀，有情况！"

法官和其他法警赶快朝前面看去。

15. 纱厂大门口（晨　外景）

大门口的铁门正在关闭，很快被锁上了。

万妹儿、丁汉生已经带着二三十名工人赶到了这里。他们肩并肩站在铁门内，形成了一堵人墙。

最前面赶过来三四名武装联防队员，端着步枪，枪口正朝着囚车开来的方向。

囚车一个急刹车，在离人墙不到十米远的地方停下了。

16. 囚车内(晨 内景)

两名法警骂了声,从座位下拖出来一挺轻机枪,拉开了枪栓。

法官赶快拦住了他们:"别乱来。没看见吗?人越来越多了。"

法警赶快朝车窗两边望去。

17. 大门两侧的道路上(晨 外景)

道路两旁,分别涌过来几十名工人,将囚车团团围住了。

万妹儿站在最前面,大声喊道:"你们想干什么?绑票吗?"

工人们也一阵乱吼:"好大的胆子!""光天化日之下,跑到这儿绑架人质?""放人!""再不放人,就把车砸了!"

18. 囚车内(晨 内景)

法警们被那样的情景吓住了,握着枪,恐惧地望着窗外。

法官只好回过头来,对薛兰芝说:"薛总经理,你得赶紧给他们说说。要是出了事,那可是罪加一等啊。"

薛兰芝:"什么叫罪加一等?我到底犯了什么罪?"

法官这才拿出一份公文:"装什么糊涂?你们纱厂欠政府二十五万大洋,犯了欺诈罪。看见没有?我有公文呢。"

薛兰芝非常清醒:"犯了欺诈罪?你有什么证据?"她很气愤:"太可笑了。明明是敲诈勒索,还恶人先告状?讲不讲理啊?"

法官收好公文:"好,好。有理无理,法庭上再说。我有拘传令,这会儿你得跟我去法院。听明白了?"

薛兰芝想了想:"把车门打开,我下去跟他们说句话。"

法官犹豫了一下,对法警说:"开门。"

开车的法警便打开了车门。

19. 囚车外（晨　外景）

薛兰芝戴着手铐，从车上走了下来。

工人们立即涌上来，拥着她就要离开。

薛兰芝赶快说了声："不行。叫万妹儿过来，我有话交代。"

万妹儿已经挤到她面前："兰姐，他们这是想干吗？"

薛兰芝小声说："万妹儿，这都是蓝八爷下的套子。我想过了，那笔钱迟早是个事，还不如把我抵押在那儿，厂子里头反而安全了。你跟汉生先顶一阵，生产千万不能停。"

万妹儿："兰姐，别犯傻。蓝八爷对您可没安好心啊。"

薛兰芝："不怕。是法院的公文，想必他也不敢乱来。"她朝工人看了看："赶紧让大家让开。要让他们抓了借口，就更麻烦了。"

万妹儿："那，我得给郑伯打电话，让他马上赶过来。"

薛兰芝："没用，千万别把纱行扯进来。要是让蓝八爷知道了，他的口会越开越大。知道吗？"

她不再说什么，回身走上了囚车。

万妹儿看着车门关闭，心中充满了担忧。

囚车再次启动，小心翼翼地穿过了人群。

20. 浦溪客运码头（日　外景）

一艘客轮已经靠岸，乘客排着队从跳板上走过。

郑锦仁提着一只旅行箱，跟着人流走了上来。

21. 码头外面的马路上（日　外景）

那辆法院的囚车鸣着警笛，迎着刚刚上岸的乘客，放慢速度朝前驶了过来。

22. 囚车内（日　内景）
薛兰芝靠坐在车内，漫无目的地看着窗外。
忽然她发现了什么，吃惊地朝马路上望去。

23. 马路上（日　外景）
郑锦仁提着小箱子，跟着乘客走上了街道。
那辆囚车从他身边开过去，他也没抬头朝车上看一眼。
车窗玻璃后面，薛兰芝一直在看着他。
囚车终于穿过人流，朝远处开走了。
很远还看得见车窗里面薛兰芝那双失神的眼睛。

24. 济民纱厂　办公室内（日　内景）
郑锦仁听完万妹儿叙说，大吃一惊："什么？抓走了？"
万妹儿："一大早就过来抓人，拦都没拦住。"她焦急地望着他："郑伯，这可怎么办啊？"
郑锦仁没有多想："没别的办法，赶紧找薛梦泽。"
万妹儿站了起来："好。我带您去兵工厂。"

25. 浦溪兵工厂　办公室内（日　内景）
那名办公室的主任小郭望着郑锦仁和万妹儿："哟，那怎么办？薛总昨晚上又去重庆了。"
郑锦仁心里一凉："噢？他出差了？"
小郭朝门外看了一眼，小声说："军工署紧急通知，十万火急，不敢耽搁，薛总放下电话就动身了。"
万妹儿顿时傻眼了："这下完了。怎么全赶上了？"

小郭看着郑锦仁:"郑管家,要不要我给薛总打个电话?"

郑锦仁:"打电话没用。梦泽这会儿鞭长莫及,反而给他增添了烦恼。算了。"

小郭:"我估计这事儿又是蓝八爷干的。上次就是他。"

万妹儿:"那土匪一直在打兰姐的主意。"她越想越怕:"郑伯,得赶紧想办法,千万别出什么事儿啊。"

郑锦仁:"我想过了,这会儿求蓝八爷肯定没门儿。"他一咬牙:"只能豁出去了,直接去县衙门,找县长说话。"

万妹儿:"哟,行吗?县长就是蓝八爷的儿子啊。"

郑锦仁:"知道。要不然还不找他呢。"他愤愤地骂了句:"官匪一家,心狠手辣,无刀可杀啊!"

小郭:"郑伯,要是决定了,我派车送您去。"

郑锦仁:"不用了。没必要把兵工厂牵扯进去。"

小郭:"我担心您见不到县长,那个衙门可不是随便能进去的。郑伯,没事儿。县里也不敢轻易得罪我们。"

郑锦仁:"也好,那就不耽搁了。赶紧走。"

26. 县政府　大门口（日　外景）

县政府招牌两边,各有一名警察持枪站岗。

一辆军用吉普车从街道上一拐弯,朝大门开了过来。

两名卫兵赶快立正,朝吉普车行礼。

吉普车几乎没有减速,直接开进了县政府大门。

27. 一幢小办公楼前（日　外景）

吉普车开到这幢办公楼前停了下来。

一名少尉跳下车,打开车门,把郑锦仁迎了下来。

然后他提着那口小箱子,陪着郑锦仁朝办公楼走了进去。

28.县长办公室内（日　内景）

蓝县长坐在办公桌后面正在翻阅文件，听见有脚步声走了进来，不禁有点生气："怎么不报告就进来了？啊？"

郑锦仁直接走到他面前："您就是蓝县长？"

蓝县长抬起头打量了一眼，看见他身后还跟了一名少尉，不知道他的来头，便站了起来："啊，卑职就是。请问您有何公干？"

郑锦仁："有人把县议会的副议长绑架了，县长没听说？"

蓝县长顿时有点紧张："噢？你是干什么的？"

郑锦仁："县长觉得呢？"

蓝县长想了想："律师？"他猜了一下："还是记者？"

郑锦仁："都不是。那些人有什么用？"他索性直截了当："我就是一个小老百姓，特意过来给你爹送钱的。"

蓝县长一下便火了："开什么玩笑？谁让你给我爹送钱了？"

郑锦仁："这话我可不好在公堂里头说，回去问你爹吧。"

蓝县长心虚了："你、你到底什么意思？啊？"

郑锦仁回过身，从那少尉手上接过小箱子，往他办公桌上一放："这是十五万，你爹强行摊派的，说是要替你修政府大院。蓝县长，想起来了吧？"

蓝县长支吾了句："有这样的事儿？本县长怎么没听说？"

郑锦仁："听没听说都不要紧。要紧的是两件事情。"

蓝县长："你说。哪两件？"

郑锦仁："把钱收了，马上放人。"

蓝县长犹豫了一下："要不然呢？"

郑锦仁："中午之前还不放人，济民纱厂好几千名职工家属全体上街，到你县政府来静坐请愿。"他盯着蓝县长："您可是国民政府的一县之长,事情闹到那一步,您头上那顶乌纱帽,还保得住吗?"

蓝县长没有回答他,态度却明显地软下来了。

29.县城街道旁　一座酒楼外(日　外景)

酒楼上方挂着一块招牌,上面写着"浦水酒家"四个大字。

一名职员站在门外,朝街道远处看了看,赶快回头朝酒楼大门内招呼说:"丁经理,郑伯,兰姐他们过来了。"

丁汉生和郑锦仁匆匆忙忙从里面走了出来。

兵工厂那辆吉普车很快地开到酒楼前停下了。

那名少尉跳下车,将薛兰芝和万妹儿接下来,跟她们握手告别,然后跳上车,很快又离开了。

郑锦仁赶快迎了上去:"兰芝,怎么样?你没事吧?"

薛兰芝感激地拉住郑锦仁的手:"郑伯,我没事儿。多亏您及时赶过来了。"

郑锦仁:"嗨,鬼使神差。本来想明天过来,可觉得不大对劲儿,索性连夜动身。唉,不说了。没事儿就好啊。"

丁汉生:"兰姐,先压压惊,给您备了好酒。快进去吧。"

薛兰芝朝酒楼看了一眼:"哟,这是浦溪最贵的馆子呢。"她有点心痛:"汉生,都是自家人,干吗这么铺张?"

丁汉生:"是啊,我也不想这样,可郑伯不干。这都是他老人家亲自过来安排的。"

郑锦仁笑了笑:"兰芝,不光是为你。我也得喝几杯酒,给自己压压惊。哈,你不知道,这一辈子头一次去县衙门,魂都给吓散了。不瞒你说,这会儿腿脚还在发抖呢。"

薛兰芝:"行啊,郑伯。听说蓝县长都被您给镇住了,不容易啊。在这块地头上,除了他爹,他谁都没怕过。"

郑锦仁:"没错。他爹的钱一到手,那家伙当时就答应放人。"

薛兰芝想起了什么,朝街道对面看了一眼:"对了,你们先进去坐一下。我一会儿再过来。"

万妹儿:"兰姐,你干吗去?"

薛兰芝:"对面就是电话局,我去给翠翠打个电话。"

郑锦仁赶紧问:"兰芝,干吗给她打电话啊?"

薛兰芝:"怎么的我也得谢谢她一声吧?前天晚上通话的时候,相互有点小误会,弄得她心里都不高兴了。"

郑锦仁似有难言之隐:"兰芝,听我的。这电话先别打。"

薛兰芝敏感地察觉到了什么:"是吗?又是怎么啦?"

郑锦仁:"唉,我都没打算告诉你的。"他想了想:"先吃饭吧。咱们边吃边聊,啊。"

一行人便走进了酒楼。

30. 酒楼过道内(日 内景)

中午时分,前来喝酒吃饭的人很多。

堂倌端着托盘,一边吆喝一边朝前面走去。

31. 一间包厢内(日 内景)

郑锦仁、薛兰芝、万妹儿和丁汉生在方形餐桌旁坐了下来。

刚刚坐定,万妹儿就望着郑锦仁:"郑伯,您接着说。"

郑锦仁:"接着说?你让我说什么啊?"

万妹儿:"您不是打算明天再过来吗?怎么又提前了?"

郑锦仁想了想:"嗨,一句话还真说不清楚。"

薛兰芝:"万妹儿,算了。"她担心郑锦仁为难,便阻止万妹儿:"郑伯肯定有他的难处,你就别老盯着问了。"

郑锦仁只好回答说:"倒不是有难处。主要是钱没凑够,就还想再等几天。要不然,过来也没用啊。"

丁汉生:"您这不过来了吗?"他机灵地猜测了句:"那就是说,昨晚上钱已经凑够了?"

郑锦仁:"凑够什么呀?唉,这件事儿还真的怪我。家国在那边有个开粮庄的朋友被人套了,急需三四十万开市救命,我就应承了。没想到你们这边突然告急,翠翠一下子就没辙了。"他望着薛兰芝:"你不是给她打了电话吗?她放下电话就拉着我去收钱。"

薛兰芝看了万妹儿一眼:"哟,难怪她把电话挂断了。"她看着郑锦仁:"可那么晚了,还能收到钱吗?"

郑锦仁:"就是说嘛。人家还真够朋友,把第二天卖回来的钱全给了我们,可那才刚刚六万,差得远呢。"他摇了摇头:"我知道再等也等不够,又担心这边出事。心里想,六万就六万吧,总比没钱好。就连夜往这边赶。"

万妹儿有点怀疑:"郑伯,不会吧?您去县长那儿,只给了六万,他就答应放人了?"

郑锦仁一拍桌子:"那么便宜?想都别想!整整十五万,少一分都没门儿。那都是些什么人啊?土匪!强盗!呸!"

丁汉生望着他:"郑伯,我还是没有听明白。您不是只带了六万过来吗?另外的九万,从哪儿来的?"

郑锦仁迟疑了一下:"你小子老盯着问什么呀?本来我就不想说,听着就行了。钱哪来的,你管得着吗?"

薛兰芝突然明白了:"郑伯,该不是您个人的积蓄吧?"

郑锦仁没有否认,只是深深地叹了口气。

薛兰芝顿时着急了:"郑伯,您平时一分钱的薪水也不肯多要,突然垫出了九万,这一辈子的积蓄,还剩下几个钱啊?"

郑锦仁："干干净净，全没了。"他苦笑了声："不怕你们笑话，买船票还是跟喊山公借的钱呢。"

薛兰芝十分吃惊："天哪，郑伯，您任劳任怨跟了我们一辈子，怎么能这样为难您啊？"

万妹儿："兰芝姐，这件事我是再也听不下去了。"她非常气愤："董事长这是怎么啦？放着老家的人不用，非得找一个当地女人掌管钱财。管来管去，管得连郑伯都要自己掏腰包了，这让我们家乡子弟怎么想？啊？照这样干下去，还有没有奔头啊？"

正好门外有人吆喝了声："来了。上菜啰——"

两名堂倌各自端着一只托盘，将各种菜肴送了进来。

郑锦仁、薛兰芝、万妹儿、丁汉生便不再说什么了。

32. 浦溪客运码头（日 外景）

一艘小火轮已经升火冒烟，正在作起锚出发的准备。

陆续有些乘客，已经沿着跳板开始朝客轮上走。

33. 码头购票处（日 外景）

购票处也有一些乘客正在排队买票。

丁汉生在队伍前面买好了船票，然后退了出来。

他站在路边，朝街道那头望了过去。

34. 街道旁边（日 外景）

一辆四轮马车刚好停在了路旁。

郑锦仁、薛兰芝、万妹儿从马车上走下来，站在路边，朝码头那边望去。

丁汉生一路小跑奔了过来："郑伯，这是今天最后一班船。您确定今天非回去不可吗？"

郑锦仁:"是,还是走吧。董事长不在家,我担心纱行事情多,翠翠一个人忙不过来。"

丁汉生便把船票递给他:"那就走吧。给您船票。"他望着薛兰芝:"兰姐,跟郑伯一样,这张船票,也是我自己掏的腰包哦。"

薛兰芝:"行啊,你先垫上,回去我就给你。"她笑了笑:"小气。纱厂还能差这点钱?"

丁汉生:"兰姐,您以为我担心的只是船票这几个小钱吗?"

薛兰芝听得一怔:"什么意思啊?"

万妹儿看了郑锦仁一眼,赶快阻止丁汉生说:"汉生,厂子里的事儿,咱们回去再说,啊。"

郑锦仁觉察到了什么:"噢?厂子里还有什么事吗?"

薛兰芝便轻描淡写地说:"郑伯,这么大个厂子,哪能没点事?放心吧,没什么大事儿,您赶紧走吧。"

丁汉生再也忍不住了:"兰姐,您就别死要面子活遭罪了。什么叫没大事儿啊?这事儿对我们来说,比天还大呢。"

郑锦仁:"是吗?"

丁汉生:"当然是。本来想单独跟您商量,您又不肯留下来。"他望着薛兰芝:"兰姐,别怪我。这件事厂子里毫无办法,只能靠纱行统筹解决。郑伯又急着要走,再不说,我就没机会了。"

薛兰芝觉得有道理,便不再阻止他。

郑锦仁已经意识到严重性,便拉着丁汉生:"汉生,街边太乱。正好还有点时间,咱们到码头上说去。"

丁汉生便跟他朝码头上方走去。

万妹儿没有跟上去,望着薛兰芝直抱怨:"说了也没用。还别说济民纱行这会儿没钱,就是有,那钱也不在郑伯手上。要不然还用得着借钱买船票?唉,偏偏董事长又去了欧洲。"

薛兰芝也没了主意,却不敢停留,便匆匆跟了上去。

万妹儿想了想,也无奈地跟了过去。

35. 城墙上(日 外景)

丁汉生述说完毕,望着郑锦仁:"郑伯,您说我这么做对不对?再不想办法,一个礼拜之后,厂子非停产不可。"

郑锦仁连连点头:"汉生,行啊。你这统筹能力比许加林还强。"他望着丁汉生:"江西这批棉花,总共有多少?"

丁汉生:"第一批八十吨,已经在路上了。第二批大概百来吨,我没敢开口让我二伯收购。万一咱们不要呢?"

郑锦仁:"要。怎么能不要?不管还有多少,咱们全要了。"

丁汉生:"那,钱怎么办?这可是现金交易啊。"

郑锦仁没来得及回答,薛兰芝已经赶了过来:"汉生,我想过了,江西这批棉花,厂子里暂时还不需要。"

丁汉生很惊讶:"为什么?"

薛兰芝:"再有十来天时间不就过年了吗?年前的库存还够用。今年春节,我打算放半个月的假。加起来就差不多有个把月的空闲,到时候再想办法去。"

丁汉生顿时着急了:"那怎么行?我二伯租了十辆大卡车,一两天就到浦溪了。这可不能开玩笑啊。"

薛兰芝禁不住埋怨了句:"汉生,这事儿你也办得太性急了。"

丁汉生:"哟,兰姐,这可不怨我。不是您让我赶紧发电报吗?万妹儿也在身边呢。难道您忘了?"

薛兰芝一怔:"可、可我也没想到钱会这么紧张啊。"

郑锦仁:"兰芝,别说这些了。汉生这件事情做得漂亮,你们就准备接收原材料吧。钱的事儿别担心,纱行来想办法。"

万妹儿冷不丁插话说:"郑伯,您也别信口开河。有钱没钱大家都知道,想点石成金吧,谁也没吕洞宾那本事。"

郑锦仁:"郑伯的确没那本事,可也不能说谁都没有。董事长也是这两天回来,他一定会有办法的。"

丁汉生:"是吗?"他一阵惊喜:"那就好。这我就放心了。"

码头上的客轮鸣响了汽笛。

薛兰芝:"郑伯,船要开了,您赶紧上船吧。"

丁汉生替他拎着小箱子:"郑伯,我送您过去。"

郑锦仁便向薛兰芝和万妹儿告别,匆匆朝客轮走了过去。

望着郑锦仁和丁汉生的背影,万妹儿在薛兰芝耳边叮嘱了一句:"兰姐,董事长这次回来,您可再也不能软弱了。该争的一定得争,又不是光为自己。这么大个厂子,还有那么多兄弟姐妹呢。"

薛兰芝默默地站在那儿,没有回答她。

36. 大河街　济民纱行大门外（日　外景）

大河街商会那辆黑色小轿车从街道那头开了过来,停在了济民纱行大门口。

字幕：常德

向飞舟兴高采烈地跑了出来,拉开了车门。

许家国西装革履,从小车里面走了出来。

向飞舟:"董事长,您回来了?"

许家国:"是啊,提前了好多天。"他交代说:"飞舟,行李都在车上,麻烦你帮我搬进去。"

向飞舟:"不麻烦。您先进去休息,我来搬行李。"

许家国便急不可耐地走进了济民纱行。

司机已经下了车,打开后车门,将两口箱子搬了出来。

37. 街道对面　屋檐下（日　外景）
半斤将身体半隐在屋檐下,一直在窥视着这边。
看见向飞舟把箱子搬进去之后,半斤便闪出身子很快离去。

38. 一个庄园的客厅内（日　内景）
马爷正在客厅陪着徐局长说话,半斤闯了进来。
半斤:"马爷,姓许的回来了。"
马爷便扭头看了徐局长一眼。
徐局长不露声色,只是点了点头。
马爷会意,便对半斤说:"知道了。你走吧。"
半斤:"马爷,我还要去那儿盯着吗?"
马爷:"已经回来了还盯什么?不用了。"
半斤有点疑惑:"不是说,姓许的私通共党吗?"
徐局长顿时喝了句:"闭嘴!这句话,你要是敢露出去半个字,看我不宰了你!"
半斤吓了一跳:"是、是。不敢,不敢。"
他迅速退了出去。
徐局长也站了起来:"马爷,昌盛粮庄那座院子,您得抓紧点。姓许的一回来,文老板说不定就改主意了。"
马爷:"放心。我已经吃定他了。"
徐局长笑了笑,拿过帽子朝门外走了出去。

39. 济民纱行　许家国的书房内（日　内景）
许家国将带回来的一些资料放到桌子上,正在分类整理。
滕玉翠打开箱子,替他清理里面的衣服:"家国,听说上海那边正在打仗,我还担心你回不来呢。"

许家国:"是啊。上海靠不了岸,我们是从广州绕回来的。"他将一张图纸在书桌上铺开:"翠翠,你来看看这个。"

滕玉翠放下手上的衣服,走到他身边看了看:"这是什么?"

许家国伸出手将她挽在身边,指着图纸说:"济民纱厂的远景规划图。怎么样?宏伟吧?哈,这就是我在国外考察的成果。纺织工业发展得很快,我们厂子落后太远了,必须来一场革命。得更新设备,重建厂房。就跟咱们这个国家一样,一定要获得新生。"

滕玉翠喜爱地望着他:"瞧你这兴奋的样子,就跟个孩子似的。"她再次看了一眼图纸:"这是哪儿啊?浦溪吗?"

许家国:"不是。厂子在浦溪的历史圆满结束了,按照我的设想,必须整体搬迁。"

滕玉翠:"搬迁?搬到常德来?"

许家国:"也行啊。这儿的交通比浦溪方便。"他望着那张图纸:"如果有可能迁回武汉,那才是最好的选择。"

滕玉翠不禁一愣:"什么?你还想回武汉?"

许家国:"当然想。九省通衢,四通八达,地理位置得天独厚,再也没有什么地方比武汉更理想了。"

滕玉翠顿时沉默了。

许家国没有注意她的情绪变化,将那张规划图放进了抽屉。

滕玉翠忽然闷闷地问了声:"那,你会带我走吗?"

许家国:"当然。这还用问?"他没有犹豫:"你,兰芝,我们家所有的人,全部搬过去。咱们齐心协力,重振河山。"

滕玉翠:"您不觉得还应该问问我的意见吗?"她冷不丁地说:"要是我不想去呢?"

许家国:"不想去?"他笑了笑:"为什么?"

滕玉翠："不说了。"她摇了摇头："家国，迁厂这件事儿，像是天空中的一片云，看得见，可又摸不着。是不是太遥远了？"

许家国："当然，这只是我的远景规划，一年半载肯定不现实。可离实现的日子，还真的不远了。"

滕玉翠望着他，苦笑了声："家国，欧洲那边的牛奶、面包挺好吃吧？这一回来，整个地容光焕发了。您一肚子的美好理想，知道我在这儿面对的是什么吗？残酷的现实啊。"

许家国愣了一下："翠翠，我知道。我都知道。"

滕玉翠："你知道什么？原材料断流了，几百万货款不知去向。纱厂面临停工待料，土匪又上门威逼勒索。本来留了一点点救命钱，又让我借给了昌盛粮庄。唉，我真没本事。一个家当来当去，都当得无米下锅了。这些你都知道吗？"

许家国越听越心疼，一把将她搂在了怀里。

40. 浦溪纱厂　办公室内（日　内景）

薛兰芝坐在办公桌后面，正在和万妹儿商量着什么。

字幕：浦溪

丁汉生气急败坏地闯了进来："兰姐，完啦！不得了啦！"

薛兰芝吓了一跳："哎呀，汉生，你吓死我了。"

万妹儿："汉生，别急，说清楚点。出什么事儿了？"

丁汉生："运棉花的车队，遇到土匪了！"他焦急万分："我二伯亲自带车队过来的。土匪把他吊在洞子里，都快被打死了。怎么办？怎么办哪？"

万妹儿："在什么地方？"

丁汉生："从官庄出来，一个叫马蹄窝的山沟。"

万妹儿："噢？官庄离这儿不远啊。"她望着薛兰芝："应该都是蓝八爷的地盘。"

丁汉生："当然是啊。几个县的土匪都收编了，肯定归蓝八爷管。"他扑通一下朝薛兰芝跪下了："兰姐，求您了。您再不出面，我二伯就没命了。"

薛兰芝赶快拉他："汉生，快起来。你说，让我干什么？"

丁汉生："这就去找蓝八爷，求他发一句话。什么东西都给他，只求他保住我二伯一条性命。行吗？兰姐，求您了。"

薛兰芝："找蓝八爷？"她有点畏惧："这、这行吗？"

万妹儿："兰姐，行不行都只能这样了。走吧，我陪您一起去。"

丁汉生赶紧站了起来："我也去。我替您拉车。"

薛兰芝站在原地，心里禁不住一阵阵发慌。

41. 通往乌龙寨的官道上（日 外景）

一辆人力车正在官道上快速前行。

薛兰芝坐在车上，万妹儿徒步跟在车旁。

丁汉生挎着背带，正在奋力拉车。

万妹儿忽然想起了一件事："哎呀，糟了。忘了带钱。"

薛兰芝没反应过来："带钱干什么？"

万妹儿："嗨，这明明是绑票嘛。没钱土匪能放人？"

薛兰芝："哟，还真是。那得要多少钱啊？"

丁汉生："那办法行不通。我早就想过了，只要蓝八爷发句话，给不给钱土匪都得放人。"

薛兰芝有点紧张："汉生，我这心里直发慌。真的。蓝八爷会不会发话，我可不敢打包票啊。"

丁汉生："天哪，他要不发话，我二伯就死定了。"

万妹儿："先别想那么多，去了再说。快走吧。"

丁汉生便开始一路小跑。

42.乌龙寨　寨门口（日　外景）

寨子门口有四五名武装卫兵把守。

丁汉生拉着人力车很快来到了寨子门外。

卫兵们立即端起枪，大声喝令："站住！""干什么的！"

万妹儿赶快走上前来："啊，老总辛苦。"她指了指人力车那边："那位是县议会的副议长。看见了吧？"

一名粗壮的卫兵根本不看："什么一长二长的？不认识！"

丁汉生也走了上来："啊，长官客气点。是你们蓝八爷请副议长过来的。好像商量什么事情吧？挺重要的。"

那卫兵眼睛一瞪："重要个屁！蓝八爷一早就去了龙凤县，好几百里远，人都不在这儿，你哄谁啊？"他把枪栓一拉："肯定是共军的探子。给我抓起来！"

其他卫兵立即端起了枪。

薛兰芝顿时紧张得说不出话来。

43.乌龙寨前的大路上（日　外景）

一辆吉普车飞快地开到寨子门前停下了。

四丫头一身军装从车上走下来，朝寨子门口看了一眼："哎呀，这不是姐姐吗？"

她大步朝寨子门口走去。

44.寨子门口（日　外景）

薛兰芝也认出了她："啊，是四姑娘啊。"

四丫头走上前来，拉住薛兰芝的手："姐姐，可见到您了。没事还真的想您呢。快进去吧，晚上我请您吃饭。"

薛兰芝迟疑了一下："四姑娘，您就别张罗了。我有急事，特意来请蓝八爷帮忙，偏偏他又不在。"

四丫头："没关系，有话您跟我说。什么事儿？"

丁汉生和万妹儿对视了一眼，仿佛看见了希望。

薛兰芝便告诉她说："我们从江西那边买了些棉花过来，没想到路上突然给拦下了，还抓了人。"

四丫头一听就明白："嗨，这帮家伙狗改不了吃屎，什么都抢，天生的土匪性子。"她望着薛兰芝："在什么地方？"

薛兰芝讲不清楚，便回头看了丁汉生一眼。

丁汉生赶快说："官庄过来一点。马蹄窝。"

四丫头非常爽快："啊，我知道是谁。"她朝吉普车司机一招手："你过来。"

司机赶快跑了过来："四丫头，您吩咐。"

四丫头："你去官庄，找他们那个姓万的团长，就说是我的命令，不管他抢了什么，连人带货，马上放行。"

司机应了声，朝吉普车跑了过去。

丁汉生看了薛兰芝一眼，似乎不大放心。

四丫头回过身来，再次拉着薛兰芝的手："姐姐，没事了。咱们先进去喝点茶吧。"

薛兰芝却放不下心，便谢绝说："四姑娘，不行啊。我也得过去看看才好。"

四丫头想了想："也行。那是你们自己的货嘛。"她便不再强留："那你们就坐我的吉普车过去，免得耽误时间，行吗？"

薛兰芝和丁汉生当时便感谢不尽："谢谢，谢谢了。"

45. 马蹄窝山沟内（夜　外景）

山沟里点燃了一堆堆篝火，光线昏暗，烟雾弥漫。

靠着山脚下，一长溜停放着那十辆装满棉花包的大卡车。

一些卡车司机在土匪的枪口下,悻悻地坐在草地上。

46．一个山洞前（夜　外景）

一名身穿破旧军装的匪首站在洞口等待着。

没过多久,几名土匪用一副担架从山洞里面抬出来一个男人。

那名匪首便迎了上去:"是这家伙吗？"

土匪:"报告营长,就是他。"

匪首用脚轻轻地踢了一下担架上的男子,男子没有任何反应。

那匪首皱了皱眉头:"怎么？断气了？"

土匪:"报告营长,还有一点余气。"

匪首皱了一下眉头:"快,趁着还没断气,赶快交给他们拉走。要不然四丫头会跟我没完。"

土匪:"知道了。"

几名土匪抬着担架,快步朝山沟那头跑了过去。

47．马蹄窝出口处（夜　外景）

四丫头那辆吉普车停在出口处。

薛兰芝、丁汉生、万妹儿站在小车旁,焦急地等待着。

山沟内有人吆喝:"让开,让开。"

丁汉生赶快朝里面望去。

48．不远处（夜　外景）

几名土匪抬着那副担架,一路吆喝着走了过来。

49. 吉普车旁（夜　外景）

丁汉生看得清清楚楚，拔脚便迎了上去。

薛兰芝和万妹儿也跟了过去。

丁汉生跑到担架前，扑上去一看，禁不住号啕大哭："二伯，二伯啊……"

薛兰芝也来到担架前，朝担架上昏迷不醒的男子望去。

她忽然发现了什么，赶紧蹲下去，仔细端详了一眼。

那男子满头鲜血，眉目轮廓却仍然清晰。

薛兰芝惊诧地回想了一下。

闪回：丁兆伯那张质朴的脸。

薛兰芝顿时脸色大变："天哪！兆伯？"

…………

第 37 集

1. **前集回顾**
丁汉生扑到担架上号啕大哭:"二伯,二伯啊……"
薛兰芝赶紧蹲下去,仔细端详了一眼。
那男子满头鲜血,眉目轮廓却仍然清晰。
薛兰芝顿时脸色大变:"天哪!兆伯?"

2. **常德 大河街(黎明前 外景)**
离天亮还有一段时间,街道上四处漆黑。
很远的地方,五更的梆锣声悠悠散去。

3. **许家国的卧室内(黎明前 内景)**
许家国在黑暗中醒过来,没睁眼,伸手在枕头底下摸索着。
滕玉翠被他弄醒:"家国,你在找什么?"
许家国:"啊,没事儿,我看看几点钟了。"
滕玉翠便从自己枕头下取出那块怀表:"昨晚上你睡得不安稳,翻江倒海一样,表都跌床底下了。"
许家国:"哟?没摔坏吧?这可是纯金的,跟我快二十年了。"

滕玉翠:"应该没事儿。我看了一下,还在走。"

许家国便打开表盖看了看。

特写:表的时针指向凌晨四点。

许家国收好怀表:"哦,太早了点。再睡会儿,啊。"

他翻过身去,捂紧被子继续睡觉。

4. 许家国书房内(黎明前　内景)

书桌上那架电话突然铃声大作,仿佛话筒都在抖动。

5. 许家国卧室内(黎明前　内景)

滕玉翠被铃声惊醒,赶紧推许家国:"家国,家国。"

许家国睁开眼:"哦,我睡着了?"他抬起头来:"有电话?"

滕玉翠:"快去接。肯定不是好事儿。"

许家国:"是吗?"他一弹而起:"难怪一直睡不安稳。"

滕玉翠:"唉,索性把电话拆了吧。自从装上它,只要铃声一响,没一件不是闹心的事儿。"

许家国:"那也别。总会有开心的时候,天说亮就亮了。"

滕玉翠已经拿过一件外衣:"披上点。快去。"

许家国接过衣服,拔脚就朝门外跑去。

6. 郑锦仁的房间内(黎明前　内景)

郑锦仁也被铃声惊醒,伸手拉亮电灯,起身下床。

他上前几步,抓过椅子上的衣服,手忙脚乱地往身上穿。

好不容易穿完了衣裤,又找不见袜子。终于在椅子底下找到时,门外响起了急促的敲门声。

许家国的声音:"郑伯,快开门。快!"

郑锦仁光着脚跑过去打开房门,紧张地问了句:"家国,谁来的电话?"

许家国:"浦溪,梦泽打过来的。"他说得很急:"他们兵工厂的救护车正在往常德来,天亮之前就会赶到。"

郑锦仁有点紧张:"救护车?谁病了?"

许家国:"不是病。有人遭土匪绑架,打得五劳七伤,浦溪医院说救不活了,无论如何都不肯收。"

郑锦仁:"天哪,等送到常德,那不早没命了?"

许家国:"唉,谁知道呢?他派了最好的军医跟车过来。"

郑锦仁:"家国,谁被打伤了?兵工厂的还是咱们纱厂的?"

许家国:"都不是。"他顿了一下:"他是我们家一位亲人。"

郑锦仁:"亲人?"他有点疑惑:"那是谁啊?我见过吗?"

许家国:"没有。我都没见过。你现在就去广德医院,一定要找到他们院长。请他想一切办法,找最好的医生,用最好的设备,最好的药品,人一到马上抢救。不管要多少钱,你都答应他。"

郑锦仁提着鞋和袜子抬脚就走:"我这就去。"

7. 山区公路上(黎明前 外景)

那辆军用救护车闪着蓝色警灯,在公路上一路飞奔。

8. 救护车内(黎明前 内景)

几名头戴军帽、身穿白大褂的军医在车内不住地忙碌着。

丁兆伯平躺在担架床上,身上插着输液管,口鼻处戴着氧气罩,始终昏迷不醒。

薛兰芝跪在他身边,用手捧着他的面颊,一路上轻轻地呼唤着:"兆伯,兆伯啊,听得见吗?……你撑着点,啊。一定要撑住,啊。很快就到常德了,那儿有外国人开的医院,肯定没问题，啊。兆伯，你可一定要撑住啊……"

军医们看见她那样子，心疼地摇了摇头。

一名女护士便上前拉她："薛大姐，您休息一下，啊。跪的时间太长了，您会支撑不住的。"

薛兰芝不肯起身："不行啊，得不停地跟他说话。要不然……"

另一名军医拿着注射器靠过来："太太，请让一下。还得打一支强心针。"

薛兰芝只好让开了点，泪眼汪汪地看着丁兆伯的脸。

9. 许家国的卧室内（黎明前　内景）

许家国已经穿戴完毕，坐在凳子上系皮鞋的鞋带。

滕玉翠更加麻利，给他端过来一杯热牛奶："先喝点热奶再走，免得胃不舒服。"

许家国站了起来，接过了那杯热奶。

滕玉翠望着他："家国，需要我做什么吗？"

许家国想了想："还早。我先去医院做好准备，等救护车到了，需要什么我再告诉你。"

滕玉翠："那，至少得先把钱准备好吧？"

许家国："当然。没钱怎么行？"

滕玉翠："大概需要多少钱？"

许家国琢磨着说："讲不好。那家医院是外国人开的，医术好，收费也特别贵。好药都是外国进口的。不管它了，一切按最好的来。需要多少，咱们就付多少。"

滕玉翠没有犹豫："行。早一点告诉我，总有办法的。"

许家国看了她一眼，一句话到了嘴边，又吞了回去。他大口喝完牛奶，站起身就往外走。

滕玉翠回头一看:"你等一下。"她回到床铺前,拿过那块怀表:"忘了戴表,怎么知道时间啊?"

许家国接过怀表:"嗨,我这心里全乱了。"

滕玉翠:"别急,沉住气,啊。"

许家国点了点头,大步朝门外走了出去。

10. 医院大门外(黎明前 外景)

这家医院占地面积很大,红墙黄瓦,一派宫廷风格。

楼顶上,蓝色霓虹灯组成四个大字——广德医院。

时间太早,医院大门外没有任何人走动。

那扇玻璃门忽然推开,郑锦仁急急忙忙从里面走了出来。

许家国刚好从街上走了过来,迎面碰上了他:"郑伯,怎么样?安排好了吗?"

郑锦仁摇头不迭:"家国,不行啊。"

许家国一愣:"怎么啦?什么不行?"

郑锦仁:"嗨,嘴皮都磨破了。一听说伤势严重,又是从浦溪送过来的,人家说什么也不肯收。"

许家国:"不肯收?连病人都没见到,他凭什么不收啊?"

郑锦仁:"还能凭什么?钱啊。这种地方,都是钱垒起来的。"

许家国:"郑伯,他要多少钱都行。我不是说了吗?"

郑锦仁:"光说不管用,现在就得交订金。少一分都不行。"

许家国顿了一下:"那,订金要多少钱?"

郑锦仁便伸出手,做了个八的手势,然后连连摇头。

许家国心中一怔,想了想:"郑伯,赶紧回去找翠翠。"

郑锦仁:"翠翠?找她干什么?让她也跟着一起着急?"

许家国:"不会的。她有办法,刚才还交代我呢。"

郑锦仁："唉，家国，你是不当家不知道柴米贵啊。济民纱行的家底我还不知道？没告诉你，是不想让你分心。你知道这些日子怎么熬过来的吗？我和翠翠想尽了办法，求爹爹告奶奶、拆东墙补西墙，到现在那缺口反而越扯越大。这笔订金又不是一点小钱，急忙忙的，你让翠翠上哪儿去弄钱啊？"

许家国当时也没主意了。

郑锦仁看了他一眼，不再说话，抬脚就要走。

许家国："郑伯，你这是去哪儿？"

郑锦仁："我想厚着老脸找隔壁的付管家问问。兴许吴老板手上还有点活钱呢？"

许家国："不行。赣南油铺比咱们还缺钱。昨天子敬还跟我说，湘西那边雇了土匪来追债，问我能不能借点钱给他周转一下。要不然他只能回老家去躲一段时间。"

郑锦仁一跺脚："那就完了。昌盛粮庄已经倒闭，吴老板这最后一条路也堵死了。唉，家国，我实在是玩不转了。"

许家国忽然想到了什么："郑伯，不怕。你要玩不转了，我来接着玩。天无绝人之路，试试看吧。"

他不再犹豫，回过身便朝街那边走去。

郑锦仁望着他的背影，一脸愁容。

11. 一家当铺前（黎明　外景）

这家当铺的门面装饰得颇有气派。

门外灯箱已经点亮，衬托出很大一个"当"字。

12. 这家当铺内（黎明　内景）

一名年长的当铺掌柜披着一件棉衣，戴着老花眼镜凑在台灯前，正在用一面放大镜仔细检验那块怀表。

许家国隔着柜台站在他对面，期待地看着他。

老掌柜终于搁下放大镜，摘下老花镜抬起头来，连连说道："嗯，值，太值了。"

许家国望着他："老掌柜，您说什么值啊？"

老掌柜："这么早让人喊起来，心里正窝着火呢。"他再次拿起那块怀表："没想到碰上了这么好的货，哈，一夜不睡都值啊。"

许家国暗自高兴："那，老掌柜可得给个好价钱哦。"

老掌柜却把那怀表交还给他："兄弟，听我的，拿回去收好了。这可是真正的瑞士纯金万国怀表，一八八一年纪念款，绝版了。再放十年，价格不涨他个十二倍，我按二十倍赔给你。"

许家国一愣："嗬，这我倒没想到。"他怀疑地看了看那块怀表："这块表，真的有那么高的价值？"

老掌柜不高兴了："这话问得奇怪。也不想一下，你这么黑早跑来当铺，肯定遇上了危难事。别的老板还不趁机狠命杀你一刀？人家绝不会跟你往高处说，金子都跟你贬成黄铜。上哪儿找我这样死心眼的掌柜啊？"

许家国："还真是。老掌柜慧眼识珠，为人更是宅心仁厚。那就这样吧，您老人家随心所欲，开什么价都可以。我当了。"

老掌柜望着他，仍然很犹豫："兄弟，你可得想好。眼下金圆券比擦屁股的纸都贱，黄金又如日中天，越来越值钱。兑换的价格一天三变，到时候你赎回去，亏可就吃大了。"

许家国："老掌柜刚才一句话说中了，我还真遇上了天灾人祸。没办法，只好忍痛割爱。还望老掌柜鼎力支助。"

老掌柜连连摇头："唉，我不是奸商，你更不是刁民。两个不肯同流合污的人偏偏还遇上了，这叫善缘啊。"他接过了怀表："兄弟，你放心，钱不少你的，表不动你的，先搁在我这儿保养着。等你缓过劲儿来，我按今天的金价完璧归赵。保证两不相欠。"

许家国很感激："老掌柜侠肝义胆，令人感动。请放心。到时候家国也绝不让您吃亏。"

老掌柜："家国？"他睁大眼睛："您就是许家国会长？"

许家国一愣："哟，我失言了？"他后悔地一拍脑门："唉，老不吸取教训，言多必失啊。"

老掌柜高兴了："嗨，早点失言多好？费这多口舌。哈！"

13. 广德医院　大门口（晨　外景）

天色已经有点麻麻亮了。

伴随着急促的警笛声，那辆军用救护车从街道上飞快地开了过来，直接驶到了急救室大门前。

郑锦仁和一群医生、护士已经在那儿迎候。

救护车刚刚在急救室门前停稳，那群医生和护士便推着担架车跑到了救护车前。

几名军医跳下救护车，在医生护士协助下，很快从车上将丁兆伯平托下来，放上了担架车。

一大群医生、护士举着输液瓶、氧气包，簇拥着担架车朝急救室奔了进去。

郑锦仁搀扶着薛兰芝，一步不落地追进了急救室。

14. 院长办公室内（晨　内景）

一名高大儒雅、戴宽边眼镜的美国男子，正陪着许家国坐在沙发上随意聊天。

一名女护士跑过来，用英语报告说："院长，伤员送到了。"

许家国便从沙发上一弹而起，连招呼都没来得及跟院长打一声，大步流星地冲出了办公室。

15. 急救室外面的走廊上（晨　内景）
有几名护士推着氧气罐和工具车匆匆而过。
许家国一路小跑，超越他们直奔急救室而去。

16. 急救室内（晨　内景）
透过大玻璃窗，里面有好多医生和护士在紧张地忙碌着。
跟车来的军医也围在病床前，正在跟当地医生交流情况。
由于人多，躺在病床上的丁兆伯被遮挡得几乎看不见了。

17. 急救室窗外（晨　内景）
薛兰芝扒在窗户玻璃上，焦急地朝里面探头张望。
郑锦仁站在她身后，也在朝里面探望。
身后，许家国的声音传了过来："兰芝，兰芝！"
薛兰芝和郑锦仁赶快回头望去。
许家国已经气喘吁吁地跑了过来。
薛兰芝看见许家国，再也忍不住心里的悲伤，一头便扑在了他的怀里，号啕大哭："家国，我、我活不下去了！"
许家国紧紧抱着她："兰芝，别这样说。冷静点，啊。"
那名美国院长已经换好医疗服，戴着口鼻罩，在护士的引导下，穿过走廊，直接走进了病房。
许家国："你看，这是他们院长，美国最有名的外科专家呢。"
薛兰芝放心了些，朝里面看了一眼，含泪望着许家国："他就是丁兆伯。你知道吗？他就是我跟你说过的那个男人啊。"
许家国："知道。我知道。梦泽全都告诉我了。"他抚摸着薛兰芝的肩头："兰芝，他是我们全家的大恩人。"

薛兰芝忍不住又哭出了声："可他就要死了。活不过来了。"

许家国："不会。好人不会死。这家医院设备好，医术高明，他们一定有办法。兰芝，你要相信我，啊。"

身后又有人叫了声："妈，妈。"

许家国和薛兰芝赶快回头望去。

许秋萍一路小跑朝这边赶了过来。

在她身后，紧跟着的那男子，竟然是许少臣。

许秋萍和许少臣跑过来，跟薛兰芝和许家国打了个招呼。

薛兰芝："少臣，你不是在长沙吗？怎么也听说了？"

许少臣："我刚回来，听姐告诉我的。"他很不理解："妈，我没想明白，兆伯叔怎么突然跑到湘西去了？"

薛兰芝："我哪知道啊？见到他的时候，他就昏迷不醒了，话都没说过一句。"

郑锦仁便插话说："啊，是这样的，咱们纱厂的丁汉生，是他的堂侄子。汉生的爹叫丁兆河，跟丁兆伯是叔伯兄弟。"

许少臣猛然想起："哦，我记起来了。逃难住在丁家铺的时候，兆伯叔确实说起过，他有个亲戚在汉口一家纱厂做事。"

薛兰芝："这一次因为厂里快没棉花了，汉生主动想办法，托他二伯父在江西那边买了好几十吨。可我做梦也不可能想到，丁汉生的二伯父就是你们兆伯叔啊。"

郑锦仁很感慨："可不是吗？天底下还真有这么巧的事儿。"

许秋萍却有些怀疑："也不能说是巧吧？"她望着薛兰芝："妈，您不知道他是兆伯叔，这完全可能。要说兆伯叔也不知道您在浦溪，恐怕就有点说不过去了。他侄子找他买棉花，就没提起过您？哪怕是无意之间呢？总得跟他二伯父聊聊厂里的情况吧？"

许少臣想了一下:"哎,姐分析得挺有道理喔。"

郑锦仁:"也是啊。要不怎么还自己送棉花过来?那天汉生跟我说这事儿的时候,也不知道他二伯会亲自过来呢。"

许秋萍进一步说:"妈,兆伯叔肯定是奔您来的。真的,完全有这个可能。您信不信?"

薛兰芝被她说得心里更慌乱了:"天哪,难道是这样?"

许家国:"要真是这样,那我就更加义不容辞了。"他毫不含糊:"就凭他披麻戴孝、亲手安葬我的母亲,他就是我同生共死的亲兄弟。一定得把他救活,我许家国要供养他一辈子。"

一句话说得大家连连点头,心情十分沉重。

18. 广德医院　门前公园内（日　外景）

这座小公园绿茵如毯,灌木茂密,环境显得十分优雅。

19. 公园的小路上（日　外景）

许少臣陪着父亲,在幽静的小道上散步。

许家国:"少臣,怎么从天而降啊?提前毕业了?"

许少臣:"也不是。爸,必须告诉您一声,我接受了新的使命。"他朝四周看了看:"非常光荣的使命。"

许家国站住了:"是吗?我也能跟着光荣一下吗?"他笑了笑:"能不能透点春风,那是一项什么样的光荣使命?"

许少臣:"爸,您说得太对了,的确是春风。组织上派我回来跟文松哥当副手。"他顿了一下:"告诉您也不要紧,张文松现在是我们地下党的主要负责人了。"

许家国望着他:"那就是说,你也是负责人之一。对吗?"

许少臣点了点头:"我负责青年工作。不能公开之前,我这个共青团地委书记,也是地下的。"

许家国很高兴:"好极了。"他也压低了声音:"请问地下书记,离你们上升到地面的日子,到底还有多久?"

许少臣:"屈指可数。解放军已经兵临城下了。"

许家国连连点头:"难怪国民政府跟疯了似的。大厦将倾啊。"

许少臣将声音压得更低:"告诉您一个绝密消息。省府主席程潜和第一兵团司令陈明仁,秘密会见了解放军和谈代表。咱们这儿离翻身解放的日子,真的叫指日可待了。"

许家国拍拍前额:"天哪。少臣,尽管这日子还没到,爸爸心里已经松了一口大气。再这么压迫着,谁都活不下去了。"

许少臣:"爸,您放心,这片天,很快就要亮了。"

许家国连连嗟叹:"好,好哇。"他转而又有点不敢相信:"好像也太快了些。你说呢?不会来得那么轻易吧?"

许少臣:"当然不会。尤其湘西那边,国民党早就开始组建反动武装。乌龙山自古以来匪患连绵,咱们济民纱厂处在那个地区,真得早做准备,可别落到土匪手里,被反动势力所利用哦。"

许家国:"是,我了解那地方。纱厂建在那儿,以往还发挥过很大的作用。抗战胜利以后,弊端就出现了。尤其这几年,官匪勾结,巧取豪夺,云谲波诡,防不胜防。唉,那个地方简直就是爸爸的一块心病啊。"

许少臣:"爸,也别太担心。实在不行,先把人撤出来再说。"

许家国:"是啊。也只能这样了。"

20. 长沙　天心阁古城墙（历史镜头）

灿烂的阳光下,古城墙与天心阁巍然屹立。

字幕:一九四九年八月,程潜、陈明仁等联名发出"和平起义通电",宣布脱离南京政府。至此,湖南宣告和平解放。

21. 常德　大街上（历史镜头）

市民们举着红旗,打着标语横幅,涌上街头。

大批解放军部队装备精良、军容齐整地在大街上行进。

字幕: 为了摧毁反动势力,清剿匪患,建立新的人民政权,一九四九年九月,中国人民解放军集结精锐兵力,经由常德朝大湘西挺进……

22. 浦溪　乌龙寨门外操坪上（日　外景）

山寨门外操坪上气氛紧张,口令声、吆喝声乱作一团。

有报信的土匪骑着马,在操坪里快速穿过。

一队队服装杂乱的土匪正在朝各自不同的方向出发。

路边有一些骡子和马组成的队伍。

许多土匪扛来弹药箱和一些杂物,慌乱地往马背上捆扎。

23. 寨子门口（日　外景）

三辆美式军用吉普车停在寨子门外。

十来名全副武装的国民党士兵正在车前警戒。

山寨里面突然传出一声凄厉的口令:"立正!"

一名国军高级将领和一位身穿呢制中山服的官员,在贴身保镖的簇拥下,从山寨里面走了出来。

四丫头、榜爷和蓝八爷等几名匪首,紧紧跟随在他们身后。

24. 那三辆吉普车前（日　外景）

走到吉普车前,那名高级将领停下脚步,回过身来,对四丫头和匪首们说:"各位请留步。"

四丫头和匪首们也站住了。

那高级将领:"敝人谨代表蒋总裁中正先生,再次向各位致敬。乌龙山地区,乃党国反攻大陆之希望所在。还望各位坚定信心,精诚团结,与共军持久周旋,以迎接光复之日的胜利到来。"

匪首们点头哈腰,纷纷响应。

高级将领和那名官员便分别登上吉普车。

警卫队伍也跳上车,仓促离去。

25. 寨子门口(日 外景)

榜爷望着吉普车背影骂了句:"呸。一个个夹着尾巴往台湾跑,还他妈光复之日。狗屁!"

他朝旁边一招手,四名马弁立即牵着马走了过来。

四丫头侧头望着他:"榜爷有什么打算?"

榜爷:"进山。"他跨上马:"榜爷我可比不上蓝老八,人少枪破。不保存实力,怎么能跟共军周旋?"

他翻身上马,带着马弁飞快地离开了。

蓝八爷便小声问:"四丫头,听懂了吗?"

四丫头:"什么意思?"

蓝八爷:"榜爷说他人少枪破,那意思再明白不过了。"他狡猾地一笑:"老家伙看准了时机,他这是要抢兵工厂呢。"

四丫头对蓝八爷很了解,盯着他的眼睛:"你呢?是不是也打算先下手为强?"

蓝八爷:"那怎么办?榜爷那儿是人少枪破,我这儿是人多枪少,总不能让弟兄们扛着烧火棍儿去跟共军对抗吧?"

四丫头很强硬:"行了。兵工厂是党国财产,有正规部队防卫,你们绝对不能各自为政。快去,赶紧把榜爷叫回来,一起商量个周密方案,由我统一指挥。"

蓝八爷望着她:"四丫头,你不会向着榜爷那老家伙吧?"

四丫头:"说不好。后天有两架飞机过来空投物资,五千支卡宾枪,十万大洋。你们谁的反共决心最大,我就辅助谁。"

蓝八爷一拍大腿:"行啊。八爷听四丫头的。"

26.浦溪兵工厂 电报室内(日 内景)

电报室内充满了临战气氛。

指示灯疾速闪烁,电报员紧张地敲击发送键,嘀嘀嘀的发报声响个不停。

薛梦泽和几名军官正在看一份密报。

看完密报,他很快抬起头来,告诉那几名军官说:"局面完全失控了。土匪正在策划一场匪变,兵工厂是他们的第一目标。"

一军官:"薛总,情报来得太突然了。要想把库存军火转移出去,至少也得三天时间啊。"

另一军官:"不怕。咱们警卫营全是自动武器,弹药充足。把住几个制高点,土匪根本就打不进来。"

薛梦泽想了想:"还得做两手准备。第一,军火必须转移,三天之内,一定要转移完毕。第二,警卫营的防守阵地必须前移。调十门迫击炮,加强火力,决不让土匪靠近一步。"

那几名军官:"是。"

27.乌龙寨 议事厅(日 内景)

四丫头正在召集匪首们商量行动方案。

一匪首摇了摇头:"哪有那么容易啊?他们警卫营是打过大仗的正规军,清一色的美式装备。我们这群乌合之众,根本就不是对手。趁早别打湿了那碗米。"

另一匪首也毫无信心:"还有呢。什么叫兵工厂?人家本来就是造军火的。机枪大炮什么没有?山洞里头尽是弹药,打他个十年八年都不用担心。哈,鸡蛋碰得过石头?赶紧死心吧。"

四丫头便朝蓝八爷看了一眼。

蓝八爷却侧过头去看了看榜爷。

榜爷坐在那儿,正闭着眼睛抽着旱烟袋。

蓝八爷笑了笑:"榜爷,您老人家不是号称足智多谋吗?都这种时候了,也该说几句了吧?"

榜爷:"不长见识的东西,跟你们坐在一起,榜爷嫌丢人!"他朝匪首们环视了一眼:"一点计谋都没有。明明知道不能强攻,就不会来个调虎离山?"

匪道们顿时受了启发,纷纷议论起来。

蓝八爷继续望着榜爷:"榜爷,您有什么打算?"

榜爷:"我的打算没用。"他瞥了四丫头一眼:"四丫头要是心里不舍得,讲了也白讲。"

四丫头非常精明:"榜爷的意思,是不是想从纱厂入手?"

蓝八爷明白了:"对呀!往纱厂放他一把火,兵工厂那边肯定会派兵抢救。"

一匪首眼睛一亮:"好哇,那我们就可以乘虚而入了。"

另一匪首有点犹豫:"好是好,可兵工厂会出兵吗?"

蓝八爷:"怎么不会?他们的老总,是薛兰芝的亲弟弟呢。"

榜爷看着四丫头:"是啊,那个叫薛兰芝的,不也是咱们四丫头的姐姐吗?哈,放火烧姐姐,妹妹能答应?"

四丫头:"什么姐姐妹妹的?那都是逢场作戏,随口一说。"她站起来:"不光要烧厂子,纱厂所有员工,不管男女老少,一律抓上山。到时候,我自有妙用。"

28.浦溪兵工厂 电报室内（日 内景）

薛梦泽在室内踱了几步："接线员，给我挂个长途电话。"

女接线员："是。"她望着薛梦泽："薛总，挂哪儿？"

薛梦泽："常德。济民纱行。"

29.常德 许家国书房内（日 内景）

书房桌子上，那架电话的铃声骤然响起。

滕玉翠赶紧走到桌子前，抓过话筒："您好，请问您找谁？"

30.浦溪兵工厂 电报室内（日 内景）

薛梦泽听见是滕玉翠的声音，略有迟疑："啊，您是翠翠？"

画外：滕玉翠的声音："是薛总吗？您好。我就是翠翠啊。"

薛梦泽："翠翠您好。请问，我……"他吞下了"姐夫"两个字，赶紧改口："啊，董事长在吗？"

31.许家国书房内（日 内景）

滕玉翠："薛总，他不在。一早就去医院了。"

画外：薛梦泽的声音："那，我姐也在医院？"

滕玉翠："是的。这些日子，兰芝姐一直住在医院里陪护，挺辛苦的。"她很得体："薛总，您能告诉我是什么事情吗？"

32.浦溪兵工厂 电报室内（日 内景）

薛梦泽："啊，翠翠，我是想问问纱厂的情况。也别太着急，目前还没发生什么事情，只是我的一种担心。一会儿见到董事长，您告诉他我来过电话就行。谢谢了，翠翠。"

他通完电话，放下听筒琢磨了一下，抬脚走出了电报室。

33. 广德医院　X光片室内（日　内景）

一张脑骨影像的大胶片，插在灯光箱上。

一名外国大夫站在灯光箱前，正在用英语作讲解。

美国院长陪着许家国、薛兰芝坐在椅子上听着讲解。

许家国一边听，一边用汉语小声地翻译给薛兰芝听："大夫说，因为受到致命创击，脑干出血，造成了脑组织大面积坏死。"

薛兰芝很着急："你问问大夫，可以治好吗？"

许家国便用英语询问了医生一句。

医生回过头来，耐心地向许家国解释了几句。

许家国点了点头，小声告诉薛兰芝："大夫说，脑干损伤，那是脑坏死当中最严重的一种。医学上对脑细胞坏死没有任何办法，所有坏死的脑细胞，都是不可能再生的。"

那名美国院长侧过头来，也向许家国补充了几句。

许家国犹豫了一下，告诉薛兰芝："院长说，他们会动用所有的医疗手段，尽可能保住他的生命。只是……"

薛兰芝急切地望着他："只是什么？"

许家国："最后的结果，很可能跟加林一样，成为植物人。"

薛兰芝一下就坐不住了："不。不。"她站了起来，朝院长和大夫连连鞠躬："千万别成了植物人。千万别啊！院长，大夫，求求你们，求求你们了！"

"NO，NO。"那名外国医生赶快上前扶住她，然后又望着院长，比画着说了一通。

院长也连连点头，让许家国翻译给薛兰芝听。

许家国便把薛兰芝拉到身边，告诉她说："大夫说了，他这是让我们作最坏的思想准备。医院已经制定了几套方案，肯定会朝最好的方向努力。"

薛兰芝心里仍然感到绝望，含着眼泪失神地坐了下去："天哪，他的命，不该这么苦啊……"

院长和那名医生被她的深情所打动，对视了一眼。

许家国坐了下来，想安慰薛兰芝几句，忽然发现了什么，抬起头朝门外望去。

滕玉翠不知道什么时候已经赶到了这儿。

她显然已经听见了丁兆伯的病情，心里也十分伤感。

发现许家国正在回头看她，滕玉翠便转过身，悄悄地离开了。

34. 街道上（日 外景）

常德城已经解放了，街道上井然有序。

铺面正常开门营业，老百姓也神态安定。

一队队解放军背着行军背包，秋毫无犯地从街道上走过。

很多辆军车满载着全副武装的解放军战士，轰轰隆隆地朝前方开了过去。

滕玉翠陪着许家国加快脚步走了过来。

35. 长途电话局门外（日 外景）

许家国和滕玉翠走到了电话局门外。

滕玉翠："薛总说别太着急。纱厂现在还没发生什么事儿。"

许家国："那也得问问清楚。等到事情发生，那就晚了。"

他一抬脚，带着滕玉翠一起走进了电话局。

36. 广德医院 丁兆伯病房内（日 内景）

薛兰芝打来一盆热水，正跪在床头给丁兆伯洗脚。

一名护士走了进来，准备抄录心脏监视仪上的数据。

监视仪器的显示屏上，丁兆伯的心脏脉冲曲线已经恢复平稳。

护士很惊喜:"太太,您看。先生的危险期已经度过了。"

薛兰芝:"谢天谢地,这是菩萨在保佑他呢。"她还有点不明白:"可他这双脚,怎么还没有一点知觉啊?"

护士:"这位先生除了脑损坏,脊柱还受到了横贯性损伤。高位截瘫肯定是不可避免了。"她望着薛兰芝:"太太,您千万别做太高的指望。要不是你们肯花那么多钱,他早就没命了。"

薛兰芝点点头:"是啊,幸亏及时送过来了。"她试探地问了句:"小妹妹,你知道总共花了多少钱吗?"

护士:"这我可不清楚。听同事说,买座院子的钱都不止。"

薛兰芝暗暗一愣,没有再说什么。

病房门忽然被推开,薛兰芝赶快回头望去。

37. 病房门外(日 内景)

许家国已经来到了病房门外,朝里面看了看。

在他身后,许少臣、许秋萍、郑锦仁也赶了过来。

38. 病房内(日 内景)

护士一见那阵仗,赶快挡在了门后,小声说:"对不起,病房里头不能进来这么多人。"

薛兰芝似乎预料到了什么,赶紧走过来交代护士说:"小妹妹,请您在这儿照料一下,我出去跟他们说话。"

护士:"好的。您去吧。"

薛兰芝便走了出去。

39. 医院门外的小花园内(日 外景)

小花园里有一座凉亭。许家国、薛兰芝、许少臣和许秋萍,还有郑锦仁,正坐在凉亭里商量着。

许家国已经把大致情况说了一遍。

许少臣首先表达自己的意见:"我了解小舅舅。要没什么急事,他不会打电话过来。"他望着大家,小声说:"解放军剿匪部队推进得很快,土匪还真的要狗急跳墙了。咱们还有几千工人在那边,得赶紧疏散出来才行。"

郑锦仁:"可不是吗?"他看着薛兰芝:"紧要关头,你又不在厂子里。这会儿还真叫群龙无首啊。"

许家国也看着薛兰芝:"兰芝,大河街商会正在协助解放军清匪反霸,我是商会的会长,军管会指定我不能出差。刚才商量了一下,郑伯自告奋勇要陪你返回浦溪。你这儿怎么样?离得开吗?"

许秋萍:"妈,您要是能去,兆伯叔这儿,我跟少臣轮着班过来照料,白天黑夜都不离人。您看行吗?"

许家国首先反对:"不行。这儿刚解放,你们两个人都担负着重大责任,尤其是少臣。"他早有考虑:"我跟院长说好了,这些天我就搬到医院来住。商会有什么公务,也可以在这儿办。"

薛兰芝坐不住了:"那我现在就动身,一刻都不能耽误了。"她朝许家国看了一眼:"丁兆伯已经脱离生命危险。这么好的医院,白天黑夜地守着也没有必要。又起不了多大作用,何必呢?"

许家国:"兰芝,这些事你都别管了。我会安排得妥妥的。对了,文松现在是接管委员会的主任,我托他给你们找好了一辆小车。时间紧迫,那就赶快动身吧?"

薛兰芝不再多说:"行。"她站了起来:"郑伯,咱们走。"

许秋萍也站了起来:"妈,您不清理一下东西啊?"

薛兰芝:"不用。东西都在那边,根本就没来得及带过来。"

一群人便拥着她朝医院大门外走去。

40.医院大门外（日 外景）

一辆吉普车已经停在了门外。

许秋萍："来了。就是那辆车。我先去打个招呼。"

她抢先朝吉普车奔了过去。

许家国大步跟上薛兰芝，不放心地交代说："兰芝，到了那边千万要小心。土匪已经杀红眼了，可不能大意啊。"

薛兰芝边走边说："不怕，有梦泽呢。"她忽然停下脚步："对了，家国，见了翠翠记得替我打听一声。"

许家国迟疑了一下："是吗？想打听什么？"

薛兰芝："我听医院说了。为了抢救丁兆伯，你们花了那么多钱，太让我过意不去了。我知道家底，那钱肯定是跟人借的。就请你打听清楚总共花了多少，这钱得由我来还。"

许家国迟疑了一下："啊，这事儿全交给我。你赶紧动身吧。"

薛兰芝不再说什么，匆匆忙忙朝吉普车走去。

41.浦溪兵工厂 门外山头上（日 外景）

山头上挖了战壕，架起了一尊尊迫击炮。

制高点上，士兵们垒起了坚固的重机枪工事。

薛梦泽和几名军官正在山头上巡视着防御阵地。

一名通信兵背着行军电台跑了上来："薛总，您的电话。"

薛梦泽走上前去，从他手上接过了话筒："哪里？"

画外：许少臣的声音："小舅舅，我是少臣啊。"

薛梦泽一听，赶快关上了那架电台的扬声器。

然后，他压低声音对着话筒说："少臣，你说。"

许少臣在电话里头对他说了些什么。

薛梦泽面色严峻，小声说："我听清楚了。"他往旁边避开几步:"少臣,请转告张文松,我会按照约定的方案,及时做出决定。……好的,我知道了。你们放心吧。"

许少臣大概又告诉了他什么。

薛梦泽:"噢?她要赶过来?出发了吗?……她怎么过来?坐船还是坐车?……好。我马上安排。"

他把话筒交给通信兵,朝工事那边喊了声:"易连长。"

一名魁梧的连长迅速跑了过来:"薛总,请指示。"

薛梦泽:"能不能抽调一台车,去公路上替我接一个人?"

易连长:"没问题,薛总要接什么人?"

薛梦泽:"济民纱厂的总经理。从常德过来,天黑之前就会赶到。"他补充了一句:"她是我的亲姐姐。"

易连长一个立正:"知道了。薛总请放心,保证完成任务。"

42. 浦溪纱厂　大门内（夜　外景）

夜幕开始降临,纱厂的铁栅栏门已经紧锁。

几名武装护卫队员挎着步枪,正在前后检查着。

万妹儿打着手电走了过来。

老门卫迎了上来:"万妹儿,查夜啊?"

万妹儿:"是。"她朝周围环视了一眼:"没什么不对头吧?"

老门卫:"这会儿还好。"他看了看厂门外:"我老觉得不对劲,四处八方狗都在叫。"

万妹儿:"多留点神。小心没大错,啊。"

老门卫想起了什么:"哦,万妹儿,你没看见申剑明?"

万妹儿一怔:"申剑明?他进来了吗?"

老门卫:"进来好一阵了,也没见他出去。"

万妹儿很警觉:"噢?我去找找看。"

43. 薛兰芝办公室内（夜 内景）

室内没开灯。窗外有光线照进来，并不十分黑暗。

申剑明蹲在一只文件柜前，用工具撬开了柜门。

他从里面搬出一堆文件，放在桌子上一份一份地查找。

终于找到一本文件，他借着光线仔细看去。

文件封面特写：济民纱厂员工花名册。

他心中一喜，赶快把花名册放在一边，将其他文件塞了回去。

还没转过身来，屋内电灯突然开亮。

万妹儿一步闯了进来："申剑明，你在干什么？"

申剑明吓得一哆嗦，赶紧回过头来。

万妹儿看见了桌子上那份花名册，便一把抓了过来。

申剑明慌忙夺下了花名册："万妹儿，别管闲事。"

万妹儿盯着他："为什么偷花名册？你想送给土匪？"

申剑明："事到如今，我就明说了吧。今天晚上，八爷要一把火烧了纱厂，所有男女员工，都得掳到山上去。"

万妹儿大惊："掳到山上去干什么？当土匪？"

申剑明："男的一人发条枪。女的嘛，白天烧水做饭，晚上陪着土匪睡觉。哈，共军不是要剿匪了吗？纱厂这几千人，还可以给八爷他们挡枪子儿呢。"

万妹儿怒目圆瞪："申剑明，你还真成了土匪的帮凶？"

申剑明眼光邪恶："我也不想那样啊。万妹儿，心肝宝贝，你就跟我走吧。去贵阳，去重庆，哪儿都行。八爷出两万块买这花名册。两万大洋呢，足够你跟我快活好多年了。"

万妹儿厉声喝道："你这条毒蛇！赶快把花名册还给我！"

申剑明："还给你？你什么都知道了，我还能放过你？两条路，要么跟我走，要么我就让你永远闭嘴。你可要想清楚！"

万妹儿再也不跟他多说，猛扑过去，拼命地抢花名册。

申剑明紧紧地攥着花名册。争夺中，好几页都被撕掉了。

他一横心，拔出拳头，狠命地朝着万妹儿的头连连重击。

万妹儿头上和脸上鲜血喷涌，终于不再动弹……

44. 浦溪兵工厂　薛梦泽办公室（夜　内景）

薛梦泽正在和四名校级军官商量着什么。

门被推开，电报员闯了进来："薛总，兵工署紧急电报。"

薛梦泽接过电报看了一遍，面色顿时十分凝重。

那几名校官关心地问："薛总，怎么啦？"

薛梦泽没有回答，把那份电报交给了他们。

一名校官接过电报，仔细看去。

电报的特写：着令薛梦泽率兵工厂少校以上军官，即刻赶赴广州，乘兵工署专机飞往台湾。如有延误，军法从事。此令。

那校官心中一愣，想把电报还给薛梦泽。

薛梦泽："兵工厂所有校官都在这儿了，让大家传阅一遍。"

校官们便逐个将那电报看了一遍。

一名校官忍不住了："薛总，该怎么办，您说句话。"

另一校官："是啊薛总。请放心，我们都听您的。"

还有一名校官性子急："嗨，别犹豫了，赶紧起义吧。"

薛梦泽望着第四名校官："姚团长，你的意见呢？"

姚团长却有点犹豫："不是别的。我只是对共党还不大了解。"

薛梦泽："可你对国民政府已经了解得太多了。丧权辱国，腐朽没落，这样的政权，值得你去为它陪葬吗？"

姚团长连连点头："是。共产党顺天势，得民心。至少点燃了我心里的希望。薛总，您下命令吧。"

薛梦泽点了点头，忽地站了起来。

四名校官也齐刷刷地站了起来。

薛梦泽什么话都没说，郑重地撕毁了那一纸电报。

45. 山区公路上（夜　外景）

一辆吉普车翻山越岭，疾速朝前开来。

46. 吉普车内（夜　内景）

司机紧握着方向盘，全神贯注地开着车。

他身边还坐着一名男子，紧握手枪盯着前方路面。

薛兰芝坐在后排，紧紧地抓着前面椅子背上的扶手。

郑锦仁坐在她身边，问了句："还有多远啊？"

薛兰芝："快了。上了前面那道坡，一拐弯就看得见了。"

司机加大油门，朝山坡上冲了过去。

47. 坡顶公路上（夜　外景）

灯光扫过来，前方突然出现了两名士兵。

48. 吉普车内（夜　内景）

坐在前排的那名男子忽然叫了声："不好！有情况！"

司机赶紧刹车，朝前望去。

49. 坡顶公路上（夜　外景）

易连长带着两名士兵站在路中间，正在朝他们招手。

吉普车一直冲到他们面前才停了下来。

易连长跑了过来，问了声："是薛大姐吗？"

薛兰芝犹豫了一下："请问您是……"

易连长朝她行了个军礼:"薛大姐,我是浦溪兵工厂警卫营的。薛总工特意派我来接您。"

车上的人放心了。

薛兰芝推开车门,正要下车。

易连长便询问地说:"薛大姐,要不就别下车了。我在前面带路,直接去济民纱厂吧?"

薛兰芝:"那样更好。接着走吧。"她朝远处看了一眼,忽然吃了一惊:"哎呀,怎么起火了?"

易连长也赶紧回头,朝坡下望去。

50. 坡下 较远处(夜 外景)

离浦溪县城不远的方向,一群建筑物已经着火。

大火蔓延得很快,瞬间便成燎原之势。

51. 山坡公路上(夜 外景)

易连长已经看得清清楚楚:"不好了,那是济民纱厂!"

薛兰芝和郑锦仁顿时慌作一团:"啊?天哪!"

…………

第 38 集

1. 前集回顾

一名校官性子急:"嗨,别犹豫了,赶紧起义吧。"

薛梦泽忽地站了起来,郑重地撕毁了那一纸电报。

一群建筑物已经着火。大火瞬间便成燎原之势。

易连长:"不好了,那是济民纱厂!"

薛兰芝和郑锦仁顿时慌作一团:"啊?天哪!"

2. 济民纱厂 厂房区(夜 外景)

几栋厂房相继起火,火势很大,很快连成了一片火海。

火光中,不少员工来回奔跑,四处逃避。

3. 纱厂大门口(夜 外景)

蓝八爷站在厂门口,冷冷地看着厂区。火光在他脸上闪烁。

蓝县长走过来:"爹,行了,赶紧撤吧。"

蓝八爷:"员工都抓到了?"

蓝县长:"大部分都抓到了。"他拿着申剑明偷来的那本花名册:"我对照过花名册,两千多人,跑掉的没几个。"

蓝八爷:"好。"他回头朝一名小头目下命令说:"把抓到的员工关到学校礼堂去。给我看紧点,别再跑了。"

那头目应了声,赶快离去。

蓝县长不解地望着他:"爹,还抓这么多员工干什么?行动起来多大的累赘啊?还得管他们吃饭。"

蓝八爷:"这是四丫头的命令。"他冷笑了声:"她有她的计谋,我有我的打算。你爹没那么蠢,一会儿我全都移交给她。"

蓝县长:"那您不替她白干了吗?"

蓝八爷:"白干?哈。等他们抢完兵工厂回来,得用枪跟我换人。两个人换一条枪,千把条枪不就换到手了?"

蓝县长不再问。他抬头朝远处看了一眼:"兵工厂那边,怎么还没动静啊?"

蓝八爷想了想:"咱们这边还得热闹点。"他一挥手:"弟兄们,机枪步枪,都给我枪口朝天。开火!"

霎时间,四周响起了爆豆般的枪声。

4. 浦溪兵工厂 山头阵地上 (夜 外景)

薛梦泽带着警卫营的战士伏在阵地上,严阵以待。

远处剧烈的枪声传了过来。

一名营长焦急地说:"薛总,不行了。土匪开始杀人了。"

薛梦泽忽地站了起来:"我得过去看看。"

身边一名上校赶快拉住他:"不行啊,薛总。土匪这是调虎离山,您又不是不知道。"

薛梦泽剑眉竖起:"你们按兵不动。按照原定方案,严守阵地。我谁也不带,一个人去就行。"

话刚落音,他一步跃出阵地,朝前方冲去。

上校急了:"三连长,带一个排,赶紧去保护薛总。快!"

三连长应声而起:"一排跟我来!"
二三十名战士赶快端着枪,冲出了阵地。

5. 离纱厂不远的马路上(夜 外景)
两辆吉普车一路颠簸地朝着济民纱厂开了过来。
一直开到纱厂的围墙跟前,吉普车才刹车停下。

6. 吉普车内(夜 内景)
薛兰芝和郑锦仁透过车玻璃看着熊熊大火,目瞪口呆。
郑锦仁:"完了。完了。厂房全烧光了。"
薛兰芝心惊胆战地朝前望去。
前面那辆车上,易连长手持冲锋枪已经跳了下来。
他带来的几名士兵也跟着跳出了吉普车。

7. 前面那辆吉普车外(夜 外景)
易连长他们刚刚跳下车,突然有一梭子弹扫了过来。
那名士兵腿上中弹,当即倒下了。
易连长一个翻滚,刚准备起身,一只脚踏在了他的身上。紧跟着,几名土匪扑了过来,七手八脚按住了他。
他挣扎着朝身边看去。
蓝八爷带着匪兵已经团团围住另一台吉普车。

8. 后面那辆吉普车内(夜 内景)
薛兰芝看见外面那情景,紧张得说不出话来。
吉普车的车门被人拉开。土匪们凶神恶煞地涌过来,将薛兰芝和郑锦仁拖下了车。

9.吉普车外(夜 外景)

蓝八爷看见了薛兰芝:"嚅!是你啊?来得这么巧?哈。"他走到薛兰芝面前:"知道我要上山了,舍不得让八爷一个人单身?哈!"

薛兰芝怒火中烧:"呸!你这恶贯满盈的土匪,烧了我的厂子,我要跟你拼命!"

她不顾一切地扑上去,却被土匪们死死拉住,不能动弹。

蓝八爷朝土匪喝了声:"轻点!这么娇嫩的婆娘,要是弄伤了,我毙了你们一个个的。"他一挥手:"找一辆轿子过来。这儿一弄完,抬着副议长跟我一起上山。"

说完,他头也不回地朝远处走去。

土匪们吆喝一声,架着薛兰芝、郑锦仁和易连长也跟了过去。

10.浦溪兵工厂 山脚下(夜 外景)

榜爷带着他的队伍一直埋伏在这儿,观察着兵工厂的动静。

四丫头爬到他身边:"榜爷,怎么还不动手?"

榜爷骂了句:"狗日的,真是厉害。他们还就是不上当。"

四丫头:"怎么不上当?刚才拉走了几十个人,往纱厂去了。"

榜爷:"他那叫将计就计,引蛇出洞。大队人马还埋伏在那儿。哼,想骗我榜爷?没那么容易。"

四丫头朝山上看了看,不再作声了。

11.那两辆吉普车前(夜 外景)

薛梦泽带着二十几名士兵赶到了这里。

三连长朝吉普车看了一眼:"薛总,是易连长的车。"

薛梦泽打亮手电筒朝车内查看："怎么没人？"

一名士兵看见了地下的血："连长，他们受伤了。"

另一士兵顺着血迹发现了什么："薛总，土匪往那边跑了！"

薛梦泽看了看地下的血迹，不再犹豫："追！"

他带着士兵朝蓝八爷撤退的方向追了过去。

12. 另一个山头上（夜 外景）

茂密的树林中，已经有一支解放军的队伍隐蔽在这里。

两名解放军首长正在用望远镜朝山下观察。

一名侦察员跑了过来："报告师长，土匪把兵工厂包围了。"

师长："好啊。兵工厂已经宣布起义，正在那里严阵以待。命令部队，分三路从外围包抄，跟兵工厂警卫营里应外合，彻底消灭土匪，解放浦溪县城。"

他身边几名军官响亮地应了声："是！"

13. 浦溪兵工厂 山脚下（夜 外景）

四丫头和榜爷伏在山下等待时机，忽然听见身后到处响起了嘹亮的冲锋号声。

榜爷慌忙回过头来："哎呀，这是共军！"

四丫头也紧张地四处望去。

14. 兵工厂 山头阵地上（夜 外景）

那名上校听见军号声，兴奋地站了起来："弟兄们，解放军大部队到了！开火！"

阵地上的迫击炮、重机枪一齐开火。

上校率领警卫营士兵，潮水一般朝山下的土匪冲了过去。

15. 山脚下（夜　外景）

四丫头和榜爷还没反应过来，迫击炮弹一颗颗落了下来。

埋伏在那里的土匪顿时被炸得人仰马翻。

土匪们如惊弓之鸟，纷纷起身逃窜。

机枪子弹像割麦子一样，将土匪扫倒在地。

榜爷再也不敢停留，兔子一样逃得无影无踪。

四丫头惊慌失措："撤！撤！"

两名女匪便掩护着四丫头，朝黑暗中逃得不知去向。

16. 一所学校的礼堂外（夜　外景）

透过门窗，可以看见礼堂内密密麻麻关押着很多员工。

礼堂外面的土匪听见军号和枪炮声，已经慌作一团。

蓝八爷匆匆忙忙从里面走了出来。

门外的土匪立即给他牵过来一匹黑马。

蓝县长仓皇地跑过来："爹，不好了。共军大部队赶到了。"

蓝八爷一步跨上马背："赶紧走！进山！"他回过头来吩咐了一句："把那个婆娘给我带上。快！"

几名土匪架着薛兰芝跑了出来，将她塞进了一顶双人抬的滑竿上，用绳子捆绑得紧紧的。

申剑明突然闪了出来，跑到蓝八爷面前："八爷，带上我啊。"

蓝八爷挥动马鞭，狠狠地抽在他脸上："去死吧你！"

他一抖缰绳，带上那群土匪一窝蜂地朝山上逃走了。

申剑明满脸流血，从地下爬起来，一时心慌意乱。

忽然听见身后有动静，他赶快回头望去。

17.礼堂院门处（夜　外景）

薛梦泽率领那二十多名战士冲了过来。

申剑明心里更加害怕，忽然眼珠一转，捂着脸便倒了下去。

薛梦泽冲到他身边，不禁一愣："申剑明？"

申剑明在地下翻滚着："救救我啊，我都快被土匪打死了……"

薛梦泽皱了一下眉头："行了！快说，我姐在哪儿？"

申剑明指着远处："她、她跟八爷上山了。劝都劝不住啊。"

薛梦泽："胡说！"他不敢多耽搁，指着礼堂那边命令道："连长，赶快把纱厂员工救回去。快去。"

那连长看着他："那，你呢？"

薛梦泽："别管我了。"

他一抬脚，箭一般朝蓝八爷逃走的方向追了过去。

连长着急了，赶快对士兵说："这儿留五个人，其余的，赶快跟上薛总。快！"

18.进山的隘口处（夜　外景）

隘口前方，一条峡谷劈山而过。

一架由几根木头并排扎成的跳板，架在峡谷的悬崖上。

土匪过完之后，几名土匪回过身，合力将那架跳板掀起，扔进了深深的谷底。

19.山路上（夜　外景）

薛梦泽提着枪，带领士兵急急忙忙追了过来。

前面的尖兵跑步返回："报告薛总，过不去了。"

薛梦泽："怎么啦？"

尖兵："土匪把桥拆了。底下是万丈深渊。"

薛梦泽一听,分开众人,快步朝前走去。

20. 那道隘口处(夜 外景)

薛梦泽和士兵们跑了过来,朝悬崖底下望去。

深深的谷底传来遥远的流水声。

薛梦泽一跺脚:"混蛋!可恶!"

他冲动地从士兵手上夺过一条冲锋枪,朝着对面崖壁,不停顿地扫射着。

震耳的枪声在峡谷中久久地回荡。

21. 浦溪县城 大街上(日 外景)

天亮了,大街上拉起了一条条过街横幅。

　　热烈欢庆浦溪解放
　　清匪反霸,建立新的人民政权

市民的游行队伍欢天喜地,打着腰鼓从街上走过。

踩着高跷、戴着吉祥面具的游行队伍迎面走来。

22. 浦溪码头上(日 外景)

一艘快艇很快地靠上了码头。

许家国一脸阴郁,提着小皮箱,心急如焚地跳上岸来。

郑锦仁额头上还贴着纱布,和两名纱厂员工等候在码头上。

看见许家国上了岸,一名员工赶快接过了许家国的小皮箱。

许家国只是对郑锦仁点了一下头,抬脚就往前面走去。

郑锦仁赶紧跟上他:"家国,郑伯对不起你啊。"

许家国没有停步:"郑伯,别这么说。"

郑锦仁连连摇头:"没保护好兰芝,我这肠子都悔青了。"
许家国放慢脚步看了他一眼:"郑伯,您伤得不太重吧?"
郑锦仁叹息了句:"我倒没什么。纱厂可损失惨重啊。"
许家国:"什么都别说了。赶紧过去看看。"
郑锦仁便急急忙忙带着许家国朝前方走去。

23. 浦溪纱厂　生产区(日　外景)

几栋厂房已经完全坍塌。一根根木梁和屋檩被烧成了木炭,横七竖八地倒在那儿。

许家国在郑锦仁和那两名员工的陪同下,面无表情地看着面前那一堆堆的断壁残垣。

不远处响起了一阵鞭炮声,许家国抬起头来,朝那边望去。

24. 纱厂办公楼前(日　外景)

办公楼在大火中没有遭到太多的损害,只在墙壁上留下了一些被烟火熏过的痕迹。

几十名男女员工聚集在楼前空坪上,胸前戴着小白花,正在举行一场追悼活动。

办公楼正面的墙壁上,悬挂着万妹儿的一幅遗像。

丁汉生正在那里张罗着,一回头,不由得一怔。

许家国双手握着三支黄香,已经走了过来。

站在万妹儿的遗像前,许家国恭恭敬敬地鞠了三个躬,然后把那三支香插在了一只香炉上。

丁汉生默默地走到他身边,递给他两张纸。

许家国接过来,仔细看去。

特写:那是抢夺花名册时撕掉的其中两页,已经满纸皱褶。

许家国小声问丁汉生:"汉生,这是什么?"

丁汉生:"从员工花名册里头扯下来的。我找到万妹儿的时候,她已经被土匪打死了,手里还抓着这个,攥得紧紧的。"

许家国沉痛地点了点头,把那两页纸叠好,放进了衣服内口袋:"这一笔笔血债,我都不会忘记的。"

身后又响起了鞭炮声,许家国和其他人赶紧回过头去。

申剑明头上缠着绷带,点燃一挂鞭炮,提在手上走了过来。

纱厂的员工惊异地看着他,然后又看着许家国。

许家国紧绷着脸,冷冷地看着申剑明。

申剑明走到遗像前,扑通一声跪下去:"万妹儿啊,我的亲亲啊,你不该就这么走啊。呜……"

丁汉生实在听不下去了,一把扯起他:"行了,行了!积点德吧。什么乱七八糟的?就别在这儿糟践万妹儿了。"

申剑明脸一变:"你这黄牙小子懂得什么?谁不知道我跟万妹儿有过一腿?啊?一日夫妻,他还百日恩呢。"

许家国大喝一声:"申剑明,你给我闭嘴!当年万妹儿家破人亡,你乘人之危玷污人家,万妹儿至死都不原谅你。还不快滚!"

场上的员工也怒不可遏,冲上来就要揍他。

申剑明见势不妙,赶紧离开了这个地方。

25. 薛兰芝的办公室(日 内景)

办公室内一切如旧。旁边的小茶柜上,放着一面圆镜,还有一把牛角制作的小梳子。

许家国拿起那把小梳子,一声不响地看着。

特写:梳柄上刻了两行隽秀的小字——丝发若兰,家国与芝。

郑锦仁默默地看着他,心中十分难受。

丁汉生走到文件柜前,指着被撬开的柜门:"董事长,土匪就是从这儿把花名册偷走的。让万妹儿发现了，就扑过来跟他们抢。肯定是这么回事。"

许家国："肯定吗？"他看着丁汉生："土匪怎么知道这本花名册会放在这儿？"

丁汉生一怔："对呀。这么说，厂子里有内鬼？"

许家国："一定要报案。"他取出那两页纸递给丁汉生："解放军接管了警察局，从现在起，老百姓有地方申冤了。"

丁汉生接了过来："对，这是线索，也是证据。"

许家国抬起头来，走到窗户前朝厂房那边看了一眼："唉，全烧光了。干干净净了。"他非常感慨："也好，这对我也是一种逼迫啊。旧世界不烧去，新世界怎么能到来呢？非下决心不可了。"

郑锦仁点了点头："是。否极泰来嘛。"他望着许家国："可眼下怎么办？咱们还有几千员工在等饭吃呢。"

许家国转头看着丁汉生："汉生，员工是怎么安顿的？"

丁汉生："暂时都搬到旁边那所中学了。情绪也还稳定。"

许家国："我带了点钱过来。虽然不算多，一两个月不让大家饿肚子，估计没什么问题。你计划着用吧。"

丁汉生："行。我会安排好的。"他看着许家国："可咱们的员工做事做惯了，让他们天天吃闲饭，时间长了也不好办啊。"

许家国："我有个设想。"他已经胸有成竹："来之前跟梦泽通了电话，拜托他请示一下军管会。浦溪县城不是刚刚解放吗？我想动员咱们的员工，上街去尽一点社会义务。大家都是外地人，没有太多的家庭牵扯，闲着也是闲着，何不做点有意义的事情呢？男的帮忙维护治安，女的负责打扫街道。你觉得怎么样？"

丁汉生心里一亮："哟，这办法好。"他别出心裁："董事长，索性做一批红袖章，每人一个，印上'济民纱厂义勇队'。戴上特别光荣,走上街也一股子正气。您看行吗?"

许家国:"非常好,这就是我的想法。先去做准备吧。我正要去拜会他们的首长,顺便禀报一声。"他习惯性地去掏怀表,却没摸到,这才想起来:"哦。郑伯,几点了?"

郑锦仁看了看自己的表:"九点过十分,该走了。"

许家国正准备走,又对丁汉生说:"汉生,忘了告诉你。你二伯生命力很顽强,已经完全脱离危险期了。"

丁汉生:"谢谢。多亏您了。"他更关心薛兰芝:"董事长,兰姐的事情怎么办哪?所有的员工都在为她着急呢。您替我们求求解放军,一定得把她救出来啊。"

许家国点了点头:"唉,也只能寄希望于仁义之师了。"

他不再耽搁,跟随郑锦仁匆匆忙忙走了出去。

26. 浦溪县军管会大门外(日 外景)

这里是县城的一座旧公馆。灰墙青瓦,门口挂着一块崭新的牌子——中国人民解放军浦溪县军事管制委员会。

全副武装的卫兵肃立在两侧,显得格外精神。

门外时而有解放军战士列队走过。

27. 军管会一间办公室内(日 内景)

那名解放军师长泡好一杯热茶,送到办公桌上。

薛梦泽换上了一套解放军服装,坐在办公桌对面看一份文件。

特写:文件抬头标题:关于对薛梦泽等同志予以嘉奖的决定。

薛梦泽看完文件,立即站起来敬了个礼:"谢谢余师长!"

余师长握住他的手:"应该谢谢你啊。兵工厂火线起义,对我们的剿匪行动意义重大。尤其是您这位大名鼎鼎的军火专家,能够加入我们的行列,这可是我们剿匪部队最大的收获呢。"

薛梦泽望着余师长,眼睛里面渗出了泪花:"谢谢。谢谢解放军对我的信任。谢谢首长。"

余师长点了点头,热情地把他拉到沙发前:"坐吧,梦泽同志,我还想跟您商量一些事情呢。"

薛梦泽便坐了下去。

28. 军管会大门外(日 外景)

一名参谋站在大门口,正在等什么人。

许家国正好从街道那头走了过来。

那参谋赶快迎了上来:"请问,您是许董事长吗?"

许家国:"啊,我就是许家国。"

那参谋朝他敬了个礼:"董事长好。我们首长正等着您呢。"

许家国有点意外:"噢?那怎么敢当?"

那参谋:"董事长,请跟我来。"

他十分客气地领着许家国,走进了军管会大门。

29. 那间办公室内(日 内景)

余师长喝了一口茶,放下茶杯笑眯眯望着薛梦泽:"梦泽同志,我很想把你留在身边,哈,可惜不行啊。"

薛梦泽有点意外:"余师长,您的意思?"

余师长:"总部对你非常器重,已经下达命令,要抽调你到东北军械研究所任技术总顾问。"他看着薛梦泽:"梦泽同志,你可得做好思想准备。根据目前的国际形势,抗美援朝战争已经不可避免。一旦战火点燃,还得跨过鸭绿江喔。"

薛梦泽:"余师长请放心,军人以服从命令为天职。"他转而有点迟疑:"只是眼下……"

余师长望着他："是不是还在为你姐姐担心？"

薛梦泽还没来得及回答，那名参谋进来："报告师长，济民纱行许董事长到了。"

余师长赶紧站了起来："赶快请他进来。"

参谋："是。"他往旁边让了一步："许董事长，请。"

许家国走了进来。

参谋便介绍说："余师长，这位就是董事长许家国先生。"

余师长热情地拉着他的手："董事长可是大名鼎鼎啊。积极支援抗日战争，努力坚持实业救国，千辛万苦，矢志不渝。您是一位名副其实的开明绅士呢。"

许家国非常感动："谢谢，谢谢。许家国人微言轻，尽了点绵薄之力，实在不足挂齿。"他感动得直摇头："唉，民国朝野视我许家国如蝼蚁草芥，却得到贵军首长如此赞赏，天壤之别啊。"

余师长："许董事长不必自谦。部队开赴湘西之前，军部已经从敌伪档案里头掌握了你们的详细情况。您这叫实至名归。"

许家国："惭愧，惭愧。"

余师长又告诉他说："许太太的去向，我们也查清楚了。姓蓝的是这边势力最大的一股顽匪，部队正在制定作战方案，准备将他一举歼灭。董事长请放心，我已经命令侦察小分队先行潜入，不惜代价，一定要把许太太安全地营救出来。"

许家国惊喜地和薛梦泽对视了一眼，紧紧地抓住他的手："首长，您考虑得如此周到，许家国真不知道该怎么感谢才好啊。"

薛梦泽也很感激，赶快站起身来，上前一个立正："报告首长，薛梦泽没问题了。什么时候出发？"

余师长："带上二十名技术骨干，下午就走吧。"

薛梦泽双腿并立，行了个军礼："是！"

30. 辰河岸边（晨　外景）

清晨的河面上，有一缕缕薄雾轻轻掠过。

远处，小火轮的汽笛声时不时传了过来。

31. 岸边街道上（晨　外景）

街道上所有的店铺还没有开门。

十多名纱厂女工已经开始打扫街道。她们每个人左臂上都佩戴着印有"济民纱厂义勇队"的红色袖章，格外显眼醒目。

街道两头，各有一支巡逻队走了过来，在街道上交汇走过。

每支巡逻队十来人。前面两名队员肩背步枪，后面的队员手持木棍。队员们佩戴着同样的袖章，精神抖擞，引得街上的行人驻足观看，啧啧称赞。

街道那头，丁汉生也戴着红袖章，提着小皮箱，正陪着许家国和郑锦仁朝码头方向走去。

打扫街道的女工和巡逻的男工纷纷跟许家国打着招呼。

许家国时而朝女工们拱手问候，时而朝巡逻的男工们挥手致谢，心里感到十分踏实。

32. 客运码头前（晨　外景）

许家国、郑锦仁和丁汉生已经走上了码头。

丁汉生："董事长，您看大家伙儿的劲头还行吧？"

许家国："好极了，这就是济民纱厂的精气神啊。"他感慨万端："从汉口启程那天开始，大家伙儿就拧在一起了。日本鬼子没能把我们打垮，国民党腐朽政权也没能把大家压塌。我就不相信，凭那几个山野土匪，还想摧毁咱们的信心？简直是痴人说梦。"

丁汉生很受鼓舞:"董事长,大伙儿都是看着您的。您才是济民纱厂的擎天柱呢。"

许家国:"所以一定要给大家一个明确的交代。下一步怎么办,我也得着手谋划了。"他很有信心:"在我心目中,最好的结果,就是带着大家,哪里来还回哪里去。"

丁汉生一阵狂喜:"您这是说,咱们要回武汉?"

许家国:"去哪里现在还不好说。就凭咱们厂几代人承前启后的骨干队伍,几十年磨炼出来的技术功底,不管到什么地方重起炉灶,那还不轻车熟路、易如反掌吗?"

郑锦仁和丁汉生连连点头,信心满满。

客轮拉响了汽笛,乘客开始上船。

许家国走了两步,又回过身朝郑锦仁交代说:"郑伯,军管会那边,您还得勤快跑着点,直接跟余师长联系。一有兰芝的消息,马上告诉我。"

郑锦仁:"放心。你也多保重,啊。"

许家国点了点头,提着小箱子朝客轮走去。

33. 常德广德医院(日 外景)

大雨倾盆,医院被笼罩在烟雨之中。

字幕:常德

34. 丁兆伯的病房内(日 内景)

丁兆伯斜靠在病床上,闭着双眼,一动不动。

滕玉翠坐在床跟前,左手端着一只小碗,右手用小汤勺舀一勺粥送到他嘴边:"这是用猪肝熬的粥,不烫了。您吃点吧。"

丁兆伯没有睁开眼睛,只是轻轻地将头歪向一边。

滕玉翠有点着急:"老不吃东西怎么行啊?都好几天了。"

丁兆伯脸上毫无表情，就跟没听见一样。

护士长和一名护士推着输液架走了进来。

护士长看着滕玉翠："怎么？还是不肯吃？"

滕玉翠站了起来："唉，我真不知道该怎么办了。"

护士长："您让一下，还得继续打葡萄糖才行。"

滕玉翠便将粥碗和餐具收到一个托盘上，端起来退了出去。

35. 病房门外的走廊上（日 内景）

一名身穿长长的军用雨衣、脚下穿双乡下草鞋的男子，湿漉漉地走了过来。

刚好滕玉翠端着餐具从病房里面走了出来。

穿雨衣的男子便叫了声："翠翠姨。"

滕玉翠赶紧回头一看，一时竟没有认出来。

那男子掀开雨衣的帽子："是我，少臣呢。"

滕玉翠："哟，少臣啊。"她朝少臣上下打量着："怎么这身打扮？要下乡吗？"

许少臣："湖区要涨大水了，得过去防汛抗洪。我带队。"

滕玉翠："是吗？什么时候走？"

许少臣："午饭以后，在地委大院集合。"他关心地看着滕玉翠："翠翠姨，离集合还有两个小时，我特意来替换一下。这几天真辛苦您了，赶紧回去看看宗胜，顺便洗个澡，啊。"

滕玉翠："那些都不着急，着急的是你兆伯叔一直不肯吃东西，老给他打葡萄糖，那哪是个办法啊？"

许少臣想了想："是啊。只能慢慢地劝他。"

滕玉翠："要劝也只能是你去劝。"她似乎失去了耐心："无论我说什么他都不吭声，就跟没听见一样。唉，成见很深啊。"

许少臣笑了笑："您别想多了。兆伯叔除了高位截瘫，还失去了语言能力,他已经不能说话了。怎么?我爸走之前没告诉您?"

滕玉翠一怔:"哟,他走得很急,还真的忘了说。"她望着少臣:"那,别人说话,他还能听得见吗?"

许少臣:"大夫说,听觉神经损伤不大,应该能听得见。还有个好消息,他的思维能力基本正常,脑子里还能想点事儿。"

滕玉翠:"是吗?"

许少臣:"当然。我估计他不肯吃东西,一定是在为我妈的事儿担心。还别说他,这几天我也老惦念着,端起饭碗心里就难受。"

滕玉翠也很担心:"是啊。浦溪那边有新消息过来吗?"

许少臣:"没有啊。等我爸回来,看看他怎么说吧。"

滕玉翠:"那就别耽搁了,赶快进去陪你兆伯叔说说话,我最多一个小时就赶回来。"

许少臣点了点头,脱下雨衣,推门走进了那间病房。

36. 济民纱行 天井内(日 外景)

大雨从天井上方落到院子里,积了厚厚一层雨水。
许秋萍背着一个行军背包下了楼,朝大门那边走去。
听得大门一响,她赶紧抬头望去。

37. 大门内(日 内景)

滕玉翠打着一把油纸雨伞,匆匆回到了院子内。
她一抬头,许秋萍已经走了过来:"翠翠,回来了?"
滕玉翠:"是啊,赶紧回来洗个澡。"她看见许秋萍背包上也扎着两双草鞋:"秋萍,你也要去防汛抗洪吗?"
许秋萍已经走了过来:"不是。我有我的任务。"她看着滕玉翠:"领导上抽调我去农村搞土改,得下去三个月。"

滕玉翠:"是吗?那你这身体,吃得消吗?"

许秋萍笑了笑:"翠翠,知道吗?我可在乡下经历了八年的逃难生活啊。那还是深山老林呢。"

滕玉翠:"我知道。在丁兆伯的老家。"

许秋萍:"是啊,幸亏有个兆伯叔。"她被提醒了:"对了,翠翠,这段时间多亏了您,没日没夜地在医院里守着,连自己的孩子都没有顾得上照看。还是我妈说得对,您还真有一副菩萨心肠。"

滕玉翠有点不好意思了:"那都是兰芝姐说得好。她才是个心地善良的大姐姐呢。"她不想说这些:"那就不耽搁了,赶紧去报到吧。你自己还得多保重,身体可不能大意哦。"

许秋萍:"知道,放心吧。您也别太累,啊。"

滕玉翠点了点头,抬脚朝自己的房间走了过去。

许秋萍望着她的背影,觉得似乎还有话没说完。

想了想,她将那只背包放在门背后,抬脚也跟了过去。

38.滕玉翠的卧室内(日　内景)

滕玉翠回到卧室,正在脱下淋湿的外衣。

许秋萍在外面敲了敲门:"可以进来吗?"

滕玉翠吓了一跳,赶快拿件睡袍披上:"秋萍啊?进来吧。"

许秋萍走了进来:"哟,在换衣啊?真对不起。"

滕玉翠:"没事儿。你又不是男人。"她笑了笑:"坐吧,秋萍。"

许秋萍:"坐就不坐了。突然想起来,我还没给您道歉呢。"

滕玉翠:"道什么歉啊?无缘无故的。"

许秋萍望着她:"我曾经想让您跟我爸离婚,还记得吗?"

滕玉翠："怎么会不记得？可这段时间大事儿不断，一个个手忙脚乱，离婚的事儿，我还没来得及跟你爸说呢。"

许秋萍："别说了。"她看着滕玉翠："真的，千万不要跟我爸说。拜托您了。"

滕玉翠有点奇怪："秋萍，我没明白你的意思。你不是把自主权交给我了吗？什么时候说，怎么说……"

许秋萍打断了她的话："对不起。当时是当时，现在是现在。"她略一迟疑："情况已经发生变化了，而且还是根本性的变化。"

滕玉翠明白了："你是说，丁兆伯突然过来了？"

许秋萍："翠翠，可别误会。我这是为您着想。"她很坦率："还真是。兆伯叔过来了，身体又完全残废了，我妈怎么能对他不管不顾，回过头去跟我爸过日子呢？一点可能都没有啊。"

滕玉翠心里有点不痛快了："我听明白了。你这哪是为我着想？明摆着是在替你爸爸担心嘛。我要是离了婚，你爸爸就会扁担没扎，两头失塌。是这个意思吧？"

许秋萍没正面回答："而且还把您给害惨了，那又何苦来呢？"她继续表达自己的想法："翠翠，算了。谁也不是圣人，谁都有失错的时候。您还是跟我爸凑合着过吧。没事儿。"

滕玉翠忽然忍不住了："你、你怎么能这样说？我和你爸爸共同度过的日子，什么时候凑合过？就算你不了解我，也应该了解自己的父亲，你觉得他是个能够凑合的人吗？"

画外：院子外面忽然传进来汽车喇叭声，"嘀嘀、嘀嘀……"

许秋萍："哟，车来接我了。"急切中没有听清楚滕玉翠的意思，匆匆站起来："啊，您说得对。我爸那人挺古板的，从来就不肯凑合。没事，他那儿，我去做工作。您就放一百个心吧。"

滕玉翠气恼地望着她，还想说句什么，外面的喇叭声又响了。

许秋萍:"哟,无论如何得走了。先这样吧。再见,翠翠。"

她再也不敢耽搁,一抬脚跑了出去。

滕玉翠一弹而起,冲着她的背影喊了声:"不许叫翠翠!我是你名正言顺的翠翠姨!懂不懂?"

39. 大河街　客运码头（日　外景）

码头外的江面上雨显得更大。

许多到达的旅客都被阻隔在趸船上,不敢冒雨朝码头上走。

许家国提着小箱子挤了出来。他却不顾漫天大雨,性急地朝跳板上走了过去。

向飞舟早就等外在前面,赶快举着雨伞跑到他面前:"董事长,给您伞。"

他把雨伞递给许家国,接过小箱子就往上面跑。

许家国赶紧叫住他:"飞舟,先不回家。我要去广德医院。"

向飞舟马上折回身,带着许家国朝另外一个方向大步走去。

40. 广德医院　丁兆伯的病房内（日　内景）

许少臣坐在病床前,和丁兆伯相处得很开心。

丁兆伯颤颤巍巍地抬起右手,移到自己胸前,大拇指抵着心窝,微笑地看着许少臣。

许少臣:"等一下,我猜猜。"他看着丁兆伯那个动作:"大拇哥好像是代表'我'。意思是说,在我心窝里。对吗?"

丁兆伯面带微笑,轻缓地摇了摇头。

许少臣:"啊,明白了。那不是您经常挂在嘴边的话吗?"他也学着把大拇指比在胸前:"'我就是这么认为的',对不对?兆伯叔?"

丁兆伯这才含着笑容点了点头。

忽然他看见了什么,赶快收起笑容,望着房门口。

许家国已经轻轻地走了进来。

许少臣也看见了他,赶快站起身来。

许家国一直走到病床前:"兆伯,怎么样?感觉好些了吗?"

丁兆伯怔怔地看着许家国,目光中充满了期望。

许少臣便替他问了声:"爸,兆伯叔一直在牵挂着呢。那边情况怎么样?我妈有消息了吗?"

许家国在床沿上坐了下来:"具体的消息还没有。解放军摸清了土匪的去向,正在制定清剿方案。"他看着丁兆伯:"我见过那个土匪头子。兰芝落到他手里,暂时应该没危险。"

许少臣听出了点什么,赶快看了丁兆伯一眼。

丁兆伯望着许家国,眼睛里竟然沁出了泪水。

许家国俯下身去握住他一只手:"兆伯兄弟,我相信解放军一定有办法,也相信兰芝一定能死里逃生。咱们除了为她祈祷,其他事情也无能为力了。"他顿了顿:"可咱们能够做到的事情,还得咬紧牙关做下去。你说呢?"

丁兆伯吁出一口长气,又将右手拇指移到了心窝处。

许少臣赶快解释:"爸,兆伯叔说,他也是这么认为的。"

许家国点了点头:"那就好。听护士说,这几天你什么都不吃,那怎么行?知道吗,你现在能够做的事情,就是健康地活下去,顽强地站起来。要让兰芝放心,让我们大家放心。你说呢?"

丁兆伯的大拇指一直放在心窝处,微微地颤抖着。

许家国:"好。飞舟去替你热粥了。一会儿,我喂你吃。"

许少臣看着父亲,又看看丁兆伯,心里充满了欣慰。

41. 浦溪县公安局(日 外景)

崭新的牌子挂在两名卫兵身后——浦溪县公安局。

字幕：浦溪

42. 公安局一间办公室内（日　内景）

一名解放军军官坐在办公桌前，认真地看着材料。

丁汉生和郑锦仁坐在办公桌对面，期待地看着他。

那名军官看完材料抬起头来："材料先放我这儿吧。你们的看法我同意，申剑明的确有很大的嫌疑，要发动群众对他进行严密监视。如果跟整本花名册比对上了，立即实行逮捕。"

丁汉生和郑锦仁便站了起来："谢谢胡局长。"

胡局长的态度很平淡："你们纱厂政治背景很复杂啊。光是浦溪县伪议会议员，就占了两席吧？"他望着他们："除了申剑明之外，是不是还有一个副议长？啊？"

郑锦仁赶快解释说："啊，胡局长，她可是受强迫的。蓝八爷还把她绑架到山上去了，一直到现在，是死是活都不知道呢。军管会的首长都知道情况，还准备派兵去救呢。"

胡局长："行了。军事行动不能随便猜测，懂吗？"

郑锦仁："啊。我懂，我懂。跟您报告应该没关系吧？"

胡局长便站了起来："先这样吧。公安局刚成立，很多问题正在调查研究。请放心，我会尊重事实，严格按政策办事。决不放过一个坏人，也决不冤枉一个好人。"

郑锦仁嘴里连连应着，心里却并不踏实。

43. 大山深处　一处山冲前（凌晨　外景）

一支身披伪装的解放军侦察分队，悄悄地跃进山冲。

一名侦察兵迎上来："队长，那就是土匪的指挥部。"他指着山冲里头的几幢农舍："匪首们都住在那儿。"

队长边观察边问了声："薛大姐也关在这儿吗？"

侦察兵:"没错。门外有两个哨兵的那间屋子。"

队长便小声命令:"听着,大部队已经包围了这一带。凌晨五点发动总攻。冲锋号一响,咱们就扑上去,擒贼先擒王。记住,能活捉就活捉,不能活捉的,坚决消灭。"

队员们:"是!"

队长:"还有。"他指了指身边几名战士:"你们几个,负责营救人质。师部指示,一定要保证薛大姐的安全。"

那几名队员:"明白了。"

44. 蓝八爷的住房内(凌晨 内景)

蓝八爷仰躺在床铺上,正在呼呼大睡。

他突然惊醒,看见窗外的天空中升起了三颗红色信号弹。

紧接着,四面八方响起了嘹亮的军号声。

他一个翻身跳到地下,拔出枪跑了出去。

45. 山冲外(凌晨 外景)

小分队一跃而起,朝农舍那边猛扑过去。

几名匪首逃出屋来,还没分清方向便被小分队战士击毙。

蓝八爷带着保镖跑了出来,凭借树木负隅顽抗。

战士们包抄过来,将保镖一一击毙。

蓝八爷心慌意乱,正要往山路逃跑,那名队长冲上来,朝他连连开枪。

他连中数枪,终于倒下去,再也不动了。

46. 另一幢农舍前(凌晨 外景)

蓝县长带着几名随从,刚刚跑出屋子。

小分队的十来名战士飞快地扑了过来,高声喝道:"举起手来！""缴枪不杀！"

蓝县长立即跪下，举起了双手："我投降。我投降。"

47.一间屋子内（凌晨　内景）

屋外时而有子弹飞进来，打到墙壁上，尘土四溅。

薛兰芝紧紧地将身体缩在墙角，心里十分慌张。

房门被踹开，几名解放军战士冲了进来。

一名战士看见了她："您是薛大姐吗？"

薛兰芝望着他，惊恐地点了点头。

那战士："别害怕，我们是解放军，特意来救您的。"

战士们赶快上前，搀扶着她迅速地离开了屋子。

48.浦溪公安局　门前街道上（日　外景）

一条大横幅跨街悬挂——热烈欢迎剿匪部队凯旋。

市民们涌上街头，敲锣打鼓舞龙耍狮欢庆胜利。

一辆军用卡车开到门口停下了。

全副武装的解放军战士，将那名被活捉的蓝县长押了下来。

很多市民挥着拳头，愤怒地朝他喊着口号。

蓝县长戴着手铐，低着头，被押进了公安局大门内。

49.济民纱厂　厂门口（日　外景）

一辆军用吉普车停在厂门口。几名公安战士威严地站在那里。

申剑明在一张逮捕令上签下了自己的名字。

公安战士给他戴上手铐，将他押到吉普车前。

刚要上车，另外一辆吉普车开了过来。

那车开进厂的时候，薛兰芝从车窗探出头来，看见了申剑明。

申剑明也看见了车上的薛兰芝。

他嘴角露出一丝阴险的冷笑。

50. 纱厂办公楼前（日 外景）

郑锦仁、丁汉生和几名男女员工等候在办公楼前。

那辆吉普车开到这里，很快便停下了。

一名解放军军官跳下车，拉开车门，将薛兰芝迎了下来。然后坐上吉普车，很快又顺着原路开走了。

郑锦仁首先迎了上来："兰芝，天哪，可吓死郑伯了。"

丁汉生也跑了上来："兰姐，您还好吧？没受什么苦吧？"

薛兰芝淡淡地笑了笑："唉，一言难尽，先别说了。"她很快就注意到了丁汉生他们臂上的红袖章："嚯，精神啊。这就是咱们义勇队的红袖章？"

丁汉生："兰姐，这是董事长的主意。他说，厂子烧了算什么？咱们济民纱厂的精气神，永远都不会垮。"

薛兰芝连连点头："是。刚才解放军的首长还直夸咱们呢。"

郑锦仁："兰芝，你是留这儿，还是回常德休息几天？"

薛兰芝："这儿暂时没什么事，明天一早我还是回常德吧。"她看着丁汉生："还不知道你二伯怎么样了。"

51. 浦溪客运码头前（日 外景）

一辆马车从街道那头走了过来。

郑锦仁提着小箱子先下车，然后回身把薛兰芝接了下来。

丁汉生也下了车，从马车上取下一架手推车。

薛兰芝看了一眼："哟，这是从哪儿买的啊？"

丁汉生："哪里有买啊？这几个晚上，我自己动手做的。"

郑锦仁把箱子放在推车上试了试："嚯，正好先用上了。"

丁汉生朝码头看了一眼："到时间了，我送你们上船。"
刚要朝码头走，街道那头响起了警笛的声音。
郑锦仁赶快抬头望去。

52. 街道那头（日　外景）
两辆吉普车鸣着警笛，飞快地朝这边开了过来。

53. 码头前（日　外景）
郑锦仁和丁汉生同时意识到不妙，一时不敢动了。
薛兰芝不明就里："怎么不走了？"
那两辆吉普车已经开到了他们面前。
公安局那位胡局长从前面一辆车里走了出来。
他走到薛兰芝面前，打量了一眼："你是薛兰芝？"
薛兰芝不解地看着他："是我。怎么啦？"
胡局长："本人是县公安局的胡局长。请跟我们走吧。"
薛兰芝吃了一惊："为什么？"
胡局长："去了就知道了。"他一挥手："带走。"
…………

第 39 集

1. 前集回顾

胡局长打量了薛兰芝一眼:"你是薛兰芝?"

薛兰芝不解地看着他:"是我。怎么啦?"

胡局长一挥手:"带走。"

2. 济民纱行　许家国书房内(日　内景)

许家国忽地站了起来,对着话筒:"什么?带走了?郑伯,怎么回事?为什么要把她带走?"

3. 浦溪县　电话局一个长途电话间内(日　内景)

郑锦仁急得直擦汗:"我哪知道啊?那阵仗太吓人了。公安局长亲自出马,开着车一直追到了码头上。说声带走就带走了。"

画外:许家国的声音:"公安局带走的?那更说不过去啊。"

郑锦仁:"谁说不是啊?唉,家国,这事儿真的蹊跷。上次我跟汉生去公安局报案,刚好也是这个胡局长。他露了一句话,我和汉生当时就觉得不对劲儿。"

4. 许家国书房内（日　内景）

许家国："是吗？他说什么了？"

画外：郑锦仁的声音："说咱们纱厂政治背景很复杂，县议会的议员就占了两个。还有个副议长。"

许家国："嗨，副议长是土匪胁迫的。兰芝连议会大门在哪个方向都不知道，从来就没去过那儿，连选举会都没去开呢。"

画外：郑锦仁的声音："是，这些情况我都清楚。"

许家国有点火："清楚你还磨蹭什么？赶紧去跟人家解释啊。"

5. 浦溪长途电话局　电话间内（日　内景）

郑锦仁："可人家也没说是因为这个才带走她的啊。万一冒出个别的原因……"

画外：许家国的声音："不可能。郑伯，清匪反霸首先要查清楚历史身份。你跟汉生再去一趟公安局，直接找那个局长。"

郑锦仁有点顾虑："家国，那个局长口风很紧，态度不冷不热，人又是他亲自带走的。再去找他，能有作用吗？"

6. 许家国书房内（日　内景）

许家国想了想，果断地说："郑伯，那就赶快去军管会。一定要见到余师长。就说我拜托他了，请他尽快过问一下。至少要弄清楚是怎么回事儿。"

画外：郑锦仁的声音："行，我这就去军管会。"

许家国："郑伯，辛苦你了。一有消息马上告诉我。"

画外：郑锦仁的声音："好的。那我挂了。"

郑锦仁："可明明就是抓走了啊。"他有点着急："余师长先生，您可得替我们做主啊。刚刚许董事长还让我拜托您呢。"

余师长："老人家，请您转告许董事长，胡局长是个原则性很强的好干部。案子在他手上，从来就没有办错过。我们还是耐下心来，让事实说话吧。"

郑锦仁顿了一下："那，能不能告诉我，为什么要抓她啊？"

余师长没有含糊："能够告诉你们的，胡局长不会保留。他要是觉得不能告诉你们，谁告诉都不行。包括我在内。"

郑锦仁怔怔地望着他，再也不知道说什么好了。

14. 军管会大门外（黄昏 外景）

丁汉生一直站在军管会街道对面等待着。

郑锦仁终于从里面悻悻地走了出来。

丁汉生赶快迎了上去："郑伯，怎么样？"

郑锦仁摇了摇头："唉，不行。等了一下午，什么都没打听到。"他有点奇怪："汉生，你怎么也过来了？"

丁汉生："特意等您呢。"他小声说："我全打听清楚了。"

郑锦仁："是吗？快告诉我，怎么回事儿？"

丁汉生朝军管会那边看了一眼："郑伯，咱们江边说去。"

郑锦仁便跟着他朝江边走去。

15. 江边 堤岸上（黄昏 外景）

丁汉生陪着郑锦仁走了过来，继续告诉他说："他们怀疑，兰姐花大价钱买个副议长的名分，不可能没有自己的目的。"

郑锦仁："这不瞎说吗？谁花钱买那种名分啊？"

丁汉生："蓝县长已经坦白了，总共花了十五万。"

郑锦仁顿时明白了："嗨！那是敲诈勒索呢。钱还是我送去的。跟副议长的事压根儿就不沾边。"他觉得有点不对:"汉生,你这是从哪儿打听到的?"

丁汉生:"公安局一个管治安的副局长。咱们义勇队就归他管。他是这儿的老地下党,以前我跟他关系就挺不错的。"

郑锦仁:"抓薛兰芝,就是因为这个?"他似乎有点不敢相信:"没有别的事儿吗?"

丁汉生:"有啊。做梦都想不到的事儿。"他压低声音:"跟副议长比起来,那件事情的麻烦就更大了。"

郑锦仁一怔:"噢?说说看,什么事情?"

丁汉生:"有人检举说,兰姐挑了七个女工,送给土匪带上山了,说是特意孝敬蓝八爷的,条件就是把纱厂两千多员工留下。"

郑锦仁回想了一下:"怎么会?当时我也关在那儿。土匪逃跑的时候,只是绑架了薛兰芝,其他人一个都没带走啊。"

丁汉生:"郑伯,我核过了。有名有姓,真的不见了七个女工。"他看着郑锦仁:"您还记得张立春吗?挺漂亮的那个。"

郑锦仁:"当然记得。不就是张守坤的闺女吗?兰芝最喜欢她。"他有点紧张:"怎么?立春姑娘也不见了?"

丁汉生:"可不是吗?"他想不清楚:"郑伯,也确实有点奇怪,蓝八爷的土匪消灭的消灭了,投降的投降了,可立春她几个姐妹,一直到现在,活不见人,死不见尸。"

郑锦仁想了想:"这是谁检举的?申剑明?"

丁汉生:"除了他还有谁?"他望着郑锦仁:"知道申剑明为什么要检举吗?他的命很快就保不住了。"

郑锦仁:"噢?"

丁汉生:"蓝县长交出了花名册,承认是申剑明偷给他的。里面还真缺了两页,完全对上了。铁证如山,万妹儿就是申剑明杀死的。那家伙不能抵赖，突然说要立功赎罪，就咬上了兰姐。"

郑锦仁连连摇头："唉，这畜生真是十恶不赦。祸根啊！"

丁汉生："可兰姐就惨了。找不到那几个女工，她还真的没办法交代。是死是活，哪怕找到一两个，也能知道是怎么回事啊。现在让她上哪儿找去？人都关起来了。"

郑锦仁："汉生，她没办法了，咱们替她找。"他不再耽搁："赶紧回纱厂，找咱们员工打听。仔仔细细，一个不漏，我就不相信问不出一句明白话。"

丁汉生便跟着他匆匆离去。

16. 济民纱行　许家国书房内（夜　内景）

滕玉翠听完许家国的述说，关切地看着他："结果呢？有人知道她们去哪儿了吗？"

许家国摇了摇头："每个人都问到了，没人清楚这件事。"

滕玉翠想了想："是不是那会儿太乱了？情况紧急，人又太多，谁都没注意看？"

许家国："乱是乱，可立春她们人数也不算少啊。一下子走丢了七个人，怎么会没点动静呢？"

滕玉翠忽然又想到了什么："家国，你觉得，她们会不会一起回武汉了？"

许家国："不会。我问过汉生，那些女工都是咱们职工的子弟，随着父母一道迁过来的，武汉已经没亲人了。她们几个还都是厂里的积极分子，挺要求进步的。这种时候她们不可能回武汉。"

滕玉翠点了点头，不再问了。

许家国看了一眼挂钟："我得去医院了。"他想起了什么："对了，兰芝这件事，一个字都不能让丁兆伯知道。明天早上来接班的时候,千万别说漏了嘴,啊。"

滕玉翠:"行,我记住了。放心吧。"

许家国提着一只保温饭盒就要出门。

滕玉翠又叫住了他:"家国,要不然我现在去找一下文松大哥,看看他有没有办法?"

许家国站住了:"文松现在是什么职务?"

滕玉翠:"地委副书记,正好管清匪、肃反这一条线。"

许家国:"可浦溪不归这儿的地委管啊。"他想了想:"找他说说也行。毕竟也是管这条线的,听听他有什么建议吧。"

17. 广德医院(晨 外景)

开春了,医院外面的小公园内,垂柳吐出了新的叶芽。

18. 丁兆伯的病房内(晨 内景)

丁兆伯气色好了很多,已经能在病床上靠着坐起来了。

许家国坐在他床跟前,正在用小勺子喂他吃着鸡汤。

吃着吃着,丁兆伯朝门口看了过去。

许家国也回头一看,郑锦仁扛着那架手推车走了进来。

丁兆伯的眼睛顿时紧紧地盯住了郑锦仁。

许家国便暗中对郑锦仁使了个眼色,故意问了句:"郑伯,您回来了?纱厂那边还好吧?咱们的员工怎么样了?"

郑锦仁便放下手推车:"挺好的。员工的积极性可高呢,军管会都表扬好几次了。"

丁兆伯似乎没听见,仍然怔怔地望着郑锦仁。

许家国又故意问:"兰芝怎么样?这段时间忙坏了吧?"

郑锦仁:"可不是吗?厂子里头她最忙,还有汉生也是。"他赶快推过来那架手推车:"对了,兆伯,这是您侄子亲手做的呢。"

您瞧瞧，多结实啊？"

丁兆伯便看了看那辆手推车。

许家国顺势放下汤碗："嚄，汉生还有这么好的手艺啊？兆伯，咱们这就试试。来，郑伯，帮一把。"

郑锦仁赶紧走上前，两人利索地把丁兆伯从床上抱了起来，放上了那架手推车。

许家国抓住手推车，在病房里头前后推了几步："哈，真好使，又轻便又灵活。兆伯啊，打这以后，我就可以推着你出去走一走了。想上哪儿上哪儿，多好啊？"

丁兆伯坐在车上，看了看手推车，脸上终于露出了笑容。

许家国这才放下心来。一抬头，看见滕玉翠在外面朝他招手。

他便对郑锦仁说："郑伯，您先陪兆伯说说话，我就来。"

19. 门外走廊上（晨　外景）

滕玉翠将身体隐在丁兆伯看不见的地方，等许家国走过来，小声告诉他说："家国，幸好昨天晚上我去找了文松大哥。"

许家国："噢？你说幸好，是什么意思？"

滕玉翠："他今天一清早就要到湘西那边出差，差点就错过了。"她小声说："文松让我告诉你，这一次他正好要去浦溪县办点公事。如果可能的话，他会想办法见见兰芝姐。"

许家国心里略感踏实："哦，这样也不错。至少可以见到兰芝，听听她自己怎么说，也许她有线索呢？"

滕玉翠："是啊。我也这么觉得。"

20. 浦溪　看守所一个监房内（日　内景）

这是一间单人监房，薛兰芝就被关押在这里。

门开了,两名穿制服的女看守走了进来:"薛兰芝,有人要见你。跟我们走吧。"

薛兰芝默默地站了起来,习惯性地用手整理了一下自己的头发,朝门口走去。

一女看守交代说:"这是一位外地过来的领导。你讲话要注意,该说就说,不该说的话,不能随便说。"

薛兰芝点了点头,伸出双手,女看守便给她戴上了手铐。

21. 看守所　审讯室走廊内(日　内景)

女看守将薛兰芝从走廊那头带过来,走到了审讯室门外。

一名女看守推开房门,薛兰芝便走了进去。

22. 审讯室内(日　内景)

薛兰芝抬头朝里面看了一眼,不禁一愣。

张文松坐在审讯位置的正中间。左边是一位军官,右边是当地的一名政法干部。

张文松便和气地问了声:"许太太,不认识我了?"

薛兰芝迟疑了一下:"有点不敢认。您是……张总管?"

那政法干部:"不像话。这位是张书记,从外地过来的大领导。知道吗?"

张文松:"她没说错,我的确在济民纱行当过几年总管。"他面带笑容地看着薛兰芝:"请坐吧,许太太。"

薛兰芝没有坐下。她看着张文松:"我想单独跟您说句话。"她朝另外两名干部看了看:"我不会乱说的。可以吗?"

政法干部:"当然可以。"他站起身来:"张书记,我们就在门外。有事您随时叫我。"

张文松:"好的。谢谢你们。"

政法干部和军官便离开了审讯室。

张文松笑了笑:"许太太,您说吧。什么事儿?"

薛兰芝:"哦,是这样。您以前跟我们很熟,现在又是大领导了,这次来,会不会想办法把我从这儿弄出去啊?"

张文松:"许太太,我得实话跟您说,这种可能性基本不存在。解放了,大家都得依照法律办事。问题没有查清楚,谁都不能把您弄出去。"他非常真诚:"再说那样弄出去了,对您也是一种不负责任的态度啊。您说呢?"

薛兰芝松了一口大气:"那就好。您这么说,我就放心了。"

张文松有点惊讶:"是吗?您是怎么想的?"

薛兰芝:"没找到立春她们的下落之前,您就是让我出去,我也不能离开这儿。"她很坚决:"真的。我不会出去的。"

张文松:"许太太,他们羁押您,只是想查清楚事情跟您有没有关系。一旦确定没有责任,找没找到女工,也得放您走啊。"

薛兰芝看着张文松:"是啊,最担心的就是这个。我要是一走,这案子就结了。他们又很忙,还有谁会接着找那几个女工呢?找不到她们,我就是出去了,良心也不能安稳啊。"

张文松怔怔地望着她,一时不知道说什么才好。

薛兰芝这才在那张审讯椅子上坐了下来:"我说完了,您赶紧请他们几个进来吧。时间长了,人家会起疑心的。"

张文松点了点头,心里充满了敬佩。

23. 济民纱行 小客厅内(日 内景)

张文松告诉许家国说:"我已经跟那边地委领导沟通了,他们会对这个案子挂牌督办。只是时间就说不好了,可能不会等太久,也可能很长时间都不会有消息。"

滕玉翠在边上想了想,插话问了句:"那,其他的事情呢?

应该都查清楚了吧?"

张文松:"是的。副议长的事儿纯属强加于人,已经作了结论。其他指控也是蓄意诬陷。公安局都给予了否定。"他非常明确地告诉许家国:"只要弄清楚几名女工的下落,就可以结案了。"

许家国:"那也不对啊。女工失踪的事情,不也是诬陷吗?既然是诬陷,她这案子为什么还不能结啊?要是一辈子都没有下落,她还得在里面待上一辈子?"

张文松顿了一下:"关键是许太太本人也不愿意过早结案。"他很感慨:"她的担心是有道理的,所以她宁可自己受点委屈,继续待在里面。案子不结,专案组也不能撤销,至少不会不了了之。"

许家国摇了摇头:"我明白。这就是她。这就是兰芝啊。"

滕玉翠也深受感动:"天哪,我自以为是个心地善良的人。今天才知道,我比兰芝姐相差十万八千里还不止啊。"

张文松:"还有一个好消息。那边剿匪进展很快,监所不够用,想转移一部分囚犯到我们这儿来。我已经跟他们提出来了,在不违反原则的前提下,能不能把许太太也转过来。"

滕玉翠:"噢?转到我们草桥监狱吗?"

张文松:"是。那是湘西北最大的监所,条件也不错。"

许家国:"条件再好,毕竟还是座监狱啊。"他叹了口气:"唉,离得近当然要好一些。只能退而求其次了。"

滕玉翠不再插话,心里在琢磨着什么。

24. 某防汛抗洪大堤上(日 外景)

红旗招展,很多男女青年正在抢修防洪大堤。

一名青年正陪着卷着裤脚、足穿草鞋的许少臣朝大堤下面走。

许少臣问了句:"小王,地委过来的是哪位领导?"

小王:"地委委员,郝部长。"

许少臣一怔:"组织部的郝部长吗?"

小王:"对,就是她。"

许少臣有点奇怪:"哟,她怎么过来了?"

他不由得加快步子,一路小跑地奔下了大堤。

25. 大堤下　一间临时工棚外（日　外景）

工棚门口挂着一块临时招牌——防汛抗洪前线指挥部。

小王站住了:"许书记,我就不进去了。"

许少臣:"好。谢谢你了。"

他没有停顿,直接走进了工棚。

26. 指挥部工棚内（日　内景）

工棚里面很简朴,除了几张木凳,没别的摆设。

一名四十来岁的女干部迎了过来:"少臣同志,辛苦了。"

许少臣赶快上前跟她握手:"不辛苦。部长好。"

郝部长:"坐吧。"她开门见山:"少臣同志,我这次匆匆赶过来,是想跟你谈谈工作岗位的事儿。"

许少臣坐了下去:"好的。部长请指示。"

郝部长:"由于工作需要,地委决定让你辞去团地委书记职务,调到另外一个部门去工作。你没有意见吧?"

许少臣:"没有意见。我服从组织调动。"他顿了一下:"郝部长,组织上准备安排我去哪个部门?"

郝部长:"我们地区刚刚组建了轻工业局,决定调你过去,担任常务副局长。"她望着许少臣:"目前还没有指派局长的考虑,所以,你得主管全面工作。时间很紧,今天得赶回去到任。"

许少臣坐在那儿,一时没有作声。

郝部长敏锐地看着他:"少臣同志,你对这项安排有什么意见,可以直接跟我说,没关系的。"

许少臣便抬起头来:"郝部长,组织上对我降级使用,这对我是一种考验。请放心,我能接受考验。"他真诚地看着郝部长:"只是想了解一下,我母亲的问题,是不是已经很严重了?"

郝部长很坦率:"我可以告诉你,你母亲的问题已经不复杂了,只剩一个问题还悬而未决。这个问题又存在着两种可能。一种是问题不大,或者毫无问题。另一种,那就相当严重了。"

许少臣眉头紧皱,面色严峻。

郝部长:"在这种情况下,组织上不得不有所考虑。少臣同志,这也是对你本人的一种保护。希望你能够理解。"

许少臣站起来:"郝部长,生我养我的是母亲,教导培育我成长的是中国共产党。许少臣是个孝子,更是党组织的忠诚儿女。"

郝部长郑重地握住他的手:"放下包袱,轻装上阵。记住,组织上始终是信任你的,啊。"

许少臣庄重地点了点头。

27. 某县城长途汽车站(日 外景)

这是一座非常简易的汽车站,乘客上车下车,都在一块空坪里。

许少臣换上了一套干净衣裳,背着背包走过来准备上车。

一辆客车刚好进站,乘客们提着包裹从车上走了下来。

许少臣抬头一看,忽然吃了一惊。

滕满珍脚踏一双草鞋,提着一只背包也下了汽车。

许少臣赶快朝那边喊了声:"珍子,珍子!"

滕满珍看见许少臣，不禁一阵狂喜，飞快地跑过来往他怀里扑："呀！少臣哥，我还正不知道去哪儿找你呢。"

许少臣及时推开她："别、别。"他盯着她："你来干什么？"

滕满珍："我毕业了，正在等分配。闲着没意思，就来找你参加防汛抗洪。怎么啦？不欢迎我啊？"

许少臣惊异地望着她："这么说，你是自己来的？爸爸知道吗？跟翠翠姨说好了吗？"

滕满珍："有那必要吗？都走向社会了，还当我是小孩啊？"

许少臣很坚决："不行。现在就跟我一起回去。"

滕满珍这才看了他一眼："哟，你这是要回去吗？"

许少臣："是啊。我工作调动了，得赶紧去新单位报到。"

滕满珍："调动了？"她口无遮拦："哈，是不是升官了？"

许少臣："瞎说些什么啊？"他把行李放在地下："在这儿看着，我去给你补张车票。"

28. 湖区公路上（日　外景）

公路平直却并不平坦。那辆长途汽车在上面颠簸地走着。

29. 长途汽车上（日　内景）

车上的乘客并不多。许少臣坐在汽车最后一排，心情压抑地看着车窗外面。

滕满珍坐在他身边，怯声怯气地问："少臣哥，干吗不说话啊？是不是觉得我滕满珍是一个冒失鬼？"

许少臣："别乱想。我也很冒失。冒失人不嫌冒失鬼。"

滕满珍："才不信呢。肯定生我的气了。"她看着许少臣："我说你升官了，你当时就变了脸。我说错了吗？"

许少臣调整了一下心情："明明是降级，你还说升官。故意挖苦我是不是？变脸还是轻的，没揍你就不错了。哈。"

滕满珍便朝他依过来："少臣哥，我知道的，你舍不得揍我。"

许少臣："舍不得？下次再说试试看。"

滕满珍："下次我也不说了。别放在心上，啊。"她靠得更紧："降就让他降吧。其实我也不喜欢做官太太，上街吃点零食，还有人在背后指指点点的，太不自在了。"

许少臣吓了一跳，赶紧离她远了些："珍子，说些什么呀？"

滕满珍："怎么啦？我又说错了？"

许少臣有点哭笑不得："你才多大啊？还没到谈婚论嫁的年纪，就满脑子太太、太太的？"

滕满珍："那有什么啊？我们班有个女孩比我还小半岁，去年就生了一个孩子。真的。"

许少臣惊奇地看着她："天哪，还有这事儿？"

滕满珍："看看，我不小了吧，都快十九了。"她顽皮地笑了笑："也行啊，实在嫌我还小，那我就再等你几年。"

许少臣也笑了："谁等谁啊？越往后我的年龄越大，你还等吗？哈，再等我就成一小老头了。"

滕满珍也笑了："所以你也等不起啊。再不抓紧点，咱俩就老夫老妻了。"

许少臣笑出了声："哈，珍子，你真是无忧无虑啊。"

滕满珍忽然转过身，正面看着许少臣："少臣哥，这句话你还真说对了。"

许少臣："哪句话？"

滕满珍："您说我无忧无虑，其实我是故意的。我只能那样过。你知道吗？从小长大，既没见过爹，也没见过妈，我每天都逼迫自己别去想那些，一定要让自己无忧无虑。您看，这不就过来了吗?"

许少臣感慨地看着她:"是啊,珍子,你很早就长大了。"

滕满珍:"那,少臣哥,珍子也能让您无忧无虑吗?"

许少臣:"能。你是一个给世界带来快乐的人。"

滕满珍却摇了摇头:"还不行。少臣哥,我知道你母亲还在受苦。不怕的少臣哥,有珍子呢。以后我会天天去给她老人家送饭,要让她快乐起来。人一快乐,再苦都不往心里去了。真的。"

许少臣心里一阵灼热,伸手便把她搂在了怀里。

30. 浦溪看守所　一间审讯室门外（日　内景）

蓝县长:"我父亲确实罪大恶极,他要是没死,枪毙一万次都是罪有应得。可要说他带走了纱厂女工,这一条还真的冤枉。根本就没有这件事,我可以用性命保证。当然啰,我的命已经不值钱了。"

审讯席上,除了公安局胡局长之外,余师长也坐在正中间。

胡局长:"你觉得,他做这件事情,会不会瞒着你?"

蓝县长:"不可能。上了山,一天到晚鼻子对着眼睛,想瞒都瞒不住啊。再说那会儿你们解放军排山倒海一样打过来了,老爷子哪还顾得上那种事情啊?"

胡局长便侧头看了余师长一眼。

余师长:"其他几股土匪呢?有没有可能做这件事情?"

蓝县长:"长官是问榜爷、四丫头他们?"他一口否定:"那就更不可能了。打兵工厂那天,解放军从天而降,他们当时就逃到龙凤县去了。纱厂这边抓人放火是我爹负责,榜爷根本就没拢边。"

余师长不再问什么,合上了面前的文件夹。

胡局长便朝看守挥了挥手:"带下去。"

看守们很快便把蓝县长带了出去。

余师长站了起来:"老胡,根据目前的证据,薛兰芝跟这件事情没什么关联,可以把薛兰芝转监到常德听候处理。军部跟我谈过了,毕竟许家国是位爱国实业家,也是我们重点团结的对象嘛。"

胡局长也站了起来:"是。一定照办。"

余师长:"还有,失踪女工没查出结果,案子先不结,专案组不能撤。你们刑侦方面还得增派人手,加大力度,一定要给当地党委和人民群众一个客观、公正的交代。听明白了?"

胡局长:"明白。师长请放心。"

31. 常德 草桥监狱(日 外景)

草桥监狱改了牌子——省立第二监狱。

一辆囚车从公路上开过来,在监狱大门外停下了。

几名等候在门外的男女监管干警迎了上去。

囚车门打开了。薛兰芝戴着手铐,被女警搀了下来。

趁着干警们办交接手续的工夫,薛兰芝回过头看了看周边环境,目光中禁不住流露出一丝欣慰。

没等多久,干警们将薛兰芝带进了监狱大门。

32. 监狱院子内(日 外景)

一名中年干警带着两名女干警站在院子里等候着。

押送的干警看见那名中年干警,赶快朝他敬礼:"监狱长好。"

监狱长还了个礼:"你们辛苦了。"他接过交接记录,在上面签下自己的名字,回头对身后的两名女干警说:"你们带薛兰芝去办公室登记一下。"

两名女干警应了声:"是。"走到薛兰芝面前,替她打开了手铐:"请跟我们走。"

薛兰芝抚摸了一下手腕,跟着她们朝办公室那边走去。

33.监狱的一间办公室门口(日　内景)

薛兰芝走到办公室门口,迟疑地看了女干警一眼。

女干警:"就是这儿。进去吧。"

薛兰芝便走进了那间办公室。

34.办公室内(日　内景)

薛兰芝走进来,朝前一看,忽地一愣。

滕玉翠一个人站在宽大的办公室中间,呆呆地看着她。

薛兰芝不敢相信自己的眼睛:"……翠翠,是你吗?"

滕玉翠再也忍不住了,喊了一声"兰芝姐",扑过来,一把死死地抱住了她:"我的好姐姐啊!"

薛兰芝一时泣不成声:"翠翠啊,我的妹妹。姐姐我、我都快要撑不住了。翠翠啊……"

两名女干警便轻轻地走了出去,顺手带上了房门。

听见关门声,滕玉翠才抬起头来:"姐,您别太难过,啊。打这以后,全家人都在身边。一切都会好起来的,啊。"

薛兰芝便止住了哭泣:"是。是。我哭出来就好多了。"

滕玉翠:"姐,我来这儿要经过批准,不能超过五分钟,咱们抓紧时间说说话,好吗?"

薛兰芝:"好。翠翠,快告诉我,丁兆伯怎么样了?"

滕玉翠:"他的生命力真的顽强,已经能够坐起来了。"

薛兰芝:"腿跟手呢?一点都不能动?"

滕玉翠:"胸部以下完全没有知觉。手可以动,很慢。没有力量,还有点颤抖。"她想了想:"如果加强训练,有可能会好一些。将来要能用汤勺自己吃饭,那就是最佳效果了。"

薛兰芝点了点头:"说话呢?还是不行?"

滕玉翠摇了摇头:"听话可以。思考也敏捷多了。大夫说,他的功能可以恢复的全恢复了。其他的,就不再有可能了。"

薛兰芝叹了口气:"唉,好歹总算是活过来了。"

滕玉翠:"还活得非常清醒。"她告诉薛兰芝:"姐,我每天都看他的眼睛,兆伯大哥的眼睛里面全是对您的思念。我敢肯定,如果能早一点看见您,他的身体还可能会出现奇迹。真的。"

薛兰芝:"我也这么想啊。"她摇摇头:"可这由得了我吗?"

滕玉翠:"姐,怎么由不了您?有句话我实在憋不住了,有必要非等到水落石出吗?万一那几个姐妹已经不在了呢?您就是给她们守灵,也不能没个期限啊。"

薛兰芝:"妹妹,不是那样的。现在是一个准信都没有啊。要真能确定她们不在了,我也不会这样做。"她宽慰滕玉翠说:"别担心,浦溪公安局的专案组抓得很紧。我有个预感,真相大白的日子,应该不会太远了。"

滕玉翠只好不再劝她:"对了,家国不知道您今天会过来。这几天专员公署正找他商量厂子重建的方案,每天两头见黑。我看他实在太忙,就没着急告诉他。"

薛兰芝:"没事儿。你刚才说什么?厂子要重建?"

滕玉翠:"好像要建新厂吧?我没有细问。"

薛兰芝不想多问:"哦,你快回去吧。"她感激地望着她:"你能这样来看我,姐这心里不知道有多舒坦。谢谢你啊,好妹妹。"

滕玉翠泪珠一下便掉了下来,扑上前再一次紧紧地抱住了她。

35. 郊外一片山坡上（日 外景）

平缓的山坡一望无际。

测量人员架着仪器，举着标杆，正在来回测量着。

许家国蹲在地下，正对着几张图纸指指点点。

张文松和几名工程技术人员也蹲在那儿，听他解说。

36. 山坡旁边的公路上（日 外景）

一辆小轿车很快地开到了山坡旁边。

一名年轻干部拉开了车门。

那位宋姐下了车，大步朝山坡走了上去。

37. 山坡上（日 外景）

张文松站了起来："噢，专员亲自来了？"

许家国刚刚站起来，宋姐已经来到了他身边。

张文松赶快介绍："董事长，这位就是地区专员公署的宋专员。"他又向宋姐说："宋专员，这位就是……"

宋姐握住了许家国的手："不用介绍，我们早就是老熟人了。"

许家国有点困惑："噢？专员同志，我们、以前见过吗？"

宋姐笑着笑："没有。那时候我在地下。"

张文松："宋专员是地下党负责人，也是我多年的老领导。"

许家国十分钦佩："啊，明白了。你们都是打天下的人啊。"

宋姐："是啊，打出来一个新中国不容易，建设好新中国，恐怕更加困难。还得请董事长出谋划策，尽心尽力啊。"

许家国："宋专员请放心，许家国早就盼着这一天了。"

宋姐点了点头，望着眼前的坡地："您觉得这位置怎么样？"

许家国："太好了。正面有沅江，侧面有内河，两水相交，简直就跟汉口一样,交通运输完全不成问题。"

宋姐:"好。只要董事长看得上,范围由您划定。需要多少土地,政府全部提供。"她笑了笑:"建议您狮子大开口,要就多要点。过了这一村,就没了这一店哦。"

许家国:"哈,宋专员,我这点心思,怎么全让您给看出来了?我规划的面积超了常规,足够这座纱厂发展五十年了。"

宋姐:"那就好。韩信点兵,多多益善嘛。"

张文松:"宋专员,还有个好消息。浦溪纱厂那边,大概有百分之八十以上的设备还能继续使用。他们正在抓紧修复。只等这边厂房立起来,很快就可以开机运转。"

宋姐:"也别太仓促。产权的问题,有必要事先划分清楚,不能让民营资本吃亏。行署已经通过了,决定结合工商业改造,把纱厂这个项目作为公私合营试点。政府负责划拨土地、修建厂房。济民纱厂以设备和工人入股合营。董事长,您觉得怎么样?"

许家国:"如此良机,千载难逢,我还能说什么呢?"他感慨万千:"唉,要是没有人民政府的英明和开明,民族工业绝不可能前景光明。天时地利人和,正当其时啊。"

宋姐和张文松欣慰地望着他,连连点头。

38. 济民纱行　门外街道上(日　外景)

一辆吉普车开到大门口停了下来。

许秋萍跳下车,回头交代了声:"请稍等,我马上出来。"

39. 许家国的书房内(日　内景)

许家国从墙壁上取下规划图纸,一张张叠起来,正往一只文件夹里面装进去。

许秋萍一推门走了进来:"爸,车来了。走吧?"

许家国将最后一张图纸装好:"行了。马上走。"

许秋萍:"爸,您带图纸干吗?还要去哪里汇报吗?"

许家国:"秋萍,你说对了。我还真得去给你妈汇个报。她要是见到新厂规划图,还不知道有多高兴呢。"

许秋萍看着他,忽然问了句:"爸,听说我妈从湘西转过来那天,翠翠特意去监狱迎接她。这事儿也是您安排的?"

许家国:"怎么可能?那天行署领导在我们新址现场办公,整天都在工地上。你母亲到的那天,事先我压根就没听说。"

许秋萍点了点头:"行。翠翠这人心地善良,值得谅解。"

许家国心里一愣:"谅解?这话什么意思?"

许秋萍:"您不知道,翠翠的心理压力太大了。表面看不出来,内心里,她一直担心有一天您会跟她离婚。"

许家国:"这话从何说起?我怎么一点都没觉察出来?"

许秋萍:"那是因为有很多事情您都没觉察到。翠翠是亲历者,她心里那道伤痕,始终没有办法愈合。"她不想多说:"算了。事情都过去了,大家都朝好的方向努力吧。"

许家国意识到了什么,忽然非常认真:"秋萍,为什么不说了?说啊。不说出来,反倒在你心里落下了伤痕,不是吗?"他索性主动把话挑明:"你真的认为有些事情我毫无觉察?不就是上次去重庆,她被那个姓乔的专员劫持那件事儿吗?"

许秋萍也有点吃惊:"爸,这么说,不管翠翠做了什么事,您都能够无条件地容忍?"

许家国把手里的文件夹往桌子上一摔:"秋萍,你没有资格评价翠翠。我再说一遍,你没这个资格!"

许秋萍顿时愣住了:"爸,为什么这样说?"

许家国:"因为你完全不了解当时的险恶。假如没有翠翠的忍辱负重,没有她舍命周旋,这座济民纱行,还有浦溪的济民纱厂，早就不复存在了。这些情况你知道吗？不，你完全不知道！"

许秋萍望着他，一时说不出话来。

许家国："当然，你说她在重庆跟谁谁的事，我也不完全知道。可我完全不想知道。第二天她自己想告诉我，我没让她说。一个弱小女子，落到强盗手里，不管发生了什么，她都是一个受害者。翠翠是这样，你妈也是。她也被蓝八爷绑架到山上去了好多天，难道我们还忍心追问那些天究竟发生了什么吗？"

许秋萍听得心里一震。

许家国："亲人受到伤害，我们只能掏心掏肺去抚平她的伤口，保护她们做人的尊严。这一点比金子还珍贵。除此之外，一切都轻如鸿毛。"他直视她的眼睛："秋萍，你同意爸爸这句话吗？"

许秋萍被深深折服。她长吁一口气："爸，您永远是女儿人生的教科书。"她从桌子上拿过那个文件夹："走吧，赶紧去看我妈。"

许家国点了点头，将手搭在她肩头上，一起走了出去。

40. 浦溪　公路进入县城的路口处（日　外景）

余师长带着几名军队和地方的干部，等候在路口处。

字幕：一年后　浦溪

一名干部看见了什么："余师长，来了。"

余师长赶快朝公路那头望去。

41. 前方公路上（日　外景）

两辆军用吉普车飞快地驶了过来。

42. 入城的路口处（日 外景）

余师长率先朝吉普车迎了上去。

第一辆车上，薛梦泽急不可耐地走了下来。

后面那辆车上也走下来几名兵工厂的技术干部。

余师长上前拉住薛梦泽的手："老薛，欢迎凯旋。欢迎回来重振军工大业。"

薛梦泽："哎呀，余师长亲自到路口迎接，太不敢当了。"

余师长："你现在军衔比我高，哪能怠慢？哈，这是开句玩笑。说真的，兵工厂迁了新址，我不带路，你还真找不着呢。"

薛梦泽身后跟着一名身穿军装的年轻女兵。她那漂亮脸蛋上挂着甜蜜的微笑，一直没有说话。

余师长看了她一眼，问薛梦泽："老薛，怎么不介绍一下？"

薛梦泽笑了笑："这是个小秘密。一会儿单独跟您报告。"

余师长："哈，明白了。"他手一挥："你们俩上我的车。"

一行人随即都登上了吉普车。

43. 余师长的吉普车上（日 内景）

车子行驶了一段时间，薛梦泽终于问了声："余师长，我姐现在怎么样了？"

余师长暗自一怔："哦，你后来一直没跟她联系？"

薛梦泽："入朝作战的时候，听说蓝八爷已经被消灭了。还说我姐姐已经平安获救。战局紧张，也就没顾得上联系。"

余师长琢磨了一下："这事儿一会儿我也单独跟你报告吧。"

坐在薛梦泽身边的那名女战士忽然指着前方："哟，那不是济民纱厂吗？好像正在搬家？"

余师长："是。它们公私合营了，正在往常德搬迁。"

薛梦泽很意外："是吗？"

女战士又看见了什么:"呀,我看见丁经理了。丁汉生。"

薛梦泽便问余师长:"老余,可以在这儿停一下吗?"

余师长:"当然可以。"他吩咐司机:"停车。"

44. 济民纱厂 大门口(日 外景)

厂门口堆放着很多包装机器的大木箱。

丁汉生正带着一些工人,准备将设备装箱。

三辆吉普车开到厂门口,稳稳地停了下来。

45. 余师长的吉普车前(日 外景)

余师长、薛梦泽和那名女战士走下了吉普车。

丁汉生回头一看,赶快走了过来:"哟,这不是薛总吗?"

薛梦泽上前拉住他的手:"汉生,你挺好吧?"

丁汉生:"好。越来越好。哈,听说您又要回来干兵工厂了。可惜咱们得搬迁,再也做不成邻居了。"

那名女战士再也忍不住了,望着丁汉生:"丁经理,您怎么啦?都不认识我了?"

丁汉生这才仔细看了她一眼,忽然不相信自己的眼睛:"哎呀!张立春?"他再次看着她:"你是立春吗?"

张立春摘下军帽,一步蹦到他面前,热情地拉着他的手:"汉生,摸摸我的手,是不是还是跟以前一样滚热?"

丁汉生急忙退后一点:"等一下。你等一下。"他狐疑地望着她:"你、你是什么时候参军的?"

张立春:"想不到吧?浦溪解放的前三天,我邀集了几个姐妹,神不知鬼不觉,直接就奔解放军去了。"

余师长暗暗一怔。

丁汉生:"你们,总共几个人?七个吗?"

张立春:"没错啊。加上我,整整七个。"
丁汉生:"天哪!"他双脚连连顿地:"怎么是这样啊?"
…………

第 40 集

1. 前集回顾

丁汉生:"哎呀!张立春?"

张立春:"想不到吧?我邀集了几个姐妹,直接奔解放军去了。"

丁汉生:"天哪!"他双脚连连顿地:"怎么是这样啊?"

2. 草桥监狱　一间小会议室内(日　内景)

薛兰芝坐在一把椅子上,正在听法院宣读判决书。

一名庭长宣读道:"人证物证清楚无误。事实证明,薛兰芝涉嫌向土匪提供纱厂女工之指控,无任何根据,实属蓄意诬陷。根据中华人民共和国法律之规定,本庭裁决如下:"

法院另外两名法官、监狱长和两名女干警起身肃立。

薛兰芝也站了起来。

庭长清楚地宣判:"当事人薛兰芝无罪。同时撤销对薛兰芝所有指控,当庭释放。"

法槌落定,监狱长带头鼓掌。干警和法官也朝着薛兰芝鼓掌。

庭长便走到她面前："薛大姐，您自由了。祝贺您啊。"他把一份法律文书递了过来："请您在这上面签个字吧。"

薛兰芝有点不敢相信："您刚才说的，是真的？我那几个小姐妹，确实已经找到了？"

庭长和法官都笑了："薛大姐，您就放心吧。这可是法律文书，一个字都不能假啊。"

监狱长也走了过来："薛大姐，赶紧签字吧。接下来还有更多的惊喜在等着您呢。"

薛兰芝："是吗？"她终于接过了那支笔。

3.监狱长办公室　门外（日　外景）

听见外面有动静，薛梦泽和张立春急忙从里面冲了出来。

薛梦泽朝两边望了望，指着左边说："看，她来了。"

张立春赶快朝左边望去。

4.办公楼前面过道上（日　外景）

监狱长和两名女干警陪着薛兰芝走了过来。

看见薛梦泽迎面跑了过来，他赶快说："薛大姐，您看这是谁？"

薛兰芝抬起头来。还没来得及看清楚，薛梦泽已经一步抢到了她面前："姐！姐啊！"

他百感交集，紧紧地抱住了薛兰芝。

薛兰芝："梦泽？你怎么来了？不是去抗美援朝了吗？"

薛梦泽："姐，停战了。中国胜利了。"他望着薛兰芝："姐，我来晚了。让您受了这么大的委屈，真是对不起啊。"

薛兰芝："梦泽，别这么说。姐没觉得委屈。真的没觉得。"她朝薛梦泽身边的张立春看了一眼："哟，这小同志是谁啊？"

薛梦泽一把将张立春拉到她面前："姐,这是您弟媳妇呢。"

薛兰芝："什么?我的弟媳妇?"她高兴地看着张立春："哎呀,怎么看着这么面熟啊?"

张立春这才摘下军帽:"姐,您认不出来了?我是张立春啊。"

薛兰芝大吃一惊:"立春?天哪,真的是你?"

张立春扑地跪了下去,难过地说:"姐,我们几个姐妹,早几天就跑出来参军了。没想到让坏人钻了空子,把您给害惨了。"

薛兰芝赶紧伸手把她拉了起来:"立春,好妹妹,快起来,啊。那些事情就不再讲了。你看看,参军该有多光荣啊?"她欣喜不已:"快告诉姐姐,你跟梦泽是怎么好上的?"

薛梦泽便抢先告诉她说:"姐,立春跟我都在一个师,又都是从浦溪去的,还不就相互关心上了?"

薛兰芝:"梦泽,我可告诉你,立春是咱们厂最好的姑娘,你可不能欺负她啊。"

薛梦泽故意一个立正:"是。从今以后,我会把张立春同志捧在手里,含在口里。请首长放心。"

在场的人忍不住哈哈大笑。

薛兰芝感慨万端:"我的天哪,原来是去参军了?这可是天底下最好的去处啊。还找了立春姑娘做弟媳妇。唉,这么好的结局,哪怕让我在里头再坐十年二十年,我也心甘情愿啊。"

薛梦泽笑了:"姐,看您高兴的。这话可不中听哦。"

监狱长便插话说:"薛大姐,您这么说我倒挺高兴的。至少在我这儿没怎么让您受委屈,就得到了您的表扬。对不对?"

薛兰芝:"可不是吗?你们平时也太关照我了。"她回头看了看那两名女干警:"谢谢。谢谢你们了。"

监狱长便望着薛梦泽:"薛总,车来了吗?"

薛梦泽："早来了。在外面等着呢。"

监狱长："那你们赶紧走吧。"

薛梦泽："好。谢谢了。"

监狱长握住薛兰芝的手："薛大姐,多保重。"

5. 郊区公路上(日 外景)

这是一条新建的公路,宽阔而又平坦。

公路两旁的稻田里,稻谷一片金黄,已到收获的季节。

一辆吉普车在公路上朝前疾驰着。

6. 吉普车内(日 内景)

薛梦泽坐在副驾驶座位上。

张立春紧紧地依偎着薛兰芝,坐在后排。

薛兰芝不停地朝窗外张望着："哟,这么宽的马路,以前我可没看见过。咱们这是去哪儿?去看新纱厂吗?"

薛梦泽："姐,新厂子已经改了名。除了纺纱织布,印染也包括进来了。这可是您最熟悉的行当啊。"

薛兰芝："可不是吗?咱们老薛家祖祖辈辈都是搞印染的。"她很兴奋："什么时候可以开业?我都有点坐不住了。"

薛梦泽："正在抓紧调试设备。国家纺织部已经来人验收,批复一下来,立马可以开工。"他朝前方看了看："看见那新厂房了吗?前面就到了。"

薛兰芝便朝前方望了过去。

7. 一座工厂外(日 外景)

这是一座刚刚完工的大型工厂。高大的围墙后面,是一排排鳞次栉比的新厂房。

厂子大门修得非常宽阔,弧形拱门上方,已经挂上了红色立体字——公私合营常德济民纺织印染厂。

8. 工厂大门外(日 外景)

大门外面,许家国把所有家庭成员和济民纱行员工都叫了过来,在厂门口等候着。

许少臣用那辆手推车,把丁兆伯也接了过来。

许家国站在丁兆伯身边。滕玉翠牵着戴上红领巾的许宗胜紧挨着许家国。许秋萍、喊山公、向飞舟并成一排站在他们身边。

滕满珍捧着一大束鲜花,站在最前面,正在朝马路上眺望。

很快,她看见了那辆吉普车:"来啦!来啦!"

9. 马路上(日 外景)

薛梦泽那辆吉普车飞快地开了过来。

吉普车减慢速度,拐了个弯,朝这边开了上来。

10. 工厂大门前(日 外景)

吉普车开到许家国他们面前,很快便停了下来。

许家国大步上前,拉开后排的车门,亲手将薛兰芝搀扶下来。

薛兰芝望着他,眼睛一下就湿润了:"家国,我、总算回来了。"

许家国声音也有点哽咽:"兰芝,回来就好,回家就好啊。"他将薛兰芝拉到那辆手推车前:"你看,兆伯也来迎接你了。"

薛兰芝怔怔地望着丁兆伯,禁不住伤心地叫了声:"兆伯,我最不放心的,就是你啊。我的兆伯……"

她扑到手推车上,紧紧地抱住了丁兆伯。

丁兆伯激动地闭上眼睛,两行泪水不断线地流了下来。

稍稍过了一会儿,许少臣及时提醒说:"妈,翠翠姨也来了。"

薛兰芝便直起身,朝后面望了一眼:"哦,翠翠在哪儿?"

滕玉翠跌跌撞撞跑了过来,一把抱住了她:"兰芝姐,好姐姐,真想您啊……"

薛兰芝也紧紧地抱着她,眼泪又流了下来。

许秋萍便往前推滕满珍,让她上前献花。

滕满珍立即走上前去,举着鲜花:"姨妈,欢迎回家!"

薛兰芝擦了擦泪水,回过身接过那束鲜花:"珍子,你真是一个欢喜坨。每次去监狱看姨妈,姨妈都会高兴好多天呢。"

接着她又看见了许宗胜:"哟,咱们宗胜都是少先队员了?来,祖国的花朵,姨妈把鲜花送给你。"

许宗胜接过鲜花,朝她行了个少先队礼:"谢谢姨妈。"

刘妈挽着喊山公走了过来:"许太太,喊山公要跟您说句话。"

薛兰芝赶紧扶住喊山公:"大伯,我还没机会感谢您呢。您老人家身体还好吧?"

喊山公颤巍巍地说:"不行啊。耳朵不怎么听得见了,腿脚,也不灵便了。可我这心里明白着呢。"他朝薛兰芝伸出大拇指:"我喊山公敬佩你啊。善良,刚强,够我家翠翠学的了。"

滕玉翠赶快接话:"可不?兰芝姐,这句话,我爹都不知道跟我说过多少次了。"

薛兰芝:"老人家千万别这么说。我还得跟翠翠学呢。"

正说着话,不远处的厂门里面传来了密集的爆竹声。

大家赶快朝那边望了过去。

11. 工厂大门口（日 外景）

几百名男女工人突然从厂门里面涌了出来。

鞭炮在大门内外纷纷炸响。人们抬出两只桌面大的大鼓，摆放在厂门两侧，锣鼓声顿时震天动地。

大门右侧，突然竖起了一条巨大的上联——欢天喜地。

紧接着，左侧的下联也竖了起来——兰姐回家。

丁汉生在那里前前后后地布置队形。

工人们排在两侧，将手上的鲜花举起来，合成了一片花海。

12. 工厂大门前（日 外景）

许家国他们看着那热闹非凡的场面，一时激动不已。

薛兰芝更加不敢相信自己的眼睛，站在原地发愣。

张立春忍耐不住了，上前拉着她的手："姐，还愣着干什么？"

薛兰芝便回头看了看丁兆伯。

丁兆伯用鼓励的目光看着她。

薛兰芝又看了看许家国。

许家国："他们可是冲你来的。赶紧过去吧。"

薛兰芝便拉着张立春，朝大门那边跑了过去。

13. 工厂大门口（日 外景）

薛兰芝和张立春已经跑到了厂门口。

丁汉生抱住薛兰芝，将她抱得双脚离地，在原地转了三个圈。

工人们高声喊道："兰姐，您好啊！""兰姐！您受苦了！""兰姐是我们的主心骨！""欢迎回家！兰姐！"……

丁汉生把薛兰芝放下来，男女工人们立即团团围了上去。

锣鼓喧天，鞭炮震地。

人们把花瓣摘下，一把一把地洒向空中。

工人们将薛兰芝围得几乎看不见，一边高呼口号，一边簇拥着她朝工厂里面走去。

口号喊到后来，自动汇成了最有力、最响亮的两个字："兰姐！兰姐！兰姐！兰姐……"

14. 工厂大门前（日　外景）

许家国感慨万端地望着那边的情景。

其他人也高兴地看着那边，心情无比激动。

许秋萍含着热泪望着许家国："爸，这场景您也经历过吧？"

许家国："这是人格的力量。你妈不会说话，不善表达，她只会把自己的心碾成碎末，一点一点地分给别人。这就足以万千了。"他摇了摇头："你爸还不行。最多也只能成为厂子里的董事长。只有像你妈那样，才能成为工厂的灵魂。"

丁兆伯也很受感染。他坐在手推车上，沉缓地点了点头，将右手大拇指按在了心窝上。

许少臣便大声说："兆伯叔说，他也是这么认为的。"然后他也将自己右手大拇指按在了心窝上："我也是！"

薛梦泽也将拇指按在心窝上："我也是。"

滕玉翠紧接着将拇指按住心窝："我也是。"

许秋萍："我也是。"她也用拇指按住了心窝。

其他人纷纷效仿那个动作："我也是。""我也是。"……

许家国随即也竖起拇指，按在心窝上："哈，我更是啊。"

他转过身来看见大家的动作那么统一，禁不住哈哈大笑。

所有的人顿时也开怀大笑。

15. 地区专员公署　大门口（日　外景）

一辆小轿车过来，稍一减速，开进了公署大门内。

16. 宋专员办公室内（日　内景）

宋姐坐在办公桌后面，仔细看完一份文件，欣慰地将文件放在了桌子上。

文件抬头的特写：中华人民共和国纺织工业部。

文件名的特写：关于同意设立常德济民纺织印染厂的批复。

外面有人敲门，宋姐便应了声："请进。"

张文松推开房门走了进来："宋姐，您找我？"

宋姐："坐吧。"她站起身，把那份文件递给张文松："纺织部的批复下来了。"

张文松接过文件看了一眼："噢？效率真高啊。"

宋姐："有个叫孙宪甫的先生，你以前认识吗？"

张文松："没见过，可这名字太熟了，民国时期最著名的实业家。他到常德来过很多次。"

宋姐："难怪。"她看着张文松："孙先生昨天带着一群专家直接去纺织厂考察，完全不用人陪。说他熟悉得很。"

张文松："那可不？尤其跟许董事长。"他想了想："孙先生现在是什么职务？"

宋姐："国家纺织部总工程师，副部长级的领导。"

张文松点了点头："他还真是个栋梁之材。"他看了一眼那文件："这批复，就是他带过来的？"

宋姐笑了笑："不仅带批复过来，他还想带个人走呢。"

张文松立刻明白了："是不是想把许董事长挖过去？"

宋姐点了点头："昨天晚上我请他吃饭，好家伙，开门见山就跟我要人。说咱们国家百废待兴，哈，一堆的大道理啊。"

张文松很关心:"那,您是怎么答复他的?"

宋姐:"我还能说什么呢?许董事长不是国家干部,本来就不归我管。即便归我管,那更得下级服从上级啊。"

张文松觉得问题有点复杂,便不说话了。

宋姐望着他:"文松,你觉得许董事长有可能去北京吗?"

张文松:"我了解他。董事长雄心勃勃,志在千里。从个人抱负来看,他会毫不犹豫。"

宋姐:"家庭方面呢?"她洞悉地一笑:"我听说不久你也会成为他的家庭成员了。又跟了他那么多年。以你的感觉,目前像他这样的家庭结构,会不会影响他的决断?"

张文松点了点头:"的确。战乱把他的家庭搞得盘根错节,还真有些复杂。"他笑了笑:"假如是我,我也会举棋难定。"

宋姐:"要是只凭个人情感,他不离开,我会欢欣鼓舞。可他要决定走,咱们还得全力支持。"她看着他:"文松,你的身份也不方便出面,看看能不能通过他女儿,尽量做点挽留工作?"

张文松:"好的。"他站了起来:"我更舍不得他走啊。"

17. 济民纱行 大门外(黄昏 外景)

吴子敬、文昌盛站在纱行门外,正在和郑锦仁闲聊。

一辆小轿车开到济民纱行门外停下了。

吴子敬和文昌盛赶快迎了上去。

车门开了,许家国先下车,回身将孙宪甫迎了下来。

孙宪甫朝济民纱行打量了一眼:"嚙,这样的院子,蛮壮观啊。"他看了看吴子敬和文昌盛:"二位老兄呢?住哪儿?"

吴子敬:"我在左,文兄在右。咱们是家国兄的带刀侍卫呢。"

许家国:"哈,子敬兄真会说话,还张口就来。"他望着郑锦仁:"郑伯,晚宴准备好了吗?"

郑锦仁:"早准备好了。我再去看看。"

许家国刚刚想招呼孙宪甫进去,一回头,看见薛兰芝和许秋萍用手推车将丁兆伯推了回来。

他赶紧拉住孙宪甫:"宪甫兄,过来见见你嫂子。"

孙宪甫回头一看,顿时很欣喜:"哎呀,嫂夫人大气端庄。真是名不虚传啊。"

薛兰芝有点不好意思:"谢谢。我早就听家国说过,孙先生文韬武略、才华出众,他可佩服您呢。"

许家国又指着丁兆伯:"宪甫兄,这位是我兄弟,丁兆伯。"

孙宪甫微微一怔,赶快说:"幸会,幸会。"

丁兆伯微笑着朝他点了点头。

孙宪甫又望着许秋萍:"不用说,这位亭亭玉立的大小姐,就是家国兄的千金吧?"

许家国:"是。她叫许秋萍。"

许秋萍便朝孙宪甫鞠了个躬:"孙叔叔好。"

孙宪甫:"好,好。哈,听说当国家干部了?哪个部门啊?"

许秋萍:"孙叔叔,我在地区财政局工作。"

文昌盛补充说:"秋萍现在当了科长。"

吴子敬:"还有呢。过不了多久,咱们地委张副书记就是家国兄的乘龙快婿了。秋萍,我没说错吧?"

大家都笑了起来。

孙宪甫却心生顾虑,一时竟没有说话。

许家国便对薛兰芝说:"兰芝啊,今天我设家宴给宪甫兄接风。一会儿你跟兆伯都过来,陪陪咱们的朋友们。"

薛兰芝很得体地说:"你们尽兴吧,我和兆伯就不来凑热闹了。今天有点热,吃完饭还得给兆伯洗洗呢。"

许家国看了看丁兆伯:"那也行。兆伯,出了汗当心感冒,赶快进去吧。"

大家伸手帮忙扶着手推车,先后走进了院子内。

18. 许家国的卧室内(黄昏　内景)
滕玉翠正在陪着许宗胜吃饭,刘妈走了进来。
刘妈:"翠翠,我来陪宗胜,你赶紧过去吧。客人进门了。"
许宗胜懂事地说:"你们都去,一会儿我自己洗碗。"
滕玉翠:"别逞能。你哪行啊?"
刘妈:"行。你想洗碗,一会儿外婆教你洗。"
滕玉翠笑了笑,站了起来。

19. 前院客厅内(黄昏　内景)
孙宪甫刚刚在椅子上坐定,马上问了句:"家国兄,你什么时候有个姓丁的兄弟啊?表兄弟吗?"

许家国:"什么表兄弟?他可是比亲兄弟还亲呢。"他深情地说:"武汉沦陷之后,内人带着全家老小到深山逃难,在他家住了好多年。没有他,全家人都活不过来。连我的高堂老母,都是他亲手安葬的。这位生死兄弟,我许家国绝对要奉养他一辈子。"

孙宪甫点了点头:"那是,那是。"他又想起了什么:"大公子呢?好像我还没见过吧?"

吴子敬便抢过来回答说:"宪甫兄,许少臣可光彩呢,刚刚当上副市长了。"

许家国赶紧否认:"子敬兄,这话千万不能乱讲。他在轻工业局干得很安心,正好分管纺织这一块。哈,我的上级。"

吴子敬哈哈一笑:"家国兄,老皇历了。上个礼拜二开人大会,选举他当副市长,差不多是全票通过呢。"

许家国一愣:"真有这事儿?不会吧?"

吴子敬:"怎么不会?我就是人民代表,还投了他一票呢。"他望着许家国:"怎么?少臣回来没跟你说?"

许家国:"我都快一个月没见到他了。"他仍然不相信:"这么大的事儿,我还真没听到一点消息。"

孙宪甫心里的顾虑更大,便又不说话了。

许家国发现了他情绪的变化:"宪甫兄,怎么啦?"

孙宪甫便不再沉默:"啊,没事儿。家人和睦安宁,儿女又这么有出息,真替你高兴啊。"

许家国便笑了笑:"对了,你不是说还有件大事要跟我商量吗?说说看,什么事啊?"

孙宪甫叹了口气:"唉,不说吧,实在又不甘心。说吧,亲眼看见你的根基深深地扎在这儿了,扎得那么牢固,还那样枝繁叶茂,这又让我怎么开得了口啊?"

吴子敬听出了什么:"哟,宪甫兄这是想把你连根挖走啊。"

孙宪甫:"没错。"他认真地看着许家国:"家国兄,还记得当年我从民国政府挂冠而去的时候,你和我的心灵之约吗?"

许家国完全明白了,一时竟然沉默下来,没有回答他。

20. 江面上(夜 外景)

夜色渐深,江灯渔火在水面上烁烁闪亮。

天空中时而有一片乌云掠过,将一弦明月遮得半明半暗。

21. 大河街 街道上(夜 外景)

街道上的路灯已经开亮。有一些卖夜宵的小商贩,将担子摆放在路灯柱子下,懒散地敲着竹梆招揽生意。

偶尔有三两个行人停下脚步,买些小吃又匆匆离去。

许秋萍脚蹬一辆自行车，一边浏览着街头的民俗风情，一边慢慢地穿街而去。

22. 济民纱行　天井内（夜　外景）
院子门被轻轻推开了。
许秋萍将自行车搬进门，回身小心地将院子门关上了。
她将自行车推到院子旁边停好，回过头朝天井两旁的屋子看去。

23. 许家国的书房窗外（夜　外景）
书房的灯亮着，许家国显然还没有离开书房。

24. 天井内（夜　外景）
许秋萍将目光移开，又朝薛兰芝的窗户望了过去。

25. 薛兰芝的卧室窗外（夜　外景）
卧室的大灯已经关了，似乎还留下了一盏台灯没关。
薛兰芝的身影在窗户上晃了一下，分明也没有休息。

26. 天井内（夜　外景）
许秋萍望着薛兰芝的窗户，想了想，轻轻地走了过去。

27. 薛兰芝的卧室内（夜　内景）
卧室里的摆设已经完全变了样。那辆手推车放在房门背后。原来那张大床已经搬走，房间两端各自摆放着一张小床。
丁兆伯在靠窗的那张小床上已经睡去。
薛兰芝走到他的床铺前，用一条热毛巾轻轻地擦了擦他的额头,然后仔细地替他掖了掖被子。

做完这些,薛兰芝这才回到自己的小床前,轻轻地坐了下去。

她抬起头来,目光投向了正面墙壁上。

特写:墙壁正中,是那幅滕玉翠找人加工的许家国和薛兰芝两人的合成照片。

薛兰芝面色温柔地盯着那张合成照,目光久久不忍移开。

28. 薛兰芝的窗户外(夜 外景)

许秋萍站在窗户外,透过窗页的缝隙,默默地注视着薛兰芝。

终于,那里面的台灯熄灭了。

许秋萍脸上的光线也随之消失。

她想了想,轻轻地离开了那扇窗户。

29. 许家国的书房内(夜 内景)

许家国一声不响地坐在书桌后面,也在盯着一张照片看。

特写:那是许家国抗战前在汉口纱厂前的那张全家福照片。

不一会儿,外面响起了轻轻的敲门声。

许家国:"谁呀?"

许秋萍在外面回答说:"爸,是我。"

许家国:"秋萍啊。"他赶快把照片翻过来放在一边:"进来吧。"

许秋萍推开房门走了进来:"爸,没休息啊?"

许家国:"不着急,还早。"

许秋萍瞥见了桌子上那张翻过去的照片:"您在想什么呢?一个人坐在这儿?"

许家国:"也没想什么。"他望着许秋萍:"对了,秋萍,少臣是不是当上副市长了?"

许秋萍:"是啊。您没看报纸吗?"

许家国:"怎么没看报?"他摇了摇头:"尽顾着看咱们新纱厂的各种报道,别的内容都忽略了。"

许秋萍:"哈,幸亏忽略的是少臣。换了我,又该跟您生气了。"

许家国也笑了笑,忽然站了起来:"秋萍,累不累?"

许秋萍:"还好。怎么啦?"

许家国:"陪我到江边去走走。愿意吗?"

许秋萍:"嘀,这机会千载难逢啊。赶紧走吧?"她想起了什么:"爸,夜深了,外面很凉,您加件衣服。"

许家国顺手从椅子靠背上取下一件外套:"走。"

30. 江边 那座笔架城墙上(夜 外景)

城墙上空寂无人。脚下的青石板在月光下清凉洁净。

许秋萍依偎着许家国,慢慢地走了过来。

许秋萍:"爸,问您一句话。"

许家国:"什么话?"

许秋萍:"逃难的时候,苦得我实在受不了啦,就乱发脾气说,爸早就把我们忘记了。"她望着父亲:"您忘记过我们吗?"

许家国笑了笑:"你呢?忘记过爸爸吗?"

许秋萍:"这句话跟妈说过。我说根本就不记得爸爸什么样子,早把他忘了。结果让妈一顿好训。"

许家国:"是啊。真不记得了,你还会说那句话吗?那只能说明你时刻都在想着我。"

许秋萍:"妈当时也是这么说的。"

许家国:"亲人骨肉之间,血脉永远都是相连的。无论相隔天涯海角,都不可能忘记啊。"

许秋萍忽然望着他:"那,您这是决定要去北京了?"

许家国站住了。他望着那波光潋滟的江面,深深地叹了一口气:"秋萍,爸爸已经年过五旬。你知道在这种时候让我做出选择,该有多难吗?举目四望,满眼迷茫,真不知道往哪头走才好啊。"

许秋萍也站住了:"爸,实话跟您说吧。晚上松哥找了我,他的意思,想让我做做您的工作。"

许家国:"噢?他怎么说?"

许秋萍:"好像地委和专员公署都想挽留您,可又不好违背上面的意图。"

许家国:"是吗?那,文松到底是什么意思呢?"

许秋萍:"爸,您怎么没听明白?组织上不好硬顶,那您就出面顶着呗。您自己决定不去,不就皆大欢喜了吗?"

许家国几乎没有考虑,脱口便说:"不。我做不出那个决定。"

许秋萍一惊:"是吗?"

许家国:"当然是。凭我对民族纺织工业的憧憬,凭我几十年积攒下来的经验和信心,凭我对新中国的热情,我能不去吗?"

许秋萍呆呆地望着他,半天说不出话。

许家国:"秋萍,爸爸这不是喊口号。你是知道的,咱们纱厂跟政府合营,已经走出了一条很光明的路子。眼下刚刚解放,国内还有大批跟咱们差不多的纺织企业,正在半死不活地寻求出路呢。孙宪甫急着调我去部里工作,就是出于这种考虑。这可不是换个地方做事的问题,一副副担子全摆在那儿了,就等着我去担当呢。你的父亲是个不敢担当的人吗?不。就跟你刚才说的,这机会千载难逢啊。"

许秋萍被他感染了:"爸,我懂您的意思。除了更加敬佩,别的话也不说了。您就按照自己的意愿做决定吧。"

许家国:"是啊,也该做决定了。"转瞬间,他的心忽然又凉了:"唉,要有那么容易,我还犹豫什么?千难万难啊。"

他不再说话,径自转过身,朝原路走了回去。

许秋萍站在原地,望着他的背影,若有所思。

31.专员公署 办公楼前(晨 外景)

办公楼前停放着三部小轿车。

几名秘书和工作人员提着公文包和一些简单行李,从办公楼里面匆匆走了出来,把东西放进了小轿车的后备箱。

32.贵宾室门外(日 内景)

孙宪甫在宋专员、许家国、张文松等人的陪同下,从贵宾室里面走了出来。

宋专员边走边问了句:"孙总,一定要今天走吗?"

孙宪甫:"还是走吧。能办好的事情,全办好了。"他朝着许家国瞥了一眼:"没办好的事情嘛,再等也没指望了。哈。"

宋专员便和张文松忍着笑,悄悄对视了一眼。

许家国有点尴尬:"宪甫兄,有没有指望,咱们先别把话说死。"他边走边说:"凭着十几年前的情谊,我要是能来北京,你不用谢我。万一来不了,也请阁下海涵。千万别责怪我啊。"

孙宪甫站住了:"家国兄,来请你之前,我是信心满满。经过这短短几天,我又后悔不迭。真是啊,偌大一个同过生死、共过患难的和美家庭,好不容易才凝聚在一起,谁能忍心把它再次拆散呢?"

许家国拍了拍他的肩头，无比感慨地点了点头。

张文松和宋专员也点头感叹。

孙宪甫："家国兄，你也别责怪我哦。怪只怪你老兄太优秀了，部务会议委托我一定要做通你的工作。要不然，我也不会如此唐突，给你出了这么大个难题。"

许家国："不说了，啊。不说了。宪甫兄，还是那句话，咱们先别说死。容我前前后后再作考虑，行不？"

孙宪甫："行啊。只是别太勉强，不要给自己留下遗憾。"他哈哈一笑："要不然，这服后悔药，就轮到我孙宪甫来吃了。哈。"

主客双方便一路说笑着朝办公楼外面走去。

33. 济民纱行　餐厅内（日　内景）

滕玉翠和刘妈正在餐厅里面准备早餐，薛兰芝拿着一只托盘走了进来。

滕玉翠："姐，您来得正好，兆伯的早餐已经做好了。"她接过托盘，将粥和点心往里面放。

薛兰芝便朝餐厅内看了一眼："宗胜呢？还没吃吗？"

刘妈："吃过了。小学开学得挺早的，这会儿都到学校了。"

托盘已经装好，薛兰芝便端了起来。

滕玉翠上前接过了托盘："姐，我去招呼兆伯吧。您不是有事吗？赶紧吃了走，啊。"

薛兰芝点了点头："是啊，今天事多。"她坐了下来："得先去趟报社，完了还得赶到厂里去。今天开职工代表大会，不能缺席。"

滕玉翠："您安心去吧。一会儿我会带兆伯出去散散心。"

薛兰芝感激地说："辛苦你了，翠翠。"

滕玉翠:"没事儿。"
她端着托盘走了出去。

34. 济民纺织印染厂 厂门外（日 外景）
两名护厂队员看见了什么，赶快原地肃立。
一辆小轿车开了过来，减速通过大门口，直接开了进去。

35. 厂部新办公楼前（日 外景）
小轿车开到办公楼前停下了。
许家国提着公文包，推开车门，朝办公楼走了过去。

36. 办公楼的走廊上（日 内景）
许家国沿着走廊走了过来。
经过一间办公室的时候，他忽然停下脚步，抬头看了一眼门牌。

特写：门牌上刻着几个字——党委书记办公室。
许家国感到有点新鲜，看见房门是虚掩着的，便轻轻推开，朝里面望了过去。

37. 那间办公室内（日 内景）
一名青年男子站在文件柜前，正在整理里面的文件。
听见身后有动静，他便回过身来："哎呀，董事长来了？"
许家国已经走了进来，一眼就认出了他："噢？飞舟？"
向飞舟身穿一套中山装，人显得高大了很多："董事长，我来两天了，怎么也没见到您啊？"
许家国："这两天正好商会换届，就没过来。知道吗？我已经辞了会长职务，现在是吴子敬接手了。"他望着向飞舟："飞舟，你呢？这两个月去了哪儿？还以为你想跟我不辞而别呢。"

向飞舟："我没好跟您说。这两个月，我去省干部学校培训了。整整学习了六十天呢。"

许家国忽然明白了："你等等。"他朝办公室看了一圈："这么说，你就是这儿的党委书记？"

向飞舟："是啊，赶着鸭子上架，还不知道行不行呢。"

许家国惊异地望着他："那，打这以后，是你来领导我，还是我领导你？"

向飞舟笑了："当然是董事长领导我啊。只不过我接受双重领导，厂子里听您的，党内我必须得服从地委领导。"

许家国点了点头："明白了。"他望着向飞舟："飞舟啊，好家伙，你什么时候入了党？我一点都不知道啊。"

向飞舟："很早了。日本特务过来绑架您，还记得吗？那之后，张总管就把我给发展了。"

许家国："那纱厂呢？济民纱厂也有很多党员吗？"

向飞舟："在浦溪的时候就有十好几个了。您只是不知道而已。"

许家国想了想："丁汉生也是吗？"

向飞舟："他是最早那批。后来还有万妹儿，多着呢。"他看着许家国："董事长，我想最近再发展一批。您看呢？"

许家国："好啊。合条件的，你尽管发展，真的。"他由衷地说："你们这些党员，就跟混凝土里面的钢筋骨架一样。缺少了，还真的经不起风吹雨打。我就是这么认为的。"

向飞舟很高兴："那，董事长，您是不是也考虑一下？就让文松书记当您的入党介绍人？"

许家国心里一亮："对呀。我怎么早没想到啊？"

38.办公室走廊上(日 内景)

一名女服务员推着小车走了过来。

听见许家国在党委书记办公室说话,服务员赶快掏出钥匙,打开斜对面那间董事长办公室,拎着一瓶开水走了进去。

许家国高兴地跟向飞舟告了个别,出了他的办公室,朝自己的办公室走了进去。

39.许家国办公室内(日 内景)

那名女服务员已经替他沏好茶水:"董事长,您请喝茶。"

许家国:"好的。谢谢了。"

他走到办公桌前,将公文包放下,坐了下去,

女服务员又将一大摞报纸、文件和信函放在了桌子上:"董事长,报纸和文件,还有咱们的厂报,好几天的都在这儿。"

许家国:"行。放这儿吧。"

服务员放好报纸,轻轻地走了出去。

许家国朝那摞报纸文件看了一眼,随手拿过最上面的那份厂报,眼睛忽然一亮。

特写:题头四个大字——"厂内简讯"。加粗的副标题——喜讯:我厂工会组织成立,薛兰芝同志全票当选首届工会主席……

许家国看得兴奋起来,站起身,从桌子上取过两颗图钉,将那张喜讯钉在身后的墙壁上,喜滋滋地看了好长一阵。

然后才坐回到椅子上,继续翻看报纸。

特写:那是一份《新常德报》,头版上有一则重要报道——"洪峰即将过境,地委紧急动员。"

下面配着两幅照片。一幅是地委开动员会的全景。另一幅是领导干部在抗洪大堤上参加抢险的照片。这张照片下面的说明文

字是——副市长许少臣同志在抗洪抢险大堤上。

许家国赶紧掏出眼镜，仔细看去。

照片上许少臣并不显眼，却拍得很清楚。许家国便用一支红笔，在许少臣的名字上画了一个粗粗的圆圈。

他内心十分欣慰，放下红笔，身体靠在椅子靠背上，拿过报纸，继续惬意地翻阅着。

突地，他发现了什么，脸色骤然一变。

他迅速将身体离开靠背，伏在桌上，紧张地往下看。

特写：在报纸底角处不显眼的位置上，刊登着各种各样的启事。最下方一条是——"离婚启事"。

内容是——本人薛兰芝，于一九二六年与许家国结为夫妻。后因抗日战争爆发，夫妇失散近十年，音讯断绝，生计维艰，致使家庭关系发生变化。为遵守新中国宪法之有关规定、为双方及其家庭的和睦幸福，特登报申明，即日起与许家国先生正式解除婚姻关系。

许家国的身体和手都在发抖。

他终于忍不住了，一拍桌子，站起身，抓过那张报纸，心急火燎地朝门外冲了出去。

尾声

1. 长沙火车站（夜 外景）

火车站的钟楼被霓虹灯装饰着,看上去灯火辉煌。

站前广场上,很多乘客正匆匆忙忙地穿梭行走着。

广播里传来女播音员清脆的通知声:"旅客们请注意,开往北京的特快列车,已经开始剪票。请前往北京的旅客,携带好随身行李,从二号进站口剪票进站。"

广场上的乘客开始朝一个剪票口涌了过去。

2. 火车站的站台上（夜 内景）

两辆小轿车从内部通道拐一个弯,直接停在了站台。

第一辆小轿车上,宋专员和张文松、许秋萍走了出来。

张文松和许秋萍回过身,帮着拉开了第二辆小轿车的车门。

许家国率先从前门走了出来。

后车门开了,滕玉翠先下车,回身去搀扶薛兰芝。

薛兰芝牵着许宗胜的手,从车上走了出来。

许家国整理了一下脖子上的围巾,抬起头往列车那边看了一眼,不禁十分惊讶。

薛兰芝、滕玉翠也赶紧望了过去。

3. 列车旁边的站台上（夜　内景）
旁边的站台上，竟然早就等候着一个欢送的人群。
丁汉生和向飞舟用手推车，推着丁兆伯站在最中间。
许少臣和滕满珍站在他们的左手边。
刘妈搀扶着喊山公，站在他们右手旁。
那位很久不见的张朝武也过来了，紧紧地挨着喊山公。
郑锦仁和九哥也过来了。
吴子敬、文昌盛和商会的几名副会长也等候在那里。
其余的就是原来济民纱厂的一些男女员工。
站台上站了四五十个人，气氛显得十分热烈。

4. 小轿车旁（夜　内景）
许家国没想到会来这么多人，赶快朝列车前面走去。
滕玉翠也跟着朝那边小跑过去。
薛兰芝牵着许宗胜，也跟着走了过去。

5. 列车旁边的站台上（夜　内景）
许家国大步走了过来，首先来到喊山公面前，紧紧地握住了他的双手："喊山公，我的父亲，千万要保重身体啊。等我安定下来，接您老人家到北京安度晚年，啊。"

喊山公："嗨，我可受不了那一补。那可是京城呢。哈哈。"

滕玉翠心里十分难舍，一头扑进喊山公的怀里："爹，我舍不得您老人家啊。"

滕满珍也扑到滕玉翠身上："翠姨，我也舍不得您呢。"

喊山公："行了。多好的事，哭什么？翠翠，京城是个做大事的地方。家国去了那儿,你一定要好好照顾他。听见没有?"

许家国来到手推车前,俯下身子对丁兆伯说:"兆伯,好兄弟,我不能在身边照料你了。好在有兰芝陪伴着,还有少臣、秋萍他们。到了北京,我给您找个最好的医生,到时候再接你过来,啊。"

丁兆伯将手搭在他肩头上,眼泪默默地流了出来。

许家国站了起来,望着郑锦仁:"郑伯,好大哥,几十年的风风雨雨,您一直在我身边,真舍不得您啊。"

郑锦仁连连点头:"是。是啊。家国,郑伯我是船到码头车到站,只能在心里替你高兴了。"

许家国看见了许少臣。他什么都没说,朝他伸出了一只巴掌。

许少臣也伸出一只巴掌,心领神会地跟他击了一下掌,两只手紧紧地握在了一起。

然后许家国松开手,回头望着许秋萍,忍不住用责怪的语气说:"秋萍,我心里一直怀疑,你妈在报纸上登那么个破启事,是不是你出的馊主意?"

许秋萍赶紧看着薛兰芝:"爸,这事妈作证。"

薛兰芝:"秋萍没出主意。她只是告诉我说,你很难下决心。"

许家国痛心地摇头:"唉,兰芝啊兰芝,要不是你下狠手逼迫,我还真下不了这个决心。你呀,真让我又爱又恨啊。"

薛兰芝笑了笑:"家国,我还不了解你吗?你是壮志未酬,不能不走。我呢?宁可被你恨一阵子,也不能让你后悔一辈子啊。"

许家国环视了一眼:"兰芝,你知道我想起了什么吗?"

薛兰芝:"你说。"

许家国看了一眼列车:"又一次车轮滚滚,又一次离愁别恨。跟我们在汉口分手的时候,这心情几乎一模一样啊。"

薛兰芝平静地摇了摇头:"家国,太不一样了。那时候国难当头,仓皇南下。今天是国运昌盛,昂首北上。你说呢?"

站在旁边的宋专员忍不住称赞说:"对。薛兰芝同志这句话说得太好了。"她上前握住许家国的手:"家国同志,这就叫新旧社会两重天啊。当年您南下是为了躲避一场战争,今天您北上,是为了参加一场战争。这是一场建设新中国的人民战争,无比光荣啊。"

许家国感慨不已,连连点头:"是。宋专员,我记住了。家国一定牢记嘱托,担当使命,不负祖国,不辱家人。您就放心吧。"

站台上响起了列车员催促的哨声。

喇叭里也广播说:"前往北京的列车,很快就要开车了。请旅客抓紧时间上车。"

薛兰芝突然一阵紧张,赶快四下看去:"翠翠,翠翠。"

滕玉翠立即跑到她面前:"姐!"她扑进了薛兰芝怀里:"姐啊,我心里好慌,怎么办啊?"

薛兰芝紧紧抱着她:"好妹妹,不怕。你能做得很好,真的。姐不能在你们身边,就全拜托你了。"

两人紧紧相拥,竟然放声大哭……

在场的人看见她们那难舍难分的情景,一时格外感动。

6. 火车头前(夜 外景)

列车员肃立在站台上,将手中的号令旗在空中画了道圈。

火车头上方,汽笛骤然拉响。

7. 站台上(夜 内景)

列车已经关好车门,正缓缓启动。

薛兰芝、宋专员和所有欢送的人都退到黄线外,齐齐地朝着列车中间的车厢挥手。

8. 中间车厢的车窗里面(夜 内景)

许家国、滕玉翠和许宗胜贴在窗户玻璃后面,连连朝站台上挥手告别。

列车逐渐加快速度,离开站台已经越来越远。

站台随之越来越小,渐渐地拉成了一道远景。